梁羽生 著

白髮魔女傳 上

朗聲圖書　中山大學出版社
SUN YAT-SEN UNIVERSITY PRESS
·廣州·

图书在版编目（CIP）数据

白发魔女传 / 梁羽生著. —广州：中山大学出版社，2021.8
ISBN 978-7-306-07135-4

Ⅰ.①白… Ⅱ.①梁… Ⅲ.①侠义小说—中国—当代 Ⅳ.①I247.5

中国版本图书馆CIP数据核字（2021）第038217号

白发魔女传

Baifa Monü Zhuan

出 版 人	王天琪
策 划	欧阳群
责任编辑	何 娴 梁俏茹
责任校对	林春光 张陈卉子
责任技编	何雅涛
内文插画	卢延光
封面题字	黄苗子
书名篆刻	张贻来
封面设计	@土强127
出 版 社	中山大学出版社
电 话	编辑部020-84111996，84111997，84113349，84110779
地 址	广州市新港西路135号 邮政编码：510275 传真：020-84036565
网 址	http://www.zsup.com.cn E-mail:zdcbs@mail.sysu.edu.cn
发 行	广州市朗声图书有限公司（电话：020-34297719）
印 刷 者	湛江南华印务有限公司
规 格	900mm×1280mm 1/32 22.375印张 557千字
版次印次	2021年8月第1版 2021年8月第1次印刷
总 定 价	218.00元（全二册）

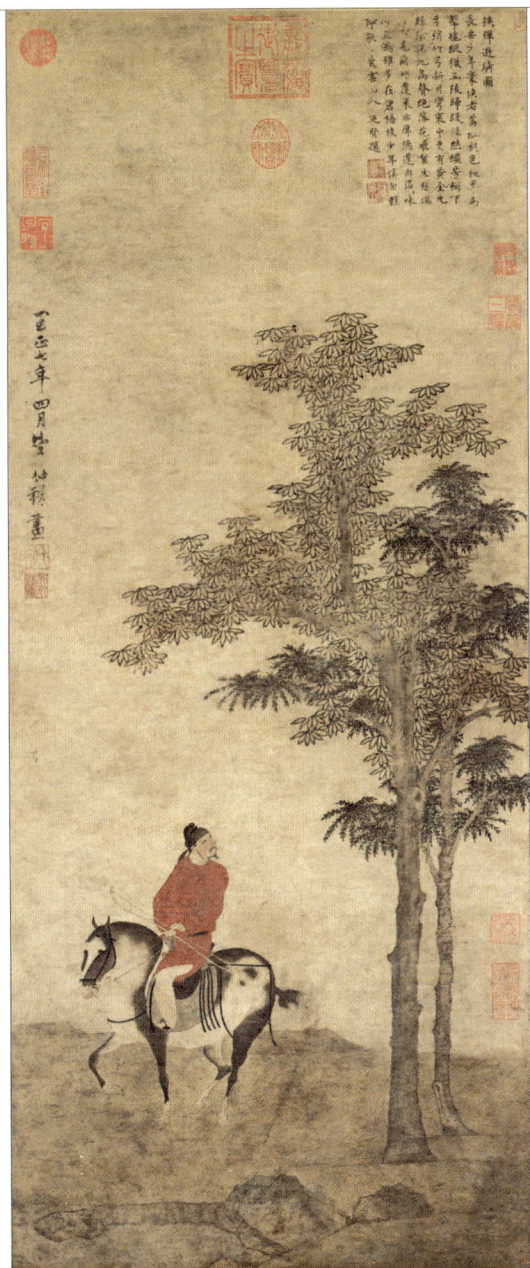

赵雍《挟弹游骑图》：

赵雍（1289—约1361），字仲穆，湖州（今属浙江）人。元代著名画家，赵孟頫次子。画中人乌帽朱衣，乘花马，执弹弓，悠游骑射，雍容闲适，颇似卓一航、张丹枫之类人物。武当第二代弟子耿绍南护送卓仲廉回乡，途中使弹弓击退匪首，从容姿态亦应类此图。

明光宗坐像：
明光宗朱常洛（1582—1620），明神宗朱翊钧长子，明朝第十四位皇帝，年号泰昌。
因神宗偏宠郑贵妃，爱其所生三皇子常洵，久不立太子，引致国本之争。
万历二十九年立为太子，四十三年，发生张差持棍冲击太子宫的「梃击案」。
光宗在位仅一个月，因体弱多病，服食「红丸」暴毙，史称「红丸案」。

明人《出警图卷》（局部）：此幅绘明朝皇帝出京谒陵之盛况，原图现藏台北故宫博物院。画中皇帝在侍卫护送下出京谒陵，其中红衣者为锦衣卫校尉。锦衣卫是明朝军政搜集情报机构，本书中人物与锦衣卫多番争斗。

3

任颐绘《公孙大娘舞剑图图轴》：任颐，清末画家。图绘著名教坊舞伎公孙大娘舞剑之情景。公孙大娘以擅长舞剑享有盛名。相传怀素、张旭观其舞剑而获启发，形成了狂草的书法风格。

本书中白发魔女剑术高绝，不知与公孙大娘相较如何？

元人《深山塔院图》：图中绘高山巍峨，林木掩映，山间寺宇林立。白石道人携卓一航访少林，行至五乳峰下，见少林寺巍然立于塔林之中，所见之景或当如斯。

5

寿山石异兽纽「大明皇帝之宝」：
明，寿山石质，异兽纽方形玺。篆书。
皇上欲命卓一航教导太子，
卓一航尚不及推辞，
皇上已写完诏书盖了玉玺。
常洛所用玉玺或即为此。

目 录

跃马腾空

永八壬辰一月
朔春昼是碧羽毛
先生之武侠小
说白发魔女
傅其先生之画
其生龙跃虎
两足先浓非九
纳马侯卫脱一
般给天云高文
于武高义图
总义于玉眼之
中已逐金题记于书者洛东壁⊙

猛听得那少年大叫一声，白马忽然腾空而起，疾似流星，竟然跃过了五六丈的急流，飞越河面，到了对岸。

第一回

铁矢神弓　少年扶巨宦
金鞍宝马　大盗震虚声

　　一剑西来，千岩拱列，魔影纵横；问明镜非台，菩提非
树，境由心起，可得分明？是魔非魔？非魔是魔？要待江湖后
世评！且收拾，话英雄儿女，先叙闲情。　风雷意气峥嵘，
轻拂了寒霜妩媚生。叹佳人绝代，白头未老，百年一诺，不负
心盟。短锄栽花，长诗佐酒，诗剑年年总忆卿。天山上，看龙
蛇笔走，墨泼南溟。

——调寄《沁园春》

　　凉秋九月，北地草衰，有一行人马，正沿着绵亘川陕两省边界
的大巴山脉，放马西行。行在前头的是几个雄赳赳的武师，中间一
辆敞篷骡车，坐着一个年近六旬的绅士，皮袄披风，态度雍容，一
骑高头大马，傍着骡车，马上坐着一个剑眉虎目的少年，剑佩琅然
作响。

　　这个篷车中的绅士，正是卸任的云贵总督，名叫卓仲廉，他人
如其名，虽然历任大官，尚算清廉。可是俗语说得好："三年清知
府，十万雪花银。"何况他是总督。他不必如何贪污，那钱粮上的
折头，下属的送礼，也自不少。所以卸任回乡，也请了几个出名镖

师，随行护送。

那个剑眉虎目的少年，却不是镖师，他之随行，另有一番来历。原来卓仲廉原籍陕北，阀阅门庭，簪缨世第，只是旺财不旺丁，数代单传，他只有一子一孙，儿子名唤卓继贤，在京中为官，做到了户部侍郎之职，孙儿名卓一航，幼时随父赴京，算来今年也该有十八九岁了。卓一航自小聪明过人，祖父对他十分怀念，这回辞官归里，也曾修书儿子，叫他送孙儿回乡。不料孙儿没来，这耿绍南却拿着他儿子的信来了，信上说，孙儿正在苦读待考，不能即回。这耿绍南乃是孙儿的同窗，颇晓武艺，适值也有事要到陕西，请大人带他同行，两俱方便。卓仲廉和他闲谈，发现他对书诗并不甚解，心里想道，书生学剑，武艺好也有限，还暗笑他是个读书不成学剑又不成的平凡少年，不料请来的几个出名镖头，对他都十分恭敬，这却不由得卓仲廉不大为诧异。

其时是明万历四十三年，满洲崛起东北，时时内侵，神宗加派"辽饷"达田赋总额二分之一以上，全由农民负担，加以西北地瘠民贫，盗匪纷起，所以卓仲廉虽聘有镖师，并有亲兵护送，也不得不提心吊胆。

这日正行过巴峪关，山边驿道上忽驰过两骑快马，前行的几名镖头，齐都变色！

耿绍南泼喇喇一马冲上，小声问道："怎么？"老镖头道："那是西川双煞。"耿绍南道："哦，原来是彭家兄弟，他们的铁砂掌下过几年功夫，要留心一点。"双煞快马过后，并不回头，老镖师道："不像下手作案的模样。"耿绍南微微一笑，勒住绳缰，等骡车赶上，淡然地对卓仲廉道："老大人万安，没有什么，那只是两个小贼。"又过了一会，背后又是三骑快马，绝尘掠过，对卓家的箱笼车辆，连正眼也不瞧一瞧，老镖头诧道："怎么龙门帮的三位舵主，都同时出动，莫非是绿林道中，出了什么紧急的事情？"耿绍

凉秋九月，北地草衰，有一行人马，正沿着绵亘川陕两省边界的大巴山脉，放马西行。

南傲然说道:"管他什么绿林道不绿林道,若来犯时,我不用手上的兵器,只凭这一张弹弓,也要打得他们落花流水。"镖师们唯唯诺诺,一味奉承,卓仲廉见他神色倨傲,暗道:这少年好大口气。心中颇为不悦。

车辆马匹继续西行,黄昏时分,已将近强宁镇外的七盘关,山道狭窄,这七盘关乃川陕边界一个险要所在,它倚山面河,两岸悬岩高达百丈,下面的河水给峭壁约束成只有五六丈阔的急流,在山谷中奔腾而出,宛如万马脱缰,水花溅成浓雾。一行人走出山口,见前头半里之地,有一骑白马缓缓而行,马上人一身白色衣裳,配着白马,更显得潇洒脱俗。卓仲廉道:"这人好似一个书生,孤身无伴,好不危险。我们赶上前去与他同行如何?"耿绍南摇了摇头,猛听得一阵清脆的铃声,六七骑快马自后飞来,霎忽掠过车辆,前面那白马少年正走到狭窄的山口,老镖头惊道:"还不快让,撞上了那可要糟。"话声未了,山坳那边又是尘头大起,十余匹健马也正向这边冲来,两边马队,把少年夹在中间,眼看就要撞上,卓仲廉不禁失声惊呼,却猛听得那少年大叫一声,白马忽然腾空而起,疾似流星,竟然跃过了五六丈的急流,飞越河面,到了对岸。这两帮马队,骑术精绝,急驰之下,突然猛地勒马,两伙汇成一伙,拨过马头,拦住了前面的山口。

耿绍南一马飞前,抱拳说道:"好汉们请借路!"为首一个虬髯汉子叫道:"凭什么要我们借路?贪官之财人人可得。"耿绍南道:"须知他不是贪官。"另一个匪首叫道:"要借路也不难,把箱笼行李留下便可!"耿绍南一言不发,突然取下背上的铁弓,嗖嗖嗖一连数弹,把抢上来的人 齐打倒,那虬髯汉子哈哈大笑,耿绍南弃弹换箭,呼的一箭,把盗党中的一面黑旗射断,那虬髯汉子这才勃然变色,疾冲数丈,大声叫道:"你知不知道绿林规矩?"耿绍南更不打话,弹似流星,冰雹般地向那汉子打去!

那虬髯汉子疾若飘风，一口厚背赤铜刀左挡右磕，把冰雹般射来的弹子，磕得四面纷飞，宛如落下满天弹雨。耿绍南越打越急，那汉子渐渐有点手忙脚乱，盗党中一个浓眉大眼的汉子喝声："来而不往非礼也！"也取下一张弹弓，嗤嗤数声，忽然发出几道深蓝色的火焰，交叉飞来。耿绍南一张弹弓，不能两用，打落了迎面而来的"蛇焰箭"，却不能挡住射向卓家箱笼的火箭，"蓬"的一声，大车上一只厚麻布袋竟然着火燃烧，哗啦啦倒下了一堆白花花的银子。那虬髯汉子摇了摇头，面上显然露出失望的神气，耿绍南弹似连珠，施展出"八方风雨"的神弹绝技。虬髯汉子猝不及防，"卜"的一声，左手关节竟给弹丸打中，一个箭步跳出圈子，忽然抱拳叫道："武当山神弹妙技，果然名不虚传，咱弟兄走了眼，多多得罪了！"那发蛇焰箭的汉子也翻身跨上马背，高声叫道："紫阳道长之前，请代咱弟兄问候，就说是火灵猿和翻山虎谢他老人家当年不杀之恩吧！"说完之后，一声胡哨，手下早扶起了受伤的同伙，退出山谷。

耿绍南放下弹弓，仰天大笑。忽然背后有人说道："阁下真好弹弓！"耿绍南愕然回顾，竟然是那白马少年，不知什么时候，又从对岸纵马过来，众人刚才紧张忙乱，竟没觉察。耿绍南道："雕虫小技，贻笑方家。"白马少年笑道："我哪里是什么方家，只靠着这匹马还不算错，才逃了大难。"卓仲廉下车端详那白马少年，见他马背空空，毫无行李，说话文绉绉的，完全是个书生模样。因问道："足下可是出门游学吗？现在路途不靖，跋涉长途，危险得很呀。"白马少年躬身答道："晚生在延安府入学，急着要回乡赶考。老伯台甫，不敢请问。"卓仲廉微笑道了姓名。白马少年惶恐说道："原来是乡先辈卓老大人，失敬，失敬！"自报姓名，叫做王照希，两人谈得很是投缘，王照希道："晚生孤身无伴，愿随骥尾，托老大人庇护。"耿绍南霎了几霎眼睛，卓仲廉年老心慈，慨然说

一行人走出山口，见前头半里之地，有一
骑白马缓缓而行，马上人一身白色衣裳，配着
白马，更显得潇洒脱俗。猛听得一阵清脆的铃
声，六七骑快马自后飞来。

道："彼此同行，那有什么碍事？足下何必言谢。"竟自允了。耿绍南冷冷说道："阁下一介书生，竟骑得这匹神驹，实是可佩。"王照希道："这匹马乃是西域的大汗马种，名为照夜狮子，虽然神骏，却很驯良。"西北多名马，普通的人都懂骑术，卓仲廉虽觉这匹马好得出奇，也没疑心。

卓家聘来的那几名镖师刚才一直护着车辆，这时都已围在耿绍南身边，等卓仲廉的话告一段落，忽然齐向耿绍南下拜，那老镖头执礼更恭，半屈着膝，打个千儿说道："老朽眼拙，虽然早已知道耿英雄是个大行家，却还不知耿英雄竟是武当高弟，老朽要请耿英雄赏口饭吃！"卓仲廉听了，愕然不解。

耿绍南微微一笑，把老镖头双手扶起，说道："耿某不才，既然挑起梁子，那就绝不会中途撒手，耿某此来，不是保镖，而是为朋友不惜两肋插刀，老镖头，请你放心。"卓仲廉听得益发纳罕。

原来这耿绍南并非读书士子，而是当今武当派的第二代弟子。武当少林乃是武林中的泰山北斗，声威甚大。武当派的掌门人紫阳道长，武功卓绝。他和四个师弟黄叶道人、白石道人、红云道人、青蓑道人，合称"武当五老"，门下弟子，数以百计。这耿绍南乃白石道人的首徒，在第二代弟子中，是个出类拔萃的人物。

刚才拦路打劫的那个虬髯汉子，名叫翻山虎周同，那浓眉大眼的汉子，则叫火灵猿朱宝椿，同是川陕边境的悍匪，武功还在西川双煞之上。武当派素以武林正宗自居，所以历代相传，定下两条规矩，一不许做强盗，二不许做镖师。耿绍南以武当门人的身份，替巨官护送行李，那是极少有之事。老镖头一来怕火灵猿的同党报复，二来实在猜不透耿绍南的来意，所以才说出那一番话，将耿绍南套住。

卓仲廉这时才晓得耿绍南身怀绝技，不明自己的孙儿怎样会结识如此异人。只有再三道谢。耿绍南神采飞扬，对卓仲廉也显得颇为傲岸。卓仲廉想查问他和孙儿结识的经过，他往往顾左右而言他，甚或只是笑而不答。

那白马少年王照希却显得十分文静，一路上对卓仲廉和耿绍南都执礼甚恭。走了两天，已过了强宁，将到阳平关了，沿路上不绝有形迹可疑的人物，三三五五，或乘快马，或策骡车，在驿道上出没。老镖头一看就知是踩底跟踪的绿林人物，整整两天，提心吊胆，幸得一点事情都没发生。过了阳平关后，那些形迹可疑的人物忽然都不见了。这晚，来到了大安驿，卓仲廉喜道："明日过了定军山，前面便是坦途了。"镖师们也松了口气，只有耿绍南却显得特别紧张，和在路上的闲适神情，完全两样。

一行人在镇上最大的客店安歇，白马少年王照希忽然对卓仲廉深深一揖，朗声说道："晚生一路上多承庇护，不敢欺瞒，晚生有些厉害的仇家，一路跟踪，若然逃得今晚，便可无事。今晚万一有风吹草动，老大人不必惊恐。只要挂起云贵总督的灯笼，大半不会波及。"卓仲廉吃了一惊，心想老镖头曾再三叮嘱，在路上只可扮作客商，千万不能抬出官衔。事缘绿林大豪，最喜欢劫掠卸任大官。自己只道这少年乃是一介书生，哪料他也是江湖人物。自己和他非亲非故，知他安的什么来意？正在踌躇，耿绍南双眼一翻，抢着答道："事到而今，合则两利，分则两危！足下意思，老大人一定照办！咱们彼此讲明，大家可要合力齐心，同御今晚劫难！"

王照希微微一笑道："那个自然。"在客店里自己占了一座花厅，当中摆了一张紫檀香桌，叫店家烫了两大壶陈年花雕，桌上插着两支明晃晃的大牛油烛，随手把马鞍和踏蹬丢在墙角，对耿绍南道："你们躲到两边厢房里去，非我呼唤，切勿出来。"老镖头与耿绍南见他行径奇怪，饶是见多识广，也摸不透他是何路道。

朔风鸣筚，星横斗转，夜已渐深，万籁俱寂，王照希独坐厅中，凝神外望，动也不动。卓家自卓仲廉以下，都不敢睡。老镖头道："难道他就这样地坐到天明？"耿绍南忽然嘘声说道："禁声，有人来了！"

端坐着的王照希突然把酒壶一举，大声说道："各位远来，失迎，失迎！"门外大踏步地走进了四条大汉，为首的双目炯炯，旁若无人，朗声说道："朋友，省事的快跟我去！"王照希笑道："什么事啊？"那大汉面色一沉，正想发作，忽见厢房外悬着云贵总督官衔的灯笼，吃了一惊，喝道："你是做什么来的？你不是——"王照希截着说道："保镖来的，各位看在小弟初初出道，不要砸坏我的饭碗，别处发财去吧。"那汉子哼了一声，骂道："你看错了人！"双臂一振，猛地向厢房扑去。

房中的卓仲廉失声说道："这是京中的锦衣卫。"原来锦衣卫乃是朝廷的特务机关，这为首的汉子是锦衣卫的一个指挥，名叫石浩，卓仲廉以前在云贵总督任内之时，手下一个官员犯了案件，京中派锦衣卫来提解犯官，正巧就是这石浩率领，所以认得。

说时迟，那时快，石浩一个箭步跳近厢房，耿绍南自内窜出，右臂一格，喝道："什么人？敢惊老大人的驾？"双臂一交，两人都给震退几步。卓仲廉急忙叫道："石指挥，是卑职在此，可是皇上有什么圣旨要宣召卑职么？"有明一代，皇帝对付大臣素来残酷寡恩，常常因一点小事，就给锦衣卫提去凌迟处死，卓仲廉刚刚卸任，还担心皇帝是要将他解京，声调都颤抖了。石浩凝眸一看，依稀认得，叫道："果然是卓老大人在此！小的捉拿钦犯，无意冒犯，请多多包涵恕罪！"又笑道："皇上对卓大人甚是关怀，常常提起，说卓大人是个好官。"卓仲廉惊魂稍定，急忙作揖，请他喝酒。石浩道："卓大人这样客气，折死小的了。小的圣旨在身，不敢久留，老大人包涵则个。"率领三个锦衣卫退出，临行前对耿绍南和王照希深深看了两眼，大声笑道："卓大人请的这两个保镖，真是硬得很啊！"

石浩走后，耿绍南一看，只见地上十来个足印，深陷半寸有多，冷笑说道："这些奴才，就是欢喜炫露武功，哪比得上我这王贤弟深藏若虚。"房中的卓仲廉忽然急声叫道："耿贤侄，快来，快来！"

卓仲廉老于宦海，惊魂稍定，蓦然想起：京中的锦衣卫，追踪至此，那白马少年必定是个重要的钦犯，自己受了他的利用，做了钦犯的挡箭牌，日后被皇上查知，这可是抄家之罪。这时也顾不得交浅言深，急忙把耿绍南招来，悄悄说了。耿绍南冷冷一笑，说道："这个我早已看出。"卓仲廉尚待说话，他已翩然走出。

厅堂上烛影摇红，王照希大杯大杯地喝酒，耿绍南面色一沉，嘿嘿笑道："贤弟，你真是江湖上的大行家，愚兄佩服之至！"王照希道："耿兄不必发怒，小弟是不得已而为之。"耿绍南双眼一转，倏地一手抓来，低声喝道："你胆敢把我武当门人戏弄？"王照希肩头一侧，耿绍南左掌呼的一声，打在他的胸上，王照希微微一笑，肌肉陡然一缩，耿绍南的手掌竟然滑过一旁，王照希仍然端在椅上，若无其事。耿绍南不由大吃一惊，左手擒拿，右手点穴，一招两式，猛然发出，这是武当派大擒拿手的三十六式之一，王照希坐在椅上，看来万难躲避。哪料耿绍南左手先到，他横肘一撞，闪电般地把擒拿手化开，右手一举，又把耿绍南的右肘托起，低声喝道："耿兄，你我且慢动手，强敌已经来了！你我合则两存，分则两亡！"耿绍南凝神一听，远处隐有啸声，面色变道："你捣什么鬼？去了一批，又来一批。"王照希笑道："这回来的是真正的强盗，实不相瞒，川陕边界最厉害的五股大盗，今晚都会到此！"耿绍南怒道："卓大人并没有多少银子，你们何必这样小题大作，里应外合？"王照希笑道："你当我是内应么？他们要劫的是我，不是你的什么卓大人，不过他们若顺手牵羊，劫了小弟，再劫你们，也说不定。"耿绍南半信半疑，心里暗道："你肩无行李，两手空空，劫你作甚?"王照希忽又沉声说道:"赶快退回厢房去,把有官衔的灯笼取下,也许不会殃及池鱼。"耿绍南一阵迟疑,王照希忽然站起,在他耳边低声说了几句,耿绍南不由得点了点头,疾忙退下。

过了片刻,啸声越来越近,王照希把大门打开,门外涌进了十多条汉子,高高矮矮,站满一屋,耿绍南一看,龙门帮的三个舵主也在其内。老镖头在里面吓得面青唇白,悄悄说道:"这回糟了,来了三批最厉害的强人,除了龙门帮外,还有大巴山黑虎岩的方氏兄弟和定军山的麦氏三雄。"耿绍南道:"还有两批未到哩,你等着瞧吧!"

定军山麦氏三雄的老大麦逢春站在当中,双目一扫,磔磔笑道:"真有你的,金珠宝贝藏在哪里?还不快拿出来?是不是混在那狗官的行李里了?"王照希朗声说道:"麦老大,你也是老于江湖的了,难道这也看不出来吗?久闻大名,不过如是。不必动手,你已输了一招了!"说罢哈哈大笑。

龙门帮的总舵主屠景雄打了一个哈哈,翘起拇指说道:"老弟,真有你的!你拿出来,让咱们见识见识,咱们好好交个朋友。"王照希缓缓起立,将放在墙根的马鞍一把提起,放在紫檀桌上,只压得木桌吱吱作响,拔出佩剑,轻轻一削。那马鞍原是黑黝黝的毫不惊人,任何人看了都以为这是漆木马鞍,哪料一削之下,顿时金光透露,铁皮里面包的竟是十足的赤金,上面还镶嵌有十余粒滚圆的猫儿绿宝珠,金光宝气,幻成异彩。麦氏三雄面面相觑,作声不得。

原来有经验的绿林大盗,一看行李客商,便能测知他有多少金珠财宝,百不失一。川陕边境的五股强盗,跟踪王照希已有多日,看他马蹄踏处,尘土飞扬,分明是负有体积小而质量重的金珠重宝,但却看不出他藏在何处,谁也料不到原来是包藏在马鞍之中。

王照希哈哈一笑,提起了一个踏蹬,朗声说道:"大家都是同道中人，小弟没什么敬意，这个踏蹬，就送与川陕边界的道上同源，算个小小的礼物吧。"绿林群雄面面相觑，麦逢春沉声说道："你行，咱们认栽了！"不接踏蹬，转身便走。

耿绍南在厢房里偷瞧，刚松得口气，看那麦逢春方走到门口，忽然外面碌碌怪笑，人影一闪，走进了一个矮胖老头，吸着一根大旱烟管，吐出一缕缕青烟，怪声说道："好哇，不待我来，你们便分赃了吗？"麦逢春道："邵大哥，咱们栽了。"矮胖老头烟袋一指，道："什么栽了？俺早瞧出他马鞍里有鬼，你们的话我全听到啦，我可不是叫花，想施舍我一个踏蹬吗？那可不行！"

耿绍南在里面瞧得分明，他虽和矮胖老头未会过面，但看他神气打扮，已知他是陕南的独脚大盗邵宣扬，他的烟管乃是一种罕见的外门兵器，可作点穴橛，也可作五行剑，是江湖上的成名人物，不想他却这样无赖。

王照希微笑说道："邵老爷子，你是我的前辈，这个马鞍，孝敬你老，本也算不了什么，无奈我还有一位朋友，他说不肯。"邵宣扬道："哪位朋友，请出一见。"话声未了，厢房里倏地冲出一人，接口说道："武当门人耿绍南拜见各位前辈。"

邵宣扬眼珠一溜，道："你是武当门下？咱们亲近亲近。"伸手一拉，三指一扣，暗藏分筋错骨的厉害手法，耿绍南掌心向上一接，手腕一转，用出武当派掌法中的"三环套月"，把邵宣扬的手法解了，邵宣扬左掌忽地朝他肩头一按，说道："好啊！"耿绍南卸了一步，丹田一搭，气达四梢，双臂一抱，左肘微抬，用出一招"渔夫晒网"，又把邵宣扬的擒拿手拆了。邵宣扬哈哈大笑，说道："果然是武当门下！"

耿绍南显了两手武当绝技，顿时把邵宣扬惊着。本来论到武功，邵宣扬还在耿绍南之上，但武当派乃武林正宗，盛极一时，绿林好汉无不忌惮。邵宣扬向后一跃，发话道："足下何苦趁这趟浑水?"耿绍南道:"什么浑水?我们同属一伙,金子是小事,武当派的威名可不能在这儿折堕。"邵宣扬干笑两声,忽然说道:"武当门人从不保镖,也从不为盗,你怎么能与他同伙。"耿绍南道:"江湖之事,人人管得,你恃众聚劫,落在我的眼内,我便不容。"邵宣扬笑道:"是你师父叫你管的么?为什么只派你一个人来?"耿绍南道:"路见不平,拔刀相助,何必师命?"王照希急忙使了一个眼色,耿绍南猛地醒起,接着说道:"武当第二代弟子在陕西聚会,正想与你们武林中有头有面的人物一见。"邵宣扬怔了一怔,他本打算若只是耿绍南一人,便索性把他干了,毁尸灭迹再说。如今听说武当第二代弟子在陕集会,想必来的甚多,邵宣扬天大的胆子,也不敢与武当派的群雄相斗,当下烟管一收,笑笑道:"足下何必生这么大气,既然这位是你的朋友,咱们哪里不卖个交情。"

耿绍南面色一松,不自觉地用衣袖抹了抹额上的冷汗。原来他试了两招,也自知不是群盗对手,全凭武当派的威风,才把敌人吓退。其实他所说的武当派第二代弟子在此聚会,倒也并不全假,紫阳道人是曾派有四个弟子在陕办事,连他就是五人。但那四人和他可并没有约会。

邵宣扬见他以袖拭汗,蓦然站着不动,双目熠熠发光,王照希暗叫一声"不好",邵宣扬忽然仰天大笑三声,朗声说道:"归大哥,你来的好,你听这小子是不是撒谎?"猛然一股强风,厅中烛光摇摇欲灭,一个又高又大的红面老人,突然从外面掠空而降,大声笑道:"武当派是来了四名,可是都给别人擒了。别人敢碰武当派,为什么咱们不敢?这小子一人在此,咱们把他打死,丢到荒山里喂狼便是。就算武当五老寻到,这笔账也算不到咱们身上,自有人替咱们顶锅。"耿绍南不由得暗暗吃惊,看这红面老人的声势,必是川东的大盗鹰爪王归有章无疑。但他怎晓得武当派来了四人,而且这四人又给什么人擒了?

邵宣扬也吃了一惊，叫道："归大哥，且慢，你是说那女魔头出手了么？这里可还不是她管辖的地方呀。"归有章道："你怎么这样胆小。咱们川陕的绿林道，总不能叫一个后辈女娃儿压了。"他口里说话，手底可丝毫不缓，肩头一晃，蒲扇般的大手，已迎头抓了下来。耿绍南见他掌心通红，哪里敢接，向后一缩，右足飞起，踢他腿弯的"白市穴"，归有章磔磔怪笑，扑身一闪，欺身直进，右手五指如钩，一把抓到耿绍南的足跟。

耿绍南身子一缩，归有章双掌连环急发，耿绍南连连后退，暗恨王照希犹自不来相援。归有章掌风虎虎，把耿绍南直逼至墙角，正想施展杀手，忽闻得王照希冷冷说道："你们要我的马鞍，这也不难，只是你们可问过玉罗刹没有？"邵宣扬和方氏兄弟、麦氏三雄，正对王照希取包围之势，闻言大吃一惊，邵宣扬陡地跳出圈子，叫道："什么玉罗刹？"王照希道："绿林道宁劫千家，不截薄礼，这是别人送给玉罗刹的财礼，你们想黑吃黑么？"邵宣扬面色苍白，叫道："大哥，且暂住手！"归有章一个倒翻，跃了回来，怒声喝道："你这小子，想拿玉罗刹来恫吓我们吗？"王照希道："谁个吓你？"把马鞍一翻，反面刻有几个字道："敬呈练霓裳小姐晒纳。"王照希道："这可不是我现在刻的。"邵宣扬把归有章拉过一边，悄悄说道："归大哥，此事宁可信其有，不可信其无，依小弟愚见，还是把他放走了吧。"归有章哼了一声，垂首沉思；麦氏三雄、龙门三舵，都围了上来，只剩下方家兄弟，在厅中监视。

这一来大出意外，耿绍南不由得怔在当场，暗想：谁是玉罗刹啊？这名字可从未听过。怎的那些强盗就吓得这个样儿？

过了片刻，归有章猛然抬起头来，双眼一翻，含嗔说道："是玉罗刹的也要劫！"邵宣扬吓了一跳，急声说道："大哥，大哥……"归有章呼的一掌，击在檀木桌上，顿时把桌子打塌一角，大声说道："这一年来咱们受那女娃子的气也受够了，索性趁此时机，豁了出去，斗她一斗。"邵宣扬退了几步，颤声说道："这，这……"
归有章道："亏你一世威名，就怕得这个样儿。她的厉害，咱们也
只是耳闻，未曾目击，喂，你们有种的就随我来，这小子的马鞍我
劫定了。"麦氏三雄、龙门三舵缩手不动，只有方家兄弟叫道："咱
兄弟愿听归大哥调度。"归有章横了邵宣扬一眼，叫道："好啊，几
十年兄弟之情，算是白交的了。"邵宣扬苦笑道："大哥既然要干，
小弟只好听从。"归有章虎吼一声，隔着桌子，伸手就抓，王照希
身形一闪，避了开去。方家兄弟，左右扑上，王照希身子滴溜溜一
转，蓦然一招"左右开弓"，把方家兄弟格开。归有章手腕一翻，
骈起中食二指，骤然发出，直点王照希双目，王照希霍地使个"凤
点头"跳过一边，冷笑说道："归老大，你中了我的缓兵计了，你
要劫该早点劫，现在劫么，可来不及了。你听，外面什么声响？"
归有章愕然一听，外面击柝声声，长宵易过，竟然打五更了。王照
希大笑道："你听到么？打五更了！玉罗刹马上就来，归老大你还
不停手，要死无葬身之地！"归有章喝道："小子，你想拖延时候，
先送你见阎王！"呼的一掌，又迎头劈下。

大笑声中，王照希出手如电，扬了两扬，把厅上的两支大牛油
烛打灭，顿时一片黑漆，耿绍南贴到墙根，屏了呼吸，群盗虽然人
多势大，在黑暗中一时也不敢莽动，归有章凝神静听，要想辨声进
击，忽然外面传来清脆的笑声，听似甚远，霎忽便到了门外，众人
眼睛一亮，厅门开处，走进一队少女，前面四人，提着碧纱灯笼，
后面四人，左右分列，拥着一位美若天仙的少女，杏黄衫儿，白绫
束腰，秋水为神，长眉入鬓，笑盈盈地一步步走来。厅中群盗呆若
木鸡，有几个更是面如死灰，瑟缩一隅，动也不敢一动。

王照希欢声说道："练女侠，家父问你老人家好。"那少女点了
点头，说道："他好。"王照希道："家父托我带这个马鞍给你，他
们……"少女低眉一笑，截着道："你的来意我早已知道。是他们

看中了这个马鞍么？"凤眼一扫，邵宣扬急道："我不知道是你老人家的。"耿绍南暗笑，这女郎看来，最多不过二十岁，邵宣扬偌大一把年纪，却口口声声叫她作老人家。

少女眉毛一扬，又是微笑说道："不知不罪，你们都随我回山去吧。"顿了一顿，忽又笑道："归老大，你也来了？你这个月的贡物还未交来呢，是忘记了么？"归有章调匀呼吸，定了定神，忽然喝道："玉罗刹，别人怕你，我不怕你。这里还不是你的地界，这马鞍我要定了。"一个箭步，冲了上来，那被唤作"玉罗刹"的少女问道："还有哪位插手要这马鞍的？"麦氏三雄、龙门三舵疾忙退过一边，说道："不敢！"邵宣扬面色惨白，呐呐不能出言，方家兄弟默不作声，却随在归有章身后。玉罗刹倏地一声长笑，说道："归老大，谁要你怕啊！"归有章正冲到面前，蒲扇般的大手往下抓去，玉罗刹不动声色，归有章一抓之下，猛地不见了人影，疾忙退时，哪里还来得及，后心一阵剧痛，顿时倒在地上，方家兄弟连看也未看得清，胁下也同受了玉罗刹的一掌，惨叫狂嗥，在地下滚来滚去！

玉罗刹闪电之间，连下了三手毒招，把三个剧盗打倒地上，仍然是笑吟吟地站着，若无其事，绿林群豪全都慑服。玉罗刹对麦氏三雄、龙门三舵说道："不关你们的事，你们起来！"邵宣扬连连讨饶，玉罗刹只是冷笑不答。

三人中归有章武功最高，被击倒后运内力抵御，忍住剧痛，所以初时不似方氏兄弟的痛号失声。哪知不运气抵御还好，一运气抵御，身体内顿如有千万条毒蛇乱窜乱咬，五脏翻腾，连叫也叫不出声来了。旁边的人只见他头顶上热气腾腾，黄豆大的汗珠一颗颗地滴出来，面上肌肉一阵阵痉挛，痛苦得连面部都变形了。这简直是天下最残忍的酷刑！

方氏兄弟叫道："求你老人家开恩，快点杀了我吧！"归有章眼睛突出，却喊不出来。玉罗刹笑盈盈地说道："方家兄弟，你们是从犯，罪减一等，免了你们的刑罚吧。"纤足飞起，一人踹了一脚，两兄弟惨叫一声，寂然不动。耿绍南看得惊心动魄，想不到这样美艳的少女，竟是杀人不眨眼的魔王。

玉罗刹把方家兄弟结果之后，向邵宣扬招招手道："你过来！"邵宣扬双手扶着墙壁，身躯颤抖，一步步走了过来。玉罗刹柔声说道："你和归老大是几十年兄弟，交情很不错啊！"邵宣扬心胆欲裂，急忙说道："女侠你明鉴秋毫，这回事没有我的份。"玉罗刹面色一沉，厉声斥道："枉你做了这么多年强盗，做强盗的禁忌你还不懂么？你简直一点眼光都没有，还在绿林中逞什么强，称什么霸？他一个少年，单身押运金宝，没有极大的来头，他敢这样做么？老实对你说，他这礼物若不是送给我的，我也不敢伸手劫他。你对他的来历知道多少？不问清楚，就胡乱听人唆使，合伙行劫，你这不是瞎了眼睛么？"邵宣扬听她越骂越凶，心里也越来越宽，听她骂完，已完全定下了心。他知道玉罗刹的脾气，有重大的事情发生之时，若她笑容满面，对你温言细语，那下一步就一定是用极毒辣的手法对付；若得她严厉斥责，那就准不会有什么事儿。听她骂完之后，邵宣扬倏地左右开弓，自己打了两个耳光，高声说道："是小的瞎了眼睛，是小的还没资格做强盗，望你老人家多多教诲。"玉罗刹喝道："你若然自己知罪，我就免你的罪，你过来，把你的把兄杀掉！"邵宣扬面色惨白，归有章到底是他多年兄弟，如何下得毒手。归有章却在地下滚来滚去，渐渐向他这边滚来，露出哀恳的目光，似求他赶快下手。

耿绍南忍受不住，忽然纵身出来，亢声说道："归有章是无恶不作的独行大盗，你把他处死，也算是替绿林道清除一霸，没人说你不对。但你叫他兄弟相残，这却不是正派所为。"玉罗刹面色一变，忽然笑道："你是哪一派的门人？"耿绍南傲然说道："武当派的第二代弟子!"玉罗刹道:"哦,武当派的,失敬,失敬!"秋波一转,说道:"邵宣扬,我这是试你的心术行为,你虽与归有章一伙,还不似他那样胡作非为;我叫你杀他,你也还不是一味屈服奉承,不愿杀友以求自保。好,凭这两点,我就免了你行刑之责。"说话之间,纤足飞起,轻轻一踹,又把归有章结果了。

玉罗刹谈笑之间杀了三个剧盗,挥挥手道:"你们都随我到定军山去!"笑了一笑,指着耿绍南道:"你想跑到哪里去?想回去保护你的卓大人吗?你也随我去,连同你的卓大人和所有行李银两,都给我搬上山去!"

耿绍南凛然一惊,心道:这玉罗刹好大的胆子,居然管到我武当派的头上。要知武当派素以武林正宗自居,门下弟子,不少人便养成了傲慢自大的习气,耿绍南尤其如此,但眼见玉罗刹狠辣无比,如若不从,只恐不是她的对手,但如若相从,又搁不下这个面子。正在踌躇,忽见王照希抛了一个眼色,开声说道:"耿兄对练女侠也是仰慕得很,他在路上还曾对我说过,说要拜谒你老人家呢!"耿绍南一听,知是王照希恐怕自己鲁莽,惹出祸来,所以替自己圆场,虽然不快,也自感激,当下想道:好汉不吃眼前亏,且随她去,看她怎样?若她不留面子,将卓家洗劫的话,自己便邀集同门,与她相斗,总能报这一箭之仇。

当下耿绍南回到厢房,对卓仲廉说了,老镖头适才曾在门缝偷窥,心惊胆战,迄有余悸,急忙劝卓仲廉依从。卓仲廉也算豁达,叹口气道:"只要性命保得住,那些身外之物由他去吧。"

经了一夜的纷扰,其时已是天色微明,晓霞隐现,玉罗刹和八名少女,督促群盗,押解卓家的车辆行李,直上大巴山的支脉定军山去。山上碉堡森严,栅城围绕,从山脚至山顶,一路有女盗迎接。北地胭脂,本就有男儿气概,经过玉罗刹的训练,更是刚健婀娜两有之,俨如是一支雄赳赳的娘子军。王照希也不由得暗自佩服，心想：这些女娘，比我父亲的部下还强得多。

到了山寨，玉罗刹叫手下将卓家这一行人都安置在大客房中，车辆行李则押入后寨，王照希被安置在另一座宾馆。玉罗刹去后，耿绍南悄悄问道："老镖头，你久在西北保镖，这玉罗刹到底是什么人啊？"老镖头道："这玉罗刹是最近两年才开山立柜的女强盗，真名叫练霓裳，武林中谁也不知她的来历，更不知她是从哪里练来的这一身惊人的武功！听说她两年前初初出道，就曾以双掌一剑连败十八名强盗。她和群盗相斗之时，陕西的武林名宿李二斧曾在旁观看，看后对人说，练霓裳的剑法掌法与武林各派，全不相同，辛辣怪异之处，为他平生所仅见。他还说，不用十年，天下第一高手，就得让位给这女娃儿了。"耿绍南哼了一声，老镖头说顺了嘴，这才猛觉自己失言。原来数十年来，武林中人，都推许武当派的紫阳道长是天下第一高手，若依李二斧的说法，岂不是说武当派的领袖地位就将不稳？当下干笑两声，转口说道："李老英雄虽然是见多识广，但也未免把玉罗刹捧得太过分了。你们武当派的九宫神行掌和七十二手连环剑到底是武林正宗，旁门的掌法剑法怎比得上？"耿绍南这才傲然一笑，舒服下来。

耿绍南这一行人被关在客房里整整一天，寸步不能移动，傍晚时分，忽然有两个女盗，进来叫道："我们的寨主请卓大人和耿英雄前去赴宴！"

山寨中灯火通明，摆着两桌酒席，除了端坐主位的玉罗刹练霓裳是一个美若天仙的少女之外，其余的都是绿林中的粗豪汉子，在路上碰到的西川双煞、翻山虎周同、火灵猿朱宝椿等也都在席上。酒席旁有十二名少女服侍，敬酒的、上菜的、守卫的都是寨中女盗，粗汉红妆，相映成趣。更有趣的是，那些绿林豪汉，一个个都噤若寒蝉，怯生生的像个女娘；而那些执役的少女，却一个个扬眉吐气，豪迈异常，睥睨群盗，顾盼生姿。耿绍南心想：女子雄飞，男子雌伏，这真是天下最奇怪的筵席，心虽不忿，却也不禁对玉罗刹暗暗佩服。

　　酒过三巡，玉罗刹倏地起立，把手一挥，叫道："把送给王公子的礼物拿上来！"随即有侍女捧上五个金盘，上覆红巾，玉罗刹将左首的两个金盘揭开，卓仲廉吓得惊叫一声，盘中竟是两颗血淋淋的人头。玉罗刹微微一笑，对王照希说道："这是令尊大人要的。"又把右首三个金盘揭开，里面也是三颗血淋淋的人头。玉罗刹将人头逐个提起，晃了几晃，又微笑道："这三人冒犯公子，因此我把他们的首级取来，算加送给公子的薄礼。他们还有一个同伙，也吃了大亏，谅他今后也再不敢麻烦公子了。"卓仲廉见了，更是吃惊，这三颗人头，正是石浩昨晚所率领的那三个锦衣卫，想不到在半晚之间，竟全给玉罗刹追及杀了。

　　王照希肃然起立，恭身说道："如此厚礼，实不敢当，只是我暂时还未想回家。"玉罗刹道："我也知道你将有万里远行，这份薄礼，我自会差人送与令尊，连同盟约也一并送去。"王照希道了声谢。玉罗刹笑吟吟地对群盗说道："你们不打不成相识，我给你们揭了这段过节吧。他的父亲就是陕北的王嘉胤。"群盗强笑说："啊，真是大水冲倒龙王庙，自家人不认得自家人，早知是王大哥的，咱们也不敢跟踪动手。"

　　原来王嘉胤乃是陕北绿林的领袖，手下有高迎祥、王左挂、飞山虎、大红狼等剧盗，声威甚盛，只是势力伸不过陕南。明朝万历年间，陕西有十三路大盗，各不相服，这王嘉胤志向甚大，在陕北和剧盗高迎祥结义之后，不到十年便做了陕北绿林的盟主，他策划把全陕的绿林道都联成一气，翻天覆地大干一场，但陕中陕南，却不肯奉他号令。到这两年玉罗刹崛起陕南，王嘉胤又有两个大仇家正在陕南活动。因此王嘉胤卑辞厚币，派他的儿子王照希来陕南联络玉罗刹。绿林道中规矩，地盘疆界分明，所以王照希绝不能多带人马，只有孤身上道。想不到分布各省的锦衣卫实在厉害，王照希一上道，他们就调来了石浩等四名高手，暗暗跟踪。而川陕边界的五股剧盗，垂涎他的金宝，也暗暗缀上。

耿绍南听了王照希的来历后，心中暗骂："这小子原来早与玉罗刹有约，却利用我武当派的威名，替他暂挡追兵，好待玉罗刹来到。只累了我与卓家人众，都做了这贼婆娘的俘虏。"

玉罗刹顿了一顿，端酒说道："从今以后，咱们全陕的绿林道都是一家，我与王嘉胤大哥已结成联盟，愿各路兄弟，也互相照顾。诸位若无异见，请尽此杯。"骨嘟一声，把酒饮尽，席上群盗，哪敢不从，纷纷起立，个个干杯。玉罗刹掷杯大笑，招来一名女盗，吩咐了几句，遣她入内，过了片刻，这名女盗从里面带出了四个人来，耿绍南见了，不禁愕然，这四人都是他的同门兄弟，奉师长之命，在他之前，来陕办事的，怎的却忽然都在寨中出现，难道真如归有章所说，是被玉罗刹俘掳了的？但看情形却又不似，玉罗刹把手一挥，里面已端出一席酒菜，玉罗刹请那四人就坐，拿了酒杯，笑盈盈地招呼耿绍南道："咱们到那边席上去坐，让我也有机会与武当派的高人亲近亲近。"

耿绍南心中一凛，但看她笑容可掬，心想："武当派威名，群流景仰，这女强盗虽然凶狠，想来也要慑惧我们正派的门徒，所以曲意逢迎，表示拉拢。"想到此处，见玉罗刹愈笑愈甜，不觉心魂荡漾，越发以为自己想得不错。

坐定之后，耿绍南与同门招呼，只见他们个个都似意存顾忌，不敢畅谈，内中一两人，且苦笑作态。耿绍南莫名其妙，过了一会，玉罗刹又唤一名女盗前来，吩咐了几句，耿绍南不知她又有何花样，屏息以待。玉罗刹和大家又干了几杯，杏脸飞霞，越发娇艳。忽然寨后一片车声，几十名喽啰，把卓家的车辆都推了出来，满列阶下。玉罗刹倏然起立，朗声说道："卓大人，我和你算一算账!"卓仲廉惶然说道:"这点银两,寨主你拿去好了。卓某家中还有薄产,不必倚靠宦囊。"玉罗刹面色一沉,大声说道:"我练霓裳虽然为盗,盗亦有道,你可问席上的人,我练霓裳几曾乱取过人的银子。若然他真是清官,我一文也不要,若然他是个贪官,哼,我可对他不住,银子也要,脑袋也要,你听清楚没有?"卓仲廉吓得浑身大汗,身子抖个不停,心中暗暗叫道:"糟了,糟了,想不到老命丧在这儿。"

玉罗刹骂完之后,缓缓说道:"卓仲廉,你且听着,你做了十多年官,收到下属与地方绅士所送的银两共是七万六千七百两,这笔钱乃是不义之财,我全取了。另外钱粮的折头是三万二千五百两,这笔钱虽是朝廷定例,但却是出自百姓,我也要取了,代你还之于民。另外你的俸银是一万六千八百两,这是你应得的,我发还给你。你做了十多年官,油水仅有十万多两,你算不得清官,但也还算不得贪官,只算得一名规规矩矩的朝廷大吏。现在账已算清,你服也不服?"

卓仲廉不禁又惊又喜,玉罗刹对他的宦囊收入,竟然如数家珍,账目分明,丝毫不错,也不知她从哪里侦察得来?玉罗刹处置完毕,又笑盈盈地坐下,挨在耿绍南身旁,说道:"武当派的高贤,小妹年轻识浅,事情做得不当,还请指教。"耿绍南对她刚才这手,倒是十分佩服,翘起拇指道:"怪不得练女侠威震绿林,果然是赏罚分明,令人起敬。"

玉罗刹换过热酒,和耿绍南浅酌轻谈,笑靥含春,耿绍南大有酒意,只觉玉罗刹吹气如兰,令人心动。不禁想道:"这玉罗刹倒是可人,只可惜她绝代佳人,甘心作贼,若然回转正途,不知要颠倒多少英雄侠客?"酒酣耳热,突然问道:"练女侠武艺超群,不知尊师是哪一位?耿某若得机会,当向女侠讨教,那真是快何如之。只可惜红花绿叶,虽出一家,枳橘殊途,甜酸却异。只怕以后再难有机会相聚了。"这话里一方面表露了倾慕之心,另一方面却又表露了惋惜之意,暗指玉罗刹乃是"逾淮之枳",本来是大好的橘,却变坏了。王照希一听他口不择言,慌忙说道:"耿兄醉了,不可再饮了。"耿绍南摇头摆脑地道:"我没醉,谁说我醉!"玉罗刹先是面色一沉,继而笑得花枝乱颤,举杯说道:"谢耿大英雄过奖,我是一个无父无母又无师尊的野女郎,这几手三脚猫的功夫,都是自己练来的。哪比得耿大英雄是名门弟子,正派武功。"纤手轻掠云鬓,接着又道:"我也很想向耿英雄讨教,机会有的是,耿英雄不用心急。"坐了下来,向耿绍南飘了一眼,笑得更是娇媚,王照希汗毛倒竖,暗怨耿绍南犹是毫不知觉,急忙站起来道:"谢寨主酒席,耿兄已醉,小弟也不胜酒力,求寨主恕罪,我们想告退了。"玉罗刹面有不豫之色,冷冷说道:"你倒很帮着他。"王照希鼓起勇气,低声回道:"我和耿兄也是素不相识,路上承他替我挡了一阵追兵,他既拿我当朋友看待,所以我也拿他当朋友看待。"玉罗刹哦了一声,挥挥手道:"撤席。"却又低声对耿绍南道:"明日清晨,请到山腰的峡谷相会。耿英雄不要忘了。"耿绍南喜上眉梢,连声说道:"寨主吩咐,哪里敢忘。"玉罗刹叫人撤去酒席,把耿绍南、王照希和其他四个武当门人都分开招待。王照希想和耿绍南说几句私话,也没办法。

第二日清晨,耿绍南宿酒未消,一个女喽兵进来叫道:"耿英雄,我们寨主约你。"耿绍南慌忙漱洗,结束停当,随女喽兵走下山腰,进入双峰环抱的峡谷,只见自己四个同门,都已候在那儿,王照希则坐在另一边。卓仲廉也由两个女喽兵陪着,坐在一块大石头上。玉罗刹从山坳乱石堆中笑盈盈地走了出来,发束金环,腰悬长剑,更显得风姿绝俗。耿绍南见此情景,不禁大奇!

耿绍南满肚密圈,本以为是玉罗刹约他单独约会,哪料她却邀了这许多人来。玉罗刹轻移莲步,衣袂风飘,缓缓说道:"耿英雄，你早，昨晚睡得好呀？"语调竟似甚为关怀，耿绍南面上一红，尴尬答道："好。"玉罗刹笑道："我就怕你昨晚睡得不好。若昨晚睡得不好，今晚你又不能安睡，那多可怜呢！"耿绍南愕然想道："她怎能断定我今晚就不能安睡？那不是疯话吗？"玉罗刹道："如果你受了重伤，或者残了肢体，你今晚一定不能安睡了，是吗？"耿绍南哈哈笑道："天有不测之风云，人有旦夕之祸福，若然真个横祸临头，那又有什么办法？但除非是寨主要把我难为，否则我又怎会有飞来横祸？"玉罗刹忽道："你倒豁达，我岂敢把你难为，我只是想向你讨教。我听说武当派剑法天下无双，我倒很想开开眼界。"耿绍南不由得气往上冲，大声说道："哦，原来寨主果然要伸量于我，大丈夫宁死不辱，我拼受寨主三刀六洞，断体残肢，也不能堕了我武当的威望！"玉罗刹盈盈笑道："好，那你可要留神一点，我进招了。"拔剑在手，轻轻刺来，耿绍南见她剑招极慢，状类儿戏，也不知她是真是假，举剑一挡，哪知玉罗刹手腕一翻，剑尖已刺到喉咙，娇笑道："你这招不行，另来过！"耿绍南见她持剑不刺，却发语冷嘲，比中剑更为难过，倏地一个闪身，用连环剑中的三绝招猛然出手，头一招"金针度线"，剑尖斜点，一转身便变成"抽撒连环"，点咽喉，挂两臂，快逾飘风，哪知刷刷两剑，全落了空，第三招尚未使出，背脊已是冷气森森，玉罗刹的剑锋竟贴到了后心。三绝招无法连环使用，急忙施展"旱地拔葱"身法，往上拔身，忽然头顶又是微风飒然，玉罗刹剑锋过处，把耿绍南的头发割了一绺。耿绍南落下地时，玉罗刹又盈盈笑道："我叫你留神，你怎么不留神呀！"抱剑一立，招招手道："武当派的列位高人，忍心看你们的同门在这里耍猴戏吗？"耿绍南的四个师兄弟哪还忍受得住，四柄剑联成一线，倏然进攻，玉罗刹笑道："这才痛快。"剑光闪闪，在武当五剑围攻之下，指东打西，指南打北，王照希见不是路，急忙跳起来道："练女侠手下留情！"语还未了，只听得一阵断金戛玉之声，接着是连声惨叫，武当五个门人，手中长剑全被截断，耿绍南断了左手两指，其余四人也各断了一指。玉罗刹面挟寒霜，厉声叱道："叫你们知道天外有天，不能徒倚师门声望！耿绍南你昨晚十分无礼，我本待断你手臂，剜你双目，今日见你也还有点男儿气概，减刑三等，你快快滚下山去！"

王照希听得玉罗刹厉声叱骂，放下了心，跃上前去，只见耿绍南面色惨白，不发一言，拨头便走。其余四位武当弟子，抱拳说道："多谢寨主留情，此恩此德，永不敢忘！"玉罗刹冷笑道："我等着你们来报仇便是。"王照希急使眼色，示意叫他们不要多说。其中一个中年汉子，似是五个同门之首，忽然朝王照希兜头一揖，说道："王公子，敝师弟在路上多承照顾，可惜我没早遇见你，孟武师的信，现在转交给你。"从怀里掏出一封火漆密封的函件。王照希心头一震，斜眼偷瞧玉罗刹神情，玉罗刹朗然说道："别人万里迢迢，给你送信，你也该多谢别人一声。"王照希看她并无恶意，把信接过，道了句谢，四个武当门人嘴角挂着冷笑，也不还礼，急步下山去了。王照希心头不由得一阵阵难过，深觉自己对武当派不住。

玉罗刹看耿绍南等人背影消失之后，冷然说道："王兄，你一定骂我手底太辣了？"王照希道："不敢。"其实他心里确在暗骂。玉罗刹缓缓说道："我的脾气最抵不住人恃势称强，武当派门徒众多，贤愚不肖，在所多有。其中不少人恃着师门威望，目空一世。武当五老，除紫阳道长之外，其余四人，都有护短的毛病，以至门徒越发嚣张，正是虽无过错，面目可憎，我今日特地要折挫他们的骄气，教训教训他们。"王照希不敢作声，玉罗刹停了一停，忽然问道："听说京中的孟灿武师与令尊乃是八拜之交？"王照希道："也是敝岳。"玉罗刹道："啊，原来还是亲家，那益发好了。孟小姐我也曾有过一面之缘，武功人品都是上上之选。孟小姐未过门吧?"王照希面上一红,答道:"未。家父叫我谒见女侠之后,就进京把敝岳父女接来。"玉罗刹道:"也该接他们来了,在京中做皇室的武师有什么出息?哎,我一向直率,王兄你别见怪。"王照希道:"岂敢,家父也是这样说法。"玉罗刹道:"不是我见到孟武师的信,那四人还要多吃苦头呢!他们扮成皮草客商,火灵猿朱宝椿的手下半路截劫他们,按说他们若把来历说明,便没事了。他们偏偏恃强逞能,把火灵猿的四个头目伤了。是我看不过眼,单骑追踪,用绵掌击石如粉的功夫,把他们震住,请他们上山研究研究剑法。"王照希心里叫苦,暗道:这样的"研究"法只怕要惹起武林绝大的风波。

王照希尚欲进言,玉罗刹急道:"咦,那个姓卓的官儿呢?"叫了两声,不见回答,走去找寻,原来卓仲廉被她拉来观战,看得心惊胆战,竟然晕倒在乱石堆中。

正是:笑语温言施毒手,路旁吓煞锦城侯。

欲知后事如何?请听下回分解。

宮中混戰正烈只
見一個身長玉立
的少年手握一把
寒光閃閃的長劍
大戰十名衛士

劍大霍二虎二先乞＠

宫中混战正烈，只见一个长身玉立的少
年，手使一把寒光闪闪的长剑，大战十余名卫
士。

第二回

震动京华　惊传梃击案
波翻大内　巧遇夜行人

　　玉罗刹骂声："亏他是个封疆大吏，胆子比芥子还小。"在卓仲廉身上拍了两下，卓仲廉这才悠悠醒转。玉罗刹从怀中取出一面令旗，掷给他道："我把你的保镖打发走了，现在还一个给你。"卓仲廉愕然不解，玉罗刹喝道："你把这面令旗拿去，插在车上，陕西省内，没人敢动你分毫，比你那个什么武当派的保镖要强得多！"卓仲廉大喜过望，慌忙收了令旗，正待叩谢，玉罗刹已和王照希走了。

　　王照希拆开岳父的信一看，信的前半段是催他赴京迎亲，后半段却说："京中武师，暗斗极烈，尤以宫廷之内，险象环生，望贤婿速来，愚正有事相商也。"原来王照希的父亲王嘉胤是个落第秀才，二十余年之前，在北京与名武师孟灿结为八拜之交，指腹为婚，结成亲家。王照希七岁时，随父回陕，此后两家就没见过。五六年前孟灿被朝廷聘为慈庆宫（太子所住的宫殿）的值殿武师，而王嘉胤也在陕北，成了绿林首领。王嘉胤知道了亲家的消息，甚为惋惜，孟灿一向豪侠仗义，名重江湖，不知何故，却会接受了皇室的聘请。自孟灿做了值殿武师后，每年总有一两次托江湖人物捎信给他，这次则是托武当派的一个弟子。王照希早十多天已知岳父托有武当派的人带信给他，初时还以为带信的人是耿绍南，所以故意跟他结纳。哪知却是耿绍南的师兄。

且说王照希读信之后，与玉罗刹告辞，匆匆赴京，在路上走了数月，到了京师，已是初春。那日大雪下得正紧，王照希自宣武门入城，忽见人头簇拥，远处有人鸣锣呼喝，王照希好奇一问，旁边有人说道："客官，你不知么？近日京城，闹出一件极大的案件，许多官员都被牵连入内，今天连户部侍郎卓继贤也被推出午门斩首了。人说'伴君如伴虎'，果然不错。卓侍郎听说还是一个好官呢！"王照希听说，吃了一惊，这卓侍郎正是卓仲廉的儿子，耿绍南替卓仲廉保镖也是卓侍郎请他来的。怎的好端端却被推出午门斩首？

王照希人极精灵，就近走上一家酒楼，听人谈论，不消多时，已知道案情原委。原来明神宗（即万历帝）朱翊钧生有两个儿子，长子常洛是皇后所生，次子常洵是宠妃郑贵妃所生。郑贵妃阴谋夺嫡，神宗迟迟不立太子。后来朝臣请立常洛为皇太子，封常洵为福王，封地在洛阳。常洵不肯出京受藩，朝臣又上奏折催他出京。常洵出京后一年（明万历四十三年），忽然有人执枣木棍打伤慈庆宫的守卫，直入前殿，始被捕获。这案件就是历史上有名的，明朝三大怪案之一——"梃击案"，一时闹得满城风雨，震动京华！

太子虽然没有受伤，但光天化日之下，居然有人敢闯进宫殿，打伤卫士，这真是从所未有之事。尤其奇怪的是，那执棍闯宫的人，自称郑大混子，说话举止，疯疯癫癫，太医会诊，也不敢断定他有病无病。三司会审，要他供出主谋，他胡说八道，报了一大串大臣和宫中太监的名字，也不知哪个是真，哪个是假，结果朝臣阉宦，皇亲国戚，纷结党羽，相互攻讦。神宗皇帝又是个昏庸的人，毫无主意，今日听这个朝臣的话，明日又听那个阉宦的话，弄得牵连日广，朝中人人自危。连卓继贤那样一个不好管闲事的官儿，也被牵连入内，竟然不加审讯，就把他推出午门斩首去了。

王照希明白了案情原委之后，暗暗叹息，心想满洲崛起东北，倭寇为患东南，而皇帝昏庸，朝中又是党争未已，这大明江山，恐怕也不会长久了。转而又想："这样也好，朱家无能，就让我王家来管一管。"折下酒楼，根据父亲所给的京城地图，一直寻至报子胡同，孟家门巷依稀记得，不料走进巷内，抬头一看，猛吃一惊，孟家朱门深锁，门外交叉贴了两道封条，竟然是锦衣卫封的，门外还站有两名魁梧汉子，显然是宫中卫士。王照希哪敢停留，慌忙溜出胡同。心中惊疑不定，一路蹀到天桥附近，再寻访一位父执，也是京中颇有名气的武师柳西铭，幸好一找便着。柳西铭见是他来，吓了一跳，急忙锁好门户，拉他进入内室，低声说道："你怎样这般大胆？你父亲是朝廷钦犯，你岳父又被捕去，生死未知。若有人知你身份，如何是好？"王照希笑了一笑，说道："京中正注意着这件怪案，锦衣卫未必会分心来料理我。我正想请问叔父，敝岳是太子宫中的值殿武师，怎的也会被捕？难道他也被牵连进梃击案了吗？"柳西铭叹了口气道："我也莫名其妙呢，那郑大混子，还是你岳父擒着的，就是没功也该无罪，却颠倒起来，把他也捕了去。"王照希暗暗盘算，当下却不作声。

过了两天，孟家门口的警卫已经撤了。一晚王照希食过晚饭，突然换了一身黑色的夜行衣，对柳西铭道："叔父，我今晚想到敝岳家中，探他一探。"柳西铭道："这如何使得？"王照希道："我绝不连累叔父就是。"柳西铭摇了摇头，叹了口气，劝他不听，也只得由他去了。

北京的民居一般都很矮，就是大家巨室，也只是院落广阔，很少有三层楼宇的。（因为历代皇帝限定民居不能高过五凤楼的角楼，以便在宫中可以俯瞰全城，而民居则不能窥探宫内。）王照希轻功甚好，轻轻一跃，已上了屋顶，从囊中取出两枚铜钱，钳在中食二指之间，先把第一枚铜钱向上一抛，二指一甩，再把第二枚铜钱照准第一枚打去。两枚铜钱在空中相撞，发出铮然声响！

这一招有个名堂，叫做"青蚨传信"，是夜行人联络的暗号，两枚铜钱在空中一碰，滚落院中。王照希蜷伏在屋檐上动也不动，过了一会，果然有两个黑衣卫士走了出来，望了一望，一人喃喃自语道："什么声响，连鬼影也不见一个。"另一个人道："京师重地，哪有人这样大胆。李指挥也太小心了。"两人呆头呆脑地看了一会，又进去了。王照希暗扣钱镖，本待二人上屋，就要猛下杀手。心里笑道："真是笨虫，江湖路道一点也不懂。"身形一晃，疾地飞过一片瓦面，赶在两个卫士的前头，进了庭院，再纵身一跃，跳上书楼，这是他岳父平日休憩之所，王照希见楼门半掩，内里无人，蹑足入内。不料前脚刚刚踏入，那扇门板突然倒了下来，一口明晃晃的利刃，从门后伸出，冷气森森，已从侧面刺到。好个王照希，临危不乱，伏地一滚，左手将门板一抬，那口利刃插在板上，王照希一个"鲤鱼打挺"翻起身来，长剑拔在手中，只听得有人嘿嘿笑道："你这小贼是自投罗网！"王照希长剑一晃，正待进招，蓦然间书房两面侧门大开，暗器嘶风，纷纷打进，王照希身子滴溜溜一转，长剑划出一圈银虹，在满室暗器飞舞激撞之中，挥剑直取那伏在门后的卫士。

原来今晚轮值的三个锦衣卫，都是老于江湖的高手，他们接的命令，是要将所有来探的人生擒，所以故意装出粗心大意的样子，引他进来，然后三面伏击。幸在王照希武艺高强，要不然几乎受了暗算。

那伏在门后的卫士，似乎是个头目，一口刀横扫直劈，虎虎生风，居然是"五虎断门刀"的上乘刀法，另外两名卫士，一个使熟铜棍，一个使七节鞭，也都是招沉力猛。王照希挥剑力战，左荡右决，连扫带扎，战了片刻，那使熟铜棍的卫士中了一剑，跳出圈外，王照希剑挟寒风，伏身一跃，乘着一招得手，急下杀手，想先毙掉一人再算。不料使断门刀的那个家伙，招数着实滑溜，乘着王照希伏身进剑，蓦地横刀扫去，一招"凤凰展翅"，径斩对手上盘。王照希迫得放松那名使熟铜棍的卫士，拧身翻剑，把来袭的断门刀格出外门，缓得一缓，那使七节鞭的卫士已扑了上来，使熟铜棍的也负伤再战。

王照希以一敌三，兀然不惧，长剑寒光闪闪，剑势如虹。须知他的父亲王嘉胤乃是剑法名家，得过石家蹑云剑的真传，王照希文武兼学，内外双修，极为了得。再战了片刻，使七节鞭的也中了一剑，痛得哇哇大叫，王照希运剑如风，节节进迫，使熟铜棍的那个，退至墙边，犹自不知，王照希一剑刺去，他向后一退，碰得那堵墙也动了起来，王照希剑招如电，一剑把他钉在墙上，忽听得"砰"的一声，墙上竟然裂了一个大洞！那名卫士的尸身跌入洞内，王照希重心骤失，晃了一晃，几乎吃七节鞭扫着，急忙抽剑回身，就在此际，猛听得墙内一声怪叫，窜出了一个人来。王照希愣了一愣，不知是友是敌？尚未看清，眼睛又是一亮，墙内又跃出了一个少年女子，白衣飘飘，纵身一跃，在众人惊愕之中，抢到了门口，横剑一封，急声叫道："敏哥，攻那名使刀的卫士。"

先跳出来的是个少年，傻虎虎地抢刀急扑，两刀相格，双方都感手腕酸麻。王照希定了定神，凝眸看那少女，心想：莫非是我的未婚妻子。再细看时，轮廓依稀记得，心里蓦然一酸，说不出是什么味儿，呆呆地看那两人相斗。另一名卫士，见情不妙，慌忙夺路飞逃，倚在门口的少女娇叱一声，一抖手，三柄飞刀连翩飞出，上中下三路一齐打到，那名卫士惨叫一声，身上顿时添了三个窟窿。那白衣少女一边放暗器，一边娇嗔发话道："喂，少年人，你为什么尽瞧着我不动手呀！"王照希面色一变，看那个少年和敌手相持不下，一跃上前，左肘朝他一撞，说道："你退下！"那少年愕道：

"干吗？"王照希一腔怒气，无处发泄，长剑一抢，用足了十成力量，那名使刀的卫士虽非庸手，却哪里敌得住他的内家功力，只听得"咔嚓"一声，"断门刀"真个断了，王照希剑锋一转，把他斩为两截。收剑要走，却听得那少女盈盈笑道："你的剑法真不错呀！就是鲁莽一点。"王照希心头一震，暗笑自己修养不够，一个以天下为己任的人，怎能为儿女之情动了闲气？这"鲁莽"二字之评，弄得他面都红了。那少女上前一揖，说道："义士为家父冒此大险，尊姓大名，可肯赐告么？"

王照希与未婚妻分别已有一十六年，孟灿催他迎亲的事，女儿并未知道，做梦也想不到未婚夫从万里之外来到京师。所以虽觉这人似曾相识，却不敢相认。王照希道："小姓王名曰召，小姐可是孟武师的掌上明珠闺名叫做秋霞？"孟秋霞诧道："你怎么知道我的名字？"王照希又问道："这位小哥可是……"那少年傻笑答道："小弟叫做白敏，是孟武师的弟子，王兄，你的武功真好，只一招就把这鹰爪孙废了，你撞了我一下，我一点也不怨你。"王照希心想：这傻小子名叫"白敏"，却一点也不机敏。

王照希心里酸溜溜的，故意不报真名，胡乱捏了一段来历，说是自己曾受过孟灿的大恩，所以拼舍性命，也要来探他一探。孟灿交游甚广，孟秋霞竟自信了，再次道谢。王照希忽然问道："你们躲在这复壁里多少天了？"白敏道："从老师被捕的那天算起，已有三天了。"王照希越发不舒服，不自觉地面色铁青！

孟秋霞秋水盈盈，注视着王照希的面色，关心说道："王兄，你累了？歇一歇吧！"白敏接口说道："一定是打得乏了，我去寻一瓶好酒来，给你提提神。"王照希又好气又好笑，那傻小子已经跑下了楼，到酒窖里寻陈年老酒去了。

王照希与未婚妻在书房里悠然相对，淡淡的月光从窗外洒进来，王照希一阵阵心跳，孟秋霞燃起了两支红烛，在烛光映照下，越发显得艳丽。王照希道："孟小姐请恕冒昧，我想知道令尊大人是怎样被捕的？下落如何？好设法相救。"

孟秋霞眼睛闪了一闪，眼光中充满谢意，王照希低下了头不敢迫视，孟秋霞倒是落落大方，敛衽说道："就在梃击案发生后的第二天晚上，我们家中突然来了两个奇异的客人，也是在这书房里和家父说话。我和白敏躲在里房，只听得他们说话的声音越来越小，后来就简直听不见了。我只断断续续听得那客人说些什么凶手、口供、阴谋之类的话，又听得家父接连说了几次'我不知道'，后来客人去了，父亲就叫我们赶快逃走，但他到外面望了一望，忽然又走回书房把我们推进墙内的暗室，还把两大包食物掷了进来。我们刚刚躲好，锦衣卫就进来了。我们轮流睡觉，听外面卫士的换班谈话，才知道已过了三天。我们在里面闷得不耐烦，正想闯出去，你就来了。"王照希听她说到与白敏在里面躲藏，毫无羞涩面红之态，心念一动，怀疑不定。孟秋霞又道："我记起了，他们还似乎提到郑国舅和魏公公的名字。"

王照希曾佐助父亲处理过许多事情，见识阅历都超于他的年纪。听了孟秋霞的话后，低头默想，过了一阵，才缓缓说道："这梃击案一定是个大阴谋，有人买通凶手，想陷害另一批人。你的父亲是第一个接触凶手的人，所以被卷进去了。主谋的人只恐你父亲知道什么内情，或者是想套问凶手说过些什么话，所以把他架走。照情形看来，主谋的人定是朝廷上有大势力的人，也许是那个郑国舅，或者就是那个魏公公。我猜想你的父亲一定没有死。"孟秋霞道："为什么？"王照希笑道："除非你父亲真知道些什么，而又把所知道的全都说了。否则他们疑神疑鬼，一定会慢慢套问。"孟秋霞眼睛明亮，赞叹道："你看得真透彻。"对面前的这个少年，不自觉地钦佩起来。心想：自己的未婚夫不知是个什么样的人，要是像这个姓王的少年那就好了，可巧他们都是姓王的。想到这里，面上一阵红晕，粉颈低垂。王照希暗暗诧异：怎么刚才还是那样落落大方，现在又显出女儿羞态来了。

孟秋霞自觉失态，急忙定了定神，抬起头来，正想说话，门外一阵脚步声，白敏已回来了。

白敏提着两瓶陈年老酒，兴冲冲地跑上楼来，推门说道："王兄，喝两口酒提提神吧，你打得太累了。"一见王照希神采奕奕，又不禁喜孜孜地笑道："王兄，你精神恢复得真快，刚才看你那样坏的面色，我还担心你生了病呢！"

王照希心中感动，暗想这小子倒傻得可爱。想到自己与未婚妻分别了一十六年，若她另有心上之人，这也怪她不得。这样一想，心中宽坦许多，反觉对白敏有些歉意。

孟秋霞笑道："你这傻小子，倒很会献殷勤。"白敏笑嘻嘻地斟了三杯，说道："师妹，你也喝一杯。"孟秋霞走出房外，向天空瞧了一瞧，回来说道："别尽顾饮酒了，天色已快将亮了。卫士们就将换班，我们得想个办法才好。"王照希把酒杯一推，说道："咱们走！"

王照希带孟白二人到柳家，柳西铭一夜无眠，尚在心焦等候。王照希叫孟白二人在庭中稍候，自己和柳西铭进入内室密谈。王照希将经过情形说了一遍，又道："请柳叔叔替我隐瞒身份，孟小姐并不知道我就是她的未婚夫婿，还是不要告诉她好。"柳西铭拈须微笑，抬头说道："为什么？"王照希面上一红，呐呐说道："还是不要告诉她好。"柳西铭微微一笑，道："你们少年人的心事真不易猜，好，我依你便是。"走出院子，给孟秋霞和白敏安排了歇息的地方。

过了几天，风波渐息。柳西铭交游颇广，听在宫中当差的人传来的消息，神宗皇帝又把宫中的执事太监庞保、刘成杀了，却把一个叫做什么魏忠贤的太监，升做太监总管。王照希听了，心念一动，想道：这魏忠贤想必就是那个什么"魏公公"了。

孟秋霞心悬老父，度日如年，这几天来她和王照希已经很熟，屡次催他想法。这晚，王照希招孟秋霞和白敏进房，突然说道："孟小姐，你敢不敢再冒一次绝大的危险？"孟秋霞嗔道："王兄，这是什么话来？我无力救父，已是羞惭无地，我家的事情难道还能要王兄独力肩担？"王照希笑道："我不懂说话，该打该打。"白敏道："你快些说出办法吧，要冒什么险，请算我一份。我这个人没有什么长处，就是不怕死，为了救出师父，我赴汤蹈火，也在所不辞。"王照希看了他一眼，说道："我今晚想进皇宫探它一探。我已探清楚那个郑贵妃住在乾清宫，连宫中的地图我也托柳叔叔弄来了。"白敏拍拍手道："那敢情好。"王照希忽道："不过，夜探皇宫，那高来高去的本事一定要十分了得，孟小姐的轻功造诣我可以放心……"白敏这次居然不傻，心想自己的轻功本事果然远比不上师妹，随他们去，莫说帮不上忙，反成了累赘。因道："既然如此，我不去好了。"心无杂念，说得甚为坦然。

这晚，王照希和孟秋霞听得更楼敲了三更，换上青色的夜行衣，到了紫禁城外，淡月疏星，一片静寂。孟秋霞足尖点地，正想跃上墙头，王照希忽然把她扯住，打了一个手势，一蹲身，捡起两块石头，丢入护城的御河，"卜通"两声，声响虽然不大，已惊动了暗伏在城上的轮值卫士，只见四条人影，飞下城墙，直奔御河桥上。说时迟，那时快，就在这一刹那，王照希和孟秋霞腾身掠起，飞上城墙，就如换班一般。王照希早把宫中地图研究清楚，带着孟秋霞，绕过了太和、中和、保和三大殿，进入内廷，两人轻功都是上上之选，等到那几个轮值卫士折回头时，他们已到了乾清宫外侧面的小花园了。

皇宫面积极大，真说得上是殿宇连云，绵亘不绝，北海、白海、什刹海三个人工湖也包括在皇城之内，湖水闪闪发光。王照希和孟秋霞伏在暗陬之处，忽见园角侧门开处，有五六个卫士伴着一个身披斗篷、头面都藏在兜风之内的人，闪闪缩缩地走了进来。王照希目送他们走入宫门，正想冒险一探，远处琉璃瓦面，人影忽然一闪，一溜烟般直没入殿宇之中。王照希大吃一惊，这人轻功之高，竟远在自己之上。若然他是宫中侍卫，那么今晚定然走不脱了。

孟秋霞悄声说道："不入虎穴，焉得虎子？"王照希说道："且等一会。"就在这一时间，忽听得乾清宫内，大呼"刺客！"宫外约有五六名卫士，飞奔跑来。王照希觑准最后一名，突然长身而起，出指如电，一下子就点了他的晕眩穴，拖回暗处，在假山石后剥了他的衣裳，匆匆换上，对孟秋霞道："你伏在这里不要乱动，我混进宫内，看他一看。"跃了出来，拔剑在手，也大叫"捉刺客"，跑入乾清宫内。

宫中混战正烈，王照希只见一个长身玉立的少年，手使一把寒光闪闪的长剑，大战十余名卫士，剑光霍霍，虎虎生风，斗到急处，但见剑花闪烁，冷电精芒，耀人眼目。这人使的是武当派七十二手连环剑法，但功力之深，比耿绍南之流，却不知要高多少倍！王照希暗暗称奇，看他年纪甚轻，却不料这般了得！

但宫中卫士众多，少年虽然厉害，被十余人围攻，也渐渐支持不住。王照希正看得出神，忽听得有人叫道："喂，你为什么不上去呀？"这人乃是锦衣卫的一个指挥，王照希躲闪不及，和他打了一个照面。这人一见是个陌生面孔，比刚才发现刺客还要惊慌，大声叫道："有人冒充侍卫进宫！"手中铁尺也迎头劈下！王照希刷刷两剑，把他刺伤，但自己也陷入了包围。

这长身玉立的少年正是卓仲廉的孙子卓一航，他七岁之时，随父亲卓继贤来京，适逢武当派的掌门紫阳道长也来京化缘。紫阳道长剑法天下无双，正想找寻一个有根器的少年继承衣钵。一日来到卓府，见卓一航头角峥嵘，气宇不凡，动了收徒之念。卓继贤

宫中卫士众多，少年虽然厉害，被十余人
围攻，也渐渐支持不住。

以前在湖北为官，曾和紫阳道长有一面之缘，知他武功妙奥，深不可测，也愿儿子成为文武全材的完人，于是一口答允。紫阳道长把他带回山中，全心教授，又用药物培养他的元气，磨炼他的体肤，如是经过一十二年，卓一航已得了七十二手连环剑和九宫神行掌的全部秘奥，本领在武当第二代弟子中首屈一指，甚至比若干师叔还强。在这十二年间，紫阳道长每三年带他回京一次，让他留在家中一月攻读诗书，在这一月中卓继贤就请名师宿儒替他讲解经史奥义，满了一月又让他把书本带回山中自习。所以卓一航是文武双修，师父父亲都极满意。

到了卓一航十九岁这年，紫阳道长见他武功已成，而卓继贤又想他回京应举，因此紫阳道长送他回来，并赐了他一把寒光剑。分手时紫阳道长道："我深愿你在宦海中不要沉迷，将来武当派掌门的担子，还要你肩担呢。"卓一航领了师父的吩咐，回转家门，三年不见，他已长得比父亲还高一个头了。

父子团圆，一家高兴。却不料风波忽起，横祸飞来，父子相聚，不到三月，卓继贤就被卷入了梃击案的漩涡，一日上朝，遂成永诀。卓一航哀痛逾常，在居官的父执处探听得知，父亲乃是被郑国舅所诬陷，而郑国舅又是秉承他妹子郑贵妃的意旨。卓一航一怒之下，不管宫中好手如云，竟自一剑单身，深宵闯入。

再说王照希陷入包围，展开蹑云剑法，飘忽如风，专拣敌人的罅隙进攻，过了一会，居然给他移近了卓一航。卓一航也连冲数剑，杀开一个缺口，把王照希接纳进来。两人联剑并肩，威力大增，和卫士们混战，有守有攻，看看就可闯出。

这时乾清宫内的寝宫房门忽启，郑贵妃兄妹和刚才进宫那个披着斗篷的男子，在五六个卫士围拥之下，倚门观战，郑贵妃笑道："常洵，叫你的随从显显功夫。这些卫士脓包，连两名小贼都捉不着。不早点收拾，惊动正宫，反而不妙。"那披着斗篷的男子把手一挥，两名卫士疾冲出去，一个使护手钩，直奔卓一航，一个双手空空，竟然凭着一双肉掌，来硬抢王照希的长剑。王照希刷的一剑，那人身形一矮，竟然从侧面抢来，王照希的蹑云剑以快捷见长，一刺不中，立刻变招横截敌人手腕，剑尖下刺敌人膝盖，那人噎了一声，双掌护身，退了两步。

这人练就鹰爪功，在"空手夺白刃"这门功夫上，有很深的造诣。不料王照希家传剑法，凌厉异常，这人连扑数次，都未得手。那边使护手钩的卫士，以为凭着双钩可以克制刀剑，故一上来就用急招"大鹏敛翅"，双钩一合一拉，要锁拿卓一航手中的长剑。不料卓一航剑术更妙，长剑一翻，青光匝地，后发先至，那人双钩犹未递到，他的长剑已以"旋风扫叶"的招数斩向敌手下盘，使护手钩的也不由得退了几步。常洵见自己倚重的两名高手，出手不利，不禁甚为失望。

但这两人功夫到底比其他卫士强得多，这一加入，配合了其他十余名卫士，把卓王二人紧紧围着，又拖延了一些时候，王照希不觉焦躁起来，忽听得孟秋霞尖声急叫，接着是一片叫喊捉女刺客之声，王照希更急，刷刷数剑，硬往前冲，与卓一航稍稍分开，卫士立刻乘虚而入，把两人隔在两处，王照希一急则乱，虽然勇猛前扑，杀伤了两名卫士，而自己肩头火辣辣的，也中了一刀，险象环生，几遭不测。急忙凝神止躁，把一柄剑舞得风雨不透，缩短圈子，护身待援。

正混战间，乾清宫外侧面的花园，园门大开，一队卫士疾跑进来，郑贵妃面上变色，急推那个披着斗篷的男子入内。说时迟，那时快，这队卫士已跑到宫前，却并不加入追拿刺客，当中一个男子，在卫士簇拥之下，大叫："停手，搜宫！"包围王卓二人的卫士，吓得个个住手跳开，郑贵妃尖声叫道："殿下，我犯了什么罪了？"原来这人乃是太子，只听他又大声喝道："搜宫！"他带来的卫士，冲上台阶。郑贵妃头发一甩，厉声斥道："没有万岁爷的圣旨，谁敢擅进此门。"卫士一窒，太子冷笑说道："早已有人擅进此门，不必父皇圣旨，万事有我承当！"卫士们发一声喊，抢入宫殿，郑贵妃也尖声叫道："替我挡着这些暴徒，我与他到万岁爷前讲理去，万事有我承当！"两边针锋相对，卫士各为其主，顿时混杀起来！

卓一航身形急起，运剑如风，叫道："太子，我替你捉拿叛贼！"只见他翻身进剑，在人丛中直穿过去，乾清宫的卫士在混战中哪分得出身来拦他，宫内有三几个卫士冲出拦截，也给他一顿泼风剑法，连环发招，打得东歪西倒。那披着斗篷的男子，跑在郑贵妃前头，看看就可进入内室，卓一航足尖一点，平地跃起，疾如飞箭，在半空中疾冲扑下，一把抓着他的斗篷，拿了起来，将他的身躯当成兵器，一个旋风急舞，挥了一个圆圈，宫内虽有五七名卫士，哪个敢上？在这时间，王照希也挥剑杀了入来，太子和两名侍卫也已闯入殿中。

卓一航一个旋风急舞，将擒获的那个男子向外抛出，早有太子带来的卫士上前接过，揭开风兜，现出面目，卫士惊叫道："二皇子！"太子冷笑道："把他捆了！继续搜宫！"卓一航双臂一振，劈啪两掌，把乾清宫内殿的宫门震开，一马闯进。

原来二皇子常洵，仗着母亲郑贵妃得父皇宠爱，早思阴谋夺嫡，但朝中大臣多是太子的羽翼，被迫离开京师，受封到洛阳去做藩王。郑贵妃心中不忿，勾结了太监魏忠贤、哥哥郑国泰与若干朝臣结成党羽，定下了一条恶毒之计，唆使一个心腹死士，扮成癫汉，在青天白日之下，手执枣木棍，硬闯慈庆宫，被擒之后，故意疯言疯语，乱供同党，嫁祸插赃，将扶助太子的大臣一个个牵连入内，又把宫中两个最有势力的太监庞保、刘成除了，让魏忠贤得以掌握东厂，接任"宗主"。（明朝的特务组织，分"东厂""西厂"

和"锦衣卫"三个机关。东西厂由太监掌握,"锦衣卫"则由武官主管。东厂的总管称为"宗主"。)常洵在洛阳也收买死士,密谋造反。后来梃击案阴谋成功,牵连日广,郑贵妃以为大事可成,遂密召儿子进京。不料太子常洛,颇为精明,手下也有一班武士。常洵进京的事,居然给他侦察出来,因此遂爆发了深宫喋血的一幕怪剧。

卓一航震坍宫门,直闯进去。只见郑贵妃兄弟和一个白净肥胖的太监都在殿中。卓一航认定郑贵妃兄弟是陷害他父亲的仇人,大吼一声,抢拳直上。那太监正是魏忠贤,斥道:"你敢造反!"把手一挥,四名"桩头"(东厂卫士的头目)一齐迎击。卓一航呼地一掌扫去,第一名桩头伸臂一格,身形一歪,居然并不退后;第二名桩头反掌一挥,竟是铁琵琶手的功夫,挟着劲风,扑面打来;第三名桩头乘着他旋身之际,左肩向前一撞,和卓一航碰个正着,他给卓一航反震之力,震倒地上,卓一航也给他碰到歪歪斜斜,收不住脚。说时迟,那时快,第四名桩头卜地飞起一腿,一个"蹬脚",踢在卓一航胯上,顿时把卓一航踢出一丈以外,但却并未跌倒。这四名桩头都是东厂高手,武功远在外面混战的卫士之上。卓一航虽然武功极高,但经验火候都尚不足,以一敌四,竟然吃了大亏。卓一航勃然大怒,一个翻身,拔出寒光宝剑,王照希和太子的卫士,也已经入到内殿来了。太子喝道:"常洵私离藩地,图谋叛逆,谁敢包庇,一并拿了。"喝声未停,魏忠贤忽然把手一招,叫道:"遵命!"竟指挥四个桩头,一把就将郑贵妃兄弟拿着。笑嘻嘻地道:"郑贵妃兄弟主谋叛逆,我是证人!"太子愕然,王照希却心不在焉,提剑四顾。

正是:深宫喋血,大起波澜,刀光剑影,骨肉相残。

欲知后事如何?请听下回分解。

王照希心不在焉地提剑四顾。

第三回

手足相残　深宫腾剑气
恩仇难解　古洞结奇缘

郑贵妃嚷道："魏公公，你这是什么意思？"魏忠贤面孔一板，双眼一翻，悄声说道："你们母子兄弟，密谋篡位，我魏忠贤忠心赤胆，维护太庙宗嗣，与你们周旋，无非是想套取你们的奸谋，你当我真会参与你们的造反么？"郑贵妃泼口大骂。太子常洛将信将疑，转念一想，这魏忠贤新近得势，掌有东厂，管他是真是假，只要现在帮我便行，我又何必苦苦追究。当下喝令将郑贵妃兄弟与二皇子常洵绑个结实，正想退出，王照希忽然大声喊道："孟伯伯，我来了！"太子瞿然醒起，向郑贵妃喝问："你们将我的值殿武师绑架，藏在哪儿？"

魏忠贤眼色一抛，东厂的一个桩头把屋中的八仙台猛地掀起，地上现出一个黑黝黝的洞穴。王照希与四个桩头纵身入内，行了几步，只听得里面大声呼喝，金铁交鸣，王照希从八宝囊中取出火石，点起火绒，与东厂的四个头目急步奔前，聚拢目光，只见一个魁梧汉子，披枷戴锁，居然身似旋风疾转，舞动长枷，与两个看守卫士恶战。这人正是他的岳父孟灿，他听得外面杀声撼地，情知有变，因此强运内力，挣断手镣，就以长枷作为兵器，与乾清宫的两名卫士拼斗。

那两名看守都是卫士中一等一的好手，孟灿吃亏在脚上戴着沉重的铁链，未能挣脱，纵跳不灵，一场恶斗，虽然把两个看守打得头破血流，但自己也受了七八处刀剑之伤。四名桩头疾跑入内，那两个看守大喜嚷道："喂，你们快来服侍这个蛮子！"却不料，说时迟，那时快，四名东厂头目，两个服侍一个，反以迅雷不及掩耳的手段，把两个看守杀了。

王照希提剑上前，只见岳父已似血人一样，急忙将他扶出地窟，在他耳边说道："岳父，是小婿来了。"孟灿道："霞儿呢？你见过没有？"语声微弱，说得很是吃力。王照希道："霞妹也在外面。"孟灿精神一振，扶着王照希的肩头走出地窟。

宫殿内太子常洛正与卓一航说话，卓一航的祖父是总督，父亲是侍郎，一说起来，太子自然知道。太子道："你父亲的冤枉我必定替你昭雪。"孟秋霞也已进入殿内，站在卓一航身边，忽见王照希扶着一个血红的人出来，大吃一惊，定睛一看，却是父亲，不由得魂飞魄散，眼泪迸流，跳上前去。孟灿道："太子，恕我不能侍候你了！"左手拉着女儿，右手拉着女婿，正想说话，忽然有两名从外殿赶来的锦衣卫，发出怪声，一左一右，双双纵上，齐向王照希扑去，王照希身子一仰，左肘一撞，把一名卫士撞翻，接着一掌劈出，又将第二名卫士格退。定睛一看，这名卫士正是在陕西追踪自己，给玉罗刹吓退的锦衣卫指挥石浩！

石浩素来自负，给王照希一掌格退，振臂再扑。太子喝道："石浩，休得胡来！"石浩道："这人是陕西的叛逆！"太子奇道："什么，他是叛逆？"石浩道："他在陕西诳称是卓总督的保镖，我们有眼无珠，把他轻轻放过了。不料后来剧盗玉罗刹竟替他出头，杀了我们三个锦衣卫。"锦衣卫对外，东西两厂的卫士对内，各不统属。石浩这班人是从外廷太和门那边闻讯赶来的，他们直属皇帝，所以若然真是搜捕叛逆，太子也制他不住。太子道："什么玉罗刹，是男强盗还是女强盗？"石浩道："是当今天下最最厉害的女强盗。她替他出头，显见是有关系。"说罢作势欲扑，王照希忽然哈哈笑道："卓总督的孙儿便在此地，你问问他我是否他家的保镖？"卓一航看了王照希一眼，朗声说道："禀殿下，这位王兄正是我家的保镖，所以我和他一道进宫，助殿下擒获叛逆。"石浩道："那么玉罗刹为何帮你？"孟灿虽受重伤，神智尚清，急向太子叩头禀道："这人是我的女婿，他和小女前来救我，请石指挥不要冤枉好人。"孟秋霞站在旁边，父亲的话虽然微弱，却是听得清清楚楚，身子陡然发热，也不知是羞是喜，心儿卜通通地跳个不停。

孟灿这几年来做慈庆宫的值殿武师，和太子甚为相得，日前那个梃击案的凶手，又是他拼死擒着，而今为了太子，他又被郑贵妃的手下捉去私刑拷打，弄得变成血人，太子对他甚觉歉疚，听他一说，急忙说道："石指挥，孟武师和卓公子总不会说谎，你放了他吧！"孟灿道："那玉罗刹既是最最厉害的女强盗，她和官面的人自然是作对的了。只怕她有意离间也说不定。"石浩碍于太子的面子，而且孟灿又是他的前辈，心里虽然还有怀疑，也只好悻悻退下。

太子道："孟武师身受重伤，随我回宫调养去吧。卓公子和这位王兄，也请一并进宫。"孟灿道："谢殿下，奴婢今生恐再不能侍候你了。还是让奴婢回家，料理后事吧。"太子看他伤势，知是无望，而自己又有大事料理，也就不再强他。当下说道："也好，你坐我的车回去。"叫人取了大内的金创圣药，送他们回家。

一路上，孟秋霞在马车里扶着父亲，不时偷瞧王照希。王照希却是眉头深锁。到了家中，天色已将发白。送他们回家的太子随从，给孟家揭了封条，留下金创圣药，告辞回宫。王照希与孟秋霞把孟灿扶入卧房，敷伤裹创，忙了一阵，卓一航也在旁帮忙。孟灿精神稍见好转，突然睁大了眼，气喘吁吁地说道："你们靠近一些，我有最秘密的事情要告诉你们。"

卓一航以为是他家私事，悄悄退出。孟灿忽然招招手道："这位卓兄可是紫阳道长的高徒？"王照希点了点头。孟灿道："我和卓兄虽是初交，今后也将永别。但适才见卓兄庇护小婿，高义难忘。这事情我也不想瞒着卓兄，而且日后恐怕也要卓兄助一臂之力。"卓一航行到门口，再折回来。王照希倒了一杯热茶，给孟灿喝了，说道："孟伯伯你养养神再说吧。"孟灿双眸炯炯，急声说道："现在不说，那就迟了。贤婿，我知道你父子近年对我不满。"王照希道："哪里的话。"孟灿道："我快死了，咱们都说实话。我知道你们父子不满意我做朝廷的奴才，可是你知道我为何要到慈庆宫去做值殿武师吗？"

孟灿面容肃穆，身子抖颤，大家都不敢说话。过了半晌，孟灿沉声说道："我和冀北的罗大侠罗金峰是挚交，你们是知道的了，罗金峰在五年前突遭横死，你们可知道么？"王照希道："听江湖上的朋友说过。"孟灿道："罗金峰肝胆照人，忠心爱国，年前到关外刺探敌情，得了一份绝密的情报。原来满洲鞑子蓄意内侵，连年来派人到关内活动，竟然收买了一批人替他作内应。其中有督抚大员，有朝廷重臣，也有武林高手。罗金峰只探出两个人，其中一个还不知道名字。"卓一航和王照希义愤填胸，齐声问道："是哪两个？"孟灿道："一个是川边的应修阳。"王照希啊了一声。孟灿道："应修阳行踪诡秘，十年来无人知道他的下落。另一个却是大内高手，但却不知是锦衣卫的还是东西厂的。据说若干重臣督抚和他都有联络。所以这人比应修阳还要重要。罗金峰知道这个秘密，刚刚回到关内，就给人害死了。临死时他对我说出秘密，到慈庆宫去做值殿武师也是他的主意。"王照希这才恍然大悟，原来岳父进宫，用意是就近侦查。孟灿叹口气道："可惜我在宫中五年，一点线索都得不到。"歇了一阵，又道："宫中暗斗甚烈，太子这人，虽然比他父亲精明，也有心励精图治，只怕也未必能逃暗算呢！我不想你们也进宫当差，只愿你们记着应修阳这个名字。"

孟灿一口气说完，气喘更甚，孟秋霞给他轻轻捶背。孟灿忽道："白敏呢？"孟秋霞道："他在柳叔叔家里。是王哥哥救我们出来，带我们去的。"王照希心道："这白敏原来是他心爱的徒儿，怪不得秋霞和他那么亲热。"不觉又有些酸意，说道："孟伯伯，你惦白敏，我给你把他叫回来。"孟灿惨笑道："不用了，来不及了！咦！照希，你为什么尽叫我做'伯伯'？我去世后，你和秋霞要相亲相爱，我见得着你们，我心里很高兴，很高兴……"话声断断续续，越说越弱，还未说完，双腿一伸，气息已断！

孟秋霞号啕大哭，王照希跪下叩了几个响头，道："我请柳伯伯替你主持葬事，还有你的白敏哥哥。"孟秋霞带泪问道："你呢？你不替我主持吗？何必劳烦外人？"王照希道："我、我……"欲言又止，正在此时，外边忽然有人叫门。卓一航下楼开了大门，却原来是太子差来的人。

太子差人来探问孟灿，知道噩耗，无限惋惜。另外差人还带来了太子的邀请，请卓一航到慈庆宫作客。卓一航接了请帖，请太子的随从在客厅稍候，自己进内更衣，并和王照希道别。

王照希设了岳父的灵位，陪卓一航辞灵之后，忽然把他拉入内室，悄悄说道："卓兄，太子召你，将有重用，但我劝你还是不要做官的好。"卓一航道："我丧服未满，哪会为官？"原来他们讲究古礼的官家子弟，守孝要守三年，在这三年内非但不能出仕，连结婚作乐也不可以。王照希又道："那么卓兄是否要携令尊金骨，回陕西原籍？"卓一航道："正想如此，但只怕万里迢迢，不知能否护先父遗骸，归葬故园呢。"王照希忽道："凭卓兄的本领，何处不可通行。但请你提防一个人。"卓一航道："谁？"王照希道："玉罗刹！"卓一航道："为什么？"王照希道："她和你们武当派结有梁子。"卓一航道："怎么我未听同门说过？"王照希道："这是最近的事情。"
当下将玉罗刹劫他祖父，辱他师兄的事说了。卓一航怒道："好一
个狠心辣手的贼婆娘！"王照希眉头一皱，他料不到卓一航官家子
弟的气味竟如此浓，口口声声骂玉罗刹做"贼婆娘"，他自己是绿
林大豪之子，心中未免不快。当下冷冷说道："玉罗刹手底之辣，
确是罕见罕闻。但她巾帼须眉，却也是武林中百世难逢的奇女。"
卓一航淡然说道："是吗？若有机会我也想见她一见。"王照希陡
然一震，他到底受过卓一航庇护之恩，如何能眼睁睁看他送死。急
忙说道："卓兄，我劝你还是不要碰她为妙。你是千金之体，若出
了什么事情，我的罪可更大了。"卓一航虽然心也不快，但见他说
得极为诚挚，便道："既然如此，我不见她也罢。"王照希道："是
啊，卓兄武艺虽高，也犯不着和她作对。何况卓兄若回原籍，当然
是取道大同，经山西回陕北的了。只要不到陕南，就可避过玉罗刹
了。"卓一航道谢了他关注之情，拱手道别。王照希忽然在他耳边
说道："卓兄回家之后，若然有事，请到延安府来找小弟。只要说
出小弟贱名，定有江湖同道给你指引。"卓一航性情磊落敦厚，只
觉此人颇为诡秘，却料不到他便是陕北绿林领袖的儿子。

　　当下卓一航应了一声，也不问他在延安府的住址。两人挥手道
别。卓一航乘了太子来接的马车，直入东宫。随从把他安置在宾馆
稍候，过了一阵，进来叫道："太子有请！"卓一航随侍从走过曲
曲折折的回廊，到了一处用白石栏杆围成的庭院，庭院中有几个武
士在那里表演武功，庭院对着一座彩楼，太子就在彩楼中饮酒看
技。侍从把卓一航带上彩楼，行过礼后，太子赐他平身，叫人端一
张凳子给他，就叫他坐到侧旁，微笑说道："经过昨晚的纷扰，大
功总算告成，外有廷臣，内有宗室，还有煌煌祖训，不怕父皇不惩
治他们。昨晚你也辛苦了，咱们且饮酒看技。"原来明太祖朱元璋
立国之后，定下封建制度，把子孙封为藩王，对防止藩王谋叛，异

常严密。例如若不奉诏，藩王不许入京，即在藩地，出城扫墓，也必须奏请，藩王之间，不许往来，更不得干预朝政。一犯禁令，立即削爵贬为庶人，送凤阳府高墙（牢狱）永远禁锢。这些严密的规定，便是太子所说的祖训。明神宗朱翊钧虽然宠爱郑贵妃母子，但这次常洵私自入京，犯了祖训，即算查不出叛逆实据，这大罪也难逃了。加以朝野的大臣名流如顾宪成、申时行、王锡爵、王家屏等都是拥立太子的人，尤其是顾宪成，在万历廿二年时，就因立嗣之争，辞官归里，在无锡东林书院讲学，一时天下景从，名士清流，组成了东林党。虽然在野，影响极大。顾宪成是拥立太子的人，明神宗虽偏爱庶子，也有顾忌。魏忠贤起初见郑贵妃母子得宠，因此互相利用，借郑贵妃之力夺取东厂，后来一看内外形势，对郑贵妃不利，于是又投归太子，更增加了太子的优势。因此太子才洋洋自得地对卓一航说出那一番话。

卓一航听了这一番话，悚然有感，心想：二皇子虽然不肖，但兄弟骨肉之间总不必如此猜疑忌刻。太子把想谋叛的弟弟捉了，本是应该，但这样幸灾乐祸，却非人君的风度。不觉想起《左传》里"郑伯克段于鄢"那段文章。那里记载的郑国两个皇子，也像今日的太子与二皇子一样，为了争位，哥哥把弟弟捉了。那个弟弟"共叔段"比今日的二皇子常洵还要胡作非为，而郑庄公则要比太子常洛宽厚。但《左传》还是讥讽郑伯以机谋施于骨肉。卓一航暗暗心寒，又想起孟灿为太子而死，而太子听到死讯，却一点也不哀悼，不觉把投靠的意思消去一半。

太子见他悠然若有所思，举杯笑道："你且看我门下卫士的轻功妙技！"卓一航举头观看，只见庭院中四个汉子，肩头上各顶着一根长长的竹竿。每根竹竿上攀着一个少年，左手握竿，右手执剑，四名大汉肩头顶着竹竿绕场疾走，竹竿上的少年作出种种姿势，或作"倒挂珠帘"，或作"平伸雁翅"，或以足钩竿，或以指定竿，姿势十分美妙。卓一航常在天桥看耍杂技，杂技中虽也有这样节目，但攀附着竹竿演技的人，却远没有这么灵活。四名大汉抱着双手，在场中穿花蝴蝶般地左穿右插，肩顶着的竹竿颤动不休，弯下了一大截，但竹竿上的少年却是嬉笑玩耍，好似稳如泰山。卓一航道声"好！"太子微笑道："这算不了什么。"一击掌，四名大汉突然凑在一处，竹竿上的少年执剑刺去，四名大汉左穿右插，上面四个少年也是东一剑西一剑，交互混战，真是极尽龙蛇衍曼的奇观。卓一航细看时，只见这四个少年，虽是混乱刺击，并无固定对手，但却颇有法度，不禁鼓掌称妙。这四个少年的轻功造诣，已非寻常可比，不能以等闲耍杂技的人视之了。

太子又击了击掌，卫士班中蓦然走出一个五十余岁，紫膛面、山羊须的汉子，手上也拿着一根竹竿，走到场心，把竹竿折为两段，在庭中一竖，身子腾起，双足点着两根竹竿，身形晃了几晃，便定了下来。要知竹竿竖在地上已难，而支持一个人的重量更难。这人非但轻功高妙，力度也用得恰到好处，才能稳住重心。这人站稳之后，叫道："来吧！"那四名汉子肩头顶着竹竿，绕着他打转，竹竿上的少年发一声喊，忽然一个个地跃下，持剑向他疾冲，那人身手矫捷极了，站在两段竹竿上纹丝不动，四个少年先后向他冲来，他伸出两手，一接便抛，就像耍杂技的人抛飞刀似的，把左面冲来的少年抛向右边，右面冲来的少年抛向左边，一抛又接，一接又抛，更妙的是，那些冲来的少年给他一抛，又恰恰抛到那四名大汉的竹竿上，就像演出一场空中飞人的大杂技，好看之极！

太子再次击掌，场中的人倏然停止，四名大汉取下竹竿，竹竿上的少年也各各跃下。那个留着山羊须的汉子，微微一笑，也跳下地来，那两段竹竿，却仍然竖在地上。卓一航眼利，看出那两段竹竿似乎短了一截，方在诧异。那汉子哈哈大笑，把两段竹竿拔起，地上竟然留下了两个小洞。须知竹竿质柔，泥地甚硬，这人竟能运用足尖的内力把竹竿插入地内，这份功力，确是非同小可！太子把那汉子招来，给卓一航介绍道："这位是西厂第一高手，现父皇拨给我使用，名叫郑洪召。卓先生武艺高强，两位正好交个朋友。"郑洪召伸手相握，卓一航忽觉他陡然用力，五指就如铁箍一般！

卓一航心想：他是在试我的功力。手板放轻，郑洪召突觉手中握着一堆棉花，卓一航的手掌已似游鱼一般滑了出来。郑洪召道："好，是正宗的内家功力，阁下不是武当派也是嵩阳派的了。"卓一航微微吃惊：只凭这一试招，他竟能知道我的武学渊源。当下说道："武当派的紫阳道长正是家师。"郑洪召啊呀一声道："原来是天下第一名手的高徒，难怪这般了得。"各道仰慕之意。太子兴尽遣散众人，带卓一航回转书房。

神宗已老，太子随时可能即位，所以急于招揽人才，眼见这卓一航文武全才，又是世代大官之后，对他十分赏识。于是礼贤下士，请他在太子宫中担任官职。卓一航以孝服未满推辞。太子道："又不是在朝中为官，在我府中当个客卿，也并不违背孝道。"卓一航道："家父尸骨，还要运回家乡。微臣祖父，年老无人侍奉。昔李密陈情，圣主尚放他归里。微臣未入仕途，岂忍夤缘求进。"太子叹道："先生纯孝可风，自古道忠臣出于孝子之门，我也不勉强你了。但望你安葬令尊之后，再到京师，让我得以亲近贤人。令尊的冤情，日内必可昭雪。你可在我宫中暂住几天。"太子盛意拳拳，卓一航自然不好推辞。

过了几天，朝中又是一番气象。神宗恪于祖宗遗训与朝臣议论，迫得把郑贵妃贬入冷宫，将二皇子常洵削爵囚禁，郑国舅则被问了缳首之刑。一场大案，顿时平反过来，被牵连的大官也一个个得到昭雪。卓一航的父亲卓继贤惨遭枉死，皇上颁旨给他洗脱了叛逆之名，并追赠太子少保。卓一航拜谢了太子恩情，心中稍得安慰，抒了抑郁之情。梃击案至此告一段落，只是那持梃闯宫的郑大混子，却突然不明不白地死在狱中，神宗糊里糊涂，也不追问。太子以大敌已除，不愿牵连过甚，也作罢了。自此魏忠贤一面在宫中弄权，一面和太子结纳，但他忌惮太子精明，暗地怀着鬼胎，终于后来又弄出明朝的第二个大怪案——"红丸案"，这是后话，按下不表。

且说卓一航赖太子之力，替父亲昭雪之后，浩然有归志。他向太子告了个假，到报子胡同孟家去探访王照希。不料王照希和孟秋霞都不见了。卓一航怅然回宫，与太子说了，太子也甚惋惜。叫人把孟灿的功劳，记在簿上，把孟灿女儿女婿的面貌也画了出来，以便日后寻觅酬报。卓一航心里暗道：他死时你毫不关心，现在却惺惺作态，做给谁看。

过了几日，卓一航将父亲的骨殖移了出来，放入金坛，向太子告辞。太子忽道："卓先生，有一个人想和你一同回去。"

卓一航道："殿下府中有人要到陕西去么？"太子道："正是。你迁丧令尊，千里迢迢，有人作伴也好。"叫卓一航稍候，过了一阵，侍从带上一人，却原来就是那日演技的郑洪召。郑洪召笑道："我们两人作伴，多厉害的强盗，大约也能应付了。"卓一航心念一动，冲口问道："若然是碰到玉罗刹呢？"郑洪召面色倏变，随即掩饰笑道："咱们与玉罗刹河水不犯井水。卓兄不必害怕。"

两人离了京师，晓行夜宿，路上大家谈论武功，倒也不觉寂寞。过了二十多天，穿过山西，到了陕西边境。沿途时不时见有人和郑洪召打招呼，这日来至华阴，西岳华山已在面前。卓一航想起华山落雁峰上，有一所道观，观中的道士贞乾道人是师父的知交，师父曾叫自己回家时去拜访他，因对郑洪召说了。郑洪召道："那正好了，咱们索性在这里逗留三天，我也要等几位朋友。"

第二日一早，卓一航邀郑洪召上华山，郑洪召推说有事，但嘱他早去早回。卓一航独自一人，步上华山。那华山名列五大名山，朝阳、落雁、莲花、云台、玉女，五峰环拱，峰峦重叠，形似一朵插天花瓣，端的是壮丽无俦。落雁峰是华山第二峰，卓一航行了许久，到了半山，已近中午时分，山顶云气弥漫，天色沉暗，卓一航担心下雨，幸好道观已经在望，卓一航步入道观，观内疏疏落落，居然也有几个香客。卓一航走过经堂，拾级登殿，忽见一个妙龄少女，匆匆走出，颜容艳丽，美若天人，虽是惊鸿一瞥，也觉意夺神摇。卓一航心想，若她下到半山，碰着大雨，那就糟了。

　　卓一航进了大殿，通名求见，贞乾道人极为欢喜，亲自把他接入丹房，叫小道士端来华山的名茶，卓一航替师父问候，贞乾道："我与尊师已有十年不见了。想不到他调教出这样一位好徒弟。"歇了一歇，又道："你的三师叔红云道人，一月之前，倒曾经过此地。"卓一航道："我三师叔来做什么？"贞乾道："听他说武当门下，有五个第二代的弟子，给玉罗刹割了手指，辱骂一顿。红云道人要找玉罗刹算账呢。是我把他劝了又劝，劝他不要和小辈动气，后来也不知他去了没有。"卓一航心想：到处都听人说起玉罗刹，这女魔头不知是什么样凶恶的样儿？

　　两人谈了一阵，外面仍是闷雷不雨。贞乾道："看来怕有一场暴雨，你在这里歇一晚吧。"卓一航记挂郑洪召和他父亲的骨坛，立刻告辞道："还有个朋友等我，下山较快，我还是赶回去吧。"贞乾托他问候师父，送出山门。

　　卓一航下到半山，忽然雷声轰轰，乌云蔽日，大雨欲降。

　　卓一航游目四顾，忽见半山腰处，有个大洞，洞口崖石，刻有"黄龙洞"三个大字，洞外有修竹成丛，古松几树，还有石几石凳，想是观中道士见这古洞风景颇佳，特意经营的。卓一航道声"侥幸"，这山洞正好避雨，于是迈步入内。入了洞后，外面雷声接连不断，大雨已是倾盆而下。

　　洞颇深幽，卓一航行到腹地，忽然眼睛一亮，洞中的石板凳上，竟然躺着一个妙龄少女，欺花胜雪，正是在道观中所遇的那个女子，看她海棠春睡，娇态更媚。卓一航是名家子弟，以礼自持，几乎不敢平视。见她睡得正酣，又不敢将她叫醒，心想：若她醒来，岂不误会我是个轻薄之人，于是放轻脚步，走到近洞口之处，盘膝静坐，看外面雨越下越大，虽然心头鹿撞，想那少女颜容也世间少见，但却连看也不敢回头去看。

坐了一阵，卓一航忽觉洞中寒意迫人，心想："我是一个练武的人，犹自感到寒意，洞中那个少女怎生抵受，只怕要冷出病来。"又想道："孤男寡女，虽应避嫌，但若眼见她将因寒致病，于心何忍？避嫌事小，宁愿她醒来怪责我吧。"于是放轻脚步，悄悄走入洞中，脱下身上大衣，轻轻盖在她的身上。又蹑手蹑脚，退了出去。

走了几步，忽听得背后那少女翻身的声响，卓一航不敢回头，但听得那少女厉声斥道："大胆狂徒，敢来欺我？"卓一航忙道："小娘子别见怪，是我见这洞中寒意迫人，怕你受冷，所以冒昧给你添衣。"那少女忽然叹了口气，说道："请你回过头来。"卓一航好生奇怪，回过头，还是不敢平视。那少女将大衣递过，说道："先生适才举动，我都见了。先生真是个至诚君子，我生平还没有见过像你这样的人。换是旁人，怕不要大肆轻薄。"卓一航心想这女子说话怎的如此坦率，面上热辣辣的，又听那少女道："我刚才骂你，是故意吓吓你的，你可别要见怪。"卓一航不觉皱了皱眉，心想怎的这样喜怒倒颠，骂人当玩耍的。那少女鉴貌辨色，笑道："我生性如此，所以许多人都怕我呢。我以后一定改了。"卓一航听她这没头没脑的话，更是奇怪，心想，你既然性情如此，何必突然要改，你改不改又与我何干？

那少女见他尽不说话，面有愠容，又道："先生还恼我吗？"卓一航急道："小娘子哪里话来，我怎会恼你。"那少女喜道："我知

卓一航独自一人，步上华山。到了半山，已近中午时分，山顶云气弥漫，天色沉暗，卓一航担心下雨，幸好道观已经在望。

道你不会恼我。你心地真好，我自出生以来，还未有人像你那样照顾过我。"卓一航道："你的爸爸妈妈呢？"少女道："我还未懂人事，爸爸妈妈就已死了。"卓一航歉然说道："恕我乱问，挑起你的愁绪。"那少女忽然玉手一扬，向他肩头按来。

卓一航身形一闪，那少女身体歪斜，似欲倾跌，卓一航用手指一勾衣带，飘了起来，用衣带拦她腰肢，防她跌倒。那少女站稳脚步，尴尬说道："地下湿滑，不是先生出手相扶，我几乎跌了一跤。"忽而又笑道："说错了，不是出手，是用衣带扶我。"卓一航面红耳热，不敢出声。那少女忽道："你也怕我吗？"卓一航奇怪这少女说话，怎么类似疯痴，继而一想，她无父无母，所以心里难受，怪不得她这样。因道："我只觉小姐可怜。"少女截着话头，颤声问道："可怜？"卓一航续道："也很可佩。小姐孤单一人，活到现在，还敢独上华山烧香，若非绝大勇气，也不能够。"那少女低垂粉颈，说道："你说得真对，怎么你就像我的老朋友一般。喂，你叫什么名字？我还未请教你呢。"卓一航将姓名说了，转问少女，少女道："我姓练，我没有名字，你替我起一个好吗？"外面雨声渐止，一阵风刮了进来，少女衣袂风飘，姿态美妙，卓一航突然想起"霓裳羽衣"的说话，冲口说道："叫做霓裳，岂非甚好？"那少女忽然面色大变，喝道："你是何人，从实招来！"卓一航惊道："我就是卓一航嘛，练小姐嫌这个名字不好，不要便是，何必发怒。"那少女双眸闪闪，眼光如利剪一般直盯着他，听他说后，静了下来。道："我又发怪脾气了，你给我取的名字很好，我以后就叫做练霓裳吧。"

卓一航抹了额上的冷汗，心想："这位小姐真得人惊。"练霓裳忽道："我看先生精通武功，不知到华山何事？"卓一航道："我在武当派学过几手三脚猫的功夫，哪谈得上精通二字，我这次是将父亲骸骨，迁葬回乡，路过华山，特上来烧一炷香。"看官们大约都知这位少女就是那玉罗刹练霓裳了，难得卓一航给她起的名字，正巧就是她的本名。玉罗刹心里生疑，刚才试他，又看出他是武当派的高手，武功远在耿绍南之上，连红云道人，也要逊他一筹。只道他是有意寻仇，不料他毫不隐瞒坦然说了，看神气他绝对不知自己便是玉罗刹，不觉哑然失笑。须知玉罗刹手底极辣，若然刚才卓一航有点隐瞒，那就糟了。

玉罗刹盈盈笑道："我闻得武当派剑法天下无双，怎能说是三脚猫的功夫？"卓一航道："学无止境，天外有天，各派武功，都有特长，哪有天下无双的道理。不过武当少林，历史悠久，代出英豪，所以武林人士遂谬加赞赏罢了。至于我资质鲁钝，虽有名师，书剑无成，更是无足称道。"卓一航这时已怀疑玉罗刹懂得武功，话说得特别谦虚。玉罗刹留心聆听，点了点头。忽然向卓一航行来，衣袖一拂，闪电般地捉着了卓一航的手腕。

卓一航大吃一惊：自己怎会闪躲不开？涨红了面，试用力挣脱。玉罗刹故意把手一松，洞外雨声渐止，山头隐有啸声，玉罗刹道："哟，我害怕得紧，我一害怕就想拉个人作伴，你又不理我。"卓一航也不知她是有意无意，猜不透她到底会不会武功，但看她楚楚可怜，不禁说道："小姐若是害怕，我送你回家吧。"玉罗刹走近洞口，看看天色，说道："雨就要停止，有人等着我呢。不用麻烦你了。"过一会儿，雨收云散，玉罗刹道："好，我要回家去了。"卓一航本想问她：你既无父无母，家里还有何人。但见她言行诡秘，不知怎的，心里有点怕她，不敢冒昧问她身世。因道："既然如此，我也要卜山了。"玉罗刹道："那么你先走吧。"卓一航走出洞口，玉罗刹忽又唤他，卓一航愕然回顾，玉罗刹道："我要你依我一件事。"卓一航道："你说来听，我依得便依。"玉罗刹道："你遇见我的事，不许你对任何人说。"卓一航笑道："这事好依，咱们萍水相逢，过了便算了。我说它干吗？"玉罗刹眼圈一红，忽道：

卓一航说出了自己姓名后，转问这妙龄少女，少女道：“我姓练，我没有名字，你替我起一个好吗？”

"原来你完全不把我放在心上。"卓一航不知所措，只好道："我就要回陕北老家，咱们以后未必能够再见。不过他日如能再见，我一定将你当成好朋友款待。"玉罗刹挥挥手道："好，你去吧！"卓一航飞跑下山，到了山坳，试一回头，练霓裳还倚在岩前，隐约可见。

卓一航回到客店，郑洪召道："你到华山进过香了？可见到贞乾道长么？"卓一航道："见过了。"郑洪召忽道："可惜贞乾道人从来不理闲事。"卓一航听他话中有话，问道："郑前辈有什么事？"郑洪召欲说还休，忽然反问道："你上华山，除了贞乾道长外，还见到什么有本领的人么？"卓一航心灵震动，想起练霓裳的话，道："没有呀！"郑洪召也不再问，当下又和他谈论了一会江湖事迹，吃过晚饭，各自就寝。

卓一航睡到半夜，朦胧中忽听得远处又有啸声，瞿然惊起。门外有人轻轻敲门，是郑洪召的声音说道："卓兄，开门。"卓一航拔了门闩，郑洪召进来剔亮油灯，忽然问道："卓兄，你怕不怕玉罗刹？"卓一航诧道："什么？"郑洪召道："我只要你如实答我的话，你怕不怕她？"卓一航道："我还未见过她，怎会怕她？"郑洪召喜道："不怕便好！那么她劫你祖父，辱你师兄，你也想报仇么？"卓一航道："除非师父有命，我不想特地去找她报仇。"郑洪召道："那么若偶然碰着呢？"卓一航越听越奇，跳起来道："难道玉罗刹就在这里？"

正是：如幻如梦，疑雨疑云。

欲知后事如何？请听下回分解。

第四回

七绝阵成空　大奸授首
卅年情若梦　石壁留经

　　郑洪召弹指笑道："就在这里！"卓一航蓦吃一惊，一个念头闪电般地从脑海中掠过，莫非碰到的那个练霓裳，就是什么"玉罗刹"？转念一想：不会呀不会，玉罗刹一定是个极凶极恶的女人，练霓裳却是千娇百媚的小姐，怎么会扯到一块儿。郑洪召见他低首沉思，又激他一句道："怎么听说玉罗刹在此，就害怕了？"卓一航道："谁害怕了？不过我和她之间虽有梁子，但到底不是什么了不得的大事，我又何必小题大作，找她寻仇？"郑洪召嗔道："那么她劫你祖父的事你就不理了？"卓一航道："我爷爷已平安到家，失点银子也就算了。"郑洪召道："那么她侮辱你的师兄，这事关系你们武当派的声誉，难道也就算了？"卓一航道："本门的事，我要听师父吩咐。"郑洪召道："好吧，那玉罗刹找上门来，你也不理好了。武当派的威名，岂不在你手里断送了？"卓一航道："她并没有找上门呀。"郑洪召冷然说道："老实告诉你吧，她明晚就要和我决斗，你和我在一起，难道你就能置身事外？"

　　卓一航眉头一皱，心想自己和郑洪召虽然没有什么深厚的交情，但到底是同行的伙伴。而玉罗刹又确实是本门的仇人，自己若不出手相助，郑洪召怪责也还罢了，只怕武林中的朋友，真会以为自己胆小怕事，不敢惹她。又想道："三师叔也要找她晦气，那么我帮这个姓郑的斗一斗她，师父一定不会怪责。"当下说道："郑老前辈，玉罗刹既然要和你为难，那么我也要看看她有什么本事。只是我年轻技短，只怕帮不了什么忙。"郑洪召喜上眉梢，哈哈笑道："好说，好说，这才是个有种的男儿。我给你引见几位朋友，咱们明晚合伙儿去斗一斗那女魔头。"拉起卓一航，跳出窗外，奔向荒野。

淡月疏星，远处有点点磷火。跑了一阵，忽闻得几声怪啸，郑洪召倏然停步，拍拍手掌，荒郊野墓旁，忽然钻出了几个人来。卓一航定睛一看，只见高矮老少，共是四人。郑洪召问道："范二哥有急事不能来我已知道了，应大哥也不能来吗？没有他怎成？"其中一人答道："他要算准时刻，明晚突如其来，吓吓那个女魔头。"

郑洪召将四个怪客一一介绍。头一个是赵挺，乃嵩阳派的名宿，第二个是范筑，以大力金刚手名闻江湖，第三个却是个廿六七岁的少年，名叫玉面妖狐凌霄，出道未有几年，是个剧盗，第四个是道士，名叫青松道人。这四人都是江湖上的成名人物。卓一航心想：这赵挺范筑也还罢了，青松道人我不知他的来历，那玉面妖狐却不是个正派的人。郑洪召为何把这三山五岳的人马都约在一起？

郑洪召道："卓兄，明晚我们在华山绝顶，斗一斗那女魔头，咱们先练习一下阵式。"卓一航道："什么阵式？"郑洪召道："我们本约好七人，每人都不同派别，各有特殊武功，准备在合斗玉罗刹之时，互相配合，相辅相成，因为大家武功不同，又要配合得好，所以要预先操练。现在我们约定的七人，有一人临时有事，不能赶来，因此一定要卓兄加入，才能凑数。"卓一航道："但现在连我在内，也只有六人。"郑洪召道："我们的大哥，明晚要算准时刻才来，这阵式就是他研究出来的，所以不必等他。"卓一航心想：也好，看他怎样练法。郑洪召叫六人排成一个圆圈，首尾相应，说道："武功的玄妙，就全在时间要拿捏得恰到好处，比如你这一招，本来极为辛辣，但发得过早，敌人便能有余暇应付，发得过迟，方位已变，敌人又更可以趁你招老反击，所谓差之毫厘，谬以千里，就是这个道理。这道理虽简单，但要实行却不容易。非有炉火纯青的武功，出神入化的本领，谈何容易。现在我们七人，虽然都是一流高手，但那玉罗刹出手如电，我们若不预先练好，合七人之力，要胜她不难，要制她死命，却未必能够。所以我们大哥，研究出这个阵式，名为七绝诛魔阵，以三人作先锋，三人作后卫，一人当中作为主帅，策应四方。先锋后卫互相调换，阵容变化奇诡，这样三进三退，此去彼来，中间又有人策应，必弄到敌人毫无喘息的可能，纵算她三头六臂，也难逃脱。现在大哥未来，主帅暂缺，我们六人先练攻击的配合之道。"将阵势讲解之后，把手一挥，转动起来，先锋三人各发一招，后卫三人迅即补上，阵形忽圆忽方，忽如一字长蛇，忽如二龙扰海，忽而四面合围，忽而左右包抄，但步伐却是丝毫不乱。阵势催动，真如长江浪涌，威力惊人。卓一航本就聪明，不须多时，已是心领神会，暗想：现在那个什么"大哥"未来，已是这般厉害，若然来了，中间再添人策应，那就真是天罗地网，插翅难逃了。不知他们与玉罗刹有什么深仇大恨，一定要将她置于死地？

郑洪召见各人操练已熟，将阵势一收，笑道："卓兄，你这手武当连环剑配上赵兄那手嵩阳披风剑，真是为七绝阵增色不少。"随后又说了好些玉罗刹的恶行，无非是怎样残害武林人物的事。卓一航心想玉罗刹既然如此凶暴，除了她也好。

月亮西斜，疏星渐隐，郑洪召道："咱们回去吧，明日午夜，到华山玉女峰会齐。"话声未完，忽闻得不远处似有一声冷笑，郑洪召大喝一声，六人纷纷向笑声来处扑去。

一阵冷风，磷火明灭，疏林叶落，宿鸟惊飞，哪里有人的影子。六人纷扰一阵，毫无所获。金刚手范筑惊道："莫非是玉罗刹来作弄我们？"青松道人道："不像是女子的笑声。"玉面妖狐凌霄道："难道是鬼魅，鬼魅也没有这样快的身法。"嵩阳剑客赵挺道："莫非是我们听错了？"郑洪召心内暗惊，口中不语。卓一航心想不知这人来意如何，若然是玉罗刹的帮手，那可糟了。

郑洪召见各人神沮气丧，强作大言道："不管他是友是敌，若闯进我们的七绝阵中，不死也伤，何必害怕。"其实他自己正是害怕。当下六人分散，郑洪召和卓一航回到客寓，郑洪召叹道："若然是令师肯出山，那就好办了。"卓一航道："他老人家最不爱理闲事。"郑洪召道："适才看你的剑法，已经精妙绝伦，明晚你与嵩阳剑客互为锋卫，我们都要仰仗你了。"卓一航听他语气，竟似担心自己不肯用力，当下慨然说道："我既然答应得你，就算是玉罗刹有天大本领，我也绝不临阵退缩！"郑洪召急道："老弟休要多心，愚兄只是见大敌当前，所以不得不提心吊胆。"

两人歇息了一日，吃过晚饭，联袂攀登华山，夜静林深，崇岗深涧，藤萝遮道，茅草齐腰，比白日登山，何止艰难十倍。好在郑洪召和卓一航都是上上武功，攀藤附葛，疾掠轻驰，到了玉女峰顶，月亮还未到天心。

青松道人等四人已经在候，面色都极紧张，看那月亮慢慢移动，郑洪召手心淌汗，忽然跳起来道："看那月亮。"月亮当头，四周仍是静悄悄的。青松道人道："玉罗刹还没影儿。"赵挺道："玉罗刹言出必行，我只担心应大哥不能准时赶来。"郑洪召道："应大哥绝对不会失约。"卓一航听他们屡屡提起"应大哥"不觉心念一动。正想开言，忽然一声冷笑，随着山风直飘下来，说时迟，那时快，一个白衣少女，直似凌波仙子，冉冉而来，倏忽从对面山峰飘落到玉女峰顶。六人一齐站起，卓一航吓得呆了。

卓一航做梦也想不到：这玉罗刹竟然就是昨日在华山黄龙洞中

所见的少女——练霓裳。一时间奇思异想都上心头，恍恍惚惚，几乎疑是做梦。昨日还是那么楚楚可怜、要人庇护的女子，难道竟然就是江湖上闻名胆落、杀人不眨眼的玉罗刹？自己可还答应过和她做个朋友，重逢时把她当成姐妹款待呢！想不到仅隔一天，就在这样的情景下再见！而且两方居然成了死敌！

玉罗刹本来是气定神闲，低鬟浅笑，秋波一转，忽然面色惨白，心里难过到极，两颗泪珠忍不住夺眶而出。郑洪召站在前面，看得分明，玉罗刹竟会流泪，这真是比泰山崩、黄河清更令人难以置信的奇闻，然而这却不是传闻，而是自己眼见的事实。玉面妖狐凌霄生性轻薄，又未曾领教过玉罗刹的厉害，笑道："不到黄河心不死，不见棺材泪不流，玉罗刹，你乖乖降顺，咱们也许还可以饶你。"玉罗刹面色一变，忽而微微一笑，说道："多谢盛情！"郑洪召急忙嚷道："玉罗刹，你不能不顾江湖信义，时刻未到，人还未齐，你休动手。"话未说完，玉面妖狐凌霄忽然捧腹大叫，跃起一丈来高，玉罗刹的独门暗器定形针骤然出手，虚打凌霄腰际的三台穴，凌霄轻功甚高，见她纤手一颤，急忙跳跃，哪料玉罗刹的暗器虚实莫测，早算定他有这一跳，双指一弹，利针已刺中他脚跟的"涌泉穴"，顿时又酸又痛，眼泪竟似泉水一样地流了出来。青松道人急忙替他将针拔下，揉了两揉，这才没事。玉罗刹冷笑道："我以为他是从不流泪的铁铮铮汉子，哪料如此脓包。"玉面妖狐凌霄满面羞惭，哪敢说话，只听得玉罗刹又道："你知道什么？我是为你们吊丧。可怜我新交的朋友，今日也自寻死路。"卓一航知道玉罗刹说他，也是感喟交集，心想我也可怜你这绝代佳人，甘心作贼。七绝阵威力无穷，你武功再高，今日也要被迫上死路。

玉罗刹见卓一航眉头深锁，定睛地看着他，似有情又似无情，恨声说道："你、你……"语声哽咽，说不下去。郑洪召、青松道人等知道玉罗刹喜怒无常，虽不知她意何所指，尚还不以为怪，其他三人却是莫名其妙。嵩阳剑客赵挺急忙推了郑洪召一下，示意叫他把六人的圆阵先摆起来，预防玉罗刹进袭。郑洪召正想说玉罗刹从不偷袭，哪料玉罗刹越想越恨，恨卓一航明明与她为仇，昨日却又骗她，见众人摆好阵势，蓦然一声长啸，一口寒光闪闪的剑早拔在手中，叫道："好，现在已交午夜，我不等了！"身形微动，疾如电闪，刷的一剑先向郑洪召刺来，郑洪召使的是日月双轮，日轮一锁，月轮平推，阵形发动，青松道人的戒刀从左面劈至，凌霄的判官笔又斜点她的"关元穴"，玉罗刹翩然掠出，后卫三人交叉替上，玉罗刹霍地一个晃身，剑锋自赵挺肩头掠过，金刚手范筑一个大擒拿手拿她不着，她已翩如飞鸟般地直向卓一航冲来。卓一航急使连环剑中的防身绝招"玉带围腰"，剑光一绕，带守带攻，蓦觉冷气阴森，一道银虹，劈面射至！

卓一航急使个"旱地拔葱"，玉罗刹剑锋霍地从脚下掠过，这还是她故意留情，要不然卓一航就要当场挂彩。玉罗刹霎忽之间，连袭六名高手，郑洪召大叫"留心"，转动阵势，把玉罗刹围在垓心，玉罗刹剑招辛辣，凌厉无前，连下杀手，幸在六人首尾呼应，互相救护，玉罗刹虽然连抢攻势，却也冲不出重围。卓一航夹在众人之中袭击，不知怎的总起不了杀机，七十二手连环剑，只求自保，并不贪功。而玉罗刹虽对他恨极，出手时也不知怎的，总避免刺他要害。六人如潮水般地倏进倏退，越攻越紧。玉罗刹因为屡次对卓一航轻轻放过，不出辣招，反而险象环生。气得银牙一咬，心道："你既如此，我也顾不得你了！"剑法一变，绝不留情。正当此际，蓦听得山峰上一声怪啸，个干瘦老头，蓦然从岩石上跃下，大声叫道："玉罗刹，你怎么不顾信义？"郑洪召一打手势，六人如潮疾退，玉罗刹也收剑跳出圈子，朗声说道："我怎么不守信义，你自己误了时刻。"那老头抬头一看，月亮刚过天心，哈哈笑道："我早就在这里候你了，你连我这六个兄弟的包围都冲不出，我再加入你还如何得了？"卓一航心想：这人真是老奸巨猾，原来他早伏在这里先看风色。看准有十成把握，他才出来。玉罗刹忽然冷冷笑道："应老贼你害死罗金峰大侠，自以为无人知晓了么？这里的几个小贼，都是甘心从你的，还是你骗来？！"青松道人和嵩阳剑客赵挺心中一震，那干瘦老头急忙骂道："别听这贼婆娘挑拨！她把川陕的绿林道欺压得够了，又伤了嵩阳派的镖头、武当派的门下。她正是武林公敌。咱们再不除她，后害无穷！"拂尘一举，郑洪召急将阵形再展，重把玉罗刹围在垓心，这番七绝阵人数已齐，那干瘦老头居中策应，一柄拂尘，忽当五行剑使，忽当闭穴橛用，神妙无方。玉罗刹凝神应敌，竟不能分心说话。

青松道人、赵挺和罗金峰本有交情，被玉罗刹一喝，心中也自起疑，但一想到玉罗刹心狠手辣，却更寒心，势成骑虎，不得不拼。阵形变化无常，七名高手，各使独门武功，把玉罗刹杀得香汗淋漓。玉罗刹心高气傲，本来以为他们集七人之力，自己也不致落败，哪知他们却想出这样古怪的打法。越战越危，越打越险，自知这次万难脱逃，但她却看出在这七人中，只有卓一航还未尽全力，不是拼命的样儿，刷刷两剑，荡开攻来的兵刃，待卓一航一剑刺来时，她把剑一引，强用内力将卓一航拉得与她贴身而过，在他耳边轻轻说道："你也甘心为虎作伥么？"卓一航心中一凛，那干瘦老头的铁拂尘已疾忙替他解开了玉罗刹的剑招。

玉罗刹也不知卓一航是否听得清楚，但见他剑势一缓，脚步迟滞，玉罗刹何等厉害，趁阵势尚未合围，刷的一剑将金刚手范筑刺伤，那干瘦老头急把拂尘一卷，封住了玉罗刹退路，郑洪召双轮一推一锁，补上空缺，圈子越收越紧。范筑虽然中剑，伤势不重，怒吼如雷，仍然猛扑。那干瘦老头见卓一航剑法精妙，却无故迟缓，起了疑心，正想问他。卓一航刷刷两剑，挡过了玉罗刹的攻击，退下时忽然在干瘦老头耳边叫道："应修阳先辈！"干瘦老头突听得他叫自己名字，忙中有失，应了一声，只道他是郑洪召约来的人，未见过自己，所以想通名致意。正想吩咐他小心应敌，哪料卓一航刷的一剑刺来！

这一来应修阳吃惊不小，身子陡然一缩，喝道："你疯了吗？"卓一航运剑如风，大声喝道："我先杀你这私通满洲的奸贼！"应修阳身躯一震，铁拂尘呼地卷去，玉罗刹厉声斥道："原来你这厮果是私通满洲！"剑势如虹，向应修阳疾刺，郑洪召和赵挺急忙左右救护。玉面妖狐凌霄双笔疾伸，急点卓一航后心的"志堂穴"，卓一航反手一剑，和他厮杀起来！

这一来阵势大乱，变成了玉罗刹与卓一航并肩联剑，合战应修阳与郑洪召等六个高手。郑洪召大声叫道："卓一航你是官家子弟，如何反主帮那贼人，太子面前，你如何交代？"玉罗刹笑道："你与应修阳结为兄弟，一个藏在深山，一个藏在宫内。他私通满洲，你也脱不了关系。"宝剑一抖，寒光电射，只见四面八方都是玉罗刹的影子，卓一航剑走连环，也在玉罗刹的剑光掩护之下，着着抢攻。战了片刻，金刚手范筑负伤气馁，给玉罗刹一剑削去四只指头，惨叫一声，慌忙退时，玉罗刹突然凌空一跃，右手长剑，在半空中舞个圆圈，把郑洪召等几人的兵器荡开，左手一抓，恰似苍鹰扑兔，把范筑一把抓起，笑道："你的金刚手不如我的。"向外一甩，竟然把范筑水牛般的身躯从华山绝顶直抛下去，山风怒号中隐隐听见凌厉的惨叫，郑洪召等不寒而栗。玉罗刹指东打西，指南打北，左一剑，右一剑，前一剑，后一剑，剑剑辛辣。更加上卓一航的七十二手武当剑法，回环运用，奇正相生，也是厉害异常，应修阳等五人，虽是一流高手，竟是只有招架之功，毫无还手之力。战到分际，玉罗刹突然喝道："我要大开杀戒了，青松道人和嵩阳剑客，你们本是正派之人，若再不知进退，可要玉石俱焚了。"玉罗刹这一喝，不啻给他们指出一条生路，青松道人和赵挺倏地收剑跳出圈子，道了声谢，疾忙飞跑下山。应修阳面色惨白，郑洪召胆战心惊，玉罗刹一剑快似一剑，应修阳突然向后一纵，一抖手发出五柄飞刀，闪电般地向玉罗刹打去！

玉罗刹大笑道："这些废铜烂铁要来何用？"长剑一旋，五柄飞刀全都折断，反射回去。哪知应修阳明是进攻，实是掩护，飞放一刀之后，迅即和衣一滚，竟然从华山绝顶，直滚下去。郑洪召双轮一撤，骤地跃起一丈来高，也想步应修阳的后尘逃走，玉罗刹喝道："哪里逃？"那边厢玉面妖狐凌霄也虚晃一招，身形疾起，向另一边逃跑。玉面妖狐武功在郑洪召之下，轻功却在郑洪召之上，玉罗刹是个大行家，一看便知，她恨玉面妖狐刚才口舌轻薄，纵身追去，玉手一扬，三枚"定形针"全都攻入凌霄的穴道，玉面妖狐惨叫一声，摇摇欲堕，玉罗刹赶上补他一剑，一脚将他的尸身踢下山峰。卓一航叫道："练姑娘，捉这个姓郑的紧要。"玉罗刹瞿然醒起，提剑追时，郑洪召已滚下山腰，远望只见一个黑点。玉罗刹道："追！"忽听得半山有人嚷道："不要忙，我已替你把他捉着了！"人迹不见，声音却是极其清楚，玉罗刹吃了一惊：这手"传音入密"的内功，真是非同小可！要知从高处发声，低处易于听见，从低处发声，高处却难闻晓。听这人声音，并不特别宏亮，就像是在山腰和人随便谈话一般，而却字字清澈。玉罗刹也不由得暗暗佩服，定睛看时，只见一人疾似流星，倏忽声到人到，却是一个三十岁左右、方面大耳的青年。胁下挟着一人，一到峰顶，立刻放下，被挟着的人正是郑洪召。这人看了玉罗刹一眼，问道："你就是玉罗刹吗？这位又是谁？"练霓裳虽然以玉罗刹的名头震慑江湖，但却甚不喜欢别人当面叫她做"玉罗刹"。冷笑说道："是又怎样？"卓一航却恭恭敬敬答道："小弟是武当派掌门紫阳道长门下，姓卓名一航，敢问兄台高姓大名，师门宗派。"那人道："小弟名叫岳鸣珂，咱们先谈大事，后叙师门。这人你们准备怎生发付?"玉罗刹道:"他既是你所擒获,由你作主。"岳鸣珂笑道:"咱们可不必照黑道上的规矩,对这人我所知不多,他是应老贼的同伴吗?"玉罗刹越发不悦。原来她虽是女贼,却不高兴别人说她是女贼,岳鸣珂一下揭穿她所说的是"黑道上的规矩",不觉犯了她的心病。卓一航道:"正是,他还是太子的侍卫,以前西厂的第一高手呢!"岳鸣珂盯了卓一航一眼,忽然笑道:"卓兄原来就是昨晚在荒郊和他们聚会的人,怪不得这样熟悉他们的底蕴。"卓一航面上一红,这才知道他原来就是昨晚发声冷笑的怪客。当下说道:"小弟误交匪徒,惭愧之极。那应修阳私通满洲,他也一定是满洲的内应。"郑洪召在地下翻身滚动,玉罗刹忽然一脚向他踹去,原来郑洪召自知不免,正想咬断舌头,哪知玉罗刹熟悉江湖路道,鞋尖一勾,登时把他下颚勾裂,嘴巴张开,不能合拢。

玉罗刹先不理他,却问卓一航道:"你怎么会知道应修阳私通满洲?"卓一航一阵迟疑,不敢即答。玉罗刹道:"我就是怀疑他私通满洲,所以在这两年中,三次捣他老巢,迫得他要结集党羽,在华山之巅和我决斗。哼,想不到你也是他约来的人。"岳鸣珂双眸炯炯,也尽打量着他。卓一航心想:这误会可真大了,看那玉罗刹虽心狠手辣,倒还能辨黑白,知是非,有些侠气。这姓岳的少年丰神俊朗,正气凛然,必是非常之人。他们既然也约略知道此事根由,而又对我起疑,那就应对他们说个明白,当下将孟武师怎样临终告密、郑洪召怎样结伴同行等等事情说了。玉罗刹这才嫣然笑道:"我知道你不是那样的人,要不然你的小命早就完了。"

玉罗刹问明了卓一航之后,笑吟吟地对郑洪召道:"怎么样,不舒服吗?要不要我替你治它一治?"语声温柔,竟似甚为关切。郑洪召两眼翻白,吓得魂飞天外。玉罗刹提起脚来,又是向他背心轻轻一踹,这一下郑洪召更受不了,只觉身体内如有千万根利针,在五脏六腑里刺将出来,想断舌自杀,嘴巴又合不拢,玉罗刹道:

"怎么样，还不招吗？你嘴巴虽然不能说话，手指还能动弹，快点将你同党的名字在地上划出来。要不然还有好受的在后头呢！"郑洪召身为西厂头目，审讯犯人，什么酷刑都曾用过。却不料天道循环，今日却被玉罗刹审问，身受比一切酷刑都厉害的痛楚，不由得招了出来，用手指头在地上歪歪斜斜地划了好几个名字。玉罗刹问道："这些人是什么身份？"郑洪召在前面三个名字下注了"宫中卫士"四个字，在后面两个名字下注了"绿林强盗"四个字。玉罗刹喝问道："还有呢？"郑洪召满头大汗，又写出"没有了"三个字，玉罗刹道："我不信，还有那些地方上的督抚和朝中的大臣呢？"郑洪召写道："我实在不知道了。满洲王爷指定要我联络的只是这五个人。"玉罗刹道："哼，你想隐瞒？"又在他腰胁处踢了一脚，郑洪召痛得死去活来，在地上翻腾了好一阵子，伸出指头向地上划字，但却是许久许久，都未划得一划，好像是在苦苦思索到底要供出谁似的。卓一航不禁说道："练姑娘，我看他真是不知道了，你用酷刑迫供，只恐他会胡乱招认，连累了好人。"玉罗刹道："你怎么知道他是想胡乱划供？"卓一航道："你不看他的神气，他分明是在心里比较，看哪个伙伴和他交情差，就招供谁。练姑娘，我怕看他这个样子，你还是痛痛快快赐他一死吧！"玉罗刹道："你倒慈心！"但终于飞起一脚，结结实实地向他背心死穴踢去。郑洪召一口鲜血喷了出来，双眼一闭，终于死了。卓一航在玉罗刹耳边轻轻说道："我不喜欢你这样残暴，更不喜欢你这样喜怒反常！你这样谁敢亲近你呢？"

玉罗刹怔了一怔，若是旁人说这样的话，她一定动怒，但现在是卓一航说的，她顿如被泼了一瓢冷水，心想："怪不得人们都怕我，我的脾气果然不好。叫人害怕，自己也没有什么味儿。"低声答道："谢谢你的良言。"卓一航瞧着郑洪召的尸体，忽然叫道："不好！"玉罗刹道："什么不好？"卓一航道："我与他结伴出京，同赴陕北，他不明不白地死了，太子岂不要追究于我？"岳鸣珂笑道："这个易办。"拔出佩剑，一剑把郑洪召的头割了下来，放入革囊，说道："小弟与熊经略乃是世交，熊经略奉旨巡边，有函招小弟去襄赞军务。我此次要到京师报到，然后再随熊经略出关。到京师时，我自有办法和太子说明一切。"卓一航大喜谢了。正想道别，玉罗刹忽道："喂，你到底是哪一派的高人，我想见识见识你的武艺。"岳鸣珂哈哈笑道："你恶战之后，休息好了没有？"玉罗刹愠道："随便可陪你打三五天。"岳鸣珂弹剑笑道："不是想见识你的武功，我还不到华山来呢！卓兄，你适才问我的师门宗派，等会你问这位玉罗刹便知。"卓一航惊道："好端端的比什么剑？"岳鸣珂道："棋逢敌手，不免技痒，卓兄，你若没有要事，就瞧瞧我们这局棋吧。"玉罗刹心里暗骂：好个不知厉害的小子，怎见得你就是我的敌手？抢到下首，立了一个门户，故意让岳鸣珂占了有利的位置，笑盈盈地举剑平胸，道："请进招！"

　　岳鸣珂与玉罗刹相对而立，全神贯注对方，久久不动。突然间岳鸣珂剑锋一颤，喝道："留神！"剑尖吐出莹莹寒光，倏地向玉罗刹肩头刺去，玉罗刹长剑一引，剑势分明向左，却突然在半途转个圆圈，剑锋反削向右。岳鸣珂呼地一个转身，宝剑"盘龙疾转"，玉罗刹一剑从他头顶削过，而他的剑招也到得恰是时候，一转过身，剑锋恰对着玉罗刹的胸膛。卓一航骇然震惊。那玉罗刹出手如电，宝剑突然往下一拖，化解了岳鸣珂的来势，剑把一抖，剑身一颤，忽然反刺上来，剑尖抖动，竟然上刺岳鸣珂双目。卓一航又是一惊。不料那岳鸣珂变招快捷，真是难以形容，横剑一推，又把玉罗刹的剑封了出去。卓一航只听得两人都"噫"了一声，再看时双剑相交，已是争持不下。卓一航看得神摇目夺，忽听得岳鸣珂喝声："去！"玉罗刹身子腾空飞起，然而剑势仍是丝毫未缓，竟然一个"飞鸟投林"，连人带剑，凌空下击，岳鸣珂一招"举火燎天"，

玉罗刹腾空飞起，使了个"飞鸟投林"，连人带剑的向岳鸣珂凌空击下。

两柄剑互相激荡，玉罗刹借这剑尖一颤之力，整个身子翻了过来，宝剑疾如风发，刷刷几剑，直刺岳鸣珂后心。这哪里像是比剑，简直比刚才在七绝阵中的恶战，还要惊人！

卓一航正想上前化解，那岳鸣珂反手一剑，挡个正着，转过身来，吃玉罗刹一连攻了几招。岳鸣珂踏正中宫，沉稳化解，剑剑刺向玉罗刹胸膛，转瞬之间，又扭成了平手局势。玉罗刹剑招怪绝，真是瞻之在前，忽焉在后；瞻之在左，忽焉在右。时如鹰隼凌空，时如猛虎伏地，时如水蛇游走，时如龙跃深渊。身如流水行云，剑势轻灵翔动。那岳鸣珂兀然不惧，剑法丝毫不乱，逢招拆招，攻如雷霆疾发，守如江海凝光。华山顶上，寒风猎猎，星月无辉，只见剑气纵横，剑光耀目，两人辗转攻拒，竟然斗了三百来招。卓一航是天下第一剑客的高徒，看了也不禁由衷佩服。这两人剑法的奥妙神奇，看来竟似在武当剑法之上。看了一阵，忽然看出一个道理，不禁连声呼怪。

这两人剑法，看来绝对不同，但看得久了，却又颇似有相同之处。那岳鸣珂剑法极杂，看来有峨嵋派的，有嵩阳派的，有少林派的，还有自己武当派的，所用的都是各派剑法中最精妙的招数，但却都稍加变化，而所变化的又似比原来的剑招还要佳妙。卓一航这一看得益不少，这是后话。而那玉罗刹的剑法，也好像是博采各家，但每一招都和正常的剑法相反，例如华山派中的"金雕展翅"，剑势应是自左至右，平展开来，而在她手中，却是自右至左。又如武当派中的"无常夺命"一招，剑势应是自上而下，刺向下盘，在她手中，却是自下而上，刺向中盘。那岳鸣珂应她的剑招，起初还是以另外的招数化解，例如玉罗刹用武当派的"无常夺命"，他就用雪山派的"明驼千里"，避招进招。到后来竟是用她本来模拟的招数来破她的招数，例如她把"金雕展翅"一招，反转方向来使，他也就用正宗的"金雕展翅"那招，却略加变化，来挡她的剑招。而且尤其奇怪的是玉罗刹每使一招，他都好像预先知道似的，待她一剑刺来，他就恰恰用到她所模拟的那原来招数应敌。因此两人虽然斗得极烈，却是相持不下，正看得出神，忽又听得岳鸣珂喝声："去！"玉罗刹又飘身退出数丈，正想回身再斗，岳鸣珂叫道："再斗无益，你的师父现在哪里？她所藏的剑谱是不是都传给你了？你赶快对她说，天都居士等她相会。"玉罗刹倏然收剑，说道："你的师娘在三年前已去世了！"岳鸣珂大吃一惊，宝剑扬空一劈，叫道："是谁把她害死的？"玉罗刹道："她自己走火入魔，撒手西去，与人无尤。"岳鸣珂道："她的遗体和剑谱呢？"玉罗刹道："在黄龙洞后洞的石室中，你搬开后洞那两块屏风似的岩石，就找到了。我奉她遗命，在她死后三年的忌日，已将她的死讯，告知了贞乾道长，本想托贞乾道长转告令师，你既来了，就自己去找吧！"

岳鸣珂道："请你带引。"玉罗刹冷笑一声道："并肩高手，不能同在一地，十年后我再找你比剑！"向卓一航扬了扬手，展开绝顶轻功，竟自下山去了。岳鸣珂叹道："玉罗刹的脾气与我师娘真个相似！"卓一航道："她武功真高，只是太骄傲了！"岳鸣珂忽道："黄龙洞不知坐落何方，华山五峰，却到哪里去找？"卓一航道："我知道。"带岳鸣珂从玉女峰转到云台峰那边。

岳鸣珂边行边说，将师门的一段情孽对卓一航说了出来。原来他的师父霍天都三十年前是个名闻海内的剑客，妻子凌慕华也是剑术的大行家，两人在峨嵋山顶结庐双修，度的真是神仙岁月。却不料凌慕华极为好胜，常常不服丈夫。霍天都费尽半世心力，搜罗了天下各派的剑谱，潜心穷研，一日豁然贯通，对妻子道："廿年之后，我就可以把百家剑法冶于一炉，独创一派，天下无敌了。你快点拜我为师，咱们合练。要不然我就不把心得告你。"这本来是夫妻间开玩笑的说法，不料凌慕华脾气十分强项，冷笑道："你可以独创一家,我也可以。偏不拜你为师。咱们廿年后再比比过,看是你强,还是我强。"霍天都当是戏言,一笑作罢。哪料第二天一早,妻子竟然携了霍天都搜罗的剑谱,不辞而行。霍天都十分伤心,走尽天下名山大川,都寻她不到,伤心之余,也不愿再回峨嵋故居了。于是挟剑远游,到了西北,爱上了天山雄伟的奇景,竟然在天山的北高峰上隐居下来。心想:妻子既然要独创一家,自己也应该继续研究,到日后相见,也好互相印证。剑谱虽失,但他已记在心中,穷廿年之力,博采各家,创出一路超凡入圣的剑法,遂定名为"天山剑法"。岳鸣珂是他到天山之后第三年所收的弟子,岳鸣珂一路长大,一路学剑,师徒两人常常将新研的剑法,拆招实习。所以天山剑法的完成,岳鸣珂也有一份功劳。两年前,霍天都忽听得武林朋友传言,说是陕北绿林道上,出现了一个妙龄少女,武功精强,剑法奇绝,一算廿年之期已满,其时岳鸣珂已经下山,霍天都将他招回,将廿年前的一段公案说与他知,叫他路过陕西时,务必要访一访那位玉罗刹。

说至此处,岳鸣珂道:"所以我适才与玉罗刹比剑,一见她的剑势恰与师父所传相反,因此敢断定她就是我师娘的徒弟。"两人边说边行,不觉已到了黄龙洞,卓一航领先进入洞中,似觉遗香犹在,脑海中不觉泛上了玉罗刹的亭亭倩影,颇为怅惘。两人一路行入后洞,果然见有两块岩石并列,状如屏风。岳鸣珂奋起内家真力,呼呼两掌,将岩石打得两边摇动,顺手一扳,将岩石向左右各挪动少许,两人举步入内,忽见一个骷髅,端坐在壁上龛中。

岳鸣珂跪下去磕了三个响头,抬头一看,只见石壁上刻满了各种剑式,打起火石,四处找寻,却不见剑谱。想是师娘熟习之后,已把它毁了。岳鸣珂叩头禀道:"师娘在上,今日弟子请你移转天山与师父相见,愿你暗中保佑,不要毁了法体。"将骷髅取了下来,忽见龛下压着一卷羊皮书,书上满载各种剑式,与石壁上所刻的相同。翻到最后几页，却是用血写成的文字。岳鸣珂细读下去，原来是师娘断断续续的日记。头一两段写自己与丈夫别后，怎样深夜忏悔，所以时时午夜梦回，就咬破指头，滴血写字。希望廿年后相见，以此日记，证明相爱之深。后面几段写练剑的进境，有一段道：

"天都搜罗世间剑谱，必采纳各派精华，创出正宗剑法，余偏反其道而行之，以永保先手，雷霆疾击为主，今后世剑客，知一正一反，俱足以永垂不朽也。"

岳鸣珂叹息一声，跳过一页，忽见一段写道：

"昨夜群狼饿嗥，余仗剑出洞，忽闻女孩哭声，驱散群狼，在狼窟中发现女孩，身躯赤裸，约三四岁，见余来惊恐万状，跳跃如飞，发音咿呀，不可辨识，噫，此女孩乃群狼所哺，岂非异事。余穷搜狼窟，见有衣带，已将腐烂，细辨之，字迹模糊可读，始知此女姓练，父为穷儒，逃荒至此，母难产死，其父弃于华山脚下，原冀山中寺僧，发现抚养，不意乃为母狼挈去。竟得不死，而又与余遇合，冥冥中岂非有天意乎？因携此女回洞，决收其为徒，仗其先天禀赋，培其根元，授其武功，他日或将为我派放一异彩也。"

岳鸣珂招手叫卓一航看了，说道："原来这玉罗刹乃是母狼所乳大的。"再看下去，又有一段道：

"练女今日白毛尽脱，余下山市布，为其裁衣，伊初学人言，呼余'妈妈'，心中有感，不禁泪下。此女自脱离狼窟之后，野性渐除，不再咬人啮物矣。余为之取名曰霓裳。记余为彼初缝彩衣也。"

以后又有一两段写练霓裳练剑的进境。最后一段，字迹凌乱，写道：

"昨晚坐关虔修，习练内功，不意噩梦突来，恍惚见有无数恶魔，与余相斗，余力斩群魔，醒来下身瘫痪不可转动，上身亦有麻木之感。余所习不纯，竟招走火入魔之祸，嗟乎，余与天都其不可复见矣。"

岳鸣珂叹道："我师父说内功不可强修，尤其不可猎等速进。不想以师娘这样的大行家，竟然也遭此祸。"岳鸣珂看完之后，把羊皮书卷入囊中，说道："这卷书是我师娘心血，我想托人带回去给我师父。"正说话间，洞外忽然火光一闪。

两人吃了一惊，跳起来时，却是贞乾道人，缓缓走进。岳鸣珂松了口气。贞乾道人道："我与天都居士、紫阳道长都是至交。前日玉罗刹求我将她师父遗体，运回峨嵋。偏遇应修阳等一班老贼来此斗剑，直延至如今，始能办理。碰巧遇见你们，这好极了。"岳鸣珂道："不必运去峨嵋，我的师父现在天山。"贞乾道人道："这我早已知道，只是你的师娘不知道罢了。"贞乾道人带来了一个木匣，放在外洞，岳鸣珂将师娘的遗体放入匣中，忽然说道："贞乾道长，我托你将一卷书带到天山，交我师父。千万不可失了。"贞乾道人微露愠容，岳鸣珂慌忙说道："不是做小辈的无礼，事关这本书若落在邪派手上，后害非浅。"贞乾道人将书接过，笑道："我尽心保护便是，你不怕我偷看么？"岳鸣珂连呼"罪过"。贞乾道人一笑纳入怀中。岳鸣珂再巡视一周，忽然拔出佩剑，在石壁上嗖嗖乱削，不过一会，把石壁上所刻的剑式全削了去。贞乾道人说道："你师娘所创的凶残剑法，实在不宜留在世间。"卓一航道："剑法虽凶，用得其正，也可以除暴安良。"贞乾道人笑道："看来你和玉罗刹倒很投缘。"卓一航急道："道长休得取笑。"

三人把事情办好之后，各自分手。卓一航晓行夜宿，数天之后，回到家中，老家人一见，喜得流泪，说道："小少爷，千盼万盼，好不容易盼得你回来了，老大人思念成疾，等着见你呢！"卓一航急忙跑进内室，见了爷爷，大哭拜倒。卓仲廉一见了他，病容倒减了不少，说道："你哭什么？你爸怎么不回？"卓一航见祖父有病，哪里敢说，只得饰词回覆，说爸爸身为京官，还未能辞职。卓仲廉道："官场险恶，不做也罢。"

过了几日，卓仲廉病体渐健，说起当日碰见玉罗刹之事，犹有余悸。又问起耿绍南的来历，卓一航如实说了。卓仲廉这才知道孙儿文武双修，竟是武当门下，当下又喜又惊，说道："你文武双修，自然好极。只是你是武当门下，可千万不要在江湖道上，胡乱行走。万一碰到了玉罗刹，那就糟了。玉罗刹好像特别仇视你们武当门人。"卓一航不敢说出遇见玉罗刹的事，只道："孙儿等时局稍好，总要求个正途出身，继承祖业。"卓仲廉道："这样便好。"又道："其实玉罗刹也不是坏人，她劫了我的银两，我一点也不怨恨。"卓一航听得祖父如此说法，不知怎的，心中暗暗欢喜。

自此，卓一航闭户读书，虔心练剑，约过了两月，忽然一日，京中派了两个钦差，来见卓仲廉，卓一航在房中听得祖父哭声，急忙走出，只见祖父已经晕死地上。

正是：伤心宦海风波险，一纸书来愁断肠。

欲知后事如何？请听下回分解。

第五回

平地波澜　奸人施毒手
小城烽火　密室露阴谋

　　卓一航走出房来，只见祖父气若游丝，面如金纸。急忙叫家人将他扶入卧房。这时卓一航虽然心中急乱，但钦差在堂，无人款待，自己不能不陪。正钦差歉然说道："皇上对卓老大人非常思念，想不到一纸诏书，累他伤心如此。"卓一航问道："诏书上说些什么，可能见告么？"那两个钦差和卓仲廉曾是一殿之臣，私交颇好。当下将皇帝何以突然宣召卓仲廉的事情说了。原来神宗皇帝误信奸人之言，将卓一航的父亲卓继贤杀了，后来案情虽然平反过来，并追赠了卓继贤做太子少保，但于心总觉不安。一日和大学士方从哲谈起，神宗忽然想起了卓继贤的父亲卓仲廉，喟然叹道："他们父子都是贤良正直之臣，卓仲廉若看到邸抄，不知可会埋怨朕么？"方从哲道："卓仲廉世受国恩，哪会怨怼？陛下思念于他，目前吏部尚书出缺，何不召他入阁。"神宗道："朝中正乏老成谋国之臣，卿言甚合朕意。"当即写了诏书，派两名钦差专程送陕，要他回朝，诏书中提到了卓继贤受追赠为太子少保之事，在神宗的意思，本是对臣下示恩，想不到卓仲廉尚未见到邸抄，突然知道儿子死讯，心伤过度，病后身躯，竟自支持不住了。

　　正说话间，内堂隐有哭声，钦差急道："世兄不必拘礼，请替我们问候令祖。"卓一航告了个罪，进入内堂，只见家人乱成一片。卓仲廉奄奄一息，见卓一航入来，招招手道："你过来。"卓一航走近祖父身边，含泪说道："爷爷请恕孙儿不孝之罪。"卓仲廉断断续续地说道："你以后不必应考了，就在家中读书务农吧。"说完之后，双腿一伸，断了呼吸。卓一航放声大哭，老家人劝道："老大人年过六旬，寿终正寝，少爷不必过度悲伤。钦差大人还在外面，应该请他们禀告皇上，然后开灵出葬。"卓一航揩干眼泪，到客厅禀告钦差。钦差嗟叹不已，当晚在卓家过宿，第二日卓家已设了灵位，停棺西厅，两个钦差都恭恭敬敬地在灵前点了三炷香烟，以同僚之谊致祭，卓一航匍伏地上，叩头谢礼。正钦差伸手来扶，劝道："世兄节哀，我们回京禀告皇上，一定替老大人讨个封赠。"管家的备好程仪，准备钦差辞行，卓一航忽然跳了起来，颤声说道："钦差大人慢走！"

钦差和管家都吃了一惊，心想卓一航知书识礼，何以会突然失态。跳起来已是不该，劝钦差慢走更是失礼。管家急道："少爷，老大人生荣死哀，钦差大人亲来祭奠，你还不叩谢皇上洪恩？"卓一航定了定神，忽然说道："钦差大人，请进内房一坐。"管家心惊肉跳，钦差也变了颜色。

卓一航将两位钦差带进书房，管家的跟在后面，卓一航道："你出去看守灵堂。"随手将房门关上。老管家忧心忡忡，心想少主行为颠倒，莫非是撞了"邪神"，但在钦差大人面前，却又不便说话，只好一路念着"老天菩萨保佑"，退了出去。

两位钦差也是惊疑不定，只道是卓一航有事请托，但照理来说，他正忙于丧事，就是想在官场钻营，也非其时。卓一航将房门关好，小声问道："钦差大人可觉得身体有点不舒服么？"正钦差变色说道："没有呀！"副钦差道："世兄真是照料周到，我们年纪虽老，这点风霜还熬得住，倒是世兄重孝在身，还望节哀免致伤神为好。"这话暗藏讥讽，卓一航道："钦差大人请恕无礼，适才我见李大人右掌的掌心似乎有些异样。"正钦差姓李，闻言不觉摊掌一看，顿时面上露出惊异的神色来。掌心上现出一点点的红粒，就像出疹子一般。副钦差姓周，摊出右掌来看，也是一般。卓一航道："两位大人请用指甲一捻，看是痛也不痛。"两位钦差依言试了，以前的读书人都惯留长长的指甲，他们用左手指甲，猛刺右掌掌心，居然一点也不见痛，倒是有点麻痒的感觉。卓一航又道："两位大人请用手指轻按头颈后脊骨上部的第七节，看看如何？"这时两个钦差就如同孩子一般听从卓一航的摆布，各以手指轻按对方头颈后脊骨上部的第七节，只这么轻轻一按，两人都痛得叫出声来。急忙问道："这是什么道理？世兄如何知道？"

卓一航叹口气道："两位大人都受了暗算了，这是江湖上最阴毒的阴风毒砂掌。刚才李大人伸手拉我，我才瞧出，想来这些红疹是刚刚发作出来的，所以大人还未知道。受了阴风毒砂掌的暗算，发作后十二个时辰之内，若不救治，恐有性命之忧，所以晚生也顾不得失礼，要对大人直言了。"须知在封建皇朝，钦差代表皇帝，若然死在卓家，那么非但卓家有抄家灭族之祸，地方官吏也要被牵连。关系如此重大，卓一航虽在重孝之中，也不能不管了。

两个钦差面如土色，急忙说道："那么就请世兄救治。"卓一航把管家叫进，叫他另辟静室，除至亲戚友外，暂不报丧。在静室中取出金针，在两位钦差的"脊心穴""凤尾穴""精促穴"上各刺了一针，两位钦差顿觉心胃酸胀，吐了一摊黄水，不久周身发热。卓一航道："我这是促它的毒性早发。两位大人先躺一阵，今晚还要继续治疗。"收起金针，忽然问道："保护两位大人的卫士是谁？人可靠吗？"

李钦差道："此次出京，皇上派锦衣卫的秦指挥随行，此人是世袭指挥，皇上亲信，而且为人正直，断无暗算我们之理。"卓一航道："晚生斗胆想请他进来一谈。"李钦差道："但凭吩咐。"卓一航叫管家的请秦指挥入来，这人中等身材，面貌也还善良，但一看就知不是怎么机灵的人。卓一航道："久仰指挥大名，咱们交交。"伸手一握，秦指挥跳了起来，手腕酸麻，又见两个钦差面似火烧，额上淌汗，躺在床上，不禁大吃一惊，喝道："你敢暗算钦差！"反手一掌，直劈过来，卓一航托地跳开，两位钦差齐声喝止。卓一航道："得罪，得罪，我是替指挥洗脱嫌疑。钦差大人是受人暗算了，但暗算的人不是我也不是你，我正想与指挥大人谈谈。"秦指挥呆若木鸡，待卓一航说完，这才猛然醒悟，说道："原来你刚才是较考我了？"卓一航道："不敢，我只想知道秦指挥会不会阴风毒砂掌。现在知道秦指挥武功高，却没练过那种阴毒的掌法。"秦指挥惊道："什么阴风毒砂掌？"卓一航道："两位大人就是受阴风毒砂掌的暗算。"带秦指挥到病榻前细看，将中阴风毒砂掌的征象一一说了。秦指挥武功虽非极高，但也见闻颇广，知道卓一航所说不虚，吓出一身冷汗，急忙道谢。

卓一航道："阴风毒砂掌的厉害，在于它并不是伤人立死，而是慢慢发作。看这征象，钦差大人是在三日之前所受的暗算。请指挥大人细想，三日前可碰过什么形迹可疑的人。"秦指挥暗暗叫声"惭愧"，低头思索。李钦差忽道："难道与那送茶的老汉有关？"秦指挥也想了起来，说道："当时我也觉得有点可疑，但看他年纪老迈，更不像身怀绝技的人，一时大意，就放过了。"卓一航忙问那送茶的老汉如何，李钦差道："三日前，我们在路旁树阴乘凉，颇觉口渴，忽然有一个老汉，挑着一大担凉茶，也在树阴下歇息，问起来他说是给田里的家人送茶水去的，他跟我们闲聊起来，听说我们要到贵府，他说是你们的佃户，还替我们指点道路呢。是他请我们喝了两碗茶，秦指挥没有喝。他把茶碗递过来时，手指曾在我的掌心轻轻碰了一下，当时我也不留意。"周钦差道："他递茶给我喝时，也轻轻碰了我一下。"卓一航道："这就是了。他知不知道你们是钦差？"秦指挥道："川陕道上盗匪如毛，我们在路上行走时，哪里敢挂出官衔。"

卓一航沉思不语，越想越惊，这老汉分明是想移祸东吴，让钦差到了我家之后毒发身亡，那时虽倾黄河之水，也洗不清关系，正在思量，忽然家人跑来叫道："少爷，少爷！"卓一航推开房门，喝道："什么事？"家人道："外面有一个年轻汉子，面目青肿，好像刚和人打过一场架似的，他闯进来要找少爷，我们说家有丧事，少爷不见客，他理也不理，硬闯进来，我们伸手拦阻，他振臂一格，拦阻的都跌倒了。我们正想把他轰出去，他忽然又赔起罪来，说是急着要见少爷，不是诚心打我们的。"卓一航诧道："有这样的事？"向钦差告了个罪，掩上房门，走出中堂，只见阶下立着一人，大声叫道："卓兄，急死我了。"卓一航一看，原来却是孟灿的弟子白敏。卓一航在北京和他只见过一面，话也没有谈上两句，根本说不上有什么交情，不知他何故千里迢迢，前来寻访。

白敏一揖到地，说道："卓兄救我。"卓一航道："白兄犯了何事？"白敏道："不是犯事，是受莫名其妙的人打了一顿，临走时还中了阴风毒砂掌的暗算。"卓一航吃了一惊，心道：又是阴风毒砂掌。急忙将他请进内室，细问根由。

原来孟灿重伤死后，白敏得讯回来，知道了王照希就是师妹的未婚夫婿，虽然对师父死于非命，十分悲悼，但眼见王照希如此英雄，欣幸师妹终身有托，悲伤中也觉快慰。但料不到第二日王照希就不辞而行，孟秋霞哭得泪人似的，白敏再三安慰，师妹却不言不语，不理不睬。白敏说到这里，傻乎乎地道："卓兄，你和王照希也是朋友，你说他行为怎么这样怪诞，千里迢迢地来迎亲，又恰逢岳丈身亡，怎么说他也该以半子之礼主持丧事，他却伸腿一跑就完了，老婆也不要了。还有我的师妹也怪，王照希跑掉跟我有什么相干，她却不睬我，好像是我把他气走似的。"卓一航细一琢磨，已明就里，暗里说道："可不正是你把他气走了的。"当下安慰他道："这些小事，将来我替你向王兄说去。不相干的。"白敏诧道："向他说什么呀。我没得罪他，他也没得罪我，用不着和他说呀。对他说反叫他笑话我们师兄妹吵架，其实我也没有和师妹吵架嘛。师妹后来也说，不关你事，你去睡吧。我听她的话回去睡了，一觉睡到天明，不想她也跑了。"卓一航皱眉道："怎么，她也跑了？"白敏道："是呀，师父刚刚下葬，她也不在家守孝，就跑去找丈夫了。"卓一航道："你怎么知道她是找王照希？"白敏道："她留有信给我嘛，她还叫我留在家中替她守灵，不要到处乱跑惹事。"卓一航若非居丧守孝，几乎给他惹得笑了出来。想不到这人如此傻里傻气，给人误会了，自己一点也不知道。

白敏歇了一歇又道："我担心师妹孤身独行，她叫我不要乱跑，我也要跑出来了。"说罢忽然举起双手！

掌心上红疹触目，卓一航道："你也是三日之前受人暗算的？"白敏道："是呀。我到了陕西，也不知王照希是哪里人氏。倒是你老哥的地址容易打听，我一说起做过总督的那个卓家，许多人都知道。我心想找到了你就易办了，你总该知道他的地址。"卓一航道："我也不知道。"白敏道："早知如此，我不找你还好。我到了延安府后，就发现有人缀在我的后面。"卓一航道："你倒还细心。"白敏道："这一点江湖上的伎俩我还知道。大前天我经过蟠龙山，在路上走得好好的，忽然两骑马在后面追来，问我是不是要到高桥镇的卓家，我说是，那两个家伙突然跳下马来，不分青红皂白，把我乱打一顿。"卓一航道："嗯，你打输了？"白敏道："那两个家伙是硬点子，我起初还能和他们打个平手，后来越打越不行了。那两个家伙的后面还有一个老汉，他也不动手，尽在后面叫：要活的不要死的。把我气得要死，拳法更乱。"卓一航道："那你后

· 96 ·

来怎么逃得出来？"白敏道："今年初我曾到天桥看相，看相的说我今年虽然流年不利，但却能逢凶化吉，遇难成祥。"卓一航忍不住道："我问你怎么脱险，你却说去天桥看相，这和看相有什么相干？"白敏道："那看相的还真有点道理呢！这回我不是危险之极了么。看看就要给他们打倒了，忽然蟠龙山上有人冷笑，笑得非常刺耳，那押阵的老汉叫道：'快退！'笑声叫声，余音犹在，山顶上已疾如流星飞箭般地冲下一人，一照面就把和我动手的那两个家伙扔了出去！那押阵的老人跃了上来，闪电般地疾发两掌，我刚刚出掌相抵，耳边有人叫道：'走开！'随即听得那老者大叫一声，倒纵出去，挟起两个同伙便跑，我这时才看清楚救我的人竟然是个美貌女子！"

卓一航心灵一震，叫出声道："玉罗刹！"白敏道："什么玉罗刹？"卓一航道："这女的叫玉罗刹，是陕南剧盗，你不知道么？"白敏道："原来你是认得她的，怪不得她叫我找你了。再说那日的情形，那老汉跑了，她也不追，只是在后面笑道：'你的阴风毒砂掌不坏啊，几时咱们再斗一斗。'那老者已去远了。她突然捏着我的手掌翻来覆去地看，我说：'喂，你也要给我看相么？'她说道：'傻小子，谁给你看相，你中了那老贼的毒掌啦！'随即摸出一粒药丸，叫我吞下，又道：'我只能给你保着元气，使你的武功不致因此减损，阴风毒砂掌的伤我可不会医。你赶快找卓一航去，他是武当派紫阳道人的嫡传，紫阳这老道最拿手医治邪毒，去，快去！'"

卓一航道："怪不得你的伤势不重，原来是玉罗刹用药给你保住元气。"医治邪毒暗伤，是武当派紫阳道人的专长，卓一航在师门一十二年，也曾得传秘技。当下取了金针，给他刺穴解毒，然后替他推血过宫。忙了一阵，手术做完，白敏已呼呼熟睡。

卓一航再去探望钦差，钦差也在熟睡之中。卓一航邀陪伴钦差来的秦指挥到屋后花园行走，说道："若有什么事情发生，你可以带钦差大人从西角侧门走出，外面有僻径直通山上。"又带他在屋前屋后，走了一遍，让他熟悉道路，然后回转家中，吩咐家人在火房烧起十大锅热水，将白敏和两位钦差抬入火房，叫秦指挥和一个老家人食了极凉的药剂之后，入内服侍他们，把他们衣服脱光，利用水蒸气的热力将他们体内的毒迫发出来。过了两个时辰，打开房门，老家人已热得几乎晕倒。卓一航和秦指挥替三人穿好衣服，抬了出来，又把熬好了的上好人参汁灌给他们服下，然后再替他们按摩了一会，看着他们熟睡之后，然后离开。

卓一航忙了一天，这时已交午夜，老管家报道："延安知府曾派人来问讯，当时以少爷事忙，所以没有禀知。"卓一航道："明天拿一张谢帖去吧。到开丧时再寄讣文。"对这些小事，卓一航也不放在心上，自去睡了。

第二日，两位钦差和白敏都已精神清爽，可进薄粥，到了黄昏，白敏除了体力尚未完全恢复之外，一切已如常人。卓一航和他在书房闲话，见他心地纯厚，说得颇为投机。正说话间，忽然门外人马喧腾，老家人进来禀道："府里的王兵备带领人马来到，说要拜见少爷。"卓一航皱了眉头，心道：爷爷又不是现职官员，他何必这样巴结？说声："请。"步出大厅，王兵备已带了二三十名兵勇，大踏步走上厅来。卓一航颇为奇怪，心想这官儿何以如此无礼。他还以为王兵备是带兵来替他守门执役，哪料王兵备忽然喝道："卓一航你知罪么？"卓一航道："我有何罪？"王兵备道："你窝藏叛徒，犯了大罪。"卓一航怒道："我家世代为官，你敢胡说八道。"王兵备冷笑说道："你还敢仗势欺人，搜！"兵丁向内堂涌入，卓一航喝道："你敢惊动钦差！"王兵备道："我奉有朝廷之命，正想来见钦差。"书房里乒乒乓乓打了起来，卓一航叫道："白贤弟，不要动武，咱们和他到延安府讲理去！"王兵备又叫人绑他，卓一航怒极冷笑，双手在紫檀木造的八仙台上一按，桌子顿时

· 98 ·

倒塌。卓一航喝道："你好说便罢，你若动粗，我就把你打了，再到京城请罪。"王兵备身边的两名军官睒了睒眼。王兵备会意道："好，姑念你是大臣之后，给你留一点面子。"卓一航抢在王兵备之前，直入内间静室，推门一看，两个钦差都不见了。

卓一航吃了一惊，心想：莫非他们疑心是强盗来劫，所以跑了。王兵备跟了进来，冷笑问道："钦差呢？"卓一航道："你让我去找他。"王兵备道："钦差都给你害死了，你还到哪里去找？"卓一航心念一动，蓦然回过头来，反手一抓，喝道："定是你这厮下的毒手！"王兵备背后一名军官，倏地冲上，伸臂相格，变掌擒拿，卓一航和他接了一招，竟是未分高下。那名军官喝道："你害死钦差，还敢拒捕。"卓一航定了定神，说道："好，这官司我和你打到北京。"那名军官取出镣铐，喝道："适才未有实据，还可由你抵赖，现在钦差不见，你还有何说？国法俱在，可由不得你骄横放肆了，快把刑具戴上。"卓一航面色倏变，待要拒捕，但转念自己祖父父亲都是朝廷大臣，若然拒捕，那就坐实了叛逆之名，岂不有辱门楣，如此一想，不觉把手垂了下来，让那名军官把他的双手套在铐中。

这一闹把卓家吓得狗走鸡飞，老家人啼啼哭哭，卓一航道："你们不必担心，圣上明鉴万里，这冤屈必然能申。"话虽如此，但想到父亲的枉死，却也寒心。卓一航又吩咐管家道："你好好看守老大人的灵堂。"王兵备催道："快走！"把卓一航推出大门，白敏早已被五花大绑，押在门外等候了。

官军连夜将二人押走，到了延安府天已大明。候了一个时辰，开堂审问，问官却不是延安知府，而是另一个二品顶戴的官儿，先问卓一航道："你家世受国恩，为何却图谋叛逆，暗害钦差？"卓一航道："暗害钦差的，确有其人，但却不是我。"问官道："那却是谁？"卓一航道："大人若给我一月之期，我将暗害钦差的人捉给你看。"问官将惊堂木一拍，喝道："胡说。本官可不是三尺小童，让你花言巧语蒙过，放你逃跑。"卓一航道："我若想逃跑，也不到这里来了。"问官又将惊堂木一拍，说道："那你就从实招来！"卓一航道："无话可招！"问官道："你说你没有暗害钦差，那你又怎知暗害钦差的另有其人？"卓一航道："这话我要见万岁爷才说。"问官按案大怒，喝道："难道我就不配问你！"卓一航闭口不答，问官手抓签筒，想是要喝令用刑，不知怎的，却又忍住。喝道："将那名叛贼押上来！"兵丁将白敏推上，问官道："你姓甚名谁，哪里人氏？"白敏道："我叫白敏，北京人氏。"问官道："你是太子值殿武师孟灿的徒弟，是吗？"白敏道："是呀，你也知道吗？"问官将惊堂木一拍，喝道："你万里迢迢，来到延安，所为何事，从实招来，不得隐瞒！"白敏挺腰说道："大丈夫做事，何必隐瞒。我到延安来找朋友，难道也不许么？"问官道："你要找的是谁？"白敏大声说道："王照希！"问官将惊堂木拍得震天价响，堂下大声吆喝，陪审的延安知府变了颜色。

问官叫录事将供词录了，交给白敏看过，叫他划押，白敏看见所录不误，想也不想，提起笔来便划了押。问官将供词递给延安知府，笑道："这便完了！"又将惊堂木一拍，对卓一航喝道："你的同伴已经招了，你还不招？"卓一航茫然不解，说道："招了什么？"延安知府喝道："王照希父子是本府剧盗，谁个不知，哪个不晓！"卓一航吃了一惊，顿时呆住。问官道："你私通剧盗，便是个大大的罪名！"卓一航道："随你说去，我与你到京师大理府去讲。"问官冷笑道："你还想到京师？"叫狱卒将他押入监牢，卓一航又惊又怒，白敏在他身边问道："那王照希真是强盗么？"卓一航闭口不答，面色铁青。白敏难过到极，急忙说道："是我连累你了！"卓一航道："不关你事。"牢头喝道："犯人不许私自交谈。"将两人分开押入监房。

卓一航一人住一个监房，房间居然颇为整洁，不像是普通监房。住了三天，也不见有人提问。心中只盼家人能来探监，好请祖父的门生故旧营救。但三天过去，却无人来，不知是管家的怕事，还是府里不准。到了第四天晚上，忽然王兵备和那日那个军官，开了监房，将卓一航提了出来，穿房绕室，走了好久，把他推入一间小房，房门迅即关上，卓一航抬头一看，房中端坐着一个红面老人，眼光阴森可怕。招手叫卓一航坐下，含笑说道："太子很赏识你。"卓一航摸不着头脑，那老人又道："万岁爷年纪老迈多病，太子不久当可登基，但有许多事情，也许还要仰仗魏公公。"卓一航变色说道："我是犯人，你要审便审，说这些话干吗？"那老人道："魏公公也很赏识你。"卓一航怒道："谁要他赏识？"红面老人道："你倒是一条硬汉，但你可知道你的性命却捏在洒家手上。"卓一航冷笑道："你想怎样？"红面老人忽道："郑洪召是你的老相识了？"卓一航心头一震，道："怎么样？"红面老人道："他临死前对你说些什么？"卓一航道："你说什么？我不知道！"红面老人笑道："真人面前不说假话，我叫云燕平，你听过我的名字么？"卓一航蓦地一声大吼，双臂往外一分，手铐登时断裂，卓一航一掌扫去，喝道："好，原来你就是奸人！"红面老人向后一倒，脚尖一踢，将坐凳踢得飞了起来，只听得"咔嚓"一声，凳子给卓一航掌风劈裂。云燕平解下腰带，向前一挥，笑道："果然试出来了，卓一航你到如今还敢说假话吗？"

你道卓一航何以如此动怒。原来郑洪召临死时曾供出五个同党，都是私通满洲之人，其中三个是大内卫士，两个是绿林强盗，三个卫士中，有一个正是叫做云燕平！

卓一航猛身进掌，云燕平将腰带一挥，居然呼呼作响，卓一航连抢几招，横扫直劈，云燕平身法轻灵，斗室之中，回旋自如，手中腰带使得似软鞭一样，斗了二三十招，卓一航占不到丝毫便宜，蓦然想道："事已至此，我不如逃了出去，禀告太子。"掌法一紧，又抢了几招，忽然一个转身，"砰"的一声将房门踢开，云燕平哈哈笑道："你想逃走，那只有做梦！"卓一航飞步窜出，蓦地里掌风飒然，迎面劈至，卓一航斜身滑步，正想出掌相抗，忽见一人掌心似朱砂般红，大吃一惊，那人呼呼两掌，掌风劲疾，卓一航怒道："难道我就怕你的阴风毒砂掌？"使出五丁开山掌法，掌掌雄劲，拼与那人两败俱伤，那人不敢逐接，双掌只往卓一航穴道拍去，卓一航不敢给他碰着身躯，也闯不出去，反给他迫得又退到房门，云燕平腰带一抖，卓一航给他一卷一拉，蓦然扑倒。用阴风毒砂掌的那老头跟身抢进，关了房门，在门口一站，问道："云兄，试出来了么？"云燕平道："这小子不肯吐实，金兄你赏他一掌。"那姓金的老头抬起手掌，作势向卓一航脑门拍下。卓一航兀然不惧，冷冷说道："你打死我也没有用。我死后我的朋友会到北京告御状，将你们都抖露出来。"云燕平身躯一震，问道："你是说玉罗刹么？"卓一航昂首瞪目，傲然不理，那姓金的老头说道："好，瞧不出你这小子，居然敢和玉罗刹往来。"云燕平突发奸笑，说道："这小子倒可以大派用场。"姓金的老头蓦然飞起一脚，踢中卓一航后腿弯的"委中穴"，这穴道正当大腿骨与胫骨联接的骨缝间，是人身九个麻穴之一，卓一航登时晕倒。云燕平叫王兵备进来，再将他送入监牢。

　　卓一航去后，云燕平与那姓金的老头相视而笑。原来不独他们二人私通满洲，连魏忠贤和满洲也有往来。郑洪召死后，岳鸣珂到了北京，把郑洪召临死时说出的秘密告诉了熊经略（廷弼），熊经略进宫面圣，揭发内奸，明神宗笑为"不经之谈"，搁下不理。那三个宫中卫士消息也真灵通，一有风闻，立刻逃走。到得神宗听得那三名卫士逃走的消息时，后悔已来不及。

　　但那三名卫士只是逃出宫外，却并未逃出北京，他们与魏忠贤仍有往来。郑洪召与魏忠贤关系较疏，他与满洲密使联络时，只知那三名卫士是同伙，却不知魏忠贤也是。而魏忠贤却知他是同党，但两人从不谈及，魏忠贤也捉摸不透郑洪召是否也知道他的身份，所以大为惶恐，暗中派遣三名卫士来陕，并派出一名心腹御史，假充钦使，到延安府来，想从卓一航处打探秘密。适值皇帝派了两名钦差到卓家宣召，魏忠贤遂定下毒计，叫那两名卫士暗害钦差，移祸卓家，好借此罪名，将卓一航拿来审问。

这两名大内卫士，一个擅长于西藏密宗秘传的"柔功"，即刚才用腰带来和卓一航对敌的云燕平，这种"柔功"若练到炉火纯青之境，能以至柔而克至刚，云燕平虽尚未臻炉火纯青之境，但也已有了七八成火候；另一名则是那个使阴风毒砂掌的老头子，名叫金千岩，他的毒砂掌能令人三日之后毒发，七日之后身亡，能杀人于闹市之中而不被发觉。这次他们奉了魏忠贤之命，在途中暗算了钦差，本以为可移祸卓家，不料却给卓一航看破，将钦差救了。这事后来引起宫廷中的暗斗明争，此是后话，按下不表。

再说卓一航被点了"委中穴"后，押回监狱，越想越恨，怒火上升，更觉酸麻无力，暗道："不好！"心想：满洲暗中收买宫中卫士、绿林大盗、廷臣督抚，这事非同小可。我所知者只有五人，其他被收买的尚不知多少，这事须得设法告诉太子。但我被关禁在此，无人相救，必须靠本身能耐越狱，我这一动怒，气血更不能畅行，如何能够解穴。想好之后，怒火渐平，索性盘膝静坐，运气凝神。卓一航内功本来甚有根底，坐了一个时辰，渐觉气透重关，全身舒畅，穴道已解，正想震断手铐，破门而出，忽听得远处隐隐似有厮杀之声。

卓一航把耳贴在地上静听，杀声越来越近，正自惊奇。监房铁门忽然打开，卓一航站了起来，只见云燕平满面奸笑，缓缓行进，卓一航喝道："你来作甚？"云燕平道："你的好朋友来了，我带汝去见她!"话声未了,只听得轰然巨响,知府的衙门已给人用土炮轰开,一时火光烛天,云燕平面上变色,手掌一翻,疾地向卓一航手腕抓来。

"委中穴"被点,最少要过六个时辰,才能自解。所以云燕平满心以为是手到擒来,自己毫无防备。不料卓一航舌绽春雷,一声虎吼,双臂一振,手铐飞起,双脚连环疾踢,云燕平猝不及防,膝盖中了一脚,跌倒地上。但他武功非同小可,在地上一滚,避开了卓一航的追击,站起来时,腰带已拿在手中,用力一抖,腰带给他使得如同软鞭一般,呼地向卓一航腰际直卷过来。卓一航知道外有救兵,精神大振,身形闪处,一记"手挥琵琶",翻身抢进,云燕平腰带一挥,待卷敌人双臂,卓一航忽地腰向后倚,一个旋身,改掌为拳,拳风飕飕,仍是抢攻招数,云燕平把腰带一收,退了两步,卓一航挥拳猛扑,他突伸出左掌一格,腰带忽地乘隙飞出,啪的一声,击到了卓一航胁下,卓一航手臂一挟,将他腰带挟着,坐身向后一扯,竟然没有扯动。云燕平冷笑一声,左掌又呼的一声劈来,卓一航不能不腾出手掌对敌,云燕平的腰带,活似灵蛇,竟然自下而上,将他臂膊缠住。

卓一航右臂被缠,左掌用力相抗,云燕平把腰带一收,卓一航虽用了"力堕千斤"的身法,仍是站立不稳,险被拉倒!正在危急,外面的脚步声已渐来渐近,忽听得有人叫道:"云大哥,风紧,扯呼!"云燕平面色大变,但腕底仍在使劲,想把卓一航擒过来作为人质。就在此际,只听得一串银铃似的笑声已飘了进来,卓一航又惊又喜,叫道:"玉罗刹!"云燕平急忙松劲,将腰带收回,翻身抢出监房。

卓一航料得不差,带兵攻城的果然是玉罗刹。她与王照希的父亲王嘉胤订盟之后,本来早就想到陕北相会,只因与应修阳有华山之约,所以才耽搁了大半年。这次她带了几十女兵,本来是要到瓦窑堡和王嘉胤相会的，但在途中救了白敏之后，愈想愈疑，猛地想起了卓一航，遣人入城暗探，知道了卓一航被捉的消息，这时王照希也已得到了消息，带兵赶来，统由玉罗刹指挥，深夜攻城，不消一个更次，就把城门攻破，杀入府衙。

再说云燕平抢出监房，只见金千岩正在前面三丈之地，与一个少女激斗。金千岩已被笼罩在剑光之下，十分危险。

云燕平急忙将腰带一挥，一个"金蛟锁柱"，向玉罗刹的剑身便缠，要施展以柔克刚的功夫，卷拿玉罗刹的宝剑。玉罗刹盈盈一笑，剑锋往外一展，云燕平虎口一痛，急松手时，腰带已被玉罗刹割为两段。要知以柔克刚的功夫，全凭内功劲力，云燕平的功力虽在卓一航之上，但却在玉罗刹之下，以这手"柔功"对付卓一航犹可，对付玉罗刹却是不行。

金千岩趁玉罗刹分心之际，双掌一分，反击玉罗刹两臂，玉罗刹剑招奇快，一剑削断云燕平腰带，脚跟一旋，寒光闪闪，剑气森森，剑锋又指到金千岩喉咙。金千岩吓得亡魂直冒，急忙撤招防御。金千岩的掌法虽然阴毒，但玉罗刹剑法辛辣，金千岩根本近不了身。若非玉罗刹也稍存顾忌，他早已丧生。云燕平倒吸一口冷气，事到其间，不能不拼，只好从偏锋抢上，以擒拿十八掌的招数，扰敌救友。合两人之力，拼死力斗，犹自处在下风。

再说卓一航走了出来，见玉罗刹与两名高手拼斗，正想挥拳相助，玉罗刹叫道："你到后面去帮王照希吧！这两个兔崽子不是我的对手。"卓一航自是行家，只瞧了一眼，便知玉罗刹所言非假，跳过走廊，果然听得杀声震天，有一对汉子，在走廊边打边走，前面的那人正是王照希。他运剑如风，但敌人却也不弱。一柄剑左遮右挡，带守带攻，竟是打得难分难解。

和王照希斗剑这人，正是那日同王兵备一起来捉拿卓一航的军官。卓一航一见，心头火起，托地跳将上去，拳背向外，左右一分，一记"分金手双挂拳"照准敌人两边太阳穴打去，那名军官本是陕甘总督帐下第一名武将，功力虽是不弱，可是哪能连敌两名高手，他躲得开卓一航的拳，却躲不开王照希的剑，双肩晃处，未转身形，肩胛骨的"天柱穴"已给王照希一剑穿入，当场丧命。

王照希道："卓兄，小弟来迟，累我兄受苦了！"卓一航点了点头，木然不语。他见此情形，始知王照希真是陕北的巨盗。王照希又道："咱们看练女侠去，看她如何收拾那两名奸贼。"卓一航恩怨分明，虽然不愿与强盗结交，但别人舍身来救，无论如何，也不能拂袖而走。只好随着王照希穿过走廊。这时玉罗刹在走廊那边大展神威，剑光闪烁，远望过去，几乎分不清人影。王照希赞道："玉罗刹真行；我看那两名奸贼要死无葬身之地。"话刚说完，忽听得有一个清脆的声音接着说道："不见得！"王照希面色倏变，檐上突然跃下一人，却是一个蒙面少女，听声音，看体态，似乎比玉罗刹还要年轻。

王照希叫道："你来做什么？"蒙面少女道："你来得难道我来不得？喂，有人等着你呢！待我会过了玉罗刹再和你说。"卓一航问道："这人是谁？是王兄相识的么？"王照希面色尴尬，道："也说得上是相识。"拔步便追。

再说玉罗刹与云燕平、金千岩二人恶斗，剑势如虹，奇幻无比，金千岩空有阴风毒砂掌的功夫，却连她衣裳都沾不着，只好缩小圈子，力图自保，玉罗刹剑招催紧，倏如巨浪惊涛，再斗片刻，两人连自保也难，玉罗刹正想痛下杀手，忽觉背后有金刃劈风之声，反手一剑，叮当一声，火花飞溅，那人的剑竟未出手。玉罗刹微微吃惊，转身一望，却原来是个蒙面少女。玉罗刹喝道："你找死么？"少女道："人人都夸赞你的剑法，我想见识见识。"玉罗刹道："好，你见识吧！"剑柄一旋，转了半个弧形，刷地分心刺到，那少女横剑一封，奋力一冲，居然把玉罗刹的剑招拆开。

云燕平和金千岩呼了口气，飞身上屋，玉罗刹叫道："王照希截着他，我片刻便来！"王照希脚尖一点，上屋追敌，口中叫道："练女侠你手下留情。"卓一航知道云、金二人的功夫都在王照希之上，眼珠一转，稍一迟疑，也跟着追上去。

　　玉罗刹本以为不过三招，就可将那蒙面少女刺伤，不料三招都给少女解开，听那屋顶上厮杀之声，已渐去渐远，不禁大怒。

　　那蒙面少女出尽吃乳之力，才解得开玉罗刹的三记辣招，知道玉罗刹剑法远在己上，佯攻一剑，抽身便逃，玉罗刹笑道："你这女娃儿还敢还手！"脸上堆着笑容，心中却是愤恨，刷刷几剑，把那少女迫得团团乱转，却逃不开，那少女道："打不过你，我认输便了，你迫得这样紧做什么？"玉罗刹道："认输也不行！"蒙面少女道："有本事的你和我去见爹爹。"玉罗刹道："我先杀你。"剑锋一划，蒙面少女忽觉冷气森森，玉罗刹的宝剑就似在面门划来划去，惊叫一声，面纱已给挑开。玉罗刹一见是个美貌少女，道："好，我不杀你，给你留个记号。"剑尖一点，要在她面上留个疤痕。

　　蒙面少女吓得急了，青钢剑一抖，剑锋反弹而上，和玉罗刹的剑一交，忽然剑锋一滑，分明向左，到了中途，却倏地向右，反刺玉罗刹左乳上的"将台穴"，玉罗刹呆了一呆，那少女飞身上屋。玉罗刹大叫道："你哪里学来的剑法？"提剑追去。

　　再说王照希和卓一航二人，听玉罗刹之令，追截奸贼。金千岩和云燕平二人武功在王、卓之上，玉罗刹又迟迟不出，四人交手，斗了十来招，王照希与卓一航已被迫采取守势。金千岩和云燕平志在逃命，无心恋战，抢了攻势，虚晃一招，转身便逃。王照希道："追不追？"卓一航道："追！这两人是私通满洲的奸贼。"这时府衙被王照希的手下放火焚烧，烈焰冲天，烟雾迷漫，王照希与卓一航追出府衙，已不见那两人背影。卓一航提剑四顾，忽见一团白影，呼的一声从身旁掠过，原来就是适才那蒙面少女，这时面纱已脱，在烟雾中直窜出去。接着又是呼的一声，又是一团白影，在烟雾中飞了出来。王照希叫道："那两名奸贼跑了。练女侠，咱们三人分两路搜吧！"玉罗刹道："追那个女娃儿要紧！"卓一航道："那两人私通满洲，还是追那两人要紧。"玉罗刹疾掠飞前，决然说道："我说追那个女娃儿要紧！"王照希无奈，只好和卓一航跟在后面。卓一航大惑不解，颇为反感，心想何以玉罗刹轻重倒置，放了大奸贼，却去追一个小姑娘。

你道玉罗刹何以如此？原来蒙面少女最后那招，正是玉罗刹师父所传的独门剑法，玉罗刹自小与师父在古洞潜修，相依为命，深知师父别无徒弟。见蒙面少女使出这招，惊疑不定。心想难道是岳鸣珂和卓一航取了剑谱之后私自传给外人。玉罗刹当日与岳鸣珂斗剑，打成平手，负气走开，过后思量，深为后悔，再回洞中，非但剑谱不见，连壁上所刻的剑式也被削平了。玉罗刹立下心愿，一定要将剑谱取回。如今见这蒙面少女居然使出自己独门剑招，哪能不发急追赶？

那少女跑在前头，玉罗刹和卓、王二人衔尾疾追，逐电追风，过了一会，玉罗刹已追到少女身后，王照希与卓一航却被抛在后面。那少女想是被追得急了，高声喊叫："爹爹！"玉罗刹放缓脚步，笑道："好，我就等你爹爹出面再来问你。"

这时已追至城外的清风山脚，那少女边叫边跑上山，玉罗刹如影附形，紧蹑少女身后，长剑晃动，剑尖时不时点着少女后心，看那少女惊惶万状，左纵右跃，总摆脱不了。玉罗刹有如灵猫戏鼠，"玩"得十分高兴，格格地笑个不休。那少女吓得锐声尖叫。笑声叫声杂成一片，蓦然间，少女身子向前一扑，高叫："爹爹！"山腰处传出一声怪啸，玉罗刹收剑看时，只见一团灰影，似流星陨石般直冲下来，真的是声到人到，玉罗刹横跃两步，只见一个高大老人，鹰鼻狮口，满脸络腮短须，相貌丑陋，大声喝道："谁敢欺侮

只见一团灰影，似流星陨石般直冲下来，一个高大老人，鹰鼻狮口，满嘴络腮短须，相貌丑陋，大声喝道："谁敢欺侮我儿？"

我儿？"那少女满面泪痕，躲在老人身后。撒娇叫道："爹爹，你替我把这贼婆娘的眼珠挖了！"

玉罗刹一声冷笑，长剑一指，喝道："老贼，快把我的剑谱还来！"老人一怔，沉声喝道："什么剑谱？"那少女哭道："爹爹，这贼婆娘诬赖女儿作贼，女儿何曾见过她什么剑谱，她把剑贴着女儿背心，尽情戏侮！爹爹，你一定得替我把她的眼珠挖出来！"

玉罗刹给她一连几句"贼婆娘"骂得心头火起，脸上笑容未收，手中剑已刺出。那老人"噫"了一声，倒退三步。手掌一推少女，说道："你站到那块岩石上去，不准帮手。刚才的事，我全都看到了。"玉罗刹一剑不中，第二剑第三剑连环刺来，老人蓦地一声怒吼，身形骤起，左掌骈指如戟，直点玉罗刹面上双睛，右掌横掌如刀，滚斫玉罗刹下盘双足，两只手一上一下，形似岳家的"撑橡手"，但力雄势捷，比正宗的岳家"撑橡手"还要厉害得多！玉罗刹剑已递出，撤招不及，身形一沉一纵，猛地施展"燕子钻云"的绝顶轻功，凭空窜起三丈多高，在半空中一个倒翻，落在山腰处的一块大岩石上。那老人跟踪直上，怒极喝道："我生平还未碰过敢在我面前叫阵的人，你胆敢如此无礼！你的师父叫什么名字？"玉罗刹面色微变，旋即扬声笑道："我生平也未碰到过敢在我面前大声呼喝的人，你的师父叫什么名字？"这老人乃风尘异士，生平的确未逢敌手，他喝问玉罗刹的师承，乃是自居前辈身份，想不到玉罗刹这样一个年轻女子，居然也喝问他的师承（他的师父早死了三十多年），把他也当成后生小辈！这老人须眉掀动，怒极气极，暴喝一声："狂妄小辈，吃我一掌！"玉罗刹微微一笑，也在岩石上突然掠下。

正是：女魔逢老怪，剑掌判雌雄。

欲知后事如何？请听下回分解。

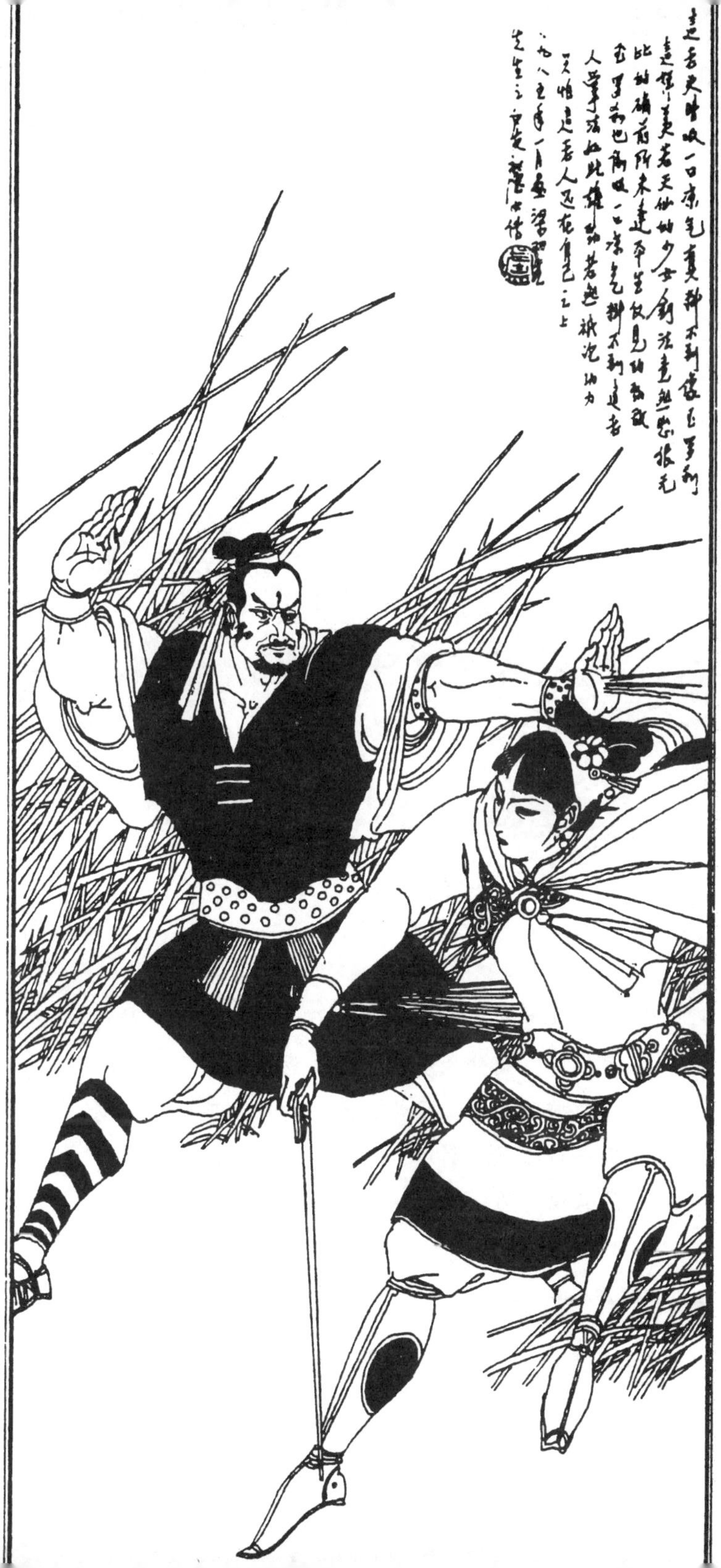

这老人暗吸一口凉气，真料不到像玉罗刹这样美若天仙的少女，剑法竟然凶狠无比，的确是前所未逢，平生仅见的劲敌。玉罗刹也倒吸一口凉气，料不到这老人掌法如此雄劲，若然只论功力，只怕这老人还在自己之上。

第六回

月夜诉情怀　孽缘纠结
荒山斗奇士　剑掌争雄

　　老人这一掌运足内家功力，一掌劈去，呼呼风响，玉罗刹一掠避过，衣袂风飘，长剑突自半空刺下，老人霍地一个转身，双掌齐出，猝击玉罗刹命门要穴，玉罗刹身形微动，长剑一招"金针度线"反挑上来，那老人似早已料到她要使这一招，抢前一步，玉罗刹剑尖在他肋旁倏然穿过，他双掌合拢，左右一分，霎忽之间，已从"童子拜观音"的招式变成"阴阳双撞掌"，向玉罗刹痛下杀手。哪知玉罗刹也似早已料他有此一招，剑把一沉，剑锋反弹，转向老人腋下的"期门穴"刺去，老人脚步不动，身子陡然一缩，避开这招，突然化掌为拳，一招"横身打虎"，猛捣出去。玉罗刹拔身一纵，又飞起一丈多高，斜斜向下一落，老人喝道："小辈接招！"跟踪猛扑，玉罗刹盈盈笑道："老贼接招！"剑身一横，平削出去，老人只道她使的是达摩剑中的"横江飞渡"，脚踏"坎"位，转进"离"方，反手一拿，就要擒她持剑的手腕，哪知玉罗刹一剑削去，方到中途，剑势忽变，正正向着对方所避的方位削来，那老人大吃一惊，幸他武功精湛，变招迅速，从"离"位一旋，左掌骈了中食二指，反点玉罗刹肩后的"凤眼穴"，玉罗刹剑势疾转，以攻对攻，迫得老人又从"离"位避开，两人的攻势都落了空。

玉罗刹与那老人斗抢攻势，一招一式，毫不放松，分寸之间，互争先手。玉罗刹剑法奇绝，似前忽后，似左忽右，杂有各家剑法，却又无一招雷同。那老人的掌法也极怪异。尽管他出手迅若雷霆，疾如风雨，身法步法却是按着"八门""五步"，丝毫不乱。〔在武学中，"八门"即是指八个方向，根据"八卦"的坎、离、兑、震、巽、乾、坤、艮八个方位而来，即四个"正方向"和四个"斜方向"；"五步"是指五个立足的位置，根据"五行"的金、木、水、火、土五个方向而来，即：前进、后退、左顾（含向左转动意）、右盼（含向右转动意）、中定。〕这"八门""五步"的进退变化，本是太极派鼻祖张三丰所创，称为"太极十三势"。太极拳讲究的是以柔克刚，这老人的掌法刚劲之极，用的却是"太极十三势"的身法步法，刚柔合用，若非功夫已到化境，万万不能。玉罗刹和他以攻对攻，斗了一百来招，占不到半点便宜，暗暗吃惊，不敢再嬉笑儿戏，面色凝重，专心注敌，把师父所创的独门剑法，越发使得凌厉无前！

那老人斗了一百来招，也是占不到丝毫便宜，玉罗刹剑法之奇，处处令他不得不小心防备。斗到疾处，掌风剑光下，两条人影穿插来往，竟分不出谁是老头，谁是少女！

这老人暗吸一口凉气，真料不到像玉罗刹这样美若天仙的少女，剑法竟然凶狠无比，的确是前所未逢，平生仅见的劲敌。玉罗刹也倒吸一口凉气，料不到这老人掌法如此雄劲，若然只论功力，只怕这老人还在自己之上。

两人斗得难解难分，双方都是险招迭见！酣斗中玉罗刹忽闻得山后飘来一声惊叫，竟似是卓一航的声音，心神一荡，剑招稍缓，那老人从"艮"位呼的一掌劈来，玉罗刹一招"星横斗转"，那老人掌锋将欲沾衣，看看就要两败俱伤，忽然跳后两步，叫道："不

玉罗刹与那老人斗抢攻势，一招一式，毫不放松，分寸之间，互争先手。

要上来!"玉罗刹斜眼一望,在那少女所站的岩石上,又多了一个中年美妇。那老人的话,原来是对这美妇人说的。以玉罗刹武功之高,耳目之灵,竟觉察不出她是何时来的,可见适才的剧斗,是何等猛烈,令玉罗刹也分不出半点心神。

这时玉罗刹对那老人,也已微微有点佩服,心想:高手对阵,必须眼观四面,耳听八方,自己一碰到旗鼓相当的敌手,就分不出心神,火候究是较逊。那老人喝了一声,翻身再扑,喝道:"咱们再斗!"玉罗刹怒道:"难道怕你不成。枉你武功如此之高,却做下三流小贼,今日不将剑谱还我,誓不与你干休!"刷刷两剑,连环疾刺,老人大怒,一招"排山倒海",迎击过来,两人又斗在一起。

岩石上,先前与玉罗刹对敌的少女对后来的美妇说道:"阿姨,你给那贼婆娘一下。"美妇道:"阿瑚,你的蝴蝶镖打得比我还好,为何要我献丑?"少女道:"爹爹说过不准我帮手。"美妇悄悄问道:"她说什么剑谱?难道那剑谱是她的吗?"少女变了颜色,凑在她的耳根说道:"快点别说,给爹爹听见,那可要糟!"那美妇人微微一笑,心里说道:"这老不死正在与别人拼命,声音说得再大一点他都听不见。"见少女情急,从怀中掏出三枚蝴蝶镖来,笑道:"不说便是,你看我打她!"右手扬空一抖,三枚蝴蝶镖发出呜呜怪叫,闪电般地向玉罗刹飞去。

这时玉罗刹与那老人斗得正酣,玉罗刹的剑招越展越快,那老人的掌力也越发越劲。两人正在全神拼斗,暗器忽然侧面袭来。玉罗刹听声辨器,早知这三枚蝴蝶镖是分上中下三路,分打自己的"气门穴""当门穴"和"白海穴"。若按玉罗刹平常的功力,这三枚小小的蝴蝶镖真算不了什么,只要她一举手一投足,就可把来袭的暗器全都打落。可是现在两人拼斗,旗鼓相当,一人功力高强,一人剑法厉害,刚刚拉成平手,正好像天平上的两边砝码刚刚相等一般,只要哪一边加上一针一线之微,立刻就要失去平衡状态!

玉罗刹听得暗器飞来，呜呜作响，面色倏变，冷笑说道："无耻匹夫，妄施暗算！"竟然不避暗器，手中剑一招"极目沧波"旋化"三环套月"，正面刺敌人的"将台穴"，侧面刺"巨骨穴"。你道玉罗刹何以不避暗器？原来玉罗刹心想，要避暗器不难，可是若然分神抵御，以敌手功力之高，乘虚进击，自己必无幸理。不如拼个两败俱伤，死也死得光彩。这两剑凶狠异常，刷刷两剑，果然迫得老人从"艮"位直退到"乾宫"，玉罗刹手底丝毫不缓，挺身进剑，从"三环套月"一变又成"白虹射日"，剑尖直指老人胸口的"玄机穴"，这时三枚蝴蝶镖已连翩飞来，第一枚迳向着玉罗刹咽喉，看看就要碰上！

暗器飞来，不唯玉罗刹变了面色，那老人也涨红了面，听得玉罗刹一骂，更是难堪，肩头一闪，右掌突然扬空一劈，把第一枚蝴蝶镖震得飞落山脚。这一下大出玉罗刹意外，她的剑收势不及，乘隙即入，老人肩头一闪，只避开了正面，嗤的一声，衣袖仍被刺穿，手臂被剑尖划了一道口子，鲜血滴出。老人闷声不响，倒跃出一丈开外，这时第二枚第三枚蝴蝶镖也已到了玉罗刹跟前。

强敌一退，玉罗刹长剑一扫，两枚蝴蝶镖全给扫落。那老头跑上山腰，指着美妇厉声斥道："谁叫你乱放暗器？"美妇人眼波一转，状甚风骚，可是却装成委委屈屈的样子说道："老爷子，你又没有吩咐我来，阿瑚受了她的欺负，我们又何必对她客气？老爷子，我还不是为了你们父女！"眼圈一红，泪珠欲滴。玉罗刹身形一起，突如大鹤掠空，蓦然飞至，喝道："原来是你这贼婆娘放的暗器！"右手一扬，三枚银针在阳光下一闪，老头举袖一拂，拂落两枚，第三枚银针刺进了那美妇人的肩头，痛得她"哟哟"叫喊！

那老头喝道："适才你已见到，她放的暗器与我无关。你这女贼十分无礼，欺我女儿，伤我爱妾，我与你绝不干休！咱们再约日期，单打独斗，谁也不许邀请帮手，你敢也不敢？"玉罗刹忽然一

那老人喝了一声，翻身再扑，喝道："咱们再斗！"玉罗刹怒道："难道怕你不成。枉你武功如此之高，却做下三流小贼，今日不将剑谱还我，誓不与你干休！"

笑，老人面色倏变，说道："你现在要斗也行！"他以为玉罗刹是笑他受了剑伤，所以才要约期再斗。其实玉罗刹是笑他作伪，刚才自己所发的三枚银针，以他的功力，要全部打落，并不为难，他却留下一枚，让那美妇人受伤，想是含有惩罚之意。心道："原来那女人却是他的妾侍，怪不得他又要隐藏刚才的作伪，只是怪我伤她。"玉罗刹道："你偷我的剑谱，我也绝不与你干休，但今日彼此都疲，再斗也斗不出什么道理，你住在何方，若肯赐知，我必登门请教！"玉罗刹说话缓和了许多，而且并没提那老头受伤之事。

那老头是个成名人物，刚才他的爱妾飞镖相助，几乎令他下不了台，所以虽受剑伤，也不动怒。见玉罗刹一问，想了一想，说道："好，一月之内，我在龙门铁家庄等你！"玉罗刹凛然一惊，那老头一手携妾，一手携女，疾忙下山，玉罗刹正想追下再问，忽听得山腰处卓一航和王照希同声喊道："练女侠，练姐姐，快来，快来！"叫"练姐姐"的是卓一航，玉罗刹心里甜丝丝的，但又怕他们遭逢凶险，急忙转过山后。

山后乱石巉巉，王照希与卓一航身子半蹲，挤在一个石窟之内，玉罗刹奇道："喂，你们做什么？"卓一航反身跳出，沉声说道："贞乾道人给害死了！"玉罗刹跳起来道："什么，贞乾道人给害死了？"上前去看，只见石窟内贞乾道人盘膝而坐，七窍流血，状甚痛楚，玉罗刹伸手去摸，脉息虽断，体尚余温，知他断气未久。卓一航道："一定是有人觊觎他所带的剑谱，所以把他害死了！"玉罗刹气喘心跳，急忙问道："你说的是什么剑谱？"卓一航道："就是你师父所著的剑谱，鸣珂大哥托贞乾道长带给天都老人。想不到他身死此地，剑谱也不见了！"玉罗刹怒叫道："一定是铁老贼干的勾当，我还以为他是前辈英雄，有几分侠义本色，哪知他偷了我的剑谱，还害了贞乾道人。"王照希道："怎见得是他？"玉罗刹道："贞乾道人武功超卓，不是这个老贼出手，还有谁伤得了他？喂，王照希，你和这老贼是不是老相识，快说！"卓一航问道："说了这么半天，到底谁是'铁老贼'？"

玉罗刹道："我虽然出道未满三年，但黑白两道的英雄，也知个大概。山西龙门县的铁飞龙就是西北的一个怪物，是也不是？"王照希道："他这人介乎正邪两者之间，好事也做，坏事也做，谁要冒犯了他，一定会给他凌辱至死。但他一生自负，未必肯偷别派剑谱。"玉罗刹瞪眼说道："难道我还看错，在府衙中的那个是不是他的女儿？"王照希神色尴尬，点头道："是。"玉罗刹道："他女儿使的就是我的本门剑法。"王照希睁大眼睛，道："有这样的事？"玉罗刹冷笑道："想是你见她美貌，所以回护她了！"王照希吓得退了两步，恭声说道："这老头和家父相识，我对他的为人，也是只得之传闻，并不知道底蕴。"其实王照希与铁家父女有一段过节，本想说出，但见玉罗刹如此动怒，只好把要说的话，吞回腹中。

玉罗刹又道："适才我还和铁老贼打了半天，我本来不知他是谁人，他临走叫我到龙门铁家庄找他，他真胆大，劫书害命，还敢留下姓名，我非找他算账不可！"卓一航忽然"啊呀"一声叫了出来。

卓一航道："我想起来了，这老头是鹰鼻狮口，满脸络腮短须，相貌丑陋，是也不是？"玉罗刹道："你也认得他？"卓一航道："大约七八年前，他曾找过我的师父比掌，我的师父不肯，叫四师叔和他比试，结果输了一招。事后几个师叔埋怨我师父不肯出手，损了武当声誉。我师父道：'对好胜的人，应该让他，我们武当派树大招风，何必要为争口气而招惹麻烦。而且，我敢断定他虽赢了四师弟一招，对我们武当派却反要心悦诚服。'四个师叔都问是何道理，我师父笑而不答。后来他才对我说：'你的四个师叔也都是好胜之人，所以我不愿对他们说。他赢你四师叔那招，用的是降龙手，这是他雷霆八卦掌中的绝招。他赢了之后，得意洋洋，和

· 124 ·

我谈论他这手绝招，自以为天下无人能破。我不作声，送他出门时，故意踏八卦方位，从巽位直走乾位再转离方，双手抱拳一揖，手心略向下斜，左右一分，明是送客出门，实是演破降龙手的招式，他是个行家，自然知道。所以出门之后，还回头拱手，叫我包涵。'"王照希道："你师父的度量真好。"玉罗刹冷笑道："对这样的坏人，我可不肯留情。"

　　王照希不敢作声，心里暗暗叫苦。原来这铁飞龙膝下无儿，只有一女，名叫铁珊瑚，十分宝贝。铁飞龙好胜任性，人又怪僻，和武林朋友，素少来往，人家也不敢惹他。所以铁珊瑚虽长得甚为美丽，却十八岁了还没婆家。铁飞龙带她在江湖闯荡，也找不到合适之人。王照希辅助父亲，在陕北绿林道中，甚有声名。铁飞龙和王照希的父亲王嘉胤本属相识，听得王照希的声名，暗笑自己现钟不打却去炼铜，就带了女儿到延安来找王嘉胤，王嘉胤对这样的风尘异士，当然殷勤款待。两父女见了王照希都觉得十分合意。席散之后，铁飞龙迳直地就提出了婚事来，王嘉胤十分不好意思，委婉对他说明，自己的儿子和北京武师孟灿的女儿，已经指腹为婚，请他另选贤婿。哪知铁飞龙甚是不通人情，竟然拍案说道："枉你是绿林道的头儿，怎么和朝廷的鹰犬结为亲家。我的女儿有哪点不好？快把那头亲事退了。"王嘉胤知他不可理喻，而且正当图谋大事，又不愿得罪这样的人，只好说道："就是要退，也得和孟武师说个清楚，路途遥远，不是一朝一夕所能办到。"铁飞龙悻悻然带女儿走开。事情过后，王嘉胤问儿子心意，王照希对铁珊瑚并无好感，不愿退亲另订，但也不愿得罪铁老头子。所以父子商议，遂由王照希急急上京迎亲。想不到到了京师，又发生了孟武师伤死，和误会白敏之事。

　　王照希心想：玉罗刹正与我家订盟，若然跑去和那铁老怪大动干戈，这笔账岂不一发算在我家头上？

王照希又想道：算在我家账上也不紧要，但目前正要聚集各路英雄，合力同心，共图义举，何必为这些小事得罪一位武林怪客，而且铁老头子也绝不是劫书害命之人。他对玉罗刹的感情用事，颇为不满，但玉罗刹要比铁老头子更难对付。王照希只好默然不语。

忙了一夜，打了半天，这时已将近正午时分，玉罗刹等人都是又饥又渴，阳光照进石窟，血腥味甚是难闻。玉罗刹撕下半截衣袖，走进窟中，替贞乾道人慢慢揩干血迹，血迹淤黑，似是中毒。玉罗刹想道：铁飞龙的武功在贞乾之上，要抢剑谱，似乎不必放毒，细一察看，见他颚骨碎裂，却又分明是受掌力所伤，再研究受伤之处，骨头微现指印，又分明是一掌打下之后，再五指合拢，用内家手法，伤损他的喉咙。这手法又正是铁飞龙的手法。心中大惑不解。

贞乾道人和卓一航、玉罗刹的师父都是知交，两人挥泪掘穴，将他埋葬。弄好之后，玉罗刹撮土为香，向天拜告，誓为贞乾道人报仇。

三人洗干血手，掬泉水，送干粮，下得山来，已有王照希的喽兵来接。白敏也已被救了出来，见了玉罗刹大喜拜谢。卓一航愁眉深锁，玉罗刹道："卓兄不必担心，令祖的灵榇，我已令人搬到了瓦窑堡，待卓兄到达，就可安葬。卓兄的家人，也已由我作主，替卓兄分派银两，将他们遣散了。"卓一航默然不语，心想事已至此，自己回到家必被缉捕，也只好由她如此办理了。

卓一航本不愿随王照希到瓦窑堡，但祖父的遗体待他入土，只好跟去。瓦窑堡离延安城一百五十余里，他们率领马队先行，午夜便已赶到。王嘉胤亲来迎接，见了玉罗刹非常欢喜，互道仰慕之意。王照希将卓一航身份告知，王嘉胤又是一喜，笑道："卓兄文武双修，这好极了。我们这些乌合之众，正缺少运筹帷幄、策划定计的人才。"卓一航拱了拱手，冷冷说道："这个缓提。"王嘉胤愕了一愕，王照希低声说道："卓兄正在重孝之中。"王嘉胤连忙赔罪，叫人取过孝服，给卓一航换了。

卓一航去意匆匆，第二日就将祖父安葬，拜托王照希照顾坟墓。玉罗刹白天与各家寨主会面，忙了一日，但黄昏时分，仍然抽空到卓仲廉新坟致祭。她虽然焚香点烛，陪卓一航叩头，但心中却在暗笑，想不到以前被自己所劫的大官，现在自己却向他叩头。卓一航看她面上并无悲戚之容，心中颇为不满，怪她惺忪作态。其实他却不知玉罗刹心意，如果玉罗刹不是为他，就是把剑架在她的颈上，她也不会到来跪拜。

晚霞渐收，新月初上，卓一航和玉罗刹并肩缓步，从墓地慢慢走回。玉罗刹靠着卓一航，眼波流转，忽然低掠云鬓，欲言又止。卓一航觉她吹气如兰，心魂一荡，急忙避开。玉罗刹笑道："你现在还怕我么？"卓一航道："我不知你为什么要令别人怕你？"玉罗刹道："你不知我是母狼所乳大的么？我并没有立心叫人怕我，大约是我野性未除，所以别人就怕我了。"卓一航忽然叹了口气，心想玉罗刹秀外慧中，有如天生美玉，可惜没人带她走入正途。玉罗刹问道："好端端的你为什么叹气？"卓一航道："以你的绝世武功，何必在绿林中厮混？"玉罗刹面色一变，说道："绿林有什么不好，总比官场干净得多！"卓一航低头不语，玉罗刹又道："你今后打算怎样？难道还想当官做宦，像你祖父、父亲一样，替皇帝老儿卖命吗？"卓一航决然说道："我今生绝不做官，但也不做强盗！"玉罗刹心中气极，若说这话的人不是卓一航，她早已一掌扫去。卓一航缓缓说道："我是武当门徒，我们的门规是一不许做强盗，二不许做镖师，你难道还不知道？"玉罗刹冷笑道："你的祖父、父亲难道不是强盗？"卓一航怒道："他们怎么会是强盗？"玉罗刹道："当官的是劫贫济富，我们是劫富济贫，都是强盗！但我们这种强盗，比你们那种强盗好得多！"卓一航道："好，随你说去！但人各有志，亦不必相强！"玉罗刹身躯微颤，伤心已极。卓一航看她眼圈微红，珠泪欲滴，怜惜之心，油然而生，不觉轻轻握她手指，说道："我们志向虽或不同，但交情永远都在。"玉罗刹凄然问道："你几时走？"卓一航道："明天！"玉罗刹叹了口气，再不说话。过了好久，卓一航才扭转话题，叫玉罗刹谈江湖的奇闻轶事，而他也谈京华风物，两人像老朋友一样，在月亮下漫步闲谈，虽然大家都不敢揭露心灵深处，但相互之间，也比以前了解许多。这一晚他们直谈到深夜才散。

第二天一早，卓一航向王照希辞行，王照希知他去志甚坚，也不拦阻，当下各道珍重，挥泪而别。

卓一航遭逢大变，满怀凄怆。但家国之事，又不能不理。他想了好久，决意冒险上京，将内奸勾结满洲之事，告诉太子，顺便也替自己伸冤。他此去京师是取道山西，转入河北。行了七八天，已进入山西，这日到了龙门县，一路行来，只见黄水滔滔，两旁石壁峭立，形势险峻。卓一航忽然想起铁飞龙父女就在此地，心中不觉一动，游目四顾，路上不见行人。只在河中远处，有几支帆影。卓一航踽踽独行，颇感寂寞，行了一会，转过一个山坳，忽见前面有一村庄。

卓一航心道：莫非这就是铁家庄。正在嘀咕，忽闻得有嘻嘻冷笑之声，从身后传来，回头一望，大吃一惊，原来却是云燕平和金千岩二人。云燕平冷笑道："喂，你的保镖玉罗刹呢？你这小子若跟定了她，我们奈何不了你。原来你也有单骑独行的时候。"卓一航拔剑出鞘，怒道："我单人也不怕你。"金千岩笑道："好个英雄，你有多少斤两，难道我们不知？别再吹大气啦！"边说边笑，突然呼的一掌劈来！卓一航扭腰一闪，还了一剑，金千岩身形一起，左拳右掌，捶胸切腕，一招两式，同时发出。卓一航霍地一个转身，宝剑一封，从侧翼进袭，金千岩哈哈大笑，右手二指突然一点剑身，将卓一航宝剑荡开，左拳一扫，又抢进来。卓一航急忙使个"倒踩七星步"，剑随身转，寒光闪处，一招"倒洒金钱"，截掌刺腕。这一招来得甚急，金千岩不敢出指相抵，一个"回身拗步"，双臂箕张，红似朱砂的掌心，蓦地向卓一航搂头罩下。卓一航知他练的是毒砂掌，哪敢给他碰着，一领剑锋，刷地从敌人掌风之下掠出，急展七十二手连环剑，运剑如风，教敌人不敢迫近。

金千岩掌力雄劲，身法虽不及卓一航轻灵，功力可要比他高得多，而且阴风毒砂掌又险狠阴毒，若非卓一航练过内功，吃他掌风扫着，也已难当。两人斗了五七十招，卓一航渐落下风，而云燕平又虎视眈眈，拈着腰带在旁观战。

卓一航情知不是他们对手，边打边想脱身之计，斗到急处，蓦然虚晃一招，向村庄疾跑，云燕平轻功甚高，大喝一声："往哪里逃？"足尖点地，三起三伏，已追到卓一航身后，腰带一挥，就往卓一航身上缠来。卓一航闪了两闪，这时已进了庄内，云燕平的腰带像蟒蛇一样，不离卓一航脊心三寸之地，正在危急，道旁的花树丛中，忽然传出女子吃吃的笑声，一把长剪蓦然伸了出来，只一夹就把云燕平的腰带夹断。

花树丛中两个女子先后走出，走在前面的就是那日给玉罗刹用暗器打伤的中年美妇，跟在后面的则是铁飞龙的女儿铁珊瑚。云燕平急忙抱拳作礼，叫道："九娘，这小子不是好人。"又道："珊瑚小姐，你好人做到底，那日你既给我们助拳，就请你替我们把他擒下来吧。"铁珊瑚鄙夷一笑，说道："我干我自己的事，谁给你助拳。"那中年妇人却板起面孔斥道："我们的老爷子说过不见你们，你们又闯进来作甚？"云燕平："我们是追这个小子来的，你老人家不见么？"中年妇人斥道："谁管你这些闲事，我们铁家庄岂是可以随便闯进的。滚，快滚！"云燕平与金千岩面面相觑，作声不得。

这中年妇人名叫穆九娘，乃是铁珊瑚的庶母。铁飞龙中年丧偶之后，讨了一个卖解女人，为了尊重前妻，不肯立她做正室。但虽然如此，九娘仍是甚为得宠。这时金千岩和云燕平面面相觑，论武功，他们虽然比穆九娘要高许多，但投鼠忌器，他们纵有天大的胆子，也不敢和铁飞龙的宠妾作对。穆九娘又喝道："怎么敬酒不吃你要吃罚酒，我叫你们滚你们不滚，难道要惊动老爷子把你们请进去吗？"云燕平忙道："九娘不要见怪，我们退出宝庄便是。"恨恨地盯了卓一航一眼，和金千岩跑出村庄。

卓一航也想退出，穆九娘嫣然一笑，招招手道："你要去哪里，回来！"卓一航拢袖一揖，说道："不敢叨扰宝庄。"穆九娘道："你这傻小子，这个时候出去，他们两个还没走远呢，你又不是他们的对手，想白送死么？"卓一航面上一红，想想也是道理，只好随她们进入屋内。

穆九娘请卓一航在西面花厅坐下，铁珊瑚送上香茶，忽然问道："王照希不是和你一道吗？"卓一航道："没有。"铁珊瑚好似甚为失望，扭腰走出花厅，过了一阵，铁飞龙携着女儿，走了进来。卓一航连忙恭身施礼。铁飞龙问了姓名，忽道："你是卓仲廉的后人吗？"卓一航站起来道："那是先祖。"铁飞龙面色不豫，又道："王照希是你的好朋友？"卓一航道："也算得是道义之交。"铁飞龙忽然冷笑一声，说道："王嘉胤也算绿林大豪，怎么老是欢喜沾官近府。"卓一航十分不快，铁飞龙道："那日和我对敌的那个贼婆娘，也是和你一道的吧？"卓一航虽然自己不满玉罗刹为盗，但听人称她为"贼婆娘"，心中却甚生气。冷冷说道："铁老英雄既然憎厌官家，又痛骂强盗，是何道理，晚生愿闻其详。"铁飞龙大怒，喝道："小子无礼！"伸手向卓一航肩头抓来。卓一航沉肩垂肘，往外一挣，只觉肩头如给火绳烙过一样，辣辣作痛，但终于解了那招。铁飞龙面色一变，喝道："你是紫阳道长的弟子？"卓一航道："正是家师。"铁飞龙哦了一声，卓一航又道："七八年前，我在武当随侍家师，曾见过铁老前辈。"铁飞龙又哦了一声，面色更见缓和，挥挥手道："你坐下。"

卓一航依言坐下，铁飞龙道："我和令师曾有一面之缘，我也不愿难为于你。但你可得从实说来，那日和我对敌的女子到底是谁?"卓一航傲然说道："她就是绿林道中闻名胆落的玉罗刹!"铁飞龙跳了起来，叫道："哈，原来她就是玉罗刹! 我只道绿林中人言过其实，却真有两手功夫。"又道："你是她的什么人?"卓一航道："也算得是道义之交。"铁飞龙忽又哈哈大笑。

卓一航莫明所以，铁飞龙笑了一阵，说道："我正想请玉罗刹和王照希前来，既然你和他们都是道义之交，那好极了，就屈驾在寒舍多住几天，让他们来了再放你走。"卓一航怒道："老前辈是要绑票吗?"铁飞龙道："正是! 但看你师父面上，我不绑你，你可别妄想逃走!"把卓一航牵出花厅，将他推进一间柴房。把门顺手掩上，说道："房间不算好，你就委屈点住几天吧。"

卓一航知道这老人脾气古怪，被关进柴房，也只好逆来顺受。就盘膝坐在地下，做起吐纳功夫。到了晚黑，穆九娘给他送饭，笑道："好用功啊!"卓一航也不理她，把饭三扒两拨吃了。穆九娘在旁看他，忽然杏面飞霞，看了一会，又低下头。自此一连几天，都是穆九娘送饭，饭菜越来越好，不但有山鸡野味，还有黄河鲤鱼，穆九娘每来，都缠七夹八地和卓一航瞎聊，卓一航总是爱理不理，让她自己没趣。

一晚穆九娘又来瞎聊，问卓一航道："人家都说你的师父是天下第一剑客，那么你的剑也一定使得很好了。你给我开开眼界吧。"卓一航纹丝不动，冷冷说道："我是你们的肉票，怎敢舞刀弄剑?"穆九娘道："哎哟，你怪我们庄主了! 说起来也真是的，你是个官家子弟，怎受得了这等委屈。你想走吗?"卓一航闭口不答。

穆九娘又道："你道我们庄主为什么要把你关在这里？原来是为他宝贝的女儿。"卓一航颇感意外，问道："什么？"心想：一个已难对付，若再缠上一个，如何得了？穆九娘笑道："珊瑚一心想嫁王照希，王照希却有个未婚妻子。"说到这里，忽然停住，卓一航暗道"不好"，穆九娘续道："因此把你关在这里。"卓一航急道："这个与我何干？天下尽多男子……"穆九娘笑得似花枝乱颤，卓一航诧然停语，穆九娘笑了一阵，伸出中食二指，在面皮上一括，笑道："不识羞，你当是人家看上你吗？珊瑚要把你关在这里，引王照希来，然后嘛……"说到这里，忽又停止。卓一航松了口气，暗笑自己多疑。穆九娘忽然叹了口气，幽幽说道："也许有人看上你呢？"卓一航盘膝一坐，不理会她。穆九娘甚是无趣，挨上前来，搭讪说道："你这把剑是师父给你的吧？"卓一航仍然不理。穆九娘忽然伸手在他腰间一抽，把他的宝剑抽了出来。卓一航跳起来道："你做什么？"穆九娘道："借给我看看都不成吗？"卓一航待要来抢，穆九娘把剑藏在身后，却把胸脯挺了上来。卓一航急忙退后，正当此际，忽然门外有人冷笑道："好个无耻贱人！"砰的一声，把门踢开，穆九娘吓了一跳，只见一个少女跳了进来，竟然是玉罗刹！

卓一航叫道："练姐姐！"玉罗刹瞪目不理，面挟寒霜，对穆九娘道："你在这里做什么？哼，真是无耻！"

穆九娘几曾受过这样责骂，又羞又恼，虽然明知不是玉罗刹对手，但火上心头，已难按捺，刷的一剑便向玉罗刹刺来。玉罗刹冷笑一声，还了一剑，顿时把穆九娘的剑封出外门。穆九娘把剑一旋一卷，抽了出来，从窗口一跳而出。

玉罗刹怔了一怔，穆九娘这一招又是她师父所创的独门剑法。急忙跟踪跳出，身形一起，呼地从穆九娘头顶飞掠而过，拦在她的前面，把剑往前一刺，再向右一挑，余势未尽，剑锋倏又圈了回来，这是玉罗刹独门剑法中的绝招，对手的功力除非比自己高许多，否则非用本门剑法，无能解拆。穆九娘果然把剑一封，自左至右地反旋回来，再沉剑一压，解了这招，手法虽然并不纯熟，但看过那部剑谱，却是无疑。玉罗刹纵声狂笑，手下更不留情，剑招催快，刷刷两剑，分刺穆九娘两胁穴道。穆九娘虽然偷练过玉罗刹的剑法，但时日甚短，招式都还未熟，如何挡得？登时给玉罗刹剑透衣裳，两胁穴道，全被刺中，翻身仆倒。

玉罗刹收剑狂笑，正想迫供，铁飞龙已是闻声而出，双眼一扫，暴怒如雷，铁掌一扬，大声喝道："玉罗刹，你欺我太甚！你登门较技，为何全不依江湖礼节，她与你有什么大不了的冤仇，你要下这等毒手！"玉罗刹冷笑道："哼，你们一家都是下三流的小贼！"铁飞龙虎吼一声，扬空一掌，倏地打出！玉罗刹翻身进剑，冷冷笑道："你不把剑谱还我，誓不干休！"铁飞龙奋力拆了几招，猛地一掌，将玉罗刹迫退两步，喝道："胡说八道，什么剑谱？"玉罗刹一剑刺去，又冷笑道："你现在还装什么蒜？要不是你偷了我的剑谱，你那宝贝女儿和这个骚狐狸，怎么会使我师父的独门剑法？"铁飞龙大吼一声，双拳一格，把玉罗刹又迫退两步，跳出圈子，喝道："且慢！待我问个明白。"跳到穆九娘身边，将她扶起，见她胁下流血，又怜又爱。忽见她身边一柄长剑，寒光闪闪，铁飞龙认得是紫阳道人的寒光剑，不用猜度，已知她是自卓一航身上取来。蓦然想起"骚狐狸"三字，不觉变色，沉声喝道："你为什么偷别人的宝剑？"玉罗刹噙着冷笑，正想开口，忽见穆九娘全身颤抖，目光中含着无限惧怕，活像平时给自己处死的那班强盗头子一样，蓦然想起卓一航在山洞所说的话，不知怎的，忽然起了·点慈心，话到口边，却又留住。穆九娘见玉罗刹并不答话，松了口气，哽咽说道："我见她持剑破门而入，我手中没有兵器，只好借卓一航的宝剑一用。"这话说得颇有道理。铁飞龙又喝道："那么剑谱是不是你偷的?"穆九娘硬着头皮道:"不,不,不是我偷的!"铁飞龙大喝道:"叫珊瑚来!"穆九娘倏然变色。

正是:奇书惹奇祸,玉骨委尘砂。

欲知后事如何?请听下回分解。

第七回

剑谱惹奇灾　风波叠起
掌门承重托　误会横生

　　铁飞龙更是起疑，跳上假石山上，大叫三声："珊瑚，珊瑚，珊瑚!"不见回答，蓦然间，忽见两条人影，从后院墙头飞出，接着"蓬"的一声，一溜火光，冲天而起。铁飞龙指着穆九娘喝道："贱人，不许乱动!"玉罗刹持剑冷笑，站在穆九娘身边，悄声说道："你尽管去，有我在这儿呢!"

　　铁飞龙短须如戟，怒极气极，几十年来，从未有人敢捋他的虎须，想不到居然有人敢到他家放火。看那两条人影，身法奇快，武功想必极高，只怕女儿遭了毒手，既急且惊，无暇追敌，先向火光起处奔去。

　　刚刚飞越了两座楼房，火光中突然窜出三人，两女一男，那男的正是王照希，两个女的，一个是孟秋霞，一个是铁珊瑚。铁珊瑚面色惨白，被孟秋霞扶着走出。

　　铁飞龙哼了一声，一跃而前，大声喝道："王照希你好胆大，你来救未婚妻子也还罢了，为何却在我家中放火，又打伤我的女儿?"伸手一抓，铁珊瑚忽然睁眼说道："爸爸，不是他!"王照希旁窜三步，铁飞龙手掌撤回，沉声喝道："是什么人?"铁珊瑚道："是金千岩的叔叔!"铁飞龙面色大变，王照希道："救火要紧，日后我们再找他算账。"

铁飞龙想想也是道理。原来那金千岩的叔叔名叫金独异，远处西陲，三十年来，足迹不出天山南北，他所练的阴风毒砂掌，火候极纯，金千岩所得不过是他的六七成而已。铁飞龙三十多年之前曾见过他一面，那时他的阴风毒砂掌还未练成，两人论武较技，已是难分高下。后来闻得他练成毒砂掌后，在西域广收门徒，行为甚是乖谬，铁飞龙其时已在龙门隐居，不大理会闲事，两人各行其是，互不往来。直到三日之前，金千岩忽然偕同云燕平来访，铁飞龙因为讨厌他的叔叔，不予接纳，金千岩方踏进庄门，他就叫穆九娘将他们轰了出去。铁飞龙心想：难道这老怪物是因为我轰走了他的侄儿，所以特地前来报复，若然这样，心地也未免太狭窄了。只是他武功极高，要追谅也追之不及，只好依从王照希之言，先行救火。

再说孟秋霞万里寻夫，而今始见。在火光中看看王照希又看看铁珊瑚，不觉百感交集。原来孟秋霞离开京师，远走西北，人既精灵，又仗着一身武艺，万里独行，居然没出岔子。一日来到陕西，途中突然碰到铁珊瑚和穆九娘，彼此都是江湖女子，交谈甚欢。在言谈中孟秋霞露出口风，说是要到陕北寻夫，铁珊瑚心中有事，立刻留意，出言试探，孟秋霞虽然精灵，终是世故未深，竟然把王照希的名字说了出来。铁珊瑚一声冷笑，突以迅雷不及掩耳的手法，点了她的麻穴。

待孟秋霞醒转来时，人已在铁家庄内。铁珊瑚小孩心性，听她说是王照希的未婚妻子，不顾利害，一下子将她点倒，回家禀告父亲，初时还惴惴不安，生怕父亲责备；铁飞龙却掀须笑道："王嘉胤身为绿林大豪，却和什么太子的值殿武师结为亲家，你作弄一下她也好。"铁飞龙生性怪僻，不许别人拂逆他的意思，王嘉胤那次婉转拒婚，他甚为不悦，但转念一想，以自己的身份，难为一个单身女子，传出去也不好听，因此便叫铁珊瑚将孟秋霞好好款待，一面派人去通知王嘉胤。

玉罗刹和铁飞龙一月之约本未到期，但听到此事，也便和王照希结伴同行。到了铁家，玉罗刹忽然说道："我们虽然结伴同来，但所因各异。我和铁老头较技，约明单打独斗，你且待我们见了真章之后，才好进来。"王照希虽然心急如焚，也只好徘徊庄外。

过了好久，还不见玉罗刹出来，王照希心想不好，他们两人都极好胜，若至相持不下，只恐两败俱伤，我既到此，不能坐视。主意拿定，拼受玉罗刹责骂，悄悄地从后庄跳入，想先看看他们两个，打得如何。

不料就在此时，金独异和另外一个高手，夜搜铁家，铁珊瑚大声叫嚷，吃他扫了一掌，孟秋霞卧室和铁珊瑚相邻，闻声跳出，恰恰碰着了王照希，孟秋霞将铁珊瑚扶起，而金独异发了一枚硫磺弹后，也便越墙逃走。

硫磺弹引起的火势不大。铁飞龙随手抓起了两张棉被，飞身在火苗之上扑压，过了一阵，火焰熄灭。铁飞龙跳下楼来，只见王照希和孟秋霞蹲在地上，替铁珊瑚推血过官。铁飞龙看在眼内，心念一动。这几天来他也曾和孟秋霞交谈，孟秋霞不卑不亢，颇出他意料之外，而今见他们两人并头联手，替自己女儿治伤，神情甚是亲密，眼波之间，流露无限爱意，但替自己女儿治伤，却又甚为认真。铁飞龙心想：这孟秋霞万里寻夫，甚是不易，但她却能在患难相逢之际，不先畅叙离情，反替仇敌治伤，这样的女子，也真难得。

王照希叫了一声"铁老英雄"，正想向他报告珊瑚的伤势不重，免他挂念。铁飞龙早已笑道："金老贼虽然胆大妄为，对我倒也还有些顾忌，如果他真下毒手的话，珊瑚十条命也没有了。"王照希这才知道，他是知道了女儿伤势不重之后，这才放心救火的。

这时铁珊瑚面色已转红润，铁飞龙突然厉声斥道："你起来！"

铁珊瑚应声而起，说道："爹爹，你又生什么气了？"王照希也在奇怪：铁珊瑚吃了大亏，她父亲不安慰她也还罢了，何以还严辞厉色对她？铁飞龙喝道："我有话问你，你随我出去！"牵着女儿的手，走出外面庭院，王照希孟秋霞跟在后面。只见玉罗刹站在一块石上，持剑冷笑。穆九娘坐在地下，面色惨白！

铁飞龙道："好，玉罗刹，你听着！我绝不徇私！"转过头来问铁珊瑚道："你有没有偷了她的剑谱？"铁珊瑚道："没有呀！"玉罗刹连连冷笑。铁飞龙板起面孔，厉声斥道："珊瑚，你说实话，我再问你一次：你到底有没有拿了她的剑谱？"铁珊瑚哭道："剑谱我是见过一本，但不是偷来的。"铁飞龙面色倏变，颤声问道："那么你是怎么得见的？"铁珊瑚道："是姨娘要来的！"这霎那间，穆九娘面如死灰，玉罗刹得意狂笑，铁飞龙双瞳喷火，面色青里泛红。玉罗刹笑声忽收，冷冷说道："铁老头，我可没有怪错你们吧？"

铁飞龙面挟寒霜，不理玉罗刹的话，向铁珊瑚道："你从实说来，不许有一句隐瞒！"铁珊瑚举袖揩泪，低声说道："前两个月我从陕西回家，一日在集贤镇的一家小酒店歇脚，忽见一个道人，面色淤黑，坐在地上，不能行动。店家说他患了急症，恐他死在店中，要抬他出去。我见他好生可怜，一时好奇，上前去看，那道人也真厉害，张眼一瞧，就知我懂得武功。他说：小姑娘，你带有剑吧？请你赶快撕开我的胸衣，在肩胛穴下一寸之地，用剑尖将烂肉剜掉，给我把一口毒钉取出来。"卓一航失声叫道："那一定是贞乾道人！"

铁飞龙道："贞乾道人知不知道你是我的女儿？"铁珊瑚道："当时不知道，后来我告诉了他。他说：我对令尊闻名已久，深知他是有血性的英雄，现在我托你转告他，我有一本剑谱，是别人托我带给天山霍天都的，现在给人劫了，若是我不治身死的话，请他设法给我将这个口信送到天山，要霍天都给我报仇。"铁飞龙从未听过人称赞他是"有血性的英雄",闻言面色稍霁,捋须说道:"贞乾道人是个人物。"铁珊瑚续道:"后来他又开了一张药方,要我给他配药。我拿了药方,到镇上的药房去配,那些药药材不齐,不是缺这样就是缺那样,我走了几家,好容易把药方配齐,忽然碰到姨娘前来找我。"铁飞龙唔了一声,说道:"你久去不回,是我叫她追你回来的。"铁珊瑚道:"我将事情对姨娘说了,和姨娘同去看那老道,不料老道已不见了,却见两个汉子在那里打探老道的踪迹,一个年老,一个年青。他们见了姨娘,急忙行礼,还问你老安好。姨娘忽道:'金老三,你和我出去!'"铁飞龙哼了一声,向穆九娘斥道:"你和金千岩干的好事?"穆九娘哭道:"我只是想迫他吐出赃物而已。"铁飞龙道:"好,珊瑚,你再说。"铁珊瑚道:"那两人跟我们走到僻静之处,姨娘向那老头说道:'老三,把那道士的剑谱交出来!'那老头起初推说没有,后来给迫得紧了,这才承认。"玉罗刹听到这里,又是一声冷笑,冷森森的目光射在铁飞龙面上。

铁飞龙怒道:"玉罗刹你急什么,剑谱是你的总是你的!"续问铁珊瑚道:"后来那个金千岩把剑谱交出来没有?"铁珊瑚道:"起初他不肯,姨娘道:'你也知道贞乾道人是何等人物,他交游广阔,你把他害死,就想把他的剑谱带回新疆了吗?你不怕他的朋友搜查吗?你把剑谱给我,我给你保管,看完了再交回给你,要不然,哼,哼,你也应该知道我穆九娘也不是好相与的!'那金老头苦笑道:'九娘,那么咱们就按绿林道的规矩,一瓢水大家喝啦!这剑谱先交给你,两个月后,我来取回。'姨娘拿到了剑谱,就忙着和我到附近山头去练。"

铁飞龙道:"你为什么不把这事情告诉我?"铁珊瑚道:"姨娘叫我不要说的。她练了几招,像发现了宝物似的,对我说这是天下第一奇书,把书上的剑术练了,可以天下无敌。她说:'珊瑚,咱们偷偷练了吧，可不要对你爸说。'我想：本事多学一点总不是坏事，一时糊涂，也就答应啦。"

卓一航插口问道："那么你们以后有没有见过贞乾道人？"铁珊瑚道："后来姨娘在清风山见到啦，那天你们不是也在山上吗？"铁飞龙又哼了一声，说道："那天有人约我到山上相会，去了又不见人，想来也是和这事有关啦。你这贱人为何事到临头都不告诉我。"穆九娘不敢回答。原来穆九娘取了剑谱之后，甚想据为己有，上月铁飞龙再赴陕北要去找王嘉胤，金千岩暗中派遣党羽将密信送给她，说探出贞乾道人藏匿在清风山上，恰好铁飞龙也收到匿名信，约他到清风山相会，铁飞龙就带穆九娘去了。后来铁珊瑚将玉罗刹引来，铁飞龙在山前和她相斗，穆九娘却在山后发现了贞乾道人藏匿的洞穴。

玉罗刹听到这里，真相已经大白，冷笑说道："你想要我的剑谱也还罢了，为何却又把贞乾害死？"铁飞龙圆睁了眼，穆九娘急忙辩道："我在石窟发现贞乾道人，那时他已将断气，他身旁还留有食物，想是有什么人在服侍他，可是那时却只有他一人，他的神情极为痛苦，示意叫我助他，让他速死。我是不得已才听他之命的。"穆九娘所说是真，可是那时她也另有打算。她怕贞乾知道剑谱在她手上，又怕铁飞龙回来事情泄漏，所以才急忙将贞乾弄死。

铁飞龙盘问完后，心中怒极，但看着爱妾和女儿瑟缩的模样，又觉极其难过，一阵阵寒意直透心头，声调忽然颤抖，先向女儿说道："好，那你把剑谱拿出来还给人家。"铁珊瑚道："刚刚给人劫去了！"铁飞龙道："就是那个金老怪来劫的吗？"铁珊瑚道："是！"铁飞龙恍然悟道："前两天金千岩来找我，想来也与此书有关了。"玉罗刹听得剑谱又再被劫，面色一变，就要发作！

铁飞龙朗声说道："玉罗刹，你的剑谱包在我身上便是。走遍天涯海角，我也要替你找回。"玉罗刹道："好，骑着驴儿看唱本，走着瞧吧。"意似犹不相信，铁飞龙却不理她，伸出手掌轻抚女儿的头发，就像她童年时候一样，铁珊瑚接触了她父亲的目光，也不禁寒意直透心头，叫道："爹爹，你怎么啦？"

铁飞龙缓缓说道："珊儿，你今年十九岁了，是么？"铁珊瑚道："唔，你说这干吗？"铁飞龙道："你已经不是小鸟儿啦，你现在是已经长了翅膀，可以远走高飞啦。"铁珊瑚叫道："爹爹，我永远都想在你身边做你的小鸟儿。"铁飞龙面色一端，突然把她推开，厉声说道："从今日起，你再不是我的女儿，你给我滚出去！你在外面，也不准用我的名头招摇。"铁珊瑚身躯颤抖，欲哭无泪，铁飞龙道："你觊觎别派剑谱，欺瞒自家老父，不是看在你娘份上，我早把你的小命要了！"铁珊瑚有生以来，从未受过父亲这样诃责，她知道父亲脾气，说出的话决不更改，又见玉罗刹歪着眼睛看她，又是羞愧，又是气愤，跪在地上，磕了三个响头，凄然叫道："爹爹，你保重！"头也不回，反身跑出大门去了！

玉罗刹平日虽然杀人如草，见此情景，也不觉心酸，她刚才看铁珊瑚瑟缩可怜，本想出言相劝，可是一时间却转不过口来，到了他们父女决绝之后，要劝也已经迟了。

铁飞龙把女儿逐走之后，定了定神，又向穆九娘喝道："贱人，你过来！"穆九娘忽然披发狂笑，大声说道："老匹夫，这条命我早不想要了，你打死我吧！"铁飞龙喝道："你窃取别人剑谱，败坏我的声名，罪有应得，死有余辜。你还有什么可埋怨的？"穆九娘狂笑道："当年我父亲客死异乡，我无钱埋葬，才迫得嫁你。嫁了你后，你又并不将我当正室看待。我在你面前装出笑脸，你当我是欢喜你么？你打死我正好，这样的日子我也不愿过了！"原来穆九娘自幼随父亲在江湖卖解，不惯拘束。嫁了铁飞龙后，老夫少妻，白发红颜已自不衬，加以铁飞龙性情严厉怪僻，她更是抑郁少欢，不是为了畏惧铁飞龙的厉害，她早已逃跑了。这次她窃取剑谱，就是想暗中把剑法学成，令铁飞龙制她不住。

铁飞龙绝料不到穆九娘会说这一番话来，一时间不禁呆着，看她颜容美艳，而自己却两鬓如霜，也真怪不得她有那样的心事，他举起的手掌，停在半空，竟自劈不下去。玉罗刹突然一跃而起，把铁飞龙的手拉开。铁飞龙长叹一声，挥手说道："你走吧！永不要再见我！"穆九娘笑声倏停，也跪在地上磕了三个响头，说道："老爷，你保重！"也学铁珊瑚一样，头也不回，跑出大门去了。

铁飞龙怆然伤怀，忽然觉得自己是真正的老了，他倚在假山石上，好像大病初愈一般，叹口气道："好，咱们也该走了。"

第二日一早，卓一航先行告辞，玉罗刹道："但愿你平安到京。"卓一航也道："但愿你能取回剑谱。"王照希和孟秋霞也一同过来向铁飞龙道别。铁飞龙道："贤侄，你回去代我向令尊请罪，我以前做事太鲁莽了。"王照希连道："不敢。"铁飞龙顿了一顿，凄凉笑道："这位孟小姐比珊瑚好得多，你们经过这场风波，定能白头偕老。"王照希心中一松，知道这老人以后再不会向自己纠缠了，这霎那间，他既有喜悦之情，又有怜悯之念，喜悦的是，孟秋霞果然是对自己真情；怜悯的是，这老人未免太孤独了。

王照希道："我顺便送卓兄一程。"铁飞龙道："玉罗刹，你呢？你不走么？"玉罗刹笑道："我总不能叫你一个人去替我取回剑谱呀！"铁飞龙怫然说道："我既然答应了你，这就是我的事情，你以为我一个人取不回来么？"玉罗刹暗笑这老人好胜得紧，说道："铁老英雄出马，我是绝对放心。但你一个人出远门，总不免寂寞，我伴在你身边，替你解解闷不好么？"铁飞龙突然听到玉罗刹称赞自己，甚为高兴，听了后半段话，有如女儿对父亲说话一般，更觉受用。铁飞龙虽然好胜，但却喜欢真有本事、脾气直率的人，他和玉罗刹经过两场恶斗，反而化敌为友，彼此敬重。当下铁飞龙哈哈笑道："可惜你不是我的女儿。"玉罗刹道："我就做你的女儿好了。"盈盈下拜，叫声"义父"。铁飞龙连忙把她扶起，说道："这怎么敢当！"玉罗刹道："你不肯收我做义女，一定是怪我骂过你又打过你的了。我说呀，你若想出气，还是做我的义父好，你做了我的义父，便只有你骂我没有我骂你的了。"铁飞龙被她引得大笑，说道："既然这样，我不收你做义女反而显得我小气了。可惜我没有什么见面礼给你，你的武艺比我还高，我是没有什么可以给你的了。只是我在内功修练上还有一些心得，将来可以和你研讨。"玉罗刹之肯拜铁飞龙做义父，一半是由于喜欢他的性格，和自己一模一样，一半是可怜他的孤独，本不想学他的独门武功，不想他竟慨然以数十年修习的内功心法相传，却之不恭，也只好拜谢了。

当下铁飞龙和玉罗刹送王、卓等人出庄，玉罗刹把山寨的事情托王照希料理，并特别恳请孟秋霞替她带领女兵，孟秋霞也答应了。玉罗刹又和卓一航依依道别，甚觉不舍。

送走众人之后，已将中午。铁飞龙和玉罗刹回家歇息，铁飞龙忽然皱眉说道："那卓一航一副公子哥儿脾气，我真奇怪，你为什么和他那么相好？"玉罗刹一笑不答，外面庄丁忽然送进了一个黑色的拜匣来！

铁飞龙见了黑色拜匣，眉头一皱，玉罗刹道："这人怎的如此无礼。"一般盛拜帖的匣子，不是描金，便是红木，取其喜庆之意，绝少用黑漆的。铁飞龙道："且看了再说。"将拜匣打开，把帖子拿出，只见上面写的乃是：武当山黄叶道人、红云道人率门徒拜谒。铁飞龙奇道："武当五老，万里远来，找我作甚？他们自恃是武林正宗，一向把我当作邪魔外道，何以今日如此恭敬来了？"当下传话请进。

黄叶道人在武当五老中排行第二，红云道人排行第三，辈分之尊，在武当派中仅次于紫阳道人。铁飞龙昔年曾与武当派中排行第四的白石道人比掌，胜了一招，他们二人都不心服。铁飞龙见了他们的拜帖，疑心大起，不知他们来意是好是坏，神情颇显紧张，玉罗刹站在一旁，微微发笑。

过了片刻，大门开处，黄叶道人与红云道人并肩走上台阶，铁飞龙起立拱手道："十年不见，两位道爷还是健铄如昔，紫阳道长可好么？"黄叶道人凄然说道："敝师兄月前已羽化登仙去了！"

铁飞龙大吃一惊，他与黄叶道人等四个师弟虽然颇有嫌隙，对紫阳道人却是心悦诚服。这时他才知道黄叶、红云二人送黑色拜匣的道理，不禁老泪潸下，叹口气道："真是意想不到，从此武林中再也没有威德足以服人的长者了。"这话明赞紫阳道长，黄叶、红云听了，却有点不大舒服。

铁飞龙朝南边拜了三拜，猛然想起：武当派乃是当今武林中的泰山北斗，掌门的长老死了，必须推定继承之人，而且也必定有许多后事需要料理，这黄叶、红云二人，如何能抽空到此。难道他们是为了清理本门的恩怨纠纷，先找自己算账么？但细一想来，却又无此道理，不禁问道："两位道长到此，有何见教？"黄叶道人游目四顾，冷冷说道："正有两件事情请问，第一件是敝派的弟子卓一航可在府上么？"玉罗刹插口问道："你们找卓一航做什么？要等他奔丧吗？"

黄叶道人横了玉罗刹一眼，他知道铁飞龙有一个女儿名叫铁珊瑚，甚为骄纵，只道玉罗刹便是她，暗笑她没有家教。当下说道："敝派奉紫阳长老的遗命，立卓一航为掌门弟子，我们特地来接他回山。"

玉罗刹听了又喜又惊，喜的是：卓一航年纪轻轻，居然会被立为掌门，一跃便成了武林中的领袖；惊的是：自己与武当派结有梁子，若他成了掌门，只恐以后更难接近。

铁飞龙见黄叶道人神情倨傲，也冷冷说道："你们来得真不凑巧，卓一航刚刚从这里出去。"他以为黄叶道人必定立即告辞，出门去追，不料黄叶、红云二人甚为镇定，说道："是么？那么我们在这里等他一会。"坐了下来，铁飞龙起初大惑不解，转念一想，忽然明白。

那拜帖上写的是"黄叶道人、红云道人率门徒拜谒"，现在来的却仅是黄叶、红云二人，那么想必还有武当派的门人在后面了。迎接一派掌门，乃是极为隆重之事，这两人是卓一航师叔，将来是扶助他的，来此乃是传下遗命，不是向掌门参见，另外必定要有同辈的师兄弟前来恭迎。铁飞龙想起了武林规矩，不觉暗笑自己糊涂，后面既有武当门人，那么卓一航出去，必定会给他们截着，怪不得这两个老道要坐在这里等候了。

但铁飞龙心中尚有疑团，当下又拱手说道："请问两位道长，消息何以如此灵通，知道卓一航曾到寒舍？"黄叶道人板脸不答，却忽然说道："我还有第二件事情请教。"

铁飞龙甚为生气，大声道："请说！"黄叶道人道："贞乾道人是怎么死的？"铁飞龙跳了起来，嚷道："哼，那日的匿名信是你写的了？"黄叶道人道："正是！"铁飞龙冷笑道："如此说来，你乃是失约了！"黄叶道人道："现在来也还未晚！"

原来黄叶和红云二人率第二代六名弟子来接卓一航，当然是要先到陕北卓家，不料一到陕北，忽于无意之中在客寓见了贞乾道人所留下来的暗记，知他受了暗算，现在清风山上养伤。武当门人遍布各地，另外又有当地弟子赶来向黄叶道人报告，说是发现了铁飞龙的踪迹，也住在小镇的一家客店中。贞乾道人和武当五老乃是至交，黄叶道人立即赶到山上，其时贞乾道人已不能说话，黄叶道人问他详情，他只能用手指在地上划道：问铁飞龙。贞乾道人曾把详情告诉了铁珊瑚，以为铁珊瑚必定告诉父亲，所以才叫黄叶去问铁飞龙。岂知黄叶误会了意思，竟以为贞乾道人乃是铁飞龙害死的，当时看贞乾伤势，知道已是无法救治，只好气冲冲地赶了回来，把约会的匿名信送到铁飞龙所居的客寓，约他到清风山上，好在贞乾道人遗体之前，兴师问罪。黄叶道人所以要匿名的原因，乃是恐防铁飞龙害怕武当五老，不敢前来。黄叶道人送出匿名信后，本该赴约，不料信方送出，又得当地弟子的报告，说是卓家不知怎的，突然封了大门，卓府的家人纷纷外出，而且都是携有行李，看来定有非常变故发生。黄叶道人一想：贞乾道人之事，以后还可处理；接卓一航的事，却是最为紧要，轻重权衡，也顾不得失约了。

黄叶到了卓家，其时卓一航已被捉到延安府去了。到黄叶赶到延安府时，卓一航又已被救出，这样辗转寻访，到后来访出了卓一航之被捕与王照希有关，于是武当一众，又到瓦窑堡去找王嘉胤，王嘉胤也弄不清楚儿子与卓一航的事，只能告诉他儿子正去山西龙门探访铁飞龙。

王嘉胤和武当五老并非深交，武当一派又素来看不起绿林中人，所以王嘉胤也没有怎么细说，更不会提起玉罗刹与铁飞龙约会比武，以及王照希去救未婚妻等事了。黄叶一想，根据目前线索，要找卓一航就要先见得着王照希，王照希既去铁家，那么正好两件事并做一件办理。

就是这样，黄叶、红云二人，一直追到铁家，当面质问铁飞龙贞乾道人是怎样死的。铁飞龙听了，怒不可遏，当下冷笑说道："那么二位道长想是认定贞乾之死乃铁某所为了？"黄叶道人毫不隐蔽词锋，又是直率应道："正是！"

此言一出，有如火上加油！铁飞龙猛然跃起，一掌向黄叶道人劈下，大声喝道："黄叶道人，你把我铁飞龙看成何等样人？"黄叶道人一掌格开，冷冷说道："自家做事自家知，何必问我？"铁飞龙虎吼一声，一招"白猿探路"，合着双掌，倏然左右一分，双"剪"黄叶道人两肩，黄叶道人身躯霍地一翻，连用"三环套月""风拂垂杨"两招，才堪堪把铁飞龙的招数破去。铁飞龙冷笑道："我知道紫阳道长死后，你们这几个气量狭窄的道士必然放不过我，哼，哼，你不服气，咱们再比一比！"

铁飞龙这话暗藏讥讽，无异是说：你们武当五老中人，曾有一人被我所挫，紫阳道人量大，并不记在心头，你们气量太小，可就要睚眦必报了。

其实黄叶道人当年虽不服气，却绝不会因白石之事记仇，但听他如此说法，心头也自火起，抢到下首立了一个门户，喝道："老贼，比就比，难道我怕你不成！贞乾道长在阴司等着你，你有什么后事，趁早对家人交代！"

铁飞龙勃然大怒，骂道："乱嚼舌头，吃我一掌。"从"艮"位抢到"离"方，一记"铁琵琶手"，手背向外一挥，迅如骇电地向黄叶道人面门捆来，黄叶道人身形一闪，探掌来切铁飞龙右臂，双指暗指穴道。铁飞龙突然缩掌，黄叶道人身形冲上，他左拳突出，变成"肘底看搥"，拳头一抵掌心，双方各自退后三步。

铁飞龙一退复上，喝道："贞乾道人给奸人害死，与我何干？你乱把这笔账算在我的头上，若不赔罪，要你不能生出此门！"铁飞龙性情暴躁，刚才一言不合，立即挥拳，拆了两招，猛然醒起：比掌是一回事，贞乾道人之死却又是另一回事，非得说明不可。黄叶道人怔了一怔，道："你话可真？"铁飞龙怒道："你敢不信我的说话？贼老道，我可以替贞乾报仇，但仍然要和你比掌！"身形一晃，从"离"位奔"坎"方，掌挟风雷，呼的一声，双掌又向黄叶道人夹击！

黄叶道人见他来势凶猛，左拳变掌向内一圈，右臂一滚一绞，用"鹤膊手"的招数消掉他的来势，哪知铁飞龙的掌法可柔可刚，右臂已被圈住，他却趁势一带，左拳疾发如风，一个"攒拳"，自右臂的勾手圈中直攒上来，冲打黄叶道人的太阳要穴。黄叶道人在武当五老中功力仅次于掌门师兄，肩头一转，"蓬"的一声，硬接了铁飞龙这拳，左掌一勾，闪电般地把铁飞龙手腕勾住，往下一拗。铁飞龙这拳，把黄叶道人打得金星乱冒；但铁飞龙给他这一拗，也是奇痛难当，急忙运力左掌，平推出去，黄叶道人腾出右掌硬接，给他推得身形摇晃，但左手却兀是不肯放松！

两人武功都已到了炉火纯青之境，这一相持不下，两人额上都滴下汗来！黄叶道人面色灰败，气喘如牛；铁飞龙运足内劲支持，腕骨也给拗得奇痛欲裂。两人都暗暗后悔，这时收手已难。红云道人见状奇险，一跃而起，正想出手，忽然眼睛一亮，玉罗刹白衣飘飘，也不见怎样作势，身法却是快到极点，一下子就抢在红云之前，双臂横展，在铁飞龙和黄叶道人的腋窝各抓了一把，两人忽觉奇痒，不觉同时松了内劲，玉罗刹轻轻一拉，将两人都拉开了。

黄叶、红云二人都吃了一惊，玉罗刹抿嘴笑道："两位道爷一把年纪，却与我一样见识？"黄叶运气调元，气喘渐止，闻声诧道："你说什么？"玉罗刹道："起初我也当贞乾道人是铁老英雄害死的，也像你一样，不问青红皂白就和他交手，现在想来，真是可笑！"黄叶道人奇道："怎么，你不是他的女儿吗？"玉罗刹笑道："谁说不是呀？"黄叶道人气道："哼，你和我开什么玩笑？"

正说话间，外面一阵脚步声响，红云跃出台阶，朗声说道："卓一航回来了！"

却说卓一航辞别了玉罗刹之后，心情甚为怅惘，策马跟在王照希与孟秋霞之后，见他和孟秋霞并辔奔驰，颇有感触，不禁想起了玉罗刹来。越想越乱，猛然间迎面来了几骑快马，有人大声叫道："卓师弟。"王照希勒了马缰，那些人也纷纷下马，为首的是武当派第二代大弟子虞新城，背后跟着五人，其中一人是耿绍南。

卓一航把同门给王照希引见，其中耿绍南和他早已相识，回思前事，甚觉尴尬。卓一航问道："各位师兄远来何事？"虞新城道：

"你还未见二师叔和三师叔吧?"卓一航奇道:"怎么他们两位老人家也来了?"虞新城潸然泪下,说道:"师父前月初九日子时仙游去了!"卓一航闻噩耗,"哇"的一声哭了起来,摇摇欲倒!紫阳道人与他情逾父母,十二年来苦心培育,正是深恩未报,不料却从此相见无期!

虞新城急忙将他扶着,低声说道:"师弟节哀,师父一死,我们武当派的担子可要你挑了!"

卓一航拭泪问道:"什么?"虞新城道:"师父遗命,要你做掌门弟子!"卓一航吃了一惊,颤声说道:"上有四位师叔,下有列位师兄,怎么要我做掌门?"虞新城道:"师弟你文武全才,有见识有魄力,光大我们武当一派,就全指望你了。同门拜领师父遗命,无不深庆得人!"说完之后,竟以掌门之礼参见,耿绍南等五人也纷纷过来参见。卓一航慌忙还礼,说道:"列位师兄如此相待,岂不折杀小弟。掌门之事缓提,待我回山之后,再从长计议。"虞新城道:"师弟不必三心两意。"耿绍南道:"师兄先和我们去见二师叔和三师叔吧。"卓一航道:"两位师叔在哪里?"虞新城道:"就在前面铁家!"耿绍南道:"我们费了好大力气,才探出你在这里。"卓一航挥泪道:"为我一人要各位师叔师兄长途跋涉,真是于心不安,只恐我要负师父和各位同门的厚望了。"

卓一航挥泪与王照希道别,策马再走回程。耿绍南道:"卓师兄为何和这小子一道?"卓一航道:"怎么?"耿绍南道:"他是陕北大盗王嘉胤的儿子。"卓一航道:"这个我早已知道。"虞新城是第二代大弟子,人甚平庸,对卓一航被立为掌门也心悦诚服,可是他对武当门规甚为重视,闻言吓了一跳,问耿绍南道:"适才那人就是去年和你作伴那个白马少年么?"耿绍南被辱之后,曾回山哭诉,所以武当门人全都知道。耿绍南道:"正是。"虞新城不觉变了面色,正言对卓一航道:"师弟,你现在已是我派掌门,以后行事，可得更为小心，以为同门表率。"卓一航拭泪答道："师兄良言，自当拜领。只是绿林中人也颇多侠义之士，我们不做强盗，与他们往来也不算违了门规。"虞新城道："你这话也对，但听说这个王照希与女盗玉罗刹颇有勾结。玉罗刹劫令祖之事，师弟一定是知道的了。"卓一航面上一红，呐呐说道："我爷爷倒并不怪她。"耿绍南闻言颇为不满，问道："卓师兄见过玉罗刹了吗?"卓一航点了点头，忽然说道："我现在心里很烦，有许多事情将来还要和几位师兄详谈。耿兄，去年你代我护送先祖，我是感激不尽。"说罢深深作了一揖。耿绍南慌忙还礼，面也红了，呐呐说道："小弟本事低微，护送不力，师兄纵不怪责，小弟也觉羞颜。"虞新城道："这些话都不必提了。卓师弟是本门俊杰，现在又是掌门，你还担心他不替你出一口气吗?"

卓一航策马缓行，心事真是烦如乱丝，同门兄弟对玉罗刹仇视，早已在他意料之中，但却还想不到如此之甚! 而今日玉罗刹正在铁家，片刻之后，就要相遇!

卓一航心头鹿撞，虞新城道："师弟，放马快走呀!"卓一航茫然放松马缰，不一刻到了铁家，方踏进庄门，便听得黄叶道人呼喝之声，虞新城大吃一惊，不待庄丁通报，便和众同门一冲而入。

再说黄叶道人正在责问玉罗刹，忽见虞新城等人拥着卓一航走进，急忙上前迎接，卓一航大哭拜倒，黄叶道人将他扶起，把紫阳道长的遗命向他再说一遍。卓一航道："弟子无德无能，何能膺此重任。师叔请领弟子回山，再召集同门，另推贤德。"黄叶道人不便在铁家商讨，道："那也好。待我与铁老头揭了这段过节，就和你回山。"

铁飞龙见武当派的人反宾为主，在他家里闹得乱哄哄的，心中颇为不快。好在紫阳道长是他最佩服的人，要不然早已发作。这时见黄叶道人和卓一航谈话告一段落，蓦然站了起来，发声问道：

"黄叶道人，你们的掌门弟子现在这里，你可问他，贞乾道人是谁害死的？"卓一航闻言鉴貌，料得铁飞龙和自己的师叔必是因贞乾之死而生了误会。当下向师叔急道："贞乾道人给阴风毒砂掌金独异的门下所害，铁老英雄正要赶赴西域为他报仇。"

卓一航之言，黄叶道人不由不信，当下满面泛红，急忙抱拳起立，向铁飞龙施礼道："适才冒昧，贫道这厢赔罪！铁老何日动身，贫道当命门下弟子相助。"铁飞龙冷笑道："不必了！俺只有一事相求，请你们在紫阳道长灵前代为禀告，就说铁某一来因有别事在身，二来因门户不同，只敢遥祭，不敢亲临，乞他恕罪！"黄叶道人知他心中尚自有气，只是无可如何，只得抱拳说道："铁老言重了！"

卓一航侍立一边（师父虽有命立他做掌门弟子，他可不敢以掌门人自居），侧目斜窥，忽见耿绍南站在红云师叔身旁，唧唧喳喳似在低声禀告，卓一航心念一动，暗叫不好，耿绍南正是红云道人的得意弟子，他必然是求师父替他报仇。卓一航再看玉罗刹，玉罗刹坐在铁飞龙身后，若无其事地左顾右盼，卓一航看她时正巧碰到她射来的目光，慌忙低下了头，一颗心更跳得卜卜作响。

黄叶道人向铁飞龙赔罪之后，已是无话可说。虞新城等弟子站了起来，准备动身。黄叶道人强笑道："铁老恕罪，我们告辞了！"话声方停，红云道人忽然一跃而出，叫道："师兄且慢！"

黄叶道人愕然回顾，只见红云道人指着铁飞龙身后的那个少女，朗声说道："这位女英雄我们佩服得紧，贫道早想领教，不想今日有缘相会。"黄叶道人大为惊诧，心想：师弟难道疯了不成，怎么以武当五老的身份，竟向一个年纪轻轻的女子发出挑战的口吻。

铁飞龙冷冷一笑，闪过一旁，玉罗刹仍是神色自如，慢条斯理的整好衣裳，这才缓缓起立。

红云道人迈前一步，玉罗刹微微笑道："武当剑法独步天下，我怎么敢向道长领教。"红云道人哼了一声，道："不接招也行，但姑娘欠武当派的债，贫道可要斗胆讨回。"玉罗刹眉毛一扬，说："讨还什么?"红云道人道："敢请姑娘将六根指头割下，交贫道带回。"玉罗刹当年在定军山上折辱武当五个门徒，将耿绍南两根手指削断，其余四人则各削断一根，合起来正是六根。黄叶道人一听，恍然大悟：原来这个少女不是铁飞龙的女儿，而是江湖上闻名胆落的玉罗刹! 怎么却这样年轻!

玉罗刹格格地笑个不休，并不答话。红云道人愕在当场，又不便立即拔剑相逼。卓一航身躯颤抖，耿绍南看他面色有异，轻轻地走近他的身边，悄悄说道："师兄，你怎的啦?"卓一航道："没有什么。"耿绍南道："这女强盗剑法非常厉害，我只怕师父克她不住。师兄，你可要早做准备，不能让她逃跑!"卓一航茫然地点了点头，心中但望这场剑比不成。

铁飞龙在笑声中走到场心，朗声问道："练儿，你真的欠了武当派的债吗?"玉罗刹笑道："不是欠债，那是彩物。武当派的五位门徒和我比剑，我总不能空手而归呀，这是黑道上的规矩，爹，难道你还不知道?"黄叶道人听他们父女相称，又是一愕。铁飞龙掀须笑道："练儿，你一定看错人了，那些人一定是冒武当派之名，你试想武当剑法既然独步天下，哪有以五敌一还败在你手上之理?"两父女一吹一唱，红云道人更是难堪，嗖的一声，拔剑在手，喝道："玉罗刹，这笔账你还也不还?"又向铁飞龙道："我们僻处深山，孤陋寡闻，竟不知你有这样一位有大本事的女儿，我们在你的面前向你的女儿讨债，实在太不恭敬，但杀人偿命，欠债还钱，我也没有办法。"铁飞龙大笑道："我这个女儿可是与众不同，她做的事情，可从来不要我管，她有什么债务纠纷，她自会料理。你们可别要迫我替她还债。"黄叶、红云甚觉奇异，听铁飞龙的话，又绝不似是父女关系。铁飞龙顿了一顿，又道："可是我做父

玉罗刹慢条斯理地整好衣裳，缓缓起立笑道："武当剑法独步天下，我怎么敢向道长领教。"

亲的也得主持公道，是你一个人向她讨债呢，还是你们今日来的武当派两代高人都要向她讨债呢？"红云怒道："只要你不出手，我们武当派人绝不以多为胜。"铁飞龙笑道："是么？其实你们多上几个也不紧要，只望黄叶兄沉得下气，我老头儿倒不嫌烦，愿陪他静坐看剑。"这话即是说：只要黄叶道人不动手，你们全部上来都不是玉罗刹对手。红云越发大怒。

铁飞龙和黄叶道人打了一个招呼，各自退下。红云道人道："玉罗刹，你还不亮剑，更待何时？"玉罗刹微微一笑，道："长者有命，小辈不敢不遵！我不敢僭上，请你先进招呀！"

红云咄咄迫人，玉罗刹竟是若无其事，口说遵命，却并不拔剑。红云道人气极，把剑在鞘中一插，左掌突发，袍袖带风，骈伸二指，一个"画龙点睛"，迳向玉罗刹面门点去，哪知玉罗刹身形微晃，红云道人扑了个空，忽觉背后金刃挟风之声，一团冷气倏忽迫来，红云道人大吃一惊，幸他武功极高，脚尖点地，一个"弯腰插柳"，运用旋身之力，飞窜出去，在旋身之际，还卖弄了一手武当派"鸳鸯连环腿"的绝顶功夫，听风辨器，左脚向后一蹬，向玉罗刹持剑的手腕疾踢，玉罗刹一个滑步移身，红云已纵出丈许之地又转过身来。玉罗刹长剑在手，盈盈笑道："道长怎么不拔剑呀？"

红云道人暗暗吸了一口凉气，这玉罗刹身手之快，真是生平仅见！她竟能避招之际，一个晃身，就立刻拔剑进招，自己一念轻敌，鲁莽疾进，就几乎吃了大亏。

黄叶道人在旁观战，也是大为惊奇，这玉罗刹功力如何还未知道，但这份轻身功夫，却确已在铁飞龙之上，看来她的武功绝非铁飞龙所传了。

红云道人这时哪里还敢怠慢，急忙把剑拔出，道："好，这次要请姑娘先赐招。"连话声也已谦和许多。玉罗刹又是微微一笑，道声："有僭！"左手捏着剑诀一指，右臂向前一递，剑尖青光闪

· 155 ·

动，竟然踏正中宫向红云道人胸坎刺来。武学有云："剑走一偏，枪扎一线。"又道："刀走黑，剑走青。"意思是说，剑术应以轻灵翔动为主，凡使剑的多由左右偏锋走进，很少踏走中宫。而今玉罗刹起手第一招就奔正面中锋刺来，这简直是一种藐视。红云道人虽然对玉罗刹已转了观感，把她当成了平等的对手，但见她如此藐视，也不禁动了真气，宝剑一圈，迎着玉罗刹剑锋一招"山舞银蛇"疾圈出去，这招是武当派七十二手连环夺命剑中的一着绝招，专破敌人从正面刺来的招数。黄叶道人在旁看得暗暗叫好，心想：师弟的剑术确是大有进境，这招拿捏时候，恰到好处，这一圈一带，纵敌人多强，兵刃也要被夺出手！

红云道人也是如此心想，满以为十拿九稳，哪料玉罗刹的剑术完全不依常轨，看她中锋进剑，明是"毒蛇吐信"的招数，不知怎的剑锋一颤，却忽然滑过一边，左刺肩胛，兼挂臂胁，红云道人大吃一惊，连人带剑转了半圈，才避开这招，玉罗刹跟踪急进，躬腰递臂，长剑疾如风发。

红云道人明明看出她这一招是"龙门鼓浪"的招数，急举剑上撩，哪知玉罗刹剑到中途，忽然变了方向，似上反下，似左反右，红云道人手忙脚乱，给迫得连连后退。但武当剑法，到底不是徒有虚名可比，他挡了几招之后，虽然深觉玉罗刹的剑法奇诡无比，但也渐渐看出一些道理，不似初时忙乱。他抱定主意，把七十二手连环剑法逐一展开，使得个风雨不透，只守不攻。要知武当派乃内家正宗，剑术经过历代高手增益，确是严密精深，要不然怎能有"天下第一"的称誉？玉罗刹在他严防谨守之下，一时间倒攻不进去。

黄叶道人手心淌汗，这时才暗暗松了口气。但红云道人还是摸不透玉罗刹的新奇剑法，辗转攻拒，又斗了五七十招，玉罗刹总是稳占上风，处处主动。黄叶道人心情又复紧张，心知高手比剑，

红云道人咄咄迫人，只见他把剑向鞘中一插，左掌突发，骈伸二指，使出"画龙点睛"向玉罗刹的面前点去。

若然只有招架之功，则必处处受敌所制，时间一久，必有破绽为敌所乘。他自己辈分极尊，又与铁飞龙有约，当然不能出手相救。这时卓一航正巧在他身边，他轻轻地将他的手拉了一下，小声说道："再等一会，你去把师叔替下来吧。"卓一航武功在第二代弟子之中首屈一指，虽然比起红云还要稍差一筹，但年轻力壮，却要胜过师叔。所以黄叶道人心想：叫他出去最少可以抵挡三五十招，而且卓一航是小辈，虽败不辱，挡得一阵，再作打算。

卓一航这时如痴如呆，目注斗场，手足冰冷。黄叶道人拉他的手，不觉吃了一惊，看他一眼，问道："你有病么?"卓一航摇了摇头，黄叶道人沉声说道："你听清楚了我的话么?"卓一航茫然地点了点头，也不知他是真是假，黄叶道人见他魂不守舍的模样，十分忧虑。

这时场中斗得越发激烈，红云道人已是额头见汗。玉罗刹忽然一声长笑，挽了一个剑花，直刺红云左手手腕，红云举剑一挡，她手腕一缩，剑锋倏地自上而下，来势分明是刺向膝盖的关节，这一招竟是武当派的剑法，名为"金针度世"，红云大出意外!

本来红云和她斗了一百多招，已渐渐看出她的剑式与普通剑法相反，摸不着破法，只好坚忍自持，不为敌诱，严密防守，先求无过。但骤然之间，忽见敌人攻来的招数乃是本门剑法，一时忘了她的剑式总是相反之理，竟然抢到外门，剑把一旋，疾转两圈，这一招名为"三转法轮"，本来是挡"金针度世"的妙招，不料玉罗刹明是下刺，忽然剑锋反弹，向上一绞，红云的剑跟她的剑旋了两旋，几乎脱手飞去。

正是：眼花缭乱处，剑法见神奇。

欲知后事如何? 请听下回分解。

第八回

谦谢掌门　情缘难斩断
难收覆水　恨意未全消

　　耿绍南看师父危急，惊叫一声，正想拉虞新城抢出，只见红云道人退后两步，已脱了险。原来红云剑法虽非玉罗刹之敌，但功力颇高，危急之际，急运内力将玉罗刹的剑一黏，稍微消了来势，就立刻抽剑退身，吁了口气。

　　玉罗刹微笑道："咱们斗了一百来招，未见胜负。我看这笔债一笔勾消了吧，咱们不必斗了。"玉罗刹这是看卓一航面上，才如此说法，为红云道人留点面子。哪知红云道人已斗得昏头昏脑，在徒弟面前，战一个小辈不下，哪肯干休。听了这话，更是如火添油，铁青着面，咬实牙根，刷的一剑，又向玉罗刹刺去！

　　玉罗刹秀眉一挑，冷笑道："哈，你还要斗？"剑锋一偏，戳他右侧，这一招又是武当派的剑法，名为"白鹤啄鱼"，按说红云刚才吃了大亏，应该警醒，急忙退守为是。不料红云在本门剑法上沉浸了几十寒暑，心剑合一，已成习惯，一见玉罗刹使的是本门剑法，不知不觉又抢到外门，横剑一封，使了一招"横江截斗"，玉罗刹反手一剑，剑势一转，只听得"叮当"一声，红云道人的剑，登时脱手飞出。

　　黄叶道人急极，推卓一航道："你还不出去！"说时迟，那时快，虞新城和几个同门已是纷纷抢出。卓一航亡魂失魄，慌忙拔剑上前，只听得一阵金铁交鸣之声，玉罗刹白衣飘飘，左穿右插，片刻之间，五个武当弟子，手中长剑全都脱手飞去！还有一个耿绍南刚才为了救师，不顾生死，哪知出去之后，给玉罗刹双眼一瞪，猛然一震，勇气全消，竟然不敢交锋，伏地一滚，直滚到墙角方才停止。

红云道人见一众弟子如此狼狈，火红了眼，在地下捡起一把长剑，向玉罗刹又是一剑。玉罗刹冷冷笑道："待你的徒弟再捡起剑来也还不迟！"红云道人霎眼之间疾攻三剑，玉罗刹横剑一封，突然转锋下戳，疾如闪电。卓一航这时恰才赶到，手软脚软，见师叔危急，没奈何一剑刺出，玉罗刹叫道："你好！"忽然尖叫一声，把剑一撒，掉在地上，向后倒纵丈许，手臂上白衣已现血迹！

玉罗刹原是个好强争胜的人，所以初斗红云之时，虽然碍于卓一航情分，想让红云道人一招半招，但见红云咄咄迫人，一时动了脾气，斗到酣时，哪还肯相让？到胜了红云，又夺了武当众弟子的兵刃之后，这才猛然后悔，不知这局残棋如何收拾。所以到了卓一航挥剑来时，她故意运用绝妙的身法，让红云的剑锋，轻轻擦过手臂，装出负伤败逃！

红云道人倒反吃了一惊，见玉罗刹弃剑败逃，几疑是梦！挺着长剑，竟然不敢追去，就在这时，忽听得铁飞龙一声大吼，黄叶道人嘶声叫唤！

原来在卓一航奔出之后，黄叶道人耳听断金戛玉之声，眼见门人狼狈之状，又见卓一航脚步跄踉，显然远非玉罗刹之敌；这时再由不得黄叶道人矜持，双臂一振，急忙飞掠上去。这边厢黄叶道人身形一起，那边厢铁飞龙袍袖一拂，也如大雁飞来，两人出掌相抵，"蓬"的一声，各给震退，铁飞龙大吼道："黄叶道人，你要不要脸？"这时玉罗刹已故意负伤，尖叫后退。黄叶道人惊心动魄，顾不得答铁飞龙的话，哑声嘶唤道："一航，你挂彩了？"他还以为是卓一航遭了毒手。红云道人叫道："师兄，咱们走吧！"

铁飞龙引拳欲击，玉罗刹倚着紫檀香桌，叫道："爹，女儿和他们打个平手，不必比了！"铁飞龙道："这是怎么个说法？"玉罗刹道："我承红云道长让了一场，但接战他们第二代弟子之时，我却输了一招，所以只能算是扯平，两无亏输。"铁飞龙道："既然如此，那么这笔账不必算了！黄叶道兄，你们有大事在身，我不留了！"收拳归座，忽然端茶送客。红云道人哭笑不得，黄叶道人知道再斗下去，决无好处，只好强抑怒气，装出笑容，向铁飞龙拱手道别。铁飞龙道："紫阳道长灵前，代我多多告罪！"黄叶道人道："那决忘不了！"卓一航也随着黄叶道人拱手道别，忽见玉罗刹倚在门边，似笑非笑。卓一航疾忙转身，不敢再望。

一行人离开铁家，红云道人面色紧绷，久久不语。黄叶道人和卓一航并辔而行，故意落后，低声说道："这玉罗刹剑法奇诡精妙，果然不是徒具虚声，怎么她倒给你刺了一剑？"卓一航道："那是三师叔之功。"黄叶道人笑了一笑道："我也未必能够胜她。"卓一航知他不信，面上一红。黄叶道人又道："我看她对你倒是手下留情。"卓一航知道师叔已经起疑，只得把和玉罗刹结识的经过，细细说了。黄叶道人听卓一航说到玉罗刹在华山绝顶恶斗六魔等事，暗自惊叹，听了玉罗刹来历之后，更是骇然。沉吟良久，点了点头，心想：这女强盗行事倒不寻常，虽是"妖邪"，也还有点正气。当下说道："原来她是母狼所乳大，怪不得性子如此之野。只是你是书香子弟，不宜与她厮混。"卓一航道："师叔明鉴，弟子其实与她并无私情。"黄叶道人笑道："但愿如此。要不然你这掌门弟子，可要被同门笑话。"卓一航心道：这掌门弟子，我不做也罢。

他们沿着黄河，经潼关而入河南，再自南阳折下，进入湖北，一路上谈谈讲讲，倒不寂寞。只是红云道人和虞新城、耿绍南等，言谈之间，对玉罗刹总是充满敌意。黄叶道人虽然较好，但也是把玉罗刹视为异端邪派，卓一航暗自慨叹，叹人与人间的误会，真难消除。

行了二十多天，过了老河口，武当山已经在望，武当派道家俗家的各支弟子，已云集山上，闻得黄叶、红云接得卓一航归来，纷纷出来迎接，上到山上，白石道人和青蓑道人也出了道观相迎。卓一航行礼之后，白石道人带他入内，瞻仰紫阳道人的遗容。

紫阳道人逝世已有两月，武当门下为等卓一航归来，犹自停棺未葬，紫阳的尸体用药物防腐，虽然过了两月，犹如生前。卓一航揭棺瞻视，不禁大哭晕倒。

过了许久，卓一航悠悠醒转，只见四个师叔和第二代南北各支的十二大弟子分列两旁，面容肃穆。黄叶道人开声说道："一航，你师父生前对你爱护备至，把平生技艺，全都传给了你。为的就是望你能继承他的遗业，把本派更发扬光大，你知道么？"卓一航叩首道："弟子粉身碎骨，亦不足报答先师于万一。"黄叶道人将他扶起，说道："那么你今晚沐浴斋戒，明日举行大典，由你接任掌门。对本派各支情形，你有不明之处，现在就可问明。"卓一航道："掌门大任，弟子万万不敢担承。"黄叶道人道："这是为何？"卓一航道："弟子年轻识浅，怎能表率同门。"黄叶道人道："要光大本门，正要你这样年轻力壮、有才能有魄力的人担任。难道你还要推在我们几个老头身上吗？"卓一航看了虞新城一眼，虞新城不待他说话，已先率本支的四大弟子过来参见，开声说道："卓贤弟你不必推辞，前任掌门的遗命，谁敢违抗。何况有四位师叔扶助你。"虞新城以为卓一航恐怕同门不服，所以如此说法。其实卓一航却不是为此。白石道人也插口道："一航，你应该想想你师父生前对你的期望。"卓一航环室四顾，见同辈的十二个师兄弟中，确实没有一个足以担承大任的人，知道另提人选，也必然不被接受。黄叶道人又迫紧一句道："你师父不能长久停棺，你若不接掌门之命，令他不能入土，你于心何安。"卓一航哭道："各位师叔师兄听禀，弟子身受本门重恩，既有先师之命，自当遵从，无奈弟子尚另有别情，就是要接掌门，也须待三年之后。"黄叶道人问道："这是为何？"卓一航道："弟子受人陷害，现为朝廷钦犯，若不辩白，如何可接掌门？"黄叶道人吃了一惊，叫卓一航入内，细问根由。

卓一航因为事关重大，在旅途上同门众多，恐怕泄漏，所以未曾向黄叶禀告，现在迫于无奈，只得说出。黄叶道人听得满洲收买奸人图谋倾覆朝廷等事，不禁骇然。过了许久，忽然问道："那么这事玉罗刹知道吗？"

卓一航道："玉罗刹当然知道，在华山上和她恶斗的六魔之中，有两个就是满洲奸细。"黄叶道人道："她既是绿林巨盗，有人要倾覆朝廷，那岂不是和她志同道合？"卓一航道："她把那些人恨同刺骨。不但是她，王照希也是如此。在绿林豪杰心中，天子可取而代之，但却绝不能亡于异族。"黄叶道人沉吟良久，说道："本来我们武当一派，素不主张过问朝政。但事情既有关国运，而你又身受奇冤，那么倒不能不管了。你是想待师父下土之后，就赴京师么？"卓一航道："正是，我要面见太子，把那些奸人陷害钦差，移祸于我的事情说出来。"黄叶道人道："其他同门，可不必说知，四个师叔，你却该禀告。"卓一航道："我也正是如此想法。我不是不信同门兄弟，但只恐人多知晓，会泄漏出去。"黄叶道人道："这个我很明白，你不必再解释了。"

黄叶道人吩咐卓一航在静室稍候，到外面去将红云、白石、青裳三人唤了进来，商议好久，白石道："既然如此，那么掌门一职，就由黄叶师兄暂代三年。"黄叶道："我年将垂暮，精神日衰，怎能应付？"白石道人道："反正不过三年，师兄你不接任还有谁可接任。"黄叶道人只好答允。四老和卓一航同出，对十二个大弟子说明，一众同门知卓一航受人陷害，无不关怀，但他们知道事关秘密，也不敢探问。

当下忙了几天，紫阳道人下葬之后，各俗家弟子也纷纷离山归去。卓一航仍留山守孝，一晚，黄叶道人将他唤进云房，问道："你父亲在京时可曾替你定下婚约？"卓一航道："没有。"黄叶道人又道："那你可有意中之人？"卓一航面上飞红，迟疑半晌，答道："也没有。"心中奇怪何以师叔会如此问他。黄叶道人道："你年纪不小，也该定一门亲事了。"卓一航道："弟子重孝在身，哪能议婚。"黄叶笑道："我虽非官宦人家，古礼尚知一二，重孝在身，婚姻自当待三年服满之后，但议婚却是不妨。"卓一航心中一震，急忙说道："我实在无意及此。"黄叶想了一想，笑道："以你的人才，当配才貌双全的淑女。那玉罗刹武功虽高，可是野性难除的强盗，我劝你不必留恋她了。"卓一航道："弟子并无此心，师叔一再道及，莫非不相信弟子么？"黄叶道："你是本门最杰出之人，身膺重命，我怕你误入歧途。"卓一航道："师叔放心，弟子还知自爱。"黄叶道："这样就好。但若有合适的淑女，我倒要劝你先定下来，也免心生外骛。"卓一航越听越惊，在他心中，虽然也确实未想到要与玉罗刹成婚，但不知怎的，自从见她之后，便觉得天下女儿，都如尘土。

玉罗刹那强烈的个性，虽然有时也令他恐惧，甚至令他憎厌，但却已深烙他的心头。现在听得师叔口气，好像要为他做媒，吓得连忙摇手说道："弟子实在不想过早论婚。"黄叶道人看他神情，不觉暗笑，但也不禁暗暗忧虑，知他所说对玉罗刹无情之话，未必是真，心想：他既如此，也不好迫他。待他见到另一个更好的人时，再让他们多在一处，不愁他不慢慢移情。

卓一航见师叔微微一笑，不再续说下去，松了口气，站起来道："师叔还有别的吩咐么，弟子想明日离山了。"本来他想守满"三七"之后才走，但听了黄叶今晚之言，只想早早离去。黄叶又微笑道："你且坐下。"

黄叶道人缓缓说道："你是本门待任的掌门弟子，我不放心你独自赴京。"卓一航想起云燕平和金千岩相迫之事，也觉师叔并非多虑。黄叶续道："因此我想叫你的四师叔陪你一遭。"四师叔乃是白石道人。白石道人在武当五老中虽是排行第四，年纪却是最轻，今年刚刚五十出头。而且他做道士，也不过是最近十年的事。卓一航约略知道他俗家姓何，是妻子死了之后才披上黄冠，上武当山做道士的。

黄叶续道："你四师叔自那年与铁飞龙比掌受挫之后，勤修内功，现在已大非昔比，你多与他亲近，也有好处。"卓一航道："有四师叔同行，那好极了，只是太麻烦他了。"黄叶笑道："怎么你与师叔也讲起客套话来？"当下含笑立起，叫他早早休息。

在四个师叔之中，卓一航平日与白石道人较为接近，得他同行，颇为欢喜。第二日卓一航拜别了三位师叔，又到师父墓祭扫一番，这才和白石道人下山，一路晓行夜宿，走了十多天后，进入河南东部，白石道人忽道："一航，我和你到嵩山一游如何？"卓一航一心想到北京，颇奇师叔有此雅兴，因道："师叔何以要游嵩山？"白石道人笑道："嵩山为五岳之一，大好名山岂能错过？"卓一航道："待事完之后，回来时再游也还未迟。"白石道："迟也不迟在这几天，而且我不单是去游，还想去访一个人。"卓一航道："既然如此，那弟子自当奉陪。"心中暗怪师叔何不早说。

嵩山是太室、少室两山的总称，两山对峙，中间相距约十余里。在少室北麓的五乳峰下，就是闻名全国的少林派拳术发源地少林寺。卓一航问道："师叔是到少林寺参谒么？"白石笑道："僧道不同，我去参谒作甚？我和少林寺的主持也没有什么交情。我和你先游太室，若有余暇，再到少室山去。"卓一航更觉奇怪，武林人士到嵩山却不先游少林，那么他所访的大约不是武林中人了。但师叔既要先游太室，卓一航也只好随他。

两人绝早起来，爬登嵩山，东方初白，朝阳未出，嵩山上迷蒙蒙一片云海，上到半山，那迷漫的云海才渐渐由厚而薄，一轮旭日在云海中浮现出来，山中景物，像忽然间被揭去一层幔帐，豁然显露。但见峰峦雄秀，泉石清妍，岩洞幽深，云霞明媚，鸟语啁啾，花香扑鼻。卓一航叹道："名山景物，果然妙绝人寰。"两人小憩一会，用山水送咽干粮，嚼了半饱，继续登山。嵩山上古柏极多，两人冒着飒飒山风，在柏树丛中穿进。走了一阵，越攀越高，忽见一株老柏，苍翠夭矫，树身两人合围都围不过，卓一航流连赞叹，白石道人道："凡上太室的游客，无不喜在这株树下流连，相传汉武帝到嵩山'封禅'之时，曾把它封为'大将军'，所以一般游客，都叫它做'将军柏'。若然这个传说是真，那么这株柏树大约有两千岁的高龄了！"卓一航仰观柏树，只见它的大部枝干仍然枝繁叶茂，生意盎然，不禁笑道："人生不过百年，比起这株树来，不过是婴儿罢了，何苦夺利争名，纷纷扰扰。"正说话间，白石道人忽然拉他一下，悄声说道："你听，好像有人上来！"

　　卓一航藏在古柏之后，只见那边山径，走来了三个军官，其中一人，卓一航认得是锦衣卫的指挥石浩，心想：怎么他也有此雅兴，到嵩山来游。忽觉白石道人拉着自己的手微微颤抖。

　　山风送声，清晰可闻。石浩道："李大人，钦差已送到抚衙，我们的担子可轻了不少了。"那被他唤作"李大人"的道："太子就要登基，谅云燕平他们也不敢再对钦差加害。"卓一航听了心念一动，他们说的，明明是周、李两钦差之事，听他们的口气，似乎钦差已给他们寻着，安然脱险了。其中一人又道："李大人故剑情深，今晚我们可要叨扰一杯团圆酒了。"那个李大人微笑不答，卓一航眼光触处，觉白石道人面色有异，正想说话，白石却以手示意，叫他不要作声。

　　三人上到山上，石浩道："这株老柏居然还如此苍翠，真是难

· 168 ·

卓一航拜别了三位师叔，即和白石道人
下山。

得。咱们到树下歇歇。"那个李大人叹道："美人自古如名将，不许人间见白头。这株树号为'大将军'，二千岁高龄犹未白头，真令我辈钦羡。"卓一航心想：这人肚中倒有点墨水。那三人越行越近，白石道人正想跃出，忽然山风中又送来了女孩子笑语之声，那三人一齐停住。

过了一阵，山顶走下一个少女，年约十七八岁，拖着一个女孩，女孩不过十岁光景，笑笑跳跳，见了生人，叫道："姐姐，你看有人在这里呢，叫他们让开，我们要在这里捉迷藏。"这霎那间，白石道人的手，又微微颤抖。

那个被唤作"李大人"的约莫四十多岁年纪，相貌颇为威武，迎过去唤道："喂，小姑娘，你叫什么名字？你的妈妈呢？"那个女孩道："你管不着！"但还是答了一句道："我没有妈妈，只有姑姑。"那个少女瞪了李大人一眼，道："华妹，不要理他们，咱们回去。"那个女孩问道："姐姐，他们是做官的么？姑姑说，做官的都不是好人。好，我听你话，不理他了！"

少女拖着妹妹，扭转了身，那个李大人急忙唤道："喂，我们不是坏人，你带我们见你的姑姑去！"少女道："我的姑姑不见你们！"李大人身边那个军官，似乎是为了要巴结上司，飞身一掠，拦在那少女的面前，嘻嘻笑道："真漂亮的小姑娘，为什么不理我们？我们带你到城里去玩，那才好玩呢！"伸手要摸少女的面蛋，李大人叫道："老胡，别胡闹！"话声未了，那少女纤手一扬，只听得"啪"的一声，那名军官已挨了一记耳光！

卓一航看得几乎要笑出声，心想：这些军官平日仗势欺人，调戏妇女不当一回事情，挨了这少女耳光，真是活该。看这少女出手不凡，一定是练过武功的人。

那名军官叫胡国柱，职位比那李大人和石浩要低一级，但这三人同在锦衣卫中供职，平时饮花酒、玩女人常在一处。先前听得上司喝他"别胡闹"，心里已自不满，暗道：哼，你装什么正经！挨了一掌，十分疼痛，这个气可就大了，身子一扑，双手抓去，那少女把妹妹推开，一招"如封似闭"，双掌一阴一阳，轻轻一格，把胡国柱的来势消掉，双掌向前一按，胡国柱不由得不退后三步。少女叫道："喂，你是不是想打架？"

胡国柱身为锦衣卫的副指挥，又是昆仑派的好手，在武林中也有点名声，竟然猝不及防，被少女出招迫退，在同僚面前，面子更挂不下去，当下喝道："哼，你要和我打架？"少女道："不是我要和你打架，是你要和我打架！"胡国柱道："好，不管谁要打架，这场架是打定了！"

那李大人本想喝住，转念一想，且看看这少女的武功如何，看她是否那人所教。当下叫道："喂，要打架到这里来打，这里地方宽阔，在山径上打什么呀？"少女秀眉一挑，说道："你们三个人上来我也不怕。"把妹妹安顿在山石上坐下，吩咐她道："你看打架，可别乱跑！"那女孩子拍掌笑道："好呀，看打架，看打架！姐姐，你可一定要打赢呀！"少女身形飞起，跃到古柏前的空地上，回头招手道："喂，来呀！"胡国柱气红了面，跟踪跃至，在轻功上他已先输了一招！

少女气定神闲，凝身待敌。石浩道："老胡，不要托大，这位姑娘是个会家！"胡国柱脚尖一点，飞身窜起，右拳劈面捣出，喝声："接招！"少女一声冷笑，身形微晃，反手一掌，闪电般地截击敌人右臂。胡国柱喝声："来得好！"左掌往上一搭，右手往上一伸，刷地向少女面门抓去，这一招名叫"金龙探爪"，是昆仑派"龙形十八式"中的厉害招数。

哪知一抓抓去，竟自扑空。少女身躯疾地拧开，右掌倏然劈出，反劈敌人左肋，胡国柱一个弯腰转步，好容易才避开这招，少女左掌又发，变了"印掌"，印向敌胸，胡国柱大吃一惊，猛地长身，

"啪"的一声，肩头中了一掌，被打得倒退数步，暗叫："好险！"若不是用肩头硬接，胸膛要穴，被她印掌所击，只恐有性命之忧。

胡国柱领了两招，哪敢轻敌，抢拳复上，虎虎生风，从"龙形十八式"的掌法改为了"黑虎拳"，这套拳宜守宜攻，威力甚猛，少女轻功虽好，气力却差，一时间倒打成了平手。

打了一阵，少女拳法忽变，在胡国柱周围绕来绕去，专拣他的空门进袭，胡国柱身法远不如少女轻灵，攻她不着，守也不够严密，不过片刻，又接连挨了两掌，幸喜击中的不是要害，还可支持，但也已累到满头大汗。

那个李大人看得连连摇头，叫道："老石，你去把老胡拉下来，不要伤那女子。"石浩一个箭步冲上，插在两人中间，右掌一推，左掌一带，这一招就称为"带马归槽"，胡国柱给他左手带到旁边，那少女也给他推开几步。本来论掌法石浩未必胜得过那位姑娘，可是他内力甚强，掌含阴劲，当年他缉捕王照希之时，就曾显过"脚碎阶石"的武功，王照希也要避他。这少女武功在王照希之下，当然接不着他的掌力。

可是这少女似乎也颇好胜，身形一退复上，叫道："好哇，你们都上来吧！"那个李大人叫道："小姑娘，不必打了！咱们都是一家人，你的师父是不是姓何的？"少女愕然注视，久久都不说话。

李大人又微笑道："现在你可以带我去见你的姑姑了吧？"话声一停，忽然从上面山坳处奔下一人，冷冷说道："你还要来见我做什么？"这人是个中年尼姑，约莫四十岁光景。李大人一见，跑上前去，叫道："嗯，你怎么削发做了尼姑了？"

那中年尼姑不理不睬，左手携那少女，右手携那女孩，道："这世界坏人太多，咱们回去。"李大人又奔前几步，嚷道："喂，你听我一句话成不成？"

那尼姑欲行又止，回过头道："好，你说。"李大人笑嘻嘻地道:"说多两句成不成?"那尼姑面色一沉,李大人道:"霞妹,当年是我错了,现在我特来接你回去!"那尼姑"哼"了一声,道:"我与你有什么相干?你做你的官,我做我的尼姑,你别来这里胡缠。"李大人道:"太子就要登基了。"尼姑道:"这更与我无关!"李大人道:"你知道我是太子的亲信,太子登基,我求他外放,起码就是一个总兵,也许是将军也说不定,那时你就是诰命夫人。"那尼姑气得面色红里泛青,斥道:"你自有你的诰命夫人,你再胡缠,休怪我不客气!"那李大人笑了一笑,又道:"难怪你发脾气,你还不知道哩!胡氏已经死了,她又没留下儿女,我这个家还是你的!"那尼姑冷笑一声,板起脸孔斥道:"滚开,十四年前你贪图富贵把我休掉……"那李大人急插口说道:"那是我母亲的主意,与我无关!"那尼姑续道:"我可没那么下贱,休了的妻子泼出去的水,你把泼出去的水收回给我看看!"那李大人又道:"你纵不念夫妻旧情,也当看在申儿面上。"那尼姑身躯颤抖,本已转身,又回过来问道:"申儿怎样?"李大人道:"他等着妈妈回家哩!"那尼姑突发冷笑,斥道:"你当我什么也不知道么?申儿不堪后母虐待,早就跑啦!你要不要我告诉你他在哪里?"那李大人面色灰败,忽然跃起来道:"好呀,果然是你把他收起来!"那尼姑冷笑道:"你看,我一试便试出来了,你是来要你的儿子,什么诰命夫人,呸!快滚!"那李大人飞步冲去,大声叫道:"我要你们母子两人都回来!"那尼姑冷冰冰的宛如石人,待得那李大人冲到,这才说道:"申儿不在这儿!"李大人说道:"那么他在哪里?"那尼姑板脸不理。李大人嚷道:"那你随我回去!"那尼姑仍是板脸不理,李大人忽道:"好,我知你是恋着那姓龙的小子,可是人家也不要你!"那尼姑怒道:"胡说八道!"疾地一掌打去,"啪"的一声,那李大人也像胡国柱一样,挨了一记耳光!

李大人捧起面孔叫道:"好泼的婆娘!"一抓抓去,尼姑身形一转，一招"七星手"连环推出，那李大人吸胸凹腹，倏地猱身进掌，道："我已让了你，你还不知进退！"呼呼两拳，左掌横劈，右掌直扫，端的是内家高手。那尼姑也喝道："你滚不滚！"在掌风中突然进招，一手刁着他的手腕，往外便甩，那李大人武功确高，手腕一沉，居然挣脱，叫道："喂！夫妻打架，不叫旁人笑话！"那尼姑气极怒极，连环发掌，凌厉之极，李大人给迫得连连后退。石浩站在旁边，不敢帮手，那李大人直退到了老柏树前！

那尼姑一掌击去，李大人退到树后，白石道人忽然一跃而起，左手朝他肩头一按，将他推开，那尼姑一见，又惊又喜，大声叫道："哥哥，你几时来的？"

原来这尼姑乃是白石道人的妹妹，名叫何绮霞，二十余年前，有两家向她求婚，这两家在武林中都颇有名望，一个是峨嵋派的龙啸云，一个便是现在这个李大人，名叫李天扬的。龙啸云、李天扬和何家都是世交，何绮霞父兄决断不下，就由她自选。那时何绮霞还只是十六七岁的小姑娘，见李天扬生得较为英俊，便选上他了。

哪知李天扬名利之心甚重，结婚之后，游学京师，他武功既高，又通文墨，给一个世袭的车骑将军看上，要把女儿配他。李天扬还算稍微有点良心，不敢立即在京别娶，推说要回家禀告父母，回家之后，就暗中叫母亲出头，把妻子休了。他们已有了一个三岁大的孩子，白石道人那时还未出家，也曾去李家劝解，说是：夫妻已做了几年，又有了孩子，何必离异，可是李家执意不理，白石甚为气愤，从此就和李家断了这门亲戚。

如此者过了十四年，李天扬在锦衣卫中做到了指挥之职，龙啸云不知下落，何绮霞则在被休之后，就到太室山跟她的师父，师父七年前死了，她这时已惯山居生活，也就削发做了尼姑。

且说李天扬骤见白石道人，吓了一跳，定了定神，呐呐说道："大舅，你来得正好，给我劝劝绮霞。"白石道人含嗔说道："那是你两人之事,我劝有何用处。十四年前我已经劝过你了!"李天扬甚是尴尬,一时说不出话!

再说卓一航也跟着跃了出来,石浩一见,拱手叫道:"卓公子!"他不好意思听李天扬的家事纠纷,就拉卓一航过一边说话。卓一航道:"石指挥,我现在仍是钦犯,你可要缉我回京?"石浩大笑道:"太子正思念你呢,你早已不是钦犯了!皇上现在重病,两个月前朝政已由太子摄政。李钦差和周钦差那日在你家逃出来后,奔到河南,在河南的河防督办家中住下,遣人密报太子,这时太子已掌朝政,下令彻查,那冒充钦差的御史已被革职查办,大内的卫士云燕平也被通缉,线索一直查到魏忠贤身上,但魏忠贤掌管东厂,羽翼已成,太子不愿在登基之前和他硬拼。现在正招贤纳士,对你尤其思念。他差遣我和李指挥出京,保护钦差回来,顺便也叫我探问你的消息。"卓一航道:"我正有事要到京师去见太子,可是你们保护钦差,我可不能和你同行。"石浩道:"在京相见也是一样。"

两人说了一会,忽听得那尼姑又厉声斥道:"滚下去!"想是和解不成,李天扬又惹得她生气了!

卓一航举头一望,只见那李天扬苦丧着脸,说道:"好吧,那么咱们再见!"尼姑道:"我与你恩断义绝,永不再见!"李天扬叹了口气,招手叫石浩下山。

李天扬等三人下了山后,卓一航过来与那尼姑相见。这时那个少女已在尼姑身边,小的那个则坐在白石道人膝上,白石道人笑道:"叫卓哥哥!"向卓一航道:"你未见过我的女儿吧?"指着大的那一个道:"她叫何萼华。"又抱起那小的一个道:"她叫何绿华。"何绿华高高兴兴叫了一声:"卓哥哥!"何萼华却微现羞态,只是低低叫了一声。白石道人哈哈大笑。

正是:最怜小儿女,被卷入情潮。

欲知后事如何?请听下回分解。

第九回

江湖术士　施诈骗红丸
颖异少年　有心求剑诀

　　原来白石道人俗家姓何，生有二女，长女何萼华今年十八岁，次女何绿华今年刚刚十岁。何绿华出生未久，白石道人死了妻子，遂把两个女儿都交与妹妹抚养，十年来，白石道人每隔一两年必到太室山一次探望女儿，不过卓一航不知道罢了。

　　哪知白石道人心中另有打算，卓一航是武当派第二代弟子中最杰出的人物，白石道人早已属意于他，想把何萼华配他为妻。黄叶道人知道师弟的心意，所以日前一再向卓一航试探，目的便是想撮合这段姻缘。

　　再说白石道人将女儿介绍与卓一航相识之后，笑道："萼华，师兄不是外人，你们可不必拘礼客套。你这位师兄文武双修，你有什么不懂的地方可以问他。"

　　一行人走上太室山顶，何绮霞削发为尼后改称慈慧，就在太室山顶建寺静修。慈慧带领他们进了寺院，招呼卓一航坐下。白石道人笑道："让他们小一辈的去玩吧。"

　　何萼华带卓一航往寺内各处参观，走到倦时，便在古柏下歇息，两人相对闲谈，说起慈慧师太的遭遇，何萼华一阵吁嗟，叹息说道："女人的命真苦！"卓一航笑道："何以见得？这不过是慈慧师太遇人不淑罢了。"何萼华道："这不就是了？千古以来，女人总得依靠男人，嫁得好的还可，嫁得不好，一生可就完了。像我姑姑那样的人品武功，也只得独伴青灯古佛，终老荒山。"卓一航道："其实她大可不必为那负心的汉子伤心。"何萼华续道："就是彼此情投意合的也难免不生变卦。像司马相如和卓文君，才子佳人，两情欢悦，应算得是千秋佳话了吧？可是到卓文君年纪大了，司马相如便生二心，要不是卓文君赋了那首《白头吟》，使司马相如回心转意，佳偶岂不反成怨偶？亏那司马相如还给陈皇后（即汉孝武皇帝之后）写过《长门赋》呢！轮到他自己之时，却就不知那怨妇之苦了。你说女人的命运是不是可悲？"

卓一航听了，突然起了一种奇异的感觉，不期然地想起了玉罗刹来，他想在玉罗刹口中，绝不会说出"女人命苦"之类的话！

这何萼华谈吐文雅，态度大方，论本事文才武艺俱都来得。然而不知怎的，卓一航总觉得她缺少了些什么东西似的。是什么东西呢？卓一航说不出来，也许就是难以描绘的、蕴藏在生命中的一种奇异的光彩吧？这种光彩，卓一航在玉罗刹的身上可以亲切地感知，也因而引起激动甚至憎恶，但就算是憎恶吧，那憎恶也是强烈的吸引人的。

然而白石道人却不知卓一航的心中所想，他和妹妹畅叙离情之后，走出外堂，见二人谈得甚欢，心中很是高兴。

白石道人本来没有打算到少林寺参谒，但第二日一早，慈慧师太却忽然接到少林监寺尊胜禅师的两份请帖，一份写她的名字，另一份写白石道人的名字。慈慧笑道："少林监寺的消息倒真灵，你才来了一天他们就知道了。"

慈慧在太室山顶隐居，和少林寺相邻，所以也有来往。白石道："咱们掌门师兄羽化之后，他们也曾派人吊唁，礼尚往来，既然他们又有请帖递到，我就和你去答拜吧。"又对卓一航道："你是本派未来的掌门，趁这机会见见少林的长辈也好。"

　　太室、少室两山对峙，中间相距约十余里，三人行了半个时辰，已到少室山北麓的五乳峰下，但见石塔如林，少林寺就兀立在塔林之中。白石道："我们先去找知客通报，你在后面稍待。"卓一航点头应诺。正说话间，忽闻得喧嚣之声，三人走到少林寺前，只见寺门紧闭，有两个老头箕踞在门前的大石上破口大骂。一个叫道："镜明老秃，你摆什么架子？你虽是一派宗祖，我们也不是没有来头的人！"另一个道："我看你们少林也是浪得虚名，若然是确有真才实学，为何不敢与我们观摩较技？"卓一航听这两人破口大骂，十分惊讶。要知少林武当两派乃是武林中的泰山北斗，在当时而论，武当派虽较为人多声盛，但说到历史悠长，人才辈出，却还要推少林第一。这两个是何等人物？居然敢在少林寺的山门挑战？

　　这两个老头见白石道人和慈慧师太走来，在石上跳下，迎上前来，面上堆笑，作出招呼之状。慈慧师太冷着面孔，望也不望他们。白石道人见状，也昂头阔步，傲然不理。两个老头甚为没趣，走了过来，迎着卓一航搭讪说道："小哥，你是来少林参谒的吗？"卓一航点了点头。一个老头鼻子"哼"了一声道："其实不参谒也罢，少林寺除了镜明长老大约还可和我较量几回合之外，其余的都无足观。你又何苦劳神远来？"卓一航大吃一惊，急忙问道："敢问老前辈姓氏。"那老头又"哼"了一声道："我的名字说你也不知道。当今之世，后学者但慕虚名，言必少林武当，像我们这样的老头子只因无暇开宗立派，小辈哪还知道我们。不过若是武当五老在此，他们一定会以晚辈自居。"那老头唠唠叨叨说了一大通。卓一航简直摸不着头脑。

　　那老人又问道："前面那位道士是你的师父吗？"卓一航打了个突兀，暗想他说武当五老都要尊他为长，如何却不识白石师叔。当下答道："他是我的师叔。"又问两人名字，那老头得意洋洋地道：

"你是哪一派的？你们派中的长老没有对你说过'陆上仙'胡迈和'神手'孟飞的名字吗？我就是陆上仙胡迈。二十年前我与紫阳道长在武当山较技论剑，在拳法上承他让了我一招；在剑法上呢，我本来可与他打成平手，但既然在拳法上胜了他，就不能不给他留点面子，所以在剑法上我让了他半招。"卓一航真是闻所未闻，心想自己师父最为谦冲服善，若然真有这一回事，他为何从不提及。

那神手孟飞插口道："那是二十年前之事，那时紫阳道人的剑术还可以与我这位胡老哥匹敌，若现在来比，我敢说不满五十招他就要败下阵来。至于少林寺虽以神拳著名，但其实弱点甚多，看来那镜明禅师还不是我的对手，更不要说对我们的胡老哥了。"说罢从袋子里摸出一本书来，封面上写着"少林拳法十弊"，说道："我为了破除世人成见，所以著了这一部书，详论少林拳法的疏漏之处。"卓一航道："哦，那你是要把此书献与镜明长老的了？"孟飞道："可惜那镜明老秃空负重名，气度甚差，我们来了，他竟然给我们来个闭门不见。"卓一航正想接过此书翻阅，忽见少林寺大门打开，两个老和尚并肩走出。那胡迈大叫一声："好呀，总算见着你了！镜明，你敢不敢接我十招？"左首那个慈眉善目的老和尚念了一声"阿弥陀佛"，道："贫僧年老体衰，久已乎无此雅兴了。"右首那和尚却冷笑道："听说你们这几天天天要来找我们的主持比武，我们的知客僧人已经对你说过少林的规矩，要来比武的先和我们第五级的门人比起，你一级级地打去，若都打胜了，我自然来接你的高招，你不按我们的规矩，来这里吵吵嚷嚷作甚？"把手一招，叫道："悟净，你和这两位客人比划比划。"一个十四五岁的小沙弥应声跳出，胡迈怒气冲冲，大声骂道："尊胜老秃，你敢这样小觑我们，你是监寺，我们也是有身份的人，难道我们就不配和你观摩印证。"那小沙弥立了一个门户，叫道："好呀，你们远来是客，让你先进三招！"胡迈怒道："你这小秃驴，你知道我是谁？"

只见少林寺门紧闭，有两老头站在门前，
朗朗破口大骂……他们是何许人物？居然敢在
少林寺的门前挑战？

小沙弥做个鬼脸说道："我知道你叫无赖！"卓一航听了，不觉笑出声来，这"无赖"二字用河南乡音念出，正好和"胡迈"相同。

胡迈又骂道："武当少林，并称武林领袖；镜明你为何不学学紫阳道长的气度，紫阳当日亲自迎接我上武当，比拳输了给我，又亲率四个师弟送我下山。那才是武林领袖的胸襟！"话未说完，忽然啪的一声中了一记耳光！白石道人把手一挥，将他摔出三丈开外，杀猪般的滚地大叫！

孟飞在旁大叫道："你们少林寺目中还有王法么？白日青天伤人害命？"胡迈也边滚边叫，渐渐声音嘶哑，就像真的要死一般。镜明老禅师皱了皱眉头，对监寺尊胜道："给一粒少还丹与他服用。"尊胜禅师从怀中摸出一只银瓶，倒出一粒小小的红丸，叫小沙弥递给孟飞道："主持慈悲，赐你灵丹。"孟飞一把接过，送入胡迈口中，过了一阵，胡迈仍是嘶叫。孟飞道："我的大哥给你们用毒手暗伤，一粒红丸顶不得事，再给两颗与我。"尊胜禅师怒道："你想讹诈么？"镜明老禅师慈悲为怀，只恐胡迈真个伤重，便道："再给一颗他吧。"尊胜无奈，只得再挑出一颗红丸与他，孟飞大喜接过，纳入怀中，把胡迈背在背上，拔步下山。

白石道人怒气未消，喝道："你们认得我么？"孟飞回头说道："正想请教。"白石道人冷笑道："我是紫阳道长的四师弟，人称屠龙剑客白石道人的便是！那老无赖不是说我曾亲自送他下过武当山吗？怎么当面又不认识了？"一群小沙弥哗然大笑。

那胡迈忽然在孟飞背上抬起头来，说道："哦，我道是谁？原来是武当五老中人，怪不得有点功力，我老了，精神不济了，过三年我叫徒弟找你算账。"声音虽然并不响亮，但却一点也不嘶哑。白石道人又好气又好笑，喝道："鼠辈快滚！"孟飞急忙飞步下山。

尊胜笑道："白石道兄，你真不该通名。"白石道："为什么？"尊胜道："你一通名，又有他们说嘴的了。他们将来死了，也可以在墓碑上刻上一行大字：曾与武当五老交手！"白石失笑道："岂有此理！"尊胜道："白石道兄，这倒不是我故意说笑。武林中很有这么一些无聊人物。像这两个老无赖，他明知我们的主持不肯与他们动手，又明知少林寺的人绝不会伤他们性命，所以才敢在山门胡骂，希望一骂成名。"白石道："只有你们少林寺才这么宽宏大量，若然是在武当山上，他们不断了两条腿才怪。"尊胜笑道："所以他们不敢惹你们武当派，但他们却料不到在嵩山上谈论武当派，也会遇上你这位煞星。"白石抚掌大笑。尊胜忽道："白石道兄，我看你刚才所发那掌，初发时似用了十成力量，到沾衣时最多只有三成力量，不知我看得对否？"白石十分佩服，道："大师真是观察入微。我见那老无赖这样说嘴，所以出手时用力打去，哪知一看他的身法，才知他实是不堪一击，所以只用了三成力量。"尊胜禅师叹息说道："到底上了他们的当了！"白石道："怎么？"尊胜道："给他们多骗去了一粒灵丹。"镜明老禅师道："师弟不可如此刻薄，就算给他多要了一粒，此丹只能救人，也不愁他们会拿去做了坏事。"尊胜摇了摇头，默然不语。谁知事有出乎意料，后来竟然因为此粒红丸，引出明史上的第二个大奇案——"红丸案"，白白送了一位皇帝的性命，这是后话，按下不表。

再说白石道人与镜明长老相见之后，招手叫卓一航过来参谒，镜明长老见卓一航气概不凡，甚为称赞。

当晚镜明长老在"解行精舍"设下斋宴，给白石道人接风，席间谈起紫阳道长逝世之事，吁嗟再四。卓一航也暗暗感慨，心想：自己的师父死后，武当派已是群龙无首，四个师叔，虽然武功不错，却都不是领袖之才，看来武林宗主之位，该让少林派了。

晚霞渐收，山间明月升起，三十六殿与五十四塔都浸在溶溶月色之中，镜明长老啜了一口清茶，仰视月色，忽然笑道："你看这样的夜色，夜行人方不方便？"白石道人诧道："老禅师说这话是什么意思，难道有什么夜行人敢到少林寺来么？那两个老无赖就是想与少林纠缠，也没有这样本事。"镜明长老笑道："今夜来的可不是什么无赖了！他是熊经略派来的人，而且是我特别邀请他来的。"

白石道人益发莫名其妙，问道："哪个熊经略？是不是辽东经略使熊廷弼大将军？"镜明道："天下哪还有两位熊经略！"白石诧道："熊经略是当世将才，道德兵法，举世推重，难道他会与少林为难？"镜明笑道："那当然不会！"歇了一歇，忽道："有一个人叫岳鸣珂的，你们可听过他的名字么？"

卓一航心念一动，说道："这人我知道。"镜明道："今晚就是他来。"卓一航骇然问道："他为什么会来？"镜明道："他就是熊经略差遣来的。"

原来熊廷弼奉旨挂了辽东经略使的帅印之后，明朝皇帝又赐他尚方宝剑，准他先斩后奏。要知明朝边防之坏，那屯边的将军之腐败，也是一大因素。熊廷弼得了尚方宝剑之后，决意整顿军务，率了亲兵，昼夜兼程，赶出关外。一到辽阳，就把三个贪污枉法、纵兵扰民的将军刘遇节、王捷、王文鼎杀了，斫下脑袋，送到各营示众，军士们看了，个个害怕，人人听令。熊廷弼于是大加整顿，一面教练兵士，一面督造战车火炮，掘壕修城，把十八万原来腐败不堪的边防军队，竟然训练成了雄赳赳的精兵，进守抚顺和满洲兵对垒，那满洲的皇帝听说是熊廷弼督师，不敢进兵，退守兴京。两军对峙，倒也无事。这时岳鸣珂在军中挂上参赞的差事，职位虽然不高，却是熊廷弼的一条臂膊。

东北出产有上好的白金和精铁，熊廷弼突然想起要铸一把宝剑，叫岳鸣珂负责铸造。这时京中恰又传出消息，说是首辅方从哲和兵部主事刘国缙等人，妒忌熊廷弼得皇帝信任，专掌兵权，准备对他不利，要示意御史弹劾他。因此岳鸣珂请令回来，一面到京中打探消息，并替熊廷弼疏通，一面物色剑师到关外替熊廷弼铸剑。

岳鸣珂先到北京，打听得阴谋虽然正在酝酿，但有一班正直的大臣，如杨涟、刘一燝等都力保熊廷弼，暂时可以无事。于是又想起铸剑之事，但著名的剑师，不是死了，便是年老到不愿走动了。岳鸣珂虽是剑法的大行家，却不会铸剑。想了又想，忽然想起武林各派之中，只有少林派有一本专研铸剑的书，名为《龙泉百炼诀》，岳鸣珂想，不如请少林寺的主持准他抄一本副本出来，那就不但可以为熊经略铸剑，而且可以利用东北的精铁，给兵士们铸造许多刀剑了，因此趁着边防无事，上少室山谒少林寺，道达来意。

再说镜明长老将岳鸣珂的来意对白石道人说后，说道："本来这是一件好事，何况又是熊经略的面子。但少林家法，典籍不许外传，我思维再三，只好叫他来偷。"说罢哈哈大笑。

尊胜禅师忽然问卓一航道："这岳鸣珂武艺如何？"卓一航道："比弟子何止高明十倍！"白石道人吃了一惊，面色不悦。尊胜禅师笑道："老弟太过谦了。我打探他的武功造诣，另有原因。我和主持师兄虽然愿他顺利得手，但难保其他僧众不与他为难。因此，若然他是武艺低微的话，我们就不派高手把关了。"白石道人忽道："以少林寺的盛名，就是有意让他，也该叫他不要太易得手。"尊胜笑道："这个自然。道兄有此雅兴，不妨看看？"

再说岳鸣珂得了镜明禅师暗示，十分欢喜。这晚换了青色的夜行衣服，到少林寺来，在寺门外恭恭敬敬拜了三拜，飞身入内。正在此时，忽然一股微风掠过身畔，似有一条黑影，疾若流星，向东北角飞去。这人的轻功造诣已是上上功夫，等闲的人，根本不能发现。岳鸣珂微吃一惊，心想：难道镜明长老改了主意，派高手暗中盯着我了？

正在思量，罗汉堂内倏地跳出一个沙弥，只有十五六岁光景，身法却极为敏捷，一照面就是一招"阴阳双撞掌"，迎面扫来，喝道："大胆狂徒，敢来闯寺！"岳鸣珂已得镜明指示，知他故意装模作样，假戏真做，暗暗好笑。闪得几闪，正自打不定主意如何闯关，令他好好下台。不料这小沙弥竟似十分好胜，竟然施展出少林"绵掌"的功夫，忽掌忽指，似点似戳。卓一航和师叔由达摩院的一个高僧陪着，在石塔上观看，见这小沙弥正是日间向胡迈叫阵的那一个，不觉好笑。卓一航道："这位小禅师身法好灵，要是日间由他出手，只怕那老无赖伤得更重。"

岳鸣珂随着那小沙弥转了几转，忽然卖个破绽，小沙弥收掌不及，啪的一掌按到他左乳下的"期门穴"，岳鸣珂身子倏然飘起，飞上墙头，说道："小师父掌风厉害，我甘拜下风！"那小沙弥掌方沾衣，陡觉敌人肌肉内陷，根本没有按实，想不到他已给按得连身飞起，不觉愕在当场。

小沙弥还道是自己的绵掌功夫果然厉害，手掌还没有按实，敌人就已站立不住，要飘身躲闪了，正想说道："你既然甘拜下风，为何还向内闯？再下来斗几个回合吧！"正在他惊愕的当儿，忽闻得半空中有声飘下，原来是尊胜禅师在初祖庵的高处喝道："蠢材，别人让你你还不多谢？你的绵掌功夫还差得远呢！"

小沙弥面红耳热，抱掌说道："谢贵客手下留情。"岳鸣珂也觉骇然，心想这尊胜禅师在远处，却看得如此清楚，少林寺果然名不虚传！

岳鸣珂跳过了罗汉堂，进入"解行精舍"，就是适才镜明长老款待白石道人的地方。岳鸣珂刚刚跃入，忽闻得呼呼声响，迎面飞来，岳鸣珂施展绝顶轻功，一飘身攀上大梁，只听得一个和尚笑道："客人勿惊，请下来比试暗器。"岳鸣珂眼见那长方形的东西又回到和尚手中，也颇为惊异。

这和尚乃监寺尊胜禅师的弟子，名叫玄通，刚才使这独门暗器，本是想吓吓来人，哪料岳鸣珂轻功之高，出乎他意想之外，他本想用"鸳鸯枕"夹着敌人双耳飞过，哪知刚到敌人身前，他的身影就不见了。收回暗器，才看出他已躲到梁上。这一来却激起玄通好胜之念，真的要和他较量暗器了！

岳鸣珂一笑飘身，跃了下来，抱拳说道："请大师手下留情！"玄通道："好说，好说，你用什么暗器？"岳鸣珂从来不用暗器，想了一想，举头外望，忽见精舍外一棵龙眼树结实累累，笑道："我口渴得紧，让我先摘几颗龙眼解渴如何？"玄通一愕，道："请便。"岳鸣珂一口气吃了二三十粒，将龙眼核集在手中，笑道："好了，我的暗器已经有了，请大师指教！"

玄通见他竟以龙眼核作为暗器，不觉愠怒，手腕一翻，先打出五粒铁菩提，但听得铮铮乱响，岳鸣珂手指连弹，一粒粒的龙眼核连珠飞去，把玄通的铁菩提全都打落。

玄通大吃了一惊，双手一扬，独门暗器"鸳鸯枕"两路打出，这暗器状似枕头，中藏利刃，能放能收，端的厉害。岳鸣珂双指连弹，接连打出四枚龙眼核，那两个铁鸳鸯枕给小小的龙眼核一撞，竟然歪歪斜斜失了准头，玄通把手一招，收了回来。岳鸣珂眼利，看出"鸳鸯枕"上系有一条极细的铁线，另一端缠在玄通指上，待他再发时，突然飘身而起，双指在铁线上一剪，把铁线剪断，鸳鸯枕骤然斜飞出去，内中的飞刀激射出来，竟然射出"解行精舍"，钉在龙眼树上。岳鸣珂说声："承让！"闯过了第二关，直向藏经阁行去。

行得几步，达摩院中又跳出一名和尚，手提一柄方便铲，寒光闪闪，拦在面前，说道："施主留步！"

岳鸣珂知道少林寺对武功的考核最严，寺中僧众或以拳技见长，或以暗器见胜，或以兵刃称雄；而对拳技、暗器、兵刃全都有了造诣之后，再精研内功，到内功也有了深湛的造诣之后，方才送入达摩院。所以少林寺达摩院中的高僧，无一不是内外兼修，身怀绝技的好手。这个和尚从达摩院中跳出，必然是少林寺中有数的人

岳鸣珂正自打不定主意如何闯关，不料小
沙弥竟施展出的少林"绵掌"功夫，忽掌忽
指，似点似戳。

物了。当下抱拳请问，这和尚名叫天元，乃是镜明禅师的首徒，横铲把关，稽首笑道："岳施主请亮兵刃。"

岳鸣珂道声"得罪"，拔剑在手，只见一泓秋水，满室生辉。原来岳鸣珂的师父天都居士在天山上采取五金之精，托前辈炼剑师欧阳治子炼了两把宝剑，一长一短，长的名为"游龙"，短的名为"断玉"，岳鸣珂这把，正是天山派镇山之宝的游龙剑。

天元和尚见他亮出宝剑，微微一凛，但想起方便铲乃是重兵器，宝剑难削，亦自不惧。岳鸣珂施礼之后，平剑当胸，天元和尚一铲拍下，岳鸣珂两肩一摆，身躯半转，反手一剑，急如电光石火，直刺到天元手腕，天元和尚喝声"好快"！手腕一翻，方便铲直铲上来，岳鸣珂把剑一收，转锋刺出，天元和尚的铲向前一送，只听得"叮当"一声，火光四溅，方便铲缺了一口，岳鸣珂也觉臂膊酸麻，不敢怠慢，就在腾挪闪展之时，手中剑已刷、刷、刷地连进三招！

天元和尚胜在臂力沉雄，见岳鸣珂剑招来得厉害，把一柄铲盘旋急舞，离身两丈以内，风雨不透，全身上下，俨如笼罩在一片青色的光幢之中。岳鸣珂赞道："好!"凭着一身所学，游龙剑疾若惊飙，吞吐撒放，在青色的光幢中竟自挥霍自如！

天元和尚大吃一惊，他是达摩院中的高僧，论本领在少林寺可坐第三把交椅；论阅历南北各家各派的武功无不见过。但岳鸣珂的剑术，乃是采纳各家剑术而成，沉稳雄健兼而有之，天元和尚打了五十余回合，竟然摸不透他的家数。

两人辗转攻拒，又斗了三五十招，岳鸣珂剑招催紧，直如长江大河，滚滚而下，在青色光幢中盘旋进退，只听得一片断金戛玉之声，连绵不断，激斗正酣，忽听得又有声音，空中飘下，原来是镜明老禅师在塔顶传声，微哂说道："天元你已经输了，还不退下!"声音并不很大，但却入耳惊心。天元一怔收招。只见方便铲的两边锋刃，已全给削平，虽是心惊，但心想：这乃是对手宝剑之力，论真实本领自己并未输招，所以虽然被师父喝退，心中却并不很服。

岳鸣珂望空遥拜，绕过达摩院，再向藏经阁行去。这时天元和尚已上了石塔，问师父道："弟子并未输招，师尊何以喝退？就是有意放他，也该让他知道。这样让他，岂不令他小觑了少林的铲法？"

要知少林寺的伏魔铲法，乃是武林绝学。当时论剑法首推武当；论拳掌暗器和其他器械却还算少林，所以天元和尚有此说法。镜明长老又是微微一哂，说道："你跟我这么多年，在达摩院中也坐上了上座了，怎么输了招都还不知，你看你的胸前衣服。"天元和尚俯首一看，只见袈裟上当胸之处，穿了三个小洞，这一下冷汗沁肌，才知岳鸣珂确是手下留情。

镜明老禅师合十赞道："真是江山代有才人出，各领风骚数十年。想不到老衲晚年，还得见武林中放此异彩。"天元和尚骇然问道："这岳鸣珂的剑法究是何家何派，师父对他如此推崇？"镜明老禅师道："他的剑法乃采纳各家各派精华，独创出来的。我久闻天都居士在天山潜修剑法，这人想必是他的得意高足。"天山嵩山相隔何止万里，霍天都潜研剑法之事，只有极少数的武林长老知道；天元和尚虽是达摩院中的高僧，却连霍天都的名字都未听过，当下更是惊异。镜明老禅师又道："这人除了功力还稍嫌浅薄之外，论剑法即紫阳道长复生，也未必能够胜他。看来他不必要我们让，也可以闯过四关的了。武学之道日新月异，不进则退，汝其慎之！"天元和尚得师父所传最多，在诸弟子中武功第一，本来有点自负，经了此番教诲之后，修养更纯，习练更虔，终于继镜明禅师之后，成为少林下一代的主持，这是后话。

再说岳鸣珂绕过了达摩院，行到初祖庵前，藏经阁已然在望。这初祖庵乃少林寺僧纪念达摩祖师所建，非同小可，岳鸣珂急忙跪下礼拜。里面尊胜禅师笑道："岳施主请进来坐。"岳鸣珂进了庵堂，恭恭敬敬地行礼说道："弟子参谒，不敢较量。"这尊胜禅师和镜明长老乃是同辈，本来他不想亲自把关，后见岳鸣珂武功确实厉害，一时兴起，这才从石塔下来，要亲自试试他的功夫。

尊胜禅师笑道："你不必过分谦虚，坐下来吧。学无先后，达者为师。相互观摩，彼此有益。"岳鸣珂道声"恕罪"，坐在西首蒲团之上。尊胜禅师坐在东首蒲团之上，两人相距三丈。尊胜道："咱们不必动手较量，我就坐在这蒲团之上与你比比拳法吧。"岳鸣珂心想：坐在蒲团上怎么比拳？只听得尊胜说道："我们相距三丈，拳风可及，你我就坐在蒲团之上发拳，若谁给打下蒲团，那就算输了。若两人都能稳坐，那么就用铃声计点。"岳鸣珂诧道："什么叫做铃声计点？"

尊胜禅师微微一笑，把一个铜铃抛了过来，说道："把它放在怀中。"岳鸣珂依言放好。尊胜禅师盘膝坐下，也把一个铜铃放在怀中，然后说道："你我随意发拳，以一枝香为限，两人若都不跌下蒲团，就看谁人的铃声响得最多。"这比法倒很新奇，岳鸣珂点头遵命。

尊胜端坐蒲团，道："请发拳。"岳鸣珂一拳劈空打出，尊胜喝声："好！"遥击一拳，拳风相撞，岳鸣珂拳力稍逊，只觉微风拂面，幸好铜铃未响。尊胜连发数拳，岳鸣珂拼力抵挡，拳风相撞之后，每次都有微风吹来，而且风力有逐渐加强之势。岳鸣珂一想不好，这少林神拳无敌，和他硬拼，必然抵挡不住。尊胜一拳打来，他暗运千斤坠功夫，坐稳身子，却并不发拳，只听得铃声叮当，尊胜数道："一，二……"岳鸣珂趁这空隙，骤发一拳，尊胜一拳方出，未及发拳抵御，怀中铜铃也叮当响了，岳鸣珂也数"一，二……"两人铜铃都各响了三下。尊胜笑道："你倒聪明。"遥击一拳，岳鸣珂又用前法，待他出拳之后，才再发拳，哪知尊胜这拳却

·193·

是虚发，岳鸣珂一拳击出，他才按实，拳风又撞过来。岳鸣珂急忙缩手，尊胜出拳快极，跟手又是一拳，岳鸣珂怀中铜铃又叮当响了起来，这一次岳鸣珂输了两点。

岳鸣珂领了个乖，留心看尊胜的拳势虚实，寻暇抵隙，此来彼往，铃声叮当不绝，过了大半枝香，岳鸣珂比对之后，输了五点，心中大急。尊胜一想，该让让他了，岳鸣珂连发两拳，尊胜并不抵御，怀中铜铃响了四下，岳鸣珂比对只输一点，不觉露出笑容。尊胜暗道：再让你着急一下。不再让拳，拳风猛扑，岳鸣珂打点精神，带攻带守，过了一阵，比对又输了三点，香已就要烧完。岳鸣珂不知尊胜心意，只道他有意为难，猛然得了一计，尊胜又发一拳，岳鸣珂运内力一迫，怀中铜铃骤然飞了起来，岳鸣珂加上一拳，两人拳风冲击，那铜铃在半空中炸裂，铜片纷飞，岳鸣珂大叫道："哎，我的铜铃毁了！这如何算法。"尊胜一愕，身形欲起，岳鸣珂趁这当口猛发一拳，尊胜怀中的铜铃接连响了三下，滚落蒲团，那枝香刚刚烧完！

尊胜大笑道："老弟，真有你的！咱们刚好扯平，这关算你又闯过了！"岳鸣珂道声"得罪"，跳下蒲团，作了一揖，只觉两臂酸痛。尊胜笑道："以你的年纪，有如此功力，这关也该让你过了。"岳鸣珂走出初祖庵，但觉淡月微明，星河耿耿，忽然想起初入寺时的那条黑影来。心想连闯四关，夜已三更了，那条黑影若是少林寺中所派暗中盯着自己，为何现在还不出现。不知不觉走到了藏经阁，岳鸣珂又跪下去磕了三个响头，只听得一个苍老的声音道："好孩子，进来吧！"

岳鸣珂推门进去，只见镜明老禅师端坐蒲团上，岳鸣珂急整肃衣冠，下跪参谒。镜明道："你是天都居士的弟子么？"岳鸣珂道："是。"镜明禅师道："三十年前贫僧云游峨嵋，与令师曾有一面之缘。那时他正收集天下剑谱，冥思默索，欲穷其理。后来他隐居天山，音讯乃绝。今晚看了你的出手，想来他天山剑法已成，贫僧真要为故人庆贺了。"岳鸣珂垂手说道："天山剑法初具规模，还望大师指点。"镜明长老笑道："剑击之学，老衲远远不及尊师。你今晚到来，我试试你的内功吧。"岳鸣珂吃了一惊，心想内功较量，赢输立判，想取巧藏拙，均无可能，这却如何是好。镜明道："你到那边的蒲团上坐下。"岳鸣珂只道他又与尊胜一样，要试自己的拳力，急忙说道："弟子万万不敢接老禅师的神拳。"镜明微微一笑，道："我不是与你比拳，你且坐下。"岳鸣珂自知失言，镜明禅师一派宗主，断无与自己比拳之理，面上一红，依言到蒲团上坐下。镜明端来一个蒲团，坐在岳鸣珂对面，取出一条绳子，递给岳鸣珂道："你我各执一端，你照平时做功夫的样子，静坐调元，让我看你内功的深浅。"

　　岳鸣珂半信半疑，心想：怎么这样就可试出我内功的深浅？于是盘膝坐下，做起吐纳功夫。坐了一会，只觉胸腹之间，似已结成一股劲力，随着呼吸动作，上下升沉。这正是内功到了一定火候时，体内所养成的气劲。岳鸣珂自幼随师父在天山静修，内功已得真传，所以坐了一会，已是气达四梢，身子微微发热。岳鸣珂自知颇有进境，心中欢喜，眼睛微开，只见镜明禅师端坐蒲团之上，闭目垂首，面有笑容。岳鸣珂心想难道镜明禅师已测知了我的功力？只此一念，心中已有微波。镜明禅师仍是闭目静坐，岳鸣珂坐了半个时辰，杂念渐生，从猜测镜明用意想到《龙泉百炼诀》不知能否取到，一会儿又想到自己的武功不知是否能入老禅师法眼，一会儿又想到熊经略镇守边关，军情不知有否变化？杂念一生，以意行气，已没有最初那样自然。镜明禅师忽道："善哉，善哉！"岳鸣珂吃了一惊，又听得镜明禅师道："斩无明，断执着，起智慧，证真如。这十二字诀，古今修士几人领略？"岳鸣珂凛然戒惧，咀嚼这十二字，领悟镜明长老是借上乘佛理，指点自己内功。所谓

"无明"，指的乃是"贪嗔痴"之念；所谓"执着"，指的乃是心中有事不能化开，以致闭塞性灵；所谓"真如"，乃是指无人无我之境。佛家禅理，必须斩无明，断执着，然后才能起智慧，而到达真如的境界。岳鸣珂从禅理参透内功修持之道，忽然豁然贯通，心中开朗。

岳鸣珂一通此意，杂念即泯，运气三转，心境空明。镜明禅师把绳一牵，道："行了，你依此修持，内功自有大成之日。"岳鸣珂起立致谢，不知镜明何以会知道自己心中意念，正想请问，镜明已道："修练内功，必须心中一尘不染。心若不静，四肢亦不能静，所以若有杂念，必形之于外，你初坐时，绳子微动，其后即归静止，可见你内功已有火候。可惜尚未纯静，其后绳子又微微颤抖，有如死水微澜，我就知道你必然胸有杂念了。"岳鸣珂心悦诚服，正想禀告取书，镜明长老面容一端，忽道："你是否还有同伴随来？"

岳鸣珂吃了一惊，急道："没有呀！"镜明禅师道："有人已到藏经阁上，你替我把他捉来。"话声方停，已听得尊胜禅师在高处传声叫道："达摩院僧人快到藏经阁来！"

岳鸣珂拔剑在手，飞跃上阁，暗黢中忽听得一声怪啸，掌风劈面扫来，岳鸣珂遥挡一掌，只觉敌人掌风奇劲，急向掌风来处，身形疾进，刷的一剑刺去。岳鸣珂内功已有根底，自然亦通听风辨器之术，不料一剑刺出，只觉微风飒然，一团黑影向前扑到自己右侧，岳鸣珂大喝一声，游龙剑一个旋风疾舞，顿时银光四射，一室生辉，照见一个红面老人，负隅狞笑！

岳鸣珂宝剑一翻，寒光闪处，一招"白虹贯日"，剑锋直奔敌人"华盖穴"扎去，那红面老人倏地一退，岳鸣珂恐毁坏架上藏经，剑锋一转，截他去路，哪知这老人身手，竟是迅疾异常，他趁着岳鸣珂换招之际，突然扑到，手掌一拂，便照岳鸣珂持剑的手腕直截过来。岳鸣珂身躯一矮，举剑撩斩敌手脉门，那老人身躯半转，突飞一掌，岳鸣珂急撤招时，手腕已给敌人手指拂了一下，火辣辣地作痛。岳鸣珂大怒，游龙剑向前一领，剑锋一颤，伸缩不定，这一招暗藏几个变化，是天山剑法中杀手之一，红面老人肩头一晃，岳鸣珂的剑刷地向他退处刺去，"嗤"的一声，那老人的长衫给撕了一块，岳鸣珂挺剑再刺，红面老人猛喝一声，反手一掌，掌风劲疾，岳鸣珂的剑点竟给震歪，那老人疾如鹰隼，飒声窜上屋顶！

岳鸣珂正想追上，忽听得屋顶上尊胜禅师大喝一声："滚下！"接着"蓬"的一声，如巨木相撞，红面老人直跌下来！尊胜禅师跟着跃下，把火折子一亮，只见那个老人躲在两个书架之中，面色灰白，却仍是狞笑不已。

尊胜禅师喝道："什么人，还不束手就缚？"那红面老头狞笑道："你敢再进一步，我便把你们少林寺的藏经通通毁了，你接过我一掌，难道还不相信我有此力量？"

尊胜禅师面色铁青，他刚才和那老人硬接硬架，那一掌也受得不轻，知他所言不假，投鼠忌器，愕在当场。正在此际，镜明禅师口宣佛号，走上阁来，红面老头道："镜明禅师，你们少林寺若以多为胜，我也不打算生出此门了！"镜明禅师念了句"阿弥陀佛"，合十问道："施主到此，意欲何为，可肯见告么？"

红面老人道："想借《龙泉百炼诀》和《易筋经》一观。"镜明禅师道："《龙泉百炼诀》我已答应借与别人，至于《易筋经》乃是我们祖师的遗宝，请恕不能奉阅。"尊胜冷笑道："你中了我的神拳，不赶快静养治疗，还敢在这里讹诈么？"镜明禅师绕书架走了一周，忽道："你出去吧！我不怪你便是。典籍经书你要带也带不出去。"那红面老人一想，确是道理，就算镜明长老不管，少林僧众也不会不理，便道："你说放我出去，那外面的僧人呢？"镜明

道："我叫监寺陪你出去，晓谕他们，不要动手。"红面老人看了
尊胜一眼，双手仍然扶着书架。镜明长老道："佛家不打诳语。你
还惊惧什么？"红面老人道："好，那请把少还丹拿一粒来！"尊胜
哼了一声，镜明禅师道："给他。"尊胜无奈，从银瓶中挑出一粒
红丸，红面老人接过，立刻放入口中。尊胜喝道："好，你随我出
去！"飞身一跃而出，红面老人转身向镜明禅师一揖，随着跃出。
岳鸣珂见他眼光流动，怕有不测，也提着游龙宝剑，跟在后面。

屋顶瓦脊上已站满了人，达摩院中的八名高僧，连同白石道人
与卓一航全都来了。岳鸣珂见卓一航在此，怔了一怔。尊胜禅师扬
手嚷道："方丈有命，放他出去！"

卓一航正在尊胜禅师身旁，在月光下看得明白，尊胜禅师的手
掌遍布红斑，急忙问道："禅师适才和这老贼对掌来了？"尊胜道：
"怎么？"卓一航道："他是阴风毒砂掌金老怪！"尊胜禅师吃了一
惊，适才接了一掌，已觉奇异，但还料不到就是阴风毒砂掌。大喝
一声，要想追时，双腿忽软。金独异已越了两重大殿，回头叫道：
"你们少林寺说话不算话吗？"镜明长老在下面也道："不要追他！"

岳鸣珂忽道："我不是少林寺的人！"卓一航猛然醒起，急道：
"岳大哥，我们追他，他偷了你师娘的剑谱！"岳鸣珂大喝一声，身
形疾起，从藏经阁一掠数丈，两个起伏，已跳到了初祖庵殿背。卓
一航与岳鸣珂同时起步，紧跟着他追出了几重屋面。

白石道人大感意外，心中颇怪卓一航好管闲事。他却不知卓一
航念着玉罗刹，一见了偷玉罗刹剑谱之人，竟然不顾本领悬殊，径
自追下去了！

且说卓一航飞赶下去，起初还可见着岳鸣珂的背影，渐渐背影
变成了一个黑点，在夜色朦胧中隐去。卓一航轻功虽是不凡，但比
起岳鸣珂和金独异来却还相差颇远。所以越追越远，终于望不见他
的影子。

卓一航正在踌躇，白石道人已经赶到，卓一航道："他们在西北角，我们去也不去？"白石道："你是我派未来的掌门，对江湖上的人情世故，应该通达。我们到少林寺作客，少林的监寺中了毒砂掌的伤，我们该先救主人，然后追敌。何况那金老怪已中了少林神拳，定非那姓岳的对手，何必你去相帮。"卓一航一想，也是道理，当下随白石道人回转少林寺。

再说岳鸣珂施展绝顶轻功，紧蹑阴风毒砂掌金独异身后，追了半个时辰，已从少室山追到太室山麓。岳鸣珂忽觉心头烦躁，口中焦渴，脚步一慢，金独异发足狂奔，倏忽不见。

岳鸣珂缓了口气，只觉臂膊麻痒，卷袖一看，自臂弯以下，瘀黑胀肿，一条红线，慢慢上升，就如受了毒蛇所咬一般。要知这金独异以阴风毒砂掌成名，功力比他的侄儿金千岩何止深厚十倍。岳鸣珂手腕被他拂着，剧斗之后继以狂追，毒伤发作，毒气上升，岳鸣珂见了不觉骇然，急忙择地坐下，运起吐纳功夫，以上乘内功，将毒气强压下去。

大约过了半个时辰，那条红线已退至寸关尺脉以下。岳鸣珂想：等到天亮，大约可以回少林寺了。正自欣慰，忽闻得清脆笛声，起自藏身不远之处。岳鸣珂探头外望，只见一个少年，就端坐在外面的一块岩石上。岳鸣珂大奇，看斗转星横，月斜云淡，想来已是四更时分了，为何这个少年还独自在此吹笛？

又过了一阵，远处黑影幢幢，历乱奔来，少年把笛子一收，倏然站起，朗声说道："你们来迟了。"

来的约有十余人，为首的是个五十岁左右的干瘦老头，仰天打了一个哈哈，道："谅你也不敢擅自离去。喂，你这个娃娃，你叫什么名字？"

少年眉毛一扬，笑道："我为什么要告诉你？"

老头道："你这个初出头的雏儿，你懂不懂绿林规矩？你伸

·199·

手做案，为何不拜见这里的龙头？"少年道："你也不是这里的龙头。"老头笑道："你倒查得清楚，那么看来你已知道这里的龙头大哥是谁了。那你是知情故犯，罪加一等。"少年道："什么大哥不大哥，你们偷得，我也偷得。"

老头旁边闪出一个魁梧汉子，怒气冲冲，戟指骂道："你这小贼，居然敢干黑吃黑的勾当，快把那枝玉珊瑚缴回来。"

岳鸣珂心想原来这是强盗内讧，但看这少年，一表斯文，为何也干黑道的勾当？

正是：江湖黑吃黑，侠士起疑心。

欲知后事如何？请听下回分解。

岳鸣珂怕他的毒砂掌厉害，剑式展开，俨如暴风骤雨，叫他不敢欺近身前。金独异也怕他的宝剑厉害，只是在剑光缝中，钻来钻去，伺隙发掌。

第十回

剑术通玄　天山传侠客
京华说怪　内苑出淫邪

　　那少年笑了一笑，道："那么你是这里的龙头大哥了？"那汉子傲然说道："叫你知道麻黑子的厉害，玉珊瑚拿不拿来？"少年笑道："对不住，我已把它换了银子了。"麻黑子大怒，双手一伸，亮出一对飞爪，搂头抓下，那瘦老头叫道："不要伤他。"少年笛子一横，一对飞爪荡了开去。信手一点，麻黑子咕咚一声，倒在地上。

　　那干瘦老头面色一变，叫道："你是铁飞龙的什么人？"

　　这少年正是铁飞龙的女儿铁珊瑚，她给父亲逐出家门之后，女扮男装随处飘游，倒也自在，没钱时便到富户里偷。前几天她到了开封，忽然在街上碰到金独异叔侄一大班人，急忙躲避。本来她应该早早离开，但一想起金老怪既然在此出现，她的父亲和玉罗刹也可能追来。铁珊瑚虽然被逐出家，对父亲仍是思念。她知道父亲和玉罗刹去找金独异索回剑谱，她既然在此遇到金独异叔侄，虽然自知本领相差极远，也要暗里跟踪。

　　她到了开封之后，沿途所偷的钱已花光了，一晚她到城里一家大户去偷，凑巧碰到麻黑子的手下先到那里作案。她在强盗手中转偷了一大包银子，又见一枝玉珊瑚甚为可爱，也顺手牵羊地拿了。她本来不将这班强盗放在眼里，不料第二天竟然接到绿林请帖，指定要她在三更时分，在太室山麓五柏树坡相候，同时也已发现了监视的人。铁珊瑚一想不妙，若然在寓所和这班强盗争斗起来，只恐被金家叔侄看破自己行藏，倒不如悄悄地去赴他们之约，料那班强盗不是自己对手。谁知那麻黑子和金家叔侄相识，竟然请来了金千岩助拳。

金千岩和铁珊瑚本来相识，但她换了男装，淡月疏星下一时看不清楚，直到她出手之后，这才看清了是铁家身法。

岳鸣珂在岩石后一听，暗暗骇异。这铁飞龙和金独异在西北齐名，怎么忽然间都会来到此处？

铁珊瑚微微一笑，铁笛一横，道："金老儿，玉罗刹要取你的命呢，你还敢在这里猖狂。"金千岩吓了一跳，张眼四望，叫道："你是珊瑚？你爹爹和玉罗刹也来了？"铁珊瑚把笛凑在口边一吹，笑道："他们一定听到我的笛声了。"

铁珊瑚故布疑阵，金千岩面青唇白，心想叔叔到少林寺盗书，怎么还不见回？若然玉罗刹和铁飞龙一齐出现，这可是死无葬身之地。铁珊瑚又是一阵冷笑。金千岩慌忙施礼道："姑娘，我不知是你，休怪休怪！"把手一挥，转身欲逃。麻黑子这时已自地上爬起，忽然冷笑说道："金大哥休要听他胡言乱语！这几天除了他之外，开封境内，并没来有江湖人物！"

这麻黑子乃是河南帮会首领，又是开封一霸，本事虽然并不高强，手下党羽甚多，消息倒是灵通之极。金千岩听他一说，惊魂稍定，叫道："好哇，你这小丫头也敢骗我！"

麻黑了喜道："她是女的？拿来给我。"铁珊瑚大怒，笛子一点，麻黑子咕咚一声，又倒在地上。这回伤得更重，竟然爬不起来。

金千岩嘻嘻笑道："小丫头休得逞凶。"右手一伸，劈面抓到，铁珊瑚晃身急闪，高叫道："练姐姐，快来呀！"金千岩一窒，铁珊瑚嗖地窜出两丈开外，金千岩大怒，飞身一掠，拦在铁珊瑚面前，冷冷笑道："哼，拿玉罗刹来吓我！"张手就抓，铁珊瑚给迫得步步退后。

金千岩一掌拍到，铁珊瑚铁笛一点，给他挟手抢去，丢在地上，左掌又到，铁珊瑚退已不及，金千岩忽然把掌一收，笑道："我还舍不得用阴风毒砂掌伤你，小丫头，你好好答我的话，若有一字隐瞒，叫你死不了活着受苦。你爹爹呢？他和玉罗刹到哪里去了？"

铁珊瑚道："你真的要见他们？"金千岩怒道："谁和你说笑！"反手一拿，铁珊瑚一闪身又叫道："练姐姐！"金千岩再不受骗，手指一伸，指尖已是沾衣，忽然"哎哟"一声，急急撒手，铁珊瑚也弄得莫名其妙。

原来岳鸣珂躲在石后，听得分明，初时以为是强盗内讧，本不想出手助谁。后来一听铁珊瑚道出那老头姓金，又听那老头自报"阴风毒砂掌"的字号，心念一动，暗道："哈，想不到在这里也撞到他们。金老怪追不着，且把他的侄儿拿了。"暗中捏了一粒泥丸，手指一弹，正正打中金千岩的脉门。这一来金千岩吓得魂飞魄散，以为真是玉罗刹到来，转身便逃。麻黑子已由伙伴扶起，见状莫名其妙，嚷道："这里除了这小贼之外，并没有旁的人呀！"金千岩回过头来，见铁珊瑚嘻嘻冷笑，哪有玉罗刹影子。金千岩心怀恐惧，不敢走回，看了一阵，仍无异状，麻黑子的手下团团将铁珊瑚围着，可是他们见过铁珊瑚武功，金千岩不来，他们也不敢贸然动手。

金千岩定了定神，一想若然是玉罗刹的话，她出手之后，绝不容情，一定现身来追；又想：若然真是玉罗刹在此，她来去如电，要逃也逃不掉，反正是死，不如回去看看。莫叫不是玉罗刹时，给麻黑子笑自己胆怯。

铁珊瑚见金千岩一步又走回来，心中大急，又叫道："练姐姐!"金千岩虽然打定主意,惊弓之鸟,闻声仍是一窒,举头四望,忽然微风飒然,急忙把掌一扬,叫道:"鼠辈休放暗器!"一掌击出,忽然惨叫一声滚在地上!岳鸣珂倏地从岩石后现出身来。

原来岳鸣珂第一粒泥丸,本想一下将金千岩击倒,哪知金千岩武功颇有根底,虽被击中脉门还能忍受。岳鸣珂毒伤刚刚好转,不敢施展轻功去追,看看就要被他逃去。可笑金千岩疑神疑鬼,心中只怕一个玉罗刹,却不知岳鸣珂武功比玉罗刹还要厉害。他再走回来时,岳鸣珂已捏了三粒泥丸,又拾了两段枯枝,同时发出。金千岩右眼给枯枝射入,如中利箭,顿时血流满面,滚地狂嗥!

麻黑子那班人大吃一惊,兵刃纷举,岳鸣珂一声长笑,游龙剑倏然出鞘,四下一荡,只听得一片铿锵之声,所有兵刃,全给削断!麻黑子顾不得疼痛,滚下山坡。金千岩忍痛跳起,岳鸣珂剑锋已指向他的咽喉。

岳鸣珂道:"你是金独异的什么人?"金千岩道:"他是我的叔叔。"他们两叔侄相差不到十岁。岳鸣珂道:"好哇,叫你叔叔把剑谱拿来将你赎回。"金千岩道:"什么剑谱?"岳鸣珂道:"你还装什么蒜?玉罗刹的剑谱呢?"金千岩道:"咦,玉罗刹的剑谱与你有什么相干?"岳鸣珂剑锋一点,转角山坳处忽然奔出一人,叫道:"把人放开,给你剑谱!"

岳鸣珂左掌一推,将金千岩推倒地上,横剑待敌,只见金独异跑了出来,狞笑说道:"哼,你真是地狱无门偏进来!来,来,来!剑谱就在这里,有本事的来拿!"

你道金独异何以适才被岳鸣珂追赶时不敢动手,现在却叫阵来了。原来他中了尊胜一拳,受了内伤,所以不敢接招。到摆脱了岳鸣珂之后,也像岳鸣珂一样,择地静坐,运气调元,直过了一个更次才能气达四肢,血脉舒畅。他本来和侄儿约好在此相见,所以内伤平复之后,便急急赶来。

岳鸣珂横剑待敌，只见金独异跑了出来，狞笑说道："哼，你真是地狱无门偏进来！来，来，来！剑谱就在这里，有本事的来拿！"

岳鸣珂道："好，我正要与你再决一战，有种的不要逃了！"手腕一翻，游龙剑倏地刺出，金独异身形一转，还了一掌，两人就在山坡上恶斗起来。

岳鸣珂怕他的毒砂掌厉害，剑式展开，俨如暴风骤雨，叫他不敢欺近身前。金独异也怕他的宝剑厉害，只是在剑光缝中，钻来钻去，伺隙发掌。

战了半个时辰，岳鸣珂一剑快似一剑，铁珊瑚在岩石上望下，只见金独异就似被裹在剑光之中，铁珊瑚暗暗惊奇，对岳鸣珂十分佩服。

岳鸣珂这路剑法乃天山剑中的追风剑法，迅捷无伦。这还是他第一次使用，施展开来，果然把金独异迫得连连后退。岳鸣珂大喜，心想师父廿年来的心血果然没有白花，所创的天山剑法只此一路便可无敌于天下。金独异闪展腾挪，形势越来越险。岳鸣珂大声喝道："快把剑谱还来！"

金独异蓦然一声怪啸，冷冷笑道："不叫你尝点厉害，你还以为老夫真的怕你！"掌法骤变，凶悍之极，每一掌都挟着劲风，呼呼作响。岳鸣珂的剑点竟给震歪，不禁吃了一惊。再战片刻，忽然又觉口中焦渴，心头烦躁。原来这追风剑法全是攻招，最耗气力，岳鸣珂毒伤刚刚好转，经了这场激斗，登时又发作起来。

岳鸣珂暗自叫苦，但他却不知，金独异比他还要难受。金独异中了尊胜禅师的少林神拳，虽仗着功力深厚，运气调元，暂时止住，但内伤到底还未痊愈。这一来，为了要抵御岳鸣珂迅捷无伦的追风剑法，强用内家真力，虽然暂时抢了上风，五脏六腑都受震动，过了片刻，眼前已觉模糊。酣斗声中，岳鸣珂猛发一剑，金独异听风辨器，一掌劈去，将他剑点震开，左手一勾，变大擒拿手法，一把抓着了岳鸣珂手腕！岳鸣珂登时全身酸软，本能地将剑转锋下戳。不想这一剑却奏了奇功。原来金独异内伤发作，眼睛已不能视物，岳鸣珂因气力消失，这一剑又慢又轻，金独异听不出来踪去迹，竟然给一剑刺在胯骨之上，游龙剑锋利异常，虽然力度甚轻，也已扎到骨头里去！金独异一声大吼，呼呼两掌，猛力发出，岳鸣珂手腕被人拿着，无法闪躲，两掌全被打中，登时像抛绣球一样，身子腾空，头下脚上，直跌下来！

铁珊瑚见状大惊，急忙一跃而前，张手一接，恰恰把岳鸣珂接在怀中。岳鸣珂"哇"的一口鲜血喷了出来，嘶声叫道："快去拾那把宝剑！"铁珊瑚面色犹豫，问道："你怎么样？"岳鸣珂怒道："快去，快去！"

金独异两掌打出，人也晕死过去。金千岩瞎了一眼，又受了岳鸣珂一掌，也是力竭筋疲，但还能够走动，这时见叔父晕在地上，拼命过来抢救。铁珊瑚拾起宝剑，呼的一声，舞起一道银虹，信手一剑，把附近的岩石斩得火花四溅，石屑纷飞。她是怕金千岩向她进击，所以以剑示威。不知金千岩已是力竭筋疲，生怕铁珊瑚寻他晦气，他把叔父一抱，立刻滚下山坡。

适才岳、金二人酣斗之时，麻黑子的人全已逃走，这时太室山麓，只剩下岳鸣珂和铁珊瑚二人，铁珊瑚走了回来，岳鸣珂道："把我扶起。"随即盘膝静坐，嘶声说道："你先走吧！"铁珊瑚不理，岳鸣珂道："提防敌人再来。你先走！到少林寺去报讯！"铁珊瑚大为感动，心想他身受重伤，却还先念着我。岳鸣珂道："你怎么不听我话！"铁珊瑚一向小孩心性，若在平时，有人用这样口吻向她说话，她一定要发脾气。现在却泪承双睫，柔声答道："我听着呢，我现在就去！"

岳鸣珂静坐运气，但因伤得太重，那股气劲无法运转自如，坐了一会，天色已亮，睁眼一看，只见铁珊瑚拿着宝剑，在柏树下站着，岳鸣珂道："你怎么不去？"铁珊瑚跳跃过来，嘟着小嘴儿说道："你这个人怎么不讲理的？"岳鸣珂道："我怎么不讲理？"铁珊瑚说道：“你救了我的性命，为什么不许我尽点心事，给你守护。难道只许你一个人做侠士么？”岳鸣珂无话可答，试一运动四肢，只觉疼痛难当，全身骨头都像松散了一般。铁珊瑚道：“我背你到少林寺去吧。”岳鸣珂看她一眼，想起她是女扮男装，摇摇头道："不必！"又静坐运气。铁珊瑚心想怎么这人这样爱闹别扭。她一片纯真，不知岳鸣珂是为了避男女之嫌。

岳鸣珂坐了好久，不但无法运气调元，而且呼吸也渐渐困难。原来他一晚没吃东西，加之伤势过重，想用吐纳的气功疗法已不能够。他睁开眼睛，铁珊瑚仍然静静地守在身旁。岳鸣珂叹了口气，铁珊瑚道：“还是我背你去吧？”岳鸣珂默不作声。铁珊瑚一笑将他背在背上，缓缓地向少林寺行去。

且说少林寺的监寺尊胜禅师虽然也中了一掌，但他功力深湛，尤在金独异之上，更兼有少还丹化毒补气，过了一晚，已是无事。白石道人兄妹见他无事，一早告辞。卓一航道：“岳大哥不知怎样，怎么还未回来？”白石道人道：“恐怕他要追出几十里外，才能将那老怪追获。”尊胜也道：“那老怪中了我的神拳，谅非岳施主对手。”卓一航放下了心，但仍想等岳鸣珂回来。可是白石道人已经告辞，卓一航自不得不随他去。原来白石道人另有打算，他想带女儿和卓一航一道上京，让他两人多些接触，若添多了一个岳鸣珂，那就没有这么理想了。

再说铁珊瑚背着岳鸣珂，行到少林寺时，已是中午时分。知客僧报了进去，尊胜禅师亲自来接，见状大惊，急问铁珊瑚经过，叹口气道：“方丈心慈，倒给岳施主添了许多痛楚。”急将岳鸣珂带入静室，用上好参汤喂他，然后将三粒少还丹给他服下。镜明长老过来探视，见铁珊瑚在旁服侍，忽然说道：“不必你在这儿了。”铁珊瑚怔了一怔，镜明禅师道：“他静养两天便好，你带我的书札到太室山顶慈慧师太那里投宿吧。两天之后你再到寺门接他。”铁珊瑚知道这老和尚已看破自己行藏，杏面飞红，取了书札，急忙告退。

　　铁珊瑚去后，尊胜禅师和师兄走出静室，悄悄说道："这岳鸣珂武功精强，英华内蕴，和卓一航站在一起，真如并生玉树，都是千百年难得一见的人才。但想不到他行为这样不检，几乎坏了我少林的清规。要不是师兄看出她是个女子，若然给她在此陪岳鸣珂同宿一室，传出去岂不是个天大笑话！"镜明长老微微叹了口气，道："我倒不害怕这些！"

　　镜明禅师道："事有缓急轻重，他受了重伤，男的女的，谁送他来都是一样。到了这个时候，就不必顾什么男女之嫌了。若然真个无人看护时就同宿一室也是行的。"尊胜道："那么师兄为何叹气？"镜明道："岳鸣珂颇有慧根，不但可成剑客，而且可为高僧。我只怕他堕入情网呢。"

　　不说镜明长老师兄弟暗地谈论，且说岳鸣珂经过两天调治，果然伤毒去净，除了气力还未恢复之外，精神已是如常。第三日清晨，镜明长老将《龙泉百炼诀》的抄本交了给他，嘱咐他道："百千法门，同归方寸，河沙妙德，总在心源。能斩无明，菩提可证。"岳鸣珂拜辞出寺，只见铁珊瑚已在寺门外含笑候他。

　　岳鸣珂想起给她背来之事，颇觉尴尬，问道："你来作甚？"铁珊瑚道："一来接你，二来向你道谢。"岳鸣珂道："我也要向你道谢。你去哪里？"铁珊瑚道："你去哪里？"岳鸣珂道："我去北京。"铁珊瑚笑道："我也去北京。"岳鸣珂愕了一愕，道："你也去北京？"铁珊瑚道："是呀，咱们正好同行。"岳鸣珂无法拒绝，只好答应。

　　两人一路北行，铁珊瑚天真烂漫，岳鸣珂看她对待自己有如兄长，局促不安的心情也便渐渐消失。铁珊瑚什么都谈，只是不愿谈及她的父亲，岳鸣珂好生奇怪。

　　铁珊瑚虽似童真未脱，可是自幼随父亲走南闯北，江湖路道倒还很熟。他们一路行来，时不时见有江湖人物策马北上，一日到了河北的邯郸，这是一个大埠，两人走入市区，铁珊瑚忽然悄悄说道："前面那间酒楼，有一个黑帮的头子在内。"岳鸣珂道："不要多理闲事。"铁珊瑚道："你陪我进去看看吧，这人辈分甚高，我们这两天碰到的江湖人物，恐怕都要尊他为长呢。"岳鸣珂奇道："你怎么知道？"铁珊瑚道："你看，酒家墙角画有一朵梅花，你数一数有几瓣花瓣？"岳鸣珂行近一看，道："十二瓣。"铁珊瑚道："这就是了。这朵梅花乃是暗记，以花瓣的多少定辈分的尊卑，最多的是十三瓣，现在这朵梅花有十二瓣，在江湖道上，已经是非常罕见的了。"岳鸣珂道："好吧，那我们就进去看看，但你可不许胡乱闹事。"

两人上了酒楼，拣一副座头坐下。岳鸣珂游目四顾，忽见东面临窗之处，有两个人帽子戴得很低，其中一人，竟似在哪儿见过似的。岳鸣珂心念一动，蓦然站了起来，铁珊瑚道："大哥，你干什么？"岳鸣珂招手叫道："堂倌，给我先泡一壶龙井。"趁势遥发一掌，那人的帽子飞了起来，岳鸣珂突然飞过两副座头，一手抓去，叫道："应修阳老贼认得我么？"那人倏地取出一柄拂尘，迎着岳鸣珂手腕一绕。铁珊瑚心中奇道："怎么他叫我不闹事，他自己反闹事了？"

铁珊瑚哪里知道这人乃私通满洲的大奸，当年在华山绝顶摆下七绝阵围攻玉罗刹的头子。岳鸣珂暗助玉罗刹时曾和他朝过相。

应修阳武功虽然极高，但见了岳鸣珂却有怯意。尘扫一拂不中，岳鸣珂左掌已是劈来，应修阳大吼一声，举起桌子一挡，杯盘酒菜，齐向岳鸣珂飞来，岳鸣珂一跳闪过，应修阳已从窗口跳下大街。他的同伴不知厉害，上来拦阻，给岳鸣珂一把抓着头皮，掷下街心。

应修阳刚刚跳下，岳鸣珂已自后追来，游龙剑寒光闪闪，连连进击。应修阳硬着头皮，挥动拂尘，反身和他相斗。

应修阳的那柄拂尘可当五行剑用，可当闭穴橛使，又可缠夺刀剑，招数本来神妙。但岳鸣珂的天山剑法剑剑精绝，更兼游龙剑有断金切玉之能，相形之下，应修阳的铁拂尘黯然失色！

两人在大街上这一战斗，只吓得行人远避，商店关门，岳鸣珂一剑紧似一剑，杀得应修阳只有招架之功，毫无还手之力。正酣战间，忽然街上鸣锣开道，八骑健马前导，八名太监在后呼拥，中间一辆宫车。应修阳大叫道："快来捉这凶徒！"八名宫廷侍卫齐跳下马，向岳鸣珂围攻。这些人似和应修阳很熟，纷纷和他招呼。岳鸣珂一想不好，对这几名侍卫，自己虽然不惧，但自己是熊经略派遣回京的使者，若然事情闹大可有不便。虚晃一剑，转身便逃。那些人要追也追不及。

岳鸣珂跑过两条长街，铁珊瑚忽然在角落钻出，笑道："怎么你闹事了？"岳鸣珂笑道："你倒精灵，先到这里等我。"铁珊瑚道："我知道你打不过他们嘛，我当然吓得先逃跑了。"岳鸣珂道："不是打不过……"铁珊瑚笑道："我和你说笑呢，你着急什么。我知道你不是打不过，是怕那些侍卫来了。你可知道宫车中坐的是谁？"岳鸣珂道："谁呀？"铁珊瑚道："是个大丫头。"岳鸣珂道："胡说。"铁珊瑚道："谁个骗你。宫车中坐的是皇太孙乳母的女儿，我刚刚打听来的。皇太孙的乳母叫客氏夫人，非常得新主爱宠，所以登位之后，特别派人到她的乡下接她的女儿来呢。"岳鸣珂诧道："什么，你说什么新主？"铁珊瑚道："老皇帝已死啦，现在太子已登了位。"岳鸣珂出京时老皇帝已经病重，但想不到这样快就死。岳鸣珂叹了口气，铁珊瑚道："怎么，老皇帝对你有什么好处，你为他伤心起来了？"岳鸣珂道："不是为老皇帝伤心，哎，国家大事不说也罢。"铁珊瑚哼了一声道："哦，你当我是小孩子，说我不配听国家大事是不是？"岳鸣珂道："不是这样。"正想说时，忽见一队官兵在横街走出。岳鸣珂急忙拉了铁珊瑚便跑。

两人直跑到郊外才止。岳鸣珂道："咱们闹了这一趟事，可得躲藏着点。"接着说道："我本以为太子贤明，他登位后会加以振作。谁知他却如此行事。宠信乳母一至如此，乱了祖宗法制也还罢了，连那些奸人也给混到宫中了。可惜熊经略和卓兄的一片苦心。"原来卓一航在发现宫中侍卫有内奸之后，曾托岳鸣珂转告熊廷弼禀告皇上，云燕平和金千岩就是惧怕东窗罪发逃出来的。应修阳虽不是宫中卫士，但名字也曾上达天听，想不到老皇帝死后，连应修阳也敢公然出现，而且与宫中侍卫有勾结了。

两人经了这次事后，一路谨慎，绕过石家庄保定等大城，悄悄进入北京。岳鸣珂带了铁珊瑚到熊廷弼好友兵部给事中（官名）杨涟家里去住。打听之下，才知神宗皇帝死了已一个多月，太子常洛即位，号为光宗。杨涟说道："近来京中有两个大新闻，一个是太子即位之后，就得了怪病，太医诊断说是痢疾，可是按痢疾开方，却不见效。现在一个多月了，皇帝还不能坐朝。"岳鸣珂道："太子本曾习武，身体素健，怎么得此怪病。第二件呢？"杨涟道："近来京城常报少年失踪，其中还有官家子弟。九门提督下旨严查，也无结果。你说怪也不怪？"岳鸣珂奇道："若是少年女子失踪，还可说是采花大盗所为，男子失踪，这可真是怪了。"

谈了一阵，岳鸣珂问道："熊经略的案子呢？"杨涟道："你上次离京之后，便有几个御史上本章弹他。主其事的是兵部主事刘国缙和御史姚宗文。写奏折的是御史冯三元。"岳鸣珂冷笑道："那刘国缙是因为昔年在辽东参赞军务，贪污舞弊，给熊经略奏明皇上，将他撤回，以此怀恨在心。那姚宗文更为卑鄙，他向我们经略大人敲诈，要三件最好的紫貂，你知道熊经略官清如水，哪买得起上好紫貂，只得把别人送来还未穿过的一件紫貂转送给他。那姚宗文暗地里竟说我们大人看不起他。那冯三元的底细我却不知，但听说他专与正派的东林党作对，想来也不是好人。"杨涟道："这人的笔倒真厉害，他的奏本竟然列举了熊经略十一条罪状，八条是说熊经略无谋误国，三条说他欺君罔上。"岳鸣珂大笑道："这真奇了。居然说熊经略无谋误国，那么满洲兵被拒在兴京，这是谁的功劳？熊经略每有兴革大事，都有奏折到京。他手握兵符，掌有尚方宝剑，都不敢自专，这又怎能说是欺君罔上？"杨涟道："所以说那冯御史的笔厉害，颠倒是非，混淆黑白，这样的文章叫我们写绝写不出来。"停了一停，又道："不过你也不必担心，皇上病了一个多月，那奏章也搁在那儿。再说朝中邪派虽多，正人君子也还不少。"

这晚岳鸣珂满怀愤激，不觉借酒浇愁，饮得酩酊大醉。到天亮时，忽觉有人躺在身侧，向自己的颈上直吹冷气。

岳鸣珂翻身一看，原来却是铁珊瑚。岳鸣珂笑道："不要顽皮。"铁珊瑚道："习武的人喝得如此大醉，熟睡如泥，给人行到身边也不知道，你羞也不羞？好在是我，若然是给什么女采花贼把你绑去，那才糟呢！"岳鸣珂道："胡说！"铁珊瑚道："什么胡说？你不听杨大人说京城近日常有少年失踪吗？"岳鸣珂道："女孩儿家口没遮拦，你再乱说，我可要打你了。"铁珊瑚伸伸舌头道："好啦，就是没有女采花贼你也该起来啦。"岳鸣珂一笑起床，道："我今日去访卓兄，我看他也应该到京了，你留在屋里吧。白石道人对你们父女可能怀有成见。"铁珊瑚道："你叫我去我也不去，我看呀，那卓一航也不够朋友。"岳鸣珂拉长了面，道："怎么？"铁珊瑚笑道："我说了你的好朋友你生气了？我问你，他若够朋友的话，那晚在少林寺为什么他不来帮手。"岳鸣珂道："他追下来啦，没有追着。"铁珊瑚道："就算没有追着，也该继续追下来呢。我看他对你并不关心。"岳鸣珂恼道："我不准你这样乱说闲话。"铁珊瑚见他真个恼了，扁着嘴道："好，我不说便是。"

岳鸣珂吃了早点，独自到大方家胡同陕西会馆去探问卓一航的消息。走到东长安街时，忽有一辆马车迎面驰来，马车周围饰有锦绣，十分华丽。车上坐有两个穿黄衣服的人。马车挨身而过，岳鸣珂依稀似听得车上的人说道："好个俊美少年。"岳鸣珂也不在意，走到陕西会馆一问，卓一航果然前两天就到了京城，住在他父执吏部尚书杨焜家里。岳鸣珂问了杨焜的地址，再跑去问，杨焜的管家回道："卓少爷这两天好忙，昨天进宫朝见，没有见着皇上，今天又出去啦。"岳鸣珂问道："什么时候回来？"管家道："那可不知道啦！你晚上再来看看吧。"

　　岳鸣珂心头烦闷，辞了出来。杨焜府第就在琉璃厂（地名）侧，这琉璃厂乃北京著名的字画市场，雅士文人以及那各方赶考的士子和京中官家子弟都喜到那里溜达。岳鸣珂信步走去，忽见刚才所碰到的那辆华丽马车也停在市场之外。这日天色甚好，但来逛的人却并不多。岳鸣珂走进漱石斋浏览书画，巡视一遍，见珍品也并不多，随手拿起一幅文徵明的花鸟来看，旁边忽有人说道："这幅画有什么看头？"岳鸣珂一看，原来就是马车上那两个黄衣汉子，因道："文徵明的画也不错了。"一个黄衣汉子道："文徵明是国初四才子之一，他的画当然不能算坏。不过这一幅画却绝不是他的精品。兄台若喜好他的画，小弟藏有他和谢时臣合作的《赤壁胜游卷》，愿给兄台鉴赏。"这幅画乃文徵明晚年得意之作，乃是画中瑰宝。岳鸣珂听了一怔，心想他怎肯邀一个陌生人到家中鉴赏名画。

　　那个黄衣汉子又道："有些人家中藏有名贵字画，便视同拱璧，不肯示人。小弟却不是这样。古董名画若无同好共赏，那又有什么意思？"岳鸣珂心想这人倒雅得可爱，又想：自己一身武功，就算有什么意外，也不惧怕，不妨偷半日闲到他家里看看。因道："承兄台宠招，小弟也就不客气了。"互相通名，那两个汉子一个姓王一个姓林，上了马车，姓林的取出一个翡翠鼻烟壶，递给岳鸣珂道："这鼻烟来自西洋，味道不错。"岳鸣珂谢道："小弟俗人无此嗜好。"那姓王的却取出一杆旱烟袋来,岳鸣珂道:"小弟与烟酒无缘。"其实酒他是喝的,不过他在陌生人前,小心谨慎,所以如此说法。姓王的汉子大口大口地吸起烟来。岳鸣珂觉烟味难闻,甚是讨厌。那姓王的忽然迎面一口烟喷来,岳鸣珂顿觉脑胀头昏,喝道:"干么?"姓王的又是一口浓烟劈面喷来,岳鸣珂顿觉天旋地转,一掌劈出,怒道:"鼠辈敢施暗算。"那两个汉子早已跳下马车,岳鸣珂一掌打出,人也晕倒车上。

也不知过了多久,岳鸣珂悠悠醒转,只觉暗香缕缕,醉魂酥骨,张眼一看,自己竟然是躺在锦褥之上,茶几上炉香袅袅,这房间布置得华丽无伦,挂的是猩猩毡帘,悬的是建昌宝镜,壁上钉有一幅画卷,山水人物,跃然浮动,岳鸣珂眼利,细看题签,竟然真的是文徵明和谢时臣合作的《赤壁胜游卷》。岳鸣珂疑幻疑梦,心念一动,忽然想起铁珊瑚所说的"女采花贼",心想:难道真的应了她的话了?一想之后,又暗笑自己荒唐:"采花女贼"哪会有这样华丽无伦的房间。岳鸣珂试一转身,但觉四肢酸软无力,心想:怎么那几口烟这样厉害,以自己的功夫,居然禁受不住?挣扎坐起,盘膝用功,过了一阵,渐渐血脉流通,百骸舒畅。

再说卓一航和白石道人父女到了京师之后,卓一航为了朝见方便,住到兵部尚书杨焜家里。白石道人父女则住在武师柳西铭家中。白石道人殷殷嘱咐道:"你大事办了,就赶快回山,可不要做什么劳什子官。"卓一航道:"这个自然。"

不料光宗病在深宫,卓一航第二日一早和杨焜到太和门外,恭问圣安,投名听召,等了半天,只见来问候的百官,排满太和殿外,皇帝只召见了一个鸿胪寺丞(官名)李可灼。百官无不骇异。鸿胪寺丞不过二品,不知何故圣眷如此之隆。

卓一航回到杨家,闷闷不乐,心想:"皇帝这样难见,看来会虚此一行。"不料到了傍晚时分,宫中忽然派来一名内监,到杨焜家中说道："圣上龙体今日大有起色，闻说卓总督的孙儿进京，吩咐他明日到养心殿朝见。"卓一航大喜。杨焜问道："是哪位太医的灵药？"内监道："你再也猜想不到，这病不是医生医的。"杨焜大为奇怪。

皇帝有病，惯例必是太医会诊，医不好时再宣召各地名医。常洛病了月余，太医束手无策，各地名医陆续到来，药石纷投，亦无起色。如今内监说不是医生下药，杨焜自然奇怪。内监续道："李可灼不知交了什么好运，居然立了大功。"杨焜道："怎么？他立了什么功了？"内监道："圣上的病就是他医的。"杨焜奇道："李可灼懂得医道？皇帝敢吃他的药？"内监道："那李可灼是宰相方从哲极力保荐的，说他有能治百病的红丸，李选侍也劝圣上试服。"李选侍乃是皇帝的宠妃。杨焜眉头一皱，道："皇帝怎么听信妇人之言，以万金之体去试什么红丸。"内监笑道："倒真亏李可灼那粒红丸呢，万岁爷服后，过了一个时辰，居然舒服许多，胃口也开了。万岁爷连连称赞，叫他做忠臣。"杨焜见内监如此说法，也便不再言语。

第二日一早卓一航和杨焜又到太和殿外听宣，在午门外碰见李可灼洋洋得意而来，两个侍从便在午门等候。卓一航一见，不觉愕然。你道这两个侍从是谁？原来正是在少林寺山门骂战的那两个老家伙——胡迈和孟飞。胡迈垂手说道："大人这次医好圣上，升官那是指日可待。"李可灼道："我有好处，也就有你两人的份。"孟飞道："谢大人栽培。"李可灼低声道："你们可不要走开。圣上服药之后，若有什么变化，我会叫内监出来请问你们。"孟飞道："少还丹药到病除，大人不必担心。"李可灼直进午门，卓一航跟着进去，胡迈、孟飞一见，面红过耳，急急把头扭过一边，诈作看不见他。

这次在太和门外问圣安的官儿更多，过了一阵，内廷传令出来，叫鸿胪寺丞李可灼，兵部尚书杨镐，礼部尚书孙慎行，御史王安舜等十多个官儿到体仁阁候宣，最后叫到卓一航，百官见卓一航并无功名竟得宣召，十分羡慕。有人知道他是前云贵总督卓仲廉的孙儿，纷纷议论，说这真是难得的殊恩。

常洛在养心殿养病，体仁阁就在侧边。卓一航随众官之后，在末座坐下候宣。众官纷纷向李可灼道贺。李可灼喜洋洋地道："这可真是圣上的鸿福齐天。我的红丸恰恰在上月配成。"礼部尚书孙慎行道："你的红丸真是仙丹妙药，不知如何配法，若肯公诸天下，那真是造福无量。"李可灼冷笑道："你当是容易配的吗？那要千年的何首乌，天山的雪莲，长白山上好的人参，还要端午日午时正在交配的一对蟋蟀作为药引，我花了几十年功夫才侥幸把各物配齐。"众官听了，个个咋舌。卓一航听他胡吹，暗暗好笑，心知这红丸一定是少林寺的少还丹。过了一会，内监出来宣召李可灼进去。卓一航忽然想起，胡迈和孟飞骗到的少还丹虽有两粒，但一粒已当场咽下，只剩下一粒。就算皇帝昨日所服那粒是真，今日所进的红丸定是假了，拿皇帝性命当作儿戏，真真岂有此理。

杨镐见卓一航焦急之情现于颜色，问道："怎么？"卓一航道："我怕这李可灼乱进假药。"旁边的官儿横了卓一航一眼，杨镐认得这是宰相方从哲的亲信，急道："方大人保荐的定不会错。"

过了一阵，李可灼春风满面回来。众官纷纷问讯，李可灼道："我这红丸非同小可，本来一粒便够，何况连服两粒。圣上服下之后，精神大佳，明日便可上朝与诸君相见了。"众官又是纷纷道贺。

卓一航将信将疑，心想就是真的少还丹也不会好得这样快。内监又出来叫道："圣上叫卓一航进谒。"

正是：江湖术士，故弄玄虚，万乘之尊，性命儿戏。

欲知后事如何？请听下回分解。

第十一回

糜烂叹宫闱　英雄气短
蜩螗悲国事　侠士心伤

　　杨焜道："世兄留神应对。"卓一航道："谢大人关照。"随内监走过长廊，进入养心殿内，只见皇帝斜倚床上，面有笑容，卓一航匍伏朝拜，常洛道："免礼。赐坐。"内监端过一张椅子，卓一航侧身坐了，朝皇帝一望，只见他面发红光，毫无病容，不禁大吃一惊，要知泰昌皇帝（光宗年号）得病已久，即算真的是仙丹妙药，也难药到病除。而今吃了一粒红丸，就居然红光满面，若非回光反照，就是那红丸是用极霸道的药所炼，能暂收刺激之功，然终属大害。卓一航隐忧在心，却不敢说出。

　　常洛道："我昨日已知你来，但病魔未去，不便召你。幸得李可灼进了两粒红丸，真真是药到病除，要不然今日也还未能见你。你看我的气色如何？"言下甚为得意，卓一航不敢直陈，只好说道："皇上鸿福齐天，气色好极了。但久病之后，还须珍摄。"

　　常洛喝了一盏鹿血，又道："你的事情，石浩已经告诉我了。李周二位钦差也已安全回京。他们都很感激你呢。"卓一航道："暗算二位钦差的人只恐背后有权势者撑腰。"服侍皇帝的太监横了他一眼，卓一航道："万岁初愈，我本不该说这些话令皇上担心……"常洛面色一沉，对内监道："你到翠华宫叫李选侍来。"内监垂手退下。常洛一笑说道："卓先生深谋远虑，洞察机微，朕正想仰仗先生臂助。"卓一航心中一动，只听得皇帝续道："你莫不是疑心魏忠贤么？"卓一航道："臣一介布衣，不敢妄论朝政，但厂卫付之阉人，只怕太阿倒持，宦官之祸不可不防。"常洛道："本来你被陷害的事，我早想彻查，但只恨登极之后，便缠绵病榻。"卓一航道："个人的冤枉算不了什么，国家大事要紧。"常洛道："所以我请你来。魏忠贤其实不忠不贤，我哪有不知道之理。只是他掌握东厂，宫中侍卫全听他调度，也不能行事草率。待朕病好临朝之后，当再图之。"卓一航默然无语。皇帝忽道："卓先生可肯留在宫中么？"

卓一航道："微臣孝服未满，不敢伺候明君。"常洛笑道："我不是要你做官，你替我在宫中教教太子如何？由校今年十七岁了，还是顽劣不懂人事。"卓一航想起祖父遗言，正待推辞。常洛已抓起笔来，在床前的小茶几上，写了圣旨，用了玉玺，卓一航不便拦阻，正自心急，常洛将诏书递过，道："你明日可到内务府去报到，叫他们替你安排住所。"卓一航接过诏书，先跪下谢恩，然后说道："微臣还是不敢接旨。"常洛讶道："你还有什么为难之处？"正说话间忽然"哎唷"一声，门外的侍卫纷纷抢进，常洛呻吟道："不关他的事，叫李可灼来！"面上红筋隐现，颓然倒在床上。

卓一航料得不错，常洛第一次服的红丸果是少林寺的少还丹，第二次服的却是假药。原来胡迈和孟飞都是李可灼的门客，胡迈粗晓武功，孟飞则是个专造假药的江湖骗子，二人在少林寺讹诈，骗了两粒少还丹，其中一粒胡迈当场放入口中，却并未咽下，事后吐了出来，交给孟飞化验，孟飞自作聪明，胡猜少还丹的配药成分，制了几粒。李可灼据以为宝，献给皇帝，终于酿成了明史上"红丸"一案。

卓一航见常洛甚为痛苦，黄豆般的汗珠颗颗滴下，正自心急，忽闻得养心殿外有叱咤追逐之声，侍卫长一跃而出，喝道："谁敢惊动圣驾！"

再说岳鸣珂悠悠醒转，发现自己竟是处在华丽绝伦的房间之中，静坐一阵，神智渐复，疑幻疑梦。忽然在对面墙上悬着的建昌宝镜里，照见自己已换了一套睡衣，猛然想起自己出来时原带有佩剑，游目四顾，不但自己原来的衣裳不见，连佩剑也不见了。须知岳鸣珂这把佩剑，乃他师父在天山所炼的两把宝剑之一，神物利器，突然不见，如何不惊。急忙起来寻觅，刚刚下得床来，对面墙上的大镜忽然慢慢移开，缕缕暗香，弥漫室内，镜后竟是一道暗门，一个美妇人轻轻地走了出来，格格笑道："你醒来了？"

岳鸣珂问道："你是谁？为什么把我的宝剑偷了？"那美妇人笑道："宝剑？什么宝剑值得大惊小怪？我这里的宝物多着呢，你要多少？"随手打开一个抽屉，只见宝气珠光，耀眼生缬，里面堆满了珊瑚宝石、翡翠珍珠。美妇人以为岳鸣珂必定惊讶，哪知岳鸣珂说道："这些东西再多十倍也比不得我的宝剑！"美妇人轻蔑一笑，道："宝剑算得什么？你喜欢宝剑，我这里有的是！你只要乖乖听我的话，你要什么便有什么。"岳鸣珂道："你到底是谁？"美妇人又笑道："你瞧这里可像人间所在？"岳鸣珂轻咬舌头，隐隐生痛，情知不是作梦，便道："难道你这里是广寒仙府不成？"美妇人笑道："也差不多！"说着挨近身来，香气越发浓郁。

岳鸣珂心神一荡，只觉这香味十分奇怪，吸入鼻端，醉魂酥骨，渐渐面红耳热血脉贲张。岳鸣珂心道："莫非是遇了邪魔，来试我的定力？"盘膝一坐，又用起功来。那美妇人挨着岳鸣珂身子，用手指拨他眼皮，岳鸣珂只是不理。美妇人笑道："你又不是和尚，打坐作甚？"岳鸣珂仍然不理。美妇人又笑道："我闻有道高僧，目不迷于五色，耳不惑于五声，你不敢张开眼睛，怎么能做高僧？"岳鸣珂心头一震，益发怀疑她是妖邪，心中想道："我虽未闻大乘佛理，但镜明长老说我颇有慧根，也曾传过我明心见性的真言。我倒要试试自己的定力。"倏地张开眼睛，眼观鼻，鼻观心，气聚丹田，行起吐纳之道。那美妇人见他若无其事，也是颇为奇怪，索性把身子凑了上来，向他嘘气，岳鸣珂试运"沾衣十八跌"的功夫，鼓气一弹，那美妇人"哎哟"一声，跌落床下，娇嗔骂道："你用什么妖术？"

岳鸣珂试用了"沾衣十八跌"的功夫，试出那美妇人丝毫不懂武功，不觉说道："啊，原来你不是妖邪！"美妇人怒道："你才是妖邪！"忽又回嗔作笑，道："你是进京考武的举子么？"岳鸣珂心念一动，忽道："你说你有许多宝剑，请借一把来瞧。"美妇人稍现犹疑，笑道："谅你也不敢杀我。我就让你开开眼界。"随手在墙上一按，打开一道暗门，乃是一个壁橱，里面悬有十来口剑，岳鸣珂一眼瞧去，并无自己的游龙剑在内。只听得那美妇人道："这里的剑，随便哪把都要比你的好，你服了吧？"岳鸣珂突然一跃而起，在壁橱里抽出一把剑来，只见寒光闪闪，冷气森森，美妇人道："如何？是不是比你的剑好？快些挂回去吧！"

岳鸣珂吃了一惊，这把剑形状奇古，剑柄铜色斑斓，怕不是千年以上的宝剑？细细一看，剑柄上镌有"龙泉"二字，猛然想起师父曾论古今宝剑，他说："游龙、断玉虽是五金之精所炼，但比起古代的干将、莫邪、鱼肠、龙泉、天虹、巨阙、纯钩、湛卢等剑，那还是远远不及。"岳鸣珂当时曾问及这八把古代宝剑的下落，师父道："听说龙泉、巨阙、湛卢三剑自唐代起就流入宫中，其他五把却是不知下落。"这样说来，难道这里竟是宫中禁地？稗官野史上说唐代的公主喜欢掳美男子入宫享受，难道这种宫闱秽史重现于今日？正思量间，忽听得墙壁有人敲了几下，其声急促。美妇人道："快把剑挂上！"岳鸣珂持剑一指，猛然喝道："你是何人？从实道来！"美妇人玉颜变色，把手一按，壁橱隐没，岳鸣珂一步步

岳鸣珂道：“你是谁？为什么把我的宝剑偷了？”那美妇人笑道：“宝剑？什么宝剑值得大惊小怪？我这里的宝物多着呢？你要多少？”

迫近，美妇人在墙上一靠，暗门倏开，里面跳出两个人来，美妇人也从暗门逃出去了！

从复壁中跳出的两人，手中都提着兵器，其中一人正是用迷烟喷翻自己的黄衣汉子。岳鸣珂大怒，一剑刺去，那人把手一扬，射出三枚弹子，一出便自行炸裂，喷出浓烟。岳鸣珂早有防备，忍着气绝不呼吸，手中剑迅若惊飙，一剑刺到那人咽喉，猛然想起，此地若是禁苑，此人便是宫中侍卫，剑把一缩，右边那人一锏打来，岳鸣珂反手一捞，将他的兵器夹手抢过，"砰"的一脚踢开房门，往外便闯。

那两人绝料不到他刚刚醒转，武功还有如此厉害，怔了一怔，急忙击掌呼援。岳鸣珂一出房门，七八名卫士四边围上，岳鸣珂不愿伤人，横剑四面一扫，但听得一阵断金戛玉之声，七八条兵刃都给截断，龙泉宝剑的威力果然大得惊人！有人喝道："你这小子偷了宫中的宝剑，闯得出去也是死罪，不如赶快弃剑投降，我们可以偷偷放你出去。"岳鸣珂心想：事已至此，不如我就携剑去见皇上，拼着一死，也要把此事查明。主意打定，手中剑又一个旋风疾舞，把卫士们逼出二丈开外，纵身跳上屋顶。

皇宫殿宇全是用黄色的琉璃瓦所盖，岳鸣珂飞身直上，只觉滑不留足，四面一望，但见殿宇连云，鳞次栉比。岳鸣珂先前尚有些疑惑，此时知道确是皇宫无疑，一时百感交集，想不到宫中腐败竟至如斯，自己与熊经略在边关苦战，只恐也是无补于事了。

那几名被削断了兵刃的卫士，见岳鸣珂十分厉害，不敢来追，只是在下面大声吆喝，岳鸣珂认定前门的华表，发足狂奔，琉璃瓦面，虽然滑不留足，但他轻功卓绝，脚尖微点，便即飞起，居然如紫燕掠波，毫无沾滞！

但皇宫极大，殿宇何止千间，他刚掠过几座瓦面，下面一声吆喝，一人跳了上来，竟然是应修阳！岳鸣珂心道：罢了，罢了！

这样的奸人居然也混进宫中，国事还有可为吗？应修阳大叫道："有刺客！"岳鸣珂怒道："好哇，你这奸贼，我先捉你去见皇上！"一招"龙卷暴伸"，青光倏地长出丈许，应修阳拂尘一卷，剑光过处，尘尾已被削断一缕，这还是他避招得快，要不然连手腕也要截断。

岳鸣珂剑如龙门鼓浪，一招未收，二招续至，剑法之快，难以形容，应修阳本就不是他的对手，更加上他怒极气极，连使绝招，应修阳挡了十招，已有几次险险被他刺中。这时宫中各处卫士，闻讯赶来，人声步声，响成一片。岳鸣珂怒道："把你毙了再说！"宝剑一旋，青光疾驶，把应修阳卷在当中，刷刷几剑，连下杀手！

应修阳左避右闪，忽觉顶心一凉，头发已被削去一片，吓得亡魂俱冒，拂尘虚架，拼命向上跃起，岳鸣珂喝道："你还想逃！"脚尖一点屋瓦，平空掠起三丈，他的轻功比应修阳高明得多，这一跃，竟然掠过应修阳头顶，倏然一翻，长剑下刺，应修阳身子悬空，绝难逃避，只觉冷气森森，剑锋已到头顶！

岳鸣珂翻腕下刺，就在应修阳性命俄顷之际，蓦地一团白影，横里飞来，身形未到，掌力先到，呼的一声，又劲又疾，岳鸣珂的剑尖给震得歪过一边，顺势一割，应修阳手臂缩在袖中，袖口给剑割了一段，终于逃了性命。

岳鸣珂挽了一个剑花，重落瓦面，救应修阳的人也已赶到，运掌成风，呼呼几声，把岳鸣珂迫得连退三步。岳鸣珂大吃一惊，想不到皇宫中的卫士竟然有如此功力！定睛看时，那人带着一张面具，狰狞可怕，在剑光中竟然伸手抓他手腕。岳鸣珂急忙一抖剑锋，走斜边攻他空门，那人左掌斜切，右掌横劈，竟然以攻对攻，丝毫不让。两人换了几招，都是绝险之招，岳鸣珂忽觉这人掌法似乎在哪里见过一般，就是这么略一分心，几乎给那人拱掌劈中。

这时宫中高手四面赶来，应修阳叫道："刺客在这儿！"那蒙面怪人突然虚发一掌，跳落地面，隐入花树丛中。片刻之后，从宫中各处赶来的卫士纷纷跳上瓦面。

岳鸣珂大为奇怪，这蒙面客武功之高，不在"阴风毒砂掌"金独异之下，以一对一，自己纵然未必落败，也绝难占得上风，若然他是宫中卫士，何以同伴来时，他反而悄悄溜走？

蒙面人一去，宫中卫士虽多，却没有武功特强的人，岳鸣珂轻功既高，又有宝剑，且战且退，不过片刻，就逃至乾清官外，众卫士衔尾急追，大声呐喊。在混战中，应修阳也悄悄地溜走了。

再说卓一航在养心殿中听得外面呼喝厮杀之声，靠窗一张望，忽见给卫士追赶的竟是岳鸣珂！大吃一惊，无暇思索，也急忙一跃而出，服侍皇帝的侍卫长正拔刀拦堵，骤见卓一航冲出，怔了一怔，卓一航已一把将岳鸣珂扯入养心殿内，在皇帝面前双双跪下。

常洛突吃一惊，冷汗迸流，指着岳鸣珂道："你，你，你带剑来作甚？"卓一航急禀道："他是熊经略的使者，微臣愿以性命保他！"岳鸣珂插剑归鞘，道："圣上，宫中出了淫邪妖孽，请容微臣细禀。"常洛出了一身冷汗，神智反而略见清醒，熊廷弼赤胆忠心，他素来知道，挥手叫道："成坤，你吩咐那些奴才，都退回去！"

成坤是那侍卫长的名字，为人倒还正直忠心，也知宫中派别分歧，东厂自成一系等事情。听得这"刺客"是熊经略的人，已放下了一半心，再听得皇上吩咐，答道："奴才遵命。"横刀立在门口，追来的卫士，都给他斥了回去！

再说岳鸣珂被皇帝一喝，定了定神，把龙泉宝剑捧上去道："圣上，请看这是不是宫中之物？"常洛接来一看，问道："你怎么得来的？"岳鸣珂跪在榻前，将"奇遇"禀告，刚说到遇见美妇之事，常洛道："是不是梳着盘龙双髻，脸儿圆圆的？"岳鸣珂道："正是。"常洛大叫一声："气死我也！"晕了过去，卓一航急忙上前替他揉搓，成坤也回转身来，过了一阵，常洛悠悠醒转，道："你们且退下去，这事不要乱说。成坤，快把方从哲和李选侍叫来。"卓一航捏了把汗，和岳鸣珂走出，遥见乾清宫中，一队宫娥走出，二人不敢停留，急急回到体仁阁内。候宣的官儿见突然多出一人，几十双眼睛，都看着岳鸣珂。杨焜悄悄问道："皇上怎么了？"卓一航不敢回答，只摇了摇头，过了一阵，内里隐隐传出哭声，内监走出道："你们都散了吧，皇上今天不见你们了。"

出了午门，岳鸣珂道："看来皇上只怕难保。"卓一航道："大明的国运，只好付之天意了。"岳鸣珂道："今上虽非圣明，但也还识得大体，若太子继位，他只是个无知小儿，外有权臣，内有奸阉，宫中又淫乱荒糜，只怕不必等满人入关，天下先自亡了。"杨焜见他们竟然议论皇上，肆言无忌，急忙引开话头。岳鸣珂问了卓一航住址，道："明日我来见你。"两人拱手相别。

哪知第二日宫中便传出皇上驾崩的消息，百官举哀，自不消说。太子由校即位，改元天启，宫中乱纷纷的，那李可灼进了红丸，药死皇帝，非但没有罪名，宰相方从哲反说是皇帝留有遗旨，说李可灼乃是忠臣，赏他银两。群臣闻讯哗然，有一班不怕死的官儿如礼部尚书孙慎行、御史王安舜、给事中惠世扬等便商议上奏章参他，说方从哲有弑逆的罪名。这事闹了很久，后来方从哲终于靠魏忠贤之力，将这个惊动天下的"红丸案"压了下去，这是后话，按下不表。

且说岳鸣珂当日回到杨涟家中，把事情与铁珊瑚说了，慨叹不已。铁珊瑚笑道："只有你们这班傻瓜，以天下为己任，扶助的却是这样糜烂的皇朝，倒不如野鹤闲云，在江湖上行侠仗义还来得痛快。"岳鸣珂眉头一皱，道："你当我只是为扶助姓朱的一家么？"铁珊瑚笑道："我知道你还有抵御外族入侵所以必须扶助皇帝的一番道理，是么？其实要抵抗鞑子，何必一定要个皇帝？"

岳鸣珂吃了一惊，心想：我以为这妮子全不懂事，哪知她也有一番道理。当下不再言语。铁珊瑚道："我不愿见那卓一航，你不要说我在这里。"岳鸣珂道："为什么？"铁珊瑚面上一红，道："不为什么，就是不喜欢见他。"原来铁珊瑚以前与王照希有过论婚不成之事，铁珊瑚知道卓一航与王照希交情甚厚，料他必知此事，所以不想见他。

第二日岳鸣珂依约到杨焜家中，杨焜已和同僚商议参方从哲的事去了。卓一航单独和岳鸣珂会面。岳鸣珂道："想不到泰昌皇帝这样快便死，宫中的丑事无人再管了。"卓一航叹了口气，岳鸣珂道："这趟回京，看了许多事情，我也有点心灰意冷。只是新君即位之后，掌权的一定是魏忠贤、方从哲这一班人，他们和熊经略一向作对，我若不是为了老帅，真的想出家去了。"卓一航道："我们且停留几日，看看如何？"岳鸣珂道："朝政不堪闻问，我也不愿再理了。只是我今晚还要进宫一趟。"卓一航道："为何要冒此大险？"岳鸣珂道："我的游龙剑失在宫中，我一定要探它一探。"卓一航心念一动，道："我陪你同去如何？"岳鸣珂心想卓一航武功虽高，但还未到登峰造极的地步，若然遇险，只怕逃不出来，便道："夜探深宫，人多反而不便，我兄盛情，小弟心领了。"卓一航若有所思，久久不语，忽道："我和你同去见我的师叔如何？"岳鸣珂问道："哪位道长？"卓一航道："四师叔白石道人。"岳鸣珂道："久闻武当五老之名，何况又是你的师叔，既然在此，自当拜见。"

白石道人父女寄居在武师柳西铭家中，离杨焜家有十余里路。卓一航和岳鸣珂到了柳家，敲门好久，才有人开。开门的竟然不是柳家的人，而是何萼华，卓一航微微一愕，心想：柳家的人哪里去了，怎么要客人来开门？

何萼华面上也有惊愕之容，水汪汪的一对眼睛盯着卓一航，似乎有什么话要说又说不出来，卓一航低下了头，岳鸣珂瞧在眼里，暗暗偷笑。

何萼华把两人带到西面客房，敲门叫道："爸，卓师哥和他的朋友来见你。"白石道人打开房门，怔了一怔，道："我道是哪一位，原来是岳英雄！"岳鸣珂大惑不解，不知白石道人何以认识自己。卓一航在旁笑道："岳兄少林取书，连闯五关之夜，敝师叔也正在少林寺中。"白石道："你的剑使得很好！"岳鸣珂道："武当剑法天下独步，还要请道长指点。"白石道人冷冷说道："岳英雄过谦了，长江后浪推前浪，武当的剑法已远远落在后面了。"白石心胸较窄，在少林寺时就曾因镜明长老过于推崇岳鸣珂的天山剑法，心中不快。卓一航绝料不到师叔有此妒忌心，颇觉师叔态度异常，岳鸣珂更是尴尬不安。

白石道："岳英雄请稍坐，贫道有些小事，要与敝师侄一谈。"牵卓一航的手走入内室。岳鸣珂道："请便。"枯坐客厅，十分无趣。猜不透白石道人，为何对自己如此神情冷漠。

卓一航更是大惑不解，随白石道人进入内室，微愠问道："那岳鸣珂是当今侠士，又与弟子甚是投缘，不知师叔何以对他冷淡？"白石道人道："他既是当今侠士，那定不会拘泥客套俗礼。我有事要和你说，让他坐一会有什么紧要？"白石道人的话虽颇为强辞夺理，但卓一航身居后辈，却不便反驳，只得恭敬问道："师叔有什么吩咐？"

白石道人歇了半晌，缓缓说道："现在泰昌皇帝既死，你的事也弄清楚了，你该随我回山了吧！"卓一航道："这……这个，弟子还想逗留几日。"白石道："为什么？"卓一航嗫嚅道："弟子与岳大哥有个约会。他的宝剑失落在皇宫之内，内情古怪非常！"

卓一航将岳鸣珂宫中历险的事说了，白石道人皱眉道："居然有这样的事！"卓一航道："国之将亡，必有妖孽。但弟子世受国恩，见了这样的事，总觉得难过。"白石道："那么你是想助岳鸣珂一臂之力，和他夜探皇宫，查明此事了？"卓一航道："正是！"白石道人忽道："自己的事情都理不了，还理别人的呢！"突然解开衣裳，道："你看！"

白石道人袒开胸膛，胸膛上有一个淡红的掌印！卓一航骇然问道："师叔，你受了暗算了？"白石道人点了点头，道："所以我要和你商量，咱们是回山呢，还是留在这里？"

卓一航道："这是阴风毒砂掌金老怪的手法，你碰到他了？"白石道："若是金老怪，我只怕留不着性命见你了。这人功力要比金老怪稍逊一筹。"

白石道人以手击掌，继续说道："昨日黄昏时分，我独自到天桥溜达，有一档卖武的，走钢线，耍马技，倒还有点真实功夫。我正看得出神，忽然有一个恶霸模样的浓眉大眼的汉子进场收取规钱。卖技的老儿打拱作揖，十分可怜，乞求他道：'今日整日没发市，你老高抬贵手，宽限些儿吧。'那恶霸大呼小喝，兀是不允。是我路见不平，进场去止着那个恶霸，略一动手，把他跌了个四脚朝天，像条狗似的夹着尾巴走了。那卖技老儿对我千多谢万多谢，这时天已黄昏，又闹了这一场事，看客都已散了。那老儿便邀我到他的帐幕中喝杯淡酒。我不料有他，便随他去了。哪知这老儿却是练就阴风毒砂掌的高手！在他把酒递过来时，突然一掌打在我的胸上！"卓一航"哎唷"一声，白石笑道："但他占不了便宜，我吃了一掌，还他二指，把他的愈气穴点了，饶他武功多高，也得落个残废！"卓一航道："这样说来，金老怪也一定到了京城来了！"

白石道人续道："那卖技的老头儿逃出帐篷，临行喝道：'你三日内若不回山，还有人要敬你一掌！'我怕他还有同党，急回柳家。哪料柳家也闹得天翻地覆。"卓一航道："怪不得我今日来时，不见柳家的人开门。"白石道："柳武师邀请帮手去了。"卓一航道："怎么？柳武师在京中德高望重，极得人和，难道也有人向他寻仇吗?"白石道:"就在我遇事的时候,柳家也来了几个不速之客,声势汹汹,不准他留我在家居住。原来这些人和他并无冤仇,而是冲着我来的。"卓一航道:"这倒奇了,我们和金老怪井水不犯河水,武当五老的威名更是天下知闻,为何他们偏要与师叔作对?"白石道:"我也不知道他们的用意。所以我和你商量,咱们是回山的好,还是留在这里接他们这个碴子?"卓一航道:"按说,若是为了不想牵累柳老前辈,那当然是回山的好。但现在柳武师已出去邀人助拳,那咱们倒不能一走了之了。"白石道:"着呀!你的意思与我正好一样。那么在这三日之中,你不必回杨家去了。就留在这儿,看那些人敢怎么样?"卓一航道:"岳大哥剑术精妙,武艺高强,咱们何不与他联手合斗?先助他一臂之力,然后邀他助拳?"白石道人面色倏变,厉声说道:"一航,你是我派未来掌门,本门的规矩你不知道吗?"卓一航惶恐说道:"不知弟子犯了哪条规矩?"白石道人想了一阵,忽又哑然失笑,说道:"说来也怪不得你,你出师不过两年,你师父也不大坚持这条规矩,想来他没有告诉你了。"卓一航讶道:"到底是什么规矩?"白石道:"这规矩并不见于本门祖训,但近二十年来,大家都是这样。你知道这二三十年,我派盛极一时,同门遍布各地,所以一向与别派争斗,从不需人助拳!久而久之,习为风气来。凡是武当派人,都以约人助拳为耻,渐渐也就成为不成文的规矩了。"卓一航道:"那么柳武师约人助拳,师叔难道也不要他们帮忙么?"白石笑道:"这个不同。他不是武当派人,他约人助拳,虽然与我有关,但那些人是冲着他的面子而来,我不必领他们的情。"卓一航心道:这真是个怪规矩,若我做了掌门,首先就要废除这条。武林中应以侠义为先,只是恃强自傲,到底不是武林领袖的风范。侠义中人,原应彼此相助才是道理。

白石续道:"我派弟子与别派争斗时从不约人助拳,不过,若有亲友知道其事，自动出来助拳，那倒没有关系。只是我们绝不能自己去邀。"卓一航道："既至如此，那我倒不好和岳大哥说了。"白石道："这个自然，所以我适才不愿当着他的面和你谈讲。我派在京的弟子也有十余人，今日会陆续到柳家周围埋伏！"

再说岳鸣珂在客厅枯坐许久，白石道人才和卓一航出来，岳鸣珂心中不快，欠身说道："打扰久了。"白石道："一航，你陪岳兄再坐一会。"这明明是送客的暗示。岳鸣珂怫然而起，白石道："听一航说岳兄住在杨家，贫道改日再和一航登门拜候。"岳鸣珂一揖说道："晚辈不敢有劳大驾。"反身走出柳家。卓一航送出门外，悄悄说道："三日后我兄如尚未离京，千万到此一叙。"岳鸣珂愕了一愕，心想：约期会面，事极寻常，何以要如此悄悄地说。正想发问，卓一航一揖到地，高声说道："恕不远送了。"岳鸣珂话未出口，卓一航已把门掩上。

岳鸣珂闷鼓鼓地回到杨家，睡了一个下午，养足精神，晚上起来，吃了饭后，听得更楼鼓响，打了二更，换了夜行衣服，对铁珊瑚道："你在家中，要留心在意，警醒一些，我此去也许到天明之后才能回来。若天明后还不见我回来，你就到城北柳武师家中告诉卓一航知道。"铁珊瑚噗嗤一笑，说道："你越来越娘儿气啦，我又不是小孩，要你啰哩啰唆地吩咐？我才不像你那样傻头傻脑，这么大的人会被采花贼劫去。"岳鸣珂笑骂一声"胡说"，和她扬手道别，出了杨家，直奔紫禁城中。

秋夜风寒，天高月黑，正是夜行人出没的良好时机。紫禁城上虽然有卫士巡逻，但岳鸣珂轻功卓绝，真有登萍渡水之能、飞絮无声之妙，竟然神不知鬼不觉地进入皇宫，直溜进了内苑的御花园内。

皇宫面积极大，殿宇连云，岳鸣珂伏在暗陬之处，正自思索前日白天所经之处，忽听得有脚步声从身旁经过，原来是两名黑衣卫士。其中一人道：“魏宗主深夜相招，不知何事？”另一个道：“你是成坤的好朋友，听说成坤已被魏宗主抓起来了，魏宗主叫你，想来与此有关。”前头那人哼了一声道：“成坤那小子太不识相，我可救他不得。”

岳鸣珂心头一动，知道这两人口中所说的“魏宗主”乃是魏忠贤，而成坤则是先帝常洛的侍卫班长。心想：成坤虽是宫中侍卫，还不失为一个忠心正直的人，怎么先帝一死，魏忠贤多少大事不管，就先要抓他？又想：我正要去找魏忠贤，何不随这两人进宫一看。

岳鸣珂仗着绝顶轻功，暗暗缀在二人身后。听他们谈谈讲讲，知道二人乃是魏忠贤心腹，又知道自昨日起，西厂也归魏忠贤管了。只有锦衣卫还自成系统，掌在内廷校尉龙成业手中。

岳鸣珂随着那两名卫士弯弯曲曲地走了一大段路，走到了一所圆伞形屋顶的殿宇之前，两名卫士叩门入内，岳鸣珂飘身伏在檐端，偷偷窥探，只见里面一个肥肥白白的太监，端坐当中，四名卫士分列左右。

岳鸣珂猜想这当中的太监必是魏忠贤无疑，心头火起，手指伸入暗器囊中，但一想：朝廷自有王法，我若暗中把他杀掉，熊经略必然怪责。迫得忍住。那两名卫士叩门入内，向魏忠贤见过了礼。只听得魏忠贤道：“王成董方，你们来了？你们可知道成坤在这里么？”两名卫士“嗯”了一声，魏忠贤道：“董方，你一向是成坤的副手，御前侍卫的副侍卫长，是么？”董方应道：“奴婢虽是成坤的副手，但和他一向不和。”魏忠贤道：“没有争吵过吧？”董方迟疑一阵，道：“没有，但心里不和。”魏忠贤“唔”了一声，又道：“王成，你是和成坤同时进宫的，在御前侍卫中，你和他交情最好，是么？”王成急忙跪下叩头，回道：“奴才只知有魏宗主。”魏忠贤笑道：“很好！”低声吩咐了几句，随即带侍卫从侧门走了。

过了片刻，侧门再开，出来的却不是魏忠贤那班人了，而是另两名卫士，押着成坤走出。岳鸣珂一瞧，仅仅相隔两日，成坤已是形容憔悴，手脚都带有镣铐。那押解他的卫士将他带到屋内，笑道："你的好朋友保释你了，去吧。"但却并不给他解开镣铐，便自走了。

王成满脸笑容，扶成坤坐下，殷勤问道："没有受苦吧？"成坤冷笑一声，却不言语。董方道："大哥，自古道识时务者为俊杰，你又何必和魏忠贤相抗？"成坤怒道："谁和他相抗，我就不明白他为何放不过我？"王成道："大哥，我们担着身家性命关系，保你出来，只求你说一句实话。"成坤道："小弟感激不尽。你要我说什么实话？"王成道："先帝去世之日，你在养心殿伺候。那时他正召见卓仲廉的孙儿，你可知道他们说些什么话？"成坤道："听不清楚。"董方道："有没有说及魏宗主？"成坤道："我在门外。"王成道："后来那个刺客逃来，皇帝为什么把他放了？"成坤道："这我更不知道。"董方道："先帝是不是食了红丸之后不久就病情恶化？这个你总该知道了吧？"成坤道："先帝第一日食了红丸精神转好，第二日食了红丸，不久便突发高热，就在养心殿内死去。这个我已对魏忠贤说了。"

王成面色倏变，道："大哥，我与你同时进宫，二十年知交，而今我以身家性命保，你若不说实话，不但你休想生着出宫，我们二人也合家性命不保。"成坤道："知道的我便说，不知道的你叫我说些什么？"董方道："大哥，不是魏宗主多疑，他扶助幼主，新掌大权，朝中文武，总有一些与他不和，先帝在日，也很忌他。这卓一航和兵部尚书杨焜是世交，先帝做太子之时，已曾和他相识，难保先帝没有什么遗诏给他？"

成坤道："杨兵部乃是好官，若魏宗主一心保卫幼主，杨兵部必不会与魏宗主作对。"王成急道："那么你是说先帝有什么遗诏给卓一航了？"成坤道："我没有这么说。"王成又道："那这事我们以后再查。那刺客关系极其重大，你真的没有听到他对先帝说什么吗？"成坤道："真的没有！"董方道："那么他的姓名来历你也不知道吗？"成坤道："兄弟，你为什么这样逼我？"成坤知道岳鸣珂是熊经略的使者，只恐说了出来，魏忠贤会对熊廷弼不利。王成道："不是逼你，这刺客魏宗主必欲得而甘心，你知道了不说，真的要兄弟一家性命都和你同归于尽吗？"

岳鸣珂心想：那宫中的美妇不知是公主还是后妃，但听这口气，必然是和魏忠贤结成一气的了。所以魏忠贤才为她这么着急，一定要得自己而甘心。

再说那成坤见王成一再提及他以身家性命担保自己，状似挟恩胁迫，不禁起了疑心。反问道："你们怎么知道他是刺客？若他是刺客，为什么见了皇上又不动手？"王成道："你别管这个。你只说他姓甚名谁，什么来历。只要你说，魏宗主便立刻把你开释。说不定将来还要把锦衣卫交你统率。"成坤怒道："我不稀罕。再说我也不知道。那人进了养心殿后，先帝就叫我出去斥退那些追他的侍卫。"

成坤与董方面面相觑。董方道："什么你也说不知道。那么有一件事亦须你举手之劳的，你愿做么？"成坤道："要看是什么事。"王成道："现在外廷有些官儿硬说先帝是给李可灼的红丸害死的，连宰相都受株连，魏宗主要你做证人，说先帝是前天晚上死的，不是在养心殿内吃了红丸不久就死的。"成坤面色大变，忽然颤声说道："我本来没有怀疑，听你们这么一说，莫非先帝真是方从哲和李可灼害死的么？"

王成急道："你举手之劳，就可获释放。"成坤道："我平生不打假话。"王成道："我们的家小老幼担着关系，你若不肯，他们也都不能活了！"成坤忽大声喝道："王成，如今才看出你是小人！

什么身家性命担保，鬼才相信你的假话！"王成面色青白，董方喝道："狗咬吕洞宾，不识好人心！"突然伸手一戳，闭了他的穴道。王成取出一个布袋，将成坤带着镣铐塞入袋内，笑道："魏宗主怕明干他，会引起旧侍卫的不安，你看怎样才能把他静悄悄地干掉，让别人不起疑心？"董方道："这倒是个难差使，让我想一想。"想了一阵，忽然说道："你先把他的镣铐去了。"王成奇道："为什么？"

董方道："反正你已点了他的穴道，脱了他的镣铐，也逃不掉。我们将他偷偷带到煤山，把他缢死树上，就说他是自杀死的，岂不甚妙，让他死了也可得个忠烈之名。"王成鼓掌道："妙哉！"解开布袋，将成坤提了出来，把他的镣铐解了，回头对董方道："行了吧？"董方突然一掌劈下，王成骤出不意，缩肩不及，给他一掌打晕，董方双指一伸，正要替成坤解开穴道，忽然咕咚一声，倒在地上。侧门里窜出一名卫士，冷笑说道："魏宗主真有先见之明！"

原来董方虽一向与成坤不和，心地却比王成稍好。他一见王成非把成坤置于死地不可，忽然起了不忍之心，亦怕自己将来也会和他一样，因此陡然转念，想把成坤放走，双双逃出宫外。哪知魏忠贤伏有高手在旁，董方刚刚动手，就给他用暗器打了穴道。

岳鸣珂在屋檐上看得骇然。埋伏着的卫士走了出来，先把王成救醒，笑道："到底是你忠心。"仍把成坤塞入布袋，道："董方虽然可杀，但他的计策倒真不错。我们就让成坤'自缢'了吧。"提起布袋，和王成一同走出。

两人在御花园里走了一大段路，夜已三更，风寒露重，御花园里已是一片寂静，两人走到假山转角，陡然一阵冷风吹来，王成打了一个冷颤，道："咦，大哥，我有点害怕。"那名卫士道："怕什么？人还未害死呢，就是有冤鬼也不会现在来找你。"话刚说完，突然一阵冷风从背后吹来，耳边听得有人说道："找你！"那名卫士未待回头，手腕已给人抓着，胁下的将台穴也给来人用手肘一撞，痛入心脾，却叫不出声，王成也同样给来人依法炮制，那人笑道："你们要害人，阎罗王却要你们先去报到。"手腕用力，把两人摔入假山洞内。

再说成坤在布袋中忽然被人提了出来，睁眼一看，原来就是前日的"刺客"。那人笑道："你的穴道已经解了，出宫去吧，不要再当这劳什子的御前侍卫了。"成坤道："你怎么这样大胆？"远处忽现灯光。成坤道："岳大哥，你把那王成的衣裳换了，我带你混出宫去。"与岳鸣珂跃入洞内，过了片刻，岳鸣珂换了衣裳，前面的灯笼也不见了。

成坤道："我们从西华门出去，那边是锦衣卫把守，我有熟人。"岳鸣珂道："我不出去。"成坤奇道："你一再进宫来做什么？"岳鸣珂心头一动，道："我正有事请教。"将前事再说一遍，问道："成兄可知道那美妇究竟是什么人么？"成坤叹了口气道："国之将亡，必有妖孽，想不到这婆娘居然如此无法无天。"岳鸣珂听他口气十分不敬，道："这人不是公主或妃子吗？"成坤道："她现在比皇太后还有势力！她是当今圣上的乳娘客氏夫人！"

岳鸣珂奇道："乳娘？怎么乳娘有这样大的权势？"成坤道："当今圣上是她抚养大的，说也奇怪，圣上自小就离不开她，她又生得年轻美貌，现在已是四十多岁的妇人，看起来还像不到三十岁似的，所以先帝也很宠爱她。"岳鸣珂细味口气，似乎宫闱中还有更不堪闻问的事情，叹了口气，道："怪不得她如此猖獗。"成坤道："魏忠贤也是靠了巴结她，才渐渐在宫中得势的。魏忠贤自前年掌管了东厂之后，拨了几名亲信卫士到乳娘府听她调遣，渐渐她也有起私人的卫士来了。"岳鸣珂恍然大悟：那两位用迷烟迷翻自己的黄衣汉子，一定是她的卫士，替她偷掳男子进宫的了。又问道："你们也知道她偷掳男子的事吗?"成坤道："我们还料不到她敢如此。乳娘府的侍卫自成一系，我们也不便去探问。"岳鸣珂问清楚了去乳娘府的路，道："你在这里等我一会，我去去就来!"

过了一会，岳鸣珂循着成坤指点的路线，摸到了乳娘府外，见外面有几条黑影穿梭巡逻，便悄悄地在地上拾起两枚小石，向空一弹，趁着那些卫士分心之际，突然从暗角飞掠入府。岳鸣珂前日曾从这里逃出，门户依稀记得，一路借物障形，轻登巧纵，摸索到中间那座房子，刚从暗黝处长出身来，蓦然听得有人低声喝道："是小三吗? 圣上在里面，你到外面值班去。"岳鸣珂已换了东厂卫士服饰，情知误会，却不说话，待那人走过来时，蓦然伸手指一点，点了他的死穴，压在宫前的石鼓底下，飞身攀上屋檐。

屋子里炉香袅袅，红烛高烧，岳鸣珂心想：这倒像个新房。细看时房中已换了布置，靠窗处有一张大理石的长形书桌，桌上堆满奏章，一个十六七岁的少年在那里披阅奏章，东翻一本，西翻一本，样子显得十分淘气。岳鸣珂暗道："真是荒唐，这皇帝说小不小，说大不大，怎么还离不开乳妈，这样胡闹，把奏章都搬到乳妈房中来了!"

小皇帝翻了几本奏章，伸了个懒腰道："真麻烦!"他的乳妈客氏坐在一旁，斟了一盏参汤，递给他道："做皇帝嘛，怎能不看奏章!"小皇帝道："有好些字我都认不得，明天问太傅去。"客氏道："哎唷，由哥儿（熹宗名朱由校），这会给人笑话的，你拿给我看吧，也许我会认得。"小皇帝随手递过一本奏章，那是陕西巡抚报告"匪乱"，请求增兵的奏折，客氏看了道："王巡抚说，陕西连年大饥，现在已有三十六股盗匪，要你派兵去。"由校慌道："陕西离这里多远?"客氏道："远着呢，哥儿，你甭担心。"由校道："那些官儿的名字好多，我都记不得，明天问杨兵部去，叫他保举一个人去吧。"客氏又笑道："不行哟哥儿，调兵遣将之事，应该皇帝做主，你要外面的大臣出主意，将来太阿倒持，那就不好啦!"

正是：狐媚欺幼主，植党乱朝纲。

欲知后事如何？请听下回分解。

第十二回

块垒难消　伤心悲国事
权奸弄柄　设计害将军

由校又伸了个懒腰，道："我实在不想看了，做皇帝这样辛苦，真是不做也罢。乳娘，依你说怎么样？"客氏巴不得他有此一问，回道："听说兵科给事中刘廷元很行，何不叫他带兵？"由校道："好，刘廷元就刘廷元吧！"提起朱笔在奏章上批了，笑道："乳娘，以后你替我看，你说什么，我就批什么。"客氏迫他看奏章，本心就是故意令他厌烦，好乘机抓权的，听他一说，心中狂喜，面上却不表露出来，蹙眉说道："由哥儿，这担子我可担不起，如有差错，那些东林党人一定放不过我。"由校道："我不说出去便是。"客氏这才盈盈笑道："那么你去睡吧。奏章让我看好了。"由校忽道："熊廷弼可是个大忠臣！"边说边提笔在纸上胡乱涂写，字体歪斜，但却写得很大，连岳鸣珂在屋檐上也看得清楚，只见他满纸写着"熊廷弼是个大忠臣"，总有七八行之多。客氏一愕，笑问道："你怎么知道熊廷弼是个大忠臣？"由校道："父皇生前常对我说，说要不是熊廷弼替咱们撑着边关，满洲鞑子早已打进来了。父皇病重时曾诏他回京，刚才我看到熊廷弼半月前发的奏章，说是已经动身，预计在廿八可到，廿八就是大后天，你看我要不要出宫去迎接他？"岳鸣珂又惊又喜，惊的是熊经略此时回京，朝中正混乱不堪，宰相方从哲和魏忠贤内外勾结，朋比为奸，皇帝又被客氏挟持，只恐对熊经略不利；喜的是三天之后便可见到大帅。心念一动，忽然想起卓一航三天之后的约期，心道：怎么这样凑巧，熊经略定三天之后到京，而他的约会也特别提出"三天"这个期限？

客氏啜了一口参汤，歪着眼睛笑道："瞧你，你说不为这些事操心，现在又操起心来了。先帝驾崩，到廿八还未过七日之期，你不能出宫。让他来朝见你好了。好孩子，你也累啦，快去睡吧！"

由校本来想睡，想起熊廷弼却想起一桩事情，又道："刚才我乱翻那些奏章，见十有八九都是参劾熊廷弼的，熊廷弼既是个大忠臣，那么那些参劾他的官儿一定是奸臣了。我明日坐朝，一个个将他问罪。你替我把他们的名字抄在纸上，好吗？"岳鸣珂暗道："咦，这个小皇帝在这件事情上居然很懂事。"客氏吓了一跳，忙道："我们坐在深宫，不知道外面的事情，先帝虽说熊廷弼是个忠臣，但难保他在其他方面不专权擅断，既然有那么多人劾他，那他也一定有做错的地方。"由校道："那么你是说要惩办熊廷弼吗？父皇在地下知道，一定不答应的。"客氏道："两边都不理好啦。你若将那些劾熊廷弼的人问罪，一时间哪能找这么多官儿扶助你处理政事。"由校侧头想了一阵，道："好吧，把那些奏章，装一大箩，都给熊廷弼送去！"

客氏道："好了，好了，快去睡吧！"由校把所写的字团揉成一团，掷落桌底。客氏替他把奏章收拾好了，牵他去睡。由校忽然做了个怪脸，道："李选侍要替我立皇后呢！"李选侍是光宗常洛最宠的妃子，由校母亲早死，事之如母。客氏笑道："皇上大喜呀，我的由哥儿成了大人了。"由校道："我不要皇后，我要乳娘做皇后。乳娘，你真美，你的女儿就像你的妹妹一样，和你站在一起，还没有你好看呢！"客氏啐了一口道："疯话儿！"开了睡房的门，和由校进去。

岳鸣珂飘身下地，从桌子底下捡起那团纸团，忽听得外面推门之声，急又跳上梁上，房门开处，一个婀娜少女闪身走进。岳鸣珂心道：怎么这个少女如此大胆，也不叫门就进来了？

客氏在里房问道："是婷儿吗？"少女叫了声："妈。"过了一阵，客氏从里面走出，把门轻轻掩上，道："小声一点，皇帝刚刚睡呢。"少女道："魏公公说皇帝在你这里，所以我才赶来。"

这少女乃是客氏的女儿，名叫客娉婷。客氏未进宫前，魏忠贤也还未做太监，两人本是老相好，客氏和他私通，生下一女，就是这个客娉婷。所以神宗死后不久，魏忠贤一掌了权，就替客氏把她女儿接来。但客娉婷却不知道魏忠贤是她生身之父。

客氏把女儿拉在身旁坐下，笑道："傻丫头，你来做什么？你想做皇后吗？可惜你没有这样福气。皇帝虽然听我的话，可是皇后必须是名门望族，谁叫咱们祖宗没做过大官呢。要你做妃子我又不愿意。乖女儿，你放心，我一定给你挑个好女婿。"客娉婷面红红地佯嗔说道："妈好没正经。我问你正经的事，你给皇上说了没有？师公说他偷偷躲在宫内总是不妥。他想弄一个锦衣卫的都指挥做做。"客氏道："还没空说呢。"客娉婷道："师公已传了我的剑谱，你再不替他去说，我可难为情。"客氏笑道："这又不是什么大事情，乖女儿，你这样心急干吗？我明天替你一说便成。"

岳鸣珂好生奇怪，心道：这个女娃儿也有师公，还练剑呢！客娉婷忽道："妈，你借那把龙泉剑给我瞧瞧。"客氏道："别提这把剑啦，这把剑几乎弄出大事。"客娉婷道："瞧一瞧有什么关系。"客氏道："这剑你可不能拿去用。"客娉婷道："我听师公和慕容总管道：宫中宝剑虽多，只有这把最好，其他的还比不上魏公公新得的那把游龙剑呢！"客氏微露惊讶之容，自言自语道："怪不得那小子这样宝贝！"岳鸣珂听得她们议论自己的宝剑，十分留意。客氏边说边拉开壁橱，岳鸣珂凝神注意，忽觉微风飒然，一蓬银光向自己射来！

岳鸣珂衣袖一拂，将那些梅花针纷纷拂落，一跃下地。客娉婷叫道："有刺客！"客氏见是岳鸣珂，吓了一跳，客娉婷叫道："妈别慌，女儿拿他！"客氏一按机括，隐入复壁暗室。客娉婷随手拔了一把长剑，刷的一剑向岳鸣珂刺来。

岳鸣珂大吃一惊。吃惊的不是为了这少女剑法高明，而是她使的竟是玉罗刹独门剑法的招数！当下连避三招，门外人声纷扰，岳鸣珂一个"秋水横舟"，往她手腕一切，左手双指点她面上双睛，客娉婷武功虽然不弱，究是初临大敌，心一慌，被岳鸣珂劈手将长剑夺过，纵身一跃，一本剑谱忽然跌下地来！岳鸣珂急忙捡起，门外卫士已然抢进。

岳鸣珂夺获的那把长剑虽然不是龙泉宝剑，却也十分锋利，随手一削，把一名卫士的单刀削断，右脚一起，又将一名卫士踢出门外，飘身飞上屋檐，再一翻身上了屋脊，疾忙逃跑，越过几重楼台殿宇，忽听得四面大喊"捉刺客"之声，岳鸣珂躲入花树丛中，只见数十名卫士四处涌来，追赶的方向却不是向自己闹事的乳娘府。岳鸣珂好生奇怪，跳上树顶瞭望，只见远处一条黑影，疾若流星，从内苑一直飞出外面的保和、中和、太和三大殿，倏忽不见，身形之快，前所未见，那份轻功绝不在自己之下，岳鸣珂大为奇怪，想不到有人和自己在同一天晚上夜闯深宫。

卫士们到处搜索，过了半个更次，渐渐散去，岳鸣珂见附近只有两名卫士巡逻，走来走去，蓦然想道：我何不捉着他们一问？从花木后突然扑出，双臂斜伸，以闪电般的手法，分点两名敌人穴道，左边那名卫士咕咚一声，应指即倒！右边那名卫士突然向后一仰，反手一勾，竟然勾着了岳鸣珂手腕，岳鸣珂坐腰一带，没有带动，自己却反而给他反力推了出去，不由得大吃一惊，拔出长剑，一剑刺出，那人闷声不响，身形一翻，双掌切落，竟然抢攻自己左面空门，岳鸣珂剑锋一颤，疾刺敌人小腹。这一招迅捷无伦，那人"吓"的一声，一低头，竟然从剑底钻过，双掌迅收即发，掌风夹耳掠过！功力之纯，变招之速，为岳鸣珂对敌以来所仅见。

殊不知岳鸣珂吃惊，那人却吃惊更甚。他是东厂卫士的总教头，宫中的第一把好手，名叫慕容冲，身兼内外两家之长，几十年来，从无对手。哪料今晚宫中，接连两处报有刺客，神武宫前发现的刺客，轻功在他之上，追之不及，这犹说是未曾交手，不算折损威风；而这名刺客，见面三招，剑剑辛辣，自己几乎给他刺中，而且他身上穿的还是东厂卫士的制服，看来必定有人已遭毒手。若然擒他不得，自己还有何面目以见同僚。

两人各怀戒惧，手底丝毫不缓，片刻之间，已各自抢攻了一二十招！

岳鸣珂见他哑斗闷战，起了疑心，低声喝道："喂，你是哪条线上的朋友？我不是宫中卫士，你别认错了人！"在岳鸣珂心中，以为他既不招唤同伴，可能像自己一样，也是偷偷溜进皇宫。殊不知慕容冲身为东厂卫士的总教头，武功自夸无敌，初时发现"刺客"，又想独自擒获领功，生怕其他卫士赶来分功，所以未曾呼唤。

岳鸣珂这一起疑，出声招呼，略一分心，剑法稍缓，慕容冲见隙即入，"蓬"的一拳，击在岳鸣珂肩上，饶是岳鸣珂内功深湛，也晃了几晃，忍痛还了一剑。慕容冲一招得手，扑击越发凌厉！岳鸣珂中了一拳，渐觉不支，又斗了二三十招，乾清宫的卫士已听到声息，远远赶来。慕容冲急于领功，左手勾拳，右手绵掌同时发出，岳鸣珂向后一仰，长剑迅戳他下盘，呼的一声，掌风从鼻尖掠过，慕容冲向上一跃，嗤的一声，裤管也被刺穿，岳鸣珂侧身一剑，慕容冲忽然大叫一声，腾身便走。黑黢里一个人窜了出来，把岳鸣珂一拉，转到假山石后。

这人正是成坤，他身为御前侍卫的班长，当然也是一流高手。他躲在山洞里闷得发慌，听得外面声响岑寂，偷偷溜出，忽然发现慕容冲来回搜索，若在平时，成坤武功虽然略逊于慕容冲，还不至怕他，但在此际，却吓得又躲到假山石后，躲藏的地方，恰恰和岳鸣珂隐身之处相距不远。

不久，岳鸣珂窜出和慕容冲交起手来，成坤日间曾受苦刑，创伤未复，急忙运气调元，过了一阵，见岳鸣珂中了一拳之后，渐处下风，偷偷折了几枝竹枝，用最上乘的"摘叶飞花，伤人立死"的暗器功夫，发了出去。慕容冲战岳鸣珂不过是打个平手，骤然发现有高手暗伺在旁，只怕折损当场，纵同伴赶来，也已有伤颜面，所以腾身便走。

成坤把岳鸣珂拖到假山石后，道："随我来。"转过几处假山，突把一块大石一掀，露出一个黑黝黝的地洞。成坤和岳鸣珂缓了口气，只听得外面又闹成一片。

成坤道："从这里可一直通到宫外御河，不必冒险从西华门出去了。"岳鸣珂道："这条秘道没人知道么？"成坤道："这条秘道是先帝还在东宫之时所造，只有五名卫士知道。先帝一死，我们这班御前侍卫都已失势。他们未必肯为魏忠贤卖力，我料他们未必敢冒险到地道来搜。"两人一路出去，果然毫无阻滞，背后也没人追。不久听见水声淙淙，成坤打开暗门，河水淹漫进来，岳鸣珂就想窜出，成坤叫道："且慢！"伸手在石壁上一按，岳鸣珂这才看出，洞外有一面铁轮疾转，轮叶都是尖刀，过了一阵，转势渐缓，又过了一阵，才完全停止。

成坤掩上暗门，和岳鸣珂从刀轮之下钻出，上岸之后，成坤仰望天色，说道："天快亮了，我们这身湿漉漉的不好行走。董方的家就在附近，我们且到他那里换过一身衣裳，我也有话要对董嫂子说。"

董方是成坤的副手，董方的妻子也是武林人物，并且知道丈夫一向和成坤不大和好，开门一见成坤带了另一个卫士，像两只落汤鸡似的走了进来，不禁吓了一跳，成坤道："大嫂把门关紧，我有话要和你说。"

成坤把董方临危救他、受了暗算之事说了，董方妻子素知成坤从不说谎，"哇"的一声哭起来道："我早叫他不要当这劳什子的御前侍卫了，跟我父亲干镖行还自在得多，他却不听，如今果然出了事了。"成坤道："嫂子，你先别哭，我们二人虽然一向不大和好，但他这次舍身救我，我却感激得很，包在我的身上，把你丈夫救出来便是。"董大嫂收了眼泪，睁大眼睛，露出疑惑之容，似乎是在说："你自身难保，如何能救我的丈夫？"

成坤道："你拿纸笔来，我替你写一封信，天明后你去找锦衣卫指挥石浩，叫他替你把信送给魏忠贤，魏忠贤再大胆子也不敢杀你丈夫！"岳鸣珂恍然悟道："是啊，成大哥没死，魏忠贤自然不敢杀董大哥。"

董大嫂这时也已醒悟，成坤知道宫中的秘密太多，魏忠贤与客氏秽乱宫廷、诛锄异己等等事情，须瞒不了成坤耳目。而且宫中还有许多卫士是成坤朋友，成坤以此要挟，魏忠贤总不能不有所顾忌。

成坤写了书信，董大嫂道："我已替你们准备了两套衣服，你们将就一点穿吧。"成坤和岳鸣珂进了客房，掩上房门，把湿衣脱下，成坤的湿衣中藏着一对手套，成坤反复看了一遍，珍而重之地把它放在桌上。岳鸣珂拾起的皇帝所写的那团纸团，藏在贴肉之处，幸喜没有湿透，急忙点起油灯，贴着灯罩，把它烘干。

换了衣裳，成坤忽道："岳大哥，你的武功是高明极了，小弟远远不如。你救了我的性命，今生我是无可报答的了，这一对手套万望你赏面收下。"岳鸣珂道："成大哥，这是哪里话来……"本想推辞，见他辞诚意恳，而且一对手套也不是什么贵重东西，也便收了。

成坤见他收好手套，这才说道："岳大哥，这对手套乃先帝所赐，听说是用金丝猿的毛和黑龙江的白皮线织成，刀枪不入，毒邪不侵，戴上了用来空手夺人兵刃，那是最好不过！"岳鸣珂叫道："你为何不早些说，这样贵重的礼物，我可不敢接受！"把手套拿了出来，成坤笑道："君子一言，快马一鞭！你既答允收了我的微礼，如何又要反悔！"岳鸣珂没法，只好再多谢一遍，把手套珍重藏入怀中。

这时东方已露鱼肚白色，董大嫂出门雇了一辆马车，悄悄把成坤岳鸣珂送走，她也入皇城去了。

岳鸣珂吩咐赶马车的驾到兵科给事中杨涟家中，成坤道："啊，原来你是住在那里，杨涟是一个好官。谅来他们不敢太过放肆。"岳鸣珂道："怎么？"成坤道："你住在杨家有人知道吗？"岳鸣珂道："知道的不多，我入京时也料不到发生这些事情，所以也就没有把居处保密。"成坤叹了口气，贴着岳鸣珂耳根悄悄说道："你的住处只怕他们已知道了。"岳鸣珂道："你怎么知道？"成坤道："前天我被魏忠贤囚禁之前，听得有些东厂卫士商议，说是要监视杨家。我正不明白为何他们如此，原来是你住在那里。"

岳鸣珂大急，赶到杨家，天已大明，成坤偷瞧外面，见没熟人，和岳鸣珂下车，忽见杨家大门打开，家人叫道："岳爷回来了！"

岳鸣珂和成坤走上中堂，只见杨涟端坐当中，大叫："反了！"岳鸣珂急问何事。杨涟道："我身为兵部大员，料不到竟然有强盗打我的主意。"岳鸣珂道："失了什么东西？"杨涟道："东西倒没有失什么，强盗只拿了一些古董，不过你那位同伴却给贼人劫走了。"岳鸣珂一听，魂飞魄散，他和铁珊瑚意气虽然未尽相投，可是一路同行，情分却如兄妹。定了定神，问道："强盗来了多少？"

杨涟道:"大约有七八个吧,都是蒙面的!你那位同伴出来和他们打,寡不敌众,给捉去了。"岳鸣珂一想:这班强盗一定是魏忠贤的手下,不敢说出,免杨涟忧惧,只道:"待小侄邀请武林朋友,替老伯侦查。"杨涟道:"京中从来没有出过这样猖獗的匪徒,我要到兵部衙门去,叫他们通知九门提督,问他是干什么的。你回来了那好极啦,替我看着这个家吧。"又吩咐家丁严密看管门户,怒气冲冲,亲自到兵部去了。

岳鸣珂和成坤回入客房,成坤道:"必然是东厂卫士干的无疑。令友是谁,叫什么名字,我替你打听打听。"岳鸣珂道:"我进宫去和他们大闹一场。"成坤摇摇头道:"不行,你闹了两次,他们一定严密戒备。宫中除了慕容冲外,听说还新来了两名高手,连我也只是隐隐约约地听他们说,不知道他们名字。像此情形,一定是在江湖上辈分极高的人,岳兄若再冒险闯宫,只恐自投罗网。我在宫中还有好友,待过了一两天,风声稍缓之后,我就秘密替你打听。"岳鸣珂一想,也只好如此,道:"那么,你看他们还会不会再来?只怕我们不去找他,他却来找我们。"成坤道:"兵法云虚者实之,实者虚之。出了这桩事情,他们料你不敢住在杨家,我们却偏在这里。他们和杨涟没有什么仇恨,看来不会再来。再说,他们若来,以你我的武功,当场捉他一两个,然后拼死打出去,把这件事揭穿,索性和他大干一场。"岳鸣珂道:"好,就是这样!"

晚上杨涟回来,说道:"九门提督已下旨缉拿,我限他们十天破案。"岳鸣珂暗笑道:"这个案叫九门提督去办,十年也不会破!"杨涟缓了口气忽道:"这件事气死我了,好在还有一件好消息可告诉你。"

岳鸣珂问道:"什么好消息?"杨涟道:"今日我到兵部衙门,接到了熊经略三百里快马加急送来的信,说是后天便可到京,告诉兵部同仁知道。信中并说要在寒舍下榻。这真是大喜之事,朝中乱糟糟的，也得他回来管一下了。"熊经略要回来之事，岳鸣珂昨晚已知，不过现在消息更加证实，心中亦是高兴。便道："熊经略虽然手握兵权，但他是外臣，只恐管不了朝廷之事。"杨涟道："论职位他虽然高不过台阁之臣，但他正气凛然，又有尚方宝剑，就是方从哲、魏忠贤也要怕他。"

到了熊廷弼回来的日期，熊廷弼的几位好友如吏部尚书周嘉谟、礼部尚书孙慎行、都御史邹元标等人都到杨涟家中等候。兵部尚书杨焜本也要来，但却因调兵陕西之事，不能参加。几个人一早便等，等到过了午牌时分，都未闻有鸣锣开道之声，正在奇怪。孙慎行道："莫非改期了？"杨涟道："熊经略绝不会失信于人。"话犹未了，管家的来报道："外面有两条大汉要见老爷。我问他姓名，他说是姓熊的，只恐是熊经略的家人，老爷见不见他？"杨涟"啊呀！"一声站了起来，道："快请他进来！这一定是老熊了，我知道他的脾气！"过了片刻，一个虎头鹰目的大汉踏步走上台阶，满脸风尘之色，后面一个随从，背着一个包袱，众官纷纷起立，叫道："熊经略，你怎么不预先通报一声！"想不到这个手握兵符、声威赫赫的名将，竟然只带了一个随从，就从边关来到京城。

熊廷弼笑道："我不是前天就派人送了信吗？怎么说我没有通报。"众官所指的"通报"其实不是如此，只好笑道："你这样来，真像一个刚刚从阵上退下来的兵大爷。"熊廷弼大笑道："我本来就是大兵嘛。"岳鸣珂也急出来参见，熊廷弼道："你也住在这里，那好极啦！咱们晚上再谈！"接着把他的随从给各人引见。这随从名叫王赞，是武林名家日月轮邱太虚的入室弟子，和岳鸣珂早已相识。岳鸣珂道："路上没有遇到事？"王赞笑道："途中遇过两三处剪径强人，见我们只有这点行李，看都不看就走了。"岳鸣珂笑道："那么算是他们的造化。"

众官围着熊廷弼迫不及待地把朝中乱糟糟的事情说了出来。熊廷弼默然倾听，不时摇头。众官正自说得高兴，忽听得外面大声吆喝，管家的报道："钦差大人到！"众官回避，熊廷弼和岳鸣珂也退入厢房，杨涟在中堂站立。过了片刻，大门开处，只见一个蟒袍玉带的官儿，带了几十名校尉，走上堂来。杨涟急忙跪下领旨，钦差道："不关你的事，叫熊廷弼出来！"熊廷弼对岳鸣珂笑道："咦，我前脚刚到，他们后脚就来了。圣主年纪虽幼，倒很精明呢！时间算得这样的准！"说着，随便整整衣冠，走出堂外，忽听得钦差喝道："熊廷弼跪下领旨！"

熊廷弼跪下领旨，只听得钦差宣读道："罪臣熊廷弼专权擅断，纵兵搅民，巡边经年，并无寸进。而今又擅离职守，私自回京，藐视朝纲，图谋不轨。着令缴回尚方宝剑，下大理府审问。"钦差读了之后，喝道："绑了！"熊廷弼气得须眉如戟，大声叫道："我是先帝召回来的，有什么罪？"钦差喝道："你岂不闻雷霆雨露，俱是天恩，今上的圣旨，你敢咆哮？只此一端，便是大罪！"熊廷弼怒道："圣上年幼，朝政被奸臣贼子把持，罢了，罢了！"束手就缚。熊廷弼还以为这真是圣旨，所以虽然气愤填胸，却是不敢违背。

杨涟呆立一旁，吓得痴了。校尉正自涌上来捆缚，岳鸣珂忽然在厢房一跃而出，舌绽春雷，大喝一声："且慢！"钦差斥道："你是何人？"岳鸣珂双臂一振，把四名冲上来的校尉，弹出三丈开外，跌落台阶。钦差大叫："白日青天，你敢造反！"熊廷弼气上加气，厉声斥道："岳鸣珂，你想陷害我吗？"

岳鸣珂虎目含泪，急声说道："大帅，这圣旨是假的！"熊廷弼大吃一惊，道："假的？"钦差斥道："胡说！"指挥校尉捕人。熊廷弼倏地拔出尚方宝剑，喝道："且慢，待我弄清楚了，再跟你去！"众校尉素知熊廷弼有万夫不当之勇，更兼他这一喝，神威凛凛，一时间不敢动手。岳鸣珂从怀中掏出一团纸团，展了开来，铺在手心，叫杨涟道："杨大人，你来看，这是不是当今圣上的亲笔笔迹？"

每逢皇帝登位，总有诏书分发各部，慰勉大员。杨涟一看，只见纸上写满"熊廷弼是个大忠臣"几个大字，歪歪斜斜的有七八行之多，果是由校笔迹。心气顿壮，也不暇问岳鸣珂从何得来，大喜说道："熊大人，这是当今皇上笔迹！"叫道："各位大人请出来，咱们大家看看！"

这钦差是魏忠贤的奸党崔呈秀，这时慌了手脚，强自镇定，大声喝道："圣旨哪有假的？"把诏书一展，露出皇帝玉玺，熊廷弼一眼看去，字迹虽然不像，玉玺却是真的。岳鸣珂急道："奸阉当权，盗用国玺。大帅上朝和他辩去。"

熊廷弼冷笑道："崔呈秀，我和你亲自上朝！"众官道："我们陪去！"崔呈秀道："熊廷弼，你如此侮蔑朝廷，抗旨违命，那是抄家灭族之祸！"熊廷弼道："不用多说，我拼杀拼剐，和你上朝！"崔呈秀灵机一动，道："圣上在宫守孝，你要上朝，明早去吧。"又假意呼喝道："杨涟，熊廷弼交你看守了，若然明日不见，唯你是问！"率领校尉撤退，熊廷弼暗道崔呈秀那厮总逃不掉，自己是外臣，不便在此扣留他们。于是喝止岳鸣珂，让他们退出，几个大官气得说不出话！

熊廷弼颓然坐下，叹了口气，摇头说道："算这圣旨是假，朝中奸党如此猖獗，国事已不可为了！"众官纷纷慰劝。杨涟道："熊大哥远道回京，别给这些奸贼败了豪兴，咱们喝酒！"正说话间，忽闻得外面又有大声吆喝，把门敲得震天价响，杨涟怒道："崔呈秀这厮还敢回来！"话犹未了，大门砰的震开，一群人涌了进来，个个以黑布蒙面，只留面上双睛。为首的大声喝道："听说熊大帅回来，咱们要借点银两！"熊廷弼狂笑道："我两袖清风，何来银两！"杨涟大叫道："白日青天，明火打劫，反了，反了！"岳鸣珂

·254·

道："这些人不是普通强盗！"几十名强盗纷纷围上，熊廷弼把杨涟推入房中，为首的"强盗"一手抓下，熊廷弼一声大喝，宝剑横劈，那名"强盗"身形一斜，呼的一掌扫去，熊廷弼叫道："你这样身手做强盗岂不可惜？"岳鸣珂侧身一剑，接口叫道："慕容冲你要不要命？"那名强盗骤吃一惊，缓了一缓，熊廷弼道："鸣珂，你认得他？"慕容冲见被识破，大喝一声："把他们干了！"几十名东厂高手，一涌而来，把熊岳二人迫到墙根！

原来矫圣旨、扮强盗都是魏忠贤和客氏的策划，想瞒住皇帝，把熊廷弼除去。王赞一摆五行轮从房中冲出，一名卫士提鞭劈下，给他五行轮一绞，登时脱手，断为两截。卫士中突然冲出一个老头，双掌疾发，掌风雄劲，把五行轮竟然震歪，岳鸣珂贴着墙根，一剑刺出，那老者足根半旋，左掌一招"迅雷击顶"，搂头劈下，大白天看得清清楚楚，手掌红似朱砂，岳鸣珂大叫道："金老怪，你也来了！"那老头哈哈大笑，索性把面巾除下，叫道："岳鸣珂，今朝须报你一剑之仇！"岳鸣珂道："大帅，这老贼练的是毒砂掌，不要给他碰着！"运剑如风，挡在熊廷弼面前，慕容冲和金独异左右夹攻，岳鸣珂十分危险。

熊廷弼睁目大喝："鼠子敢尔！"突然发起神威，把迫近身前的一名卫士一手抓起，摔出门去！众卫士吃了一惊，慕容冲叫道："不必怕他！"施展大擒拿手来抢熊廷弼宝剑！熊廷弼虽然力敌万夫，擒拿扑击却非所长，几乎遭了慕容冲毒手，王赞拼死力战，兀是抵挡不住！

正在紧张，房中一人又窜了出来，大声叫道："众兄弟听我一言！"此人正是成坤，东厂卫士，全都识得。给他一叫，一半人停下了手。成坤叫道："熊经略朝廷柱石，只手擎天，你们怎能如此丧心病狂，把他谋害！魏阉现在虽然得势，将来必无好的下场，兄弟们，大家散了吧！"有几名卫士突然大哭起来，撇下兵器便逃！

慕容冲急忙喝道："成坤已是叛贼,谁敢听他说话,死罪难逃!"这批特别挑选来的卫士,十九都是魏忠贤心腹,听了这话,除了少数几人弃械潜逃之外,其他的又再围攻。

岳鸣珂挡在熊廷弼面前,成坤王赞二人,一人在右,一人在左,贴着墙根,拼死力战。幸在那几十名卫士,虽然迫于魏忠贤与慕容冲之势,不敢潜逃,但已有一半只是作势佯攻,不肯出力。但虽然如此,慕容冲与金独异武功实在高强,只此二人已使岳鸣珂等三人难于应付,何况还有其他卫士围攻!又战了片刻,成坤肩头中了一掌,熊廷弼左臂也中了一刀。岳鸣珂双瞳喷火,挥剑死战。忽然外层的卫士纷纷惨呼,一个老头大声喝道:"金老怪,这回可找着你了!"金独异叫道:"郝贤弟,你接他十招!"

叫喊声中,忽又听得格格笑声,十分清脆,笑道:"还有我呢!金老怪,咱们第一次见面,你不赏面赐招吗?"笑声绕梁,寒光闪目,只见玉罗刹手提长剑,发出异样光芒,从人丛中杀了进来,转瞬之间,刺伤了七八名卫士,直杀到垓心,慕容冲大怒,反手一勾,玉罗刹一剑扑空,几乎给他击中!剑锋一颤,似左反右,慕容冲也几乎给她刺着,两人换了一招,各自吃惊!玉罗刹为了背腹受敌,笑道:"这样打不好!"反手一剑,将一名卫士刺伤,低头又避过慕容冲一掌,一个旋身,转到岳鸣珂身边,也学着他贴墙作战。岳鸣珂大喜道:"练女侠,快来保卫大帅!"玉罗刹冷冷说道:"我不管你什么大帅,我只要剑谱!"蓦然一跃而出,一剑向金独异刺去!

金独异猛发一掌,掌风及胸,玉罗刹震得被迫退了一步,剑锋一转,带守带攻,娇笑道:"唔,果然不错!只是也还不配要我的剑谱!"侧身两记怪招,金独异也给迫得退了两步。

岳鸣珂叫道:"练女侠,你的剑谱包在我的身上,你今日如此出力,我先谢你!"玉罗刹道:"我可不领你的情,我也不是替你

叫喊声中，忽又听得格格笑声，十分清脆，笑道："还有我呢！金老怪，咱们第一次见面，你不赏面赐招吗？"笑声绕梁，寒光闪目，只见玉罗刹手提长剑，发出异样光芒，从人丛中杀了进来。

出力。"话虽如此，但她手中剑招，可是招招毒辣，丝毫不缓。岳鸣珂百忙中斜眼一瞥，忽见玉罗刹手上那把宝剑，甚似自己的游龙剑，非常奇怪，但在围攻之中，已无暇细心辨认。

酣斗中忽又听得外层卫士大声呼喝，有人叫道："金大哥，是硬把子！"金独异应道："我知道，分一半去围她！"玉罗刹笑道："爹爹，你杀进来！金老怪在这里！"外面一个苍老的声音叫道："行呀！玉娃儿！"蓦然只见几名卫士飞在半空，原来是给那老头用大摔碑手抓了起来，摔出门去！片刻之后，那老头边打边扑入来，岳鸣珂不知此人便是威震西北的铁飞龙，见如此声势，甚为惊异，心想：这个女魔头果然神通广大，居然认了这样一个爹爹。

铁飞龙与玉罗刹一来，岳鸣珂这边实力大增，可是敌人那边力量更增！原来那些卫士起初不想陷害熊廷弼，有一半不肯出力，可是到铁飞龙与玉罗刹一来，下手毒辣无比，不觉激起公愤！

那些原先不肯出力的卫士，见同伴给玉罗刹刺伤遍地，而且每一剑中的不是关节要害，就是穴道所在，痛得滚地大叫，惨不忍闻。那些被铁飞龙摔死打伤的，更是脑浆迸流。卫士们大怒，纷纷围攻玉罗刹铁飞龙二人，熊廷弼这边，反而减了压力。

玉罗刹剑法虽高，可是须配以轻功，才相得益彰，在围攻中轻功使不出来，威力减了一半。幸在铁飞龙下盘功夫极稳，掌力雄劲异常，剑掌相连，这才抵挡得住。

岳鸣珂见形势略稳，但危机仍未消逝，而且又怕东厂增援，心中仍然着急。玉罗刹刷刷两剑，把欺近身前的一名卫士刺伤，又娇笑道："岳鸣珂，你的好朋友呢？"岳鸣珂心念一动，应道："就来！"腾出左手，取了成坤所赠的手套戴上，突然冲了出去，金独异大喝一声："哪里走！"呼的一掌横扫过去，岳鸣珂突然伸出左掌一接，右手剑闪电惊飙，"喀"的一剑将他胫骨刺穿，左掌借他的掌力，腾身飞起，竟然从众卫士头上，飞越过去！

按说金独异武功绝不在岳鸣珂之下，如何会吃了大亏？原来金独异自恃掌有剧毒，岳鸣珂从不敢硬接，所以松了戒备。哪知岳鸣珂戴了金丝手套，不怕毒伤，竟然用了一记绝快的招数和他抢攻，一招得手便即逃出！

熊廷弼见岳鸣珂临危逃走，不觉大奇。王赞气道："患难见人心，果然不错！"熊廷弼道："岳鸣珂想是另有作为，你不要胡乱猜疑！"宝剑展开，寒光挥霍！金独异受了剑伤，功力大减，慕容冲虽然武艺高强，但熊廷弼神勇过人，又有王赞成坤两名高手掩护，而且其他的卫士又不肯攻他，所以虽然不能突围，倒也能暂安无事。

再说白石道人被人威吓，大为愤怒，召集了京中的武当派弟子十多人，更加上柳西铭约来的高手十多人，济济一堂，准备与敌人决一雌雄。候了两天，敌人踪影不见。这日已是最后日期，心情分外紧张，众人集在柳家，从早上守到下午，仍然不见敌踪。柳西铭笑道："武当派声威盖世，有什么人敢轻捋虎须。"白石道人甚为得意，笑道："过了今日，我可不等他了。"正谈笑间，忽有武当弟子报道："有人来！"柳西铭问道："有多少？"把风的弟子报道："只是一人！"柳西铭奇道："这样大胆，把门打开，让他进来！"片刻之后，一人满头大汗冲进，众人纷纷起立，准备迎敌。卓一航叫道："啊！原来是岳大哥！"白石道人松了口气，以为他是得了讯息，赶来助拳的。冷冷说道："岳英雄，不必有劳大驾了！"岳鸣珂笑了一笑，走上前去与卓一航拉手，突然骈指在卓一航腰间一戳，点了他的软麻穴，一转身将他背起，飞一般地冲出门去。满堂高手，骤出不意，全都愕然。

正是：突出奇兵施妙计，满堂高手尽惊奇。

欲知岳鸣珂何故将卓一航掳去，请看下回分解。

第十三回

风雨多经　断肠遗旧恨
市朝易改　历劫剩新愁

　　且说岳鸣珂突如其来，把卓一航的软麻哑穴点了，一转身将他背起，飞一般地冲出门去，满堂高手无不愕然。白石道人怒喝道："原来是你这小子与我为难，追！"率先仗剑追出！柳西铭知道岳鸣珂身份，说道："道兄不可鲁莽！"白石道人已率武当弟子追出大门。柳西铭和一众武师只好跟着追出。

　　岳鸣珂轻功卓绝，背了一人，还是比白石道人高出少许，白石道人使出"八步赶蝉"的绝技，还是落后两三丈地之遥，恨得牙痒痒的，投鼠忌器，又不敢施放暗器。

　　岳鸣珂一口气跑到杨家，这才把卓一航穴道解开。卓一航刚刚醒转，便听得里面金铁交鸣，叱咤追逐的厮杀声，几乎疑是发了一场噩梦，未及开声，岳鸣珂已在他耳边说道："卓兄，助我一臂之力，救熊经略！"

　　再说玉罗刹与铁飞龙正在吃紧，忽见卓一航与岳鸣珂联袂而来，精神陡振，长剑一抖，挽了一个剑花，一招"李广射石"，直取金独异咽喉要害。金独异肩头一偏，反手勾她的手腕，铁飞龙一拳捣出，金独异沉腕一格，竟给震退两步。玉罗刹已倏地冲出，宝剑上下翻飞，顿时间连伤四名东厂卫士，冲出去接应卓一航了。

卓一航见铁飞龙与玉罗刹都在此地，又惊又喜，问道："这是怎么回事？"岳鸣珂道："你与练女侠敌着这班强盗，我去救大帅。"运剑如风，斜刺杀开血路。卓一航跟踪望去，只见墙角一个魁梧汉子，熊腰虎背，凛若天神，想必是熊廷弼无疑。卓一航对熊廷弼久已钦仰，见此情形，马上明白了岳鸣珂用意，对玉罗刹也顿然好感起来，急运武当派七十二手连环夺命剑杀出重围，剑剑辛辣，霎时间也伤了几名东厂卫士，玉罗刹已然杀来会合。卓一航喜道："练姐姐，原来你也是一片忠心，来救熊经略了！"玉罗刹本意只是来追索剑谱，见卓一航如此言语，也不便细说，盈盈一笑，将当前两名卫士的手臂削断，笑道："傻小子，先把这班人了结再说。你的熊经略损伤不了，有你的好朋友保着呢，你担什么心？"言笑之间，手底丝毫不缓，剑尖东刺西截，又伤了几名卫士的关节要害，痛得他们满地打滚！

再说白石道人一腔怒气，仗剑急追，忽见岳鸣珂将卓一航放下，并肩进入杨涟官邸，而里面又传出阵阵厮杀之声，不禁大奇，不知他们捣什么鬼，略为迟疑，也闯了入去。只见卓一航和一个少女，并肩联剑，正自杀得热闹，那少女长眉入鬓，秋水横波，金环束发，红绫缠腕，美艳之中，透着一股令人心颤的杀气！白石心头一震，暗想：这"妖女"必是玉罗刹无疑！白石道人一心想把女儿许配师侄，久已乎把玉罗刹视为敌人，骤然见到，又忌又恨！

卓一航叫道："师叔快来呀，熊经略在这里呢！"白石道人一口剑遮拦抹刺，护着全身，却并不杀进。酣战间，有一个蒙面汉子被玉罗刹剑尖划破面具，分成两半，堕在地上，白石道人一眼望去，心头火起，喝道："哼，原来你在这里，三日之期正届，我倒要看你有什么本事赶我出京？"剑光霍霍展开，向那人直杀过去。

你道白石道人因何动怒？原来这人正是那日在天桥暗算他的卖武汉子。这人名叫郝建昌，乃是阴风毒砂掌金独异的首徒。原来暗算白石道人，和恐吓柳西铭限他在三日之内赶白石出京等事，都是应修阳在暗中指使。

应修阳本是魏忠贤心腹，光宗一死，他便秘密入京，又由他引进了金独异。只因金独异声名太坏，所以在宫中也是隐瞒身份。自岳鸣珂第一次大闹皇宫和卓一航被光宗临死之前召见，这两件事同日发生之后，东厂侦骑四出，早把两人的身份和下落探明。应修阳听说岳鸣珂是熊经略的使者，吃了一惊，对魏忠贤道："熊廷弼在廿八回来，宗主要除掉他，必先要把他的羽翼剪掉。"魏忠贤道："我新掌大权，朝中文武，最少有一半人和熊蛮子同一鼻孔出气，如何可以一齐除掉？"应修阳笑道："我说的不是指熊廷弼朝中的同党，而是指可能帮助他的江湖好手。须知宗主原定的计划，也不是在朝廷之上将熊廷弼扳倒，而是暗中派人干掉他。如果他有许多高手相助，事情就会弄坏了。"魏忠贤道："我知道熊蛮子的脾气，他不会从辽东带许多人回来的。只岳鸣珂一人，算他有天大本事，也护不了熊蛮子。"应修阳道："岳鸣珂一人固是孤掌难鸣，可是那卓一航正是岳鸣珂的好友。"魏忠贤道："那卓一航武功如何？"应修阳道："那卓一航的武功虽然还比不上岳鸣珂，可是他是武当派的掌门弟子，我们探得他这次来京，也是和一个师叔同来的。在北京的武当派高手就有十多个人。"魏忠贤道："那么就把他们一齐干掉吧！"应修阳道："不行哟，宗主。当今江湖之上，武当派声威最盛，又喜在他们一向不理朝政，我们和他们井水不犯河水，那倒可相安无事。若然把他们派中的长老和掌门干了，岂不是凭空树了一个劲敌？"魏忠贤道："江湖之事，我不如你熟悉，依你说该怎么办？"应修阳道："不如派人暗算那个道士，叫他吃点小苦头，然后恐吓他和收留他的那个居停主人，限他三天之内出京。示意我们三天之内，必到他的住址寻事。我知道那道士素来强项，一定不肯出京。在三日的期限内，必定邀齐他的本派弟子，在家中等候我们。

其实我们并不是向他们寻事，只是防备他们去和岳鸣珂会合，叫我们难于向熊廷弼下手罢了。"魏忠贤道："妙啊，这正是声东击西之计，就这样办吧！"

可笑白石道人懵然不知，做梦也料不到其中藏着这样大的机谋！

其实白石道人也不是有心相助岳鸣珂，那"声东击西"之计只是应修阳防患未然，担心他们会合成一路，所以设计将他们隔开而已。

岂知这样一来，反引起了岳鸣珂的疑心，在紧急之际，陡然想起那三日的期限，猜破了敌人的用意。因此也便将计就计，用迅雷不及掩耳的手段，将卓一航劫走，引得白石道人和武当派弟子大举追来！

这时熊廷弼之围渐解，金独异见白石道人一来，情知武当派必大举而至，慌了手脚，叫道："风紧，扯呼！"铁飞龙一掌捣出，拦着去路，慕容冲横击一掌，将铁飞龙的招数破开，把手一挥，正想招呼同伴撤走，外面柳西铭武师和武当派弟子已然赶至，白石道人不知敌人乃是东厂卫士，大声叫道："把他们截住！"

这一来优劣势易，武当派的弟子加上柳西铭请来助拳的好手，不下二三十人，顿时反客为主，把东厂卫士围了起来，剑影刀光，满庭飘瞥，金独异和慕容冲并肩冲出，被白石道人和柳西铭一截，隔了开来。玉罗刹一声长笑，长剑寒光闪闪，霍地卷来，金独异运掌成风，挡了几招，岳鸣珂刷的一剑刺到，金独异反手一掌，岳鸣珂左掌一挡，右手长剑划了半个圆弧，嗤的一声，将金独异上衣刺破，玉罗刹出手如风，一招"流星疾驶"，点向金独异心窝，金独异侧身一闪，只听得玉罗刹喝声"着"！剑尖一颤，鲜血飞溅，在金独异胸上划了一道口子。本来若论武功，金独异绝不在玉罗刹与岳鸣珂之下，但岳鸣珂戴了金丝手套，不怕毒伤，威力无形增了几分，更加上玉罗刹剑法凶残无比，金独异武功再高，也挡不住两人合击，还幸他闪避得快，要不然这一剑便是开膛破腹之灾！

玉罗刹一招得手，剑光滚滚而上，慕容冲见势危急，双掌一错，疾发几招，霎眼之间把三名武当派弟子打翻地上，岳鸣珂见金独异已受了伤，料他不是玉罗刹对手，分出身来，长剑一翻，挡着了慕容冲去路！

玉罗刹连环几剑，把金独异迫得连连后退，笑道："金老怪，你还不把我的剑谱还来！"金独异运气御伤，咬牙死战，玉罗刹又笑道："你再不拿出来，我可要下杀手了！"就在盈盈笑语之中，剑招急如暴风骤雨，把金独异裹在剑光之中！

正混战间，门外人马声喧，忽然涌进了一队官兵，为首的将领大叫道："熊经略，卑职来迟了！"又喝道："好大胆的贼人，白日青天，打劫官家，还不给我缴械投降！"来的正是九门提督田尔耕，兵丁一拥上前，刀枪乱斫，熊廷弼叫道："我们的人退下！"玉罗刹正将得手，被官兵一冲，金独异乘机在人丛中逃出，玉罗刹大怒，手中宝剑四下一荡，把官军的刀矛枪戟，或震飞半空，或截断地上。官军们大叫道："好厉害的女贼啊！"

玉罗刹大怒，面上现出冷冷的笑容，铁飞龙急忙叫道："使不得！"拉她退下。岳鸣珂也招呼官军道："这位是保护经略大人的侠女，不可动手。"

过了片刻，那些受伤倒地的东厂卫士全被官兵绑起，可是慕容冲这一班人却都趁混乱中逃了。九门提督田尔耕上前参见熊廷弼，躬腰说道："请恕卑职来迟，累大人受了虚惊。"兵科给事中杨涟已从内堂走出，"哼"了一声，冷冷说道："田大人这次的消息倒灵通得很呀！"田尔耕面上一红，呐呐说道："大人家中连受两次贼劫，卑职罪当万死！"杨涟道："京城之内，居然有这样猖獗的匪徒，我看只怕不是寻常的盗贼吧！"田尔耕道："卑职带他们回去，马上严刑讯问。"岳鸣珂双眼一翻，道："这班强盗来头很大，只怕大人不便审问。"转身对熊廷弼道："鸣珂斗胆请经略大人亲自审问。"田尔耕急道："卑职职有攸关,不敢劳烦经略大人。"熊廷弼双眸炯炯,扫了田尔耕一眼,过了一会,忽挥手道："好,你带去吧!"

田尔耕收队走后,岳鸣珂道："大人,你这样岂不是纵虎归山?"杨涟也道："田尔耕这小子,我就信他不过!"熊廷弼叹口气道："我岂不知这班强盗必非寻常,但我是在外统兵的将领,他是负责京师治安的提督,各有职权。朝中已有人说我专权擅断,我又怎好越俎代庖!"杨涟黯然无语。熊廷弼大声道："鸣珂,你请众位义士上坐,待我一一拜谢。"玉罗刹与铁飞龙越众而出,对熊廷弼作了一揖,朗声说道："我们是误打误撞而来,不敢领谢!"熊廷弼一怔,铁飞龙道："熊大人赤心为国,小人佩服得紧,但俺父女乃是山野草民,素不敢沾官近府,今日也不过是无心相遇,谈不上有什么功劳。经略恕罪,我们告辞了!"熊廷弼仍然施了一礼,道:"鸣珂,替我送客!"

玉罗刹手中的宝剑尚未归鞘,岳鸣珂看得清清楚楚,可不正是自己失在宫中的那把游龙宝剑!这一来猛然醒起,那一晚和自己同时闯进深宫的黑影,必然是玉罗刹无疑。玉罗刹缓缓地把宝剑插入鞘中,得意微笑。岳鸣珂送至阶下,忽然说道:"练女侠,我有一样东西要送回给你。"从怀中取出剑谱,道:"请练女侠检视,这是不是原物?"

玉罗刹淡淡一笑,将剑谱接过,铁飞龙大为惊奇,道:"我父女为了这个剑谱,万里奔波,你从哪里得来的?"岳鸣珂正想回答,玉罗刹道:"我也有一样东西还你!"把游龙剑解了下来,交回给岳鸣珂,大笑说道:"一物换一物,咱们谁也不必领情!"铁飞龙怔了一怔,心道:这孩子真是好强。

玉罗刹步下台阶,忽回头招手,叫道:"卓一航,你过来!"卓一航呆呆地混在人丛之中,闻言如受命令,不由自己地走了出去,白石道人向他瞪眼,他也浑如未觉。

卓一航步下台阶，玉罗刹道："你好啊？"卓一航尚未开声，白石道人跟在后面，忽插口道："有什么不好！"玉罗刹俏眼一翻，卓一航忙道："这是我的四师叔。"玉罗刹冷笑道："我生平最不喜欢别人多嘴。喂，卓一航，我是问你的话。"白石道人这一气非同小可，手摸剑把，卓一航忙道："我很好，你和铁老前辈住在哪儿，改日我去拜候。"白石道："一航，这里事情已了，你明日就和我回山。"玉罗刹冷冷一笑，道："这人真是你的师叔？"白石怒道："你这话是什么意思？"玉罗刹笑道："我看你倒像他的父亲，父亲管儿子都没有这么严！"白石道人"哼"了一声，板面对卓一航道："我们武当派的门规，可不许和匪人来往。"玉罗刹"嗖"的一声拔出佩剑，道："白石道人，你们武当派的人，我也见识了不少，除了紫阳道长之外，也并未听说过哪位真够得上侠义之名。我问你，你做过什么令人钦服之事？你敢看不起绿林道的好汉？哼，我就是你们正派目为匪人的人，咱们比划比划！"白石道人料不到她的话锋如此尖锐，紫红了脸，嗖的一声，也拔出剑来。卓一航慌了手脚，忙道："在熊经略面前，不可失仪！"白石道："明日午时，我在秘魔崖候教！"卓一航道："师叔，你不是说明日回山么？"白石气呼呼地道："你不用管。"玉罗刹一笑道："我准遵命！"

玉罗刹与白石道人斗口之时，铁飞龙却把岳鸣珂拉过一边，问长问短，先问他的姓名，后问他的家世师承。岳鸣珂不知他便是铁珊瑚的父亲，心中颇为诧异。暗道：看他刚才闯门打斗，雄风万丈，应该是个豪迈的老英雄，为何却这样婆婆妈妈。好几次想请教他的姓名，但铁飞龙问个不休，岳鸣珂竟没机会插口。好容易等到玉罗刹与白石道人闹完之后，玉罗刹道："爹，咱们走！"铁飞龙道："岳兄，今晚无论如何，请到西山灵安寺一叙。"卓一航过来，行了一礼，恭恭敬敬问道："铁老前辈，你好？"岳鸣珂倏然一惊，道："老前辈是威震西北的……"铁飞龙截着说道："老朽正是铁飞龙。"

岳鸣珂呐呐说道:"珊……珊瑚……"铁飞龙道:"珊瑚正是小女。"岳鸣珂正待把珊瑚失踪之事告他,玉罗刹已拉着铁飞龙走出大门。

卓一航吁了口气,白石道人犹自愤气难平,走回大堂,向熊廷弼告辞。熊廷弼知道他是武当五老之一,好生敬重,亲自送他走下台阶。白石道人一走,武当众弟子也随着走了。接着是柳西铭和一众武师告辞,熊廷弼道:"久闻京中柳义士大名,今日幸会,何不多坐一会。"柳西铭道:"今日这班贼人,显然不是为了钱财而来,大帅不可不防。"熊廷弼道:"我身经百战,险死者数十回,死生有命,我也只有听其自然了。"柳西铭道:"我家世代在京授武,门生故旧,颇不乏人,愿为大帅稍尽绵薄,必不令奸人得逞。但召集需时,我现在就要回去了。"岳鸣珂大喜拜谢。

柳西铭去后,岳鸣珂道:"此人在京中交游极广,黑白两道,全有交情。有他暗中帮忙,我们也可稍稍放心。"熊廷弼叹气道:"仗义每多屠狗辈,看今日朝廷之事,我实已灰心。"众官纷纷劝勉。杨涟道:"明日上朝,先问假钦差崔呈秀之事,然后向九门提督要人。"都御史邹元标道:"崔呈秀乃是魏忠贤的人,我们一不做二不休,趁这件事将魏忠贤参了。"邀众官共议奏折,礼部尚书孙慎行道:"何不邀集朝中所有的正派大臣,联名上奏,要圣上务必彻查此事。"吏部尚书周嘉谟道:"对啊,联名上奏,人多势大,叫奸党也不敢小觑我们。"当下各自分头办事。

众官散后,岳鸣珂心中有事,颇为不安,熊廷弼道:"今日亏你见机,及时闯出请了这么多好手来救。"王赞佩服得五体投地,说道:"岳兄,你怎么这样神通广大,一下子请得这么多高手前来。"岳鸣珂把过去的事情说了,又说到铁飞龙约他今晚相会的事。熊廷弼道:"既然有约,不可失信。"岳鸣珂道:"我不想离开大帅。而且我也还没有答应他。"熊廷弼道:"那你拒绝了他没有?"岳鸣珂道:"来不及拒绝,他已走出大门。"熊廷弼道:"既然如此，那还是应该前去赴约。百万敌军我尚且不惧，何惧小贼。而且有柳义士暗中相助，你去好了。那个老头，虽然貌似狂妄，我看他却是血性中人，应该去结纳结纳。"

晚饭之后，岳鸣珂向熊廷弼告辞，又交代了王赞好些说话，走出大门，果然见柳西铭的人，分布在杨涟府邸的周围，暗中保护，放下了心，直奔郊外。

灵光寺在西山山麓，岳鸣珂上得山来，已是月近中天，将到三更时分。岳鸣珂心想，这铁飞龙也真是怪人，住得离城如此之远，却要人半夜找他，不知有什么紧急事情。正思量间，忽闻得一阵笑声，发自林际，笑声未停，人影出现，玉罗刹黄衣白裙，飘然出林。

岳鸣珂一怔，问道："铁老前辈呢？"玉罗刹面色一端，忽道："今日你是我爹爹的贵宾，我们虽有点小小过节，也就算了。"岳鸣珂心道：谁和你有过节？以前在华山绝顶，是你无端端地找我比剑，关我甚事？但玉罗刹脾气之怪，他已屡次领教，也就不去驳她，又问道："铁老前辈叫你来接我么？"

玉罗刹道："岂止要我接你，还要我审问你呢！"岳鸣珂愠道："练女侠别开玩笑。"玉罗刹道："谁和你开玩笑。我问你，你知不知道铁珊瑚是他的女儿？"岳鸣珂道："知道。"玉罗刹道："你知不知道他的女儿是负气出走的？"岳鸣珂道："这就不知道了。"玉罗刹道："你和她一道来京，同住在杨涟家中是也不是？"岳鸣珂道："不错！但她在前几天已给贼人劫去，我正想前来请罪。"玉罗刹忽然格格格地笑个不停。

岳鸣珂又是一怔，心道：别人遭了飞来的横祸，你还好笑。玉罗刹笑了一阵，又道："我爹爹不是问你要人，你别担心。他是要把女儿送给你！"岳鸣珂吃了一惊，道："你这话是什么意思？"玉罗刹道："什么意思，你还装傻吗？我替你做媒，你懂不懂？"岳鸣珂道："哪有这样做媒的道理？"玉罗刹面色一端，道："看你不是负义之人，为何赖账？"岳鸣珂又气又急，道："我怎么负义了？"玉罗刹道："你们孤男寡女，万里同行，到了京师，铁珊瑚又是女扮男装，和你同住杨家，难道你们就没有半点私情？"玉罗刹心直口快，说话没半点遮拦，岳鸣珂羞得面红透耳，大声说道："我岳某人光明磊落……"底下那句"岂有苟且之行"却呐呐不便出口。玉罗刹已笑着抢道："男女爱慕，事极寻常，我若有欢喜的人，就对谁都不怕说。遮遮掩掩，岂是侠士行径！"岳鸣珂急极，挥袖说道："我和珊瑚兄妹相处，练女侠，你千万不可误会！"

　　玉罗刹眉头一皱，似笑非笑，道："有否私情的事不必说了，我只问你，你喜不喜欢她？"岳鸣珂道："我已和你说过……"玉罗刹截道："你直截了当回我的话，我最讨厌说话兜圈子，你只说喜欢不喜欢？"岳鸣珂道："喜欢！"玉罗刹板起脸孔道："那么你愿不愿意娶她？"岳鸣珂道："喜欢是一回事，嫁娶又是一回事，怎可混为一谈。"玉罗刹道："你别啰哩啰唆，你答我：你愿不愿娶她？"岳鸣珂见玉罗刹不可理喻，拂袖说道："若无他事，请你代禀铁老前辈，说我来过了。"转身便走！玉罗刹一声长笑，身形飞起，抢在他的面前，宝剑早已拔在手中，岳鸣珂道："做什么？"玉罗刹道："不许走！你到底娶不娶她？"岳鸣珂气往上冲，道："不娶！"玉罗刹冷笑道："哼，你果然不是东西！"刷的一剑，竟然向岳鸣珂刺来，岳鸣珂腾挪闪避，玉罗刹出手之后，不能自休，霎忽之间，连刺数剑。玉罗刹剑法凶残无比，随手刺来，都是指向关节要害！

　　岳鸣珂忍无可忍，闪得几闪，嗖的一声，也把游龙剑拔了出来。玉罗刹道："你有本事，就把我这媒人杀了！"剑势催紧，急如骤雨暴风！岳鸣珂连解数剑，怒道："天底下就没见过你这样不讲理的人，哪有迫人成亲之理！"岂知玉罗刹想法与他不同，她认为岳鸣珂既与铁珊瑚万里同行，又同住一家，而且铁珊瑚也愿嫁他，那么他就非娶不可！

岳鸣珂给她苦迫，也自动了真气，把天山剑法的精妙招数展了开来，杀得玉罗刹不敢欺身迫近。玉罗刹叫道："珊瑚妹妹，这样无义之人，不嫁也罢，我替你把他杀了！"岳鸣珂一怔，游目四顾，略一分神，玉罗刹左一剑，右一剑，突然乘隙直进，当中一剑，直刺到岳鸣珂咽喉要害！

　　岳鸣珂肩头一缩，头上冷气森森，玉罗刹刷的一剑削过！岳鸣珂吓出一身冷汗，勃然大怒，剑把一翻，一招"举火燎天"，把玉罗刹的剑荡了开去，怒道："凭什么我都不娶她！"玉罗刹又叫一声："珊瑚妹妹！"岳鸣珂在气头上口不择言，道："你就是叫她来也没用，我怎么也不会娶她！"话刚出口，树林中突然响起一声焦雷般的大喝，一团黑影突然当空罩下，岳鸣珂伏地一滚，只听得那人骂道："好小子，你敢污辱我的女儿，吃我一拳！"声到人到，岳鸣珂虚挡一剑，辩道："铁老前辈恕罪……"话未说完，铁飞龙劈面一拳，又骂道："霓裳和你提亲，你不愿意也就算了，为何出言污辱！"岳鸣珂一剑刺他左肩，以攻为守，解了铁飞龙的恶招，急道："铁老前辈，你别多心……"铁飞龙肩头一拧，左拳右掌，同时发出，骂道："我都听到了，你再狡辩也没有用。"铁飞龙功力极高，拳雄势劲；岳鸣珂心中又慌，回身挡时，铁飞龙拳背向外，晃了一晃，把岳鸣珂眼神引向左边，右掌一沉，呼的一掌推出，岳鸣珂肩头剧痛，筋骨欲裂，给掌力震出一丈开外，玉罗刹一剑飞前，青光一闪，刷的一剑分心刺到，冷笑道："你现在还想逃吗？"岳鸣珂宝剑一旋，将玉罗刹剑招破去，反身一跃，铁飞龙身形一起，直如巨鹰掠空，抢在他的面前，五指如钩，候地抓下。岳鸣珂背腹受敌，长叹一声，把剑一抛，叫道："好，你把我杀了吧！"

　　这一招是铁飞龙的杀手绝招，不意岳鸣珂突然弃剑，不觉一怔，手掌划了一个圆弧，停在半空。正在将落未落之际，林中一声尖叫，一个少女飞一般地跑了出来，叫道："爹爹，不要动手，女儿有话要说!"岳鸣珂又惊又喜,叫了一声"珊瑚!"再也说不出话来。

原来铁飞龙和玉罗刹为了追回剑谱,曾远到塞外,直捣金独异的老巢,查得金独异已秘密来京,于是两人又仆仆风尘,一直追到京城。到了京城之后,无意中发现铁珊瑚女扮男装和岳鸣珂同住杨家。

铁飞龙当日把女儿赶出家门,原是一时之气,过后十分后悔。玉罗刹知他心意,便道:"你何不去看看他们,那个姓岳的小子是我认识的,如果你有意思,我便替你做媒。"其时铁飞龙和玉罗刹已探出金独异躲在宫中,玉罗刹且已预定当晚就要入宫搜他。铁飞龙道:"那么你和我先去杨家,然后再闯宫搜那老怪物吧。"不意玉罗刹却道:"我不想见那姓岳的小子,咱们分头办事,你去探女儿,我入宫去搜那个老怪物。"铁飞龙道:"怎么,那小子不是好人吗?"玉罗刹道:"谁说他不是好人,不过我和他有一段过节,除非他和珊瑚妹妹成亲,否则我和他不能和解。"铁飞龙和玉罗刹两人脾气都怪,一说之后,竟然各自分头办事,就在那一晚上,两人都有奇遇!

那一晚适值岳鸣珂二次入宫,玉罗刹在宫中乱闯,恰恰闯到魏忠贤的居处,魏忠贤正在和手下武士赏玩岳鸣珂的游龙宝剑。玉罗刹不认得魏忠贤,却认得那把游龙宝剑,一伸手就把那柄剑抢了,引起一阵大乱。岳鸣珂这才得以从容救出成坤,但岳鸣珂当时却不知道。

另一方面,铁飞龙来看女儿,未到杨家,就碰到东厂的卫士将她劫走,铁飞龙大怒,一连击毙七名卫士,将女儿救了出来。也正因此,铁飞龙知道金老怪等一班人必定会再回杨家,所以才有后来铁飞龙和玉罗刹双双闯来,恰好替熊廷弼解了围攻的一幕。

铁飞龙将女儿救出之后,细细盘问,探出女儿的口风,知她对岳鸣珂甚为爱慕。铁飞龙也以为女儿和他已有私情,所以才引起那么深的误会。铁飞龙探出女儿的心事之后,就和玉罗刹商量,玉罗

铁飞龙招招向岳鸣珂逼进，突然铁珊瑚飞奔出来，阻止铁飞龙的强劲招势。

刹自告奋勇，愿作大媒，铁飞龙和女儿躲在林中的大树上听他们谈话，听到后来，他们越说越僵，竟至拔剑动手，铁飞龙沉不住气，挥拳加入战团，事情越闹越大。

再说铁珊瑚在林中听得岳鸣珂和玉罗刹的对话，心中甚为悲痛。虽然她和岳鸣珂万里同行，从未涉及"爱"字，但她一片芳心，已系在岳鸣珂身上，她绝未想到岳鸣珂会拒绝要她，听了那番对话之后，又是气愤又是自卑，错综复杂的心情，令她爱恨交迸，欲哭无泪。然而眼见岳鸣珂受父亲和玉罗刹的围攻，死生俄倾，她禁不住冲了出来，挚住了父亲的手腕。

书接前文，且说岳鸣珂突见铁珊瑚现身，刚叫得一声："珊瑚妹妹！"只听得珊瑚尖声叫道："爹爹，不关他的事！"随即转过身来，哑声对岳鸣珂道："岳大哥，多谢你一路照顾，你这不成材惹人憎厌的妹妹，今后不敢叫你再操心了。我承你照顾，累你生气，无可报答，无可赎罪，大哥在上，请你受我一拜！"柳腰一弯，拜了下去，岳鸣珂愕在当场，想到自己无意之中，伤了这样一个天真无邪的少女芳心，真是莫大的罪孽，只觉全身战栗，一句话也说不出来，又不敢伸手扶她，怔怔地看她拜了下去，又站了起来，脸色惨白，面颊有两颗黄豆般的泪珠，心中难过异常，刚想说话，只听得铁珊瑚颤声说道："我不敢高攀，从今后你我不必再以兄妹相称，我……我们也不必再相见了！"一转身飞奔回寺。岳鸣珂僵了一会，突然叫道："是我的错！"脚步一起，正要追去，玉罗刹在旁气得面色铁青，喝道："你还惺惺作态？"刷的一剑刺来，铁飞龙右手一伸，把玉罗刹的手腕一托，喝道："姓岳的小子，你走！再迟我也不饶你了！"岳鸣珂拾起宝剑，默然下山，耳边犹自听得玉罗刹"嘿嘿"的冷笑，在山风中回荡，犹如万箭飞来，插在他的心上！

再说铁飞龙目送岳鸣珂的背影在夜色中消失，呆立一会，玉罗刹道："爹，回去吧！"铁飞龙默不作声，玉罗刹道："珊瑚妹妹此刻不知多难过呢，咱们回去看她！"铁飞龙一甩胡须，愤然说道："我的女儿有哪点不好，姓岳那小子敢这样无礼！"玉罗刹道："那是他没福气，以后他就是一步一拜来求婚，咱们也不理他。"玉罗刹不知，正是她这样做媒做坏了。铁飞龙给她的话引得噗嗤一笑，玉罗刹道："好了，咱们该回去看珊瑚了，要不然她哭倒了也没人理，会更伤心呢！"铁飞龙道："胡说，她哭就不是我的女儿！"铁飞龙深知女儿脾气，不论受多大委屈，都不会当人示弱，更不会向人求情。但，虽然如此，铁飞龙还是放心不下，三步并作两步，赶回寺内。

灵光寺原是一个荒芜古寺，铁飞龙借以暂居才稍稍打扫，但仍是灰尘满地。铁飞龙踏入寺门，忽见台阶上有凌乱的脚印，急叫道："珊瑚，珊瑚！"古寺静寂寂的杳无人声，玉罗刹也看出了迹象，道："怎么？难道有生人躲在寺里？"铁飞龙道："你到前面山头眺望，若然有警，发啸为号。"铁飞龙是个江湖上的大行家，他叫玉罗刹在外眺望，一来是提防来人有党羽在外，二来是提防若有暗算，两人分开两处，也好互相救援，不至于给一网打尽。

铁飞龙在庙内巡视一周，听得珊瑚所住的西面厢房似有抽噎声息，心道："难道这傻丫头真的哭了？"悄悄地推开房门，叫道："珊瑚！"忽见床上坐着一个女人，披头散发，缓缓说道："珊瑚已经走了！"

铁飞龙瞪眼一看，床上坐的竟然是自己以前的爱妾穆九娘，不禁大出意外。怒道："你这贱人来做什么？是你把珊瑚勾引走了？"穆九娘一声不响，把手心一摊，里面有三颗殷红如血的珍珠，铁飞龙大惊失色，道："你和那个女魔头做一路了？"穆九娘凄然一笑道："老爷，你还是以前的脾气，开口便乱骂人！"铁飞龙怔了一怔，道："哼，你是想借那女魔头之力向我寻仇了？"穆九娘以前因为偷占玉罗刹的剑谱，给铁飞龙赶出家门，所以铁飞龙疑她心怀不

·276·

忿，结人寻仇。

穆九娘脸上现出一种奇异的神情，忽然叹道："老爷，你老了许多了！"铁飞龙心中一动，道："女魔头是不是和你同来，我且不管，珊瑚呢？！"穆九娘道："我来的时候，见珊瑚从这庙的背面下山，我还以为是你得了讯息，连夜叫珊瑚出去请救兵呢。到了这里，才知不是，你看桌上不是珊瑚留给你的字？"铁飞龙一看，果然有一张字条，上面用木炭写道："我先回家，爹爹你不必找我了。"铁飞龙知道女儿脾气，料想她已去远，追也无及。看穆九娘时，仍是先前那个姿势，手心摊开，手心上三颗殷红如血的珍珠，在微弱的菜油灯下，放出赤色光华！

饶是铁飞龙那样天不怕地不怕的人，看了这三颗怪异的珍珠，也不禁有点心悸。穆九娘道："老爷，你趁早逃走了吧！"铁飞龙大怒斥道："你跟了我这么多年，几曾见我避过强敌？"歇了一阵，面色稍霁，忽道："那你是通风报讯来了？"穆九娘道："你以前的话还算不算数？"铁飞龙道："我说出的话决不更改，你跟什么人我都不理你！"穆九娘道："谢谢老爷。"铁飞龙双眼望出窗外，忽道："你跟什么人我都不管。除非你自己要回来，否则我也不会问你。"铁飞龙晚年寂寞，这话其实是暗示愿要她回来。穆九娘笑了一笑，道："我跟老爷十多年，别的没学到，老爷的脾气我还学得几成。我就算错也得错到底。"铁飞龙面上一热，道："那你来给我报讯做什么！"穆九娘道："就因为老爷肯放我出去，不要我再当奴婢，我念老爷的恩德，不愿见老爷死于非命！"铁飞龙皱起眉头，斥道："胡说，你当我真是老迈无能了么？"穆九娘道："老爷，你的武功高强，我岂不知，但我的婆婆已练成了绵掌击石如粉的功夫，更兼浸过毒药，老爷还是避开的好！"

铁飞龙双眼一翻，道："什么，你的婆婆？"穆九娘道："正是，我现在是红花鬼母公孙大娘的儿媳！"铁飞龙怔了一怔，道：

"罢了，罢了！你快走！"穆九娘道："她已知道你在这儿，明天晚上就要找你算账。她和金老怪也已经和好了。"铁飞龙道："好呀，那你也要来和我作对了？"穆九娘道："我不敢与老爷作对。他们也不要我出场。还有我那婆婆脾气虽然刚暴，但也像老爷你一个样子，还不算是很坏的人。我不愿她打死你，也不愿你打死她，老爷你还是避开了吧！"说话之间，外面一声清啸，铁飞龙道："玉罗刹就要回来了，你快走！"穆九娘吃了一惊，回身一拜，叫道："老爷，你保重！"立即穿窗飞出。

过了一阵，玉罗刹回到寺中。铁飞龙道："见有什么可疑的迹象吗？"玉罗刹道："没有。只是秘魔崖那边，似有星星松火。要不要去看一看？"铁飞龙道："不必了，我已经知道了。"玉罗刹看了地上一下道："是什么人来过了？珊瑚妹妹呢？"铁飞龙道："珊瑚已经走了。刚才是穆九娘来找我。"玉罗刹道："穆九娘？"铁飞龙道："正是。你听过红花鬼母公孙大娘的名字吗？"玉罗刹道："没有听过。这个名字好怪，我的浑名叫做罗刹已经够吓人的了，居然还有人叫做鬼母。我这个罗刹倒要会会她这个鬼母。"铁飞龙给她引得笑了一笑，忽又正容说道："她这个鬼母比你这个罗刹成名早得多了。她在四十年前已经被人叫做红花鬼母了！"玉罗刹道："她到底是什么来历？我年纪虽轻，江湖上的高人倒会了不少，为何总未听过红花鬼母的名字？"铁飞龙捋了捋须，抬起眼来，眼光中含着忧惧，玉罗刹吃了一惊，奇道："爹爹，难道你怕这个什么鬼母不成？"

铁飞龙皱起眉头，冷冷说道："什么人我都不怕。但这个红花鬼母却真是一个劲敌。练女，你坐下来，我给你说一个故事。"

玉罗刹坐在床沿，怔怔地望着铁飞龙。铁飞龙喝了一口浓茶，咳了一声道："你知道这几十年来，我和金老怪在西北齐名。但你可知道金老怪的武功是谁教的？"玉罗刹道："你们都是六十开外之人，我怎能知道前两代的事。"铁飞龙道："金老怪的武功是他的妻子教的。他的妻子就是这个红花鬼母公孙大娘。"玉罗刹笑道："妻子做丈夫的师父，此事真妙。"心中暗想：自己若能和卓一航结合，只怕卓一航也得要自己教他一教。想起一事，又问道："女人嫁后，多是用丈夫之姓，为什么她不叫金大娘却叫公孙大娘？"

铁飞龙道："故事就是这样来的。四十年前，西北有个怪人叫做公孙一阳，武功深不可测，又喜饲养毒物，所以人人怕他。他有许多徒弟，却没一个得他真传。我的师父是他的老友，据他说公孙一阳曾对他说：他的武功甚为歹毒，若然所传非人，为害不浅。所以教徒弟只教他们练些粗浅容易见效的功夫，从不授以本门心法。不想后来来了一个青年，拜在他的门下，竟然把他的女儿勾引到手，两人将公孙一阳的练功秘本偷掉。公孙一阳只有此女，十分宝贝，就像我对珊瑚一样。知道之后，虽然极为生气，但也不愿追究，就这样活活气死了。"玉罗刹道："这个青年一定是后来的金老怪了。原来他是惯窃。怪不得他偷我师父的剑谱，又想去偷少林寺的拳经。"铁飞龙道："三岁小儿看八十，金老怪少年之时心术已如此之坏，越老就当然越坏了。他唆使妻子偷了丈人的练功秘本之后，就躲到天山北路，隐居修练。那时他的武功刚刚入门，而他妻子的武功已有根底，所以他的功夫可以说是全由妻子所授。过了十余年后，夫妻武功都已练成。金独异渐渐为非作歹，终于激起武林公愤，西北十三名好手联手斗他，那时本邀有我，我却因事未去。那十三名好手把他围住，本来他万难逃脱，不料到了危急之时，他的妻子突然现身，一场激斗，将十三名好手全数打败，金独异虽然受了重伤，到底被他的妻子救出来了。公孙大娘鬓边喜插红花，经此一仗，就得了个红花鬼母的绰号。"玉罗刹道："红花鬼母武功虽高，包庇丈夫，却是令人叹息。"铁飞龙道："红花鬼母的绰号虽然可怕，说句公道的话，心术却不如她丈夫之坏。她曾屡次规劝丈夫，丈夫都不听她。所以那次金老怪受十三名好手围攻，她故意让他到了极危急之时才现身相救，本意以为他受了这样一场教训，会知所警惕，幡然改悟。不料金老怪恃有妻子做靠山，伤好之后，又出去胡作非为，因此他的妻子一气之下，便和他相绝。一直三十多年，没人知道她的踪迹！"

玉罗刹吁了口气，道："唔，那这红花鬼母，还不能算是很坏。"铁飞龙道："红花鬼母离了丈夫之后，不愿以夫姓为姓，所以才改名叫公孙大娘。隐居的头十年，还出现过两三次，后来就一直没有出现。许多人以为她已经死掉了。谁知她还在人间，而且居然要来和我作对！又料不到她还有了一个儿子，居然会娶穆九娘做妻子。真是世情如戏，令人不胜感慨了！"

铁飞龙不知，原来穆九娘离开了他之后，给金千岩一路追踪，追到湖北襄阳，碰见了红花鬼母，金千岩最怕他的婶婶，给她教训一顿，抱头而窜。但红花鬼母也由金千岩口中知道了丈夫的消息，引起了旧情，知他将要入京，便赶先入京候他。这里面又牵涉有一段事情。原来红花鬼母离开丈夫之时，已有身孕，后来生下一子，取名公孙雷，故意不让他跟丈夫的姓。不料这个儿子好像承受了父亲的遗传一样，自小顽劣，闯了好几次祸，红花鬼母后来立下禁律，不准他离家半步，这才管束了他的野性。红花鬼母因为儿子顽劣，到了晚年，又收了一个女徒，这个女徒弟大有来头，原来就是当今皇上的乳娘客氏夫人的女儿。红花鬼母收她做徒弟时，客氏在宫中还未得宠呢。

穆九娘给公孙大娘收容之后，公孙雷因为给严母管束已久，未曾见过这样美貌的女子，更兼穆九娘人又风骚，不到三天，两人竟勾搭上了。公孙大娘虽然查知穆九娘乃是铁飞龙的爱妾，本来不相匹配，但无奈米已成炊，也只好由他们结此孽缘。

公孙雷和穆九娘婚后不久，神宗驾崩，光宗继位，客氏在宫中得势，便接自己的女儿入京。公孙大娘也便趁此机会，入了宫廷。

后来光宗又死，由校继位，客氏更是得势。公孙大娘看出魏忠贤和客氏勾搭，颠倒朝纲，当时便想离宫。可是适在这时金独异来了，公孙大娘偷偷和他会面，劝他归去。金独异说出铁飞龙和玉罗刹万里追踪，迫他之事。公孙大娘初时本不想管，后来在杨家一战，金独异吃了大亏，受了重伤，回来对妻子哭诉，说是除非妻子给他报了此仇，否则他不回家。又说铁飞龙与玉罗刹在江湖上都以心狠手辣出名，若不斩草除根，以后也难以安枕。公孙大娘心肠一软，道："我帮你的忙，这是最后一次了。那铁飞龙也是个劲敌，我也拿不准斗得赢他呢。"金独异道："你若肯出头，我再请好手助你。"公孙大娘面色一变，说道："我从不倚多为胜，你若找好手来，我就不去！"金独异诺诺连声，满口听从妻子的吩咐，暗中却另有布置不提。

且说铁飞龙把红花鬼母公孙大娘的来历说完之后，又叹道："红花鬼母的本性原不算很坏，但最怕她受丈夫唆摆，那就难说了。她不动手则已，一动了手，就是凶狠无比，要不然也不会得这个鬼母的称呼了。"玉罗刹听了，哈哈大笑！

铁飞龙诧道："练女，你笑什么？"玉罗刹道："罗刹碰到鬼母，且看谁强谁弱。爹，我恨不得现在就斗她一斗！"铁飞龙道："明日午时你不是和白石道人有约吗？你斗了白石道人之后，晚上怎能再斗？"玉罗刹道："你不是说她们在秘魔崖监视我们吗？我们明天去，既斗白石道人，又斗红花鬼母，两桩事作一桩办，岂不快哉？爹，我自从和你打了那场之后，很久以来，没有痛痛快快地大打一场了！我正手痒得紧呢！"

铁飞龙皱了皱眉，道："你这孩子，就知打架！"口虽责备，心实爱她。玉罗刹道："爹，明天让我先打！"铁飞龙突然走近窗前，向外一望，喃喃说道："快近四更了，还来得及！"玉罗刹问道："爹，你说什么？只要听说有对手可以大打一场，我的精神就来了，就是三天三夜不睡，我也可以奉陪！"铁飞龙噗嗤一笑，道："你就活像我少年之时！"忽又面色一端，郑重说道："我不是怕你没精神，我是要叫你去执药。"玉罗刹奇道："执药，执什么药？架还没打，就准备受伤了么？"铁飞龙道："儿呀，你哪里知道红花鬼母的厉害，她的毒砂掌比金老怪还要高明得多，更兼练有绵掌击石如粉的功夫，若非早有预防，实在不易抵挡。"玉罗刹道："怎么预防呢？"铁飞龙道："你赶到城里去，先到长安镖局向龙达三镖师借两副护心铜镜，龙镖师是我的好友，你拿我的亲笔信去，他准会给你。然后等天一亮，你就去配药。"说罢撕下两幅白衬衣，寻了一根木炭，先写了信，然后开药方。写的是：乳香（钱半去油）、末药（钱半去油）、川连（钱半）、土必（钱半酒炒）、象胆（一钱）、红花（钱半酒炒）、田七（钱半）、沉香（钱半）、木香（钱半）、降香（钱半）、血珀（二钱半）、绿豆（水煲）、归尾（钱半酒炒）、地龙（一钱去泥）、寄奴（二钱酒炒）、熊胆（钱半）、麝香（三分）、人参（四分）、梅片（五分）……玉罗刹叫起来道："这么多药，若配不齐又怎么办？"铁飞龙道："这药方除了一两味外，其他都是普通的药，若配不齐，你请龙镖师帮忙。药方还未开完呢。"又添上：羌活（钱半）、独活（钱半）、佛手（一钱）、玉桂（钱半）、厚朴（一钱酒炒）、鹿茸（一钱）、芙蓉膏（四分）。玉罗刹皱眉道："没有了吧？"铁飞龙道："药方配完了，但还要买两块雄黄。药方配齐之后，就在镖局里研为细末，炼蜜为丸好了。明天这场激斗，我们定会受伤，这药方是舒筋活络、止痛散瘀、治伤防疬的妙方。你赶紧去吧！"

　　铁飞龙这边紧张忙碌，白石道人那边也是提心吊胆，尤其是白石道人的女儿何萼华，听说父亲和江湖上闻名胆落的女魔头玉罗刹约斗，非常不安。白石道人故作镇定，其实心里也有点害怕。

　　正是：闻名胆落惊魔女，威震江湖远近知。

　　欲知后事如何？请听下回分解。

红花鬼母把拐杖向石堆一拨，那些石头纷纷飞了起来，从白石道人身边飞过，却并不打中他，石弹纷飞，溅了白石道人一身尘土。

第十四回

名将胸襟　女魔甘折服
秘魔崖下　鬼母逞豪强

　　第二天一早，白石道人起来，武当众弟子已齐集了来问候。众人叽叽喳喳地议论，有人知道本派长老中的红云道人曾败在玉罗刹之手，更是担心。京中的大弟子李封首先说道："师叔，我们都陪你去吧！"白石道："我只约玉罗刹单打独斗，你们去做什么？"李封道："我们去观战，给师叔助威。"白石知道他们的意思，心想：玉罗刹虽是劲敌，但听红云师兄说过，她的长处在于剑法，若论到功力，则似还在二师兄黄叶之下，和他差不多。自己的剑法在同门之中最高，也许克得她住。若准这班小辈同去，只恐他们爱师心切，到时一涌而上，那就要坏了武当的名气了。于是摇摇头道："不行，你们一个都不许去！"李封道："只看看都不许吗？"白石道人愠道："谁若擅自去看，家法从事。"何萼华道："爹，我陪你去吧。"白石道人叹了口气，道："好孩子，不要去！玉罗刹心狠手辣，你去反而成了累赘。"何萼华跟姑姑练了十年武功，虽然明知玉罗刹厉害非常，也想随父亲去一试身手，被父亲一说，心中很不服气。

　　白石道人结束停当，众弟子送出门外。白石道人忽然踌躇一阵，招手说道："一航，你可以去。你和玉罗刹相识，又是我派未

·285·

来的掌门，应该在场。"卓一航心中实不愿见自己的师叔和玉罗刹拼斗，正在苦苦思索化解之方，师叔邀他同行，正合心意。

再说玉罗刹连夜进城，她轻功极高，甚至还在铁飞龙之上，也正是如此，铁飞龙才叫她入城配药。她过了四更，才从西山的灵光寺动身，到了城中的长安镖局之时，天还未亮。

长安镖局的总镖头龙达三和铁飞龙有过一段过命的交情。在二十年前，他保镖西北，有一次被强盗所劫，人也陷在重围，几乎脱不了身。幸亏是铁飞龙闻讯赶来，凭着"威震西北"的威名，将那班强盗喝住，不但镖银完整无缺，而且面子也得以保全，所以龙达三对铁飞龙十分感激，二十年来永铭心版，只恨报答无由。

龙达三也是柳西铭的好友，昨日柳西铭在杨家回来，邀他暗助熊廷弼防备奸党陷害，并说起无意之中给熊廷弼解围之事。龙达三听说铁飞龙和一个漂亮的少女当时也在场中，急忙打听铁飞龙的住址。柳西铭道："那个老头真怪，他和那少女出力最多，却毫不居功，事情一完，便飘然走了，也不和我们说话，我是后来问白石道人才知道他是铁飞龙的。还听说那天仙般的少女便是新近在西北窜起的女强盗玉罗刹呢。"龙达三道："哦，玉罗刹！不错，这名字最近我还听人提过。听说玉罗刹心狠手辣，是个杀人不眨眼的女魔头。铁老脾气虽然怪僻，但却是正派之人，不知何以和她一路？"玉罗刹杀人不眨眼那是事实，但却也不是乱杀，只因树敌太多，江湖上又张大其辞，所以出道不过三四年，就几乎给人说成了万恶不赦的女魔。

龙达三和柳西铭谈论玉罗刹，龙达三说她是杀人不眨眼的女魔，对铁飞龙和她一路，心中不以为然。柳西铭笑道："说起来也真笑话，白石道人那么一把年纪了，却还这样好胜，一定要和玉罗刹比剑。"柳西铭对玉罗刹与武当派的恩恩怨怨毫不知情，所以只以为他们是好胜争强的武林常事。龙达三道："白石道人是武当五老之一，七十二手连环夺命剑四海闻名。那女魔头找他比剑，那是自寻死路了！"柳西铭道："所以我也懒得理会。白石倒很紧张，好像全副心神都放在这件事上，连暗防奸党、保护经略大人的事，都不起劲了。所以我才来求你助一臂之力。"龙达三道："去年有一批军饷解出边关，承熊经略看得起我，还叫我帮忙押运。我生平保镖，那次保得最有意思。虽然我只是助手，但却比自己做总镖头独挑大梁时更有精神。熊经略待人真好！"柳西铭好生羡慕，道："这样说来，你倒是熊经略的老朋友了。"龙达三道："不敢。我生平只对两个人心服口服，若是这两个人有事要差遣到我，我赴汤蹈火，都在所不辞。"柳西铭笑道："这两个人一个是铁老头子，一个是经略大人，对么？可笑我们相交多年，还不知道你对熊经略这么佩服，刚才我来找你，心中还踌躇不决，恐怕会妨了你镖局的生意呢。"龙达三也笑道："那得怪我不好。去年我应熊经略之聘，助他押解军饷的事，没有对老朋友说知。"柳西铭道："那是应该的。押解军饷的事情，哪可随便乱提。"龙达三道："所以你现在来邀我，我才对你说。大哥，你放心，就算魏忠贤要封我的镖局，拉我去碎剐，我也得帮经略大人。"

这一晚龙达三果然以总镖头之尊，暗中在杨涟住家附近，巡风把夜，到了四更，才换班回来。镖局日夜有人把守，龙达三才歇了一阵，忽报有一个少女拍门来找，龙达三奇道："怎么会有少女找我，怎么不等天亮才来？"披衣延见，只见一个二十岁左右的少女，长眉入鬓，一双俏目，隐隐含有杀气，令人不寒而栗！龙达三吃了一惊，道："你，你，你是玉罗刹？……"说完之后，忽觉不妥，玉罗刹乃是她的浑号，怎好乱叫？那少女却毫不在意，一声笑道："你猜得不错，我就是玉罗刹！"龙达三道："你，你……女侠，深夜降临，有何见教？"龙达三还怕是仇家把这女魔头请来，和自己作对。但想起既然她和铁飞龙同行，似乎也不应和自己作对。果然玉罗刹又笑了一笑，把一幅白布掏了出来，道："这是我爹给你的信！"龙达三接过一看，白布的角落处画了一条张牙舞爪的飞龙，心中一喜，看了下去，才知这玉罗刹竟是他恩公铁飞龙的义女，信上写明要请他相助。那白布乃是撕碎的衣衫，字迹乃是木炭所书，想见事情甚急。

龙达三道："铁老之命，岂敢不遵。不知女侠有何事差遣。"玉罗刹笑道："我要和人打架！"龙达三怔了一怔，心道：这却如何是好？铁飞龙是自己的恩人，白石道人也是自己的朋友，而且还住在柳西铭家里。现在玉罗刹要和白石道人比剑，想是铁飞龙怕他的义女吃亏，又知道我和白石相识，所以叫玉罗刹亲自登门，请我出头了。不知铁飞龙的意思是要我去调解还是要我去助拳，若是要调解还好，若要助拳，那这个面子怎么放得下来？玉罗刹见他呆若木鸡，心道：怎么这个人如此脓包，听到打架就慌得这个模样，还做总镖头呢！龙达三定了定神，呐呐说道："女侠何苦和武当派结仇？"玉罗刹眉毛一扬，道："别人怕武当派人多势大，我偏不怕！"龙达三嗫嚅说道："我知道女侠不怕，但冤家宜解不宜结，由我来摆和头酒，请女侠和白石道人赏面，彼此来喝一杯，和解了吧？"玉罗刹笑道："我和白石道人比剑是比定的了，白石道人武功虽非登峰造极，但也还可以做做对手。你叫我不要和他比剑，除非你另外找一个可以做我对手的来比。天下事最痛快的莫如找到对手比武，你叫我不比，那怎么成！"龙达三道声苦也，绷紧了面，说不出话。玉罗刹道："怎么，你帮不帮忙？天就快亮，我还要赶回去呢！"龙达三道："我这条命也是你爹爹救的，他有命令，我怎敢不遵？不过我想先见他一面。白石道人剑法天下独步，我和他一斗，准死无疑。我要请你爹爹代我照顾遗孤。"在龙达三心中，以为玉罗刹定是要自己去助拳的了，所以想先见铁飞龙，表达苦衷。玉罗刹哈哈大笑，笑到眼泪都掉下来。龙达三愕然不解，心中烦恼之极。玉罗刹大笑一阵，这才说道："说了半天，原来你是以为我要找你助拳。白石道人算得了什么，何必你来相助。再厉害的对头我们父女也不怯惧，何况于他！"

龙达三松了口气，道："那么女侠有何事吩咐？"玉罗刹道："我们找你为的不是要对付白石道人，而是要对付红花鬼母。"龙达三又大吃一惊，道："红花鬼母公孙大娘还在世上么？"心虽惧怕，但却不像刚才那样惶恐。玉罗刹故意笑道："怎么，你不敢跟她动手吗？"这回轮到龙达三大笑了，龙达三大笑说道："我若怕死，也不敢干保镖这一行了。你要斗红花鬼母，我万死不辞！"玉罗刹好生奇怪，心道：红花鬼母比白石道人厉害得多。你不敢斗白石道人，反而敢斗红花鬼母，真不知是什么理由。但她见龙达三愿意慷慨赴难，把先前轻视他的心减了不少。

龙达三道："是不是现在就去？"玉罗刹一笑说道："不是要你助拳。"把所求的事说了出来。龙达三道："护心铜镜，镖局里有的是，只是那药方开了这么多药，能否配齐，却是难保。好，你在这里稍坐，我马上叫人给你去配。"

玉罗刹在镖局中坐候，看看天色大白，红日东升，又过了一会，太阳已照进窗来。玉罗刹道："怎么还不回来？"龙达三道："几十味药，一时未必配得齐全。"再过了一顿饭时间，配药的人才回到镖局。玉罗刹看看天色，道："还好，没有耽搁时候。"配药的伙计道："廿五味药，除了熊胆缺货，其他都配齐了。"玉罗刹道："缺一味不紧要吧？"龙达三一皱眉头，道："熊胆乃是主药，不能缺少。熊胆虽然名贵，却也不是稀罕之物，市上怎么会缺货？"伙计道："听说这两天宫中内监大事搜购，药店里的熊胆全叫他们买去了。"玉罗刹恨恨说道："若非我要赶着等用，我便到宫中偷它出来。"龙达三沉吟良久，忽道："有一个地方也许会有。"玉罗刹道："什么地方？我们马上就去。"龙达三道："熊胆以关外出产的最好，边关将帅必定备有。"玉罗刹道："那么熊经略一定有了？"龙达三道："正是。熊经略两袖清风，送不起貂裘等名贵礼物，熊胆在这里虽然值钱，在关外却并不贵，熊经略定会带些回来，送给亲友。我和你去一趟吧。"玉罗刹想起昨天和岳鸣珂动手之事，好生委决不下，想了一会，忽道："他若叫熊经略不给，那么他的人品就更不足取了。"龙达三莫名其妙，问道："你说什么？"玉罗刹一笑道："没有什么，我和熊经略手下一个武官，有点小小的过节。"

且说熊廷弼昨日遭遇两场横祸，心情激愤，反显得意兴阑珊。这日众官奏折已上，皇帝却没坐朝，奏折是按朝廷体制由宫中的奏事太监转呈上去的。按说这样大事，皇帝应该马上处理，但等到日上三竿，还不见动静，也不见有钦差来宣召。熊廷弼在房中踱着方步，走来走去。岳鸣珂知道这是他的老习惯，每当有大事待决之时，总是这样。到了近午时分，皇帝才突然派了两名内监，抬了一箩东西，传旨赏给熊廷弼看。内监去后，熊廷弼打开一看，只见满箩奏折，都是奸党参劾自己的奏折。熊廷弼叹口气道："罢了，罢了！"杨涟道："经略大人宽心，圣上把奏折原封不动送给你看，正足见信赖之深。"熊廷弼道："若然我们的奏折未上，如此说法，也还不无道理，但在我们奏折递上之后，才赏给我看，这分明是说：你参劾别人，别人也参劾你。皇帝是忠奸不分，一律看待的了。"杨涟道："我想不至如此。"熊廷弼背负双手，又在房内踱起方步，走来走去。杨涟等都不敢出声，过了一阵，熊廷弼忽然叫道："拿纸笔来。"杨涟道："经略要再上奏折吗？"熊廷弼道："我要上辞呈！"杨涟道："不可呀不可！经略不可因一时之气，把国事抛开不理。"熊廷弼道："杨兄，你有所不如，朝中既然全给奸党把持，我纵能再回边关，也必受诸多掣肘，不能统兵抗敌的了。我不如径上辞呈，试试皇帝的心意。这在兵法上叫做置之死地而后生。若然皇帝还不算太糊涂的话，他定会召我入宫，细问情由的。"

其实由校虽然年幼，也还不算太过糊涂，他还懂得熊廷弼是个大忠臣的。可是他的乳母客氏和魏忠贤狼狈为奸，根本不让他知道外面的事情，却把他一步步引到声色玩乐的享受上去，把他那一点点性灵，也全闭塞了。可怜朝中那么多正派大臣，呕心沥血写出来的奏折，由校根本就没有看到，被他的乳母没收去了。由校以前说过要把奏折装满一箩，送给熊廷弼看的话。客氏看了杨涟等人的奏折之后，便和魏忠贤商议，乘机怂恿由校，说道："熊廷弼已经回来，圣上可以把那些奏折送给他看了。"由校道："他既然回来，把他召进宫来，当面给他，不很好吗？"魏忠贤作了个奸笑，由校道："你笑什么？"魏忠贤悄悄说道："禀皇上，这熊廷弼样样都好，就是一样不好。"由校道："哪样不好？"魏忠贤道："这人古板得很，看见皇上那么好玩，一定会唠唠叨叨说个不休。"由校在父亲死后，没了管头，玩得十分放肆，在宫中辟了斗鸡跑狗踢毽马戏之场，天天玩乐，闻说熊廷弼古板，果然害怕，道："那么在外面的三大殿召见，不让他看到，行吗？"魏忠贤道："他来后一定有人说给他听，你见了他，一定给他数说的。"又道："这几天梅菊争妍，咱们正要开设梅菊之宴，叫宫女们扮成梅花仙子、菊花神女，让她们也争妍斗丽一番。若然皇上召见那个老熊，岂不给他败了清兴？"由校想想，又是道理，便道："但是到底总得要见他呀！"客氏在旁笑道："傻哥儿，到他要回边关的时候，才给他送行也不迟呀！"由校到底只是个十六七岁的孩子，乳母和魏忠贤既然都是这样说法，他也乐得作乐去了。

可怜熊廷弼虽然知道宫中给客魏把持，还料不到由校给蒙蔽到这个田地。他看了那箩奏折，还尽自猜测皇帝用意，在房间内踱来踱去，想写辞呈。杨涟道："熊兄，你若只是想试皇帝心意，写写辞呈，我也不加反对。但不必现在就写。兵部尚书杨焜现在正去追问九门提督，问昨日捉到的那些假装强盗劫你的人，他审问得如何了？等他回来，我们再从长商议，你道如何？"熊廷弼只说了两个字"也好"，仍踱着方步，绕室而行，杨涟怕他闷出病来，道："老熊，我和你下盘棋好吗？"熊廷弼道："也好。"走了几着，随从武官王赞进来报道："禀经略，以前给我们押运过军饷的那位龙镖头，和昨天那个女子，求见经略。"熊廷弼把棋子一拨，道："这一局棋算我输了。"吩咐王赞道："请他们进来！"

岳鸣珂在旁纳罕，以为玉罗刹又来找他晦气，这些儿女之事，对熊经略可难说得清楚。熊廷弼见岳鸣珂面色不豫，问道："你想什么？"岳鸣珂道："那女子野性难驯，我怕她会冲闯经略。"熊廷弼哈哈大笑。

岳鸣珂一怔，熊廷弼笑道："我这两天，见了许多衣冠禽兽，正想见一见山野之人。"杨涟见他高兴，也凑趣说道："那女子剑法高强，昨天我在门缝里张望，见她把群贼杀得鬼哭神嚎，真是痛快淋漓之至，我也想见她一见。"岳鸣珂不便阻挠，只好侍立在熊廷弼身边。

过了一会，王赞带了龙达三和玉罗刹走上，龙达三屈膝行礼，玉罗刹却学男子模样，只是作了个揖，对岳鸣珂瞧也不瞧。熊廷弼也丝毫不以为意，对玉罗刹道："昨日多蒙你仗剑来救，我还未曾请教你的芳名呢。"玉罗刹噗嗤一笑，道："什么芳名不芳名的，我的名字叫做练霓裳，但江湖上的人都叫我做玉罗刹，真名反而没人叫了。你高兴叫我霓裳也行，高兴叫我做玉罗刹也行！"熊廷弼微微一笑，道："练姑娘，你真是快人快语！"

王赞倒了两杯茉莉香茶，玉罗刹一口喝完，说道："这个杯子太小。"熊廷弼忙道："好，换过大碗来。练姑娘，你喝酒吗？我喝酒时，也总是用大碗的。"玉罗刹道："怎么不喝，喝酒我倒是用小杯的。不过，今天我不能喝，你不必客气。你这茶很香，我倒可以多喝一碗。"熊廷弼满怀愁郁，给她几句妙言妙语，驱得云散烟消，笑道："好，咱们坐下来好好一谈。"

玉罗刹用手肘碰了一碰龙达三，道："我们可不能好好的谈。"熊廷弼一愕，随即笑道："你们想是有什么事情要见我了。达三，你说。"龙达三道："经略大人为国宣劳，万里回来，小人一无礼物表达寸心，反而……"话未说完，玉罗刹忽皱眉头："你这人怎么的，说话这么文绉绉的，话不到题！"熊廷弼哈哈大笑，道："这姑娘说得对！龙老三，你该罚一杯。你快说，你可有什么事情要我帮忙吗？"龙达三涨红了面，呐呐说道："大人有没有熊胆带回，我想求大人赏赐。"熊廷弼笑道："这个小事也值得挂齿？对了，熊胆是止痛散瘀的良药，正合你们镖局使用。王赞，把我带回的分一半给他。"又道："我本来准备叫人送去给你的。这两天事情太多了，一下子就忘了。"

玉罗刹一双眼珠圆溜溜地转了几转，忽然笑道："你这个官儿倒不错，和我们绿林豪杰的脾气相差不多！"杨涟变了面色。熊廷弼只是哈哈一笑，道："你是绿林中的女豪杰吗？"玉罗刹道："不敢，我自己也不知道是不是豪杰。"熊廷弼笑了一笑，却正色道："做替天行道的绿林豪杰也无所谓。不过满洲鞑子都快要打来啦，绿林中的豪杰还是该听朝廷招安，同御外侮的好！"玉罗刹道："若是你这样的官儿去招安，大约还有人听你的话。其他的官儿谁个理他！依我说，也不必说谁招安谁，满洲鞑子打来，咱们大家揍他！"熊廷弼默然不语，怔怔地看着玉罗刹！

熊廷弼深知朝政腐败，对绿林强盗，只是用"剿"，偶尔招安，也只是出于将帅的私心，想收为己用，扩充势力罢了。怪不得玉罗刹说别的官儿不成，他们也的确是难以令人心服。玉罗刹见他看着自己出神，道："怎么？我说错话了？"熊廷弼道："你没有说错。"杨涟是兵部大员，两天前还禀承皇帝之命（其实是客氏

· 293 ·

的主意），派刘廷元去陕西"袭匪"，听玉罗刹自表身份，想起陕西告急的文书中，果然有一股盗匪，匪首叫做玉罗刹的。当时自己因为这个匪首是个女的，还特别留心，想不到原就是这个美若天仙的女子，一时不知所措，坐立不安。熊廷弼知他心意，笑道："杨兄，这位姑娘现在来探望我，她可是我的朋友。"杨涟道："这个自然。"心想熊廷弼真是个怪人，和这个女强盗谈得这么欢洽，倒真像多年老友似的。不过熊廷弼既然如此表示，杨涟也就放下了心，不再紧张了。

　　过了一会，王赞已把熊胆取了出来，包了好大一包，龙达三道："哟，太多了！"熊廷弼道："你们镖局反正有用，拿去吧！"龙达三接过熊胆，正想告辞，熊廷弼对玉罗刹甚为赏识，真恨不得有个女儿似她一样，看着她的佩剑，忽然笑道："练姑娘，你的剑法是谁教的？"玉罗刹道："你问这个干吗？"熊廷弼道："你的剑法高明极了，我虽然不精剑术，但却最欢喜看人比剑。"玉罗刹道："可惜你是大官，要不然今天我就请你去看比剑。"熊廷弼忽道："练姑娘，这位是我的参赞，名叫岳鸣珂……"玉罗刹截着道："我知道。"熊廷弼道："他的剑法在我军中号称第一，你愿不愿意和他比一比，点到为止，不准伤人。"玉罗刹忽冷笑道："哈，岳鸣珂，原来你还不服气，好，咱们再比一比。"嗖的一声，拔出剑来。杨涟吓得躲到椅后，熊廷弼听得话里有因，忙道："慢来，鸣珂，你以前和她比过剑的？"玉罗刹道："不止一次了。哎呀，天色不早，你若未回边关，以后我再告诉你。岳鸣珂，咱们这场比剑，记下来吧。"熊廷弼舍不得她立即离开，看看日影，道："还差一点才到正午，怎么说天色不早。"玉罗刹深怕熊廷弼一定要留她和岳鸣珂比剑，冲口说道："我要和红花鬼母比剑，你知道什么？"熊廷弼道："什么红花鬼母？这名字好怪！"

　　岳鸣珂大吃一惊，他的师父霍天都是武林前辈，见多识广，岳鸣珂在天山之时，已听他说过红花鬼母的故事。忙拉了拉熊廷弼，道："大帅，我有话要和你说。"玉罗刹道："你不能强留我在此地比剑！"熊廷弼道："姑娘，你放心，你有事情，比剑以后再说，你稍待一会。好，鸣珂，有什么话快说。"岳鸣珂把熊廷弼扯到屏风背后，约过了一盏茶的时刻，还未出来。龙达三的心卜卜地跳。

龙达三只道岳鸣珂不肯放过玉罗刹，心想：这女魔头真是天大胆子，竟然在熊廷弼面前自表身份。我若知她如此，怎么也不带她来。熊廷弼身为大将，岂有见了强盗，也不捕拿的道理。这回定逃不了。玉罗刹倒是神色自如，熊廷弼谈吐之中，自然有一种令她信服的力量。她想熊廷弼说过当她朋友，当然就是朋友，半点也没疑心。过了一会，熊廷弼和岳鸣珂出来，笑道："练姑娘，你过来！"玉罗刹毫不在意地走了过去。熊廷弼道："我本想送你一件礼物，但在客途之中，却拿不出好东西来。"玉罗刹道："哈，我以为你有什么话要和我说，你却要和我讲客套。交朋友不必送礼的。我生平只收强盗头子的礼物，对朋友的东西，我可不要。"熊廷弼续道："我虽然没礼物送你，但我却要借一件给你，你用了之后，一定要交还的。"玉罗刹道："哈！借一件给我！这倒新奇。我倒要看看是什么东西？"熊廷弼拿出一对手套，笑道："练姑娘，你当不当我是朋友？"玉罗刹道："我若不把你当朋友看待，怎会和你当大官的谈这么久？"熊廷弼温言说道："那么我求你一件事你答不答应？"玉罗刹喜道："你有事要求我？哈，汤里火里，万死不辞！"熊廷弼道："等会你去斗那个什么红花鬼母之时，一定要把这对手套戴上，用完之后，再送回来。"玉罗刹见这对手套金光微闪，好像不是用普通丝线织成，甚为喜爱，道："好，我听你的话。"熊廷弼直送她出到门口，这才道别。

玉罗刹飞快赶回镖局，镖局的伙计早把药丸配好，只等熊胆一来，马上研成碎末，混入丸中。龙达三取出两副上好的护心铜镜，又把硫黄包了两包，一一交给玉罗刹收好，道："白天不便施展轻功，你乘我的快马去吧！到了山脚，你再弃马登山。"玉罗刹一声："多谢！"跨上马背，飞驰而去。出了城门，红日已过中天，玉罗刹道：糟，这回是自己第一次的失约了！

再说白石道人和卓一航离开柳家，赶往西郊。路上卓一航问道："师叔，为什么约她在秘魔崖比剑？"白石道："秘魔崖岩石底下有个石室，据传唐朝的时候有一个名叫'卢师'的和尚曾在那里住过。卢师是崐卢剑派的祖师，他的剑法精义早已失传，现在的崐卢剑派只得他的皮毛而已。听说石室中还有卢师遗迹，学武之人，每到那里，都是流连忘返。你是我派未来的掌门，应该到那里见识见识。而且秘魔崖是有名的险峻荒僻之地，在北京近郊，可难找到这样一处良好的比剑场所。"卓一航心想：你和玉罗刹比剑，叫我还有什么心绪赏玩。心中一路盘算如何替他们化解，不知不觉，已到西山。

白石道人见他木然毫无表情，好似丧神失智一般，甚为不悦。想起一路同来，他和自己的女儿虽然也有说有笑，但总是十分勉强，这样联想起来，不觉暗暗灰心。

白石道人抬头一看，道："我们来得早了，还未到中午呢。"卓一航道："我们先到秘魔崖候她。"白石道："候她？她好大的架子！"卓一航不敢回答，心道："怎么四师叔近来好像心胸越来越狭窄了，以前都不是这个样子。"又想起和他一路同行之时，他总是故意让自己和他的女儿接近，他对玉罗刹的仇恨，莫非也与此有关。思前想后，越发闷闷不乐。

白石道："你想什么？"卓一航道："没什么。师叔，我看这场比剑还是免了吧！"白石道："胡说。武当派的人从不怯场！"心想：先到秘魔崖看清地形也有好处。飞步登山，过了一会，只见一块硕大无朋的岩石，从山顶上凭空伸出，下面有一片平地，就好像

熊廷弼拿出一对手套，对着玉罗刹道：
"等会你去斗那个什么红花鬼母之时，一定要
把这对手套戴上，用完之后，再送回来。"

张开了的狮子嘴一般。白石道："这就是秘魔崖了，咱们上去！"两人施展轻功，到了上面，白石道人忽然咦的一声，叫了出来！

那片平地堆着一堆堆石头，好像什么阵图一样，白石道："玉罗刹捣什么鬼？"和卓一航进入石头阵，走了一阵，只觉其中千门万户，复杂异常，好像是按五行八卦所布的阵图。对五行八卦之阵，武当秘笈本也载有，但白石道人却不甚精，绕来绕去，好一会子，找不到出路。白石怒道："不管这魔头捣什么鬼。我把她的石头扫荡了再说。"伸腿一扫，把一堆石头踢得到处乱飞，撞在其他的石头上，把好几堆石头撞散，白石道人哈哈大笑。

笑声未停，忽然有人阴恻恻地冷笑道："何方小子，胆敢捣乱我练功的石阵。"话声尖锐刺耳，就好像有人对着耳朵叫喊一般，白石道人吃了一惊，游目四顾，不见人影，白石道："你是什么鬼怪？"忽地眼睛一亮，岩石下忽然现出一个鸡皮鹤发、焦黄枯瘦的老妇人，拿着一根拐杖，鬓边插了一朵红花，打扮得不伦不类，真像鬼魅现形，山魈出世，面上似怒似笑，饶是白石道人艺高胆大，也感到一阵寒意，直透心头！

那老妇巍巍巍巍地走入石阵之中，喝道："你这两个小辈叫做什么名字，师父何人？来此何为，赶快从实招来！"白石道人身为武当五老之一，年纪也已五十有一，几曾给人这样小视，呼他"小辈"，大怒说道："武当五老的名字，你听人说过没有？"老妇人眼皮一翻，冷冷说道："什么武当五老，没听说过！"武当五老的得名，是近十年之事，这老妇人隐居已三十年，三十年前，白石道人还是刚刚二十出头的小伙子，何来"五老"之名，所以这老妇人说不知道，确是实情。白石道人却以为"武当五老"之名，天下无人不识，听了这老妇人的话，以为她故意轻视，越发大怒。

卓一航却躬了躬腰，恭敬问道："不敢请教老前辈大名。"那老妇人咧嘴一笑，道："唔，你这孩子还懂得一点礼貌。"指着鬓边的红花道："你能上到秘魔崖，也算有点本领，应是出于高人所授。你的前辈没对你说过吗？你知不知道这朵红花的来历？"

卓一航十分惶惑，摇了摇头。白石道人忽然想起红花鬼母的名字，骤吃一惊，冲口叫道："你这妖妇，居然还在世间！"红花鬼母大怒，杖头一指，叫道："贼道，吃我一拐！"红花鬼母今年已六十开外，比前任的武当掌门紫阳道长略小几年，白石道人曾听大师兄说过红花鬼母的故事，虽然知她是个强敌，但总以为当年那西北十三名好手，不是一流人物，所以败也不足为奇。对红花鬼母的神奇武功，也总认为是夸大之辞，虽然严阵以待，却也并不恐惧。

红花鬼母道："小辈，你还不进招？"白石也道："妖妇你还不进招？"红花鬼母把拐杖向石堆一拨，那些石头纷纷飞了起来，从白石道人身边飞过，却并不打中他，石弹纷飞，溅了白石道人一身尘土。白石大怒，青钢剑扬空一闪，蓦地一招"金针度线"，直取红花鬼母的咽喉，红花鬼母随手一抖，拐杖猛然压下，白石道人斜身滑步，一甩剑锋，跟跟跄跄向旁冲出几步，虎口发热，又惊又怒，刷刷回身两剑，使出了七十二手连环夺命剑的绝招，前发后至，快速之极！红花鬼母拐杖一举，将两招同时破去，道："你能在我拐底逃生也算不错。"白石愤然进剑，霎眼之间，连进七招，红花鬼母一一破开，道："唔，你这剑法我好似在哪里见过，当今之世，有这样的剑法也算是一把好手了。"谈笑之间，连连反击，白石道人给迫得连连后退，跃过了好几个石堆，渐渐被红花鬼母困在石阵之中，白石道人知道难以逃脱，脚踏八卦方位，把剑使得风雨不透，红花鬼母攻了五十多招，白石道人被杀得汗水淋漓，但白石道人守得很稳，拼力支撑，竟然也无破绽。红花鬼母攻势忽缓，喝道："紫阳道长是你何人？"白石道人这时羞愤交迸，不愿再提"武当五老"的名头，乘她攻势暂缓之际，突然两记绝招"鹰击长空""鱼翔浅底"，上下两剑，直取红花鬼母穴道要害。红花鬼母

白石道人冲口叫道："你这妖妇，居然还在世间！"红花鬼母大怒，杖头一指，叫道："贼道，吃我一拐。"

怒道："你这小子不受抬举。"拐杖一横，把两记绝招都化了开去。左掌一伸，呼呼风响，砂石飞扬，威势惊人。白石道人只挡她龙头拐杖，已自处在下风，她发掌助威，更是难敌，剑法渐渐散乱。卓一航一看不妙，冒着砂石，拔剑冲来。红花鬼母说道："哦，你也来了！"拐掌齐施，把两人都困在石阵之中。卓一航每挡一拐，身躯便震一下，知她功力太高，无法抵挡，只好连走巧招，助师叔防守。红花鬼母也好像对他特别留情，只把他的剑招挡开便算，并不使出杀手。

　　卓一航剑法武功，在武当第二辈中首屈一指，比白石道人也不过仅逊一筹，红花鬼母对他手下留情，便宜了白石道人，竟自转危为安，还能出手反击。打了一阵，红花鬼母叫道："当年十三名好手联手斗我，也不过走了五百多招，现在已走到三百多招，不能再让你们了！"拐杖横挑直扫，掌力远震近攻，砂石飞扬中卓一航冒死抗拒，眼看红花鬼母一拐戳到师叔胸膛，急忙抢进一剑，刺她左胁，明知刺她不中，也要进攻，目的不过是解师叔之危，红花鬼母左掌一带，喝声"去"，卓一航只觉如腾云驾雾一般，给掷出了石阵之外，爬了起来，居然并未受伤，好生奇怪。就在此时，猛听得师叔一声惨叫，也给掷出了石阵之外。卓一航急忙奔去，只见师叔胸衣碎裂，胸膛上有两道紫色的伤痕，面如金纸，气若游丝，卓一航大哭起来，挺剑向红花鬼母冲去，哭叫道："妖妇，你害了我的师叔，我也和你拼了！"红花鬼母道："咦，你也叫我妖妇！"慢慢地举起拐杖，卓一航正冲入石阵，忽听得有人叫道："一航，一航！"卓一航脚步倏停，叫道："练姐姐快来，帮我杀这妖妇！"转瞬之间，铁飞龙与玉罗刹双双奔到。

　　正是：鬼母巧逢玉罗刹，秘魔崖下决雌雄！

　　欲知后事如何？请听下回分解。

梁羽生先生之
新派武俠小説白
冠魔女傳連刊
二律畫于義成
去歲洞州時味恩一記

玉罗刹突破了红花鬼母的胶着战术，剑剑反击，辛辣异常；红花鬼母余势未衰，掌风呼呼，铁拐乱扫，也尽自遮挡得住。

第十五回

神剑施威　胆寒惊绝技
毒珠空掷　心冷敛锋芒

　　红花鬼母磔磔冷笑，铁飞龙道："公孙大娘，你这回行事差了！"红花鬼母怪眼一翻，道："怎么差了？"铁飞龙道："金独异屡行不义，而今又听奸宦遣使，谋害忠臣，你为何替他出头？"红花鬼母冷笑道："我那老鬼纵做错了事，也轮不到你来管教！"铁飞龙脾气也硬，冷笑道："如此说来，倒是我离间你们夫妻了？公孙大娘呀，公孙大娘，可笑你是一代名家之女，却这样糊涂，不明大义。"红花鬼母拐杖一顿，叫道："铁飞龙休得多言，我今日到来，专诚要领教你的雷霆八卦掌！"铁飞龙哈哈大笑，飞身跃入石阵，道："好哇，原来你立心伸量我老铁来了！"身形一晃，跳在一堆石头后面。红花鬼母抛了拐杖，道："你想借我的石阵比试掌力？"铁飞龙道："正是！"双掌一扬，石块纷纷飞起，红花鬼母单掌一劈，也把一堆石头打得纷飞，石头对空乱撞，两人一面运掌力激荡石头，一面跳跃躲避石弹。

　　铁飞龙脚踏八卦方位，每发一掌，便跳过一堆石堆，躲避之处，恰是石弹飞射不到的死角，红花鬼母道："铁老贼你倒溜滑！"双掌齐扬，把两堆石头打飞，左右夹击，铁飞龙反身一跃，从"坎门"跳到"兑门"，还击了一掌，红花鬼母也急从"乾门"跳到

"艮门",两人一进一退,在石阵中穿来插去,各运掌力飞石击敌,在秘魔崖下打得沙尘滚滚,石块乱飞,而两人进退攻守,都有法度,那满空飞舞的石块,却没有一块击中了人。玉罗刹在旁边看得十分高兴,跃跃欲试。

铁飞龙的雷霆八卦掌法原是按照八门五步的身法步法,以刚柔合用来制胜克敌的。原来铁飞龙经验老到,而且有知己知彼之明,他知道红花鬼母的武功在自己之上,所以才将计就计,借她布好的石阵和她比试掌力。

红花鬼母的石阵按五行八卦的方位布置,而这种阵式正是铁飞龙最熟习的阵式。在这样的石阵中比掌不单单是靠掌力取胜,还要靠趋避得宜,所闪之处,要恰恰是石弹打不到的"死角",所以每发一掌每跳一步,都要预计到后路。铁飞龙的掌法本来就是按照八门五步的方位,比红花鬼母还要熟习得多,腾挪闪避,妙到毫巅,因此铁飞龙的掌力虽然要比红花鬼母稍逊一筹,可是以巧补拙,打了半个时辰,还是恰恰打个平手。

红花鬼母勃然大怒,厮拼半个时辰还未将敌人打倒,这在她来说,是从所未有之事。尤其气愤的是,这时她已看出铁飞龙掌力不如自己,可是在石阵中比试,又偏偏胜不了他。铁飞龙看她火起,故意再发一掌,便大笑三声,把红花鬼母更是激得暴跳如雷,双掌连扬,运用了内家真力,霎时间尘土飞扬,石弹如雨,掌风呼呼,人影凌乱,在铁飞龙大笑声中,玉罗刹忽然叫道:"停!"铁飞龙反身一跃,跳出圈子,红花鬼母喝道:"做什么?"玉罗刹冷冷笑道:"你的石阵已全给摧毁了,这场比试也该完了。"红花鬼母身形一停,凝步立在乱石之上,这才发现厮拼了半个时辰,加以自己又用力过猛,百多堆石头已全打得倒塌,许多石块正在翻翻滚滚,滚下山坡。

红花鬼母气犹未消,在乱石中捡起龙头拐杖,向石头上一顿,铿然有声，道："铁老贼，这场算是拉平，我再和你见个真章。"玉罗刹盈盈笑道："红花鬼母，你这就不公平了！"红花鬼母怒道："怎么不公平！"玉罗刹道："你手上有兵器，我爹爹可没带兵器。"红花鬼母怒道："再比掌力也行！"玉罗刹道："你们刚才比掌已是比成平手，还比什么？"红花鬼母一怔，虽然适才铁飞龙利用石阵取巧，可是总不能说不是比试掌力，而且石阵又是自己布的，更不好意思说他利用石阵占了便宜。本来武林名手，各有擅长，有的人以掌力称雄，有的人以兵器见胜。红花鬼母是拳掌兵器，全都出色当行；铁飞龙则只是以掌力称雄，平生从不使用兵器。所以红花鬼母若然要和铁飞龙见个真章，则用龙头拐杖对他双掌，也不能算是不公；无奈玉罗刹一口咬定，比掌已成平手，要比兵器铁飞龙可不能奉陪。歪有歪理，红花鬼母拿她没有办法，重重地把拐杖一顿，恨恨说道："今日之事，我不能就此甘休！"可是要怎样再比，红花鬼母却也说不出办法来！

玉罗刹看她怒气冲天，这才好整以暇，取下几根头上红绳，缚了袖口，慢慢说道："红花鬼母，你不必气恼，你要打架，那还不容易？有人奉陪你便是！"

红花鬼母一怔，道："你这女娃儿要和我比试？"玉罗刹展眉一笑，道："哈，你猜得对了！"玉罗刹近几年虽是名震江湖，可是红花鬼母隐居已久，并没听过她的名头。虽然最近入京，丈夫对她约略提过玉罗刹的来历，可是现在见她才是个二十岁左右的少女，未免存心轻视。要知红花鬼母在三十多年之前已享盛名，自然不愿和小辈动手。拐杖一指，磔磔笑道："你再练十年！"

玉罗刹嗖的一声拔出宝剑，笑道："红花鬼母，你是说你要比我强得多么？"红花鬼母睥睨斜视，不接话锋。玉罗刹又笑道："可惜你是个大草包。"红花鬼母大怒，斥道："胡说八道！"玉罗刹又笑道："你若不是大草包，为何连'学无前后，达者为师'的话都不晓得！"其实玉罗刹也只是粗解文字，这两句话还是她从卓一航处听来的，她故意用来激怒红花鬼母，乃是一种战略。

红花鬼母给她一激，果然气得非同小可，拐杖一指，怒道："你若真能胜我，我拜你为师！"玉罗刹笑道："这可不敢！这样吧，你若能胜我，我们父女二人任你处置。要是我胜了呢，你那臭老鬼丈夫可得由我处置，我要杀他剐他，你都不能帮他的手。"红花鬼母气往上冲，道："只要你能和我打个平手，我就再隐居三十年！"玉罗刹笑道："好，一言为定，进招吧！"红花鬼母道："我生平和人单打独斗，从不先行动手！"玉罗刹低眉一笑，把剑缓缓地在红花鬼母面前划了一道圆弧。

红花鬼母喝道："你捣什么鬼？你到底想不想比试？"话声未停，玉罗刹手掌一翻，本来极其缓慢的剑招突然变得快如掣电，青光一闪，剑锋已划到面门！原来玉罗刹精灵毒辣，她看了刚才红花鬼母的掌法，知她武功非比寻常，所以故意先令她动怒，扰乱她的心神，再用状类儿戏似的缓慢剑招，令她疏于防备，然后才突然使出独门剑法，倏地变招。红花鬼母大吃一惊，杖头往上一点，玉罗刹剑锋一转，刺她咽喉，红花鬼母肩头一缩，左掌一拿，想硬抢她的宝剑，哪料玉罗刹的剑势，看来是刺她咽喉，待她闪时，剑尖一送，却突然自偏旁刺出，红花鬼母一跃，只觉寒风飒然，自鬓边掠过，那朵大红花已给削去，玉罗刹哈哈大笑。她早料到刺红花鬼母不中，所以用奇诡快捷的剑法，明刺要害，实施暗袭，削了她鬓上的红花，挫她锐气。

红花鬼母"哼"了一声，道："剑法虽佳，还不是真实本领！"话虽如此，但骄矜之气已减了许多。玉罗刹笑道："好，叫你看真实本领！"刷刷几剑，剑势如虹，似实似虚，在每一招之中，都暗藏好几个变化，红花鬼母竟未曾见过这种剑法，给迫得连连后退，卓一航在旁见了，心中大喜，连师叔身受重伤，也暂时忘记了。

铁飞龙在旁全神贯注，心中却是忧虑。卓一航喜道："练姐姐胜券在操，这个老妖妇不是她的对手。"铁飞龙微哂说道："还早呢！"卓一航再看场中，形势忽变，红花鬼母铁拐翻飞，转守为攻，左掌疾发，呼呼风响。玉罗刹暴风骤雨般的剑点每给震歪，再过片刻，只见场中一团白光，盘空飞舞，红花鬼母的一根铁拐就像化了几十根似的，拐影如山，裹着那团白光，宛如毒龙抢珠，滚来滚去；再过片刻，拐影剑光，融成一片，再也分辨不出谁是玉罗刹谁是红花鬼母了！卓一航看得目眩神摇，倒吸一口凉气！铁飞龙这时，却是忧惧之容渐解，指点说道："那老妖妇功力虽高，却奈不得她何！"

原来玉罗刹虽以独门剑术，一开首就用迅雷不及掩耳的手段抢了上风，但红花鬼母的功力比铁飞龙还要高出一筹，比起玉罗刹来，自然更要高了，而且她经验又丰，一省悟上了当时，立刻止怒，凝神竭智，潜心化解，三十招之后，便转守为攻，以掌助拐，玉罗刹的身形在她的掌力笼罩之下，奇诡的剑招竟然受了牵制，被她那神出鬼没的龙头拐杖，迫得透不过气来！

红花鬼母正以为可以得手，岂知玉罗刹胸有成竹，虽处下风，却是傲然不惧。每到绝险之时，她都能举重若轻，在间不容发之际忽然避过！红花鬼母也暗暗佩服，铁拐越裹越紧，看看玉罗刹已是万难躲避，玉罗刹忽然长剑一伸，在她龙头拐杖上一点，便借着这一点之力，身子腾空飞起，在半空挽了个剑花，居然还能反击！两人在乱石堆中奔驰追逐，红花鬼母虽占了七成攻势，却是无奈她何！原来玉罗刹是母狼乳大，自幼在华山绝顶游戏，轻功之高，并世无两，即算铁飞龙、红花鬼母、岳鸣珂等在轻功上也都要稍稍逊她一筹。她知红花鬼母内功厉害，便尽量发挥自己所长，攻敌所短，并不和红花鬼母真正较劲，却在腾挪闪展之际，伺隙反击，斗了三百来招，兀是不分胜负！

铁飞龙松了口气，这时才想起白石道人身受重伤，向卓一航道："瞧你的师叔去！"卓一航也霍然醒起，走近白石道人身旁，只见他盘膝坐在地上，正在闭目用功。铁飞龙唤了一声，白石道人微睁开眼，面色愠怒。铁飞龙摸出两颗药丸，道："这是治伤解毒的圣药。"白石道人摇了摇头并不答话。他已服了武当本门的解药，不愿接受敌方（他把铁飞龙与玉罗刹都划入"敌方"了）的赠与。铁飞龙又好气又好笑，在他耳边斥道："我不愿见成名人物如此死去，你的本门解药只可暂保一时，我的解药才是正药，你不服气，就请你先吃我的解药，待你伤好之后，咱们再来较量。"白石道人闭目不理。铁飞龙一恼，突然伸手在他嘴巴上一捏，白石道人"呀"的一声喊了出来，铁飞龙已把两颗药丸，送入他的口中。

　　白石道人浑身无力，要想吐也吐不掉，两颗药丸滑入他的喉咙，片刻之后，丹田升起一股热气，人也舒服许多，便不再言语。铁飞龙笑道："你这师叔，倔强得好没道理。"把卓一航扯近身边，解开一角胸衣，悄悄说道："你看。"卓一航见他胸前的护心铜镜已裂成几块，若无钢线勒住，早已掉了下来。铁飞龙一笑扣衣，道："我若不是有这块护心铜镜，也受伤了。你的师叔受了红花鬼母内力所伤，现在救治之后性命虽可无妨，但要复原，恐怕还得待一月之后。"卓一航不禁骇然。想起红花鬼母适才分敌自己和师叔二人，师叔受了内伤，而自己却丝毫无损，这分明是红花鬼母手下留情的了。思念及此，不觉又为玉罗刹担心起来，生怕她受不住红花鬼母的掌力，也像自己的师叔一样受了重伤。

　　卓一航忧心忡忡，再看斗场，只见斗场形势又变。红花鬼母的铁拐东指西划，手上像挽着千斤重物一样，比前缓慢许多，但玉罗刹的剑招却非但攻不进去，而且好像要脱身也不可能，两人在乱石堆中，各自封闭门户，一招一式，带守带攻，看得非常清楚，就像两个好友拆招练习一般。可是两人面色都极沉重，连一向喜欢嬉笑的玉罗刹也紧绷着脸，目不斜视，随着红花鬼母的铁拐所指，一剑一剑，奋力解拆。

原来红花鬼母见玉罗刹轻功了得，拼了三百多招，兀自不能取胜，心中一躁，竟把平生绝学，轻易不肯一用的"太乙玄功"施展出来，这种功夫可把全身功力移到物体之上，上乘者可以摘叶飞花、伤人立死，红花鬼母把功力运到铁拐之上，玉罗刹剑锋稍近拐身，忽觉如有一股粘力把自己的剑吸着似的，自己用力愈大，它的粘力也愈大，这一来玉罗刹奇诡绝伦的剑招无法施展，而且红花鬼母的拐势虽似缓慢异常，实际每一拐都是指着自己的穴道要害，只要自己稍微疏忽，对方就立刻可以乘隙而入，所以玉罗刹只能奋力拆招，同时避免和她较量真力，连逃走也不可能。因为只要自己剑招一撤，身形一退，防守就要露出弱点，要害穴道，就全在敌人攻击之下了。

卓一航看出情形不对，对铁飞龙道："叫她走吧！"卓一航以为凭着铁飞龙的武功，纵不能胜红花鬼母，但掩护玉罗刹逃走总有可能。铁飞龙叹了口气，摇摇头悄声道："刚才还可以走，现在可不能了！而且除非是紫阳道长复生，或者天都居士来到，天下也没第三个人可以拆开她们！"卓一航更是吃惊，说话之间，忽见红花鬼母手起一拐，当头劈下，玉罗刹的剑尖旁指，门户大开，惊极欲呼，铁飞龙忽然伸手把他嘴巴封住，在他耳边说道："不可惊叫，扰乱她的心神！"卓一航再看时，只见红花鬼母那拐明明可以劈碎玉罗刹的头颅，却突然一歪，滑过一旁，不知是何道理，心中大惑不解。

铁飞龙微微笑道："霓裳的剑法真是妙绝天下，刚才那一招解得好极了！连我也意想不到。"说罢举袖抹额，卓一航见他额上汗水直流，这才知道铁飞龙的着急之情，并不在自己之下。

原来红花鬼母刚才那拐虽然可以劈碎玉罗刹头颅，但玉罗刹也冒险进招，剑势指向她胁下的章门要穴；红花鬼母若不防救，势必两败俱亡。所以铁拐虽然距离玉罗刹头顶不到五寸，还是不得不稍稍移开，震歪玉罗刹的剑锋。

交换了这一险招，红花鬼母想道：这女娃子功力不如我高，我何必和她冒险对攻，慢慢把她困死便成。仍然施用"太乙玄功"，把内力运到拐杖之上，将玉罗刹困在丈许方圆之地，攻既不能，退亦不得！

铁飞龙自是行家，越看心头越急，心道：红花鬼母一稳下来，用这样的打法，裳儿剑法再妙，也难久敌。可是凭着自己功力，又不能上前解拆，只好在旁边干着急。卓一航虽然不懂其中奥妙，但见铁飞龙汗水直流，场中玉罗刹神色越发阴沉，也知道情形不妙。可是连铁飞龙都无能为力，他更是毫无办法，也只有焦急的份儿。铁飞龙想了一会，忽然想起一策，双掌猛力相撞，卓一航莫名其妙，心想：这老儿发了疯不成？更是着急。

不但旁观的二人焦急，场中剧战的二人也都暗暗心急。红花鬼母用出"太乙玄功"，本以为在五十招之内便可得手，哪知拼了一百多招，虽然占得上风，但玉罗刹却还是可以抵挡。而用这种内力拼斗，最为伤神，红花鬼母不由得暗暗心慌，这场大战之后，就算获得全胜，也恐怕要生一场大病。

玉罗刹斗了半日，更是焦急异常，红花鬼母用这种打法，令她攻既不能，退亦不得，心中想道：难道就这样束手待毙不成？忽见铁飞龙双掌相撞，心念一动，玉罗刹本知道红花鬼母内功深厚，不敢和她较量劲力，这时为了要在死里逃生，咬了咬牙，暗运内力，战到急处，红花鬼母霍地一拐打来，玉罗刹突然横剑一封，剑拐相交，火星四溅，玉罗刹给震得倒退三步，红花鬼母也立足不稳，晃了两晃，不由得大吃一惊！

玉罗刹试了一招，精神陡振，红花鬼母的内功也并不如想象之

红花鬼母霍地一拐打来，玉罗刹突然横剑一封，剑拐相交，火星四溅，玉罗刹给震得倒退三步，红花鬼母也立足不稳，晃了两晃，不由得大吃一惊！

甚，顿时剑光飞舞，再也不怕和她的铁拐相交，红花鬼母大为惊奇，想不到玉罗刹的内功也如此深厚！

红花鬼母这回吃了大亏。原来红花鬼母的功力，的确要比玉罗刹高出许多，可是她先和白石道人打了三百多招，跟着又和铁飞龙比试掌力，动了怒气，用力过度，内功已减削许多，要不然莫说运用了"太乙玄功"，不须用到一百多招，就是这一拐最少也可以把玉罗刹的宝剑打飞。玉罗刹无形中占了便宜，自己还不知道！

铁飞龙这时才松了口气，暗暗发笑。原来他先出场，把红花鬼母激怒，将石阵摧毁之后，才让玉罗刹出斗，正是他预先安排好的战略。玉罗刹不懂五门八卦之阵，但轻功极高，所以在石阵摧毁之后，能够与红花鬼母打成平手。铁飞龙又因这一战关系重大，并且知道玉罗刹也十分好胜，所以并没将事先的计划说给她听，以免影响她的心情，让她好专心对敌。可是铁飞龙事先虽然布置周密，到目睹玉罗刹与红花鬼母激战之时，还免不了忧心忡忡，生怕玉罗刹的内功与红花鬼母相差太远，直至看到玉罗刹冒险反击，剑拐相交，各给震退的情形，铁飞龙才宽了心。

再说玉罗刹突破了红花鬼母的胶着战术，剑剑反击，辛辣异常；红花鬼母余势未衰，掌风呼呼，铁拐乱扫，也尽自遮挡得住。两人各以内力相拼，只见杖影剑光，此来彼往，叮叮当当，战了一个势均力敌。

红花鬼母想不到一世威名，竟给这个女娃子迫成平手，战到分际，突然左掌护胸，铁拐倒拖，卖了一个破绽，跳出圈子，玉罗刹一声娇笑，脚步一点，身飞起，凌空下击。铁飞龙叫道："裳儿，小心了！"红花鬼母把手一扬，三团赤色光华，电射飞来，玉罗刹已有防备，在空中一个转身，避了开去，笑道："你捣什么鬼把戏？"哪料口方张开，笑声未歇，跟前红光一闪，一颗圆溜溜的东西，突然飞进口中，玉罗刹头下脚上，疾冲下来，红花鬼母反手一拐，玉罗刹一个"细胸巧翻云"，身形翻了过来，宝剑在拐上一点，倒跃出三丈开外，站在地上，摇摇晃晃。卓一航大吃一惊，铁飞龙却仍是神色如常，微微发笑。

红花鬼母得意之极，连连怪啸，迈步上前，将龙头拐杖向玉罗刹胸前一点，叫道："你这女娃子还不弃剑认输，要等死么？"玉罗刹身形一晃，避了开去。红花鬼母又喝道："你中了我的毒珠，性命不过一时三刻，赶快投降，还可以救你一命。"玉罗刹又晃了一晃，仍然不理。红花鬼母心道：你这女娃子好倔强！一把抓去，玉罗刹突然将口一吐，一颗赤红如血的珍珠飞了出来，刷的一剑削去。红花鬼母以为她受了伤，料不到她身手还是如此矫捷，嗤的一声，急闪开时，衣袖已被削去一截。玉罗刹笑道："你这老妖妇还不认输，要等死么？"

原来这赤红如血的珍珠，乃红花鬼母的独门暗器，名为"赤毒珠"，乃是将珍珠在毒蛇血中浸炼，直到把白色的珍珠炼到赤红如血方止，剧毒无比，轻易不肯使用。幸而穆九娘昨晚将三颗赤毒珠带来示警，铁飞龙有了防备，教玉罗刹将雄黄等药物炼成的药丸含在口中，故意接她一颗，然后出其不意吐了出去，分散她的心神，刺她一剑。

红花鬼母大怒，铁拐一震，把玉罗刹的宝剑荡开。铁飞龙叫道："红花鬼母，你要不要脸？"红花鬼母一声不响，铁拐疾扫。玉罗刹冷笑道："老妖妇，你还有什么伎俩？"运剑如风，虎跃鹰翔，飒飒连声，浑身上下，卷起精芒冷电。红花鬼母退了几步，突然一跃而上，用力将龙头拐杖一抖，玉罗刹左手捏着剑诀，右手横剑一封，只听得"当"的一声，红花鬼母的龙头拐杖一歪，杖上突然伸出一支明晃晃的利刃，凭空长了一尺。要知高手较量，分寸之间都要计算得十分准确，玉罗刹所站方位，本是拐杖不及之处，哪料敌人的拐杖头上忽然伸出一支利刃，玉罗刹剑已封了出去，不及回防，红花鬼母身手何等迅疾，拐杖向前一送，利刃冷森森，指到了玉罗刹的心窝！

铁飞龙在旁看得真切，突然想起白石道人心口的刀痕，冷汗迸流，飞身跃入圈子，大声喝道："用毒手对付小辈不害臊么？"红花鬼母心头一震，但她这招快如电光石火，要收手也不可能，铁飞龙身形方起，场中已有人惨叫一声，铁飞龙立稳足时，只见玉罗刹与红花鬼母已经分开，玉罗刹神色自如，冷冷笑道："来，来，来！我与你再斗三百招！"铁飞龙大为惊异，做梦也想不到玉罗刹会有这样高强的本领，居然能够死里逃生！

其实并不是玉罗刹凭着本身的功夫逃了这招，而是岳鸣珂那对手套的力量。红花鬼母的毒刃堪堪插到心窝，玉罗刹左手本来是捏着剑诀，横在胸前，这时迫于无奈，百忙中无暇考虑，沉掌一格，红花鬼母一刀插中她的掌心，刀尖一弯，却插不进去！玉罗刹剑招何等快捷，就在红花鬼母突吃一惊之际，手臂一圈，回手一剑，把红花鬼母肩上的琵琶骨刺穿！

红花鬼母惨笑一声，道："好，长江后浪推前浪，从今之后，江湖上再也没有红花鬼母这号人物！"拐杖一顿，霎忽之间逃得无影无踪，玉罗刹格格笑道："这对手套真是宝贝！"把胸衣解开，里面的护心铜镜哗啦啦一阵响，碎成无数小片，跌了下来。玉罗刹吃了两颗药丸，运气一转，笑道："幸好没有受着内伤。"卓一航触目惊心，颤声叫道："练姐姐！"玉罗刹点一点头，道："我与你们武当派还有交代。"走到白石道人身旁，白石道人服了解药，比前舒服得多，颤巍巍地站了起来，玉罗刹把剑一扬，卓一航大叫道："你做什么？"白石道人圆睁双目，手摸剑柄。玉罗刹道："白石道人，你已受了重伤，咱们这场比剑记下来吧！"卓一航道："何必还要比剑？"白石道人道："好，三年之内，我在武当山等你！"玉罗刹冷笑道："我准不会叫你失望！"

说话之间，忽听得秘魔崖下一片人声，铁飞龙跳上岩石，只见下面有人厮杀，一群东厂卫士围着一条大汉，另有一名少女已被缚在马背，尖声叫唤。

白石道人倏然变色，颤声说道："一航你听，这是不是萼华叫我？"卓一航道："我听不清楚！"山风送声，愈来愈近。白石叫道："是萼华。萼华！"振臂一跃，跳上岩石。铁飞龙叫道："你找死么？"白石重伤之后，气力不如，纵身一跃，突然腿软，几乎跌下岩去。铁飞龙一手把他拉着，道："一航，背你的师叔回去。"岩下有十多名卫士攀藤附葛，跃上岩来。铁飞龙一声长啸，拾起石头，雨点般抛掷下去，爬上来的卫士发一声喊，纷纷躲避。铁飞龙挥手道："快走！"卓一航背起师叔，随玉罗刹从背面下山。过了一阵，铁飞龙也赶了来，道："金老怪真不是东西，他唆使他的臭婆娘约我们单打独斗，暗中却又带东厂的卫士来捉人。"玉罗刹恨恨说道："他的臭婆娘已不帮他了，他若再撞在我的手里，管教他不能逃命。"

三人脚程迅疾，黄昏时分回到城中，卓一航道："铁老前辈，请同到柳武师家中一坐。"白石道人住在柳西铭家中。玉罗刹一笑道："好人做到底，你的师叔受了重伤，我们自当护送他平安到家。"白石道人翻了一翻白眼，气得说不出话。

柳西铭见白石道人受了重伤，铁飞龙和玉罗刹陪他回来，吃了一惊。武当派的弟子摩拳擦掌，纷纷起立，玉罗刹笑道："这可不关我事。"铁飞龙将白石道人被红花鬼母打伤的事说了，并道："幸喜我早准备好了解药，强他吃了。他内功颇有根底，静养三天，便可走动，再过一月，可以完全复原。"武当派的人见铁飞龙说出情由，有的便上来拜谢。白石道人尴尬之极，道："一航，你陪我进去。"有两名弟子禀道："师妹和李师兄走去观战，没有见着师叔么？"白石道人挥手道："都进里面去说。"向铁飞龙道："你的解药可不是我要吃的。"铁飞龙微微一笑，白石续道："但我一样领你的情。我们武当派恩怨分明，你的大恩定当报答。"玉罗刹笑道："我对你可没有恩，你伤好之后，随时可以约我比剑。"

卓一航和众同门扶师叔入内休息，柳西铭笑道："这道士真骄，无论如何不肯输口。他的师兄紫阳道长谦冲和易，和他可大不相同。"铁飞龙微笑不语。柳西铭续道："红花鬼母进京，我们前两天也听人说起，可不知她为了何事。原来却是找你们的岔子。"铁飞龙心念一动，嘴巴一张，却又把话吞住。柳西铭和铁飞龙虽有一面之缘，却非知交友好，当下也不便问他。

过了一阵，卓一航出来道："师叔行动不便，叫我替他送客。"铁飞龙哈哈大笑，道："你不送我也要走了。"柳西铭颇为不悦，他正想趁此机会，与铁飞龙结纳，甚不满意白石道人喧宾夺主。但他碍着武当派的情面，而且和白石道人又是老朋友了，所以也不便发作。当下拱了拱手，和铁飞龙玉罗刹道别。

卓一航送出门外，道："敝师叔不近人情，望铁老前辈恕罪。"铁飞龙道："好说，好说。你师叔有什么话交代你说。"卓一航面上一红，原来他师叔对一众同门吩咐，说铁飞龙虽对他有恩，玉罗刹却是本门公敌，凡是武当派人都不准与玉罗刹来往。这话明是告诫一众同门，实是说给卓一航一个人听。叫卓一航替他送客，也是含有叫他和玉罗刹决绝的意思。

玉罗刹轻轻一笑，道："你不说我也知道，总之是不准你和我亲近就是了。我偏不怕他，你害怕我亲近你么？"卓一航面红直透耳背。铁飞龙笑道："裳儿，你的口好没遮拦，把人窘得这个样子。"卓一航迟疑了一阵，忽道："练姐姐，我有话和你说。"铁飞龙行开几步，玉罗刹道："请说。"卓一航道："我师叔有个女儿，给东厂的卫士掳去了。我师叔受了重伤，京中又找不到能力特别高强的人……"玉罗刹笑道："所以你要找我们替你想办法了。"卓一航道："正是。你们若能把他的女儿救出来，这一梁子就不解自解了。"玉罗刹道："你们武当派那几个长老，虽无过错，面目可憎，他们不高兴我，我就偏要和他们作对。"卓一航默然不语。玉罗刹忽道："你师叔那个女儿长得美不美呀？"卓一航道："那当然比不上练姐姐了。"玉罗刹一笑道："长得也不难看吧？"卓一航道："在一般女子中，也算得是美貌的了。"玉罗刹若有所思，面色忽地一沉，道："你说实话，你师叔是不是想把他的女儿许配给你？"卓一航嗫嚅说道："他没有说过。"玉罗刹道："你又不是木头，难道他的意思你也看不出来吗？"卓一航只得说道："我看……也许会有这个意思。"玉罗刹冷冷一笑，卓一航低声说道："我总不会忘了姐姐。"玉罗刹芳心一跳，这还是卓一航第一次对她明白表示。卓一航续道："但我武当派门规素严……"玉罗刹秀眉一竖，道："怎么，你怕了？"卓一航续道："若然我们不能相处，就算海角天涯我也不会忘记了你。我，我终生不娶。"说到后来，话声低沉，几乎不可分辨。玉罗刹好生失望，心道："真是脓包。做事畏首畏尾，一点也不爽脆。"卓一航见玉罗刹变了颜色，叹口气道："我也知道所求非分，我师叔得罪了你，我却要你去救他的女儿。"玉罗刹凝望晚霞，思潮浪涌，她一面恨卓一航的软弱，但转心一想：他到底是欢喜我的。也自有点欣慰。卓一航说话之后，偷看她的脸色，玉罗刹眉毛一扬，忽道："枉我们相交一场……"卓一航一阵战栗，心道："糟了，糟了！"玉罗刹续道："你简直一点也不懂得我的为人。"卓一航猜不透她喜怒如何，说不出话。玉罗刹忽道："我不是为了要讨好白石道人，但我答应你，我一定为你救出师妹。"卓一航大喜拜谢，忽又悄声说道："你若救她出来，不要说是我托你做的。我师叔……"玉罗刹怒道："我知道啦，你们武当派从不求人，你又怕犯了门规啦！好，你回去吧！"

玉罗刹一怒把卓一航斥走，看他背影没入朱门，又暗暗后悔。

铁飞龙走过来道:"他说什么?"玉罗刹淡淡笑道:"没什么。"两人赶回西山住处,玉罗刹一路默不作声,到了灵光寺后,玉罗刹才道:"爹,我求你一件事。"铁飞龙道:"你说。"玉罗刹道:"咱们爷儿俩去救白石道人的女儿。"铁飞龙皱眉说道:"你和岳鸣珂把宫中闹得天翻地覆,还想再去自投罗网吗?"玉罗刹道:"我已答应人家了。"铁飞龙默坐凝思,过了好久,瞿然醒起,道:"有了,我们不必进宫救她。"玉罗刹喜道:"爹真有办法。"铁飞龙道:"我也拿不稳准成,咱们姑且试一试。明日我和你去找龙达三吧。"

再说何萼华那日,想陪父亲前往,被父亲训斥一顿,心中不忿。白石道人去后,何萼华悄悄去找李封,邀他同到秘魔崖去。李封是武当派在北京的掌门,心中本来想去,只是碍于白石道人的命令,所以不敢。见何萼华邀他,正合心意。

两人偷偷出城,行了半个时辰,将近西山。李封忽道:"后面有两个人好像跟踪咱们。"何萼华回头一看,背后果然有两个人,一个是四十来岁的中年汉子,一个是廿岁左右的少年,相貌颇为英俊,似乎在哪儿见过。两人指点谈笑,好像是在议论自己和李封一样。何萼华心中一动,对李封道:"这里的路,你很熟吗?"李封笑道:"我是老北京了,还能不熟?"何萼华道:"那么咱们绕路避开他们。"过了片刻已到西山。西山有三个秀丽的山峰:翠微山、卢师山和平坡山。到秘魔崖的路,本应从平坡山宝珠洞折向北行,李封却绕道从翠微山脚走去。两人展开轻身功夫,绕林越涧,走了一阵,背后那两人已经不见。李封道:"也许是我多疑了,那两人没有跟来。"两人缓了脚步,忽听得背后又有谈笑之声。何萼华再回头看,陡见背后那两人爬上山坡。李封道:"师妹,这两个家伙是诚心跟踪咱们来了。"手摸剑柄。何萼华道:"且慢动手。再看一会。"两人在山峰间专绕小路,背后跟踪的人忽快忽慢,倏疾倏徐,转眼间又走了三四里地,那两人仍是紧紧跟在后面。李封怒

·323·

道：“给他们一点颜色瞧瞧。”倏然止步。

那两人身形好快，李封刚一停步，只觉身旁飕的一股疾风过去，忙缩身时，那两个人已越过了头。那中年汉子回身问道："喂，你们去什么地方？"李封怒道："你跟踪我们，意欲何为？"那汉子笑道："这里的路，你走得难道我走不得？年轻伙子，火气怎么这样大？"迈前一步，伸手来拍李封的肩膊，李封双臂一振，喝道："去！"不料刚刚触着对方的身体，就给一股大力反弹回来。李封大怒，拔出佩剑。何萼华急道："不要动手。"问道："你们两位去什么地方？"那汉子道："我们正要问你！"

正是：西山怪客突然来，似曾相识费疑猜。

欲知后事如何？请听下回分解。

第十六回

父子喜相逢　指挥解甲
忠奸难并立　经略归农

　　李封横剑怒视，何萼华大大方方答道："我们上秘魔崖，你们呢?"当何萼华与那中年汉子说话时，那少年人一直凝视着她，这时突然叫起来道："你不是萼华妹妹吗?"何萼华想了起来，欢声说道："你是申时哥哥?"那少年高兴得跳了起来，忘形地拉着何萼华的手道："想不到你长得这么高了。"何萼华道："你还说呢，以前你和我一样高，现在你长得比我高半个头了。"中年汉子哈哈大笑。那少年猛然醒起现在已是"大人"，急忙松手。李封插剑归鞘，道："哈，原来你们是认识的。"何萼华道："岂止认识，我们是自小玩大的，他是我的表哥呢。"

　　这少年名叫李申时，乃是白石道人的妹妹何绮霞在未削发为尼之前，和李天扬生下的儿子。李天扬贪图富贵，休妻再娶之后，何绮霞到太室山做了尼姑，改称慈慧，白石道人将两个女儿交她抚养。李申时和何萼华同年，真真算得青梅竹马之交。

　　慈慧师太因为曾遭婚变，对这唯一的儿子，自不免有点宠爱逾分，所以在童年时候，李申时和何萼华一同习武，李申时的进境总落在何萼华之后，慈慧师太悟出了古人易子而教的道理，当李申时十二岁那年，便把他送去自己的好友龙啸云为徒。这龙啸云是峨峨嵋派的入室弟子，廿余年前曾和李天扬一同向何绮霞求婚的，落选之后，远走他方，直到何绮霞做了尼姑之后，才到太室山找她。所以慈慧师太把儿子托付给他，其中还有深意。当时慈慧师太对他说道："待我的儿子学成之后，你再带他回来见我吧。"龙啸云一口答应，把李申时带上峨嵋，苦心教了七年，这七年间虽然托人报过消息，可是他和慈慧师太却没有再见过面。

何萼华和李申时这对孩子，青梅竹马，两小无猜，本来甚为登对。慈慧师太也有意待儿子学成之后，就和哥哥提出婚事。无奈白石道人另有想头。李申时幼年习武时进度迟慢，看来不是聪明的孩子。而卓一航则在武当第二辈中首屈一指，而且卓一航是世家公子，人品气度，均属不凡，文武全才，更为难得。除了这些本身的优越条件之外，紫阳道长又指定他做继承人，是武当派未来的掌门，要知武当派在当时声威最盛，做了武当的掌门，就等于是武林中公认的领袖。白石道人为了要替爱女选择佳婿，自自然然地就想起了卓一航，也不管两人是否性情相投，便硬拉两人接近，以致生出了许多事端。

再说何萼华与李申时相见之后，十分高兴，谈了一阵，才记起那中年汉子，道："这位前辈，还未请教。"龙啸云哈哈大笑，李申时道："他是我的师父。"何萼华道："原来是龙伯伯。请恕侄女记性太差。"龙啸云道："七年前我见你姑姑之时，你还是个孩子呢。难怪你记不起了。"说起何萼华的姑姑，龙啸云不觉黯然！

何萼华道："姑姑常常谈起你们。"龙啸云道："你姑姑好？"何萼华道："好。"见他怆然神伤，即把话头拉开，问道："你们要去哪里？"李申时道："和你们一样，也是秘魔崖。"龙啸云道："听说你爹爹要和玉罗刹比剑，所以我们就赶来了。"李申时道："我们是前两天来的，准备游览几天，就到太室山去找你们。昨天龙伯伯碰到一位武林朋友，是长安镖局的一个镖头，说起舅舅和你还有一个叫做什么卓一航的，都到京中来了。还说舅舅约好了一个女魔头叫玉罗刹的，今天中午在秘魔崖比剑，我猜想你一定会来，果然碰到了你。这位是卓兄吗?"李申时说起"卓一航"时，心里酸溜溜的，一时说漏了嘴，称之为"那个什么卓一航"，说了之后，才觉大为不敬，又误会李封就是"那个什么卓一航"，脸上发烧，甚为尴尬，急忙请教。何萼华一笑说道："这位是我的师兄李封，北京武当派的掌门大弟子。"李申时这才放下了心。

一行四众，谈谈笑笑，从翠微山折下，李封道："再过去就是卢师山了。秘魔崖就在卢师山上。"龙啸云抬头一望，日已当中，悚然说道："这个时候，他们想来已开始比剑了。"李申时道："那玉罗刹是何等人物? 难道她的剑法还能胜过我的舅舅不成。"龙啸云道："听说只是廿岁左右的少女，剑法凶狠绝伦，我却没有见过。"何萼华笑道："卓师兄倒和她很熟。所以我的父亲不许我去，却要拉他同去。"

再走一阵，前面奇峰突起，如虎如狮，四人走入山谷，李封指着前面一个形如狮子的山峰说道："这就是秘魔崖了。你看这山峰下面有一块平地，就像张开了口的狮嘴一样，他们必然是在那里比剑。"话声方停，山谷的乱石堆中，突然跳出四人，喝道："谁要到秘魔崖去?"何萼华忽然"哗"的一声叫了出来。

为首那人约莫四十多岁年纪，相貌颇为威武，竟然就是那年上太室山找她姑姑的人。何萼华后来才知道这人便是姑姑的前夫，京中锦衣卫的指挥李天扬。

李天扬怔了一怔，龙啸云已冷然发话："李大人，你贵人事忙，连我们到秘魔崖你也要管么?"李天扬道："龙兄，咱们一别廿年，我屡次打听你的消息都打听不到，实在挂念得很。"龙啸云仰天打了一个哈哈，道："山野之人，竟劳李大人挂念，真是罪该万死!"

说话之时，两边山坡上埋伏的东西厂卫士，纷纷涌出。原来金独异唆使他的婆娘在秘魔崖约斗铁飞龙与玉罗刹二人，本想约人到现场助战，可是红花鬼母的脾气怪僻，声明若有人助战，她就退出不管。所以金独异不敢到秘魔崖去。可是他患得患失，一方面相信他妻子的武功远在铁飞龙与玉罗刹之上，但又怕她独力克制不住，会让敌人逃脱，于是便和慕容冲商量。

慕容冲是东厂卫士总管，正是魏忠贤的死党。他听了金独异的话之后，眉头一皱，说道："你的贤内助肯出山帮忙，那自然是最好不过。可是那玉罗刹和铁飞龙明明是熊廷弼的一党。那日我们在杨涟家中吃了大亏，老兄难道忘记了吗？"金独异道："他们都是武林中的成名人物，双方约斗，不许第三者插足，难道熊蛮子以边关统帅的身份，还会出场助战不成。"慕容冲冷笑道："想不到你居然这样忠厚？熊蛮子当然不会来，但铁飞龙玉罗刹既然是熊廷弼的党羽，他们的同党多着呢。谁敢担保铁飞龙不暗中约人助拳？"金独异道："依你说怎么样，我那臭婆娘脾气古怪，我们若去助拳，她真会撒手不管。"慕容冲道："熊廷弼的党羽中以铁飞龙玉罗刹最为凶狠厉害，有你的婆娘对付他们，其余的就好办了。我们多约好手，在秘魔崖附近埋伏。我料那铁飞龙和玉罗刹不是你婆娘的对手，可是他们以二敌一，虽不能胜，要逃走料还可以。咱们在外面埋伏，待他逃出来时，就将他们活捉。那时他们已打得筋疲力竭，你的婆娘撒手不理，咱们也能对付得了。此其一。"金独异笑着接道："若他们有党羽来助战，咱们暗中埋伏，也可一网成擒。此其二。是不是？"其实金独异深知铁飞龙脾气，料他不至约人助拳，所以这样说法，一方面是顺着慕容冲的口气，另方面金独异痛恨铁飞龙玉罗刹，照慕容冲的计划，对他也极有利。慕容冲正在当时得令，以小人之心度君子之腹，又因在杨涟家中吃了大亏，误会铁飞龙和玉罗刹是熊廷弼党羽，所以一心要替魏宗主（忠贤）除此心腹大患。

金独异又道:"若有武当派的人牵连进来,那又如何?"慕容冲道:"上次我们功败垂成,除了铁飞龙玉罗刹与我们作对之外,白石那贼道率领一大群武当弟子前来助战,更是我们致败之由。武当派虽是武林正宗,交游广阔,但他们若不知好坏,我们也就管不得这么多了。总之是来一个捉一个。"停了一停又道:"这次我们再约几个好手去。锦衣卫的指挥李天扬、石浩,西厂的总管连城虎等都可以请去。"明代的特务机构分东厂、西厂和锦衣卫三个机构,各成系统。神宗晚年,因为魏忠贤掌管东厂,所以东厂势力最大。慕容冲出面去邀李天扬等人,他们为了要巴结魏忠贤,自然一一答应。

书接前文。且说李天扬正与龙啸云打话之际,慕容冲与金独异率众杀来。慕容冲大叫道:"不管何人,凡是要到秘魔崖的都捉了再说!"李天扬利禄心重,目前新君即位,他正要巴结魏忠贤以保官职,当下面色一变,道:"委屈龙兄,请随小弟到锦衣卫去!"龙啸云大怒,斥道:"好个不知羞耻的奴才,绮霞真是嫁错了你。"李天扬和龙啸云本有嫌隙,这时放下面子,一声冷笑,挥剑向龙啸云刺去,两剑一交,当的一声,震得虎口发热。

龙啸云这么多年在峨嵋山勤修苦练,武功非同小可。廿年之前,李天扬功夫比他高,而今却已是相形见绌。石浩冲上助战,李申时拔剑挡着。李天扬见这少年面貌,似是在哪儿见过一般,不知怎的,一阵寒意直透心头,正想喝问是谁,慕容冲与金独异身形迅疾,倏忽之间,已从山坡上冲到!

李天扬侧身一剑,闪了开去,让慕容冲来拿敌人。李申时何萼华二人也已和卫士交上了手。李天扬心道:"这女娃子是白石道人的女儿,可不能看她送了性命。"又想道:"我和白石道人乃是郎舅至亲,这事也不便让慕容冲知道。"何萼华剑法凌厉,刷刷两剑,刺伤了一名卫士。李天扬大叫道:"让我拿她。"挥剑直取萼华。何萼华不知他用意,又恨他令姑姑受苦,也就不顾什么情面,剑诀一领，一招"玉女投梭"，刺肩削腕，又狠又疾。李天扬猝出不意，几乎吃亏。可是他的武功到底比何萼华高出许多，横剑一撞，把何萼华剑势阻止，顺手将剑一推，把何萼华迫出几步，趁她身形未稳，一跃而前，将她一把抓了过来，迅即点了她的麻穴。李申时见状大惊，奋力杀退身前卫士，赶来抢救。

李天扬休妻再娶之时，李申时不过三岁。何绮霞不愿他受后母虐待，离异之后两年，就叫哥哥将甥儿带出，抱上嵩山。一别十五年，父子相逢，各不相识。可是刚才李天扬和龙啸云骂战之时，嘈杂声中，李申时却隐隐听得师父说出"绮霞"二字，心想：怎么师父对这陌生人道我母亲，挥剑杀来，抬头一望，敌人竟和自己面貌相似，心中一阵寒颤，手竟软了。旁边一名卫士，翻转刀背，在他剑上一拍，按说李申时武功本来不弱，但给这卫士一拍，长剑竟然呛啷堕地。李天扬倒转剑柄，在他背心一点，又将他擒了。李天扬虽然不知他就是自己的亲生儿子，可是见他与龙啸云何萼华同来，不无疑惑，而且动手之时，心中突然起了一种奇怪的情绪，极之不愿伤害这个少年，自己也不明何以有这样的心情。所以李天扬将他点倒之后，立即交给石浩，叫他带回锦衣卫所，由自己处理。

再说龙啸云与慕容冲相遇，连刺三剑，都给慕容冲避开，非但刺不中敌人，反觉敌人拳风劈面，大吃一惊！心道：宫廷中竟有这么厉害的高手！慕容冲见敌人剑招迅疾，功力深厚，也留了心。双拳化掌，展开擒拿手法，拦阻勾拿，龙啸云见势不佳，无心恋战，虚晃一剑，斜刺掠出。一名东厂卫士，手使虎头双头双钩，迎面疾绞，想把龙啸云宝剑绞住，夺出手去，哪知龙啸云的峨嵋剑法，已到炉火纯青之境，在卫士包围之中，毫不慌乱，看见双钩绞到，宝剑一翻一卷，登时把那卫士的五个指头，齐根削断！大喝一声，直冲出去！慕容冲武功虽高，但人多阻势，反而不便施展。龙啸云身形飘忽不定，在乱石堆中，拼命逃窜。

龙啸云向慕容冲连刺三剑，不但没有刺中，反而觉得慕容冲拳风劈面，心中大吃一惊，心道：宫中竟有这么厉害的高手！

金独异本是押后督战，担当兜截敌人的任务，见龙啸云身法迅疾，在山谷中穿插奔逃，大为生气，身形飞掠，抢去拦截。龙啸云见他势凶，掉头西走，金独异双臂一振，把两名卫士推开，一手照龙啸云后心抓来，龙啸云反手一剑，没有刺着，慕容冲已经追上，龙啸云且战且走，走到秘魔崖下，到底敌不住两名高手的追击，被慕容冲一掌打翻，也被擒了。

　　这时铁飞龙和玉罗刹已在崖上现出身形，有十多名冲上去的卫士给铁飞龙飞石打伤。慕容冲喝令将龙啸云缚了，对李天扬道："你看管俘虏，防备他们的党羽来劫。我们上崖去看。"和金独异冲上山崖，到了秘魔崖上，但见乱石满地，地下有点点鲜血，不但铁飞龙与玉罗刹已经不见，连红花鬼母也不见了。金独异不觉心寒，高叫几声，不见妻子回应。慕容冲道："难道给他们害了不成？"金独异道："绝无此理！"登高一望，只见玉罗刹等人已从背面下山，去得远了。红花鬼母的踪迹仍然不见。这时金独异和慕容冲已顾不得追赶敌人，而且即算追及，也未必是敌人对手。他们本是倚靠红花鬼母来制服敌人，红花鬼母不见，他们锐气已挫。当下翻遍了秘魔崖，还是什么人也找不到。

　　适才在混战中，李封早已被众卫士擒着。李天扬在崖下看守四名俘虏，过了许久，才见慕容冲与金独异下崖，李天扬见他们没精打采，已知不妙。一问之下，果然敌人已经逃脱。慕容冲道："这四人是否铁老贼与玉罗刹约来的人，李大人可有讯问清楚么？"何萼华在旁嚷道："什么玉罗刹约来的？我的爹爹和玉罗刹在崖上比剑，我们是来帮他的。你们这些官差怎么毫不讲理，胡乱捉人！"说时横了李天扬一眼。龙啸云冷冷说道："你和他们啰唆作甚？是讲理的就不当官差了。"慕容冲眼珠一翻，问道："你的爹爹是谁？"何萼华傲然说道："武当五老中的白石道人，你未见过也应听过。"慕容冲笑道："原来你是白石道人的女儿，那么我们捉你并无捉错。谁叫你的父亲和我们作对。"金独异却冷笑道:"鬼话,鬼话,白石道人怎么会与玉罗刹比剑?你胡说八道,一定是冒认的。"何萼华怒道:"天下岂有冒认父亲之理?"李申时闻言感触,瞪大眼睛,盯着李天扬望得出神。李天扬打了一个寒噤,出来说道:"不管她是不是白石道人的女儿,先带回去再审问吧。"慕容冲道:"是该这样。"李天扬道:"带他们回宫审问,不大方便,还是让我带到锦衣卫所去吧。"东西两厂设在宫中,由太监掌握,两厂桩头相当于宫中卫士;锦衣卫则管外廷之事,由武官主管,搜捕流犯,讯问犯人,多属锦衣卫处理。慕容冲见这四人并非紧要人犯,便卖李天扬面子,随口应允。

慕容冲出动了大批厂卫,仍然被铁飞龙等脱逃,大为丧气。金独异失了妻子,更是无神。回到城中,李天扬和他们道别,自把四名俘虏,押回卫所,按下不表。

且说红花鬼母被玉罗刹打败之后,回到家中,吩咐儿子媳妇,第二日一早便要回转湖北老家。公孙雷道:"妈,你和那玉罗刹见了没有?"红花鬼母斥道:"你少管闲事,这次回转老家之后,我再不准你在江湖走动,也不准你问及武林之事。你安安分分给我蹲在家里,若敢有违,我就打断你的双腿。"公孙雷嘟着嘴嘀嘀咕咕说道:"妈,皇宫这么华丽你都不住,再说我们一家团圆多好,我们和爹爹相见也不过一月。"原来红花鬼母送客婷婷入宫,交给了她的生母客氏夫人之后,在宫中也逗留了几天,过不惯宫中生活,加以客魏淫秽之事,她也微有所闻,她人本不坏,不肯在宫中再住,在外面租了一栋房屋,公孙雷和穆九娘也被安顿在这间屋内,不准他们入宫。

红花鬼母见儿子贪恋繁华,大为生气,道:"好,你有本事啦,你要跟你父亲,就别回我这里。"公孙雷不敢作声,和穆九娘收拾细软。红花鬼母拿起拐杖,在院中走来走去,时不时以拐杖击石,锵锵有声。公孙雷最怕他的母亲,在房子里躲着不敢出来。殊不知红花鬼母心情暴躁，固然和儿子不肖有关，但被玉罗刹打败，却更是令她难过。

看看已到午夜，红花鬼母还是在庭院中走来走去，一忽儿想更把武功精研，再找玉罗刹决个胜负，一忽儿想从此闭门封拐，什么事也不理它。想到午夜，忽地哑然失笑，自己年已老迈，何必还与人斗气争强。而且为了这么一个坏丈夫，惹出许多是非，也实在无聊。这么一想，暴躁的心情渐渐平静。忽听得外面有人拍门，公孙大娘问道："是谁？"外面金独异的声音答道："娘子，是我来啦！"

红花鬼母开了大门，冷冷说道："你还来作甚？"金独异道："你没事吗？真把我急死啦！"红花鬼母板脸道："你到秘魔崖了？"金独异道："我岂敢不听你的吩咐，我是久不见你回来，这才去看个动静的。"其实他在撒谎。红花鬼母道："你不必来打听了，我不能再帮你了。"金独异道："娘子，我们到底是多年夫妇，你就不理我的死活了？"红花鬼母关上大门，和金独异走进屋内，边走边道："连我也不是人家对手，叫我如何帮你？"金独异大吃一惊，道："你给他们二人打败了？"红花鬼母道："嗯，是给玉罗刹这女娃儿打败了。"金独异摇头道："我不信！"心想：玉罗刹剑法虽然精妙绝伦，但若单打独斗，和自己也不过打个平手，这臭婆娘武功比我强得多，怎会打不过她？红花鬼母把肩上衣服抓裂，冷冷说道："你不信就来看看！"

金独异上前，只见妻子肩头上有一道剑伤，深可见骨，不禁大惊，忙道："我给你找伤药。"红花鬼母道："不必假惺惺啦，这点伤难道我还抵受不了？"金独异道："咱们夫妻联手，再与他们打过。"红花鬼母冷笑道："我劝你也少在外面胡闹吧。"忽然叹了口气，笑得甚是凄凉，金独异不敢作声，红花鬼母续道："你把我爹气死，这么多年来在外面胡作非为，而今已是这么一把年纪，还不回过头么？"金独异仍不作声，红花鬼母道："按说我们夫妻之情已

·335·

绝，我这次本想最后帮你一次，现在也帮不上手。我明天就要回去了。"金独异跳起来道："你要回去？你再也不理我了？"红花鬼母道："正是这样。"金独异正想发作，红花鬼母忽然又叹了口气，说道："你若想保全性命，乖乖地跟我回去吧，不要再在这儿胡混了。"金独异道："什么胡混。我们在宫中享福，岂不比在深山野岭过苦日子强得多？"红花鬼母拐杖一顿，大声喝道："你不回去？"金独异道："说什么我也不回去！"红花鬼母道："好，以后你是死是活，我都不管！"话声一停，忽见庭院中的瓜棚上似有人影，金独异还未发现，红花鬼母厉声喝道："给我滚下来！"瓜棚上一声长笑，先后飞下两人，玉罗刹走在前头，抱拳一揖，盈盈笑道："我看你来啦！我们比剑时所赌的话，你老人家当然不会忘记！"铁飞龙大步走上台阶，说道："公孙大娘言出必行，你刚才没有听到吗？何必多说！"

原来玉罗刹坚持要救白石道人的女儿，铁飞龙想来想去，想出了一个办法。他找龙达三帮忙，打听到红花鬼母的住处。预料金独异必来找她，便和玉罗刹昏夜走来，偷偷在瓜棚上听他们谈话。

金独异也不知妻子与他们赌赛什么，恃着有她在旁，怒道："你们上门欺负来了？"红花鬼母颓然坐在厅中的太师椅上，不发一言。玉罗刹笑道："岂敢，岂敢！你们今日一大群人到秘魔崖找我，找不着总未免有点失望吧？我现在是专诚请教来了。"金独异道："你想怎样，划出道来！"铁飞龙在旁笑道："想借尊驾这七尺之躯一用！"金独异大怒，手掌一翻，朝玉罗刹一掌打来，玉罗刹一跳跳开，宝剑拔在手中，就在红花鬼母面前，与金独异恶战！

公孙雷与穆九娘闻声跑出。公孙雷拔出佩刀，铁飞龙圆睁双眼，道："你敢过来！"穆九娘甚是尴尬，将公孙雷一把拉着，红花鬼母怒道："你敢欺负我的儿子？"铁飞龙冷笑道："我的女儿与你的汉子单打独斗，若有别人助拳，我当然不能坐视！"红花鬼母大叫一声，气在心头，说不出话。拐杖一顿，道："雷儿，咱们现在就走！连夜回家！"她与玉罗刹有约在先，既然不能帮手，不忍见丈夫死在敌人剑下，无可奈何，只想一走了之！

公孙雷无论如何不肯随母亲出走，正在拉拉扯扯之时，忽听金独异一声惨叫，公孙雷怒叫道："妈！咱们岂能见死不救！不忠不孝何以为人！"红花鬼母到底还有夫妇之情，听了儿子的话，心头如中巨锤，陡然回过了头，举起拐杖。铁飞龙道："哈，你说话算不算数？"红花鬼母怒道："你们要在我屋内行凶，我可不许！"一杖奔铁飞龙头上打来，台阶下金独异已被玉罗刹打倒地上。

本来金独异的武功不在玉罗刹之下，但一来他前几天受了剑伤，刚刚治好，气力还未复原；二来他靠的是毒砂掌威力，玉罗刹手上戴有岳鸣珂的金丝手套，不怕毒伤，剑招全取攻势，威力大增；三来金独异见妻子居然这样忍心，竟不帮他，还要和儿子媳妇连夜出走，不禁又气又惊又怒，连走败招，给玉罗刹一剑刺伤，再想逃时，哪还逃得。玉罗刹身形疾起，一脚把他踢倒，弓鞋一踹，将他肋骨踹断两根，顺势又点了他的软麻哑穴。

铁飞龙力拆数招，红花鬼母拐势稍缓，铁飞龙道："我们又不杀害你的汉子，你急什么？"公孙雷奔去救父，给玉罗刹一剑削断他的佩刀，反手一挥，将他跌出一丈开外。红花鬼母拐杖一停，道："你们想怎么样？"铁飞龙道："我们只是想借尊夫一用。"玉罗刹慢条斯理地插剑归鞘，走了过来，盈盈一揖，笑道："我们还要请你帮忙。"红花鬼母气道："你这女娃儿威风不可使尽，你既不留情面，就休怪我不守诺言！"玉罗刹道："我可不是说风凉话儿，真的要请你老帮忙。而且，你既把这臭汉子当成宝贝，我们也可送还给你。但你可得把他好好管束了！"红花鬼母拐杖本已举起，又再放下，喝道："好，你说！"玉罗刹道："白石道人的女儿被慕容冲捉去了，你对他说，请他放人！"红花鬼母道："哦，原来你们是想借此要挟，迫我要他换人。"铁飞龙道："这也算不得什么要挟。尊夫是成名的人物，白石道人的女儿不过是个毛丫头。这交换对你们绝不吃亏。慕容冲纵不看你的情面，闻知此事，也要赶来交换。不过慕容冲这厮，我们见他不易，所以只好请你帮忙奔走罢了。"红花鬼母眉毛一扬，道："好，咱们一言为定，明日晚上，三更时分，仍在秘魔崖交换。你们可不许将他为难。"铁飞龙道："这个自然。"玉罗刹道："这次你们可不许偷偷埋伏，要不然我的宝剑可不讲情面。"铁飞龙说道："公孙大娘是武林前辈，这点黑道的规矩哪会不懂？明晚咱们爷儿俩去，他们那边，除了公孙大娘前辈之外，自然只有慕容冲一人了。"玉罗刹笑道："还有两位要交换的俘虏呢！"红花鬼母怒道："你们不必啰唆，就这样办！慕容冲若要多带人去，我就先与他拼了！"铁飞龙一笑，抱拳作揖。转身将金独异抓起，和玉罗刹上屋走了。

再说李天扬将龙啸云等四人押回衙所，这一晚思前想后，坐卧不安。到了午夜，叫人将龙啸云提了上来，关了房门，亲自替龙啸云解了镣铐，请他坐下。龙啸云冷冷笑道："李大人宽待犯人，不怕误了功名富贵么？"李天扬面上一红，道："当年之事，是我错了。我实在待薄绮霞，现在想来，悔恨已经晚了。"龙啸云道："你和我说有什么用？"李天扬道："想当年我们三人都是好友……"龙啸云"哼"了一声，李天扬道："你纵不把我当朋友，也当看在绮霞面上。"龙啸云道："咦，这倒奇了！你们今日凶如虎狼，把我捉来，现在我是你的阶下之囚，性命都捏在你的手里，怎么颠倒过来说，要向我求什么情？"李天扬苦笑一声，道："龙兄，你也知道我年将半百，只有一个儿子，实在想念得紧。"龙啸云又哼了一声。李天扬道："龙兄这么多年来，可有见过拙荆么？"龙啸云道："我见过一次绮霞，可没有见过你的夫人，怎么样？"李天扬强抑怒气，道："我知道你和绮霞交情很是不错，所以你至今未娶。"龙啸云怒道："我娶不娶与你何干？你少乱嚼舌头。"李天扬强笑道："龙兄想到哪儿去了？请恕兄弟不会说话。我只是为了思念儿子，所以想问龙兄一声，知不知道申儿的消息。"龙啸云道："我不想你的儿子知道有你这么一个父亲。"李天扬忍受不住，大声说道："你是申儿的什么人，你凭什么教他不认父亲？你敢离间我的家人骨肉。"龙啸云只冷笑说了一声："何必我来离间。"之后就闭口不答，任由他骂。李天扬咆哮一阵，重把龙啸云上了镣铐，又叫人将他锁回监房。

李天扬将龙啸云押回监房之后，想了一会，又叫人将何萼华提了上来。关上房门，细声说道："你知道我是你的姑丈么？"何萼华抿嘴说道："听说姑姑有过你这么一个丈夫。"李天扬又好气又好笑，道："你和申时认识吗？"何萼华道："我们自小一同玩耍，有何不识？"李天扬喜道："申儿可有问起过他的父亲么？"何萼华道："我姑姑对他说，他父亲是个坏人，自幼把他抛弃，所以他从来没有问过他的父亲。"李天扬默然不语，过了许久，才道："好，你进我的书房坐一会儿。"脱了她的镣铐，带她进内书房，给她泡了一杯龙井，又递给她一包蜜枣，道："你坐一会，我就回来。"何萼华道："这里比监房舒服多了。"李天扬苦笑一声，反手关上房门。

过了一阵，李天扬又把李申时提了上来，叫他坐下。看了一阵，越看越觉得他和自己相像，悔恨交迸，将他镣铐解下，抚摸他的肩头，道："嗯，你受伤了？"李申时在混战中曾被刀锋刮破肩头皮肉，受了一点轻伤，李天扬看在眼内，痛在心头，心道：若然他真是申儿，只怕更恨我了。李申时这时十分惶惑，眼珠转来转去，似在思索什么难解的问题。过了许久，忽道："我犯了什么罪名？你们要将我关进牢狱？"

李天扬道："因为有人疑心你们是熊廷弼的党羽。"李申时道："熊廷弼是个抗敌英雄，我虽然年小，也到处听得有人赞他。莫说我们够不上是他党羽，就算是他党羽，也绝不是什么罪！"李天扬又苦笑道："这个你们年轻人弄不明白。"李申时昂头说道："我说你这位大人才不明白！"李天扬心头一震，垂首不语。过了一阵，抬起了头，盯着李申时的眼睛问道："何萼华这小姑娘是你的什么人？"李申时道："是我的表妹，你管这个干吗？"

李天扬又惭又喜，倏地起来，取了一面铜镜，递给李申时道："你照照镜子！"李申时一阵战栗，道："你这是什么意思？"李天扬道："你照照镜子，看你的相貌是不是与我相似？"李申时使劲一摔，将铜镜摔在地上，裂成几块，"哇"的一声，哭了出来。李天扬手足无措，道："你，你这是怎么啦？"上前一把将他抱住，在他耳边说道："申儿，我是你的父亲哪！"李申时在怀中挣脱出来，李天扬道："怎么你不认爸爸？"李申时道："妈说，我的爹早已死了！"李天扬道："父子岂有冒认之理？你不信我是你的爹么？"李申时道："我的爹绝不会忠奸不分，善恶不明，更绝不会叫人捉他的儿子，伤他的儿子！"李天扬心中大疼，骤然醒悟，拉着儿子的手，毅然说道："申儿，你的父亲果然是已经死了！"李申时愕然看他，李天扬道："你听过两句古话么：过去种种，比如昨日死；现在种种，比如今日生。"李申时点了点头，李天扬道："所以你的父亲死过去又重生了。他明日一早，就将你送回嵩山，见你母亲。从此再也不做什么劳什子的官了。"李申时一喜，抹了眼泪，道："真的？"李天扬流下眼泪，道："申儿，你还不信我么？"李申时低低叫了声："爸爸！"李天扬露出笑容，问道："你这么多年来在什么地方？"李申时道："在峨嵋山和我的师父在一起。"李天扬道："谁是你的师父？"李申时道："就是今天在秘魔崖下被你们捉着的那位龙伯伯。"李天扬道："哦，原来是他！"李申时道："你们是认识的？"李天扬道："嗯，是老朋友啦！"在房间里踱来踱去。李申时道："那好极啦！龙伯伯对我非常之好。还有华妹和那位李封，请你将他们也一并放了。"李天扬道："好，一切听你的话。"开门叫人进来，叫他们将龙啸云和李封一并提上。李申时待他父亲再关上房门回过头时，一把将他抱着，道："咱们这趟回去，见着妈妈，一家人再也不要分开了。"父子俩相视而笑，眼睛里有亮晶晶的泪光。

再说铁飞龙和玉罗刹第二天晚上，带了金独异在秘魔崖下等候红花鬼母，玉罗刹道："白石这贼道我实在气他不过，等会救了他的女儿，你将她送回去吧。"铁飞龙道："还是你送去的好。"过了一阵，月亮已到中天，远近山头还是静悄悄的不见人迹。玉罗刹笑道："红花鬼母还未来呢，也许慕容冲不愿交换了。"

铁飞龙道："红花鬼母绝不会爽约。慕容冲也不至于吝惜一个丫头，牺牲掉他一条臂膊。"玉罗刹笑道："是啊，他们若不肯交换，咱们就把肉票撕了。"金独异一生残暴，但听了玉罗刹这种语气，也不禁心慌，伸长颈脖，但望妻子到来。过了一会，对面山头现出人影，玉罗刹跳上高岩，远远眺望。铁飞龙道："来了几人？"玉罗刹道："两人！"过了一阵，玉罗刹忽然"咦"了一声，道："红花鬼母背上没背有人。"跳下石岩，一手抓着金独异背心，金独异穴道未解，动弹不得。玉罗刹一手拔剑，挺着他的后心，笑道："爹，我要撕票啦！"金独异吓得魂不附体，铁飞龙道："裳儿，不要胡闹，等红花鬼母来了再说。"

过了一阵，红花鬼母和慕容冲如飞奔至，并未带有旁人。月光下红花鬼母面色惨白，更是狰狞可怕。玉罗刹冷笑道："人呢？"慕容冲"哼"了一声，道："你们勾结李天扬，将他们都放走了，还来问我要人？"玉罗刹这一怒非同小可，冷笑道："谁是李天扬？咱们可从不认识！你要想抵赖，那可不成！"慕容冲道："不管你认不认识，你们的人全都走了，你们也该把我的人放回了。"玉罗刹道："谁信你的鬼话？"剑尖在金独异背心轻轻一点，金独异杀猪般叫将起来！红花鬼母怒道："慕容冲这次不是砌词哄骗，我亲自到锦衣卫看过。你们不信，明天可看缉捕李天扬和那四个犯人归案的告示。"玉罗刹仍然是冷笑道："有人换人，没人撕票！"红花鬼母怒不可抑，拐杖一举，就想和玉罗刹拼命。铁飞龙道："裳儿，把金老怪交回给她！"玉罗刹长啸一声，道："好，但也该留点记号！"剑尖一划，在金独异的肩上一挑，把他的琵琶骨挑断。练武之人，这琵琶骨甚为重要，若然被挑断了，力气就使不出来，虽有极好武功也是无用。而且这琵琶骨不比其他骨骼，挑断之后，纵有最好的续筋驳骨之术，也不能即时医好，非得用药培补，让它慢慢生长，非三年五载不能完好如初。这就是说金独异在三五年内，那是不能再作恶的了。

玉罗刹一剑挑断金独异的琵琶骨，把他朝红花鬼母怀中一掷，红花鬼母气红双眼，接了过来，一验他的伤处，见除了琵琶骨被挑之外，并没其他暗伤。怒火收敛，心想：让这贼汉子受受教训也好。把丈夫背了起来，道："玉罗刹，我领你的情，咱们之间的恩怨，一笔勾销！"身形一起，飞掠下山，倏忽不见。

慕容冲吃了一惊，只见玉罗刹笑嘻嘻地立在他的面前，道："慕容冲，这回是第二次见面了。"慕容冲心道："早知如此，真不该听那老妖妇的话，单身前来。"原来慕容冲来时心想：凭他的武功，加上红花鬼母，对付铁飞龙和玉罗刹，那是稳操胜券。想不到红花鬼母得了丈夫，却先逃了！

慕容冲暗暗叫声苦也，只听得玉罗刹笑道："第一回见面是在杨涟家里，你们要暗害熊经略，我们要来捉金老怪，虽然大打一顿，还是彼此无涉。这回可不同啦！"慕容冲道："怎么？"玉罗刹道："熊经略是我的好朋友啦，你要伤害他我可放你不过。"慕容冲是宫中第一把好手，虽然在铁飞龙与玉罗刹威胁之下，显处下风，仍是不堪示弱，冷冷说道："朝廷之事不用你管！"玉罗刹秀眉一扬，道："我偏要管！"刷的一剑刺去，慕容冲侧身一拳，玉罗刹连刺数剑，慕容冲也连进数招，两人各不相让。铁飞龙道："裳儿，何必与他呕气。"玉罗刹剑招稍缓，慕容冲涌身一跃，跳下山坡。玉罗刹道："爹爹何故放他？"铁飞龙道："你这两日来已经了几场恶斗，再打半夜，纵得胜也要受内伤。"玉罗刹一想：慕容冲武功不在自己之下，若要爹爹帮手，胜了也不光彩，也便罢了。

两人回到住址，酣睡一晚，养好精神，第二日玉罗刹起来，对铁飞龙道："我们该去看熊经略了。他借给我的这对手套，真是宝贝，全靠它才能打败那个妖妇。"铁飞龙道："我也正想去见他道谢。"两人一道进城，到了杨涟家中，通报进去，杨涟立刻延见。玉罗刹走上厅堂，却不见熊廷弼，杨涟道："熊大人已辞官归里了。他等你不来，叫我告诉你们，你们将来若路过湖北江夏，可以顺便把那对手套送回。但也不必专为此事而去。"铁飞龙道："熊经略家在江夏？"杨涟道："正是。"玉罗刹叫起来道："这个小皇帝真不懂事，怎能让他辞官？"杨涟苦笑道："朝廷之事，你们就弄不明白了！"这话和慕容冲所说的话大同小异，玉罗刹暗暗生气，可是想到杨涟和慕容冲到底大不相同，也便忍着不发作了。

原来熊廷弼递上辞呈，不过是想试探皇帝的心意。奏章一上，先到客氏手里，看了之后，正中下怀。对由校道："熊廷弼这厮啰哩啰唆，让他走吧。"由校道："父皇说过，熊廷弼是朝廷栋梁，怎可让他辞职。"客氏笑道："由哥儿，你就只知道父皇的话，殊不知此一时彼一时，如今可以身当统帅之任者，大有人在。而且令一人专权过久，太阿倒持，也非朝廷之福。"由校道："先朝重臣，不便免他军职。"客氏道："是他自己要走，与你何关？"又道："熊廷弼在外面说，明朝的江山全是靠他，你受得着这口气么？而且他这人动辄以忠臣自命，知道你的胡闹，势必又来啰唆，你做皇帝也做得不快活。"由校受了客氏蛊惑，问道："还有谁可以经略辽东？"客氏道："据魏忠贤说，袁应泰就是个大将之才。"由校记起这个袁

·343·

应泰曾送过他十笼画眉鸟，印象甚好，便在熊廷弼的辞呈上批了个"准"字。可怜熊廷弼这次回来，连皇帝的面也没见着，便掉了辽东经略的官职，一气之下，在辞呈发下的第二天，便带岳鸣珂和王赞回家种地去了。

玉罗刹听说熊廷弼已走，大为失望。铁飞龙道："岳鸣珂也跟他走了吗？"铁飞龙对岳鸣珂拒婚之事，始终耿耿于怀。杨涟道："都走了。不止是岳参赞，卓公子和他的武当派同门，都随着走了。"玉罗刹道："那么，白石道人呢？"杨涟道："哪个白石道人？啊，你是说那日来的那个道士吧？他也随着走了，还有他的女儿呢。"玉罗刹一听，知道红花鬼母所言非假，当下便与杨涟道别。杨涟忽道："女英雄是回陕北吧？下官有一言相劝，现下朝廷正调动大军，要到陕北剿匪，女英雄若是和那些绿林英雄相熟，还是劝他们早受招安的好。"玉罗刹"哼"了一声，铁飞龙急忙把她扯走。

再说白石道人失了女儿，极为焦急，可是自己伤还未愈，毫无办法。不想第二日晚间，李天扬父子、龙啸云和他的女儿以及李封，都回来了。白石道人喜之不胜。李天扬说出情由，白石道人慨然说道："妹婿不必担心，这回我在舍妹面前，定当为你说项。"李天扬又道："我们这一逃走，朝廷必然缉拿。而且听慕容冲口气，连你也怪在里头，咱们还是明日一早，就离京回去吧。"白石道："这里大事已了，自然应当回去。"

卓一航与岳鸣珂交情甚好，连夜跑去辞行，知道熊廷弼也要回湖北老家。卓一航说道："朝中奸党，对经略甚为妒恨，虽然辞了官职，只恐他们还要加害，咱们一道走吧。"岳鸣珂也恐路上有事，独力难撑，笑道："这样再好不过，你们回武当山正好和我们一路，就是你那位师叔大人不好相与。"

两人说好之后，熊廷弼和白石道人都同意了。两伙合成一伙，一路同行。只是岳鸣珂和白石道人相处不好，因此分为两拨，熊廷弼、岳鸣珂、王赞、李天扬、李申时、龙啸云等人走在前头，但两拨人相距也不过五七里路，可以互相照应。晚上仍是一同住店。走出河北省境，武当山黄叶道人已派了红云、青蓑两位师弟前来迎接。原来武当派消息甚是灵通，已知白石道人和卓一航在京闹出事情，黄叶道人生怕他们有失，所以把武当五老中的二老都派出来了。

一路上白石道人说起玉罗刹约他比剑以及"看不起"武当派的事，卓一航都不言语。红云道人吃过玉罗刹的大亏，替师弟愤愤不平，道："这个女魔头非挫她的锐气不可。"卓一航仍不作声。白石道人横他一眼，道："我们武当派人，若同心合力，天下何人敢小视我们。"说罢哈哈大笑。

一行人众，续向向南行。这一群人个个都是武林高手，就算魏忠贤想派人暗害，也不敢动手。一路上风平浪静，过了几日，经过嵩山，李天扬要上山寻访前妻，白石道人等当然随着上去。岳鸣珂趁此机会，也要上山见见少林寺的镜明长老，于是大家一同上山。

这时已是冬尽春来，一路上但见小鸟迎人，山花含笑，李天扬这时和白石道人一拨，心境和上次上山之时大不相同，笑道："今日方知山居野处，尤胜于宫殿琼楼。"说话之间，红云道人忽然"咦"了一声，叫起来道："什么人身法如此快疾！"众人登高一望，但见山下一条人影，飞奔而来，快疾之极，宛如一道白烟，滚滚而至，李天扬父子和卓一航保护白石道人走在前头，红云、青蓑二人拔剑殿后，不多一刻，那道"白烟"已升至山上，红云、青蓑二人张眼一看，来的竟然是玉罗刹这个冤家。

红云道人大怒，不问情由，刷的一剑，向前刺去，喝道："玉罗刹，你欺负我们武当派太甚，白石师兄未能与你比剑，由我代吧！"红云道人还以为玉罗刹是来追赶白石道人，其实玉罗刹和铁飞龙却是来追熊廷弼和岳鸣珂，玉罗刹性子既急，轻功又高，所以先追了来。

玉罗刹见红云道人不问情由，乱刺乱戳，勃然大怒，也就不把来意说明，冷笑说道："红云道人，你是我手下败将，还比什么？"红云越发火起，把七十二手连环夺命剑使得凌厉无前！卓一航扶着师叔不敢上前劝架，空自着急。

玉罗刹见红云道人不知进退，娇笑一声，故意与他相戏，剑法一展，宛如玉龙夭矫，盘旋飞舞，把红云道人的剑光裹在当中。红云道人的宝剑几次要给她击得脱手飞去，青蓑道人见不是路，也顾不得武当五老的身份，拔出剑来，竟然以二敌一，上前夹攻。

玉罗刹力敌武当二老，傲然不惧，一柄剑使得神出鬼没，似实还虚，似虚却实，每一招都是招里藏招，式中套式，剑势如虹，奇诡莫测，指东打北，指南打北，红云、青蓑二人联剑合斗，拼力抵挡，也不过是刚刚打个平手。

李天扬和龙啸云看得出奇，龙啸云道："咦，这个女娃子的剑法怎么这样厉害！"白石道人见他们二人在旁评论剑法，越觉颜面无光，怒道："一航，我不要你扶。你还不上去助你师叔。今日若叫这妖女逃下山去，咱们武当派还见得人么？"卓一航也觉玉罗刹追来挑战，未免太过骄纵，但转念一想，玉罗刹莫非是来追自己。虽然心中惶急，但也颇为快慰。白石道人又喝道："一航，你还不去！这妖女是本门公敌，不必和她讲什么江湖规矩。"龙啸云心中不值白石所为，微笑道："这女娃子能力敌武当二老，剑法可算当今第一高手，毁了她岂不可惜！"

卓一航听了这话，本来不想上前，这时更故意凝身不动，白石怒道："你还不去！"卓一航无奈，只好拔剑上前。这时玉罗刹越战越勇，奇招妙着，层出不穷！把红云、青蓑二人从平手迫到下风，盈盈笑道："卓一航，你也要来么？哈哈，我今日要会尽武当高手了！"

正是：一剑纵横南北，今朝又显神通。

欲知后事如何？请听下回分解。

白駿麛忠僡

梁羽生 著

白髮魔女傳

下

朗聲圖書　中山大學出版社
SUN YAT-SEN UNIVERSITY PRESS
·廣州·

本书版权由传慧出版有限公司授权广州市朗声图书有限公司在中国大陆（不包括香港、澳门、台湾地区）专有使用

图书在版编目（CIP）数据

白发魔女传 / 梁羽生著. 一广州：中山大学出版社，2021.8
ISBN 978-7-306-07135-4

Ⅰ.①白… Ⅱ.①梁… Ⅲ.①侠义小说－中国－当代 Ⅳ.①I247.5

中国版本图书馆CIP数据核字（2021）第038217号

敬告读者

元盛懋三峡瞿塘

元盛懋《三峡瞿塘图》：图中山峰迭起，千嶂氤氲，两岸峭壁夹着一江湍水。玉罗刹山寨所在的明月峡，便是嘉陵江上一处两峰夹峙的山谷，其形势险要，当如此图。

1

明代官吏常服：
明代官吏常服多戴幞头、纱帽，
纱帽两侧装有帽翅。
其服装为盘领窄袖大袍，
胸前、背后缀以方形「补子」，
文官绣禽，武官绣兽，以示区别。
图为明人《十同年图》卷（局部），
可窥明代官吏常服之全貌。

熊廷弼手札：

熊廷弼（1569—1625），字飞百，明湖广江夏（今湖北武昌）人，万历进士。万历四十七年（1619年）任辽东经略，在职年余，后金不敢进犯。熹宗即位，魏忠贤专权，受排挤去职。天启元年（1621年），辽阳、沈阳失守，再任经略，而实权落入广宁（今辽宁北镇）巡抚王化贞手中，王化贞大言轻敌，不受调度，次年大败溃退，熊廷弼获罪下狱。后陷于党争，被魏忠贤冤杀。有《辽中书牍》《熊襄愍公集》。

谢时臣《武当紫霄宫霁雪图》：

谢时臣，明代画家。

唐寅《函关雪霁图》：唐寅（1470—1524），字伯虎，号六如居士。明代著名画家。弘治年间乡试第一，会试因牵涉科场舞弊案而被革黜。后遍游名山大川，寄情于诗画之间。生平放浪不羁，致力绘画，尝刻「江南第一风流才子」印章自况。

本图描绘雪中车马行人跋涉函关险道之中，构图严密，用笔浑健，与本书情节相呼应。

清乾隆缂丝七夕乞巧图轴：此图轴绘七夕佳节牛郎织女鹊桥相会，人间女子凭栏远眺、对月乞巧之景。

风砂铁堡一战后几度伤心的练霓裳心灰意冷决意离去，卓一航满怀怅然却无计可施。可叹二人分离之时恰值七夕。

6

目　录

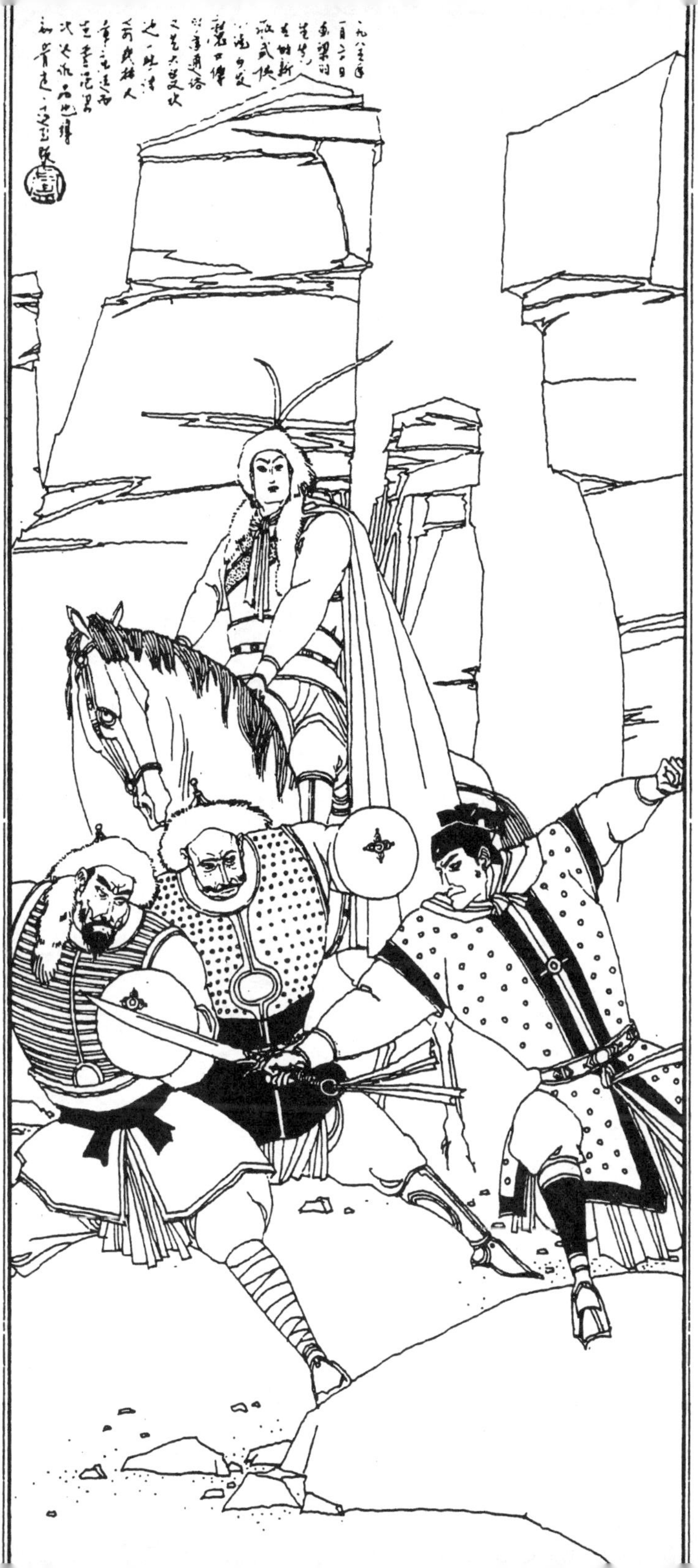

唐努的两名随从护主心切，随即取出护身
铁锤，挥舞迎敌，双锤夹击，迅若奔雷。

第十七回

珠宝招强人　荒林恶斗
神威折魔女　群盗倾心

卓一航进退两难，摇摇晃晃，走两步，歇一歇。玉罗刹哈哈笑道："来呀，来呀！"忽听得岳鸣珂高声叫道："练女侠，住手，住手！"卓一航乘机止步。玉罗刹抬头一看，只见岳鸣珂和一个老和尚如飞跑来。

玉罗刹气往上冲，一招"雪卷苍山"，把红云、青鬟二人迫退三步，冷笑道："岳鸣珂，你邀了帮手来了，好呀，咱们再痛痛快快比一场。"剑诀一捏，刷刷两剑，"分花拂柳"，左刺岳鸣珂，右刺老和尚。玉罗刹正打到兴头，剑势展开，不可收拾，飕飕两剑，俨如骇电奔雷。不料骤然之间忽似碰着一股大力反推过来，耳边但听得一声："阿弥陀佛！"自己的手竟似给人执着，推了回来，不由自主地横剑当胸，就似专程向来人抱剑答礼一般。玉罗刹大吃一惊，只见那老和尚合十笑道："阿弥陀佛，这里灵山胜地，厌闻杀伐之声。女菩萨把剑收下来吧！"玉罗刹道："咦，你是谁人？"暗中运气，活动筋骨，正想再试试那老和尚的能为。忽又听得一声长啸，铁飞龙已上到山上，高声喝道："练儿，不可无礼！"

玉罗刹愕然收剑。那老和尚稽首说道："铁居士别来无恙！"铁飞龙抱拳作揖道："镜明大师，请恕小女莽撞。"玉罗刹听了义父之言，才知面前这个和尚，竟是少林寺的主持，与当年的紫阳道长并称的镜明长老。心道："唔，这个老和尚倒不是浪得虚名，比武当五老强得多了。"

镜明道："贫僧在紫阳道长与天都居士之后，又得见武林剑术大放异彩，实属有缘。请铁居士与这位女侠到小寺一叙如何？"玉罗刹听他称赞自己的剑术，心中颇为高兴。铁飞龙见岳鸣珂在旁，却想起他气走自己女儿之事，不禁"哼"了一声，岳鸣珂叫了声"铁老前辈"。铁飞龙板面不理，岳鸣珂甚是尴尬。镜明长老莫名所以，道："这位是熊经略的参赞，又是天都居士的唯一传人，剑术精妙，与令嫒堪称武林双璧。"玉罗刹冷笑道："剑术虽然不错，人品却是稍差。"镜明长老一怔，但见岳鸣珂面红过耳，料知其中必有别情，笑了一笑，道："熊经略就在寺中，他刚才还提起你们父女两人呢。"玉罗刹道："好，我正想还他手套。"拉着铁飞龙随镜明便走。

原来熊廷弼和岳鸣珂等先到少林，坐下不久，便闻得外面厮杀之声，岳鸣珂料是玉罗刹追来，所以拉镜明长老出外劝架。

镜明长老又和白石、红云、青蓑三人打了招呼，请他们同上少林，白石道人哪里肯去，狠狠地盯了玉罗刹一眼，转过面来，婉辞拒绝了镜明长老的邀请，说道："贫道有事要先见舍妹。"镜明长老道："既然如此，等下请和慈慧师太一同来吧。"于是分成两路，白石道人和李天扬、龙啸云等上太室山，镜明长老则带玉罗刹等回少林。

玉罗刹随镜明长老进入少林寺中，到了解行精舍，只见尊胜禅师正在陪熊经略闲话。玉罗刹将手套递上，熊廷弼笑道："练姑娘，你千里追来，还此微物，真有古人之风。"玉罗刹道："什么微物？是宝物才真，我全靠它才打败了红花鬼母。若只论本身功夫，我还真不是那老妖妇的对手呢！"玉罗刹说得极为直爽，熊廷弼给她引得哈哈笑道："姑娘，你若定要道谢，那也不必谢我，应该谢他。"边说边将手套递回给岳鸣珂。玉罗刹大出意外，怔了一怔，岳鸣珂道："这点小事，哪值得提。"铁飞龙掀须说道："大德不言报，江湖上讲究的是恩怨分明，练儿，事情已了，咱们走吧。"尊胜禅师诧道："铁居士，你刚刚来到，又要走了？"铁飞龙道："相知在心，何必长谈短论？"抱拳一揖，和玉罗刹转身便走。熊廷弼追出去道："练姑娘，我有几句话要和你说。"玉罗刹道："请说。"熊廷弼道："朝廷大军不日开到陕西，姑娘，你若不愿受朝廷招安，那就不必回去了。"玉罗刹哈哈一笑，道："经略大人，你是怎样带兵的？"熊廷弼知她话意，笑道："处境不同，不能执一而论。"玉罗刹道："一军主帅，断无见难先逃，不与士卒同甘共苦的道理。你带的是百万大军，我带的是几百个你们瞧不起的'女强盗'，处境虽有不同，但在我看来，却是一样。"熊廷弼微微叹了口气，知道不能劝她离开绿林，只得罢了。

玉罗刹与铁飞龙去后，镜明长老问岳鸣珂道："听那铁老头的口气，似乎对你颇为不满，这究竟是怎么回事？"岳鸣珂无奈说了。镜明长老道："你无意之中造了此孽，必须自解。"熊廷弼笑道："你何不早说，你若早说，我就替你向那个铁老头赔罪，由我出面，再替你做媒。"岳鸣珂默然不语，心中十分难过。

再说白石道人和李天扬、龙啸云等目送玉罗刹上山之后，绕过山南，直上太室峰顶。白石道人的小女儿何绿华正在山顶游戏，见父亲和姐姐回来，又笑又嚷。白石道："快请姑姑出来。"李天扬心中十五个吊桶，七上八落，跟在众人后边。

不一会，慈慧师太走了出来，李申时跑上前去，叫了声："妈妈"，慈慧喜极而泣，把他一把抱进怀里，叫了声："申儿。"忙着又向龙啸云道谢。李天扬见此情景，阵阵辛酸，想开口说话却说不出来。慈慧正眼也不瞧他一下，拉着儿子忙着招呼红云、青蓑等客人入寺。

到了寺中石室，李申时张眼四望，"咦"了一声道："爸爸呢？"龙啸云这才发现李天扬已悄悄走了。慈慧道："这样的爸爸不要也罢。你们怎么碰上他的？"李申时流泪说道："不，爸爸是好爸爸。妈不能不要他。"把事情详细说了。还未说完，慈慧眼中已有晶莹的泪光。

再说李天扬踽踽独行，走到半山，忽听得有人尖声唤道："天扬！"李天扬一听，顿如触电一般，缓缓回过头来，只见自己的妻子泪流满面，飞步赶来。李天扬道："慈慧师太，贺你们母子相逢，我无颜留在这里，愿你好好保重，教养申儿。"慈慧以袖揩泪，嫣然一笑，道："廿年前你忍心离开我们，现在又要抛弃申儿吗？"李天扬道："过去的事，我很惭愧。你当我死去了吧。"慈慧轻轻说道："过去种种比如昨日死，以后种种比如今日生。"这两句话正是李天扬认儿子时所说的话，闻言一怔，知道李申时已对母亲说明一切。只见慈慧微微一笑，又道："而且从今日起，我也不叫做慈慧了。"李天扬叫道："绮霞，你要蓄发还俗了么？"何绮霞道："你不做官我也不做尼姑，这不很好么？"脸上泪痕已淡，隐隐泛出红潮。李天扬大喜，想不到她一旦回心转意，破镜重圆。

两人携手重回山上尼庵，白石道人等正等得心焦，见他们夫妻和好，双双回来，皆大欢喜，纷纷道贺。欢笑声中，白石道人忽见何萼华和李申时并肩倚偎，状甚亲密，心中一动，何绮霞道："哥哥，我也要向你道贺呀！"白石道："什么？"何绮霞道："请你入内，我要和你一谈。"

白石道人默然无语，随妹妹走入内室。何绮霞道："哥哥，你看申时怎样？"白石道："人品武功都还不错。"何绮霞道："我经此大变，益知婚姻之事，勉强不得。萼华和申时青梅竹马，自小相投。哥哥，咱们亲上加亲，你意思怎样？"白石道人和卓一航来回

· 352 ·

万里，经了这么多时日，已知卓一航并不属意他的女儿，又目睹了妹妹这场婚变，听了"婚姻之事，勉强不得"的话，面上热辣辣的说不出话来。何绮霞道："哥哥，你说呀！是不是嫌申儿配不起你的萼华？"白石强笑道："妹妹哪里话来，只要他们情投意合，我们做父母的也免得操心。"何绮霞微微一笑，把李申时和何萼华叫来，把婚事当面说了。李申时傻乎乎地叫了声"舅舅"，何绮霞道："傻孩子，连称呼都不懂。"李申时改叫"岳丈大人"，叩头行礼，何萼华抿着嘴笑，显见十分高兴，白石道人见此情景，心中虽然不很愿意，也只得答应。当下说道："申儿，你的武功根底还差，以后更要用功。你随我到武当山去，我请师兄黄叶道长收你为徒。你这十多年来，就只是学了一套峨嵋剑法么？龙啸云的剑术，好虽然好，到底……"摇了摇头，何绮霞颇感不快，截着说道："到底及不上你们武当派的精妙，是么？"白石道："我是想申儿百尺竿头，更进一步。"何绮霞道："若不是龙啸云肯苦心教他，他还更不成器呢！"说话之间，龙啸云在外面唤道："申儿！申儿！"李申时道："谢丈人好意，但改投门户，理应先禀告恩师。"

龙啸云倒很爽快，听得白石道人要李申时改入武当门下，一口便答应了。众人听得两小订婚，喜上加喜，又是纷纷道贺，卓一航尤其高兴，拉着李申时问长问短，平时他对何萼华总觉拘束，听了白石道人宣布婚约之后，态度立刻自然，和何萼华谈笑之时，说话也流畅了。李申时心想："原来这卓一航为人甚好，以前错怪他了。"白石道人看在眼内，虽然婚约已成定局，但心中又添了一层不快。

第二日白石道人等会同了熊廷弼续向南行，半月之后，到了湖北，分道扬镳，熊廷弼带岳鸣珂、王赞回江夏故里，龙啸云西上峨嵋。武当三老带卓一航和李申时上武当山。

黄叶道人见卓一航回来，又提起要他接掌掌门之事。卓一航道："弟子孝服未满，想回故里迁葬祖父遗骨。三年之后，弟子愿披上黄冠，回山听师叔差遣。"黄叶笑道："你做掌门，却不必做道士。你家三代单传，你怎可学我们一样。"卓一航道："弟子参透世情，对尘俗之事已经看得很淡。"黄叶道人微微一笑，把眼看白石道人。白石面上一红，道："你结婚生子之后，再做道士也还未迟。我们视你如子，一定要替你选个好女子。那玉罗刹野性难驯，是我们武当派的公敌，你可不要和她来往。"黄叶道人尚未知师弟已把女儿改配他人，闻言微微一愕，直到晚上，白石道人请他收李申时为徒，他才知道原委。

卓一航在山上住了半月，祭扫了师父的墓后，下山回里。黄叶道人本想请白石道人送他，卓一航坚辞不要。白石道人对他已不似先前宠爱，卓一航客气推辞，他也便罢了。

其时明军在兵科给事中刘廷元率领下，正在陕西大举"剿匪"，卓一航沿路受到盘查，幸而他祖父、父亲都曾做过大官，刘廷元还是他祖父的晚辈，一说起来，人人知道。日来卓一航为了免受麻烦，索性和军队同行。走了几天经过川东的定军山，正是旧时玉罗刹安营立寨之地，卓一航经过山下，只见山上余烬未灭，山寨早已化成瓦砾。卓一航大骇，问同行的军官。军官笑道："这一仗不是我们打的，但听说这一仗极为激烈，而且香艳之至。"卓一航问道："怎么？"军官道："盘据这座山的全是女强盗，听说个个都是美貌如花，打起仗来却凶恶之极。她们只有几百人，我们调了三千铁骑军去围攻，围了半月，才把山寨攻破，三千铁骑军死伤过半，但还是给那股女强盗突围冲出。我们俘虏了十多个女匪，全给那些高级军官抢去。那些军官正以为艳福不浅，谁知有三名军官，急于成亲，当晚就给女匪刺死，其余军官全都慌了，不管那些女匪多么美貌，都推出去斩掉。哈哈，幸而那一仗没我的份，要不然我也许做了风流鬼了。"卓一航面色倏变，冲口问道："那么玉罗刹呢？"

军官诧道："玉罗刹？你也知道玉罗刹么？"卓一航道："听武林的朋友谈过。"那军官定了定神，笑道："我忘记了，你是武当派的高徒，难怪武林的朋友对你提过玉罗刹的名字。这玉罗刹名头极大，听说凶狠无比，是杀人不眨眼的女魔王。幸好这次围攻山寨，玉罗刹却不在内，要不然这一仗更难打呢！"卓一航听了心内稍安。这支军队开赴延安，卓一航家在延安府外，军队直把他护送到家。卓一航的案情早已昭雪，家门亦已启封，家人等也都已回来，见公子归家，人人欢喜。自此卓一航暂在家中练武读书，按下不表。

再说玉罗刹听得朝廷派大军赴陕，兼程赶回，铁飞龙则浪迹江湖，找寻女儿。玉罗刹回到定军山时，正是山寨被攻破后的第三日，大军已经开走，这几百名娘子军，是玉罗刹一手训练出来的，玉罗刹只道她们全已战死，心中大痛，拔剑斫石，誓为同伴报仇。当下换了男装，赶往陕北，想和王嘉胤联合，与官军痛痛快快打他一场。

沿途兵勇络绎不绝。玉罗刹为了免惹麻烦，昼伏夜行，她轻功超卓，地方又熟，一遇官军便即躲避，不过四天，已到鄜县，离延安只有一日路程，过了延安，以玉罗刹的脚程，不消三天，便可到王嘉胤陕北群盗聚集之地的米脂。玉罗刹急于赶路，黄昏动身，行了一程，忽见前面几骑也在赶路。其中一人背影似乎甚熟，玉罗刹加快脚步，抢上前去，那些骑士，见一条人影旋风似的掠过身边，齐都惊叫，其中一人，马鞭刷地一扫，出手本来也算得甚为快捷，莫奈玉罗刹的轻功绝技，武林第一，江湖无双，马鞭掠面而过，竟自扫她不着。那人道："咦，这是人是鬼？"有一人吃吃冷笑，又有一人道："陕北多异人，高士当前，竟然错过，真真可惜！"

就在这电光石火的霎那，玉罗刹已把那几个人面貌看个清楚。

那一行共有六人，其中三人，体格硕伟，鹰鼻狮嘴，好像不是汉人。尤以当中那骑，少年英俊，相貌甚为威武。另两人则是军官装束，用马鞭扫她的就是军官之一，看他出手，武功甚有根底，想来不是普通人物。

但最令玉罗刹惊奇的却是后面那骑的少年，看"他"面貌，听"他"声音，竟似是铁珊瑚乔装打扮的！铁珊瑚何以会同这些人同在一起，玉罗刹再也猜想不透。心想："我义父到处找她，不知多挂心呢？想不到'踏破铁鞋无觅处，得来全不费功夫'！我却会在此地和她相遇。今晚宁可不赶路了，且看看这妮子葫芦里卖什么药。"

玉罗刹打定主意，悄悄地溜进郿县县城，神不知鬼不觉地飘身到城楼上，等了一会，那几骑马进了城门，玉罗刹暗暗缀在他们后面，见他竟然进了知县的衙门。

玉罗刹更是惊奇。找了一间客栈，歇了一会，听得三更鼓响，施展轻功绝技，悄悄溜入知县衙门。先把一个更夫点倒，问他客人住在何处？那更夫是县衙中的差役，如何知道？玉罗刹想了一阵，问道："那么你们的知县老爷住在哪里？"这个更夫自然知道，当下如实说了。玉罗刹道："委屈你一阵。"把更夫的号衣撕下一块，塞进他的口内，把他缚在角落的石狮子上。拿过了更夫手中的木柝，敲了几下，便照更夫所指点的方向寻去。

上房透出灯火，县官居然未睡。玉罗刹潜伏窗外，听得县官问夫人道："这几个客人要好好服侍，那几碗冰糖燕窝，你叫丫环端去了没有？"夫人道："燕窝都弄好了，可是那两位官长说要早歇，吩咐衙役，不准打搅他们。"县官"唔"了一声，道："也好，那么明早再端去吧。"夫人问道："那几个番子是何等人物，为何朝廷派了两个御林军统领护送他们？"县官微笑道："那年少的番子，听说是西域一个小国的王子呢！"夫人道："怪不得那两个御林军统领

·356·

对他毕恭毕敬。"县官道："那还须说，那王子的身份是外国使节，若有意外发生，不但护送的御林军统领要给治罪，就是经过的州县长官，也要受牵连。"夫人道："哎，现在兵荒马乱，盗匪如毛，若他在我们县境内出事那怎么好？"县官道："夫人放心，那两个统领都是好手，而且我们县境内又有数千铁骑军驻扎，谅盗匪不敢乱动。"话虽如此，到底担心，过了一阵，那县官自言自语地道："刚才已听得敲了三更，只要过了今日，明日送他们登程，不消半天，便可走出我们县境。白日青天，沿路又有军队，定保太平无事。"那知县是武官出身，有点胆量，对夫人道："我出去巡一遍，也好叫你安心。"提了佩刀出房，玉罗刹悄悄跟在他的身后。县官行到西边角楼，楼下有几名守夜的衙役，见县官来查，过来行礼，禀道："官长们都睡了，大人放心，没事儿！"县官游目四顾，道："好，你们小心点儿。"玉罗刹躲在一棵树上暗笑。看那县官去后，正好有一片黑云遮过月亮，玉罗刹轻轻一掠，疾如飞鸟般地上了角楼。

角楼里黑黝黝的，玉罗刹伏了一阵，忽听得有人上楼，脚步极轻，玉罗刹飘身躲上横梁，那人上楼之后，到东面一间厢房的门上轻敲三下，房里的人燃了灯火，在微弱的火光中玉罗刹看出这人正是以前在延安府和自己交过手的云燕平。心想，此人乃是大内卫士，他昏夜到来，却是为何？难道朝廷怕那两个御林军统领顶不了事，还要加派护卫不成？

云燕平进了房中，玉罗刹只听得房中的军官笑道："恭喜云大人，外放做带兵官比在宫廷中好得多了。"云燕平道："还不是一样？"房中的军官道："外快总要多些！"这当儿，玉罗刹只听得云燕平发出诡秘的笑声。

玉罗刹心道：这厮既做了带兵将官，为何却像小偷一般，偷偷摸来。云燕平笑了一阵，道："目下就有一宗极大的油水可捞，兄弟正要与二兄商量。"房中的两个军官齐道："请说。"云燕平道："我日前接到刘大帅转下的文书，说是有外国的使节过境，要我协同保护。想不到就是你们护送，这好极了！"房中的两个御林军统领乃是同胞兄弟，一名王廷福，一名王廷禄，原先也是大内的卫士，和云燕平甚为稔熟。王廷福道："云兄，我们也料不到你就在此地驻军。只是我们匆匆过境，纵有什么外快可捞，也轮不到我们的份。"云燕平道："我所说的外快，就全要靠两位兄台帮忙。"王廷禄道："云大人敢是说笑么？"王廷福已知其意，笑道："这个外快可捞不得。"云燕平道："为什么？"王廷福悄声说道："我们是护送的人，若然劫了外部使节，罪加三等。你不怕满门抄斩么？"说着还用手做了一个斩头的姿势。话声很低，玉罗刹在外面只断断续续听到几个单字，可是玉罗刹乃是绿林大盗，闻声会意。心想：外邦的王子来朝，皇帝免不了要赐金银珍宝，这果然是宗极大的黑道生意。可是这样的"生意"，黑道上的人也大都不敢下手，想不到云燕平是朝廷的将官，也敢动这个念头！

　　玉罗刹静心聆听，只听得云燕平道："主意是想出来的，你们兄弟放心，我担保你们什么罪都没有。"王廷福装模作样说道："愿听教言，以开茅塞。"云燕平道："现下时势混乱，盗匪如毛，咱们偷偷把这几个番狗干了，然后我再刺你们两刀……"王廷禄骇道："做什么？"王廷福笑道："傻兄弟，这个也想不出来。我们让云大人拣不是要害之处刺上两刀，就说是中途遇盗，力抗受伤，虽然犯有保护不周之罪，但力抗受伤，罪名减等，那最多是削职罢了。"云燕平道："何况咱们还有魏公公撑腰，连削职也未必会。喂，小皇帝赐了他们什么珍宝？"王廷福道："详细的我不知道，听魏公公说，小皇帝登基未久，就有远邦王子来朝，非常高兴，他是孩子脾气，一高兴就胡乱把内库的宝物送人，听说只是一枝碧玉珊瑚，价值便过百万。魏公公说时，羡慕到极。"云燕平道："那几个番狗懂不懂武功？"王廷福道："看样子懂得多少，但不是高手。"王廷禄道："只是那个小子惹厌。"云燕平道："什么小子？"王廷禄道："那个番邦王子也是怪人，他中途遇见一个漂亮的小伙子，谈得投机，那小伙子说陕西盗匪极多，路途不靖，他竟一口答应准那小子同行，把他当成随从。"王廷福道："那小子年纪虽轻，听他言谈举止，却是江湖上的大行家。"玉罗刹心中暗笑：铁珊瑚自幼跟父亲走南闯北，比你这两个呆鸟当然要强得多。房间内云燕平阴沉沉地说道："那小子叫什么名字，现在这里么？"

王廷福道："那小子自称姓金名戈，他们都住在楼上，那番邦王子和两个随从住在东面厢房，那小子住在西侧的小房。"云燕平道："好，我上去瞧他一瞧，什么路道，可瞒不过我的眼睛！"王廷禄道："可不要打草惊蛇！"云燕平傲然说道："料不会阴沟里翻船！"王廷福谄媚笑道："云大人久历江湖，轻功超卓，那小子能有多大本领。贤弟，你这是太过虑了。"云燕平微微一笑，玉罗刹在心里也几乎笑出声来。

云燕平走出房门，施展轻功本领，一按檐角，飞上顶楼，却不知玉罗刹已如影附形，跟在身后。云燕平寻到西侧的小房，取出一个形如鹤嘴的东西，在黑暗中发出一点红亮亮的，好似香火一般。玉罗刹是大行家，一看便知云燕平打的是下流主意，想用"鸡鸣五鼓返魂香"弄晕里面的人，然后进去搜索。玉罗刹心中骂道："这厮枉是朝廷的带兵官，却干黑道上下三流的勾当。"本待拔剑把他杀掉，转念一想，在这里闹出事来，却是不妥。看云燕平正想把香火插进窗隙，玉罗刹手指一弹，把独门暗器"九星定形针"射出，云燕平忽觉微风飒然，香火已灭，吃了一惊，游目四顾，竖耳细听，玉罗刹早藏在楼角飞檐之后，云燕平听不到半点声息，怔了一怔，重把迷香燃点，正想再插进窗隙，玉罗刹手指一弹，飞针再射，云燕平又觉微风飒然，香火再灭。飞针极小，玉罗刹出手又快，云燕平竟不知道香火为何熄灭。如是者一连试了三次，三次都给玉罗刹打灭，云燕平毛骨悚然，急忙下楼。

那两个御林军统领见云燕平这样快便回，颇感意外。王廷福问道："云大人可查出那小子是什么路道么？"云燕平面上一红，含糊答道："是西北黑道上的高手。"王廷福道："我们兄弟也料他是黑道上的朋友，觊觎这帮珍宝的。"云燕平道："路上可碰过什么怪事么？"王廷禄道："一路上都没事情，只是昨晚将到县城之时，却碰到如此一桩异事。"当下把碰到玉罗刹的事情说了，还道："那人快似疾风，我们连他的面貌都瞧不清楚，真是邪门！"云燕平沉吟半晌，道："既然如此，明日动手之时，分那小子一份。若他不肯就范，我自有法对付。容二哥正在我的营中，我邀他一同来好了。"

这番话玉罗刹听得清清楚楚，心中暗道："好极，好极！明日我正好一箭双雕。先把这些狗贼杀了，然后把那帮珠宝独占。哈，真是天赐良机，我要重聚义民，占山为王，和官军对抗，那是非钱不行。这批珠宝，听他们说来，价值不下千万，有了这笔钱，我可不必再另动脑筋了。"再听一阵，听得云燕平和王廷福约好动手的地点，是离城五十多里的"野猪林"。玉罗刹暗暗发笑。

这野猪林是有名荒险之地，玉罗刹心道：他们选这地方下手，真是深合吾心。料云燕平不敢再上楼窥探，便悄悄走了。

其实那个胡服少年并非"番邦王子"，他是南疆罗布族大酋长唐玛的儿子，名叫唐努。南疆种族甚多，各不统属，到了唐玛继承罗布族酋长之后，联合各族，结成同盟，自为盟主。唐玛励精图治，想把南疆建成一国，因此派遣儿子来朝，借此观摩"中原上国"的典章文物。明朝新皇帝由校乃是一个小孩，根本不清楚南疆各族的制度，竟把大酋长当作"番王"，因之也就把唐努当成"王子"。其时明朝国势已弱，藩属久已不来朝贡。由校登基未久，便有南疆罗布族的使者来进贡汗血宝马与和阗美玉，因此甚为高兴，大臣们为了讨由校欢心，也就把罗布族说成西域一个"小国"。由校一时兴起，便把大批宝物赏赐给他。所以唐努虽非王子，怀有重宝，却是真情。

再说那铁珊瑚为岳鸣珂拒婚，负气再度离开父亲之后，回到陕西，在途中遇到唐努这一班人，铁珊瑚年纪虽小，阅历却丰，一看便知唐努怀有金珠重宝。铁珊瑚是个倔强的少女，回到陕西，立定主意，想学玉罗刹一样，占山为王，所以她也想劫这帮珠宝。

且说第二日一早，王廷福兄弟继续护送唐努登程，走了一阵，却舍了官道，抄山边小路行走。唐努颇为奇怪，王廷福道："若走官道，今日难到甘泉（地名）。反正鄜县驻有大军，盗匪潜迹，不如抄小径行走。路程可缩短许多。"唐努不熟道路，听得也是道理，便由得他们带路。铁珊瑚知道今日必然有事，暗加戒备。

道路越行越险，中午时分，穿入一处丛林，林中山路，约有五尺多宽，仅可容单骑通过，夹道是荆棘蔓草，荒凉之极。王廷福道："咱们且在这里稍歇一回。"不待唐努允许，便下了马。唐努不料有他，和随从也下了马。铁珊瑚嘻嘻冷笑，王廷福道："金兄弟，咱们一碗水大家喝啦！"唐努愕然问道："哪儿有水啊！"王廷福兄弟放声大笑，对面山路上两骑飞奔而来，其中一人正是云燕平，他已换了平民服饰，不再是军官装束了。

铁珊瑚大声叫道："这班人是谋财害命的狗强盗！"拔出绿玉箫，向王廷福腰间一点，王廷福转身一掌，骂道："不受抬举的贱东西，好心分你一份，你却不领情，想独占么？"铁珊瑚玉箫连挥，全是判官笔的点穴手法，把王廷福迫得只有招架之功。唐努大惊，猛醒过来，一声大吼，向王廷禄迎面抓去，王廷禄拔出佩刀一斫，哪料唐努精于摔角之术，手臂一伸，倏然把王廷禄的手腕刁住，他的两个随从，都是南疆著名的力士，各取出护身铁锤，双锤夹击，迅若奔雷。

王廷禄武功较弱，手腕又给唐努刁住，猝不及防，南疆两个力士双锤齐下，登时脑浆迸裂，死于非命。

　　云燕平快马驰到，一跃而下，南疆两个力士舞锤迎敌，云燕平精于西藏密宗秘传的"柔功"，解下腰带，舞得呼呼风响，铁锤一到，给他腰带一卷，轻轻一扯。"柔功"的道理和太极拳相同，都是借力打力，以四两而拨千斤，这两个南疆力士，不懂中土武功的奥秘，铁锤舞得劲道十足，给他借力一夺，两柄铁锤先后被夺出手。狂笑声中，云燕平猱身直进，把这两名力士先后卷起，掷向崖石之上，空有一身神力，竟自血洒荒林。

　　这时铁珊瑚和王廷福正打得难分难解，王廷福武功比乃弟强得多，一枝练子枪使得风雨不透，但铁珊瑚的玉箫点穴之术，出自家传，自成一路，可作判官笔用，又可当五行剑使，虽然气力较弱，却是招数神奇。

　　云燕平叫道："你来收拾这个番狗，我来会这小子。"腰带呼的一声，向铁珊瑚头上卷去。云燕平看了铁珊瑚的招数，觉她点穴之术虽然神妙，武功还不是上乘。想起昨晚之事，深觉奇怪，心道：早知这小子武功不过如此，真不必邀容二哥来。

　　铁珊瑚挥箫迎战，战了十余廿招，忽见林莽密菁之中，哨声大起，森林两边，涌出十余健汉，心中一慌，云燕平腰带夭矫如龙，一扫一卷，把铁珊瑚皮帽扫落，现出一头秀发。云燕平呆了一呆，道："哈，铁珊瑚，原来是你！"铁珊瑚道："既知是我，就该快滚。"

　　云燕平游目四顾，笑道："你那贼老子不和你来，哈，你还吹什么大气？"腰带一扫，又向铁珊瑚玉箫卷到。

　　再说林中涌出的那两股强人，都是陕南陕北著名的强盗头子，为了劫夺金银重宝，不惜冒官军包围之险，跟踪来到森林。陕北的悍盗过天星和九节狸首先冲上。只见一个老头，长须飘拂，手里拿着一根长达三尺的铁烟杆，大口大口地喷烟。过天星喝道："是道

唐努的两名随从，都是南疆著名的力士，各取出护身铁锤，挥舞迎敌。

上的朋友吗?"那老头闷声不响,待得两人冲到眼前,铁烟杆突然横空一扫,一招"云麾三舞",把过天星的流星锤和九节狸的九节鞭一齐荡开,信手一点,过天星"咕咚"倒地,九节狸身法轻灵,一绕绕到老头身后,转鞭疾扫,不料那老头却像背后长有眼睛一般,反手一击,正正打在九节狸胯骨之上,九节狸惨叫一声,胫骨碎裂,倒地狂嗥。

这老头正是云燕平邀来的帮手,名叫容一东。他和应修阳最好,当年应修阳为了对付玉罗刹,在华山绝顶摆下"七绝阵",原邀的有他,后来他因事不来,所以才由郑洪召临时拉了卓一航充数(事详第四回)。应修阳为此十分可惜,常说当年若是容一东能来,玉罗刹早已被他们合力杀了。由此也可见容一东的武功非同小可!

群盗见容一东出手厉害,怔了一怔,正想齐上,忽听得容一东哈哈笑道:"臭强盗,你们中伏啦!"引吭长啸,林中喊声四起,涌出百余健卒,个个身披铁甲,按弦待射。原来云燕平也料到会有强人冒险抢劫,所以暗中调了心腹精兵在此埋伏。这一下,顿时把群盗围在垓心,看看就要动手。

再说铁珊瑚力抗强敌,险象频生。唐努也给王廷福迫得只有招架之功,毫无还手之力。云燕平的腰带越展越快,俨如一条玉龙盘空飞舞。铁珊瑚正在吃紧,忽听一声长笑,掠过林际上空。铁珊瑚大喜道:"玉罗刹来啦!"云燕平听得"玉罗刹"三字,就似鼠儿闻了猫叫一般,手都软了。玉罗刹声到人到,不过两三照面,就一剑点中云燕平肩骨麻穴,把他踢过一边。铁珊瑚忽然凑了上来,悄声说道:"练姐姐,不要伤那个番人。"玉罗刹微微一愕,道:"唔,也好!"身形一起,一招"长河倒挂",剑光绕处,王廷福头颅飞上半空。唐努见此威势,吓得呆了。

你道玉罗刹何以来迟?原来她在到野猪林的途中,也发现了群盗的踪迹,其中有几人还是从陕南来的。要知玉罗刹乃是强盗的"阿爸",以前她坐镇定军山之时,陕南群盗抢来的财物,都要献她一份。她见有自己辖下的匪首到此,不觉故态复萌,暗缀他们,察看他们是各自为政,独行抢劫,还是已被陕北的大寨首领收编了。

容一东见玉罗刹突如其来,吃了一惊。这时官军的包围圈正在紧缩。玉罗刹一手把云燕平抓起,大声喝道:"你们谁敢上来,我就把你们的主将砍了!"那百余健卒都是云燕平的心腹亲兵,见主将被擒,果然不敢动手。

容一东尚不知来的便是威震江湖的"女魔头"玉罗刹,见擒了云燕平的竟是个廿余岁的少年,虽感惊奇,却还不慌。扬声喝道:"掳人要挟,算是哪门子的英雄?"玉罗刹盈盈一笑,把云燕平挟在胁下,笑道:"好呀,我就用一只手来会会你这个大英雄!你若赢得了我,我就立刻把你们的主将放还!"容一东听这少年声音娇媚,颇觉出奇,当下说道:"你拿俘虏当作兵器,那当然是你赢了!"玉罗刹冷笑道:"你若误伤了我胁下的俘虏,也算你赢。如何?"这种打法,确是开武林未有之奇。本来挟着俘虏应战,令对方投鼠忌器,那确是大占优势;可是如今玉罗刹反其道而行之,非但不用俘虏做盾牌,而且只要俘虏受了误伤,就得算输,那就等于被缚了一只手之外,还得小心防护俘虏受伤,本是大优势的也要变成大劣势了。

容一东听得玉罗刹提出这样打法,又气又惊,他出道以来几曾受过这样的蔑视?

玉罗刹又笑道:"如何?"容一东心念一转,道:"既然如此,咱们就一言为定。你赢了我,金银珠宝都是你的。我赢了你呢?"玉罗刹听他的话,才知他看重的竟是那批珍宝而非友人。心中暗道:"绿林中以义气为先,比他们这些狗官强得多了。"容一东道:"如何?"玉罗刹道:"你若赢得了我,除将你们的主将放还之外,

·366·

金银珠宝也全归你所有。"容一东双目顾盼，环扫场中群盗，高声说道："你做得了主吗？"

玉罗刹哈哈大笑，把外衣一撕，露出里面的绣花女服，又把头上青巾除下，露出束发金环。陕南群盗已料知她就是玉罗刹，见她露出女儿本相，齐声欢呼。陕北群盗也深知玉罗刹厉害，虽然不是归她所管，但听得她愿与敌人赌赛，那是求之不得，当下一齐说道："你若赢得了练女侠，不管什么金银珠宝，我们决不染指！"这时群盗环绕场边，官军包围在外。玉罗刹挟着云燕平和容一东对立场心。唐努与铁珊瑚坐在路旁。唐努还不知玉罗刹也是存心劫他珠宝的人，对她十分感激，心中但愿玉罗刹打赢，对铁珊瑚道："姑娘，料不到你身怀绝技，更料不到你这位朋友就如仙女一般，又美丽又神通，我今日得你们救命，没齿不忘。"铁珊瑚本来也想劫他的珠宝，但一路同行，知他心肠极好，而且豁达大度，算得是个塞外英雄，这时已把劫他珠宝之意打消，听他如此说法，心中暗叫"惭愧"，深怕玉罗刹战胜之后，立时翻脸，那就更难为情。

容一东听群盗欢呼之后，才知面前这个少女，就是江湖上闻名胆落的女魔头，想起当年应修阳在华山摆阵，玉面妖狐凌霄与金刚手范筑都丧在玉罗刹手下，思之不禁胆寒。自己当年因事逃过，想不到今日仍与她陌路相逢。容一东这时骄气全消，心中只是盘算，怎样才能在玉罗刹剑底逃生。

玉罗刹扬剑作势，笑道："来呀，来呀！"容一东铁烟杆一翻，一招"李广射石"，骤以大枪招数向玉罗刹平胸疾刺，玉罗刹哈哈一笑，横剑一封，"当"的一声，铁烟杆给震得歪过一边，火花飞溅！玉罗刹剑招快捷异常，身形一侧，宝剑直刺咽喉。容一东铁烟袋一磕，不料玉罗刹的剑明是刺喉，剑到中途，手腕一沉，低了三寸，剑尖指的竟是喉下"璇玑"要穴。容一东大吃一惊，急忙滑步闪身，饶他躲闪得快，肩头还是给剑尖划过，"嗤"的一声，衣裳破裂，鲜血沁出。这还幸是玉罗刹胁下挟人，身法不若平时轻灵，要不然这一剑容一东决逃不了！

玉罗刹一招得手，剑势未收，剑招又出。容一东奋力拆了两招，烟杆一斜，突然照被玉罗刹挟着的云燕平打来！

玉罗刹叫道："好狠的狗贼！"身躯一转，一剑把容一东烟杆格开，挟着的云燕平几乎给他打中。容一东战法一变，不架玉罗刹宝剑，铁烟杆袋磕、打、劈、压，全朝云燕平打来！玉罗刹料不到容一东心肠如此之毒，竟把好友当成活靶！但以自己有言在先，俘虏若给他伤了，纵然不是"误伤"，也难分辨。因此迫得改攻为守，一柄剑使得风雨不透，俨似一圈银虹，把自己与云燕平全身护住。

这一来形势突变，容一东武功不在应修阳之下，铁烟杆兼有枪棒与点穴之长，居然敢以攻为守，与玉罗刹苦苦缠斗。

铁珊瑚叫道："练姐姐，这狗贼是有心伤他朋友，何必理他？"唐努却道："这位女英雄说一不二，真真可敬！"

玉罗刹与容一东激战中，官军慢慢移近。忽然间号角长鸣，林间又杀出一彪官军，玉罗刹叫道："官军听着，我们在此单打独斗，你们若敢动刀动枪，就休怪我不守诺言！"云燕平的亲兵果然都转过了身，想劝止那彪人马，休要再进。

容一东却暗暗纳罕，他知道云燕平不想让全军知道，只是挑选了最可靠的百余亲兵，到森林埋伏。这彪军马怎的却会杀来？

官军中一个少年将军骑着高头大马，神威凛凛，云燕平率领亲兵的副将见这少年将军极为陌生，大声喝道："来将住马，你们是哪一营的？"那少年将军大喝一声："叛兵在此何为？赶快随我回城！"咔的一箭，将云燕平副将射毙！云燕平的亲兵大乱，给后来这股官军包围起来，全驱入了森林之中！

玉罗刹眼观四面，耳听八方，那少年将军的动作，全瞧在她的眼中，心中奇道："怎么官军中也有如此英雄人物！"容一东见此情形，料知有变，心中一慌，玉罗刹刷刷两剑，骤把铁烟杆挑开，容一东飞脚踢云燕平倒垂的脑袋，玉罗刹一声长啸，身形骤然飞起，容一东一脚踢空，急忙撤回烟杆护头，哪护得住？玉罗刹左手把云燕平高举过头，在半空一剑劈下，铁烟杆立被震开，容一东脑袋也给宝剑劈成两半！

玉罗刹哈哈大笑，道："你们来看，他身上可有伤痕？"群盗无不凛然。玉罗刹正想回身洗劫珠宝，忽见那少年将军，策马驰回，陕北群盗，垂手肃立两旁。那少年将军大叫道："谁都不许乱动！"玉罗刹甚为奇怪，不知陕北那些强盗头子，何以会听官军的话，心中有气，拔剑迎前，喝道："你是谁？"陡见那少年将军双眸耿耿，目闪精光，连玉罗刹这样杀人不眨眼的人，也觉得他别具一种威严，令人震慑。玉罗刹心道："好哇，这回我遇到对手了。"迫近一步，那少年将军道："你一定是玉罗刹了？幸会，幸会！"

正是：绝世英豪出，天下共倾心。

欲知后事如何？请听下回分解。

红雪道人和武当派
十三个大弟子一齐
拔剑与暴卷
冲带表的锦
衣卫士混战事
斗光八手之进一
五云

红云道人和武当派十二个大弟子一齐拔剑，与慕容冲带来的锦衣卫士，混战恶斗。

第十八回

冤狱毁长城　将星摇落
苦心护良友　剑气腾空

玉罗刹哈哈笑道："你也知道我吗？官军碰到了我，那就是小鬼碰着阎王了！"剑尖一指，少年将军微微发笑，陕北群盗齐都变色，拔出兵刃，捍卫少年将军，陕南群盗叫道："练女侠，这位是小、小……"少年将军连连摇手，道："都是自己人，大家散开。"小声对玉罗刹道："练女侠，我是小闯王李自成。高迎祥是俺舅舅。请到那边树下说几句话。"

玉罗刹怔了一怔，并不是"李自成"三字使她吃惊，那时李自成还没有什么名头，在陕西三十六路大盗之中，王嘉胤是其中一路，高迎祥是王嘉胤副手，李自成不过是王嘉胤这一路的一个头目而已；但唯其如此，所以以李自成当时的"身份"而能令群盗慑服，这件事情的本身才令玉罗刹吃惊。

玉罗刹要了一匹马，和李自成策马入林。玉罗刹问道："王嘉胤父子好吗？"李自成说道："王老总已战死了，现在是俺的舅舅高迎祥领头，王照希夫妇和白敏都在军中。"玉罗刹一阵心伤，想不到离开陕西不到一年，变化如此之大。问道："那么你知道我的部下的下落吗？她们是不是全是给官兵杀了？还有你为什么假扮官军？"

李自成道："刘廷元调了川陕甘晋四省的兵力二十万人围攻我

们，各家兄弟，都在官军压力之下化整为零，流散四方了。上月我们冒了绝大危险，在米脂大会，三十六路的首领来了三十三人，就你们那路与神一元兄弟没有派人来。听说你们那路已突围入川，和其他各路比较起来，损失还不算最严重的。张献忠上月也从四川来到米脂，据他说在广元昭化之间曾发现有一支娘子军，他想派人联络，却给官军隔断了。你可以到那里找她们。"

米脂三十六路义军会合，是一件大事，李自成的"小闯王"之名，就是那时得的。原来在王嘉胤死后，绿林群雄推高迎祥为首，高迎祥才识平平，全靠李自成之力，打了两次胜仗，局面才得小安。米脂大会时，各路首领都有一个王号，例如什么"横天王""混世王""扫地王"等等，无奇不有。高迎祥新为首领，未有王号。他部下给他拟号，乱哄哄的拟了半天，还拟不出一个适当的来。当时李自成笑道："我们现在闯一步是一步，闯到什么地步，谁都不知道。如果大家不振作的话，也许就闯不出陕西；如果大家把生死祸福置之度外，同心合力地往前闯去，闯到北京也不难。咱们现在首要之事乃是闯、闯、闯！称不称王、称什么王，我觉得都无所谓。殊不必为这些虚文尊号，浪费精神！"此言一出，群雄纷纷拍手，轰然叫好！不约而同地大声喊道："闯王，闯王！这个王号好极了！"自此便把高迎祥称为"闯王"，把李自成称为"小闯王"，直到后来高迎祥在潼关战死，李自成才正式袭用"闯王"的尊号。

再说玉罗刹听得李自成说出自己部众的下落，恨不得插翼飞到川西。当下想道："这小闯王也是一个人物，这批珍宝待我与他平分了吧。"正想开言，李自成道："练女侠，我求你一件事情。"玉罗刹问道："什么事情？"李自成道："这批珠宝，咱们分毫都不要动它！"玉罗刹道："什么？你们不也是来劫珠宝的吗？"李自成笑道："起先是想劫它，现在我已查得清楚，这批珠宝可动不得！"玉罗刹道："我们天不怕地不怕，皇帝小子的我们也劫，为何这人的却劫不得！"李自成又笑道："练女侠，皇帝的好劫，到了这人手上，可就不好劫了。"玉罗刹道："这是为何？我倒要请教请教！"

李自成翻身下马，招手请玉罗刹下来，一同坐在地上，正色说道："满洲图谋我们中国甚急，边关形势极紧，这你是知道的了？"玉罗刹道："边防之事与这批珠宝有何关系？"李自成道："你听我说。先前我还不知道这番人身份，所以也想劫他的珠宝充当军饷。现在查得他是南疆罗布族大酋长唐玛的儿子，唐玛是南疆各族盟主，若然他的儿子被杀，珠宝被夺，他一定把这笔账算在明朝皇帝头上，说不定就要起兵报仇。那时东北西北都有边患，由校这小子，可招架不住！"玉罗刹默然不语，一时还想不过来。李自成又道："我们虽然也与明朝皇帝作对，可是若然异族入侵，那么我们就宁愿与官军联合，共抗异族的。你说对么？"玉罗刹点了点头。李自成道："所以不能替明朝皇帝再开边衅。可惜的是由校这小子糊涂透顶，勇于对内，怯于对外。抽调大军来打我们，却不整顿边关，连熊廷弼那样的得力大将都罢免了。"玉罗刹不觉心折，觉得李自成气度之广，见识之高，殊非常人可及。笑道："可惜你替皇帝小子打算，他却要派兵打你。"李自成道："那是他的事。"玉罗刹又笑道："看样子，只是满洲，明朝就挡不住。你还是趁在满洲兵未入关之前，赶快打到北京吧。由你来做皇帝，就不怕满洲兵入侵了。"李自成哈哈笑道："皇帝人人可做。若然由我来做，可以保住神州，那么就做做也无所谓。"

玉罗刹听他说得如此轻松，也不觉失笑。心想：这人在最危难之际，还是如此雄心勃勃。而且宁愿放过价值千万的珠宝，另筹军饷，艰苦支持。如此胸襟，连熊廷弼也比不上，看来真有人君之度，刚才的话，倒不是说笑的了。李自成又道："所以我冒充官军，也是为大局着想。唐努给明朝派来护送他的御林军统领抢劫，此事成何体统。等下你对他说，那批人是叛军，幸得朝廷及时察知，所以派我来清除叛乱。朝廷一定护送他安全回到南疆。"玉罗刹双目闪闪放光，笑道："好极，妙极！我服你了！你居然在逃命之际，还把这副担子放在肩上。这么说是你要派人护送他了。"

李自成笑道："由我们派人护送，要比由校这小子所派的得力得多。此地离甘肃不远，送到了甘肃，再入青海，就非官军势力所及，也不愁再有云燕平这样的官军将领来打他的主意了。"玉罗刹道："好，我就对他说去。"李自成又笑道："云燕平这厮，请你借我一用。"玉罗刹道："这种狗贼，有何用处？"李自成笑道："废物都可利用，何况于他。我们各路兄弟给大军压得透不过气来。我想利用他帮我打个胜仗，挫挫他们锐气，分散他们注意。然后我们才能安全撤退。"玉罗刹道："啊，我想到了。你是想利用这厮赚城，攻占鄜县。你们穿的都是官军服饰，又捧出他们的主将，守城的官军一定上当。难为你收集了那么多官军的号衣。"

再说唐努见玉罗刹与李自成并马驰入林中，大为不解，问铁珊瑚道："他们干什么？"铁珊瑚也不知道，道："也许是处置那些叛军吧。"群盗首领散在四围虎视眈眈，铁珊瑚颇觉不安。唐努把两个随从的尸体寻回，当场火化，按照他们的风俗，火化之后，收骨回乡。铁珊瑚见他目中有泪，想是心中颇为悲愤，铁珊瑚外表倔强，心颇慈悲，心想：这几个人万里远来，身死异乡，父母都不知道，这才真是不值呢。见玉罗刹与那少年将军并马驰回，心中忐忑不安。李自成回到场中，跳下马与陕北群盗商议，玉罗刹直向唐努走去。铁珊瑚睁大了眼，只见玉罗刹与唐努低声说话，过了一会，忽见唐努伏在地上，吻玉罗刹踏过的泥土。铁珊瑚随父亲到过西北，知道这是他们最尊敬的礼节。这才松了口气，心中奇道：玉罗刹杀人如草，强盗抢来的她都要分一份，怎么到手的珠宝也放过了？

唐努一点不知玉罗刹曾动过他的主意，感她救命之恩，用他们族中最尊崇的礼节向玉罗刹叩谢，并道："若你有一日到天山南北，可一定要来看我啊。"玉罗刹平生从未试过内作，这时却不觉有了愧意。当下把李自成的话转达，唐努道："原来如此，中国如此广大，自然好人坏人都有，叛军之事，不必提了。"和玉罗刹一同过去拜谢李自成。李自成已和陕北群盗商议妥当，立刻派高迎祥手下得力的头目高杰和自己的堂侄李过，送他回乡。

铁珊瑚料不到事情如此解决。玉罗刹道："珊妹，爹寻得你急呢，可是现在兵荒马乱，也不知他走在何方？你和我一道到川西去吧，我可要请你做女强盗啦，哈哈！"铁珊瑚因岳鸣珂拒婚之事，心中颇有芥蒂，迟迟不答。玉罗刹测知其意笑道："那姓岳的小子，我以前以为他人品不好，其实也还不错。"将岳鸣珂借她手套，暗助她打败红花鬼母的事说了。铁珊瑚又欢喜又悲伤，欢喜的是玉罗刹对岳鸣珂的误解渐消；悲伤的是岳鸣珂辜负了她的心意。听了玉罗刹的话后，良久，良久，才迸出一句话道："他好不好与我何干？"

玉罗刹听她语气，知她实是想念情郎。反激她道："天下臭男子多着呢！没有他们，咱们难道就不成吗？你和我去占山为王，我们高兴谁就把谁掳上山去，哭哭啼啼的是脓包！"铁珊瑚"呸"了一声，道："没你那样厚脸皮。"又道："谁哭哭啼啼了？做女强盗便做女强盗，难道我不敢跟你么？"玉罗刹正要她说这句话，免得她独自在江湖浪荡，暗地伤心。

再说李自成把事情办妥，送走了唐努之后，和玉罗刹道别，玉罗刹道："你刚才说要打下郿县之后，便全师撤退，你们要撤到哪里？"李自成道："陕西居天下之脊，四川是天府粮仓，欲成大事，这两省放弃不得。陕西连年饥荒，百姓流亡道路，待时机成熟，不难聚众百万，出汉中而据巴蜀，聚兵聚粮，然后再西出潼关而争豫楚，挥鞭北上，奄有中原。形势如此，所以我打算在川陕边区建立基业。秦岭连绵八百余里，便封山开荒也可养兵，我是准备撤退到秦岭去，养精蓄锐，乘机待时。你意如何？"玉罗刹笑道："我可没有做女皇帝的雄心，我寻到部众之后，做山大王去。"两人一笑道别。李自成押了云燕平当晚就去赚城，攻打郿县，按下不表。

且说玉罗刹和铁珊瑚寻到川西，果然寻到了部众，铁珊瑚和玉罗刹相处日久，知她性情直爽，当日弄糟婚事，乃是她无心之失，也便不再介怀，对玉罗刹如同对姐姐一般。

其时川陕军事频仍，李自成进了秦岭，张献忠被驱入湖北，流窜江淮。玉罗刹带了几百女兵，寻到了广元七十里外的明月峡作为山寨，安居下来。这明月峡是四川著名的天险之一，山上无路可通，只有山民用木板和木桩搭成的几乎是凌空的羊肠小道，上面是山，下面是嘉陵江，明月峡是两峰夹峙的山谷。有无名氏诗云："天险明月峡，断壁高接天；飞鸟飞难过，猴子锁眉尖；低头望山谷，白云脚下悬。"形势险要，于此可见。玉罗刹部下女兵，个个身轻如燕，在明月峡安营，出入要比粗汉方便得多，官军也不易进袭。

可是明月峡地方虽好，却几与外间隔绝，一住住了三年，还是探不到铁飞龙消息。这三年间，玉罗刹听得道路传闻，说是熊廷弼再被起用，督师边关，也不知是真是假。铁珊瑚挂念岳鸣珂，也无可奈何。

过了三年，这时已是天启四年（"天启"是由校年号），川陕的官军渐撤，成为小安局面。可是这年春天，广元又闹起饥荒，广元本是产米之区，但官府横征暴敛，地租又重，年成好时，农民尚可温饱，年成不好，饥荒立至。广元上一年失收，这一年青黄不接之际，饥民遂闹出事来，啸聚四郊，准备入城抢粮。

广元县的居民准备抢粮，派人和玉罗刹互通声气，玉罗刹答允帮助他们，派女头目乔装入城打探消息。晚上回来，女头目说了正事之后，道："今天路上可热闹呢，有人说是道士迎亲。"玉罗刹道："胡说，哪有道士迎亲的道理。"那女头目道："我何尝不知道道士不能迎亲，不过看起来却真像迎亲的样子，怪不得老乡那么说。"玉罗刹笑问道："是怎么个怪模样呀？"那女头目道："听居民说，今天有一对对的道士乘马西走，大约每隔半个时辰便是一对。我只瞧见一对，可神气哩，身披大红道袍，神色凛然，就像做法事一般。居民说，起头那一对，还捧着一个红包袱，高举过头。就像迎亲时，男家先遣人捧拜帖到女家一样。每一对马的毛色也是相同。就差没有吹鼓手，要不然更像迎亲了。"玉罗刹眼珠一转，猛然想起一事，道："嗯，时光真快，是三年了！"女头目莫名所以，铁珊瑚在旁问道："姐姐，你无端端感喟什么？"玉罗刹微微一笑，道："没有什么！"那女头目搭讪笑道："寨主你说像不像迎亲？啊，听居民说，除了道士，也还有俗人呢。但道士多是老头，俗人则全是壮汉，一对对精神赳赳，同样披着红衣。有孩子逗他们说话，他们连眉毛也不笑一下。"玉罗刹笑道："这不是道士迎亲，是武当派接他们的掌门来了。武当派最重这套仪节，以前他们到珊瑚妹妹家中寻掌门人时，也是一对对地来呢。"铁珊瑚道："嗯，那么卓一航又要到武当山受罪了。他那几个师叔真讨厌，尤其是白石道人。姐姐，他们迎亲，我们抢亲。"玉罗刹"啐"道："胡说。"铁珊瑚道："你不是说过吗，你喜欢谁就要掳谁，为什么现在又怕羞了？"玉罗刹道："哼，你这小妮子好坏。你当我不知道你的心事吗？卓一航和岳鸣珂乃是至交好友，你不过是想从卓一航口中知道岳鸣珂的消息罢了。"铁珊瑚心事给她说中，涨红了脸作状打她。玉罗刹笑道："不过咱们就是要抢亲，也得待一月之后，新郎现在还未迎来呢！"铁珊瑚手指在脸上一刮，道："厚脸皮！"玉罗刹一笑作罢。

　　过了几天，饥民在县里闹事，大户和县官慌了，一面开仓赈济，一面派人到省里请军队来，赈济之粮有限，每个饥民每天只能领两碗薄粥，可是老百姓也真"纯良"，有两碗粥吊命，他们便已"安分"。他们哪知县官大户是耍两面手法，在兵力不够之时，便用最低的代价来怀柔他们，省里的军队一来，他们连两碗薄粥也不肯施舍了。军队当天来，他们当天就施行"弹压"，把几个敢于鼓噪的饥民杀了。这一来饥民大愤，又派人请玉罗刹帮他们抢粮。玉罗刹打听得县中的军队约有二千，立刻答应，和饥民约定，晚间攻城。

恰恰就在这一天，武当派迎接掌门的队伍已经从陕西回来，到了广元。

卓一航本来不想做武当掌门，可是三年之期已满，无可再推。黄叶道人派了红云道人和白石道人率十二名大弟子来接，卓一航无可奈何，只好在师叔同门催促之下登程，取道四川，入湖北，回武当山。

这日到了广元，只见城中刁斗森严，兵士巡逻街头，气氛萧索。问起来才知是"饥民闹事"。卓一航心中叹道："外有寇患，内有流亡。这大明江山是不稳了。"武当派在各地都有弟子。广元城内有一座清虚观便是武当派的人主持，白石道人等进城之后，清虚观的主持便把他们接到观内。

卓一航并不知道玉罗刹就在附近山头落草，这一晚月暗星微，是山城春夜的阴沉天气，卓一航辗转反侧，中夜未眠。忽然听得窗外有人轻轻敲了一下，卓一航以为是白石道人，推开窗门，一个黑衣汉子倏然跳了进来，衣裳破裂，面有血污，在微弱的菜油灯下，显得十分可怕，卓一航吃了一惊，那人道："卓兄噤声。"卓一航瞧清楚了，这人竟然是岳鸣珂。

卓一航小声问道："你怎么啦？"岳鸣珂一口把油灯吹灭。隔室的白石道人问道："一航，你还未睡吗？"岳鸣珂摇了摇头，用手指着自己，又摆了摆手，示意卓一航不要说是他到来。卓一航道："睡啦，我起来喝杯茶。师叔，你老人家也安歇吧。"说完之后，把口贴在岳鸣珂耳根说道："我这师叔真讨厌！"和岳鸣珂蹑手蹑脚，脱了鞋子，躺到床上，两人共一个枕头，贴着耳边说话。岳鸣珂说出了一段惊心动魄的事来！

原来在熊廷弼罢了辽东经略之后，继任的袁应泰不是将才，满洲军统帅努尔哈赤自统大军，水陆俱进，一战攻下沈阳，再战又攻下辽阳，袁应泰手下的两员大将贺世贤、尤世功被金兵（其时满洲尚未建"大清"国号，努尔哈赤自称"大汗"，国号"金"，至皇太极始称帝。）乱箭射死，袁应泰在辽阳城东北的镇远楼督战，城破之后，举火焚楼自杀。明朝边防大军，伤亡八九，溃不成军。于是河东之三河堡等五十寨，古城、草河、新甸、宽甸、大甸、永甸、凤凰、海州、耀州、益州、盖州、复州、全州等大小七十余城，全被满洲军攻占，辽河以东，遂无完土！

经此一场大败，明廷大震。朱由校想起了父皇之言，顿下决心，把以前弹劾熊廷弼的大臣尽都贬谪，派专使捧诏到湖北江夏，请熊廷弼复出，重任辽东经略，复赐尚方宝剑。可是话虽如此，实权仍不在熊廷弼手中。本来按朝廷制度，辽东经略节制三方。所谓"三方"，乃是：一、广宁巡抚，统率陆军；二、天津巡抚；三、登莱巡抚。后两个巡抚分统水师，辽东经略则驻山海关，居中节制。熊廷弼建议以广宁的陆军制敌全力，而以天津登莱的水师分扰"辽东半岛"，这便是明清战史上有名的"三方布置策"。

卓一航颇知兵法，听岳鸣珂谈到熊廷弼所定的"三方布置策"后，道："熊经略确是大将之才，这战略攻守兼备，定得不错呀！"岳鸣珂道："战略是死的，人是活的。有了好的战略，却无可调之兵，其实也不是无可调之兵，而是有不听调之将，以至三方布置之策，只成了一纸空文。"卓一航骇道："熊经略刚强决断，怎么有不听调之将？"岳鸣珂在他耳边轻叹道："以前的宰相方从哲被罢后，换来了一个叶向高做宰相，换来换去，都是和魏忠贤一鼻孔出气的人。在辽东经略节制下的三个巡抚之中，广宁巡抚王化贞兵力最厚，偏偏他就是叶向高的门生，不肯听熊廷弼的调遣。熊经略要集兵广宁，他却要分兵驻守。熊经略以前所建的军队在袁应泰统率下，经辽沈两战，差不多全牺牲了。熊经略捧尚方宝剑出关，只招募得义军数千，而王化贞却拥兵十余万。熊经略空有'经略'之名，实权反不及王化贞远甚。经抚不和，两人都拜折上朝，宰相叶向高祖护王化贞，操纵'廷议'，竟然下令王化贞不必受熊廷弼节制。于是事情越弄越糟。"卓一航道："既然如此，那么辽东的危局是无可挽回的了。我兄不在熊经略左右，一人回到关内，却是为何？"

卓一航问了这几句话后，久久不见岳鸣珂回答，但觉面上冰凉一片，原来是岳鸣珂的泪水。卓一航道："怎么啦？"岳鸣珂强止悲伤，继续说道："你且听我细说下去。熊经略虽然手上无兵，可是一到辽东，还打了两次胜仗。可恨王化贞既不知兵，却又轻敌，满洲军察知他们二人不和，努尔哈赤复率大军渡过辽河，王化贞分兵各地，竟被各个击破。这一仗比辽沈之败更惨，王化贞全军覆没，还是靠熊经略亲率的五千亲兵，才把他掩护进关，辽河以西全归敌有，连广宁也失陷了！熊经略和王化贞回到关内，立被朝廷逮捕。魏忠贤和叶向高唆使朝中党羽，联章弹劾，由校不知边情，竟然处熊经略战败失守之罪。"卓一航骇道："结果如何？"面上又是一片冰凉。岳鸣珂道："可怜熊经略就这样不明不白冤枉死了。"卓一航嘴巴一张，几乎失声。岳鸣珂急忙把他的嘴巴掩住，卓一航的泪水也滴了出来。岳鸣珂道："熊经略是去冬归天的。由校真狠心，听叶向高之议，把辽东大败之责全推在熊经略头上。结果熊经略被斩了头，还要传首九边！死无完尸，复受战败的耻辱罪名，真是人间惨事，莫过于此！而那个王化贞却反而被判轻罪，只是削职了事。"说到此处，卓一航再也忍受不住，哽咽有声。隔壁的白石道人又叫道："一航，你怎么还未睡吗？"

卓一航故作梦魇之状，挣扎一阵，把脚顿得床板格格作响，过了一阵，才道："嗯，我梦见师父。"白石道："不必胡思乱想，明早还要赶路。"卓一航应了一声，贴在岳鸣珂耳边说道："不要理他，你再说下去。你武功卓绝，怎么会受伤了？"岳鸣珂道："熊经略枉死之后，魏忠贤派人拿我。我灰心已极，想逃往天山。昨日途中，和慕容冲他们遭遇，激战半日，我打死了四个锦衣卫士，侥幸逃了出来。可是慕容冲那厮也真厉害，紧追不舍，我逃到广元，他们也追到广元，我趁着天黑，绕了几个圈子，这才逃到这里。嗯，你的师叔是接你回去当掌门么？"卓一航道："他们铺张其事，闹得遐迩皆知，我真不好意思。"岳鸣珂忽从怀中摸出一本书来，塞给卓一航道："你替我保管这一本书，若然以后再有熊经略这样有胆有识的边关大将，你就设法把这本书献给他。嗯，以后也怕没这样的人了。"卓一航道："什么书？"岳鸣珂道："熊经略在家三年，著了一本书，名为《辽东传》，将辽东战略要塞，敌人的虚实强弱，各次用兵的得失，全写在里面。是了解敌情，专门对付满洲的一本书。魏忠贤派人拿我，只恐多半是为了这一本书。你是武当掌门，收藏这一本书那是最妥当不过。"卓一航将书塞入怀中。忽听得外面似有声响，过了一阵，只听得大师兄虞新城叫道："白石师叔，外面有人拜访你老。"

卓一航竖耳细听，听得白石道人的脚步声已出到外面，岳鸣珂道："我走了吧！只恐来的乃是追兵。"卓一航道："咱们有难同当。若是追兵，你更不应孤身逃出。"

且说白石道人开了观门，只见慕容冲和金独异叔侄站在外面，后面一片黑压压的，大约还有数十人之多。白石道人大吃一惊。慕容冲笑道："幸会，幸会。咱们以前虽有点小小的过节，那是你误卷入去，咱们彼此明白。那点过节，揭过便算，不必再提。只是今晚你们道观之中藏有钦犯，这却不是小事了。你想自身清白，请把钦犯交给我们。"

白石道人诧道："什么钦犯？"慕容冲道："就是岳鸣珂那个小子。"白石怒道："我岂会庇护那个小子？"慕容冲道："既然如此，那就最好不过，我们也不必入观内动手了，你把他缚出来吧！"白石道："我整晚都在观中，未曾外出，他来了我岂有不知之理？这道观中都是我武当派的弟子，哪有什么岳鸣珂在内！"金独异道："白石道人，不是我小觑你，有本事高的夜行人来，不见得你就知道。岳鸣珂和你们所接的掌门人正是至交好友，这谁不知道？"白石道人心高气傲，哪禁得他这一激，涨红了面，气呼呼地道："好，你们进来搜。若搜不出来，你得给我叩三个响头！"把观门大开，慕容冲等一涌而入！

观内的武当弟子全部惊起，红云道人也迎了出来，慕容冲在观外布满卫士，在观内各处也派人监守，然后问道："请问贵派掌门卓一航住在哪一间房？"白石道人一瞧，十二弟子全都在此，只有卓一航不见出来，心中忐忑。但一想卓一航是自己邻房，有人偷进他的房间，自己岂有不知之理，便道："我引你去。你可要遵守武林规矩。"慕容冲笑道："这个自然，对你们贵派掌门，我岂敢稍存不敬之念。"白石道人带他们到了卓一航门外，敲门道："一航，开门！"

过了一阵，卓一航"咿哑"一声把房门缓缓打开，态度从容，立在房中，道："你们来做什么？"金独异跨入房中，四处张望，哪有岳鸣珂的影子。金千岩揭开帐子，查看床底，也没人影。卓一航厉声斥道："我武当派乃武林领袖，岂容人这样无礼！"他这话存心挑起师叔师兄的怒火。白石道人心中喜道："一航这孩子果然不错，像个掌门人的样子！我可得给他撑腰。"也跟着喝道："金老怪，你若不向我们掌门赔礼，休想出此观门！"金独异一声冷笑，便想与白石交手。慕容冲把他拉着，忽道："隔邻是谁的房间？"白石道人更气，怒道："是我的房间，怎么样？"慕容冲笑道："你不招呼我们进去坐坐吗？到了你的房间，再给你赔礼也还不迟。卓兄虽是掌门，但到底是你小辈，要赔礼也该向你赔礼呀！"话语冷嘲热讽，白石道人越发大怒，跳了出来，一掌击开自己的房门，大声叫道："你来——""看"字未曾说出，已是目瞪口呆，岳鸣珂竟然坐在自己床上！

原来白石道人一出，岳鸣珂与卓一航已想好计策，岳鸣珂立即过去，有心把白石道人卷入旋涡。

金独异嘻嘻冷笑，慕容冲抢了进来，劈面一拳，岳鸣珂一扑下床，剑锋横削，两人交手，顿时桌倒床坍，在房间里乒乒乓乓打得震天价响！

白石道人作声不得，金独异一抓抓来，卓一航拔剑挡住，大声喝道："师叔，是他们无礼在先，而且岳兄也是咱们武当派的朋友，岂可随便任他捕人！"金独异喝道："武当派又怎样，包庇钦犯，这罪名你们可兜不了！"卓一航高声说道："师叔，别信他们鬼话，他们是矫传圣旨，图报私仇！"白石道人不知熊廷弼已死，想起昔日在京，他们果然也曾矫传圣旨，要害熊廷弼的事，岳鸣珂是熊廷弼最得力的助手，他们要将他置于死地，也在情理之中。白石道人胆气顿壮，想道：只要岳鸣珂不是钦犯，那就只能算是江湖上的私人仇斗，谁都可以助拳。我虽然不欢喜岳鸣珂这小子，但可得保全武当派的威名。眼看卓一航敌不住金独异掌力，白石道人奋然而起，拔剑加入战团！

金独异大喝道："反了，反了！"白石叫道："武林妖孽，人人得而诛之！吃我一剑！"展开七十二手连环夺命剑法，和金独异恶斗起来！岳鸣珂与慕容冲也从房内打出走廊。这一来，观中大乱，红云道人和武当派十二个大弟子一齐拔剑，与慕容冲带来的锦衣卫士，混战恶斗！

慕容冲与岳鸣珂捉对厮杀，一个是神拳无敌，一个是剑法通玄，恰恰打成平手。白石道人本来不是金独异对手，但金独异在三年之前，曾给玉罗刹挑断了琵琶骨，红花鬼母用最好的驳骨续筋之术给他医治，用药培补，经过三年，琵琶骨才慢慢生长，完好如初。可是骨虽可补，元气却已大伤，加以三年来荒废武功，更是大不如前。这一来此消彼长，白石道人竟与金独异旗鼓相当，打成平手！

武当派的剑法原是上乘剑法，十二个大弟子又都是本派中出类拔萃的人物，慕容冲带进观中的卫士，竟自抵挡不住，渐渐给迫到一隅。慕容冲引吭长啸，把留在观外监守的卫士都招了进来。以众凌寡，形势又是一变！

混战一会，靠近道观大门的卫士忽然喊道："城中起火！"原来是玉罗刹与铁珊瑚领了几十个女兵，混入难民之中，给他们领头，将县衙一把火烧了，抢到武器和城中的驻军大打起来，饥民越聚越多，片刻之间，已是过万！要知这班饥民，平时不敢与官军作对，一来是因为受欺压过久，但凡能忍的也就忍受过去；二来是无人领头，不敢闹事。而今在饥饿线上，不闹事便得饿死，大家都舍命拼了；加以有人领头，人一多胆气便壮，过万饥民，聚集起来，犹如洪水冲破堤防，浩浩荡荡，杀声震天，锐不可当。玉罗刹一剑冲入官军队中，把带兵的统领一把抓起，掷入火窟之中，官军登时大乱！

玉罗刹见局面已定，官军不是投降，就要全被歼灭，一笑杀出，把领导饥民围歼官军的任务交给了铁珊瑚，看看已过午夜，稍一思量，便向城西的清虚观疾奔而去！

再说慕容冲等见城中大火，杀声隐隐可闻，齐都吃惊。只道是哪一股盗匪，攻破了城。金千岩叫道："合力把叛贼捉住，武当派的不要理他。"这乃是分化之计。但武当派的众弟子都已斗得性起，哪肯让他们合攻岳鸣珂，又混战一阵，火光越大，杀声越高，金千岩舍了白石道人，猛扑岳鸣珂，卓一航也舍了对敌的卫士，挺剑拦截。岳鸣珂刷刷两剑，展出天山剑法的绝招"移星摘斗"，上刺双目，中刺咽喉，剑法凌厉异常，饶是慕容冲功力深湛，也迫得闪身躲避。岳鸣珂翩如巨鹰，陡然杀出，卓一航道："岳兄，你先走!"金千岩来截，岳鸣珂双手戴着金丝手套，不怕毒伤，左掌一震，将金千岩震得歪歪斜斜，立身不定。

卓一航欠身直进，一剑斜刺，将金独异手腕划伤，岳鸣珂已杀出重围，跳上屋顶，径自去了。金独异大怒喝道："卓一航是钦犯一伙，拿不着钦犯也要拿他!"双掌连环疾击，卓一航那一剑乃是乘岳鸣珂之势，论本身功力，却还不是金独异对手，给他一迫，险象环生，白石道人又给慕容冲截着，也正在吃紧。武当弟子虽有几人拼命杀出来救，可是金独异一招紧似一招，救兵未到，卓一航的宝剑已给他一脚踢飞，金独异哈哈大笑，一抓照卓一航顶心抓下!

金独异大笑未停，忽然另有一个娇媚清脆的笑声，好像银针刺来，把金独异的大笑压了下去，金独异面色大变，手足酸软，那一抓劲道大减，迟缓无力，卓一航一闪闪开，又喜又惊，抬头看时，玉罗刹已如紫燕掠波，从屋顶上疾掠下来!

金独异在三年前，尚且败在玉罗刹手下，何况如今功力已大不如前。玉罗刹一眼瞥见金独异，盈盈笑道："哈，你那贤慧妻子真好心，居然又放你出来了。你的琵琶骨已合拢了吗?"金独异这次原是背妻私逃，被玉罗刹一说，顿时想起妻子以前的话：若然不服管束再来江湖，就不理他的死活。心中更慌，舍了卓一航，夺门而走。玉罗刹笑个不停，手中剑却如闪电惊风，转瞬之间，刺伤好几名锦衣卫士，直向金独异刺去。金独异刚刚走出大门，给她一剑刺中足跟，一个滚地葫芦，跌下斜坡。慕容冲一声大吼，一拳照玉罗刹背心猛击，玉罗刹避强击弱，身形一起，呼的一声掠过慕容冲头顶，在半空挽了一朵剑花，杀下来时，信手又伤了两名卫士。玉罗刹的剑招，最为狠辣，所刺的全是敌人关节穴道，受伤的卫士痛得满地打滚，玉罗刹满场游走，俨如彩蝶穿花，东刺一剑，西刺一剑，片刻之间，受伤的卫士已有十二三名，剩下来的全都胆寒。玉罗刹掠过白石道人身旁，笑道："三年前斗剑之约还算数么？"白石道人哭笑不得，玉罗刹刷刷两剑，突然从白石道人胁下穿出，将和白石道人对抗的两名卫士刺伤，又翩然掠出。慕容冲气红了眼，一拳将一名武当弟子打翻，抢过来斗。玉罗刹忽地放声笑道："慕容冲，地下打滚的那些同伴尽够你收拾了，少陪少陪！"突然掠过卓一航身边，笑道："何苦在这里与他们缠斗？"双指一扣，一下扣着了卓一航手腕麻穴，疾如飘风地冲出门外。白石道人大声叫嚷，赶出看时，两人已消失在冥冥夜色之中。

白石道人怒道："罢了，罢了！"对慕容冲抱拳一揖，道："咱们两败俱伤，不必再打了。"慕容冲一看，岳鸣珂与卓一航都已走了，而且自己这边又伤了这么多人，再打也不是武当派的对手，只好罢了。

再说玉罗刹将卓一航带出数里路遥，放松了手。卓一航怨道："你这是干吗？"玉罗刹道："不是这样，也请不到你来了。"卓一航想起师叔们的固执，苦笑说道："他们还以为你把我掳去呢！你住在哪里？"玉罗刹想起"掳人""抢亲"的笑话，心魄一荡，道："你跟我来！"

卓一航跟玉罗刹走到明月峡时，已是破晓时分，云海中露出乳白色的曙光，晓风拂人，如饮醇酒。玉罗刹跑在前头，跃上山壁，正想招唤巡逻女兵，忽听得卓一航在下面尖叫一声，反身跃出峡谷。

正是：离合几番疑是梦，莫教真境也迷离。

欲知后事如何？请听下回分解。

第十九回

孽债难偿　问花花不语
前缘未证　对月月无言

　　玉罗刹身形一起，飞燕般疾掠而下，问道："什么事情?"卓一航刚刚奔到谷口，玉罗刹已到身旁。卓一航跳上一块岩石道："我似乎瞧见有人! 倏又不见，在峡谷里瞧不清楚，你上来看。"玉罗刹道："谁敢到此?"跳上岩石，四面瞭望，不见人迹，笑道："明月峡形势极险，敌人若敢单身到此，那就是送死来了，莫非是你眼花么?"卓一航道："你跳上山壁时，我偶然外望……"话未说完，玉罗刹忽然把手一扬，一片银光灿烂，向乱草之中掷去，原来玉罗刹耳聪目灵，只一瞥眼已发觉有人窥伺在侧，故作毫无防备，傲慢轻敌之言，分其心志，然后突然出手，将独门暗器定形针，渔翁撒网般地向敌人疾撒，心想: 你纵是顶儿尖儿的角色，也难逃我这飞针刺体之灾。

　　哪料飞针撒处，一片繁音密响声中，荆棘草丛里突然跳起一人，玉罗刹眼睛一亮，突见一朵大红花在眼前一晃，来人现出身形，竟是红花鬼母公孙大娘!

　　红花鬼母哈哈笑道："一别三年，你出手越来越辣了! 只是如此接待客人，岂非太过分么?"龙头拐杖顿地有声，笑得鬓边的大红花在晓风中乱颤!

玉罗刹吃了一惊，随即笑道："原来是你！你放着你那贼汉子不加管束，到此何为？难道是想与我再比一场么？"红花鬼母忽庄容说道："要不要比，那就全看你了！"卓一航急道："公孙大娘，你是武林前辈，一诺千金，三年前之约难道就忘记了吗？怎么又提起比试之事？"

公孙大娘道："我此来为的正是三年前之约，玉罗刹，我来向你求情了！"玉罗刹道："不敢！你挑明帘（明白直说之意）划道儿（你意欲如何尽管定下办法之意）吩咐下来吧！"红花鬼母说道："不错，我那贼汉子是偷偷溜出家了，但他出来不过几天，我知道他未做过恶事，请你手下留情，将他交回与我！我保他以后不再与你为难！"原来公孙大娘发现丈夫偷走之后，立即追踪，在广元城外碰见败逃的慕容冲，慕容冲诳她说："尊夫已被玉罗刹捉去了。你要讨人到明月峡向玉罗刹讨去。她在那里做山大王呢！"红花鬼母信以为真，救夫心切，竟然不问青红皂白，真的一口气赶到明月峡来向玉罗刹要人了。

玉罗刹听了红花鬼母道出来意之后，先是哈哈一笑，继而冷冷说道："你的贼汉子不在这儿！"红花鬼母道："慕容冲岂敢骗我？"玉罗刹抱剑当胸，并不答话，嘿嘿冷笑。红花鬼母怒道："你笑什么？"玉罗刹道："笑你溺爱不明，笑你好坏不分。你那贼汉子是何等样人？你难道还不晓得，他溜了出来，岂有不做坏事之理，就在一个更次之前，他还和慕容冲一道，攻打清虚观，要捉熊经略的参赞岳鸣珂。这不算做坏事么？"卓一航接口说道："可怜熊经略给奸阉害死，传首九边，冤沉海底，他们还不肯放过，还要斩草除根，他们知道岳鸣珂身上有熊经略的遗书，就不惜万里追踪，务必要去之而后快！他们毁了国家的万里长城，还要将熊经略所著的制敌之书，搜去献媚外敌！公孙大娘前辈，请问这是不是人天共愤之事？"公孙大娘和玉罗刹都还未知熊经略遭惨死之事，闻言吃了一惊，都道："这消息是真的吗？"卓一航道："如何不真？熊经略的遗书就在我这儿，公孙大娘你若想助尊夫得奸阉之宠，猎取荣华，我便将此书与你！"红花鬼母呼的一杖，将一块岩石打得石屑纷飞，怒道："你当我是何等样人？若你们所说是真，我那贼汉子任由你们杀剐，若然你们有半句虚言，嘿嘿，玉罗刹，那我可要和你再决个胜负！"玉罗刹道："你尽管再去查，哈，你信慕容冲的话，不信我的话，你查明之后，若不向我赔罪，你不找我，我也要找你决个胜负呢！谁还怕你不成？"红花鬼母满腹狐疑，心道：我且找慕容冲来和她对质。提起拐杖，飞身奔出山谷。

玉罗刹吁了口气，眼泪滴了出来，潸然说道："熊廷弼是个好人，这样惨死，真真可惜！"卓一航与玉罗刹相识以来，从未见她哭过，知她心中定是非常悲痛。玉罗刹以袖揩泪，忽然说道："小闯王之言不错，要靠朝廷抵御外寇，那比盼日头从西边出还难！"卓一航道："谁个小闯王？"玉罗刹道："那是一位顶天立地的英雄，将来替朱明而有天下，我看就是他了！"卓一航从未听过玉罗刹这样称赞别人，不禁大为惊奇！玉罗刹忽又说道："熊廷弼之死固然可哀，但也不见得除了他便无人能御外寇。"卓一航道："听'小闯王'这个绰号，想必又是一位绿林英雄了？"玉罗刹道："正是。"卓一航默然无语，半晌忽道："现今朝廷大军云集西北，陕西三十六烟尘全都扫灭，你何苦还在绿林厮混？"玉罗刹眉头一皱，忽又展眉笑道："我和你三年不见，一见面且先别争论吧。"撮唇一啸，招唤巡逻女兵，女兵出来迎接，玉罗刹与卓一航登上高山，绕着山寨巡视一周，卓一航见山寨虽小，却是依着险要的形势建筑，布置得甚为严密，山上奇峰突出，有如一头猛虎，张着大嘴，对着下面的峡谷，卓一航心道：这里真如世外桃源，料想官军极难攻入。

这时朝日方升，彩霞耀眼，俯视山谷，郁郁苍苍，深幽难测；

仰视峰巅，则云气弥漫，迷离变幻。玉罗刹吸了一口晓风，情思惘惘，携着卓一航的手，悄然问道："你真的要回武当山去当什么劳什子的掌门吗？"卓一航心魂一荡，道："师门恩重，我虽不欲为亦要勉力为之了。"玉罗刹噗嗤一笑，道："报恩也不一定要做掌门呀，比如，比如……"卓一航道："比如什么？"玉罗刹道："比如你找到一位武林中志同道合的朋友，结庐名山，精研武学。到他日有所成就，真能为你们武当派放一异彩，岂不也是报师恩之一法？请你恕我直言，武当派虽然名重天下，但你们前辈的达摩剑法失传，直到如今，却还未有惊人绝艺，足以服世传人的呢！虚声不能久恃，你即算为武当派着想，也该在武学的探讨上，好好做一番功夫。"卓一航听了，思潮浪涌，感触频生。首先感到的是：这一番话不是玉罗刹第二人也不会说。自紫阳道长死后，武当派确如日过中天，眼看就要由盛而衰的了。发扬与重振本门的武学，责任的是不容旁贷。继而想道：玉罗刹太过着重武功，却忽略了以德服人，这也绝非领袖武林之道。再而想道：玉罗刹这番话的意思，明明是想与我结为神仙伴侣，合籍双修，同研武功，寻幽探秘。我与她若共同探讨，以我派正宗的玄门内功，配合她妙绝天下的剑法，各采所长，预料必能为武学大放异彩。何况她不但武功卓绝，而且美若天人，若得与她同偕白首，真是几生修到。终于在心里叹了口气，暗道：怕只怕情天易缺，好梦难圆，看来这也只是一场春梦而已！几位师叔都把她当成本门公敌，除非我跳出武当门户，否则欲要与她结合，那是万万不能！何况我是屡代书香之后，父师遗训，也绝不能与绿林中的女魔头结合。真是辜负她如花美貌，可怜我福薄缘悭，与玉罗刹白头偕老之梦，只恐今生是无望的了！

玉罗刹见他垂首沉思，久久不语；哪知他的心中正如大海潮翻，已涌过好几重思想的波浪！玉罗刹低眉一笑，牵着他的手，问道："傻孩子，你想些什么呀？"卓一航抬起了头，呐呐说道："练姐姐，我何尝不想得一知己，结庐名山，只是，只是——"玉罗刹道："只是什么？"卓一航心中一酸，半晌说道："还是过几年再说吧！"玉罗刹好生失望，随手摘下一朵山岩上的野花，默然无语，卓一航搭讪笑道："这花真美，嗯，我说错啦，姐姐，你比这花还美！"玉罗刹凄然一笑，把花掷下山谷，道："这朵花虽然好看，但春光一去，花便飘零。不过好花谢了，明年还可重开；人呢，过了几年，再过几年，又过几年，那时白发满头，多美也要变成丑怪了！"卓一航心神动荡，知她此言正是为自己所说的"再等几年"而发，想起"如花美眷，似水流年"这两句话，不觉悲从中来，不可断绝！

玉罗刹见他眼角隐有泪珠，一笑说道："傻孩子，事在人为，哭什么呢？"挨过身来，卓一航闻得缕缕幽香，沁人欲醉，几乎按捺不住，欲把心怀剖诉，迷惘之中，几个师叔的影子，陡然从脑海中掠过，尤其是白石道人，更好像瞪着眼睛望着自己。心中暗道：我若不顾一切，与玉罗刹成婚，背叛师门的帽子必然被戴上头来，那时我还有何面目见武林同道。玉罗刹又揉碎一朵野花，抛下山谷，卓一航呆呆地看花片在风中飘落，忽然说道："练姐姐，你的容颜应该像开不败的花朵。"玉罗刹笑道："痴人说梦！普天之下，哪有青春长驻之人？我说，老天爷若然像人一样，思多虑多，老天爷也会老呢！咱们见一回吵一回，下次你再见到我时，只恐我已是白发满头的老婆婆了！"

卓一航给她说得心潮动荡，想道："玉罗刹真是个大有慧根之人，她读书不多，不会做诗，也不会填词，但信口说出来的话，除了没有协韵之外，简直就是绝妙的诗词。宋词云：'天若有情天亦老，摇摇幽恨难禁；惆怅旧欢如梦，觉来无处追寻！'又有句云：'叹几番离合，便成迟暮。'她说的话，不正就是这些词句的注释？而且说得比这些词句还更明白动人。"玉罗刹又笑道："到我白发满头之时，只恐你连看也不看我了。"卓一航明知玉罗刹用话挤话，要自己吐出真情，可是自己格于形势，万难答复，只好强笑为欢，把话拉开去道："到你生出白发，我就去求灵丹妙药，让你恢复青春。"玉罗刹叹了口气，想道："别人和你说正经话儿，你却尽开玩笑。"心头一酸，把话忍住。抬头一望，红日已上三竿，玉罗刹如在梦中悠然醒转，忽然"咦"了一声道："哎，日头都这么高了，怎么珊瑚妹妹还未回来?"卓一航喜道："铁珊瑚也在这里么?"玉罗刹点了点头。卓一航道："咱们叫她和鸣珂大哥相见，鸣珂大哥自熊经略死后，就心灰意冷，也该有个人安慰安慰他。"玉罗刹心道："你自己的事都管不了，却忙着管别人的事! 岳鸣珂要人安慰，我又何尝不要人安慰?"但她对铁珊瑚犹如妹妹，关怀之极，闻言甚喜，问道："那岳鸣珂呢?"卓一航道："我们昨晚本来同床夜话，后来听得慕容冲入观搜索，我就和他相约，叫他先行设法脱身，待那些人去后，再回清虚观和我相见。想不到你随后就来，一来就将我拉到这里。他找不见我不打紧，只怕我的师叔会迁怒于他。"玉罗刹道："我以前错怪了他，不知他还怪不怪我?"卓一航道："他知道铁珊瑚在你这儿，而你又是这样热心的月老，他欢喜还来不及呢。"玉罗刹想起以前做媒之事，面上一红。寨中巡逻的女兵巡到山后，见头领和这个少年客人谈得正欢，远远避开。玉罗刹忽然叫道："你们这几个人下山接铁寨主去吧!"

巡逻的女兵应声而去，卓一航道："不会出什么事吧?"玉罗刹道："城中的官军已全数覆灭，抢粮的饥民不下万人，就是再来几千官军也不济事。何况珊瑚妹妹近年武功精进，料想可以安然归来。"话虽如此，到底担心，和卓一航到前山眺望。

再说铁珊瑚带领饥民，犹如洪水冲破堤防，把城中的两千官兵，杀得死的死逃的逃，把县衙也一把火烧了，饥民打开粮仓，只见堆得满满的，其中还有好几年前的陈粮，饥民大愤，将粮抢了，

卓一航笑道："这花真美，嗯，我说错啦，练姐姐，你比这花还美！"玉罗刹凄然一笑，道："这花虽然好看，但春光一去，花便飘零。不过好花谢了还可重开；人呢，过了几年，到了白发满头，多美也要变丑了！"

然后再抢城中大户，闹到天明，每个饥民都抢了一两袋粮食。这些饥民声势虽然浩大，到底不是有组织有训练的队伍，抢了粮食，心满意足，呼啸四散。铁珊瑚心想：可惜练姐姐只要女兵，要不然把这些饥民聚集起来，立刻可成一支义军，攻占州府！天亮之后，饥民十九散了，铁珊瑚集合带来的女兵，幸喜并无伤损，也便出城回山。

再说慕容冲在清虚观大败之后，一点受伤的东厂卫士，只被玉罗刹用剑刺伤关节穴道的便有十二人，再加上被武当派打伤的，总共不下二十名之多，没伤的只有十五六人，慕容冲大为丧气，叫没伤的人，每人背起一名伤员，几名轻伤的则互相扶持，摸下山去。

那时正是饥民在城中大闹，焚县衙、抢粮仓之际，慕容冲见城中火势正盛，不敢回到市区，从清虚观背面翻下山坡，在山边的丛林中歇息，看看东方渐亮，城中厮杀之声渐弱，正想派人入城探听，忽听得有呜呜响箭之声，三长两短，慕容冲喜道："好呀，应修阳他们居然平安无事，咱们不必入城探听了。"原来慕容冲这次出京，除了要追捕岳鸣珂之外，还有打听四川"匪情"的任务（其时张献忠和李自成都在四川境内）。自石浩走后，应修阳已替了石浩在锦衣卫中的位置，所以魏忠贤不但派出了东厂的总教头、宫中第一把好手的慕容冲，还派出了锦衣卫的统领应修阳，用意就是要锦衣卫和东厂作"厂卫"合作，共同追捕钦犯，打探敌踪。那晚慕容冲带人搜查清虚观，应修阳则在城中卫所留守，这响箭是他们约好的联络信号。慕容冲抽出响箭，射上天空，也是三长两短，过了片刻，应修阳和四名锦衣卫士，摸到林中。应修阳见东厂卫士，伤者累累，吃了一惊，问道："怎么，武当派的人居然和你们动手来啦？"慕容冲道："武当派的也还罢了，那女魔头也来啦。这些弟兄们十九都是她刺伤的。"应修阳道："咦，前半夜我还见她在城中带领饥民大闹，怎么下半夜又到清虚观和你们作对去了。"慕容冲咬牙说道："这女魔头来去如风，防不胜防，若不把她剪除，终是我们心腹大患！"

应修阳老奸巨猾，眉头一皱，计上心来，道："要剪除玉罗刹，此其时矣！"慕容冲道："你有什么妙法，说得如此容易？"说话之间，林边黑影晃动，慕容冲喝道："是谁？"晓色迷蒙中黑影爬上山坡，原来是阴风毒砂掌金独异。他昨晚中了玉罗刹一剑，伤了足跟，滚下山坡之后，便躲在山边的乱草丛中，见城中火起，不敢独自回城，直到此际听到了响箭之声，才走回来。

慕容冲道："金老怪，你的伤势如何？"金独异笑道："还好，没有变成跛子。"玉罗刹那剑刺中的不是致命之处，金独异虽然技艺稍荒，内功还在，敷上金创药后，运气调元，轻功虽然受了些少影响，行动却已如常。

金独异见这么多人受伤，不禁咋舌，恨恨说道："不把那女魔头千刀万剐，难消我心头之恨！"慕容冲笑道："可惜嫂子不肯帮忙。"金独异道："别提她啦，只怕她还要把我追回去呢！"红花鬼母昨日寻到城中卫所，恰值金独异已被慕容冲遣他到清虚观附近埋伏，所以红花鬼母被骗到明月峡之事，金独异尚未知道。应修阳笑道："嫂子已来了呢！"金独异打了一个寒战，道："你们见着她了？"慕容冲道："昨晚没空说给你知，她此刻与玉罗刹正在动手也未可知。"金独异听了慕容冲所说，跳起来道："唔，你们不知她的脾气，若然给她知道你们弄假，那时只恐她不找玉罗刹的晦气反而要来找你们的晦气了。"慕容冲口中笑道："不至于吧！"心中却是暗惊。应修阳道："别愁，我有办法。"慕容冲道："好，你刚才说到剪除玉罗刹之法，请道其详。"

应修阳道："玉罗刹将卓一航掳去，你是亲见的了？"慕容冲道："不错。"应修阳道："卓一航是武当派的掌门，掌门被掳，乃是奇耻大辱，尤其是武当派的几个长老最爱面子，咱们不如与白石道人讲和，化敌为友，联同去攻明月峡。"慕容冲自负是一等一的高手，响当当的好汉英雄，闻言皱皱眉头，道："若然如此，纵算除掉了玉罗刹，也教天下英雄笑话！"应修阳给他一说，甚不舒服，但慕容冲武功权职均在他上，受了抢白，只好哑忍。

金独异笑道："其实与武当派联手也很不错，不过慕容大哥既不喜欢，咱们另想法子。"应修阳眼珠一转，道："咱们不凭外力，也可除她！"慕容冲摇了摇头，道："咱们带来的卫士，伤亡过半，而且城中民变，她的势力更大，要想除她，谈何容易！"应修阳道："慕容大哥知其一不知其二，饥民虽云声势浩大，却是乌合之众，抢了粮食，必然四散。昨晚我在城中偷看，玉罗刹带来的女兵，数不满百，就凭我们这班没受伤的兄弟，也不惧她！"慕容冲道："百余女兵，自不足惧，但玉罗刹呢？难道你的铁拂尘就敌得住她的宝剑吗？"

应修阳面色尴尬，干咳一声，笑道："我自然不是玉罗刹对手，但慕容大哥，你总不至于对玉罗刹认输吧？"慕容冲道："若然大家各凭真实本领取胜，那她不是我的对手。只是她轻功妙绝，我是无法奈何。"慕容冲内功深厚，神拳无敌，说的倒非夸大之辞。应修阳笑道："这就是了。昨晚你们所吃的大亏，全因武当派那班道士与你们作对，要不然只凭玉罗刹一人，那她自保不暇。"金千岩道："啊，我知道应大哥的意思了，咱们赶先一步，在明月峡前面险要之地截她。"应修阳道："是啊！咱们这班未受伤的弟兄，尽可对付她的女兵。慕容大哥和金大哥二人联手，玉罗刹轻功虽妙，也难逃脱。小弟不才，凭着这枝铁拂尘堵截，总也还可以和她交手几个回合。我偷出城之时，见她正集合女兵，想必现在就要撤回明月峡了。"慕容冲道："咦，她又回到城中去了？"他不知应修阳是误把铁珊瑚当成玉罗刹，心中暗暗吃惊，想道："她转眼之间，又从清虚观回到城的中心，那轻功岂不是到了不可思议之境！"但转念一想，以自己的本领，最少可和她打成平手，金独异虽然丢荒三年，武功稍逊一筹，也还是个一流好手，更加上应修阳，那么算玉罗刹本领再高，也未必逃得出自己掌下。当下立即点了十五名卫士，抢去堵截。应修阳又对留下守护伤员的卫士吩咐一番，笑道："一切准备停当，而且不论金嫂子是否识穿慕容大哥的谎话，我也有办法叫她再到明月峡去。金大哥，那你就更不必担心啦！"金独异大喜，当下一行人就在东方还未大白之际，便立即抄小路，走捷径，赶到明月峡前。

再说铁珊瑚带领百名女兵，兴高采烈地离开广元，将劫得的金银珠宝，用两匹马驮，押回山寨。一路上都有老百姓送茶送饭，行程耽搁，走了一个时辰，入了山区，才没老百姓出来。铁珊瑚抬头一望，日头已像火球一样，升了很高，笑道："练姐姐一定等得急了。"

再走一程，进入外面山口，两峰夹峙之间，形成盘谷，两边怪石林立，山茅野草，高逾半身，铁珊瑚道："马儿不能上山，将金银包裹卸下，把马儿放到谷中吃草吧。"话刚说完，忽听得呼啸之声四起，乱石丛中骤然涌出许多健汉。金独异一马当先，阴恻恻地笑道："哈，原来是铁姑娘，玉罗刹呢？"铁珊瑚大吃一惊，玉箫一点，金独异横掌斜劈，铁珊瑚道："金老怪，你敢放肆，我爹爹绝不能饶你！"金独异手掌一缩，应修阳叫道："管她的什么爹爹，铁老儿还在山西，咱们先把他的女儿擒下，谁叫她和那女魔一路！"金独异不见玉罗刹，又怕铁飞龙也在这儿，若他和玉罗刹联手寻仇，那可难于抵御，闻言放下了心，张开蒲扇般的大手，一抓向铁珊瑚当头抓下。

铁珊瑚斜身一跃，反手点倒一名卫士，女喽兵纷纷涌上。铁珊瑚随玉罗刹三年，轻功进步不少，而金独异却因脚踝受伤，腾挪之际，不若以前灵活，这一抓竟给铁珊瑚避开。

铁珊瑚大叫："散开，速退！"应修阳哈哈大笑，率先冲入女喽兵队中，那些女喽兵虽然训练有素，却敌不住东厂卫士的勇武，混战中只听得尖叫之声与衣裳碎裂之声乱成一片，铁珊瑚蓦地飞身上马，把马背上的包裹骤掷下来，金银珠宝，满地滚动，那些卫士眼睛发亮，有些人便抢拾珠宝，慕容冲叫道："先歼敌人，后拾珠宝，违令者斩。"缓了一缓，铁珊瑚双腿一夹，胯下的战马长嘶一声，冲入了第一道谷口，明月峡在群山之中，峰峦起伏，形成许多山谷，有如重门叠户，铁珊瑚心想：只要冲进第三道谷口，大声叫喊，玉罗刹便可听到了。

这时女喽兵四散，各自爬上两旁山壁，应修阳道："擒贼擒王，快追那雌儿！"金独异道："是啊！将这丫头擒了，不愁引不出玉罗刹来！"明月峡峭壁陡立，爬上去要费许多气力，而且在上面打斗，轻功好的也占便宜。慕容冲听得金独异叫喊，一想不错，该把玉罗刹引下来。本来他不屑亲手擒拿一个无名的少女，这时也急急抢了一匹战马，随后追赶了！

山谷底下怪石嶙峋，铁珊瑚路熟，策马飞逃，从山茅野草中冲过，那些山茅野草，状虽可怖，地底却没有尖利的石头，铁珊瑚以玉箫拨开茅草，看看就快冲入第二道山口，慕容冲放马追赶，冷不防碰着一块平地突起如刀剑的利石，马儿惨嘶一声，扑地倒下，铁珊瑚已进了第二道山口。

慕容冲大怒，翻身一滚，迅即跃起，手中拾了几块尖石，连珠猛发，慕容冲腕力惊人，相距百步，居然给他打中，铁珊瑚的马也惨嘶一声，四蹄屈下，铁珊瑚给摔下马来，寂然不动。

金独异叫道："不要弄死这个丫头！"慕容冲暗道："这丫头武功怎么这样不济，莫非真个死了？我只要拿她来引出玉罗刹，可不想多惹铁飞龙这个强敌。"上前察看，忽地微风飒然，几枝冷箭骤然射到，原来是铁珊瑚的玉箫之中，藏有短箭，铁珊瑚伏地一吹，把短箭吹出，离地数寸，疾射慕容冲左右膝盖，慕容冲冷不及防，急闪避时，左边腿弯已中一箭。慕容冲称雄半世，却着了铁珊瑚的暗算，正是三十年老娘倒绷孩儿，气得哇哇大叫，双指一钳，把短箭拔出，大声叫道："你插翼上天，老子也要把你捉下来！"飞步急追，这时铁珊瑚已进入第三道山口，慕容冲、金独异与应修阳从三面追来，相距已经不到二十步了！

正是：幽谷无人谁援手，荒山狼虎苦相追。

欲知铁珊瑚能否脱险，请听下回分解。

忽然脚底一阵震动，山上响起轰轰之声，
霎时间磨盘大的山石和冰雪杂在一道，滚滚
而下。

第二十回

一曲箫声　竟成广陵散
多年梦醒　惭作未亡人

　　铁珊瑚把玉箫凑在唇边，鼓气一吹，箫声几个转折，越吹越高，清峻之极！金独异道："哈，你还有闲心吹箫。"忽然脚底一阵震动，山上响起轰轰之声，应修阳大叫："不好，雪崩！"霎时间磨盘大的山石和冰雪杂在一道，滚滚而下。原来明月峡两边山峰的积雪，正在这春暖花开的时候，解冻雪融，每年解冻之时，山口都要被山上倒塌下来的山泥石块所封。

　　慕容冲等三人武功卓绝，在满山雪块飞滚之中，腾身跃下山谷，耳际轰轰之声，震耳欲聋，尘砂弥漫中只见铁珊瑚拼命飞奔，慕容冲大叫一声："哪里走！"双臂一振，平地掠起，凌空扑下。铁珊瑚再把短箭吹出，慕容冲已有防备，横空一掌，把短箭打落，左手往下一扑一抓，抓着了铁珊瑚颈项，铁珊瑚顿时半身麻木，动弹不得，叫道："练姐姐快来！"慕容冲笑道："我就是要等你的练姐姐！"雪崩之声渐止，慕容冲回头一看，山口已被山泥岩石堵塞，非有绝顶轻功，不能从峭壁那边爬下来，除了金独异和应修阳已进入山谷外，其他卫士都被阻隔在山口之外。

　　慕容冲挟起了铁珊瑚，愁道："弟兄们都被拦在外面，若然玉罗刹带女喽兵杀下，咱们可是寡不敌众！"应修阳道："既然擒了这个丫头，不如先回去吧。玉罗刹这女魔头自恃武功，胆大包天，她的义妹在咱们手中，她一定会舍命来救。那时咱们反客为主，以逸代劳，更占便宜。"慕容冲道："好，那么咱们快爬山走吧。"三人攀登峭壁，慕容冲武功卓绝，轻功虽然不及玉罗刹佳妙，亦自不凡，挟着铁珊瑚攀登峭壁，仍然如履平地。应修阳武功稍逊，但空手攀援，也能亦步亦趋。只是苦了金独异，他武功虽高，脚踝所中的剑伤尚未完全平复，在平地行走，尚没什么，跳跃攀援却是不便，走几步，歇一歇。慕容冲甚不耐烦，对应修阳道："你扶他一把吧。"应修阳的轻功仅能自顾，要他扶人，心中不愿，为了慕容冲命令，只能硬着头皮，回头助人。慕容冲歇脚等候，胁下挟着的铁珊瑚忽然尖叫一声，慕容冲喝道："你找死么？"抬头一看，忽见山峰上有一条人影，疾若星丸，飞跃而下，金独异惊道："是玉罗刹来了！"慕容冲点了铁珊瑚穴道，放在一边，凝神待敌，只见山峰上不是一条人影而是两条人影，先头的一人在另一边，并不下来，而是疾掠过一个个的峰头，向明月峡那边主峰奔去，这人看来似是女人，另一条跃下来的人影在危岩怪石之间隐现，面形虽然还未瞧得十分清楚，但却显然不似女人。

　　再说玉罗刹和卓一航走到山头眺望，忽听得山风中送来的闷雷之声，玉罗刹叫道："前山雪崩啦！珊瑚妹子一定被阻在外面了！"正想下山，忽见对面山头，一条人影飞奔而来，定睛一看，却是红花鬼母。卓一航说道："红花鬼母再来，必是受人蛊惑，练姐姐，你可得当心。"玉罗刹道："你在这里候她，我回山寨一转便来。"反身奔回山寨，卓一航独立山头，霎眼之间，红花鬼母已是声到人到。

　　原来红花鬼母黎明时分离开了明月峡后，对玉罗刹的话将信将疑，一忽儿想道：我那贼汉子屡劝不改，做出坏事来亦未可料，一忽儿想道：不会呀不会，他偷溜出来，没有几天，而且第二天我便跟踪追他，他哪能腾出时间和慕容冲他们商量作恶。殊不知金独异

在盘磨大的山石和冰雪滚滚而下，尘砂弥漫中，只见铁珊瑚拼命向前飞奔。

这次逃出，乃是暗中和应修阳他们定谋，趁着红花鬼母访友之时，偷偷溜出来的，他们是早有接应的了。

红花鬼母猜疑不定，心道：玉罗刹既说他到过清虚观，我且到清虚观问问。红花鬼母不知白石道人便在清虚观中，见面之下，几乎惹出一场大打。在双方骂战中，红花鬼母已探得自己的丈夫确实到过清虚观，但也确实是被玉罗刹所刺伤。白石道人骂道："谁有空给你管汉子，跑到这里来找汉子，真是天大的笑话！要找汉子你向玉罗刹要去，哼，哼，玉罗刹的宝剑可不留情，你的汉子已遭了那女魔头的毒手啦！你找她，她也未必还得一个活的给你！"白石道人挫败之余，虽然观中弟子众多，心中对红花鬼母，却是内怯，所以故意用话挑拨，实行移祸江东之策。

红花鬼母救夫心切，无心与武当派再斗，闻言奔出道观，走出道观门口才触起一事，回头问道："那个什么岳鸣珂呢？"白石道人面色一沉，道："谁与你管这么多闲事，不知道！"武当的弟子砰然把大门关了。红花鬼母好不生气，本待再跳入观中，可是回心一想：丈夫的生死未明，既知他是被玉罗刹所伤，何必还在这里和白石这厮纠缠。

红花鬼母急急下山，又到城中卫所找慕容冲，其时抢粮的饥民已散，那些受伤的卫士已被抬回卫所，红花鬼母一到，便听得凄惨呼号之声，先自心惊肉跳，入去一看，只见受伤的十居八九，都是穴道关节之处，被剑刺伤，这明明是玉罗刹的手法了！红花鬼母不见慕容冲，也不见应修阳，便问留在卫所中的卫士，那些卫士早得了应修阳的指教，答道："慕容总管和应都头去救金爹啦！你老人家到明月峡去吧。"红花鬼母道："为什么要到明月峡？"留守的卫士道："咦，你老人家还不知道吗？金老前辈被玉罗刹刺伤，生擒去啦！"红花鬼母道："那个什么岳鸣珂呢？哎，还有，熊经略是否被朝廷杀了？"卫士道："岳鸣珂？嗯，是有那么一个岳鸣珂！可是这样的无名小卒，你老人家怎么会知道的呀？他趁着统帅被朝廷处死，偷了应该没收入国库的东西，朝廷要追赃哩。不过，我们可不是专为追捕他来的。至于熊廷弼为什么被处死，那，我们就不清楚了。听说是通番卖国的罪名哩。"红花鬼母听完，立刻出城，向明月峡飞奔而去。

将近明月峡时，红花鬼母已遥见追敌的卫士，急忙赶上去问，忽听得轰轰然如雷鸣如爆石的雪崩之声，其时金独异和慕容冲已进入第三道山口，红花鬼母刚进第一道山口，闻声知是崩雪封山，拦住落后的卫士一问，那名卫士正是应修阳的徒弟，狡猾不减乃师，答道："咱们来救金爹，在路上就和她的女喽兵打起来了。你老人家来好极啦，崩雪封山，我们过不去，你可以攀登山顶，绕过山口到明月峡去。"红花鬼母一听不错，避开正面的雪崩之处，施展上上轻功，攀上山峰。在她上到峰巅之时，正是慕容冲他们爬上峭壁的时候，峭壁上突出来的岩石和在石隙中伸出的藤蔓正把慕容冲他们遮着，因此红花鬼母一点不知丈夫便在下面。而且，适值此时，红花鬼母忽又见一条人影，在侧面山峰出现，疾逾流星，飞下幽谷，红花鬼母心道："这份轻功的确超凡绝俗，看来与玉罗刹乃是伯仲之间。不知竟是哪位世外高人来了？"红花鬼母暗数江湖上的各派名家，无人有此本领，因此竟疑心不知是哪位隐居的前辈高人。红花鬼母若在平时，见此高人，必定会追下去相会。可是此刻她一来是救夫心切，二来又不知此人是敌是友。是敌固然有一番厮杀；是友也有一场寒暄。明月峡就在面前，红花鬼母哪还有闲心在此耽搁。看那黑影飞下幽谷，她也提一口气，在山顶上疾掠轻驰，过了一个个的山峰，直到明月峡山上玉罗刹的大寨。

此时卓一航在山头眺望，心中惴惴，红花鬼母声到人到，喝道："玉罗刹呢？"卓一航躬腰问道："老前辈重来，有何指教？"红花鬼母道："不干你事，你叫玉罗刹来！"卓一航道："老前辈，你稍待一会，她就出来。"红花鬼母见寨门紧闭，道："哼，你是替她施缓兵之计，老娘可不上你们的当。"红花鬼母以为玉罗刹自知理亏，不敢见她，关上寨门，要偷偷地从山寨后溜下山去。心头急躁，左掌一推把卓一航推开，奔上前去，暗运内家真力，呼的一拐，把寨门打裂，运掌一劈，寨门倒下，女喽兵纷纷逃避。玉罗刹飞奔而出，大怒喝道："红花鬼母，你敢打崩我的寨门！"刷刷两剑，直刺红花鬼母前心，红花鬼母震拐一挡，玉罗刹已疾如飞鸟般掠过她的头顶，抢上高地，喝道："来，来，来，咱们再斗三百回合！"红花鬼母反手一拐，喝道："玉罗刹，你敢骗我，把人还我，要不然今日决不与你干休！"玉罗刹明知她必是被人欺弄，但恨她打塌寨门，气在头上，也不详加分辩，冷笑喝道："你不替我修好寨门，我认得你，我的剑认不得你，就是你想干休我也决不与你干休！"说话之间，手中宝剑已连发了六七个辣招，真是快速之极！

红花鬼母大怒，龙头拐杖横扫直格，呼呼挟风，便在山寨之前与玉罗刹大战起来！

红花鬼母救夫心切，又恨玉罗刹对她无礼，这回竟是拼命厮杀，拐重如山，玉罗刹在明月峡苦修了三年内功，兀是感到招架不易。可是玉罗刹轻功卓绝，红花鬼母打得砂石纷飞，却也打不着她！玉罗刹忽而笑道："哈，三年多来，没有这样痛痛快快打过了！"棋逢对手，精神倍长，把独门剑法使得凌厉无前，剑式展开，夭矫如神龙飞舞，击刺撩抹，乍进乍退，候上候下，时实时虚，无一招不是暗藏几个变化，无一招不是妙到毫巅。红花鬼母强攻不下，大怒喝道："好，我与你拼啦！"拐掌兼施，打得越发凶猛，那枝龙头拐杖，劈扫盘打，恰如骇电惊霆，无一招不是奔向玉罗刹要害，左掌更用排山掌力，荡气成风，震歪玉罗刹的剑点，卓一航在旁边看得十分着急，大叫："有话好说！金老前辈确是不在这里！"两人厮拼正烈，哪肯收手，连分神说话都不愿意，双方以攻对攻，不到半个时辰，已拼了三百多招了！

这番激战与前次在秘魔崖之战，又不相同。上次有白石道人与铁飞龙先挡两阵，耗了红花鬼母体力，又有岳鸣珂的手套护着，才让玉罗刹捡了便宜，这回却是双方都用本力厮拼，玉罗刹剑招虽狠，轻功虽妙，内家真力不如对方，厮拼一久，渐觉呼吸紧促，处在下风。

卓一航焦急无计，要插手也插不进去，蓦听得红花鬼母喝道："着！"龙头拐杖往上一抽，顺势反展，疾如闪电，把玉罗刹的宝剑压在下面，左掌反手一扫，捆向玉罗刹面门！女喽兵惊呼中忽听得玉罗刹一声娇笑："不见得！"也不知她使个什么身法，在间不容发之际，居然从红花鬼母杖底钻出，反手一剑，以牙还牙，剑尖又指到红花鬼母心窝。原来玉罗刹自秘魔崖一战之后，把红花鬼母认为平生劲敌，苦心积虑要破她的杖法，虽因内家真力不如对方，破她不了，但对她的杖法路道已经摸熟，临危之际，仗着轻功卓绝，在她两招相接之际，骤然逃出！

红花鬼母满以为这一下玉罗刹绝难逃避，哪料仍然给她逃脱了，不觉起了爱才之心，想道："这女娃子年纪轻轻，能练到这般本领，也真不容易，只要她不曾把我那贼汉子杀害，我还可饶她。"拐杖一荡，把玉罗刹的宝剑荡开，双方缓了一缓，红花鬼母喝道："我那贼汉子是死是活？你说不说？"玉罗刹笑道："他是死是活，我怎知道？"红花鬼母气往上冲，道："不是你把他刺伤了么？你怎么不知道？"玉罗刹道："不错，是我把他刺伤了，他给我刺伤之时，当然还是活着，现在是死是活，我就不知道了。"

红花鬼母心头一疼，以为丈夫是被玉罗刹擒了，伤重将死，所以玉罗刹如此说法。大叫道："你与我到寨里去看，若他未死，赶快施救，若然死了，哼，那可得要你的命抵偿。"玉罗刹冷笑道："你有本事就自己进去！"横剑当胸，蓄势待发。卓一航急又叫道：

"金老前辈确是不在这儿!"红花鬼母瞋目喝道:"在哪里?"卓一航道:"他昨晚中了一剑,滚下山坡,想是回到城中找慕容冲去了。"红花鬼母道:"胡说,慕容冲就在外面山谷,现在被雪崩所阻,等下便到,他若回到城中,慕容冲怎会还到这里救他?"玉罗刹心中一震,心道:"我只图自己痛快,与她打架玩耍,不料慕容冲他们杀来,只怕珊瑚妹妹被他们追到,珊瑚妹妹可不是他们对手。"急道:"既然如此,那么马上找慕容冲对质,岂不是省事得多!"红花鬼母冷笑道:"救人如救火,他给你的剑刺伤穴道要害,我哪有闲功夫和你去找慕容冲?"玉罗刹哈哈一笑,道:"谁说我刺伤他的穴道要害了?你的汉子武功也非平庸之辈,老实说,我是想刺他的穴道要害的,可是他闪得倒快,大约只是给剑尖刺伤脚踝,你急什么?"红花鬼母道:"你话当真?他确是不在这里?哼,玉罗刹你可别骗人啦,今朝我问你时,你为什么不提他受伤之事?"玉罗刹哈哈笑道:"这点小事,也值得提?我问你,你失招丢丑之事,可愿随便提么?"红花鬼母道:"什么?我几时失招丢丑了?你是提上次秘魔崖之事么?那次你们是车轮战,不能算数。"玉罗刹笑道:"我只是打个比方,你的汉子,目前武功已远不如我,我还刺不中他穴道要害,不是失招丢丑么?提起来我都不好意思。"红花鬼母又好气又好笑,心道:"哼,你居然如此自负!"但这么一说她倒相信了。道:"好,那么咱们马上去看!"

不料玉罗刹却冷冷说道:"不成!"红花鬼母诧道:"不是你自己说要找慕容冲对质的么?"玉罗刹道:"不错!但你打塌我的寨门,可先得向我赔礼,至于重修之事,那我可让你见了慕容冲对质之后再说。"红花鬼母气往上冲,拐杖一顿,道:"玉罗刹,你对我如此戏侮?"玉罗刹道:"我是一寨之主,打塌我的寨门,就等于推翻皇帝的龙床,撕碎镖局的镖旗,你懂不懂江湖规矩?赶快赔礼,咱们好去找人。"红花鬼母一怔,江湖上的规矩确是如此。可是事未分明，丈夫在不在她的寨中尚未可知，怎拉得下这个面子，向她低头赔礼？怒道："你要我赔礼么？行！你再来斗斗我这枝拐杖，我的拐杖若然低头，我也向你低头。"卓一航大急，颇怪玉罗刹节外生枝，哪料玉罗刹强项之极，冷笑道："那么咱们就再斗三百招！一航，你到前山去看，看珊瑚妹是不是回来了？"

红花鬼母大怒，拐杖一挥，一招"平沙落雁"，扫腰击腿。玉罗刹道声"来得好！"霍地晃身上跳，龙头拐杖在她脚下一掠而过。玉罗刹身子悬空，招数却丝毫不缓，一招"白虹贯日"，凌空下击，红花鬼母横杖一挡，呼的一声剑拐相交，玉罗刹整个身子反弹起来，趁势斜掠出数丈之外。忽听得阵阵箫声，隐隐传来，音细而清，俨若游丝袅空，若断若续，似从天外传来，又似云间飘下，玉罗刹面色倏变，红花鬼母一拐打来，玉罗刹一闪闪开，叫道："好，赔礼之事，也可让你与慕容冲对质之后再说。"红花鬼母道："我是任你戏耍的吗？"举拐欲击，箫声清越，红花鬼母也听到了，只觉那箫声中似含着无限哀怨，又似非常激愤，红花鬼母心头一震，不觉问道："谁人在此吹箫？"玉罗刹道："铁飞龙的女儿铁珊瑚，雪崩封山，她想必是被困住了。"卓一航道："若是金老前辈受伤不重，想必也会与慕容冲同来的，哎呀，不好！"他是想到铁珊瑚必被困住，如何脱得慕容冲他们的魔掌。红花鬼母心头一震，心中也叫了一声："哎呀，不好！"暗道：我满心以为那贼汉子在玉罗刹这儿，完全没想到他会和慕容冲同来，若然他真的来了，剑伤新创，怎逃得了雪崩之灾？忽而又想道：若然他真的来了，哎呀，那不是玉罗刹所言非假，他一出家门便又干坏事了？呀！那我怎样向玉罗刹交代？亲手废了他，还是任由玉罗刹凌辱？哼哼，不行，到底是几十年夫妻！哎呀，不行，包庇他也不行，那岂不永让武林笑话？

红花鬼母思潮起伏不定，玉罗刹听了铁珊瑚的箫声，心急如焚，暗中责骂自己，不应与红花鬼母纠缠，晃剑飘身，叫道："你不去我也去了！你有厚脸皮，就在这里欺负我的女兵吧！"红花鬼母道："呸，事情非到水落石出，你飞到天边，我也跟你！"拐杖点地，身形疾起，紧跟在玉罗刹后面。其间只苦了个卓一航，运用了全身本领，仍是落后数十丈之遥。

再说岳鸣珂昨晚逃出清虚观后，就伏在山林之中，到了四更时分，林中脚步声大作，只见慕容冲他们一大堆人都走下山，每人背着一名受伤的同伴。岳鸣珂心道：咦，白石道人居然还不错哩，慕容冲他们吃了武当派的大亏了。他不知玉罗刹已经来过又去了，只因下山的方向不同，所以没有看见。

岳鸣珂连日奔波，又在激战之后，精神困倦，见慕容冲他们走远，松了口气，心道：我且稍睡片时，待天明之后，再去向白石道人请罪，并与卓兄最后道别。也不知睡了多少时候，忽被声音惊醒，岳鸣珂躺在两块岩石之间，从石隙中望出，只见一个相貌奇丑的老女人，鬓边插着一朵大红花，口中喃喃有声，纵步如飞，向城中的方向奔去。

岳鸣珂凛然一惊：莫非此人就是红花鬼母，看她轻功超妙，不在自己之下，倏眼不见。岳鸣珂跳了出来，整了衣冠，再上山去叩清虚观的大门。

白石道人给玉罗刹与红花鬼母先后一闹，正自气恼非常，不料红花鬼母刚走，岳鸣珂又来，白石道人一见，怒从心起，岳鸣珂依谒前辈之礼，对白石道人抱拳作揖，问道："卓兄无恙么？"白石道人怒道："你们不是和玉罗刹那妖女在一起吗？"岳鸣珂道："什么？"白石道："你还作什么假惺惺，玉罗刹把我们的掌门人掳去啦！"岳鸣珂奇道："真的？有这样的事？那么玉罗刹也在广元了？"白石道人越发生气，骂道："岳鸣珂，你这小辈真是胆大妄为，你陷害我们的武当派与官家作对还不算，又勾结玉罗刹戏侮我们！"掌门人被"俘"，那是一派的奇耻大辱，所以白石道人悻悻然见于辞色。岳鸣珂恭腰答道："昨晚之事，小辈该向你老赔罪。只是与玉罗刹勾结之事，那却是前辈误会了！"白石道人嗖的一声拔出长剑，喝道："就凭昨晚之事，你便该吃我一剑！这样大事，岂是赔罪得了！"白石道人的连环夺命剑法迅捷之极，说话之间，连进数招，岳鸣珂迫得拔剑一挡，当的一声，将白石道人的长剑震开，白石道人叫道："众弟子还不速上！"岳鸣珂虚晃一剑，跳出大门，如飞而去，白石道人追之不及，只好自己生气！

岳鸣珂自熊廷弼死后，本已心灰意冷，几次三番想削发为僧，归隐天山，只因心头上还有一个铁珊瑚，委决不下。自那次玉罗刹鲁莽提亲，岳鸣珂措辞不当，被铁飞龙父女听到，铁珊瑚一气而走之后，岳鸣珂深自引责，内疚之极，立誓要找到铁珊瑚向她赔一句罪，这才心安。因戎马匆匆，此愿无由实现。而今听得玉罗刹昨晚出现，想道："玉罗刹既在此地，她必能知铁珊瑚下落。她虽与我不和，我也要找她问去。"于是岳鸣珂下山探问，玉罗刹在明月峡，广元的居民十九知道，岳鸣珂问明了去明月峡的路，便立刻动身。其时红花鬼母也正从城中卫所出来，向明月峡前去。岳鸣珂与红花鬼母一先一后，两人都不知道。

岳鸣珂将近明月峡时，也遥见谷底追敌的卫士，并见山坡上有逃避的女喽兵，大为惊奇，截着一个女喽兵询问，女喽兵见他不是卫士，问他是谁。岳鸣珂道："我是你们练寨主的朋友。"女喽兵适才见他登山时迅逾猿猴，料是武林中的高手，喜道："那么你快去救我们的铁寨主吧！她被鹰犬所追，正进入那边山口。"岳鸣珂跳起来道："谁？"女喽兵道："你不认得我们的铁寨主吗？她是西北铁老英雄的女儿，小名叫做珊瑚。"话未说完，岳鸣珂已如飞冲去，宛似一团白影，隐现在危岩乱石之间。

岳鸣珂的轻功与玉罗刹几在伯仲之间，追敌的卫士眼力好的，只见山坡上一团东西一掠即过，也不知是鬼是人，更说不到敢上去拦截了。

岳鸣珂奔入第一道山口之时，正是铁珊瑚刚踏入第三道山口，第一次吹箫向玉罗刹报警的时候，那次吹了几声，便被雪崩所阻，玉罗刹没有听见（玉罗刹听到的是第二次箫声），但岳鸣珂却听到了。

岳鸣珂一听箫声，心中狂喜，喃喃语道："谢天谢地，果然是她！"猛然间山谷里响起巨大的雷鸣声，万峰回应，震耳欲聋，岳鸣珂在西北长大，知是雪崩，急向山顶高处跃去，过了一阵，雪崩渐止，岳鸣珂急急跃过几个峰头，遥见第三道山口已被雪封，再极目远眺，前方无人，想道：珊瑚妹妹必然是被困在下面的深谷了，若然敌人在雪崩之前也有窜入，那可不妙！吸一口气，施展绝顶轻功，从山顶上滑走下来，就在此际，红花鬼母在山顶上，离他数丈之地掠过，岳鸣珂听得风声，昂头一瞥，知是红花鬼母，颇为奇怪，心道：她才到清虚观，又来明月峡，奔奔波波，不知却是为何？但岳鸣珂救人心切，也懒得去理红花鬼母，手攀藤葛，脚点危岩，片刻之间，滑到山腰，忽听得慕容冲大声喝道："不许走来！"

岳鸣珂一眼瞧去，只见慕容冲一脸狞笑，胁下挟的正是他朝思暮想的铁珊瑚，岳鸣珂又惊又怒，长剑倏地出鞘，叫道："我与你拼了！"慕容冲提起铁珊瑚迎风一晃，笑道："很好，你进招吧！"岳鸣珂叫道："你敢伤她一根毫发，今日我与你们三人同丧幽谷！"金独异忽然喊道："咱们下去说。"原来金独异脚踝刺痛，应修阳扶着他，两人都感吃力。金独异心想，若是不把被雪崩封着的山口掘出路来，要想生出此山，只怕比登天还难。看岳鸣珂如此情急，不如拿铁珊瑚来要挟他，叫他代自己去央求玉罗刹，派女喽兵掘出一条路来。

慕容冲心中另有盘算：岳鸣珂乃是魏忠贤指定所要追捕的人，不但比铁珊瑚重要，比玉罗刹也重要得多。但岳鸣珂武功高强，自己虽不惧他，激战却是难免，即算合三人之力可以将他擒着，但也非一时半刻所能解决，那时玉罗刹带兵杀到，那可是逃脱不了。因此他也想拿铁珊瑚来要挟岳鸣珂。

岳鸣珂随他们三人下了峡谷，慕容冲冷笑道："岳鸣珂，你想怎么？"岳鸣珂见铁珊瑚面色惨白，头发散乱，衣裳破碎，心中不由得一阵阵难过，大声叫道："欺侮女子算什么英雄，你把她放了！"慕容冲冷笑道："哼，你说得好容易！你要我把她放走，除非你乖乖地随我回京面圣。"岳鸣珂瞧了铁珊瑚一眼，慨然说道："随你入京，未尝不可，不过我要先知道她伤势如何。"

慕容冲骈指一戳，解开铁珊瑚的穴道，铁珊瑚叫道："大哥，不要随他进京！"慕容冲笑道："你看她不是好好的，咱们公平交易，我断不会把她弄成残废来骗你入京。"岳鸣珂眼珠一转，心道：熊经略的遗书我已交给了卓一航，心中已是别无牵挂，拼着一死随他入京便了。只是珊瑚妹妹不知有否被他暗算，假如给他用内力震撼心脏，那虽保得一时，十天半月，也会身亡，非得看清楚不可，若然是受了伤，那就得赶快给她救治。铁珊瑚又叫道："大哥，不要上他的当！"岳鸣珂道："你吸一口气看看，看肋骨是否作痛？"慕容冲叫道："你岂有此理，我慕容冲岂是暗算妇人孺子之人！"铁珊瑚心念一动，吸了口气，故意说道："好像有点痛。"慕容冲面色一沉，道："你诈死！"铁珊瑚道："你让我吹箫给大哥听听。"岳鸣珂道："对啦，你吹箫试试，我听听你的箫声，便知你有没有受内伤了。"

慕容冲道："好，吹吧！"叫金独异道："过来！"将铁珊瑚拉过一边，对金独异道："你看着她，不要让她弄鬼！"金独异一手按在她肩头琵琶骨上，一手抵着她的后心，金独异的毒砂掌天下无匹，轻功虽因伤削减，掌力还是雄劲异常，双掌按在铁珊瑚要害之处，只要她稍有异动，掌力一发，即算铁珊瑚武功再高十倍，五脏六腑也要给他震裂！

慕容冲放开了铁珊瑚，抢在金独异与岳鸣珂之间，盯着岳鸣珂防他骤然发难，真可说是防范得十分严密，说道："好啦，贱丫头，你怎么还不吹呀？"

铁珊瑚心中无限凄酸，把玉箫凑到唇边，轻轻地吹将起来，其声甚细，渐渐越吹越高，箫声先是一片欢悦之音，好像春暖花开之日，和爱侣携手同游，喁喁细语一般。岳鸣珂不由得想起昔日和她万里同行，春郊试马的情景，不觉心神如醉。箫声一变，忽如从春暖花开的时日到了木叶摇落的深秋，有如孤雁哀鸣，寒蝉凄切，岳鸣珂想到她在江湖浪荡，孤独可怜，心中益增内疚。箫声再变，音调越高，其声愈苦，真如鲛人夜泣，三峡猿啼，悲哀中又隐有愤激之情。岳鸣珂想道：我真不该拒她婚事，弄得她如此伤心。箫声三变，音细而清，宛如游丝袅空，离人话别，若断若续，如泣如诉，又如听人咽泪长歌柳永的词："执手相看泪眼，竟无语凝噎。念去去千里烟波，暮霭沉沉楚天阔。多情自古伤离别，更哪堪冷落清秋节！今宵酒醒何处？杨柳岸、晓风残月！"箫声吹得人人都觉悲酸，连慕容冲那样的铁石心肠，眼角也润湿了。岳鸣珂心中一片凄苦，想道：怎么她会吹出这生离死别之音，嗯，莫非她舍不得我去送死！人生得一知己，死可无憾。我是虽死犹欢，只恨她要永生孤独！

箫声不歇，慕容冲大声叫道："不要吹了！还未够吗？"

铁珊瑚心道："练姐姐一定该听见了！"箫声一停，慕容冲喝道："岳鸣珂你可听清楚了，她哪有半点内伤。"岳鸣珂道："好，你放了她，我随你去！"慕容冲忽然笑道："你还得依我一事。"岳鸣珂道："什么事？你可不许节外生枝。"慕容冲道："绝非节外生枝，你替我把你自己那只右手斩掉！"岳鸣珂惊叫道："什么？"慕容冲冷冷说道："你武功高强，缚你缚不牢，点穴你自己又会解，万里长行，老爷们可不耐烦尽看管你！你不相信我，我也不相信你。把右手斩掉，大家放心。哈哈，你怕痛吗？"

铁珊瑚叫道:"大哥,不要,不要!你死了我也不能独活!"岳鸣珂叫道:"珊瑚妹妹,你的情意我心领了。你还年轻,千万要活下去。你和练姐姐一道,不要挂念我。"慕容冲冷笑道:"哈,真是情意绵绵,你们还有多少话要说?"岳鸣珂叫道:"君子一言,快马一鞭!我任由你摆布,你可不许加害于她!"慕容冲道:"谁人反悔,贻笑武林!"岳鸣珂叫声:"好!"左手执剑,向右手手腕一剑切下!

忽听得一声惨叫,岳鸣珂冷森森的剑锋已触手腕,倏忽停住,只见铁珊瑚与金独异都滚倒地下!原来铁珊瑚吹箫报警,用的原是缓兵之计,想等玉罗刹闻声来救,哪知慕容冲又想出那么毒辣的办法,看看岳鸣珂就要把右手斩掉,铁珊瑚心道:"而今我已知他相爱之深,不死何待?"蓦然发难,手肘向后一撞,回身一按玉箫,开动机括,三枝短箭,全射进金独异身中,铁珊瑚是名武家之女,武功虽非上上,却有杀手绝招,这一下,肘撞心窝,箭伤要害,饶是金独异内功深湛,武艺高强,也痛得眼睛发黑,掌力一发,两人都受了重伤,滚倒地上。铁珊瑚倒在地上,犹自厉声叫道:"大哥,你要闯出去,日后为我报仇,咱们来生再见!"

岳鸣珂一痛欲绝,金独异忍痛跃起,岳鸣珂猛然叫道:"报仇便在今日!"长剑一翻,奔杀过去,慕容冲一拳捣出,见岳鸣珂双眼通红,势如疯虎,一拳击空,立即闪避,岳鸣珂身随剑走,疾若惊飙,金独异刚刚起立,岳鸣珂大喝一声:"拿过头来!"腾起一脚,把金独异踢翻,慕容冲赶来相救,已是不及,只听得金独异惨叫一声,剑光一闪,金独异的头颅已拿在岳鸣珂手中!

慕容冲大吃一惊,岳鸣珂长剑杀到,喝道:"你要我回京面圣,我要你到黄泉去见阎王!"长剑风翻云涌,招招凶辣,慕容冲见他拼命相扑,知道今日之事,非死斗不能脱身,也豁了性命,玄功内运,双拳敌一剑,在鲜血染红的峡谷恶斗起来!

两人功力悉敌,岳鸣珂发剑似游龙,慕容冲出拳如虎豹,霎忽间斗了二三十招，岳鸣珂拼了一死，招招抢攻，慕容冲不觉心怯。应修阳在旁边看得目瞪口呆，慕容冲道："我若身死，你焉能独自逃生！"用意是叫他相助，哪知应修阳被他一言惊醒，心道："看这岳鸣珂势如疯虎，不顾命地厮拼，我便上前相助，也未必能够胜他。何况还要担心玉罗刹杀来，此时不走，尚待何时？"手脚并用，攀上峭壁，慕容冲气得牙痒痒的，岳鸣珂越攻越猛，慕容冲就是想走也脱不了身。

再说玉罗刹和红花鬼母一先一后，来到前面山峰，玉罗刹来快一步，听得下面厮杀之声，施展绝顶轻功，身子腾空下跃，看看要碰着突出来的石块，剑尖一点，又腾空而起，再往下落，如此几番腾跃，已到山腰，应修阳刚刚窜上，玉罗刹哈哈笑道："那次在华山绝顶，被你逃生，今回你可逃不了！"应修阳心胆俱寒，拂尘一绕，缠剑斜闪，玉罗刹道："哈，你还要动手！"剑把一沉，一缕寒光，疾如电掣，不架敌招，反截敌腕，应修阳在平地上尚远非玉罗刹之敌，何况现在面临深谷，身在危岩，心中一慌，脚下一滑，玉罗刹的剑锋尚未触及他的身体，他已咕咚咚直跌下去。玉罗刹一笑跃下，放眼一看，不觉大吃一惊。

荒谷中只见慕容冲与岳鸣珂拼命厮扑，一具无头尸身横在乱石茅草之中，离尸身不远之处，铁珊瑚扑卧地上。玉罗刹叫道："珊瑚妹妹。"奔过去将铁珊瑚的身躯翻转，只听得一声微弱的叹声道："练姐姐，你来迟了。烦你告诉我爹，叫他不要挂念我。"

铁珊瑚声音虽然微弱，岳鸣珂听了，却如闻春雷复苏之声，心道："唔，她还未死！"撤剑回身，向铁珊瑚疾跑过去。慕容冲正想跃上山壁，见山上红花一闪，急忙从另一面登山。

岳鸣珂道："练女侠，你去追慕容冲，让我看看珊瑚妹妹。"玉罗刹凄然一笑，抱起铁珊瑚放在岳鸣珂怀中。

岳鸣珂轻吻铁珊瑚的眼皮，叫道："珊瑚妹妹，你张开眼睛看看，我在这儿。"铁珊瑚星眸半启，微笑说道："大哥，我很高兴。"岳鸣珂道："我对不住你，我来迟了！"铁珊瑚道："你没来迟，是我要先走了。"铁珊瑚被金独异掌力震裂心脏，拼着最后一口气，和岳鸣珂见了临终一面，说了这两句话后，在他怀中，只觉如睡在天鹅绒上一般，非常温暖，心满意足，又如回到儿时情景，父亲抱着自己在长安附近的温泉沐浴，暖得令人眼皮沉重，就像要在温泉中睡去，身体往下沉，往下沉，往下沉……

岳鸣珂手中却感到一片冰冷，铁珊瑚已经气绝了，这一霎那，岳鸣珂什么也不想，脑子空空洞洞的，什么都绝望了，只是感到冷，连心也冷透，周围的空气也好像要冷得凝结了。

再说红花鬼母从山上下来，远远望见玉罗刹追逐慕容冲，上了对面的山峰，大吃一惊，叫道："金老大，金老大！"岳鸣珂被红花鬼母刺耳的叫声震动，好像从恶梦中陡然醒转，把铁珊瑚轻轻放在地上，拾起金独异的人头，怒气冲冲地喊道："你的金老大在这儿！"红花鬼母一瞧，也如岳鸣珂适才一样，从头顶直冷到脚跟！再瞧了瞧，人头虽然血肉模糊，却万确千真是自己几十年的老伴！

红花鬼母颤巍巍地举起拐杖，颤声叫道："是你把他杀了？"岳鸣珂道："你的臭汉子，十个也抵不上我的珊瑚妹妹！"红花鬼母怒道："你是谁，我要把你杀了填他性命！"岳鸣珂怒叫道："岳某人在千军万马之中几十次险死还生，在奸阉追捕之下也早已把性命置于度外，哈哈，你要杀我填命？熊经略的性命，我珊瑚妹妹的性命谁人来填？"红花鬼母顿时如受雷殛，玉罗刹的话竟然一句不假，这贼汉子果然是助纣为虐，迫害忠良的了，可怜自己几十年来苦心积虑，望他改好，仍然落得这样一个下场！

红花鬼母只觉四肢无力，拐杖慢慢地垂了下来，岳鸣珂怒气稍减，道："你待怎么？"红花鬼母有气没力地问道："你叫岳鸣珂？是熊经略的参赞？"岳鸣珂道："我也知道你叫红花鬼母，哼哼，人们叫错你了，你的丈夫才是个鬼！"红花鬼母一声长叹，心道："罢了，罢了！我还有何面目再见武林同道？活在这世上还有什么味儿。"一时想不过来，骤然向石山上一头撞去，可怜红花鬼母一世称雄，竟因误嫁匪人，累得她肝脑涂地，血溅幽谷！

岳鸣珂怔了一怔，忽而狂笑叫道："大家死了倒也干净！"纵起了身，也向山石一头撞去！

再说玉罗刹追逐慕容冲，慕容冲已爬上高山，居高临下，把大石乱推下来，犹如冰雹骤落，满山乱滚，玉罗刹跳避闪跃，攻不上去，忽闻得下面红花鬼母与岳鸣珂骂战之声，暗道：不好，红花鬼母定要和他拼命。心中又悬挂铁珊瑚性命安危，叫道："慕容冲，今日饶你一命！"转身奔回峡谷，忽见红花鬼母撞岩自杀，大吃一惊，心道：糟了，糟了，从此又少一个对手了！一掠而前，来得正是时候！

岳鸣珂一头撞去，头顶离岩不到五寸，玉罗刹恰恰赶到，一手捉着他的足跟，硬生生把他拉了回来，岳鸣珂只听得耳边有人说道："一日之间，不能连死两个高手！"睁眼一看，却原来是玉罗刹在对自己说话。

岳鸣珂跌坐地上，把手指道："珊瑚死了，我活着还有什么意思？"玉罗刹心中大痛，但救生不救死，强用极大的定力压住悲痛，冷笑道："岳鸣珂你怕和我比剑么？"

岳鸣珂气往上冲，心道：铁珊瑚是你义妹，你却如此没有心肝，这个时候还有心情要和我比剑。一跃而起，叫道："你要比剑？来，来！可惜珊瑚妹妹看不到她义姐的威风！"

玉罗刹笑道："不是现在要和你比剑。咱们的师父各创一家剑术，一正一反，相克相生，我的师父原意是待剑术练好之后，和你的师父较量一下，印证印证彼此的武功。可惜我的师父死了，他们两位老人家比不成啦。我们各自承继一家剑术，是他俩老的唯一传人，将来只有咱们完成上辈的心愿，你不和我比剑，我还找谁去比？咱们再练它一二十年，把本门剑法练得精通熟透之后，那时再好好较量一下，分个高下。现在比，左右不过打个平手，没有什么意思。"

岳鸣珂心头一震，想道：原来她是这个意思。我师父现在也已风烛残年，断不会有第二个传人的了。我果然不应轻生，令本门剑术至我而斩。思念及此，顿如冷水浇头，倏然而醒。低声说道："谢谢你的勉励，二十年后，我在天山等你。"

玉罗刹松了口气，这时才觉心中剧痛，抱着铁珊瑚的尸体呜呜地哭起来，岳鸣珂暗道："原来她表面虽凶，心中却有至性至情。"正要上前劝慰，山上又奔下一人，原来是卓一航，他轻功较逊，直到现在才来。

岳鸣珂咽泪叫道："卓兄，珊瑚死啦，你去劝她。"卓一航吃了一惊，上前去把玉罗刹扶起。玉罗刹忽然想道："岳鸣珂和铁珊瑚虽然不能缔结良缘，相爱之诚，今日尽见。珊瑚妹子得他如此相爱，死后也当瞑目的了！"玉罗刹深觉铁珊瑚较她幸福，瞧了卓一航一眼，深情怨恨，尽在眼光一瞥之中。

卓一航为她眼光所慑，低下头去。玉罗刹思潮起伏，忽觉真正可哀的不是铁珊瑚而是自己，痴痴呆想，不觉收了眼泪。良久良久，才抬起头说道："咱们就在这个山谷将她埋了。待融雪开山之后，再给她造墓。"

三人以剑当锄，动手挖土，挖了一道深沟，将铁珊瑚的尸体放了下去。玉罗刹道："再挖多一个！"将红花鬼母的尸体抱来，道："她也是个可怜的人。"挖好墓穴，岳鸣珂道："让她与她的汉子合葬。"把金独异的首级和尸体掷入穴中，说道："我本待把他的首级祭珊瑚妹妹，看他的妻子份上，便宜他了。"

三人将泥土盖上墓穴，默默致哀。忽闻低低呻吟之声，岳鸣珂回头一看，却是应修阳在地上滚动，他被玉罗刹迫下深谷，扭伤足踝，目睹金独异被杀和红花鬼母撞岩等惨烈情景，伤虽不重，已吓得软了。

岳鸣珂恨恨说道："还有一个，好，咱们再挖多一个，把他生埋！"将应修阳一把提起，玉罗刹忽道："留他狗命！"卓一航也醒起来，道："对啦，留他狗命。咱们要他招出私通满洲的同党来！"岳鸣珂想起当年在华山绝顶郑洪召招供之事，道："那么这事要拜托练女侠了。"

两番剧斗，一场伤心，自黎明闹至此刻，已是日影西移，天将垂暮，玉罗刹无心审问，说道："将他带回山寨，让他多活两天。"岳鸣珂道："一切由你处置，谅他插翼难飞。"把应修阳提了起来，如飞上山。

回到山寨，玉罗刹立刻派遣女兵，挖通山口通路。晚饭之后，新月初上，已将铁珊瑚带去的女兵接了回来，幸喜并无损伤，她们奔波了一天一夜，个个疲倦不堪，饱餐之后，各自歇息。

玉罗刹和卓一航、岳鸣珂却是无心歇息，三人在山中漫步，默默无言，月色溶溶，三人都各有怅触。岳鸣珂忽道："练女侠，我有一事要重托你。"玉罗刹道："请说。"岳鸣珂道："熊经略身遭惨死，传首九边，愿你将他首级取回，给他安葬。"玉罗刹道："熊经略是我的朋友，这事我谨记在心，尽力去做便是。"岳鸣珂又道："卓兄，将熊经略遗书交与适当之人，这事也重托你了。"卓一航道："小弟当得尽力，只怕今后回去掌门，难得在江湖走动。"玉罗刹道："你还要回去做掌门吗？"卓一航低头不语，岳鸣珂替他解围道："卓兄回去做掌门也好，总胜于让他的师叔掌门。"卓一航一声苦笑，岳鸣珂续道："这书就是觅不到主人，放在你那儿也好。"卓一航道："岳兄放心，小弟纵不能亲自替这书物色主人，也一定交给可靠的朋友代办。"玉罗刹颇觉岳鸣珂神色有异，只怕他还想不开，笑道："廿年后比剑之约，不要忘了。"岳鸣珂道："决忘不了。"卓一航道："岳兄，你今后打算如何？"岳鸣珂道："随缘而住，随遇而安，任它红尘扰扰，我自一瓢来往。"玉罗刹道："咦，你说什么？真像老和尚念经。"卓一航知他看破尘缘，所说的已是悟道之语。心道：他做和尚也好，我还没福分做和尚呢！

第二天一早，岳鸣珂果然不辞而行，只给卓一航和玉罗刹留了一封书信，说是师父老迈，自己要回天山侍奉，今后余年，将致力于剑术云云。此事早在卓一航和玉罗刹意料之中，但仍然不免感慨。

是日，玉罗刹亲自督工，将铁珊瑚和红花鬼母的坟墓建好，晚上回来，和卓一航吃了晚饭之后，独自歇了一会，正想把应修阳提来审问，忽见粮仓火起，玉罗刹大吃一惊，拔剑而起，外面女喽兵乱成一片，进来报道："官军杀来！"玉罗刹道："官军哪有如此本领？"提剑冲出寨门，忽见慕容冲率领几十名官兵，到处放火，玉罗刹大怒道："你侥幸逃脱性命，还敢到此。"把手一挥，众喽兵见玉罗刹出来，军心大定，随玉罗刹手势，排成圆阵，和官兵混战。玉罗刹一剑冲前，单觅慕容冲厮杀。正混战间，西角又乱，月光下只见一群道士，手执长剑，冲进山寨。

原来慕容冲当日逃脱之后，收拾伤亡，除了被玉罗刹刺伤的卫士之外，又有几名在雪崩之际，被山石滚下，打得足断手折。剩下能够作战的卫士，不到十名。本已胆寒，想回京再邀帮手。其时适值广元饥民大闹之后，省中官军闻警开来，魏忠贤派在"剿匪军"中的监军连城虎也来到了。连城虎是以前西厂的总教头，和慕容冲原是同僚，闻得慕容冲在此，急来相见，慕容冲叹口气道："我有生以来，从未受过如此挫折。"连城虎细问情由，慕容冲一一说了。连城虎听得金独昇身死，尚没什么，闻得应修阳被擒，却是面色大变。原来魏忠贤、应修阳和连城虎都是满洲的内应，连城虎生怕应修阳被迫招认出来，泄露于天下。急急问道："玉罗刹的名头我也曾听说过，她有多少喽兵？"慕容冲道："大约有几百吧，都是女的。"连城虎笑道："几百女喽兵怕她什么，咱们率兵扫平她的山寨。"慕容冲道："几百女喽兵虽没什么，可是明月峡奇险，大队官军，如何能开上去？加以雪崩封山，此路更难通了。"连城虎想了一想，道："听你所说，当日寨中女兵，也有许多被雪崩所阻，不能回山。那么玉罗刹非开通山道接她们回来不可。我在军中大约可挑出几十名有轻功根底的，和你摸进山去。"慕容冲摇摇头道："还是不行，军中的武士，虽然能摸进山寨，用来抵敌玉罗刹训练有素的女喽兵，数十名尚嫌不移。何况那玉罗刹和岳鸣珂的剑术的确非比寻常。而且其中还牵涉着武当派的掌门。"连城虎道："怎么？我听说武当派选出新掌门了，名叫什么卓一航的，他们武当派素来不与官府作对，难道卓一航还会与那女魔头在一处吗？"慕容冲道："正是，卓一航非但和那女魔甚为亲密，而且还包庇岳鸣珂，卓一航一人倒不足惧，只是武当派的道士，个个武功精强，在广元城中的就有几十名之多，把他们也卷进旋涡，那就更棘手了。"

连城虎面色大变，道："应修阳非救出不可。"低声在慕容冲耳边说道："应修阳是魏公公心腹，得宠不在你我之下，魏公公曾几次叫我多照应他。"慕容冲本来不大瞧得起应修阳，闻言吃了一惊，心道：既然如此，那是非救他不可的了。不觉想起应修阳以前所说的办法，道："应修阳倒是有一妙策，只是我辈所不屑为。"连城虎忙问道："什么妙策？"慕容冲道："与武当派化敌为友！向白石道人赔罪，求他们和我们合伙攻山。"连城虎拍掌笑道："妙啊，正该这样。白石道人气量狭窄，他的掌门弟子被掳，咱们凭这一点就可说得动他。"

应修阳与连城虎料得不差，白石道人等了两天不见卓一航回来，正自生气，但自己不是玉罗刹对手，又不敢到明月峡要人，听了慕容冲和连城虎的说词，和红云道人考虑许久，竟然接纳，不过提出了三个条件。

白石道人提出的三个条件是：一、各干各的，各不相涉。他们只求寻回掌门，决不给官兵助战。二、除了玉罗刹外，他们不愿伤人，若有女喽兵来攻，他们只求自保。因此要官军先去，把女喽兵敌住，好让他们进山寨搜索。三、事情一过，各走各的。以前恩怨也一笔勾销，宫中卫士不能再找武当派的麻烦。慕容冲一一答应，就此约定，当晚各自上山。

再说玉罗刹见白石道人率众冲入山寨，勃然大怒，喝道："白石道人，你也助纣为虐！"女喽兵见寨主动了真怒，又见这群道士冲入山寨，自然地分出人来拦截，白石道人喝道："把她们手中的兵器打掉！"女喽兵个个奋勇，武当众弟子不愿伤人，一时间却也不能轻易将女喽兵的兵器夺出手去。白石道人与红云道人连袂攻入，红云道人剑交左手，与白石道人左右分进，武当二老的功力非比寻常，转眼之间，把十余名女喽兵的兵器磕飞，刀枪乱舞，寨中大乱。

玉罗刹哪知白石道人与慕容冲有那三个协定，见他们攻入大寨，只道他们已与官军一伙，生怕他们也要杀人放火，叱咤一声，刷刷两剑，将慕容冲杀得闪过一边，冲出重围，奔回大寨，一柄剑指东打西，指南打北，武当派弟子哪截得住，直给她杀入垓心，白石道人怒喝道："妖女，快把我们的掌门弟子交回。要不然你今日难逃公道。"玉罗刹怒道："你真是辱没了紫阳道长的英名，教天下英雄笑话！"剑招疾发，把白石、红云二人全裹在剑光之中。

再说卓一航尚未就寝，蓦见师叔率同门杀入，吓得呆了。揉揉眼睛，知道并非噩梦，难过之极，不知如何自处。过了一阵，听得惨叫之声大作，原来玉罗刹闯回大寨，山寨外的女喽兵哪敌得过慕容冲他们的进攻，更兼兵力分薄，阵脚大乱，伤亡无数。连城虎率众攻入大寨，就在寨中放起火来，山寨都是木材茅草所建，不比砖石房屋，一被点燃，势即燎原，不可收拾。

卓一航耳闻惨号，目睹火光，一跃而起，冲了出来，大声叫道："师叔，我在这儿。你们何苦给官军助战！"白石道人道："好，你立即和我回山。"率武当弟子去接应卓一航，玉罗刹杀得红了眼睛，紧追不舍，她身法快疾，抢先冲到卓一航身边，卓一航道："你让我走，抵挡官军紧要。"把岳鸣珂的书抛给她道："岳兄之托，你替我办吧。"原来他见师叔如此，这番回去，虽是掌门，也必被看管，所以要把熊经略关系国运的奇书，转交给玉罗刹。

玉罗刹怔了一怔，白石道人已到身后，玉罗刹反手一剑，叮当一声，白石道人的剑几乎给她震飞，红云道人叫道："我们接了掌门便走。玉罗刹你硬要与我们武当派作对做什么？"寨中呼号震天，玉罗刹咬牙说道："好，让你们走！"身子一侧，闯出人丛。武当派弟子拥着卓一航全师而退！

这时大寨已全被火舌笼罩，连城虎抢入寨后搜人，慕容冲和玉罗刹在火光中恶战。官军与女喽兵纷纷冲出大寨，霎那间，火势越烧越盛，看看便成火海。慕容冲与玉罗刹趁着火势尚未合拢，边打边走，闯出外面。逃不及的官军与女喽兵在火海中呼号，转瞬化成灰烬。

这时，女喽兵十九伤亡，官军也折损过半。玉罗刹怒极气极，料不到三年来的心血，苦心建立的根基，一旦灰飞烟灭，更伤心的是：几百名女兵，数年来同生共死，情同姐妹，而今却不知能剩几个逃生。伤心到极，拼了性命，剑戳掌劈，身法如风，片刻之间，连毙十余名官军，慕容冲赶来截击，但他身法不若玉罗刹轻灵，玉罗刹在官军中穿来插去，转瞬之间，又毙了十名。

激战中忽闻得有人喊道："你们散开，追捕喽兵，让我们来对付这个妖女。"原来是连城虎已将应修阳救出，应修阳养了两天，脚伤已愈，大叫道："不要放走这个妖女！"与连城虎左右堵截。玉罗刹大怒，迎面一剑，刺喉咙，戳心窝，攻势奇幻无比，应修阳力挡一招，玉罗刹二三两招，接连发出，招招都是杀手，应修阳险险丧在剑锋之下，幸得连城虎背后袭到，双钩闪闪，急来救护，玉罗刹反手一剑，叮当一声，将双钩格开，各自震退几步，应修阳出了一身冷汗，举起拂尘，只敢在侧面助攻。

连城虎曾为西厂卫士的总教头，在宫廷的校尉卫士中，武功仅在慕容冲之下，却在应修阳之上，双钩遮拦攻拒，居然敌了十多招，慕容冲挥拳冲上，成了合围之势，将玉罗刹困在垓心。

这时剩下的女喽兵纷纷逃生，边逃边叫道："寨主，快逃出来吧！"有熟知玉罗刹性格的还叫道："寨主，留得青山在，不怕没柴烧。不要与他们硬拼。"玉罗刹心头一震，可是这时想逃已是不能。慕容冲的武功与她相当，连城虎比她也仅略逊一筹，应修阳虽然较差，但在三人合围的情势之下，他也可以招架得住。玉罗刹轻功虽好，但已被慕容冲拳风所罩，若然收剑逃时，必被掌力所伤。何况连城虎的日月双钩，既可锁拿兵器，又可钩拉手足，若然飞身跃起，也恐被他双钩所伤。

女喽兵死的死，伤的伤，逃的逃，明月峡的山头上剩下玉罗刹一人与官军厮杀。慕容冲等三人越攻越紧，玉罗刹一柄剑使得出神入化，变幻无方，但也仅能自保。厮杀了个多时辰，拼斗何止千招，时间已近午夜，玉罗刹气力渐竭，力不从心，心道："不道我今晚丧命此地！"官军们围在四周，虽然不敢插手，却在旁边呐喊助威，大声笑骂。有人笑道："这样美的贼婆娘我可舍不得伤她！"有人笑道："呸，捉了她也轮不到你！"玉罗刹气得发昏，剑招渐乱。

正在官军哄笑之际，忽地有人巨雷般地大喝道："直娘贼，你们敢欺侮我的干女儿！"喝声未停，官军惨叫已起，铁飞龙直冲入来，一手一个，像摔稻草人一样，将官军一个个摔下山谷。

正是：霹雳一声寒贼胆，今宵又见老英堆。

欲知后事如何？请听下回分解。

第二十一回

毁寨剩余哀　情留块土
试招余一笑　慨赠藏珍

慕容冲怒道："又是你这个老匹夫。"铁飞龙喝道："老夫要你的命！"慕容冲一拳捣出，铁飞龙横掌一接，正如石地堂遇着铁扫把，"砰"然一声，两人都给对方的劲力撞得歪歪斜斜退过一边。

玉罗刹精神大振，一招"星横斗转"，将连城虎的双钩拦过一边，慕容冲奋身再上，铁飞龙已抢过来接住。

这一来形势大变，铁飞龙叱咤连声，按着五行八卦方位，强攻猛打，慕容冲沉腰坐马，好像钉在地上似的，见招拆招，见式破式，分毫也不移动。这两人一个是掌力沉雄，一个是神拳无敌，一攻一守，只打得砂石纷飞，官军们纷纷走避。

玉罗刹少了一个强敌，一口剑龙飞凤舞，招招强攻，将连城虎与应修阳杀得心惊胆战。正激战间，忽闻得铁飞龙问道："你的珊瑚妹子呢？"玉罗刹心头一震，连城虎左钩一拉，右钩一插，玉罗刹转身稍迟，衣袖竟给撕去一片。玉罗刹勃然大怒，反手一剑，喝声："着！"连城虎双钩回救不及，"波"的一声，肩胛骨给剑刺穿，玉罗刹忽地哈哈狂笑，连城虎与应修阳拼命奔逃，玉罗刹如痴若狂，竟然不晓追赶。

铁飞龙骇然心惊，叫道："你怎么啦？"呼呼两掌，强扫慕容冲中盘，慕容冲打了半夜，气力上已吃了亏，见同伴败逃，无心恋战，奋力一架，转身亦逃。

铁飞龙心知有异，抢过来将玉罗刹扶着，玉罗刹狂笑如哭，铁飞龙道："敌人都已逃啦！"玉罗刹一跤跌落地上，叫道："爹，我对不住你！"铁飞龙骇极说道："有话慢说。"玉罗刹大痛之后，继以激战，这时只觉百骸欲散，迷迷糊糊，双眼一合，晕了过去。

铁飞龙道："可怜的孩子，你累够啦！"这时山寨已化成灰烬，火势尚自向林中蔓延。铁飞龙千辛万苦，历了三年，始探得铁珊瑚和玉罗刹的下落，不料远道赶来，却正凑得上见山寨毁灭，心头鹿撞，狂跳不休，把眼四望，官军都已逃净，寂无人声，火光中只闻得林鸟惊飞，猿猴哀叫。

铁飞龙叫道："珊瑚，珊瑚！"声音散入林中，只有山峰回响。铁飞龙引吭高呼，过了许久，两个女喽兵爬了上来，她们是侥幸逃脱躲在山腰茅草中的。

两个女喽兵不知铁飞龙是何等样人，但见他穿的是平民服饰，山头上又已无官军，料他定是寨主朋友，爬了上来，泣然说道："铁寨主早已死啦！"

铁飞龙一痛饮绝，他只有这个女儿，料不到万水千山寻踪觅迹，竟不能见上一面。

良久良久，铁飞龙才说得出声，听女喽兵将这几日来山寨的变故说后，虎目流泪，狂叫道："我来迟了！"

女喽兵见此情形，骇然说道："老先生莫非就是威震西北的铁老英雄？"铁飞龙立如僵石，眼睛如定珠，脑海中正飘浮着铁珊瑚儿时活泼嬉戏的影子，对女喽兵的话听而不闻，就像立在山头的一尊石像。

女喽兵又发现了卧在地上的玉罗刹，这一吓更是非同小可，走过去推了两推，玉罗刹转了个身，浑如未觉，女喽兵吓得慌了，跑过去抱着铁飞龙的腿叫道："铁老英雄，你看看我们的寨主！"

铁飞龙倏然醒转，哽咽说道："你们放心，这个干女儿我再也不能失了！"玉罗刹转了个身，叫道："珊瑚妹妹，我替你报仇！"铁飞龙心头一震，想道："是啊，我还应替女儿报仇！"玉罗刹又转了个身，叫道："卓一航，你好……"铁飞龙无限伤心，他已从女喽兵口中知道今晚之事，心道："可怜你爱错人了。他是官家子弟出身，所少的正是绿林豪杰的气概，凡事拿不起放不下，对婚姻大事也是一般。纵没有他的师叔阻拦，你们两人也并不匹配。"这时忽觉自己女儿的眼光还要比玉罗刹高明，心中更觉凄苦。

铁飞龙走近两步，听得玉罗刹又狂笑道："哈哈，你们都走啦！珊瑚妹子，你走得好；鸣珂，你这小子也走得好；一航呀一航，只有你走得不好！……"铁飞龙知她痛极疯狂，一手把她拉到怀中，忍着悲痛，轻轻唤道："裳儿，你看看，我在这儿。"

玉罗刹悠悠醒转，看了铁飞龙一眼，掩面大哭，铁飞龙道："咱们父女相依为命，今后不要再走散了。"玉罗刹道："爹，我保护不了珊瑚妹妹，我真该死！"铁飞龙道："这个怪不了你，别哭，别哭，你带我看珊瑚的墓吧。"他劝玉罗刹别哭，自己却滴出泪了。

玉罗刹牵着铁飞龙的手，默默走下山谷，女喽兵跟着下山，沿途呼唤，有十多个逃得性命的女喽兵闻声聚集了来，见玉罗刹面色惨白，双唇紧闭，谁都不敢说话，跟着她直走到谷底那两个新建的坟墓之前。玉罗刹撮土为香，拜了三拜，铁飞龙坐在坟头，凝望夜空，不言不语，似乎连眼泪也没有了。

铁飞龙与玉罗刹一个坐在坟头，一个立在墓前，相对无言，不觉东方已白。女喽兵道："寨主，死者不能复生，咱们回去吧。"

玉罗刹一声凄笑，道："你叫我回到哪里去？"女喽兵想起山寨已成灰烬，同伴十九伤亡，数载经营，毁于一日，真是欲归无处，大家泪咽心伤，又都不敢说话。

再过一阵，朝阳升起，阳光已从树叶丛中透下深谷，女喽兵正想再行劝说，忽闻得山口外边人马行走之声。玉罗刹倏然跳起，怒道："哼，他们还想斩尽杀绝？"铁飞龙跳上山坡，手扳大石，说道："让他们进来，我要把他们都埋在山谷！"两人都以为来的定是官军，一腔怒气，紧张待敌。

那山口前日被崩雪所封，虽经女喽兵掘开，仅可供一人一骑通过。铁飞龙伏在山上，准备官军一入山口，便将大石推下，将他们生埋！

不一刻，谷口旗帜飘扬，马蹄得得，一彪人马，列成单行走进。铁飞龙怒吼一声，手推大石，玉罗刹忽然叫道："且慢。"那块大石已带着尘土滚下山坡！铁飞龙急忙住手，看清楚时，只见走入山口那彪人马，竟全是娘子军！

玉罗刹叫道："糟，不是官军！"和铁飞龙飞身扑去抢救，那块石头滚得甚快，到了山腰，碰着另一块凸出来的岩石，突然凌空飞堕，其势猛极！玉罗刹和铁飞龙身法再快，也赶不上那块大石下堕之势！

铁飞龙叫声："不好！"队伍中走在前头的一名女将，突从马背上飞身掠起，手舞长枪，向飞堕下来的大石一撞，只听得"喀嚓"一声，长枪断为两截，女将震得在半空打了一个筋斗，跌下来时，恰恰落在马背，姿势美妙之极！而那块大石也飞过对面山坡落下山涧中了！

玉罗刹不禁叫道："好功夫！"那女将催马上前，微笑问道："来的可是练寨主吗？"玉罗刹见那女将一身红裳，问道："正是，你可是江湖上称为红娘子的女英雄吗？"那女将躬腰答道："不敢，小闯王叫俺问候姐姐。"这时队伍中走出十余女兵，群呼寨主，玉罗刹一看正是自己的部下。红娘子道："制将军（官名）李岩昨日统兵攻下县城，和饥民联合，把省城开来的'剿匪军'全歼灭了。

玉罗刹和铁飞龙来到了铁珊瑚的墓前，两人沉默不语，直望着墓碑，似乎连眼泪都随着沉静的黑夜慢慢消失了。

我们奉小闯王之命，请姐姐出山。不料来迟一天，致令山寨被焚，无法挽救，特来请罪。"

玉罗刹道："山寨遭劫，乃是我的疏忽，这些姐妹蒙你收容，我是感激不尽。"问那些女喽兵道："你们逃出来的，已全部在此了么？"女喽兵一齐泣下。玉罗刹一数，连跟自己的十余名在内，一共只剩下二十七人，算来五百余女喽兵，逃生的不到十分之一，想起那些多年来同生共死如同姐妹的部属，不觉潸然泪下。

红娘子道："姐姐不必悲伤，当今天下大乱，无家可归者何止千万，只要登高一呼，豪杰立聚。那时姐姐再练一支巾帼雄师，易如反掌。"玉罗刹苦笑不语，红娘子道："李岩在城中忙于抚辑流亡，叫我代问候姐姐。"玉罗刹道："谁是李岩？"红娘子道："他是小闯王部下制将军，也是俺的汉子。"玉罗刹道："失敬，失敬！"铁飞龙走了过来，与红娘子相见，彼此闻名，各自仰慕。铁飞龙道："尊夫可是兵部尚书李精白的公子么？"红娘子道："正是。"玉罗刹眼睛一亮，卓一航的影子从脑海中突然掠过，不觉百感交集。

原来红娘子乃河南的女盗，名气虽不如玉罗刹之大，在江湖上也颇有声名。李岩则是河南杞县的举子，父亲李精白曾做到兵部尚书的大官。因此李岩的出身和卓一航颇有相同之处，但李岩父亲早死，所以他父亲的官虽然比卓一航的祖父还高一级，但在家乡的声势反不如卓家煊赫。

李岩也像卓一航一样，学书学剑，文武全才。一年河南闹大灾荒，李岩看到灾民凄惨的情况，很为同情，曾自动地拿出积存的几百石粮食赈济灾民，还作了一首《劝赈歌》劝其他豪绅也拿出谷米来。其中有几句是：

"官府征粮如虎差，豪家索债如狼豺；

可怜残喘存呼吸，魂魄先归泉壤埋。"

他作了这样的歌来"劝赈"，当然触了其他豪绅之忌，结果被逮捕下狱，控以煽动饥民"造反"的罪名。监狱像一个洪炉，将他锻炼成钢，所以后来红娘子带兵攻下杞县县城之后，他也就跟红娘子走了。

玉罗刹也曾听过李岩的名字，可没料到他和红娘子已成夫妇，更没料到他现在已是闯王部下的一个将军。所以初初听红娘子说出李岩的名字时，还不知道便是这个曾作《劝赈歌》的李岩。

这霎那间，玉罗刹突然想起了卓一航来，心想："义父常说卓一航是官家子弟，和我恐难相配。那李岩何尝不也是官家子弟？他和红娘子却结了大好良缘。"殊不知李岩与卓一航出身虽然相同，生活的道路却有差异，李岩早已脱胎换骨，这就非卓一航所能相比了。这道理玉罗刹却想不通。

再说红娘子和玉罗刹相见之后，请她同回县城。玉罗刹想了一想，也便答允。

广元的景象与前几天已大不相同，数万饥民被李岩编成了雄赳赳的队伍，他们虽然大半没有兵器，但揭竿为旗，削木为兵，一个个精神饱满，俨如一支训练有素的雄师。

玉罗刹看了这样的景象，暗暗叹服。抬头见街道通衢之处，挂起白布横幅，上面斗大般的字写着："吃他娘，穿他娘；开了大门迎闯王，闯王来时不纳粮。"不觉展眉喝"好"，这几句话简朴有力，一点酸溜溜的味道都没有，甚对玉罗刹胃口。

营门开处，李岩迎了出来，红娘子笑道："我替你将贵客接来了。"李岩一笑迎入，对玉罗刹道："现在豪杰纷起，闯王大军，即将自秦岭西出，先取潼关，后争豫楚。练寨主可愿加盟么？"玉罗刹沉思有顷，说道："这天下是你们的了。我也帮不了什么。我的部属请红姐姐照顾，我可要走了。"李岩本以为玉罗刹必定加盟，听了此话，颇出意外。

李岩不知玉罗刹另有心思。玉罗刹听了李岩劝她加盟之后，心中想道：珊瑚妹妹之仇未报，我怎能困在军中？而且加盟之后，想和卓一航相见，那就更是难了。要知玉罗刹对卓一航又怨又爱，她恼恨之时，虽然也曾想过要和卓一航决绝，但怨气稍消，却又念念不忘。

李岩见她拒绝，颇为不快。红娘子道："练姐姐，你的山寨被官军所毁，此仇岂可不报？"玉罗刹哈哈笑道："有你们在，我何必操心？军旅之事，非我所长，我素性不羁，但愿一剑纵横，无拘无束，咱们各干各的，不也好么？"李岩心想：怪不得她有女魔头之号，果然野性难驯。收容了她，只恐她乱了军纪。便也不再提了。

李岩刚刚攻下县城，军务甚忙，附近的几股盗匪，都来投附，先派人接洽，要粮要饷，闹成一片。玉罗刹坐在一旁，看他发付，只见他来者不拒，一一接纳，问明了部队人数之后，立即发放粮饷，闹了半天，这些人才心满意足，各各散去。

玉罗刹奇道："你怎么这样对付强盗头子？"李岩道："请姐姐指教。"玉罗刹道："我在陕南之时，只有我问各路山寨要财物粮草，哪有颠倒过来，反给他们之理？"李岩微微一笑，心道：你以力服人，怎能成得大事？红娘子在旁代答道："若非这样，他们也不肯心甘情愿来投靠我们了。朝廷驻在川陕两省的大军正想对我们各个击破，我们若不联成一气，只恐立足也难，更莫说西出潼关，挥鞭北上了。"玉罗刹道："但绿林强盗也有各种各类，你不担心有人骗你们的粮饷吗？"李岩说道："姐姐说得是，我们自当分别对付。不过那是以后之事，而且绿林中讲义气的多，我们不能因为有一二败类，便都闭门不纳。"玉罗刹道："你也说得是。"顿了一顿，忽道："你有多少粮饷，可以发付他们？县城中有多少存粮和库银，我也略知大概，只恐不足饥民一月之用吧？"李岩苦笑道："那只有以后再想法子了。"玉罗刹忽笑道："加盟我是不加了，但我倒有一点小小的礼物要送给红姐姐。"红娘子摇手道："姐姐不必客气。"玉罗刹道："这礼物你不收也不行，明日你带一队女兵和我到明月峡吧。"说完伸了一个懒腰，打哈欠道："看你们忙忙碌碌，我也头昏眼花。哈，我可要睡啦！"李岩忙叫人收拾房间，请玉罗刹和铁飞龙歇息。

第二日一早，红娘子果然率了一队女兵，随玉罗刹再到明月峡，红娘子见她行事怪异，心颇生疑，临行前悄悄对李岩道："她不知要送什么东西给我，何以要兴师动众，如此紧张？"李岩笑道："此事我已料到七八，你但去无妨。我送你们一程。"送出城外，李岩勒马待回，玉罗刹忽道："你也一同去吧。"红娘子心想："这女魔头怎么如此不近人情，他军务繁忙，你又不是不知道。"红娘子以为丈夫必定不会答应，不料李岩微微一笑，竟答应了。

红娘子道："今日不是还有两股绿林头目要约你见面吗？"李岩道："叫副将军替我去见吧。"命随从携令回城，毫不犹豫随玉罗刹同往。

明月峡的山寨已化成灰烬，玉罗刹在烧焦了的泥土上徘徊一阵，默默无言。李岩道："姐姐不必心伤，官军毁了我们一个山寨，我们便要占他十个州府。"玉罗刹忽道："你腰悬宝剑，想必也精于剑术的了？咱们反正无事，在这里试几招如何？"

红娘子气往上冲，心道："哼，这个女魔头说送什么礼物，原来却要伸量我们。"正想发话，忽见李岩向自己抛了一个眼色，示意叫她不要作声。

李岩最初也怔了一怔，随即笑道："我的剑术怎能与姐姐相比。"玉罗刹道："我歇了两天，无人对手，手也痒了，你用佳肴美酒招待我，倒不如陪我走上两招，我更领你的情。"

李岩道："好，请姐姐进招！"玉罗刹剑诀一捏，剑来如风，一缕青光，直刺李岩手腕，李岩的剑术是太极派名手王同所授，剑锋掠下，顺势挽了一个平花，不救敌招，反刺敌足，玉罗刹道声：

"不错！"瞬息之间，连变两招，一剑下斩，一剑上挑，李岩摸不清她攻势所在，长剑当胸一划，用"如封似闭"的剑式，将敌剑封出外门，哪知玉罗刹的剑法奇诡异常，剑势未收，手心的劲力向外一登，剑招又发，这一招来得更狠，剑尖闪闪，竟从左侧刺到颈项，李岩滑步一转，左足虚晃，右足直踢玉罗刹纤腰，这一招却是"武松醉打蒋门神"中的连环腿家数，他的剑术不足应付，拳脚上的功夫也施展出来，玉罗刹"唔"了一声道："也还配合得好！"纤腰一折，长剑卷地刺来，李岩双足一跳，剑锋一转，险险避过这招，玉罗刹越攻越疾，剑光霍霍，只见四面八方都是她的影子，红娘子倒吸了一口凉气，心道："这女魔头果然名不虚传！"忽见玉罗刹长剑一绞，搭上了李岩的宝剑，转了两转，铿锵有声，红娘子道声："不好！"纵出场心，只听得玉罗刹一声长笑，两人倏忽分开。红娘子莫明所以，李岩插剑归鞘，拱手说道："练女侠剑法天下无双！佩服，佩服！"

玉罗刹面色一端，道："那是你过誉了！"旋又笑道："我在三十招之内，不能夺你的剑，这礼物你有资格要了。"红娘子好生纳闷，心中骂道："天下哪有这种送礼之法？送礼之前先要伸量人家？谁稀罕你的礼物！"李岩却道："那么我先多谢了。"

玉罗刹缓缓向山岩边走去，边走边说道："昨日我见识了你的文才智略，今日又见识了你的武艺，这礼物付托得人了。"玉罗刹的山寨依着山势建筑，山岩边尚有烧焦的木柱。玉罗刹横掌一劈，将木柱打折，向红娘子招手道："请你们顺着这里掘下去，将地下的木头掘出来。"

红娘子好不生气，道："索性我多叫些人来，一并给你清理了这瓦砾场吧。"此话暗存讥诮，玉罗刹面色一沉，道："今生今世，我再也不会回到这儿来了，还清理它作甚？"玉罗刹三年多经营的山寨毁于一旦，给红娘子的话撩起伤心，听不出话中所含的讥讽之意。

红娘子见她伤心，好生过意不去，心道："这女魔头脾气虽怪，性情却是率直。"指挥女兵掘地，把埋在地中的木头掘了起来，掘了一阵，忽觉泥土甚松，女兵一锄掘去，陷了一个大洞，再掘一锄，当的一声，锄头触着一块石板，玉罗刹一跃而下，将石板揭开，只见宝光耀目，金银珠玉，堆满窟中。原来这正是玉罗刹数年来勒索强盗头子的贡物，以及抢劫富户的积聚。

掘地的女兵吓得呆了，红娘子也颇为惊诧，只有李岩微微发笑，似乎一切都在他意料之中。

玉罗刹道："请你们把这些东西都搬出来。"女兵们哪曾见过这些珍宝，蹑手蹑脚，小心翼翼地一件一件捧了出来，生怕碰坏似的。玉罗刹笑嘻嘻地对铁飞龙解释，那枝珊瑚是从哪个强盗头子手中抢来，那块绿玉又是哪个帮会舵主所贡，甚为得意。铁飞龙皱眉说道："你费这么大心机弄来这么多铜臭之物干吗？"玉罗刹笑道："爹，你见过高手下棋博彩吗？他们并不在乎区区彩物，但有了彩物，却更增加下棋的兴趣。我以前在陕南压服绿林，迫他们向我进贡，也不过等于棋手之要彩物罢了。"铁飞龙这两日来愁肠百结，给她的话逗得开眉一笑。

红娘子带来的女兵将金银珠宝都搬出来之后，玉罗刹对李岩一揖说道："区区薄礼，送给贤伉俪添军饷。"李岩道："那么我替灾民和兄弟多谢你了。"玉罗刹随手提起一个金马鞍，黯然说道："这是你们以前的老寨主王嘉胤叫他的儿子送给我的，现在他已死了，你将这个马鞍交回给他的儿子王照希吧。算我给他的婚礼。"

红娘子道："你自己不选一两样东西留念吗？"黑道上的规矩，出手做案，总不能空手而回，若然是碰到有来头的人，不便劫时，那就取一文铜钱也是要的，这是图个吉利的意思。如今玉罗刹将这批经数年积聚、价值连城的赃物拱手奉送，因此红娘子也按黑道上

玉罗刹随手拿起一个马鞍，对李岩说道："这是你们以前的老寨主王嘉胤叫他的儿子送给我的，现在他死了，请你将这个马鞍交给他的儿子王照希，算我给他的结婚贺礼吧！"

的规矩叫她取回一两样东西。

　　玉罗刹哈哈一笑，道："我从此洗手不干，退出绿林，还要这些身外之物做什么？"哈哈一笑之后，眼珠一转，忽道："好，我只要一样东西。"弯下腰躯，在地上拾起一块泥土，道："我到这里三年多了，我很少在一个地方住过这么久。我很熟悉这泥土的香味。"送到鼻端闻了一闻，又道："这泥土还染有我姐妹的血，再没有什么东西比这个更值得留念了。"将泥土放入怀中，与铁飞龙打了个招呼，如飞下山。红娘子大声呼唤，只见玉罗刹衣袂飘飘，头也不回，径自去了。

　　正是：异宝奇珍都不要，只留泥土寄深情。

　　欲知后事如何？请听下回分解。

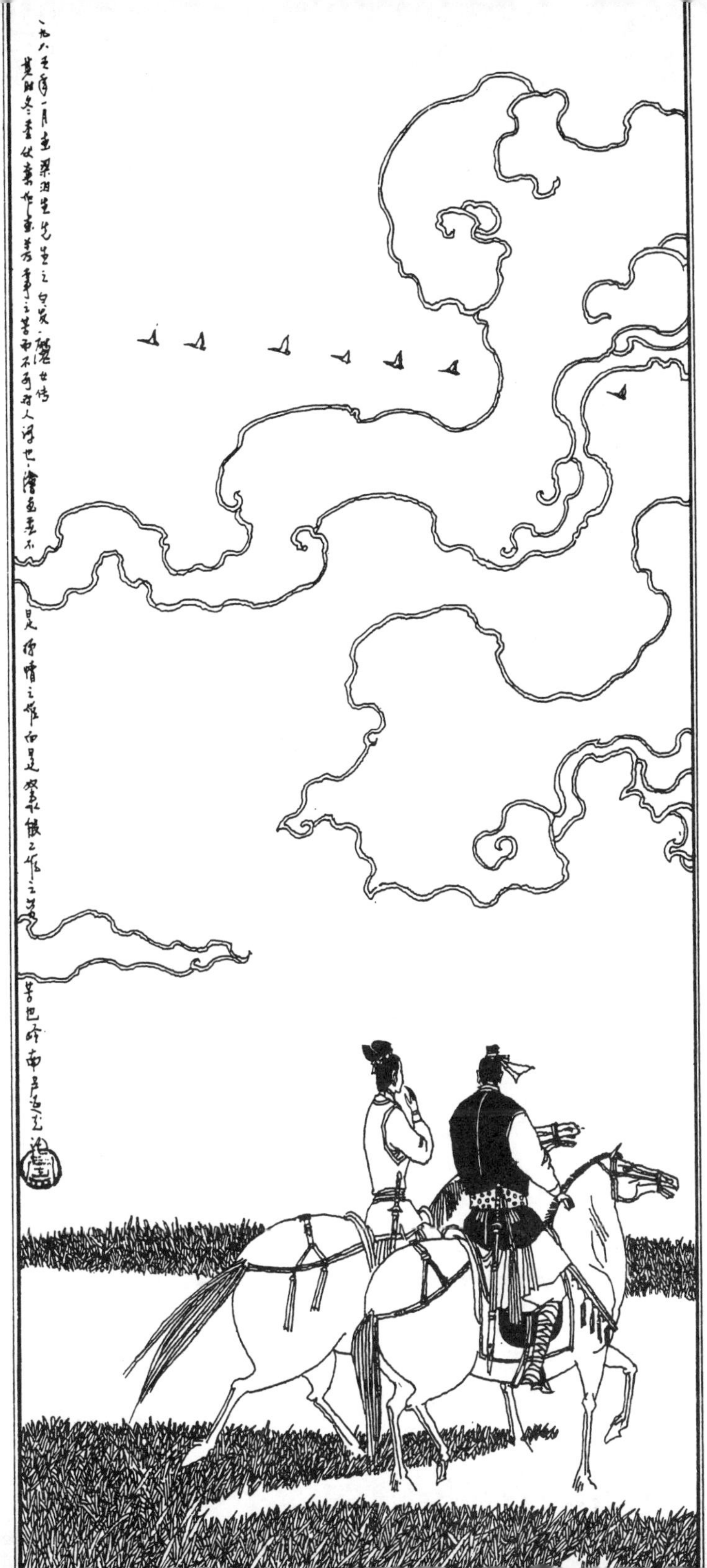

半月之后，玉罗刹和铁飞龙已驰骋在成都平原之上，两人都是黑衣玄裳，跨着枣红健马，颇为惹人注目。

第二十二回

六月飞霜　京城构冤狱
深宫读折　侠女送奇书

　　半月之后，玉罗刹和铁飞龙已驰骋在成都平原之上，两人都是黑衣玄裳，跨着枣红健马，颇为惹人注目。铁飞龙曾劝玉罗刹乔装男子，玉罗刹笑道："我要为巾帼裙钗扬眉吐气，为何要扮男人？"铁飞龙一笑作罢。幸他二人武艺高强，公门中人，纵有认识玉罗刹的，碰着她也不敢动手。

　　这一日他们到了彭县，离成都只有百余里了。玉罗刹忽道："爹，你这两日可曾发现大路上常有公人出没吗？"铁飞龙道："人不扰我，我不扰人，咱们有自己的事情，理他们干吗？"玉罗刹道："不然，他们好像是追捕强盗。"铁飞龙道："你不是洗手不干绿林了吗？官差追捕强盗，那是极寻常的事情，怎理得这么多？莫非你又手痒难熬，想找人厮杀了吗？"玉罗刹笑道："爹，正是这样！"铁飞龙道："要厮杀也得找个好对手，像这些稀松脓包的捕头，杀了他也没意思。"其实玉罗刹也并没意思找捕头厮杀，只是她见铁飞龙自女儿死后，总是郁郁不欢，所以一路上，常常找些话逗铁飞龙说笑，好让他渐释愁怀。

　　黄昏时分，两人在万县投宿，进了客店，玉罗刹忽道："爹，我瞧见捕头们留下的暗号。"铁飞龙道："什么暗号？"玉罗刹道：

"他们追捕的好像还是重要犯人呢，客店外的墙壁上画有一只花蝴蝶，那是成都名捕甘天立的标志，他擅用毒药蝴蝶镖，见血封喉，是绿林的一个大敌，我在明月峡时，曾有黑道的朋友，请我去除他，我见到成都路远，官军势力又大，诚恐去了，山寨会给官军乘虚攻袭，所以没有答应。甘天立还有一个把兄叫做焦化，外家功夫，颇有火候，也是成都的捕头。刚才我见甘天立留下的暗记，就是留给他的把兄焦化，叫他速速赶到飞狐岭拦截犯人的，若非重要犯人，哪须他们二人联同追捕。"铁飞龙道："管他什么犯人，还是不要招惹闲事为妙。此地靠近成都，咱们若贸然出手，必惊动他们与咱们作对。咱们虽然不怕，但行程那是必然受阻的了。"

玉罗刹抿了抿嘴，笑道："爹，我看你越来越怕事了！"铁飞龙佯怒道："谁说我怕事，将来到了京城，你再瞧瞧我的。"玉罗刹一笑不语，在房中坐定之后，正想吩咐店小二开饭，房门敲了两下，门开处却是掌柜走来，掩了房门，低声问道："这位娘子可是练女侠么？"玉罗刹道："你怎么知道我的名字？"掌柜的赔笑道："小的客店招待来往客商，黑道上的朋友，有时也来借住。不瞒你老，朱寨主也曾在这里住过，提过你老的名字。"玉罗刹道："哪个朱寨主？"掌柜的道："绰号火灵猿的那位寨主。"玉罗刹道："哦，原来是火灵猿朱宝椿，他在这附近落草吗？"掌柜的道："正是。"说着慢慢从怀中摸出一封信来。

火灵猿朱宝椿是以前川陕边境的大盗之一，曾参与过劫王照希的金马鞍之事。玉罗刹道："这封信是他给我的吗？"掌柜道："不是，是另外一个客人给的。他先是提起朱寨主的名号，想送信给他，后来改了主意，留信给你。"玉罗刹奇道："什么客人，他又怎会知道我到这里？"掌柜的笑道："川陕两省黑道上的朋友，谁不认识你老人家。你还没来，风声早已播到这儿来了。这个小地方算小的客店还像个模样，这位客人料你老人家不来则已，来了大半

在辽阔的成都平原上，有两人身着黑衣玄裳，骑着枣红健马，颇惹人注目，他们就是玉罗刹和铁飞龙。

会住在这儿。"玉罗刹给他一捧，微微笑道："好，我倒要看他是谁。"从掌柜手中把信接过，拆开一看，只见上面画着一只怪手，鲜血淋漓，并无文字。玉罗刹道："哈，原来是他，他到底遇到什么事了，你说。"掌柜的说道："他没有说，小的也不敢问。他画得很匆忙，刚刚画好，门外就传来马铃之声，他把信交给了我，就翻后墙走了。"玉罗刹道："哦，原来如此，怪不得他连一个字也没有写。"问道："后来来的那位官差是不是蝴蝶镖甘天立?"掌柜的道："正是，你老人家怎么知道? 他还和另外一位官爷在一起。"

玉罗刹道："他在你的客店外面留下标志啦!"掌柜的吓了一跳，道："什么? 他知小店和黑道上有来往吗?"玉罗刹道："不是，他是约同伴去追捕那位客人啦。"顿了一顿问道："你知道飞狐岭在哪儿?"掌柜的道："离这儿十多里，是到川西的小路之一。"玉罗刹说道："好，你给这位老爷子烧几味小菜，就要辣子鸡丁、樟茶鸭、抓羊肉、爆三样好啦。爹，这几样小菜你挺欢喜的是不是? 另外再烫一壶汾酒。"掌柜的见玉罗刹对铁飞龙甚为恭敬，还口口声声叫他做"爹"，大为惊异。玉罗刹笑道："江湖上的朋友都叫我玉罗刹，你也叫我玉罗刹好啦。不必称什么'老人家'，对这位老爷子你才应叫老人家。"铁飞龙道："哈，我也还不服老哩。"掌柜的道："是。两位老人家都说得是。哎，我叫惯了嘴，改不了。"

掌柜的告退之后，铁飞龙笑道："你的名气倒很大，我在西北混了几十年，到了四川，就给人当成了糟老头子啦。"玉罗刹也笑道："爹是成名的老英雄，小一辈的还不配认识你呢。"铁飞龙道："那个留信给你的是什么人?"玉罗刹道："是罗铁臂，以前在川陕边境的米仓山安营立寨，和朱宝椿他们都是同时给我收服的。后来官军大举进袭，陕西各路寨主都逃窜了，我也就不知他的下落了。想不到今晚他却出现在这儿。他虽然有点名气，武功也很不错，却不是什么了不起的大盗，不知为什么成都的两个名捕头都要追捕他。爹，他和我有过点香火之情，孝敬过不少东西。俗语说：得人钱财与人消灾。我得到他的孝敬，他有难告急，我不能袖手不理。"铁飞龙笑道："你想去打架是真。既然他是你的旧属，我不拦你。我和你同去吧。"玉罗刹道："几个捕头，何须劳烦到你。你坐着喝酒，不到天亮，我就回来！"

玉罗刹出了客店，施展绝顶轻功，不过半个时辰，就到了飞狐岭下。飞狐岭只是一座小小的山岗，玉罗刹在岭的这边，就听得那一边的厮杀之声，心道："哈，来得正是时候，他们果然动起手啦！我且看看罗铁臂的武功进境如何。"三五之夜，月光皎皎，玉罗刹上了山头，俯首下望，只见山脚小路上三个人围着罗铁臂厮杀，除了甘天立与焦化之外，另外一人也似在哪儿见过似的，玉罗刹看了一看，记起这是在陕南被自己追得望风而逃的锦衣卫指挥石浩，心道："听说石浩已升了西厂的副总桩头，怎么他也来啦。"再看清楚时，罗铁臂还背着一个小孩，在三人围攻之下，十分危急！

玉罗刹长啸一声，拔剑冲下，石浩叫道："不好，玉罗刹来啦！"一招"倒海翻江"，双掌急扫，罗铁臂竖臂一格，甘天立单刀从侧袭到，也是险极之招，罗铁臂转身一闪，"咔"的一声，肩上中了一刀，背上的孩子"哇"声大叫，舞动两只小手，向石浩拍去，石浩哈哈一笑，左手一伸，把小孩抢了过来。罗铁臂一声怒吼，右掌直劈，左腿横扫，焦化左腕虚勾，右拳疾吐，正正进招，他用的是伏虎拳中"横打金钟"拳式，左虚右实，拳击罗铁臂的"肩井穴"，这一招甚为阴毒，他以为罗铁臂定然闪避，那么下一招就可配合甘天立的单刀攻他下盘，哪知罗铁臂拼了性命，一掌击下，两人碰个正着，罗铁臂一掌劈中他的前胸，他也一拳打碎了罗铁臂肩骨，两人都是痛极惨呼，腾身倒退数丈！

这几招急如电光流火，但就在这瞬息之间，玉罗刹已然冲到，罗铁臂叫道："先救那个孩子!"石浩抢了孩子，已逃出十余丈之遥，玉罗刹叫声："哪里走!"足尖点地，三起三伏，急逾流星，霎忽赶到身后，石浩提起孩子，反身一挡，玉罗刹骂道："不要脸的下流招数!"石浩突感手腕一麻，玉罗刹出手如电，拢指一拂，夹手将小孩抢过，月光下只见小孩面如满月，张口说道："姑姑，多谢你。"玉罗刹怔了一怔，在这样的激斗危险之中，这小孩居然不哭，面色也并不显得怎样惊惶，还敢开口向自己招呼，真是见所未见闻所未闻的大胆孩子!

玉罗刹稍微错愕，停了一停，石浩拼命奔逃，又已掠出十余丈外，玉罗刹笑道："好孩子，你看我把这恶人给你捉回来，让你打他两巴掌，消消气。"猛听得罗铁臂一声惨叫，那孩子道："我要罗叔叔，恶人以后再打，姑姑，你去救罗叔叔。"

玉罗刹急忙转身，只见甘天立扶着焦化，跳下山路，逃入麦地之中。罗铁臂一只手臂吊了下来，面色惨白，摇摇欲倒。玉罗刹上前一看，只见他的左臂被利刀所劈，只有一点骨头还连着肩膊，显见不能治了。而且那只吊下来的手臂，又黑又肿，好像小水桶一般!

罗铁臂苦笑道："我中了他的蝴蝶镖，又被他斫了一刀。正好，这反而能阻止毒气不上升啦。"玉罗刹伸手去摸金创药，罗铁臂道："不中用啦!"右手摸出解腕尖刀，"喀嚓"一声，把左臂齐肩切下，登时血流如注，那小孩子刚才不哭，现在却睁大眼睛，哇的一声哭了出来。

玉罗刹放下孩子，撕了一幅衣襟，涂了金创药替他包裹伤口，笑道："好男子，你不愧是我的朋友!"罗铁臂哼也不哼一声，吸了口气，低声说道："要你老人家服侍，折杀我了。"玉罗刹道："现在你还讲那套规矩作甚? 我也洗手不干绿林啦。咱们现在是朋友。"罗铁臂"咦"了一声，似颇诧异，额上的汗珠滴了下来，想是甚为痛楚，但他仍然忍着，低声安慰那孩子道："聪儿，别哭，别哭，你叔叔死不了!"那小孩见两个大人都有说有笑,只当并不碍事,果然不哭了。罗铁臂道:"这位姑姑是当今天下最有本事的女英雄,你碰着她是天大的运气,还不叩头道谢。"玉罗刹笑道:"这孩子好乖,他已谢过啦!"那孩子听了罗铁臂的话,果然叩头再谢。

玉罗刹看这孩子实在可爱,笑问道:"这是谁家的孩子,多少岁啦?叫什么名字?怎么会跟你逃到这里来?"那孩子抢着答道:"我叫杨云骢,这个月十六刚好五岁,我的爸爸叫杨涟。"玉罗刹笑道:"啊,原来是杨涟的孩子。他父亲可没有他的胆量。"杨云骢道:"谁说没有?他常常在家里说要杀奸臣,很大很大的奸臣。罗叔叔对我说,奸臣和皇帝很要好,我爸爸不怕奸臣,也不怕皇帝,还没有胆量吗?"玉罗刹笑道:"好,算我说错,你爸爸有胆量!"这还是玉罗刹有生以来第一次认错,这孩子哪里知道,还得意地笑了一笑。

罗铁臂低声道:"三年之前,我在陕西立不住足,遣散了部属之后,流浪江湖,后来有人荐我到杨大人家中做护院,我就去啦。"玉罗刹先是面色一沉,继而问道:"你说的杨大人就是杨涟吗?"罗铁臂道:"若不是杨涟我也不会去了。"玉罗刹道:"杨涟是个好官,我不怪责你,你说下去。"杨云骢听玉罗刹说他父亲是个好官,又笑了一笑。

罗铁臂续道:"杨大人待我很好,我也乐得托庇他的门下,埋名隐姓,过了三年。今年正月,一天晚上,杨大人把我叫进内室,对我说他要上疏劾魏忠贤,如果参劾不倒,可能有抄家灭族之祸,因此要我把他的儿子先带出京,他等我走了十天之后,才上弹章。现在石浩、甘天立、焦化他们都联同来追捕我,想必他的弹章已上,事情已败了。"罗铁臂说了一阵话,又痛得汗珠直滴,食了一颗止痛药丸,稍稍好转。玉罗刹忽问道:"你要把这孩子带到哪里去?"

罗铁臂道："我想给他找一位师父，若他父亲被奸臣所害……"杨云骢截着说道："我就替他报仇。"罗铁臂笑了一笑，问道："练女侠，你要不要徒弟？"玉罗刹道："这孩子我极喜欢，但我现在不能收徒弟。"想了一想，忽道："若非有降龙伏虎的本领，含江包海的胸襟，也不配做这孩子的师父。我心目中倒有一人，只是住得太远，他住在天山之上，你不怕路途艰险吗？"罗铁臂眼睛一亮，心想什么人值得玉罗刹如此推崇，说道："我死尚不怕，何惧艰险？请问是哪位前辈英雄？"玉罗刹笑道："他是少年英雄，比我大不了几岁，现在大概做了和尚了。喂，岳鸣珂的名字你听过吗？"罗铁臂道："听杨大人说过。熊经略是杨大人最好的朋友，岳鸣珂是熊经略的参赞是不是？"

玉罗刹道："你不要以为他是个微不足道的幕僚，他的剑法纵不能称盖世无双，也没有谁能超出他了。你把这孩子抱去找他，就说是我玉罗刹要他收的！"罗铁臂说："好，我就凭着一只手臂，也能把他抱上天山。"玉罗刹道："你现在走得动吧？"罗铁臂道："走得动！"玉罗刹削了一根树枝给他做拐杖，道："石浩他们见我出手救你，在他们未觅得更高明的帮手之前，谅不敢回来找麻烦。"罗铁臂笑道："他们见了你老人家如鼠见猫，我看他们定逃回成都去啦。"玉罗刹道："朱宝椿就在附近落草，你是知道的了。你慢慢走去，天亮之后也总可走到他那儿。然后你叫他和你一道到广元去见李岩，就说这孩子是我要你送到天山的。西北是他们的天下，他一定有办法护送你出玉门关。"罗铁臂道了声谢，挣扎起来，扶着拐杖，一步一步地向前走去。杨云骢跟在后面，连跑带跃，还不时回头向玉罗刹招招手。玉罗刹几乎忍不住要亲自抱他去找朱宝椿，但转念一想："小孩子不多受磨炼，不多经艰险，也难成大器，由他去吧！"看二人走远，也便转回客店。

再说铁飞龙吃了晚饭之后，等了一阵，不见玉罗刹回来，心道："那几个捕头岂是裳儿对手，我何必挂心。"正想睡觉，忽闻外面隐隐传来争吵之声，掌柜的忽然推门进来，低声说道："火灵猿朱寨主来啦，在外面和人吃讲茶，好像是预先约定来的。现在吵翻了，你老出去劝劝。"这客店虽然是三教九流黑道白道都一律招待，但若弄出人命，总是不好。所以掌柜的急忙请人劝架。

铁飞龙受了掌柜的殷勤招待，不好意思不管，便随着掌柜走出外面铺面茶厅，只见当中一张桌子，朱宝椿坐在上首，两个客人坐在两边，正在吵吵嚷嚷，铁飞龙听得左侧的少年嚷道："我万县唐家从不与人讨镖，你不要敬酒不吃吃罚酒！"朱宝椿拍台怒道："好哇，你拿唐家的名头唬我？我偏不给！天皇老子来我也不给！"

铁飞龙心念一动，想道："这少年原来是唐家的人，这事更不能不管了。"那少年一掌击桌，随着"砰"然巨响，站了起来，朗声说道："朱寨主既然不留情面，那么在下的不知天高地厚，便在此要请教几招！为朋友两肋插刀，朱寨主你就是将我三刀六洞，我也死而无怨。"

朱宝椿显然也是个性急的汉子，外衣一抛，站了起来，也道："那好极了，你要比兵刃，比拳脚，还是比暗器？哈，你们唐家的暗器天下闻名，咱们干脆就比暗器了吧。外面地方宽敞，请到外面去，我的东西已经带来，你有本事，尽管取去！"

两人越说越僵，俨如箭在弦上，势将即发。铁飞龙哈哈一笑，大步走来，笑声不大，座上三人都觉震耳刺心，吓了一跳。朱宝椿和那个姓唐的少年同声叫道："你是哪条线上的朋友？请留万字！"两方都以为铁飞龙是给对方助拳的人。

铁飞龙大步走到桌前，端了一张凳子，金刀大马地坐了下来，笑道："这位是朱寨主吧？幸会，幸会！这位是家璧兄吧？年少英雄，我老夫几乎不认识了。这位朋友呢？老夫眼拙，还要请教姓名。"

这一来双方都吃了一惊，朱宝椿在绿林多年，陌生人认识他并不诧异，可是听铁飞龙称对方为"家璧兄"，显然是相熟的人，这可不能不小心在意，心道："说过双方不另约人助掌，他却邀了横手来，以唐家的声名，居然干这种事，等下我且用说话压着他。"

那唐家璧更是吃惊。原来他们唐家世居万县，以暗器之精，称雄武林。唐家璧今年才二十岁，还是第一次奉父亲之命出来办事，想不透铁飞龙何以一见面就能说出他的名字。

唐家璧的那位朋友站了起来，拱手说道："小姓杜贱号明忠，不知老先生有何指教？"他好像经过世面，态度比唐家璧镇静得多。

铁飞龙道："冤家宜解不宜结，老夫不揣冒昧，想请两家喝一杯茶。"提起茶壶，便待斟下。朱宝椿和唐家璧都道："且慢！"原来江湖上吃讲和茶的规矩，若吃了调解人所斟的茶，那便是愿意和好了。现在双方都不认识铁飞龙，哪能凭他一语释嫌。

铁飞龙哈哈笑道："这一杯茶大家都不肯赏面吗？"说话之间，茶已斟下，那客店所用的茶杯，是用黄杨木挖空做的，有如碗大，甚为坚实。铁飞龙随说随斟，热茶入杯，只听得"逼卜"声响，木杯登时炸开，连斟三杯，三个杯子都碎裂了，热茶泻满桌面！这一来朱宝椿和唐家璧都大为吃惊，要知若凭掌力捏碎木杯已是难能，更何况用热茶的劲道就能将木杯炸开？这种功夫他们都是见所未见，闻所未闻，登时给铁飞龙的威势慑住！

铁飞龙笑道："好呀，你们不愿吃茶，这茶也吃不成啦。店家你的杯子是什么做的，怎如此不堪，快过来揩净桌子！"

掌柜的在旁看得又惊又喜，弓腰道："是！"拿了桌布来抹。铁飞龙道："好，换过杯子，我还要请诸位赏面。"

朱宝椿和唐家璧同声说道："老英雄请听我一言。"铁飞龙指着唐家璧道："你先说！"

唐家璧满面通红，说道："这位杜兄是我家的朋友，他带有两件宝物，给朱寨主劫了。家父遣我来向朱寨主求情，请他慨予发还。"铁飞龙点点头道："唔，江湖上的义气是无价之宝，那两件宝物是什么东西，朱寨主你说，你是不是舍不得放手。"

朱宝椿也涨红了脸，大声说道："这位杜兄是陕西巡抚陈奇瑜的幕客，他带了一枝千年首乌，一件白狐裘子，要上京送给魏忠贤，这两件东西与其给魏忠贤不如给我，老英雄你若要也成。我不是觊觎宝物，就是不想便宜奸阉。"

铁飞龙眉头一皱，对唐家璧道："杜兄的礼物送的给谁，事先你可知道吗？"唐家璧道："他早与家父说过。"唐家璧的父亲唐青川威震川西，和铁飞龙甚有交情，十多年前铁飞龙还在他家住过三月，深知唐青川为人，心道："唐老大绝不会那样糊涂，既然事先与他说过，而他又愿遣儿子来保，其中定有别情。我且细细问明，再作区处。"

那杜明忠也站了起来，双手据桌，刚说得一句"老英雄请听我的说话……"外面一阵怪笑，门开处两个人走了进来，这两人一模一样，都是一头乱发，又高又瘦，面无血色，三分像人，七分像鬼，就如刚刚从墓里走出来的僵尸！

朱宝椿跳了起来，叫道："神老大，神老二，你们来做什么？"铁飞龙心道："原来是神家兄弟。久闻得他们武功怪异，行事荒谬，不想今晚相逢。"这神家兄弟，老大叫神大元，老二叫神一元，是陕北绿林中响当当的角色，平生不肯服人。三年前王嘉胤战死未久，高迎祥听李自成的策划，在米脂召集绿林三十六路首领，他们也不肯赴会。流窜到四川之后，和张献忠气味相投，联成一气，受张献忠封为一字并肩王。

朱宝椿在绿林中的地位，比二神差得很远，又知他们毒辣，不禁恐惧。神一元板着怪面，冷森森笑道："听说你得了两件好东西，快交出来，八大王要！""八大王"是张献忠"匪号"，张献忠与李自成不同，他既贪财货，金银珠宝，多少都要，又嗜杀人，正是绿林中一个混世魔王。

朱宝椿变了面色，交出来心有不甘，不交又为势所胁，正自委决不下，神大元道："你不交我就自取啦！"也不见他怎样作势，一下子就到了朱宝椿跟前，将他腰间所系的包裹拿去，朱宝椿醒觉之时，只见神大元的怪手已袭到胸前！

朱宝椿吓得慌了，腾地扑到地上，向后一翻，滚了开去，幸他闪避得快，没给神大元劈中。唐家璧、杜明忠见状大惊，双双跳过桌子，扑来抢那包裹，铁飞龙心道："这可要糟。"只听得两声惨叫，唐家璧和杜明七都给摔到墙根，神大元出手如电，掌伤了杜明忠，又点了唐家璧的"巨骨穴"。

神大元哈哈大笑，携了包袱，扬长而去，铁飞龙叫道："喂，且慢走！"身形一起，飞身拦在门前。神大元怒道："老匹夫，你敢拦我！"一掌往铁飞龙头顶直劈下去！

铁飞龙肩头一缩，神大元掌势迅捷无伦，劈他不中，心中一凛，说时迟，那时快，只听得铁飞龙大吼一声，出手反击，神大元忽觉一股劲风，向腰间击到，反手往外一勾，双臂相交，竟给铁飞龙的强力迫得斜撞了出去。神一元大吃一惊，双掌齐飞，掩护兄长，铁飞龙又是一声大吼，反手一掌，劈敌肩头，双掌未交，神大元反身再扑，铁飞龙一个变招，右掌拒弟，左拳击兄，三人换了一招立刻由合而分，各自封闭门户。

铁飞龙虽然用掌力把神大元震退，肩头也是辣辣作痛，心道：这两兄弟果然名不虚传，怪不得如此猖狂！神家兄弟圆睁怪目，伏身作势，蓦然同声怪叫，攻势骤发，铁飞龙左掌横劈，右腿直踢，把两兄弟的招数同时破开，神大元心头火起，手掌变劈为削，随势扫来，神一元也扬拳劈击，铁飞龙又是一声巨喝，拳掌齐出，神家兄弟虽然有一身横练的功夫，可也不敢挡这金刚猛扑。两兄弟身子陡然拔起，跃过桌子，铁飞龙横腿一扫，那张桌子给踢得飞到屋顶，轰隆一声，震破屋瓦，桌裂瓦飞，瓦落屋中，桌飞屋外，朱宝椿闪到墙角，神家兄弟身法甚快，铁飞龙这一腿扫他们不着，收拳一立，两兄弟又已扑了上来。

这一番斗得更是惊人，神家两兄弟一左一右，夹击强敌，和铁飞龙对抢攻势，每出一拳，骨节便格格作响，铁飞龙知道他们外家功夫已练至登峰造极，也不敢怠慢，按着五行八卦方位，刚柔并进，攻守兼施。打了一阵，神一元卖个破绽，铁飞龙心道："你这种诱敌之技，岂能瞒我？"将计从计，从"艮"位呼的一掌劈出，迅即跳到"离"方，恰恰抢入了空档，趁着神大元未曾补上，左掌惊雷骇电般向神一元手腕切下。铁飞龙所走的方位妙到毫巅，本来看准了神一元不能反击，哪知神一元手臂一挥，骨节格格作响，手臂竟然暴长两寸，变掌为指，反点铁飞龙的"臂儒穴"，高手对敌，只是毫黍之差，铁飞龙料敌不及，骤感手臂一麻，急将掌力外吐，腾身一闪，堪堪避过神一元的攻袭，只听得神一元哇哇怪叫，铁飞龙急忙运气活血，神大元已把弟弟拉了起来。

铁飞龙这一掌虽然打中了神一元，但劲力发出在穴道被点之后，掌力已弱，虽然把神一元打得痛入心脾，他的手腕总算保全了。神大元道："碍事么？"神一元挥拳舞了一个弧形，道："无妨！"两兄弟挥拳又上。

铁飞龙心道："原来他们还练过易筋缩骨的功夫！"掌法一变，呼呼风响，直如巨斧开山，铁锤凿石，神家兄弟见他被点了穴道，居然若无其事，这一惊更是非同小可，虽然练有怪异的"七煞掌""飞狐拳"，也不敢欺身进逼。

三人打得难分难解，但铁飞龙掌力沉雄，两兄弟被他掌力震荡，表面还不觉什么，呼吸已是渐来渐促。正在难支，忽听得一声娇笑："爹，这两人让给我啦！我去打小虾，你却在这里钓大鱼，这不公平，我的手痒咯！"

铁飞龙哈哈一笑，倏地跳出垓心，道："好，就让你捡便宜！"神家兄弟骤感压力一松，呼吸舒畅，玉罗刹声到人到，剑光一闪，又已拦在他们面前。

神大元道："你是玉罗刹吗？"玉罗刹瞧他一眼，盈盈笑道："瞧你们这怪模样，定是神家兄弟了。"朱宝椿在墙角叫道："练女侠叫他们把那包裹交回。"

玉罗刹想起李自成对她说过神家兄弟不参加米脂大会之事，笑道："以往你在陕北，我在陕南，彼此无涉。如今你和我的爹爹作对，我可要看看你们兄弟有什么能为，敢这样骄狂啦！"剑光一闪，刷刷两剑，竟在弹指之间，分刺二人。

神家兄弟一向横蛮，不料玉罗刹比他们更横，一打话便立即动手，两兄弟气得哇哇怪叫，"七煞掌""飞狐拳"都用出来，玉罗刹指东打西，指南打北，一口气连攻了三十多招，这才笑道："有点功夫，但也还不能算是一流脚色。喂，怎么你们凭这点功夫就敢称王道霸！"一面嘲笑，一面进招，把神家两兄弟逼得团团乱转。

其实玉罗刹确是占了便宜，本来两兄弟合力进攻，玉罗刹虽然不惧，要胜他们却也不易，但他们已被铁飞龙打折了锐气，筋骨也给铁飞龙的掌力震得隐隐作痛，因此再斗玉罗刹之时，更是不济，一开首就被玉罗刹占尽攻势，三十招过后，更是有招架之功，毫无还手之力。

铁飞龙退下之后，将唐家璧的穴道解开，说道："你回去拜上令尊，说是龙门铁飞龙问候。"唐家璧啊呀拜倒，说道："原来是铁叔叔，怪不得有此功力！小侄今晚出丑了。"铁飞龙道："年轻人受一点挫折算不了什么。"再看杜明忠的掌伤，只见肩头上紫黑一片，铁飞龙把一颗药丸送入他的口中，心道："原来神家兄弟还练有毒砂掌，这可要他本门解药。"

唐家璧初次出道，便吃大亏，好不生气，给解了穴道之后，往暗器囊中一探，突然把手一扬，两件奇形暗器，分向神家两兄弟打去！

神家兄弟被玉罗刹杀得手忙脚乱，蓦然听得呜呜怪叫，闪避已来不及，两兄弟都中了唐家的毒蒺藜。

唐家暗器，驰名江湖，毒蒺藜尤其厉害，端的是见血封喉。神家两兄弟跑了两步，面色大变，突然双双纵起向唐家璧抓去，铁飞龙一招"铁门删"，一剪一删，两兄弟滚到地上，破口大骂，越骂越弱。

唐家璧甚为得意，回骂道："你们出手伤人，如今也叫你们知道少爷的厉害！"抬头一看，忽见玉罗刹杀气满面，冷冰冰地站在自己面前，冷笑道："好暗器，好手法！谁要你帮？快把解药拿来！"唐家璧这一惊非同小可，道："这，这……"

铁飞龙忙道："裳儿，这位是唐贤侄。"抢着过来，催道："把解药拿出来吧。"唐家璧无奈拿出解药，气呼呼道："杜兄也受了他们的毒爪子抓伤，这又怎么说？"玉罗刹道："你急什么？"一把将解药拿过，抛给神大元道："你也把解药拿来！"

神家兄弟颇感意外，骂声顿止，吞了解药，果见舒畅，便也把解药掏出，抛给玉罗刹，玉罗刹喝道："把包袱留下，立刻给我滚！"神大元一声不响，抛下包袱，拉起弟弟，跑出门外，回头盯了玉罗刹一眼，恨恨说道："好哇，玉罗刹，咱们后会有期！"玉罗刹一声长啸，手摸剑柄，神家兄弟吓得飞跑，再也不敢发话。

朱宝椿、唐家璧、杜明忠都扑去抢那包袱，玉罗刹脚尖一点，轻轻把那包袱踏着，杏眼一睁，朱宝椿连忙退后，说道："这包袱里有千年何首乌与白狐裘子，他们要拿去孝敬魏忠贤，是我把它劫了，想留来孝敬你老。你老人家说一句：这东西我劫得对不对？"

玉罗刹道："是么？"杜明忠昂头说道："这两样东西是想送给魏忠贤，但我是要拿它去救人的。左都御史左光斗是俺的舅舅，他和杨涟等联合上疏，给魏忠贤下了天牢，陈巡抚读了邸抄，通知我赶上京都，设法营救。我既无法与奸阉相抗，迫得忍辱求情。左光斗是东林正人，天下共知，我救他又有何不对？"

玉罗刹怔了一怔，道："好，包袱给你。"对朱宝椿道："罗铁臂救了杨涟的遗孤，正在找你，你赶回去吧。"朱宝椿道："你们何不早说，既然是为了救人，我也不劫它了。"拱手告辞，赶回山寨。

杜明忠上前叩谢，玉罗刹眼珠一转，道："爹，咱们也上京瞧热闹去。"铁飞龙心想：杀女儿的正凶金老怪已被岳鸣珂杀了，还有两个仇人一个是慕容冲一个是应修阳都在宫中执役，下手虽难，但他们终须回京，在京城等候机会，也是办法。便也道好。

唐家璧尴尬之态，见于辞色，对杜明忠拱手道："你有铁叔叔护送上京，小弟告退了。"铁飞龙将他送出门外，回来笑道："裳儿，以后不准你吓初出道的雏儿！"

三人一路同行，路上交谈，玉罗刹才知道杜明忠原来也曾在熊经略幕下作幕僚，管办文书，也认识岳鸣珂。玉罗刹不禁说道："熊经略死后，后继无人，边防败坏，明朝的江山怕快要完了。"杜明忠道："不然，不是后继无人，只是怕朝廷不予重用。"玉罗刹心念一动，问道："你看谁可继承熊经略，重镇边关？"杜明忠道："辽东军中的金事袁崇焕就是当世奇才，他本来是一个七品县官，为熊经略赏识，保他巡边，广宁那役，熊经略被王化贞所累，大败弃城，袁崇焕单骑出关，遍阅形势，回来请兵，自愿守辽河以东，可惜那时熊经略只有五千部众，朝廷又不肯派兵。后来在兵败将逃之际，熊经略叫他去经理军事，安置游民，白天敌军出没，无法活动，他就在晚上深入荆棘蒙茸虎豹潜伏之地，走遍敌后乡村，把游民百姓重组起来。所以后来才有八里铺的小捷，才有在山海关对峙之势，要不然清兵早入关了。"

玉罗刹心道："若然真有如此之人，熊经略的遗书倒可付托给他。只是他远在关外，如何寻找？"

三人来到京城，已是五月下旬，这一日进了城门，便见街道乱哄哄的，数十名京官抬着魏忠贤的金身塑像，打锣打鼓在北京街道游行，市民远远地瞧热闹，低声唾骂。铁飞龙一问，才知是给魏忠贤建"生祠"。

其时是天启四年，魏忠贤操纵朝纲，权倾中外，民间的童谣道："委鬼当朝立，茄花满地红。""委鬼"是"魏"字，"茄"与"客"同音，从这童谣，亦可见客魏势力之大。朝中阁臣魏广征认是他的侄子，阮大铖、崔呈秀、顾秉谦、傅櫆、倪文焕、杨维垣等大臣俱拜忠贤为父客氏为母，浙江巡抚潘汝桢首先倡议为魏忠贤建立生祠，继之全国各地都纷纷建立，真是集尽人间无耻之大成，最后在北京也建起来了，自称"读孔子书"的监生陆万龄并上颂德表曰："孔子作春秋，厂臣作'要典'（厂臣即魏忠贤）；孔子诛少正卯，厂臣诛东林党人，礼宜并尊，岁祀如孔子。"这些话也真亏他说得出来。

玉罗刹看到那些大官的无耻模样，气得几乎要拔剑去乱杀一通，铁飞龙把她拉开说道："别看了，我的胃几乎要作呕啦！"

到京之后，铁玉二人和杜明忠分道扬镳，铁玉二人住在长安镖局，杜明忠则投靠他的表亲兵部大员孙承宗，分手时，玉罗刹微微冷笑对杜明忠道："你去向魏忠贤贿赂求情，我看未必有效。"杜明忠道："我只是尽力而为，将来也许还要请你们帮忙。"铁玉二人见他虽然有点糊涂，也还不失为正人君子，便把长安镖局的地址给了他。

长安镖局的总镖头龙达三是铁飞龙的好友，见铁玉二人到来，自是殷勤招待。晚饭之后，玉罗刹问起杨涟被捕下狱的事情，龙达三叹口气道："真是一言难尽哪！"

铁飞龙追问所以，龙达三道："阉党与东林党之争，你们是知道的了。阉党就是魏忠贤的党羽。魏忠贤自封'九千岁',手下的大宦官也成了'千岁爷'。他门下的文臣武将有'五虎''五彪''十狗''十孩儿''四十孙'等等称号。他们专反'东林','东林'本来是因被贬大臣高攀龙、于孔谦等在无锡东林书院讲学而得名,到了现在,凡一切正派人物,都被冠以'东林党'的帽子,成为罪名了。魏忠贤的党羽王绍徽把东林党中重要的人物百零八人编为《点将录》,比之为'梁山泊百零八将',他们阉党自称'正人',而把'东林党'贬为'邪派',准备按名单一一陷害。杨涟、左光斗、袁化中等在《点将录》中都是名列前茅的人物。"

玉罗刹怒道:"真是颠倒是非,成何世界!"龙达三续道:"熊经略被害死后,杨涟见客魏专横,愤不可遏,上疏劾魏忠贤廿四条大罪,不料上疏的第二天便有旨切责杨涟。朝中正直的大臣都被激怒了,一面联合上疏,一面准备在皇帝坐朝时面奏。魏忠贤只手遮天,居然阻止皇帝一连三天不坐朝,在三天中他的布置已经完成,到了第四天,魏忠贤反以'和熊廷弼勾结'的罪名,把反对他的为首人物:杨涟、左光斗、魏大中、顾大章、袁化中、周朝瑞六人逮捕下狱,关在北镇抚司大牢。魏忠贤好不阴毒,说他们曾接受熊廷弼的'赃款',要向他们'追赃',他们都是穷官儿,哪交得出什么'赃款'?于是便五天一比,每'比'打四十棍、夹五十杠,令他们求生不得,求死不能。他们之中,有几个熬不了刑,也曾授意叫有钱的门生亲故筹款'缴赃',可是那'赃款'多寡任由魏忠贤开口,'缴赃'总缴不够,反给魏忠贤多辟了一条财路。"

玉罗刹拍腿叫道:"可惜了那枝千年何首乌!"龙达三道:"什么?"玉罗刹一笑不语,道:"好呀,今晚我就瞧杨涟去。"龙达三道:"北镇抚司,非比寻常所在,姑娘不可造次。"玉罗刹大笑道:"皇宫大内,我尚自进出自如,北镇抚司是什么东西。喂,慕容冲他们回来没有?"龙达三道:"没听说,明天我替你查。"

玉罗刹和铁飞龙都是天不怕地不怕的人物，说干就干，当天晚上便换了夜行衣服，直探天牢。

　　牢狱墙高三丈，墙上插满铁钉，但却阻不了玉罗刹二人。铁飞龙跃上墙头，道："你去探监，我挡敌人。"玉罗刹道："妙极！"跳入里面，真如一叶飘落，堕地无声。

　　玉罗刹伏在过道暗角，不久便有狱卒提灯巡过，玉罗刹一跳而出，明晃晃的剑尖在狱卒面门一闪，低声喝道："杨涟住在哪号牢房？"狱卒吓了一跳，听了玉罗刹的话后，喜道："你是救杨大人的吗？他在西边第六号牢房，从这里向右首转过便是。"

　　玉罗刹道："你若说假话，我就把你一剑斩了。"狱卒顿足道："杨大人被打得奄奄一息，你要救快点去救！"玉罗刹看他神情，知他绝不会叫嚷破坏，便依着他的指点，转了个弯，摸到第六号牢房。

　　牢房的铁门厚达五寸，门上用一把大铁锁锁着，手力多强也捏不碎，普通人休想进得。可是这却难不了玉罗刹，她在绿林多年，对开锁的技术，精熟异常。只见她在百宝囊中取出一条弯弯曲曲的铁线，插进锁孔一撩，铁锁应手便开，玉罗刹摸入牢内。

　　牢房里黑黝黝的，但闻得微弱的呻吟之声，玉罗刹擦燃火石，只见杨涟披枷带锁，血肉模糊，几乎不能辨认。

　　杨涟骤然见有人来，已吃了惊，到看清楚是玉罗刹时，更是吃惊非小，挣扎喝道："你来做什么？"玉罗刹道："来救你出去！"杨涟怒道："我是朝廷大臣，岂能随你越狱！"玉罗刹气道："你现在还讲这套，你不要性命了么？"杨涟道："我纵然被杀被吊，也不关你的事。你不守王法，我岂能与你一样？"玉罗刹骂道："王法，王法！我说你是个大蠢材！"杨涟挣扎叫道："你再过来，我便一头碰死！"

　　玉罗刹道："你的儿子罗铁臂已带到四川去了，你不想念他吗？"她本想以亲子之情打消他愚忠之念，岂料杨涟反哈哈笑道：

"骢儿无恙，我尚何忧！"玉罗刹道："哼，你是个大忠臣，但你们死后，朝中尽是奸臣，明朝的江山岂不是更快完蛋？"杨涟心念一动，忽又"呸"了一口说道："忠臣岂是杀得尽的？你当我朝中无人么？你看熊廷弼死了便有袁崇焕继起，叶向高去了又有洪承畴接任。大明江山胡虏夺不去，你们流寇也抢不去！"杨涟以兵部大员升任左副都御史，做了几十年官，那正统的忠君观念已深入心肺，他把自己和朝廷视同一体，连来救他的玉罗刹，也给他当成"流寇"敌人了。他哪料到明朝的江山在他死后便被满清夺去，而他所推崇的洪承畴后来也做了汉奸。

玉罗刹气往上冲，道："哼，不是看你被打成这样，我就先把你杀了！"这霎那间，她觉得杨涟既可怜，又可笑，既可恼，但亦可佩，可佩的是他不畏权势，敢劾奸阉，可怜可笑可恼的却是他至死不悟的愚忠！

杨涟声调一低，忽道："你去吧！你日后见了我儿，叫他不要为官，但你也不能叫他为寇。"玉罗刹笑道："你儿子将来之事你也要管么？哼，他可比你强得多，我才不叫他学你的糟样子。"杨涟双眼一翻，痰往上涌，晕了过去。这时外面已传来脚步奔跑之声，片刻后"捉劫狱贼呀！"之声大起。

这时玉罗刹本可伸手将杨涟救去，但她却打消这个念头了，一转身闯出牢房，便跳上瓦面。瓦面上铁飞龙正在以砖瓦作为武器，掷下去打那些想跳上来的锦衣卫。铁飞龙掷得又准又劲，锦衣卫一被打中便是头破血流。

铁飞龙见她空手上来，大为失望，问道："找不见吗？"玉罗刹道："我决不救他了！"铁飞龙心道：这孩子脾气真怪。但机会稍纵即逝，这时锦衣卫已有数人跳上，再想劫狱，已是不能。

铁飞龙道："那么咱们就闯出去！"玉罗刹一口闷气，无处发泄，一声长笑，杀入锦衣卫群中，刷刷几剑，随意挥洒，剑尖所触，不是穴道要害，便是关节所在，那些锦衣卫，几曾见过这样的剑法，片刻之间已有数人中剑滚下瓦面，痛得狂呼惨号。

铁飞龙道："裳儿，不要多杀了！"双掌疾劈，将瓦面上剩下那几个卫士扫了下去，和玉罗刹腾身飞上民房，霎忽不见。

再说自玉罗刹去后，杨涟自知过不了今夕，果然过了一会，北镇抚司许显纯和锦衣卫指挥崔应元走了进来，后面跟着两个狱卒，提着土袋，许显纯道："杨大人，请恕无礼，今晚要送大人归天。"

杨涟哈哈大笑，道："你且待须臾，待我留下血书，烦你交给皇上，可不可以？"崔应元道："大人请写。"杨涟以指蘸血，撕下白布衬衣，写道：

"涟今死杖下矣，痴心报主，愚直仇人，久拼七尺，不复挂念。不为张俭逃亡，亦不为杨震仰药，欲以性命归之朝廷……雷霆雨露，莫非天恩，死于诏狱，难言不得死所，何憾于天，何怨于人。惟我身副宪臣，曾受顾命。孔子云：'托孤寄命，临大节而不可夺。'持此一念可以见先帝于天，对二祖十宗，皇天后土，天下万世矣！大笑大笑还大笑，刀斫东风，于我何有哉？"

崔应元看到"大笑大笑还大笑，刀斫东风，于我何有哉？"几句，几乎喝起彩来，许显纯是魏忠贤干儿子，瞧了一眼，阴沉沉地道："还未写完吗？"

杨涟以指蘸血，续写道："……血肉淋洒，死生顷刻，本司追赃，限限狠打，此岂皇上如天之仁，不过仇我者迫我性命，借封疆为题，徒使枉臣子之名，归之皇上……"

许显纯一把抢过，道："哼，你这厮直到如今还敢怨怼厂臣？"（魏忠贤掌管厂卫，故称厂臣。）喝道："快动手！"两个狱卒，将盛满泥土的土袋压在杨涟的面上和胸上，不消多久，杨涟便气绝身亡。许显纯道："把左光斗和魏大中也一并做了，免得担心劫狱。"至于周朝瑞、袁化中和顾大章却因关在另一监牢，侥幸得以暂逃性命。

杨涟的绝命书，许显纯当然不会拿给皇帝，可是崔应元已经记熟，他是同情杨涟的人，后来弃职归隐，杨涟的绝命书也就流传开来，脍炙人口了。这绝命书既有愚忠之忧，亦有豪迈之气，真是文如其人，既令人觉得可笑可怜，亦令人觉得可钦可佩。

再说玉罗刹和铁飞龙回到长安镖局，说起杨涟之愚，玉罗刹犹觉气闷。铁飞龙忽道："他虽愚忠，到底还是一条汉子。若皇上有诏放他，那就好了。"玉罗刹拍掌笑道："是啊，我早该想到这招。我们今次来京，为的三事，一是物色可传熊经略遗书之人；二是为珊瑚妹子报仇，找慕容冲和应修阳的晦气；三是救这个顽固不化的杨涟。第一件事可遇而不可求，二三两事可得入皇宫一趟，嗯，不如明晚我就单身入宫，给你看看慕容冲回来没有。"铁飞龙低首沉吟，玉罗刹道："爹，你让我去吧，宫中路道我比你熟，而且今晚闹了天牢之后，宫中高手，必然调来，我正可乘虚而入。"铁飞龙想起她的轻功比自己高妙，几乎到了来去无踪的地步，便道："好，你小心点，若然慕容冲已经回来，你不要惹他，待我想办法约他单打独斗。"玉罗刹点头答应，她却未料到，就在她离开天牢之后不到半个时辰，杨涟已被土袋闷死了。

玉罗刹艺高胆大，第二晚果然偷偷地溜入皇宫。但她却不知皇帝住在什么地方，心想："那淫妇客氏的'乳娘府'我是知道的，不如先到那里，很可能小皇帝就在那儿。"主意打定，施展绝顶轻功，神不知鬼不觉地入了乳娘府，飞上客氏寝宫外面的大梁，客氏正在里面和女儿谈话。

玉罗刹心道："听说客氏的女儿是红花鬼母的徒弟，不知她心性如何？"凝神静听。只听得客氏道："婷儿，你年纪也不小了，我叫皇上纳你做贵妃如何？"客婷婷道："妈，你又未老，怎么说话如此糊涂？"客氏道："我说你才糊涂，做贵妃有什么不好，你先做贵妃，然后我设法令皇上把皇后废掉，那时你就是皇后了。"客娉婷道："我不想守寡。"客氏道："咦，你说什么？你怎么咒我的由哥儿？"娉婷道："谁咒他，妈，你该知道我学过武功，对人的体质强弱，只要一望便知。小皇帝表面虽没什么，但你听他说话短促，毫无遗音，身子虚浮，走路轻飘，目前不过是用补药支撑罢了。妈，我敢跟你打赌，他绝对不能再活三年！"

客氏一想，女儿所说，确是实情。但仍然说道："若如你所说，那就更要预早图谋了。我现在虽然有权有势，但千古以来，几曾见过有乳娘可以长霸宫中之事。除非是皇太后才可垂帘听政，永保繁华。女儿，你做了皇后，皇帝死后，你便是皇太后，哈，到了那时，你随心所欲，怕什么守寡？"

玉罗刹心道："这女人真是无耻之尤，我若非怕打草惊蛇，一剑就把她结束！"

客娉婷心中也是气闷非常，她入宫之后，见母亲如此荒淫，已是极难忍受，听了此话，更是又羞又气，蓦然发脾气道："妈，我明天要回家。"客氏道："回家，你回什么家？这里就是你的家了！"娉婷道："我要找师父去！"

客氏道："你那师父武功虽然是当世第一，却是不识时务。"娉婷道："我不管，我一定要去找她。"客氏道："我只有你一个女儿，宫中又是危机隐伏，你别瞧我有权有势，由哥儿若然死了，我给人害死也说不定。你既会武功，我就全靠你保护了。"娉婷眼睛一湿，道："那你就莫迫我做什么贵妃，你一迫我，我马上就走。"客氏道："好，你不愿意，我就另给你挑一门亲事，新科状元好不好？文状元武状元随便你选。"娉婷绷脸怒道："妈，我不准你说这个。老实说，我在这宫里住得闷透啦。妈，明天我去西山看花，你去不去？"客氏道："我老喽，提不起这个劲啦。你看花解解闷倒是无妨。我前天才叫巧匠造了一辆逍遥车，就在外面走廊摆着，你去可以坐逍遥车去。在车里你可以看到别人，别人看不到你，你瞧，妈多疼你。"

娉婷面上现出一丝笑容，客氏忽道："你替我端一碗参汤送给皇上吧！"娉婷道："我不去！"客氏道："又发脾气啦！好，不要你去。春桂，你来！"唤过一名宫娥，叫她将参汤送给皇上。

宫娥提了一个铁盒，盒内盛有参汤，盒底烧着酒精。玉罗刹瞧她走出宫门，身形一起，轻飘飘地跟在她的后面，宫娥竟是丝毫不觉。

皇帝住的地方，距离乳娘府不远，宫娥走了一会就到了。玉罗刹见宫外有卫士巡逻，便伏在假山转角，到那宫娥出来时，玉罗刹搓了一粒小小的泥丸，夹在两指之间，轻轻一弹，宫娥额角着了一弹，大声叫嚷，卫士道："什么事情？"跑过去看，宫娥道："我给人打了一下。你看我的头发都乱啦，痛得很！"卫士笑道："你见鬼啦，我看打着哪里？"乘机揩油，抚摩宫娥的脸蛋。玉罗刹趁这时机，身形一起，掠上琉璃瓦，飘身进入内院，又跃上皇帝书房外面的横梁，外面的卫士正在飘飘然和宫娥打情骂俏，哪里知道。

书房内小皇帝由校正在批阅奏疏，大臣的奏折都给魏忠贤截去了，他只能看一些小官的奏疏解解闷。看到一本，自言自语道："咦，这个人倒大胆，居然上疏替熊廷弼喊冤，还要朕杀魏忠贤以谢天下，我看他叫什么名字。"由校原非十分糊涂，只是受制于客魏已久，无法自拔。他现在已是二十岁的少年了，做着有名无实的傀儡皇帝，也觉气闷。所以有时也找些奏疏批批，聊且过过皇帝的瘾。

这一本奏疏他却不敢批了，又不甘心送给魏忠贤，看了奏疏后面的名字，喃喃说道："袁崇焕，辽东大营佥事，唔，我且把他记在心头，想法用他。啊，他已经来京听候差事，也好，过几天我叫大学士去召他。可是这奏疏怎样处置呢？"搔头无计，忽然窗门打开，一股劲风扑了进来！

由校惊叫一声，书案上凭空多了一把明晃晃的匕首，插在桌子中央，刀尖上还插有一张字条，潦草的字迹写着："速释杨涟，礼葬廷弼，若不依从，取你首级！"由校大叫："来人呀！"猛然醒起那个奏疏，要捡起时，那奏疏已不见了！

这自然是玉罗刹的杰作，她以闪电般的身手，寄简留刀，又取了袁崇焕的奏疏飞身便走，掠过假山，蓦地里呼呼风响，眼前像飞来一片红云，一个庞大的身影挟着两片怪兵器骤然压下，玉罗刹横剑一拨，只听得一片破锣似的响声，震耳欲聋，宝剑几乎给那两片怪兵器挟出手去。定睛一看，来的是个穿着大红僧袍的喇嘛。这人叫做昌钦大喇嘛，除了一身武功之外，还精于制炼补药与房中术，由校因为无聊，纵情声色，魏忠贤投其所好，特别礼聘这个喇嘛，让他服侍皇上。至于皇上是否会因吃了那种"补药"而短寿，那却不放在魏忠贤心上了。

昌钦喇嘛虽然一身邪气，武功却是非同小可，手使两片铜钹，真有万夫不当之勇，他未能把玉罗刹的剑夺走，也是大吃一惊。说时迟，那时快，玉罗刹刷刷两剑，闪电刺来，昌钦喇嘛展开两片铜钹，左右分挡，不料玉罗刹的剑法奇诡绝伦，剑锋一转，突然戳向中盘，昌钦喇嘛含胸吸腹把铜钹一缩，未能挟着宝剑，束袍的腰带却被削断，吓得连连后退，玉罗刹飞身便走。这时宫中报警之声四起，卫士纷纷赶来，景仁宫的琉璃瓦上，突然现出一条人影，大声叫道："玉罗刹，你好大胆，这回你插翼难逃！"发话的正是慕容冲。

慕容冲深知玉罗刹轻功高妙，擒她不易，并不跳下来拼，只是大声叫道："不要慌乱，速闭外出的宫门，明灯放箭，守着宫墙，然后搜索，她逃不了。"慕容冲内功深厚，声音直传出宫外，顿时宫墙上亮起千万盏明灯，卫士都现出身来，要想硬闯出去，那真是万万不能。

玉罗刹人急计生，那宫墙上的灯笼虽如繁星密布，光线却并不能射到宫中内苑，玉罗刹一身黑色衣裳，穿花绕树，专拣暗路潜行，并时不时施展声东击西之技，用石块抛出去引开追近身边的卫士，居然给她走到了客氏的乳娘府外。

客氏听得外面厮杀之声，早已吓得紧闭房门，遁入地窟。客娉婷仗剑守护，宫中无人，玉罗刹飘然飞入，见了那架逍遥车，微微一笑，卷起车帘，躲进车内。宫中卫士纷扰半夜，不见有人闯出，大为奇怪，慕容冲率卫士步步为营，仔细搜索，直闹到天明之后，闭宫大搜，仍然不见。慕容冲大为丧气，只道玉罗刹已仗着她那绝妙的轻功，不知从什么地方溜出去了。只好传令停止搜索，以后加紧戒备。谁知玉罗刹正躲在逍遥车内睡觉，舒服非常。

第二天中午，宫中又已宁静如常。客娉婷本想早上出去，因慕容冲闭宫大搜，已闷了半天，这时戒严令解，宫门开放，急急驱车出外，客娉婷时时出宫游玩，卫士司空见惯，见她驱车出宫，谁敢搜索？

逍遥车果然舒服，坐在上面一点不觉颠簸，不久到了西山。客娉婷正想下车赏花，忽闻得车中有细细咀嚼之声，好像老鼠偷食似的。客娉婷怪道："咦，这样华丽新造的车子怎会有鼠子躲藏？"正想揭开坐垫，忽然有一股力向上一顶，客娉婷跳了起来，坐垫掀开，在那长长的可并坐两人的狐裘为垫的靠背椅子下面，一个人突然坐了起来，笑道："你好呀，多谢你的蜜枣和核桃脯。"

原来是玉罗刹忍不着饿，偷她带来的东西吃，越吃越有味，以致咀嚼出声。客娉婷大吃一惊，未及拔剑，玉罗刹已一拳打碎玻璃，跳出车外去了。玉罗刹边跑边喊道："喂，你的师父已死啦，你不出宫，你师父传你的武功可就白费心血啦！"客娉婷叫道："是谁杀的？"玉罗刹道："谁也没有杀。她是给她的贼汉子气死的，现在武林之中，得她真传的，只有你啦！她的儿子是个脓包，不顶事。你不出去扬名立万，替师门争气，你师父死不瞑目！"话声停后，人也不见了。

再说铁飞龙等了一天一夜，正是忧心忡忡，见玉罗刹回来，急问经过。玉罗刹一一告诉，铁飞龙听到慕容冲回来，面色一沉，听到玉罗刹偷客娉婷的东西食，又哈哈大笑。说完之后，玉罗刹道："慕容冲暂时难以找他晦气，以后再提。熊经略的遗书，我却觅得适当的人可以送了。"

铁飞龙道："你说的是袁崇焕吗？"玉罗刹道："正是。起初我听得杜明忠说他是当世奇才，还不相信，后来杨涟说他可继承熊廷弼，我也还未尽信，现在看了他的奏疏，这人的确有胆有识，可以送书给他了。"铁飞龙道："熊经略的遗书有关国运，不可不慎。他既然在京，我叫龙大哥打探他的住址，咱们再去试他一试。"

再说袁崇焕从关外遣散回来，听候分发，像他这般的中级将领，在宫中数以百计，兵部根本就不放在心上。他拼死上疏，也无下文，这晚闷闷无聊，泡了一壶浓茶，独坐阅读孙子兵法，刚看了几页，房门忽然被人推开，走进一个老头一个少女。那少女喝道："袁崇焕，你好大胆，居然敢与魏公公作对，你还想活吗？"

袁崇焕道："你们是谁？"玉罗刹道："来杀你的！"从怀中抽出奏折，朝桌上一掷，喝道："这是不是你写的？"

袁崇焕心中一凛，想道："我来京之后，就闻说奏疏多给客魏扣下，又听说客氏有个女儿通晓武艺。莫非我的奏疏也给客氏拆去看了，叫她女儿和卫士来杀我？"却也昂然不惧，大声说道："是我写的又怎么样？"

正是：胸中存正气，一死又何妨？

欲知后事如何？请听下回分解。

第二十三回

剑气腾霄　三番惊大内
宫闱窥秘　一愤走天涯

　　玉罗刹一笑道："你真不怕死么?"伸出纤纤玉指，在紫檀桌上乱划，说话停时，桌上已现出一个大大的"杀"字，入木数分。

　　袁崇焕大笑道："我若怕死，也不上这本奏疏了，你要杀便杀，何必卖弄?"玉罗刹嗖的一声拔出剑来，袁崇焕向前一挺，"呸"的一口唾沫吐去，眼前人影忽然不见，只听得玉罗刹在耳边笑道："还好，没给你弄脏我的衣裳，若弄脏了，你这个穷官儿赔得起吗?"

　　袁崇焕一怔，只见玉罗刹笑盈盈地站在他的旁边，宝剑也已插回鞘中。袁崇焕莫明所以，铁飞龙道："裳儿，别开玩笑了。"玉罗刹裣衽施礼，道："很好，你的确是个不怕死的英雄!"

　　袁崇焕还了一礼，诧道："你们两位不是客魏派来的刺客么?"

　　玉罗刹笑道："我们是给你送东西来的。"袁崇焕道："什么?"玉罗刹解开包袱，将书取出，放在桌上。袁崇焕一见封面上所题的"辽东论"三字正是熊廷弼的字迹，慌忙拿了起来，揭了几页，"啊呀"一声叫了出来，道："熊经略的书怎么到了你的手上?"

　　玉罗刹道："你不必问。你若认为这本书对你还有用处，尽可收下。"袁崇焕道："你若不说明白，我怎能要熊经略的遗书?"玉罗刹道:"你有酒吗?"袁崇焕道:"有。"玉罗刹笑道:"你既然有酒,为何不拿出来?此事说来话长,没有酒润喉,怎么说得它了。"袁崇焕大笑道:"原来如此,可惜没有下酒的东西。"心里想道:"这个女子倒真爽快!"

袁崇焕取出一壶白酒,斟了三杯。玉罗刹道:"有得意之事,便可下酒。爹,我今日可要开酒戒啦!"铁飞龙连喝三杯,笑道:"老朽在熊经略之后,又得见当世英雄,这酒戒我也开啦。"

玉罗刹一边喝酒,一边说话,把熊廷弼将遗书托给岳鸣珂,岳鸣珂托给卓一航,而卓一航又托给她等事说了,袁崇焕听得泪承双睫,向天拜了三拜,将书收了。

玉罗刹酒量不大,喝了几杯,已经微有酒意。正想告辞,忽听得叫门之声。袁崇焕听她刚才所说,已知她便是名震江湖的玉罗刹,便道:"练女侠,你们暂避一避吧。"请他们进入厢房,把酒撤了,又取了一张桌布,铺在书桌之上,将玉罗刹刚才所划的"杀"字遮掩,然后开门。

进来的是个武官,问道:"这位想必是袁相公了?"袁崇焕心道:"这人恐怕是客魏派来的了?"道:"袁崇焕便是我!"那武官道:"王爷久慕相公之名,渴欲一见。"袁崇焕道:"你是哪个王府的?"武官道:"我是信王府的。"信王朱由检乃当今天子之弟,颇有礼贤下士之名,袁崇焕听了,又是一愣。

那武官道:"袁相公在八里铺之役,大败满洲军队,谁不知道。我们的王爷钦佩得很。"袁崇焕心道:"朝廷便不知道。这个王爷能留心到边关之事,的是不错。"

原来朱由校的弟弟朱由检(即后来的崇祯皇帝)比他的哥哥要精明得多,朱由校身子虚弱,又无太子,朱由检早就把皇位视为"囊中之物",也早就打算好在做了皇帝之后,要把魏忠贤收拾。可是他手下并无心腹大将,因此未雨绸缪,想把袁崇焕收为己用。

袁崇焕这时正是郁不得志，有人赏识，也不禁起了知遇之感，将朱由检的请帖收下，说道："烦贵官回复王爷，说袁某早晚必来谒见。"

正想端茶送客，外面又有敲门之声，袁崇焕心中暗笑："我回来候职，无人理睬。今晚却一连来了几拨人，莫非时来运转了么？"开门处，两个人冲了进来，只见一个是年约五十的老头，鹰鼻狮口，相貌丑陋，另一个却是锦衣卫服饰的武官。

玉罗刹在厢房内偷偷张望，见这个锦衣卫正是石浩，心中诧道："石浩来做什么？"

只见石浩迈前两步，叫道："咦，你不是信王府的么？你到这里来做什么？"信王差来邀请袁崇焕的武官名叫白广思，精通摔跤之技，乃是信王府中数一数二的教头，见石浩喝破他的来历，心道："不好。这石浩乃是魏忠贤的心腹，若被他识破王爷用意，实有未便。"仗着本领高强，先发制人，微笑起立，拱手说道："石指挥，你好！"冷不防手臂一圈，脚下一拨，啪的一声，将石浩挞下台阶！

袁崇焕吃了一惊，说时迟，那时快，只见与石浩同来的那个老人一声怪啸，霎眼便欺到了白广思跟前，白广思身躯一矮，双臂反抱，要用摔跤中的绝技"金鲤翻身"，将他背负起来，再将他挞死。

白广思招数方发，忽听得那老人在耳边喝道："好小子，你找死啦！"肩头一阵剧痛，有力也发不出来。袁崇焕喝道："你是什么人？胆敢到我这里动粗！"腾地跃出，一掌横扫。

那老人叫声："好！"双手一送，将白广思也掷下台阶，闪身避过了袁崇焕一掌，笑道："你这小子不错，怪不得我们的大汗看上你啦！"

袁崇焕悚然一惊，缩手喝道："什么大汗？"那老人笑道："不打不相识，你与我们的大汗曾几度兵戎相见，还要问么？"袁崇焕道："你是努尔哈赤派来的么？"那老人笑道："正是。我们的大汗想请你出关，又怕你摆架子，请你不动，所以叫我来啦！"

袁崇焕勃然大怒，斥道："你这满洲狗贼，居然敢到上京横行，不给你点厉害，你当我们中国无人了？"呼呼两掌，连环疾劈！

那满洲武师道："请你不动，我可要无礼啦！"左拳右指，拳击命门，指探穴道。袁崇焕虽是大将之材，马上马下功夫都极了得，但这种腾挪闪展、拳劈指戳的功夫却不擅长。正在吃紧，忽听得一声娇笑："袁相公，你怎么和客人打起来啦？"那满洲武师眼睛一亮，只见一个少女轻移玉步，笑盈盈地走了出来，但觉容光迫人，教人不敢仰视。

玉罗刹招手笑道："来，来！你给我说你的主人为什么要请袁相公，说得有理，我便叫他随你去。"那满洲武师心魂迷乱，身不由己地走了几步，蓦然想道："这样美若天仙的女子，何不将她一并捉去献给大汗？"玉罗刹又笑道："你从关外远来，有锦衣卫的指挥替你带路，想必是大有来头的了。你给我说，你是朝廷中哪一位贵官的客人？"

袁崇焕道："这个满洲奸细，何必与他多说？"玉罗刹笑道："不然，俗语云单丝不成线，他若无人包庇收容，怎敢在光天化日之下，在京城勒迫掳人？"袁崇焕心中一凛，让过一旁，任由玉罗刹对付这个满洲武师。

那满洲武师摇摇头道："小娘子，这不关你的事。你不如也随我去吧。我们的大汗见了你，一定喜欢，那你就一生富贵荣华享受不尽了。"

玉罗刹脸色一变，倏又笑道："是么？你到底说不说？"那满洲武师见她笑语盈盈，不以为意，嬉皮笑脸，伸手来拿玉罗刹的皓腕，玉罗刹手腕一缩，笑道："我比袁相公更会款待客人，你不怕么？"那满洲武师道："得小娘子款待，那是求之不得！"伸手又拿，玉罗刹蓦地将桌布揭起，露出那个入木三分的"杀"字，那满洲武师骤吃一惊，蓦觉掌风飒然，急闪避时，左边面上，已着了一下，痛入心脾。这满洲武师名叫察克图，乃努尔哈赤帐下数一数二的勇士，吃了大亏，怒吼一声，呼的一掌，将书桌劈翻，玉罗刹早已拔剑在手，刷刷两剑，分心直刺。

察克图虽然勇猛，怎挡得玉罗刹剑法神奇，十数招一过，便只有招架之功，无还手之力。玉罗刹斗得性起，一声长啸，脚踏中宫，剑光一闪，直刺咽喉，忽听得铁飞龙喊道："剑底留人！"玉罗刹剑锋一转，在敌人关节要害之处一点，笑道："爹，不是你提醒，我几乎把他杀了！"

察克图中剑倒地，奇痛彻骨，玉罗刹笑道："你真是请酒不吃吃罚酒，我要问你的话，适才都已问了，你还不依实说么？"察克图咬着牙根，抵受痛苦，闭口不言。玉罗刹道："哼，你还冒充什么好汉？爹，把那石浩提上来，让他也来看看！"铁飞龙在玉罗刹动手的时候，已将白广思与石浩扶起，白广思受伤不重，自入厢房歇息。石浩扭伤了腿踝，被铁飞龙按在椅上，不能动弹，眼睁睁地看着玉罗刹冲着他冷笑。

石浩毛骨悚然，只听得玉罗刹笑道："石浩，你两次在我剑下逃生，今番本来不应饶你。但你若肯乖乖听话，我也还可网开一面，留你残生。"石浩不敢作声，玉罗刹道："我且先叫你看看榜样。"谈笑声中，陡然一掌向察克图胁下拍去。

这一掌似乎轻飘飘的毫不用力，但察克图受了，却顿时惨叫狂噑，在地上滚来滚去。刚才所受的剑伤，虽然痛入心脾，运气还可忍受；而现在被玉罗刹轻轻一拍，体内顿如千万条毒蛇乱窜乱咬，真似肝肠寸断，五脏翻腾，饶是铁铸金刚，也难忍受，不禁失声叫道："我说，我说！求女英雄暂赐缓刑。"玉罗刹飞起一脚，踢他左胁穴道，一痛过后，血脉舒畅，过了一阵，察克图低声说道："大汗派我做使者，来见魏公公。"此事在铁飞龙与玉罗刹意料之中，却在袁崇焕意料之外，又气又怒，忍着不发。只听得察克图续道："我临行时，大汗对我说，熊蛮子死后，中原只有袁崇焕还是一个人才，他现在虽然职低位微，但一旦握了兵权，可是咱们的劲敌，你到了北京之后，可设法将他掳来，若是不能办到，那就将他杀了。"玉罗刹听到这里，笑道："很好！"袁崇焕不解其意，玉罗刹道："敌人对你这样忌刻，熊经略的遗书付托得人了。这不是很好么？"

察克图续道："我请魏公公设法查探袁相公住址，魏公公派人到兵部一问，兵部档案中存有袁相公到京后所呈递的履历书，立刻查了出来。可笑魏公公不识人才，还道：一个小小的金事，也值得你们大汗操心。我将他传来便是。因此他派了石指挥带小人来。"袁崇焕心道："好险！幸喜自己职位卑微，不为魏忠贤所注意，要不然只恐待不到今天，已遭他暗害了。"

铁飞龙看了察克图两眼，问道："你见过几次奸阉？"察克图一愣，玉罗刹道："奸阉就是魏忠贤那厮，你不懂么？"察克图道："见过两次。一次是呈递大汗的信件，一次是索袁相公的住址。"铁飞龙问道："是白天还是晚上？"察克图道："两次都是晚上。"铁飞龙道："你见奸阉之时，离得近么？"察克图道："他赐我在客位上坐，离得不近也不远。"铁飞龙道："约有多远？"察克图道："他在东首，我在西首。中间相距约有一丈。"

铁飞龙道："你所说的都是实话么？"察克图道："无半字虚言。"玉罗刹笑道："很好，你说了实话，我也对你慈悲了。"察克图"谢"字未说出口，玉罗刹横掌在他脑门一击，察克图哼也不哼一声，立刻气绝！玉罗刹笑道："被我处死之人，像他这样得以痛快身亡的，总共还不到三个。不是见他说了实话，我真不肯这样慈悲！"石浩听得心惊肉跳，面无人色。

玉罗刹又道："我连他的尸体也一并开消了吧，免得连累袁相公。"摸出一个银瓶，将药末撒在尸上，片刻之后，那庞大的尸身化为一摊浓血，玉罗刹以剑挖土，将血迹埋了。对石浩道："现在轮到你了。我要你做什么你便要做什么，敢道半个不字，便叫你死得比他还惨！"

　　石浩颤声说道："但凭女侠吩咐。"玉罗刹道："爹，你对他说！"铁飞龙道："你带我去见魏忠贤。"石浩一惊，玉罗刹瞪他一眼，石浩忙道："我依我依！"

　　铁飞龙道："袁相公，这里你不能住了，你到信王府暂避一避吧。白广思伤势不重，还可以走。"提起石浩，和玉罗刹先行告辞。

　　原来铁飞龙见察克图相貌和他有些相似，心中起了一个念头，想冒充满洲使者，将魏忠贤刺杀。是夜铁飞龙和玉罗刹在长安镖局谈论，玉罗刹怕他孤掌难鸣，铁飞龙道："不入虎穴，焉得虎子，我不怕魏忠贤看破，只要他肯出来，我未容他看得清楚，已一掌将他打杀了。"玉罗刹是个天不怕地不怕的女魔头，笑道："既然如此，我们入宫便是。咱们一个明入，一个暗入。你一得手，我们便立刻闯出来！"

　　且说石浩在玉罗刹与铁飞龙威胁之下，不敢不依，第二日晚上，果然带了铁飞龙悄悄进宫。

　　魏忠贤虽然私通满洲，但除了极有限的几个心腹之外，还是不愿人知，所以接见满洲使者，都是在更深夜静之时，连慕容冲也不让知道。这晚正要就寝，听得石浩求见，立刻披衣出见。走出房门，遥见石浩和那满洲使者立在厅前。魏忠贤心念一动，想道：前日那满洲使者说起袁崇焕时，说努尔哈赤对此人甚为器重，我一时好奇，曾叫他若掳了袁崇焕后，先带来让我一见。现在只有他们二人，难道袁崇焕已经走开，或者是因为拒捕给他击毙了么？"

　　魏忠贤心有所疑，向小黄门悄悄吩咐几句，走出厅来，距离数丈，便背倚墙壁，扬声叫道："古鲁鲁，古格图鲁，巴格纳特科图图！"魏忠贤曾跟察克图学过几句应酬常用的满洲话，现在仿满洲话的腔调，乱说一气，若然来的真是满洲使者，必定哈哈大笑，用满洲语纠正。

要知魏忠贤能把持朝政，当然也有点小聪明与应急之才，果然一试之下，铁飞龙怔了一怔，待醒悟时，骤然发难，一跃而起，向魏忠贤急施扑击，魏忠贤已奸笑一声，按动墙壁机关，隐入复壁的暗室去了。

铁飞龙一击不中，知已中计，往外便闯。那石浩也是溜滑非常，乘着铁飞龙向魏忠贤扑击之际，飞一般奔出殿外，高叫捉贼！

霎时间，魏忠贤的亲信护卫纷纷扑出，铁飞龙一声怒吼，身躯一转，反掌一挥，噼啪两声，单掌击毙两名东厂桩头。另一名桩头，是宫中有名的力士，手挥四十斤重的大铁锤，趁势冲入，迎头打下。铁飞龙又是一声大吼，左掌往上一推，那大铁锤下击之势，竟然给他挡着，说时迟，那时快，只见他右手一起，把那名卫士倒提起来，旋风一舞，啪哒一声，摔到两三丈外！

铁飞龙掌力之雄，江湖第一，武林无双，连红花鬼母也要惧他三分，卫护魏忠贤的东厂桩头，几曾见过如此阵仗，一时间纷纷后退。铁飞龙杀得性起，往人丛中闯去，忽见青光一闪，金刃劈风之声袭到背后，铁飞龙反手一掌，没有劈着，来袭的乃是西厂的总教头连城虎，他本来被魏忠贤调到四川去当"袭匪监军"，现在又已调回宫内。

连城虎的武功仅在慕容冲之下，手使的一对虎头钩，也是极厉害的外门兵刃，铁飞龙给他一挡，缓了一缓，周围卫士又纷纷扑上。铁飞龙奋起神威，掌劈指戳，却是无法脱出重围。但连城虎与卫士们怕他掌力厉害，也不敢欺身进迫！

正激战间，忽听得一人喝道："你们退下，待我来擒这个老贼!"声到人到,铁飞龙一掌劈去,蓦觉一股大力反推回来,倒退数步,看清楚时,原来是慕容冲。

慕容冲给他掌力一震,也是后退数步,暗道:"这老儿果然名不虚传!"一退复进,和铁飞龙恶斗。霎眼之间,拼了十余廿招,仍是不分胜败。

慕容冲是宫中第一好手,平日甚为自负。所以东西两厂的桩头("桩头",官名,相当于队长)、大内的卫士,经他一喝之后,都不敢上前助战。

魏忠贤从复壁中再走出来,见此情形,不觉焦躁,心道:"有刺客入宫,还要顾什么身份,摆什么架子?"对慕容冲颇为不满。喝道:"连总管,你上去助慕容冲把刺客拿下。"连城虎一声遵命,护手钩斜里劈进,铁飞龙反手一夺,给慕容冲格开,再腾起一脚,连城虎已闪到身后,护手钩往下一拉,眼看就要把铁飞龙的皮肉撕开,而慕容冲左拳右掌,又已打到胸前。

好个铁飞龙,临危不乱,横肱一挡,将慕容冲的拳掌一齐荡开,蓦然一个旋身,拢指一拂,连城虎双钩方出,忽觉手腕一痛,急忙跳开,只见寸关尺处,又红又肿,竟似给火铁烙了一个指印。大吃一惊,不敢偷袭,双钩一立,护身待敌。慕容冲两记冲拳,将铁飞龙招数引过一边。连城虎定了定神,这才把双钩展开,从旁侧击。

魏忠贤喝道:"你们务要把这刺客生擒。看他是何人指使。"把手一挥,桩头卫士在四周布成了铜墙铁壁,应修阳新招纳了两个高手,也来助战。铁飞龙斗慕容冲一人已感吃力,以一敌四,更是不堪。看形势冲又冲不出去,只有拼命支撑,等玉罗刹来援。偏偏玉罗刹又毫无声迹,不知到哪里去了。

再说客娉婷那日从西山回来之后,心中郁郁,镇日无欢,想起了玉罗刹的话,不知是真是假。这日独坐深宫,思潮浪涌,一忽儿想道：玉罗刹是武林中的成名人物，想来不会乱说。若然我的师父真个死了，我还留在宫中作甚？一忽儿想道：我母亲只有我一个女儿，宫中又是危机隐伏，她与我相依为命，我又怎忍与她分离？正自思量不定，忽听得有人在窗外轻轻敲了两下，客婊婷问道："是谁？"窗外一个低沉的声音应道："不要作声，是我，快快开门！"

这声音好熟！客婊婷怔了一怔，低低叫了一声："玉罗刹！"门外的人笑道："是呀！我有事求你来了！"

按说玉罗刹曾与红花鬼母为敌，又与客魏作对，乃是客婊婷的"敌人"，可是客婊婷不知怎的，对她毫无"敌意"，尤其是前两日与她接触之后，更觉玉罗刹有一种异乎常人的吸引力，她那豪迈的性格，爽朗的笑声，似乎是从另一个世界中来的人，尤其当客婊婷拿她与宫中那些人相比的时候，这种感觉与印象，便更鲜明。客婊婷又觉得她在某些地方，有点似自己的师父，但比自己的师父，更为刚强可爱。甚至玉罗刹的生活，也构成了客婊婷幻想的一部分。那种风高月黑，一剑往来，闯荡江湖，纵横绿林的生活，对于在深宫中的客婊婷，简直是一种诱惑！客婊婷每当想起了玉罗刹时，也常联想到外面无限广阔的世界，联想到那些带着传奇色彩的江湖人物。客婊婷对于玉罗刹不仅是羡慕，简直是有点倾倒了。

今晚，玉罗刹低沉的笑声，又在她的耳边响起来了，这声音，这带着命令语气的语音，令客婊婷感到有一股不能抗拒的力量，她毫不踌躇地打开了门，把她的"敌人"放了进来。

玉罗刹像一股风似的跑了进来，随手把房门掩上，客婊婷道："你怎么又偷进宫来？我的逍遥车小皇帝要去了，可没办法把你带出宫了。"玉罗刹噗嗤一笑，忽而端肃面容，低声说道："客婊婷，我要问你一句话！"

客婊婷道："请说！"玉罗刹道："你愿不愿满洲鞑子打进关来，愿不愿他们把咱们汉人的江山占去？"客婊婷跳了起来道："这还用问吗？当然不愿！"玉罗刹道："好，你既然不愿，那么就替我做两件事。"

客娉婷道："你说吧，只要我做得到！"玉罗刹道："第一件是替我把魏忠贤刺杀了！"客娉婷惊道："为什么？"客娉婷虽然不知道自己乃是魏忠贤的私生女儿，但魏忠贤对她十分宠爱，她却感觉得到。而且魏忠贤和她母亲十分要好，常常聚在密室谈话，她也是知道的。

玉罗刹见她面色惊疑，在她耳边低声说道："他便是通番卖国的汉奸！"客娉婷身躯颤战，玉罗刹那种斩钉截铁的语调，令她不能不信，不禁问道："还有谁吗？"她十分害怕母亲也和魏忠贤同谋，寒意直透心头，声音也颤抖了。

玉罗刹道："还有谁我也不尽知道，我只知道还有一个应修阳。应修阳的武功在你之上，你不必打草惊蛇，让我们来收拾他吧。"

客娉婷透了口气，问道："第二件事又是什么？"玉罗刹道："我的义父被他们围困在前面青阳宫中，你设法将他救出来！"

原来玉罗刹趁着石浩带铁飞龙入宫的当儿，也暗暗跟入，她到魏忠贤所居的青阳宫时，铁飞龙已和慕容冲、连城虎打了起来。玉罗刹一看下面形势，心道："糟了，我只道义父一举手便能将那奸阉除掉，谁知又被奸阉逃脱，反而把宫中侍卫全都惊动，就是自己下去，也只能帮助义父多抵御一些时候，要逃出去，这可是万万不能！"焦急之极，蓦然想起了客娉婷，想起了客娉婷那晚和母亲的争论，心想："看那客娉婷的言行举止，和她母亲大大不同，我姑且去试一试。"

客娉婷听了玉罗刹所求的第二件事，又是一惊，道："我本事低微，如何能救你的义父？"玉罗刹道："斗智不斗力，你只要设法把宫中的几个高手引开便行。"客娉婷想了一想，计上心头，道："好，我听姐姐的话，姑且试它一试。"在玉罗刹耳边说了几句，玉罗刹笑道:"好,就这样办吧,你真是我的好妹妹。"在她额上轻轻亲了一下,立刻穿窗飞出!客婢婷冲口叫了一句"姐姐",正自不好意思,忽听玉罗刹也称她"妹妹",还亲了她一下,心中甜丝丝的,什么也愿替玉罗刹做,自己也莫名其妙,为什么玉罗刹对她的吸引力如此之大。

再说铁飞龙苦斗四名高手,初时还能以掌力自保,渐渐力竭筋疲,险招屡见,玉罗刹仍不见来,心道:不道我今日毕命于此,我死也得把那奸阉的阴谋揭露!这时慕容冲看看便将得手,心中大喜,劈面一拳,将铁飞龙的招数引开,左手骈指照他的胁下关元穴一点,忽听得铁飞龙大叫道:"魏忠贤通番卖国,万死不足以蔽其辜,你们为虎作伥,将来也难逃公道!"慕容冲蓦吃一惊,手指斜斜往外一滑。魏忠贤大怒喝道:"贼子胡言,把他击杀了吧!"

慕容冲略一犹疑,忽听得有人叫道:"火,火!"魏忠贤吃了一惊,叫道:"快出去看,是哪里起火?"话声未停,忽地一声凄厉的叫喊掠过夜空:"救命呀,救命!"魏忠贤心惊胆战,这正是客婢婷的呼救之声。近门口瞭望的卫士报道:"奉圣夫人宫中起火!"

紧接着客婢婷凄厉的叫声之后,外面又传来一声长啸,接着是四面屋瓦抛掷之声,石浩站在魏忠贤之后,顿时面色灰白,惨无人色,颤声叫道:"是、是玉……玉……玉罗刹!"

玉罗刹曾两次大闹皇宫,魏忠贤深知她的厉害,而且听外面声响,似乎来的还不止一人,吓得连忙叫道:"快分出人去救奉圣夫人!"

这些都是客婢婷与玉罗刹的故弄玄虚。客婢婷自己放火,自己叫喊,装作给人追杀的样子;而玉罗刹则仗着绝妙的轻功,在琉璃瓦上,东掷一片屋瓦,西抛一块砖头,听起来就好似四面都有敌人。魏忠贤所住的青阳宫和客氏所住的乳娘府相距甚近,火光融融,触目惊心,更加上客婢婷高叫救命之声,和玉罗刹满含杀气的笑声，杂成一片，更加强了恐怖的气氛。围堵铁飞龙的桩头卫士，已有一半冲出门去。慕容冲虚晃一拳，也奔出门外。

铁飞龙精神大振，呼呼两掌，把连城虎与另一高手迫开，骤然拔出一根匕首，向慕容冲背心一掷，高叫道："慕容贼子，接这个！"慕容冲头也不回，反手一捉，将匕首接着，正想还掷，忽听得铁飞龙又叫道："你好好看清楚了！"慕容冲心念一动，随手将匕首放入暗器囊中，纵身出门，直奔客氏的乳娘府。

魏忠贤又叫道："连城虎，你们将这老儿斩刀砍死算了。"剩下的一小半卫士，刀枪纷举，四面戳来，铁飞龙一声大喝，疾地抓着一名卫士后心，向外便摔，那卫士庞大的身躯从刀枪林立的上空飞过，众人发一声喊，急急闪开，铁飞龙哈哈大笑，依法炮制，连摔三名桩头，连城虎大怒，双钩急斫，蓦地里一声长啸，玉罗刹突然从琉璃瓦面跳了下来，在半空连人带剑转了个大圆圈，宛如一团银色的光环，从空飞降，抢过来的几名桩头卫士，给剑光一荡，手断足折，纷纷闪让！

魏忠贤大吃一惊，石浩叫道："不好，快躲！"魏忠贤躲进暗室，石浩急忙也跟了进去。这样一来，围攻铁飞龙的虽然还有十余廿人，已都折了锐气。玉罗刹展开独门剑法，招招快，招招辣，闪电惊飙，恰如彩蝶穿花，左一剑，右一剑，剑尖所刺，都是敌人的关节要害，霎忽之间，已有五六名卫士中剑倒地，声声惨号，玉罗刹喝道："挡我者死，让我者生！"长啸声中，冲开了一条血路，杀入重围。

这一来，连城虎与应修阳新招请来的两名高手也有点慌了，玉罗刹挺剑猛扑，一招"玉女穿针"，疾刺连城虎背后的"魂门穴"，连城虎双钩一剪，铁飞龙忽然大喝一声，劈手把钩夺过，一钩钩去，只听得"嗤"的一声，将连城虎衣襟撕下一大块！但连城虎也逃出去了。

高手遁逃，众卫士无心恋战，玉罗刹运剑如风，直杀出去，铁飞龙拳打掌劈，犹如巨斧铁锤，更是锐不可当！卫士们哪里敢追。玉罗刹熟悉宫中道路，片刻之后已带了铁飞龙闯出了神武门，翻过景山去了。

　　再说慕容冲等赶去救火，只见客娉婷披头散发，左肩染血，慕容冲大吃一惊，却不见敌人，客娉婷道："刺客已经走了，我给那女魔头刺了一剑，幸好受伤不重，救火要紧！"慕容冲一看，心里起疑，暗想道："玉罗刹剑法何等厉害，一出手便是刺人关节穴道，难道她对这小丫头却手下留情么？"

　　火势不大，人多手众，不用多久，便把火扑灭，客氏把女儿拉入房去换衣服，裹伤口，将玉罗刹咒骂不休，客娉婷却暗暗好笑。这剑伤是她自己刺的，不过将皮肤割开了一条裂口而已，连骨头都没有触着，根本算不了什么。

　　闹了半夜，神武门的守卫报道刺客已经逃去，魏忠贤这才吁了口气，吩咐手下轮班看守，不得放松，自己却悄悄去乳娘府探望客氏。

　　这时客娉婷已换了衣服，躺在床上假寝，玉罗刹的话一直在她心上翻腾，忽听得母亲和魏忠贤的脚步声到了门外，客娉婷的心卜卜乱跳，想道："我应不应听玉罗刹的话，将他刺杀呢？"

　　房中火光一亮，客娉婷感觉到魏忠贤正弯下头来看她。客娉婷想道："我现在只要略一动手，就可将他杀掉，可是母亲在这儿，我怎可令她见着鲜血淋洒！"

　　客氏低声唤道："婷儿！"客娉婷假装熟睡，动也不动。客氏道："嗯，她睡着啦！"魏忠贤道："她的伤厉害吗？"客氏道："幸而还不紧要。"魏忠贤道："嗯，她也可怜，咱们把她接到宫内，原是想让她享福，今夜反而累了她替我受伤了。"客氏道："什么？替你受伤？"魏忠贤道："你不知道吗？那些刺客本来是想刺杀我的。"客娉婷身躯微微颤动,魏忠贤轻声说道:"咱们不要在这儿谈话啦,提防把她吵醒。"携着客氏的手,轻轻走了出去,又轻轻把门关上。

客娉婷听在耳内,不觉疑团大起,想道:"为什么魏忠贤对我这样好,好像把我当成女儿一般?就算他和母亲要好,也不必对我这样好。听说他对东林党人非常毒辣,但却又对我这样慈祥,这是为了什么,为了什么呢?⋯⋯"

以往,客娉婷因为憎厌魏忠贤,每逢他来找母亲谈话时,她总是避开,压根儿没有起过偷听的念头。可是今晚玉罗刹的话引起了她心里的波澜,魏忠贤的态度又引起了她的疑惑,于是她悄悄地披衣起床,循着魏忠贤和母亲的脚步声,跟踪偷听。

密室中烛光摇曳,客娉婷偷偷用口水湿了窗纸,偷看进去,只见魏忠贤的手搭在母亲肩上,形状十分亲昵,客娉婷皱了眉头,只听得魏忠贤道:"再过几天便是婷儿二十岁的生日了,是吗?"客氏道:"是呀,我以为你忘记了,还算你有点良心。"

客娉婷的心卜通一跳,想道:"咦,他怎么知道我的生日?"只听得魏忠贤又道:"自从把她接到皇宫之后,她好像有什么心事似的,总是郁郁不乐。为了什么,你有问过她吗?是不是年纪大了,想要女婿了?她不愿做皇上的妃子也不紧要,朝中文武大臣,皇孙公子,只要她欢喜就成。"

客氏噗嗤一笑,忽而又叹了口气,唉声说道:"是想女婿倒好办了。她才不想要女婿呢。我也不知道她为了什么不乐,小时候蹦蹦跳跳顽皮透顶的孩子,现在你想逗她多说两句话也难,每逢和她谈话,她不是说想回以前的老家,就是说想去找师父。真把我气坏了。"

魏忠贤叹了口气,说道:"这丫头难道是天生的贱命?"客氏幽幽说道:"你不要这样说。其实以前在乡下的日子虽然苦些,也有它的好处。"魏忠贤淡淡一笑。客氏续道:"想起以前,咱们在乡下何等风流快活!"魏忠贤笑道:"你现在何尝不风流快活?"客氏面上一红,啐了一口道:"真是狗嘴里长不出象牙。我是说现在可要比从前操心多了,既要提防东林党人的攻击,又要担心皇帝长大之后,咱们的权位不能久长,听婷婷说,这小皇帝身子虚弱,只怕性命不久,若换了新皇帝,咱们的下场如何,还不知道呢!"魏忠贤大笑道:"现在满朝文武,不是我的干儿,便是我的门生,我又掌管东西二厂,新皇帝又怎么样?谁听话咱们就给谁做皇帝。哈哈,想当日我在乡下被人骂做流氓'混混',那些人可料不到我今日做了'九千岁',哼,不止是'九千岁',连'万岁'也在我这个'九千岁'的掌握之中。"

客氏仍是毫无笑容,续道:"而且还要担心刺客,像今天晚上,连婷婷都给弄伤,真把我吓死了。不是说笑话,我简直觉得比起以前在乡下和你偷情之时,还更担心害怕!"魏忠贤又是一阵大笑,道:"那么说来,你当年还是不要进宫做乳母的好;而我,净了身做太监,那就更冤枉啦!若不是贪图富贵,咱们在你那痨病鬼丈夫死了之后,可以光明正大住在一块,多养几个胖娃娃,俺魏忠贤也不至于断子绝孙,现在只有一个贱丫头,而且还不能叫她知道我是她的生身父亲。"

客婷婷一路听一路发慌,听到这里,只觉手足冰冷,心如刀割,她绝未料到魏忠贤这奸阉竟是她的生身父亲!一时间愤怒、羞惭、受侮辱、受损害,种种情绪纠结一起,那种感觉就如给人吐了一口唾沫在脸上一般,比死还要难受!

客婷婷恨不得有个地洞钻下去,从此永不见人。她掩着脸孔几乎哭出声来,无心再听,转身便跑,刚绕过回廊,忽见一条人影,疾如鹰隼地从琉璃瓦面飞来,客婷婷缩身在盘龙大柱之后,看清楚这人影乃是慕容冲,奇道:"这样深夜,他还来这里做什么?"慕容冲飞身攀上了客氏寝宫外面的大梁，蜷伏不动。客娉婷这时情绪十分激动，不愿现身和慕容冲招呼，绕过回廊，拐了两个弯，回到自己房中，就在黑暗之中，坐在床上，痴痴默想。

且说慕容冲在铁飞龙与玉罗刹走后，扑灭了乳娘府的火，回到房中，摸出铁飞龙掷他的那柄匕首一看，只见匕首尖端，穿着一张纸片，上面写道："我约你在三日后中午时分，在秘魔崖单打独斗，双方不许邀请帮手助掌，敢来是英雄，不敢来是狗熊！铁飞龙白。"慕容冲气道："铁老贼欺我太甚，我胜不了你也不见得会败在你的手上，怕你什么？"随手把纸片一团，丢在地上。

若在平日，慕容冲接到这样一个劲敌的比武邀帖，必然潜心细想破敌之法。可是今晚他的思想却被另一件更重大的事情吸引了去，铁飞龙在青阳宫当众大骂的声音："魏忠贤，你这通番卖国的奸贼！"就像在他心上投下一块大石，激起了波涛。

"魏忠贤到底是不是通番卖国的汉奸呢？"慕容冲想。他想起了当铁飞龙大骂之后，魏忠贤暴怒如雷的神情；又想起了平日魏忠贤和应修阳、连城虎等聚谈，常常将他撇开的事，愈想愈可疑，心道：这铁老贼虽然横蛮，但在武林中却是有身份的人物，料他不会胡说乱道。

慕容冲是甘肃回人，天生神力，后来被西北的独行大盗焦蛮子收为徒弟，练了鹰爪功和铁布衫，又到昆仑山定虚大师门下学了七十二路神拳，从此闯荡江湖，声名大起。后来神宗开榜招考禁卫军，他想图个功名，封妻荫子，便进京投考，又得人保荐，便在禁卫军中当上了一名都指挥，一做便做了十余年。

慕容冲武功虽然极高，可是不善巴结，而且他又自恃本领，目空一切，和同僚也不融洽，因此做了十多年的都指挥，始终不得升级。直到魏忠贤握权之后，知他武功确是高强，想把他收为己用。于是一升就把他连升三级，不到半年，便做到了东厂的总教头。慕容冲满脑子富贵功名之念，得魏忠贤一手提拔，当然感激。可是他也还有几分耿直，对魏忠贤的残害忠贤，有时也会反感。但虽然如此，他求富贵功名之念，压倒了那一点善良正直之心，于是不自觉地被魏忠贤利用，做了他的走狗。

可是，今夜，当慕容冲想起了魏忠贤确有私通满洲的嫌疑时，他再也抑制不住情绪的波动了。他想："若然魏忠贤真是汉奸的话，岂不连累我也蒙了恶名？"要知慕容冲素以英雄自命，虽然其实他不过是权门鹰犬，但自己却不自知。这时他一想再想，苦闷非常。想离开魏忠贤又舍不得目前地位，若不离开，又怕魏忠贤真是汉奸。

想了许久，听得敲了四更，他忽然起了一个念头：何不自己去查个水落石出。于是他先到魏忠贤的青阳宫，再到客氏的乳娘府。

魏忠贤和客氏的谈话还在继续，慕容冲伏在外面大梁竖耳细听。只听得魏忠贤笑道："娉婷想些什么，我也懒得再管她了。"客氏道："哑，自己的亲生女儿都不管么？"慕容冲吃了一惊，心想：原来那小丫头竟是他的女儿！

魏忠贤道："不是不管，你不见我很疼她么？是管不了，不好管。她每次见我都不喜欢和我说话，我怎么能跟她谈心。"客氏默然不语，久久方道："你说，要不要告诉她生身之父是谁？"魏忠贤忙摇手道："千万别说。"

过了一阵，魏忠贤又道："你担心万一将来新皇帝即位，会对咱们不利，我看，你这担心大可不必。"客氏道："为什么？你还是恃着满朝文武，不是你的干儿就是你的门生吗？可是你这些干儿门生，都是些趋炎附势之辈，冰山欲倒之时，你怕他们不另找靠山么？"

魏忠贤干笑两声，道："这个，也在我意料之中，可是，娘子，你有所不知。"客氏道："什么？"魏忠贤道："只怕等不到新君即位，满洲鞑子，便要打进关了。"客氏道："那岂不更糟？"魏忠贤笑道："那有什么可怕？满洲得了天下，咱们的富贵更可保持。"客氏叫道："什么？你私通满洲吗？"魏忠贤道："小声一点。俗语云：识时务者为俊杰。现在内有盗寇纷起，外有强敌窥伺。不亡于寇，便亡于敌，总之，明室的江山是不能长久的了。与其亡于流寇，不如亡于满洲。亡于流寇，咱们死无葬身之地；亡于满洲，咱们最不济还有口饭吃。你说吧，我说的有没有道理？"客氏沉思良久，叹口气道："你的聪明计智，一向在我之上，不过，我总不愿你背上通番卖国的恶名。呀，事到如今，我也没有主意了！"

"我也没有主意了！"慕容冲听到这儿，只感到一阵混乱迷茫，几乎跌下大梁，想道："他果真是通番卖国，这可怎么好呢？若背叛他吧，他是一手提拔自己的恩人！顺从他吧，事情败露，必然为人唾骂，那时就真的不是英雄而是狗熊了！"听得魏忠贤向客氏告辞，慕容冲急忙飘身先出。

掠过两重瓦面，忽听得下面有低低啜泣之声。慕容冲道："咦，这不是客娉婷吗？她怎么现在未睡？"想起她今晚所受"剑伤"的可疑痕迹，不觉停下步来。

正是：紧要关头临考验，各怀心事口难言。

欲知后事如何？请听下回分解。

一九八五年一月画《白发魔女传》于野味斋迎九堂

两人运气运力，四掌相交，四目相视，不
到半个时辰，两人都汗出如雨。

第二十四回

转念弃屠刀　深仇顿解
真情传彩笔　旧侣难忘

　　慕容冲脚勾屋檐，用个"倒卷帘"的姿势，伏耳细听。忽见房中火光一亮，客娉婷点起红烛，呜咽叫道："我不要这样的父亲。"慕容冲心想："咦，她知道了！"偷窥进去，见客娉婷拿起一个碾玉人像，在烛光下一晃，啐了一口，突然用力一摔，把它摔得四分五裂。

　　这是魏忠贤的塑像。四川巡抚为了要讨好魏忠贤和客氏，觅了上好的和阗美玉，塑了魏忠贤和客氏的像，送给他们。客氏想令女儿对魏忠贤发生好感，因此一定要把这两座碾玉人像，摆在客娉婷的妆台上。客娉婷当时莫名其妙，也曾提过疑问，客氏答道："这样的美玉是稀世奇珍，送给你做小摆设不好吗？你何必管它是谁的像。"客娉婷虽然憎厌魏忠贤，但为了顺从母意，对这点小事也就不再争论，随手把它摆在一个角落。

　　慕容冲瞧得清清楚楚，暗叫可惜，想道："她怎么把魏忠贤恨成这样？"只见客娉婷又拿起了母亲的塑像，端详了好一会子，想摔却又收回，喃喃说道："如果你也像他一样通番卖国，我也不要你这样的母亲！"

　　客娉婷喃喃自语，声音甚小，但听在慕容冲心上，却如一声霹雳，震动起来。心道："客娉婷在宫中比公主还要尊荣，但当她知道生身之父是个通番卖国的汉奸之后，就恨成这样！"

客娉婷在房中悉悉索索收拾衣物，打了一个小包裹，满屋珍宝玩物，她一件都不要。最后她拿起了母亲的塑像，在烛光下又端详了好一会子，叹了口气，想把它塞入包裹，忽又放下，喃喃自语道："这两座像原是相连的，我既摔了那座，还要这座做什么，还是不带的好。"随手又把那玉像放回妆台。

长夜将尽，天边露出一线曙光。客娉婷道："母亲啊！这是我陪伴你的最后一晚了。"抬头望窗外天色，自语道："现在还不能出去。"坐在梳妆台前，抽出几张雪白的锦笺，提起狼毫便写，写一行，停一停，又低低啜泣起来了。

慕容冲心道："她想必是留书给她的母亲，从此永不回宫了。"又想道："客娉婷身份如同公主，她也毫不留恋。我这东厂总教头算得什么？"血液沸腾，面上阵阵发热。想道："我七尺之躯，昂藏男子，难道就比不上这小丫头。"飘身飞出宫殿，回头一看，只见客娉婷已吹熄烛光，天色大白了。

慕容冲走到御苑，低首沉思，忽听得有人叫道："慕容总管，你早！"慕容冲抬头一看，却是应修阳。蓦然想起此人亦是通番卖国的汉奸之一，想道："我若要把他打死，那是易如反掌！但魏忠贤到底曾是提拔过我的人，我不帮他，也不必与他为敌。罢，罢！我慕容冲所遇非人，只好倒霉这一辈子，从此遁迹深山，再也不理世事了！"应修阳见慕容冲神色有异，甚为惊诧，上前拍慕容冲的肩膊。

慕容冲冷冷地把应修阳推开，道："你这样早干吗？"应修阳谄笑道："我去问候奉圣夫人。你去不去？"慕容冲好生厌烦，道："不去！"应修阳更是诧异，目送慕容冲的背影隐在假山花木丛中，便急忙寻觅了一个内监，低低吩咐几句，然后到乳娘府恭候通传。

再说铁飞龙回到长安镖局，听玉罗刹谈起客婷婷放火自焚之事，掀须笑道："想不到客氏这妖妇还能有如此一个女儿！"接着他也和玉罗刹谈起，已约了慕容冲单打独斗之事。

　　玉罗刹道："你敢断定他真肯单身赴约吗？"铁飞龙道："慕容冲以英雄自命，他若不来，岂不怕江湖笑话吗？裳儿，我可要先和你说好，你千万不能出手，你若出手，咱们父女的情分便断了。"玉罗刹笑道："这点江湖规矩难道我还不懂！"铁飞龙笑道："我知道你懂。但我也知道你最喜欢和人打架。"玉罗刹一笑走出，偷偷去找长安镖局的总镖头龙达三商量。

　　三天之后，铁飞龙到秘魔崖等候，过了一阵，果然见慕容冲单身前来。铁飞龙想起女儿的仇恨，心头火起，大吼一声，托地跳将出去。慕容冲道："铁老儿，你我何必一拼生死。"铁飞龙喝道："杀人偿命，欠债还钱！"慕容冲打了一个寒颤，想道："这几年来，我虽然替魏忠贤杀过不少好人，但铁珊瑚可不是我动手杀的。"铁飞龙又喝道："你还不肯上前领死吗？你想向我求情那可是万万不能！"慕容冲喃喃说道："杀人偿命，欠债还钱？好呀！那你就动手吧！可是我慕容冲也非无名之辈，咱们就比三场，你若胜了，我把命给你。"铁飞龙道："怎么比法？"慕容冲道："文比一场，武比一场，半文半武也比一场。"铁飞龙冷笑道："哼，谁耐烦和你文比武比，啰唆不清。我告诉你，这是报仇，不是比武。咱们干脆在拳头上见个输赢！"双臂箕张，一掠丈许，骤然展出七擒掌中的杀手，向慕容冲背心便抓，慕容冲怒叫道："铁老儿，你欺我太甚！"想道："我本应和他解释，但此时计他，他反当我是怕他了。"身躯一矮，嗖的一拳向铁飞龙胸膛打去，铁飞龙一掌拨开，两人风驰电掣般地打将起来！拳掌起处，全带劲风，霎时间砂飞石走，林鸟惊飞。

　　一个是神拳无敌，一个是铁掌无双，斗了半个时辰，兀是不分胜负。玉罗刹隐身在峰顶观望，也觉触目惊心。本来铁飞龙是不许玉罗刹来的，玉罗刹却偷偷和龙达三来了。他们怕铁飞龙看见，所以埋伏在秘魔崖崖顶的大石之后，在石隙中张望出去。

打了一阵，忽见慕容冲连连大吼，拳如雨下，铁飞龙步步退让，龙达三大为吃惊。玉罗刹笑道："无妨，慕容冲仗着身强力壮，想一鼓气把我爹爹打倒，用的是峨嵋镇山之宝的降龙伏虎拳。可是我爹爹解拆得非常之好，他用的是半守半攻的雷霆八卦掌，你不见他的掌法步法丝毫不乱吗？"

龙达三一看，见铁飞龙脚踏八卦方位，虽然连连后退，却果然是丝毫不乱，掌法沉稳之极，山风过耳，隐隐挟有风雷之声。龙达三笑道："我久闻铁老的雷霆八卦掌中有一种专解强敌攻势的反攻掌法，却从不曾见他用过。不图今日得见。"玉罗刹道："快看，快看！这样的拳法，你若错过，今生就难得再有机会了。"龙达三不再说话，凝神观看，只见崖下形势又变，铁飞龙一声大吼，双掌连环疾击，滚滚而上，这回轮到慕容冲连连后退了。

龙达三喜道："姜是老的辣。慕容冲武功虽高，不是你干爹对手。"玉罗刹道："要分胜负，那还早呢！"但见慕容冲虽然后退，拳法也仍不乱！原来慕容冲也是经验非常丰富之人，见强攻不下，立刻变招。将七十二路神拳，展得风雨不透！铁飞龙掌法虽然凌厉之极，却也攻不破他的铁壁铜墙。

两人拼斗了一百来招，兀是不分胜负。蓦听得铁飞龙和慕容冲一齐大吼，慕容冲"蓬"的一拳，打中了铁飞龙肩膊；铁飞龙霹雳一掌，也扫中了慕容冲腰骨，两人各运内功抵御，向旁斜跃三步。

慕容冲叫道："铁老儿，你打不赢我，我也打不赢你，这场扯平了吧。蛮打有什么意思？"铁飞龙怒道："咱们今日是见死方休！"慕容冲道："这场算是武比，咱们再比一场文的，一场半文半武的。我若输了，就在你的眼前自尽！"铁飞龙道："君子一言。"

慕容冲接道："快马一鞭！"铁飞龙道："那么就依你划出的道儿办。如何比法？"

慕容冲取出一个盛暗器的皮囊，将暗器倾在地上。铁飞龙道："比暗器吗？这可是武比呀！"心道：我从来不用暗器，他若要和我比暗器，我就仍是给他蛮打。慕容冲道："暗器是打小贼用的，对付你这个老贼，暗器顶得什么用？"铁飞龙掀须笑道："你知道就好了！"慕容冲这几句话，他十分受用。

慕容冲说道："你我都以拳掌称雄，内功见胜。咱们就比比腕力。这里有许多大树，咱们就以手作斧，各斫十株。看到底是谁厉害。"铁飞龙道："好，我奉陪，但若你我都能做到，又怎么样？"慕容冲道："所以就要这个皮囊了。"折了一根树枝，向皮囊一插，刺穿了一个小孔，到山涧去装满了水，水从皮囊中一滴滴地漏出来。慕容冲道："你明白了吗？伐了十株树后，水还未漏完的就算胜了。若大家都能在未漏完之前将树斫倒，那么就看皮囊中剩水的多寡，以定输赢，咱们都不是胡赖的人，你还有什么疑问？"

铁飞龙道："树的大小也有不同。"慕容冲道："那更易办了，咱们圈定二十株树，分成两组，每组十株，相差总不会远了。"铁飞龙道了声好，和慕容冲选了二十株最坚实的大树，一一做了记号。

铁飞龙道："行了！"慕容冲再到山涧中装满了水，用纸团塞着小孔，挂在树上，道："这样谁也做不了手脚。"铁飞龙一卷衣袖，便要动手伐树，慕容冲忽叫道："我先来！这主意是我出的，应该先做给你看。我一动手，你便把纸团拔出来。"铁飞龙退到皮囊旁边，听他一声大叫，立刻便拔纸团，只见慕容冲冲着大树蓬蓬蓬打了五七拳，双手合抱一扳，喝声："倒！"那株大树果然应声倒下，铁飞龙心道："唔，他是以内力震动大树，然后扳倒，虽然有点取巧，内功也算登峰造极的了！"

慕容冲依法拔倒十株大树，将皮囊取下，囊中的水刚刚滴完，守了许久才滴出一滴，以后就没有了。慕容冲笑道："好险。现在轮到你了。"铁飞龙到山涧中将皮囊盛满了水，以纸团塞着，挂在树上。看了慕容冲一眼，道："我不必你拔纸团。"慕容冲道："那你岂不吃亏？"铁飞龙道："我宁愿稍吃点亏。"倏地拔开了纸团，然后去寻做了记号的大树。原来铁飞龙是怕慕容冲在拔纸团时弄鬼。慕容冲暗笑道："不怕你老鬼成精，你也要上我的当。我何必做那些下三流的事，在拔纸团时弄鬼？不需这样，你已吃亏。"

铁飞龙伐树又与慕容冲不同，只见他绕树一匝，双掌横劈，迅疾之极，然后用力一推，那株树便齐根断了，真如斧伐一般。慕容冲暗暗吃惊，心道："他的掌力果然在我之上。我若到他那样年纪，一定打他不过了。"铁飞龙依法劈了十株大树，自觉所用的时间要比慕容冲短，喜洋洋地回来，将皮囊取下，不料囊中的水也是刚刚滴完，守了许久，才滴出一滴，以后就没有了。

铁飞龙大惑不解，心想："按说慕容冲不会做手脚。而且我劈树之时，也一直留心，他若做了手脚，也瞒不过我的眼睛。"可是他却一时想不起来：皮囊的小孔，受水力所压，必然会慢慢扩大，虽然所扩甚微，但到底是有所差异。所以谁先动手，便谁占便宜。慕容冲这次在心里叫声："好险。"见铁飞龙一派惘然的神情，笑道："如何？这一场咱们又扯平了。"

玉罗刹在崖顶将一切都看入眼内，听到耳中，不觉对龙达三道："哼，慕容冲好不要脸，明明是输了，却说是扯平。我下去揭破他！"龙达三在她耳边道："你不怕铁老责怪么？"玉罗刹一听，只好忍住，笑道："我且再看一场，看他还有什么坏主意。"

慕容冲正想再说出第三场相比之法，铁飞龙双眼一翻，忽地哈哈笑道："老夫几十年打猎，反给雁儿啄了眼睛，不过，你虽然是取巧，也还不算下流。"慕容冲知他已看破其中奥妙，淡淡一笑。铁飞龙道："第三场该是半文半武的比试了，是么？"慕容冲道：

"是呀!"铁飞龙道:"这一场我倒想起一种比法,你看成不成?"慕容冲道:"请说!"铁飞龙道:"我的比法,双方是绝不能取巧的了!"

慕容冲面色尴尬,道:"不必啰唆,你说出来,我慕容冲一准奉陪便是。"铁飞龙跳上一块大石,招手叫慕容冲上来,道:"咱们玩玩推掌。"叫慕容冲伸出双掌,与自己双掌相抵,道:"谁给推下岩石,便算输了。这样虽然四掌相交,却又并非肉搏,岂不是半文半式的比试么?"慕容冲暗暗叫苦,心想:"看来这老儿的内力比我高出一筹。好吧,反正我也不打算活命的了,可是因较技输了而死,这却死得并不光彩。"他盘算未定,铁飞龙掌心劲力已发,这时只要稍一分心,便要给对方掌力震伤脏腑。因此慕容冲只好咬实牙关,运出内家真力,与铁飞龙相抗。

两人在石上盘膝而坐,运气运力,四掌相交,四目相视,不到半个时辰,两人都汗出如雨。这样的比试,比刀枪相拼,还要凶险百倍,只要谁一松懈,便是准死无疑。铁飞龙内功较深,可是慕容冲胜在年轻力壮,气足神健,虽然略逊一筹,也还抵御得住。

再过一刻,两人更觉心头滚热,喉咙焦躁,汗出更多,全身湿透。慕容冲知道时间一久,自己必然落败。可是这时已到了最紧要之际,谁都不能退让。除非同时撤掌化劲,否则必受重伤。慕容冲双掌似被胶着,想认输也不可能,何况又不敢分心说话。

再过片刻,慕容冲头上热气直冒,心中焦躁,运足气力相御。他们所坐那块石头,正对着秘魔崖下的岩洞,正在吃紧之际,岩洞中忽然发出一声怪笑,连城虎带着几个人在洞中冲了出来,几般兵器倏地向铁飞龙身上斫去!

原来那日应修阳发现慕容冲神色有异,悄悄叫内监传话给连城虎,叫他留神慕容冲。自己仍到乳娘府向客氏母女请安。连城虎到慕容冲房间去看,慕容冲已经不在,查问之下,知道慕容冲一早出宫去了。连城虎心中起疑，仔细搜他房间，在墙角发现铁飞龙约他单打独斗的小纸团。心道："原来如此。他想必是另邀高手去了。但为什么连我们也不告诉一声呢？"拿了纸团，去找应修阳。却不料遍找无踪，既不在乳娘府，也不在青阳宫，竟不知到哪里去了。到了傍晚时分，乳娘府传出更惊人的消息：客娉婷也失踪了。

客娉婷是午间乘逍遥车出宫的，到了傍晚，不见回来，客氏派人到京郊各地名胜所在寻觅，在西山发现逍遥车被打得粉碎，人却四觅无踪，客氏哭得死去活来，一面派人去找，一面到女儿房中查看，一查之下，才在抽屉中，发现客娉婷的留书，说是永不回来了。

连城虎将一切情况报告给魏忠贤。魏忠贤素性多疑，心想：莫非应修阳的失踪、客娉婷的出走，与慕容冲的赴约，都有连带关系，便道："慕容冲一天一夜不见回来，又不将铁飞龙约他比武之事上禀，此事可疑。到日你和几位好手赴秘魔崖一看吧。若慕容冲果是与敌人比武，你们便趁机帮手。若然不是，你们就将他一并除了。"

连城虎听了魏忠贤吩咐，到了慕容冲比武之日，约了应修阳所邀请来的三名高手，以及小皇帝的护身法师昌钦大喇嘛，共是五人，一早到秘魔崖的岩洞埋伏。他们本早想冲出来，可是连城虎怕铁飞龙掌力厉害，奸笑说道："等他们两人拼得筋疲力竭之时，咱们再出手不是更好么？"昌钦法师点头称是。其他三名高手也乐得捡便宜，于是都伏在洞内静候时机。直到慕容冲与铁飞龙各以内力相拼，看看就要两败俱伤之际，他们才冲出来。

再说铁飞龙正在高兴，忽见几般明晃晃的兵刃，齐向自己戳来，大怒喝道："慕容贼子，今日老夫归天，也要先把你废了！"双掌发力，劲道猛不可当！忽见慕容冲大喝一声，双掌骤然松开，全不防御。铁飞龙掌力打到他的身上，但就在这电光石火的刹那，

铁飞龙跳上一块大石，招手叫慕容冲上来，道："咱们第三场比法来玩推掌。"只见两人盘膝而坐，运气运力，"啪"的一声，四掌相交，各使出内家真力。

慕容冲反掌一扫，连城虎双钩刚刚沾着铁飞龙衣服，被慕容冲掌力一震，双钩飞上半空，腕骨碎裂，登时栽倒！慕容冲喷出一大口鲜血，也滚下石台。

事出意外，昌钦大法师等四名大内好手齐都愕然。忽听得崖顶上一声长啸，玉罗刹衣袂飘飘，从半空飞掠下来，长剑寒光一闪，首先便奔昌钦法师。同时又听得崖上有人喊道："鱼儿上钩了，弟兄们快出来捉啊！"声音沉雄，山鸣谷应。原来玉罗刹怕自己寡不敌众，所以叫龙达三出声恫吓。

昌钦果然胆寒。他领教过玉罗刹的厉害，连城虎又受了重伤，心想剩下四人，未必是玉罗刹和铁飞龙的对手，而且他们还有埋伏，斗志一消，大声叫道："风紧，扯呼！"双钺力挡玉罗刹三剑，另一名高手背起了连城虎，急忙撤退下山。玉罗刹按剑不追，只见铁飞龙面色灰白。玉罗刹道："爹，你受了伤么？"铁飞龙木然不语，玉罗刹踏前一步，剑尖指着慕容冲，铁飞龙忽道："不要杀他！"玉罗刹愕然收剑，只听得铁飞龙道："我没受伤，是他救了我的性命。将他背下山吧。"声音低沉苍凉，好似大病初愈的人一般。

过了一阵，龙达三也爬了下来，笑道："练女侠，你刚才飞下危岩，大约没看清楚。铁老的性命果真是这人救的。想不到他会这样！"铁飞龙低声说道："珊瑚的仇不能报了。"玉罗刹道："珊瑚妹妹之死，他也是凶手之一，可是不是主凶。主凶是金老怪，当场已被岳鸣珂杀了。还有一人是应修阳。"铁飞龙道："就算他是主凶，也饶了他。"伸了伸腰，舒散一下筋骨，亲自把慕容冲背回长安镖局。

慕容冲受伤甚重，铁飞龙虽然了喂他几粒药丸，一路上仍是昏迷不醒，鼻孔流血。玉罗刹道："看来他不能活了。"铁飞龙甚为难过，道："想办法救活他！"

回到长安镖局，天已黄昏，副镖头林振蛟出门相接，道："谢天谢地，你们平安回来了。咦，铁老将仇人也生擒回来了吗？真好本领！今天我们镖局里出了一件怪事呢！"

铁飞龙低低应了一声，龙达三向他打了一下眼色，问道："镖局里出了什么怪事呀？"林振蛟道："你们走后不久，有一个罩着面纱的姑娘乘着马车来到咱们镖局，说有一包东西要交给练女侠，叫我们不要打开。说罢便在车上提起一只大麻袋，向镖局的院子一抛，径自走了。我提起麻袋，沉甸甸的，摸一摸，里面装的似乎是人。我急忙提回内室，解开麻袋一看，里面果然是人！昏迷不醒，酒气扑鼻，似乎是给药酒迷着的，再看一看，他还给人点了晕穴。我不知道这人是什么身份，不敢妄自解开。麻袋里有一封信，写着'烦交玉罗刹小姐'。"玉罗刹噗嗤一笑，道："这一定是客婷婷了。她不知道我的名字，所以叫我做玉罗刹。"铁飞龙道："看她把什么人送来？"抱起慕容冲和众人走进后院，玉罗刹一瞧，叫起来道："咦，是应修阳！"

铁飞龙大感惊奇，道："珊瑚的仇可以报了！"玉罗刹把信拆开，只见上面写道："玉罗刹姐姐：我没有面见你，我不能杀魏忠贤。谨送上奸贼应修阳一名赎罪。客婷婷。"玉罗刹自言自语道："她到底有什么心事呢？"对她能将应修阳生擒，也甚感奇怪。心道："魏忠贤虽有好手相护，在我们看来，是杀应修阳易，杀魏忠贤难；但以客婷婷所处的地位，大有机会和魏忠贤单独相对，那可是杀魏忠贤要比杀应修阳容易得多。她既然甘冒如天大险，为何却又不肯杀魏忠贤？"心中大惑不解。

铁飞龙将慕容冲放在湿地上，让他吸地上凉气，走过去将应修阳穴道解开。应修阳醉了几日，浑身无力，迷迷惘惘如在梦中，睁眼一看，见铁飞龙瞪眼看着自己，玉罗刹又在旁边冷笑，吓得魂飞魄散，想跳起来，双脚乏力，叫道："咦，这里是什么地方？婷婷又到哪里去了？"他还希望这是一个噩梦。玉罗刹脚尖在他胸膛轻轻一点，应修阳顿时痛得如杀猪般大叫，铁飞龙道："不要马上毙他，先问他口供，这事交给你办。"玉罗刹笑道："逼供之事，我最在行，爹，你放心好了。"铁飞龙全神贯注替慕容冲治伤，玉罗刹则把应修阳提到密室里去审问。

原来那日应修阳到乳娘府向客氏母女问安。客娉婷一腔怒气，正自无处发泄，一见是他，心道："这也是一名汉奸，好，我就把他捉去送礼。"应修阳诌笑问好，客娉婷压着怒气，也装出笑脸相迎，并拿出酒来款待。应修阳受宠若惊，任他何等老奸巨猾，也绝料不到客娉婷会暗算于他，满满饮了三杯，这酒乃是宫中密酿的"百日醉"，名称虽然夸大，但能醉两三日却是真的。饮了三杯，登时醉倒。客娉婷还不放心，又把他点了晕穴，然后把他放在逍遥车的夹层，将他带走。到了西山，客娉婷将逍遥车打个粉碎，然后把应修阳放入预备好的麻袋中，换了衣服，到郊外一间民家投宿。

客娉婷又怕酒力易解，每到十二个时辰，又将他晕穴重点。所以这三日来应修阳一直未醒。客娉婷本来不知道玉罗刹在长安镖局，后来想起当年师父（红花鬼母）和铁飞龙、玉罗刹比武之后曾对她提过，说是铁飞龙和长安镖局的总镖头有过命的交情。客娉婷心想：不管玉罗刹是否住在长安镖局，将应修阳送到那里，她一定能够收到。于是便打听长安镖局的地址，雇了马车，罩了面纱，将麻袋里装的应修阳抛入镖局。

再说玉罗刹将应修阳提入密室逼供，她的伤穴残身手法赛过天下所有的毒刑，应修阳给她治得死去活来，终于把他所知道通番卖国的汉奸都供出来了。玉罗刹将他们的姓名官职，一一写在纸上，便把他提出来交给铁飞龙。

铁飞龙想尽了办法，给慕容冲舒筋活血，裹创疗伤，慕容冲虽然悠悠醒转，可是伤势仍是十分沉重，有气无力，不能说话。

应修阳见慕容冲躺在地上，又吃一惊，铁飞龙冷笑道："应修阳，你看什么。慕容冲可不像你。"玉罗刹在他耳边说了几句，铁飞龙道："好，既然得了名单，送他去见阎罗。"叫道："女儿呀，你的仇人都已杀了，你可以瞑目了。"呼的一掌，把应修阳天灵盖震碎，顿时老泪纵横。玉罗刹急忙扶他入房歇息。铁飞龙边行边道："裳儿呀，慕容冲不是我们的仇人了，你们要小心照料。"玉罗刹含泪道："我知道。"

过了两天，慕容冲虽然经他们细心照料，伤势仍是不见好转。要知铁飞龙掌力可以劈碎石碑，洞穿牛腹，若然不是慕容冲内功深厚，早就死了。

第三天慕容冲气息更是微弱，挣扎说道："铁老儿，谢谢你。"铁飞龙道："慕容老弟，是我错了。"慕容冲道："我没输给你。"他临死尚记挂着比武之事，铁飞龙这时一点也不觉得好笑，点点头道："是，你没输给我。"慕容冲面上掠过一丝笑容，闭了双眼。铁飞龙摸他鼻息未断，听他心房尚跳，不忍哭出声来。

正自伤心，玉罗刹忽然蹦蹦跳跳，笑着推开房门。铁飞龙眉头一皱，道："吵什么？病人要安睡。"玉罗刹笑道："慕容冲有救了。"铁飞龙跳了起来，忽又皱眉说道："你别哄我欢喜了，他给我伤成这样，岂能有救？"

玉罗刹一笑拉他的手，跑出厅堂，道："你看是谁来了？"铁飞龙道："啊，是杜兄来了。"

来的正是要上京救舅父的杜明忠。铁飞龙连日操心，一时想不起杜明忠和慕容冲的生命有什么关系。玉罗刹道："这位杜兄送我一份厚礼，你说我该不该要？"铁飞龙道："什么？"玉罗刹将桌上一个长匣打开，只见里面一株乌黑发亮、状若婴儿的药材。铁飞龙叫道："这是千年何首乌呀！杜兄没有送给奸阉吗？"

杜明忠眼圈一红，道："俺的舅舅已给奸阉处死了。听说死了十多天了。是在监狱给秘密处死的。我在大前天才知道。"玉罗刹道：“你的舅舅是左光斗？”杜明忠道：“是。你还记得。”玉罗刹道：“他和杨涟同一个监狱，同被关在北镇抚司。”杜明忠道：“是，你怎么知道？”玉罗刹道：“我去看过杨涟。”杜明忠道：“他们六人都给处死了。俺舅舅和杨涟听说是同一天晚上死的。死得很惨，是给土袋压死的。”玉罗刹不觉怆然，心想：一定是我大闹天牢那一晚处死的了。

杜明忠道：“我悔没有听练女侠的劝告，还想向奸阉求情呢。好在门路未搭好，就知道了舅舅的死讯。这株何首乌和那件白狐裘子才没有冤枉送掉。练女侠，想当日在万县之时，我受了那神大元毒爪抓伤，全靠你迫他拿出解药。我无可报答，只有拿这株何首乌送给你。也许合你用。”

玉罗刹道：“合用极了。”将何首乌收起，道：“你以前的同僚袁崇焕在这里，你知道吗？”杜明忠道：“听说过，但找不着他。”玉罗刹道：“他在信王府，你快去找他吧。呀，你等一等，我有一封信托你交给他。”杜明忠道：“一定送到。”玉罗刹回到后堂，将应修阳那张名单套入信封，再详细写了一封信，说明原委。玉罗刹心想：“现在魏忠贤势力滔天，虽有他通番卖国的真凭实据也参他不倒，不如交给袁崇焕，他年若是信王即位，这张名单就足定他死罪有余。”

玉罗刹粗通文墨，写一封信写得甚久，铁飞龙记挂着慕容冲，等得很不耐烦。好不容易等到玉罗刹出来，将信交给了杜明忠，便想端茶送客，杜明忠却尚无辞意，铁飞龙见有玉罗刹陪客，便问她取了那株何首乌，向杜明忠告了个罪，自去煎药给慕容冲喝。

杜明忠和玉罗刹客套几句，道：“熊经略的事你知道吗？”玉罗刹问道：“什么事呢？”杜明忠道：“他死后不是被传首九边吗？前几天他的首级传回京城，皇帝突然下令，说是念在他以前有功家，将首级‘赐’回他的家人，而且准他家人厚葬，出殡的灯笼也准挂经略官衔。"玉罗刹知是那晚给小皇帝寄简留刀之事生了效力，笑了一笑，道："原该如此。"又道："袁崇焕他日必当大用，你们将来可能重执干戈保卫边疆。"杜明忠道："但愿如此，怕只怕奸臣当道，袁崇焕就算做了经略，也未必能尽所能。"后来袁崇焕在崇祯即位之后，果然被任为辽东经略，杜明忠也成为他麾下一员大将。可是历史重演，十余年后他也像熊廷弼一样被奸人与敌寇串同陷害，而且死在赏识他提拔他的崇祯皇帝手上。这是后话，按下不表。

且说玉罗刹送走客人之后，便跑去看慕容冲，听得房中低低谈话之声，推门一看，只见铁飞龙喜道："真是灵药！确能起死回生。喝了不久，面色也转了。"

慕容冲道："多谢你们。铁老英雄，你对我真是恩同再造。"铁飞龙大笑道："你救了我的性命，我也救了你的性命。这算得了什么！你刚好转，不可伤神，再歇歇吧。"

过了几天，慕容冲更有起色，几天来他和铁飞龙玉罗刹谈谈讲讲，颇受感动。慕容冲道："魏忠贤一定恨死我了。我病好之后，绝不再留在京城，助纣为虐了。"铁飞龙道："你不能在京城立足，可以到闯王军中，霓裳和他们很熟，可以给你担保。"慕容冲默然不语，铁飞龙知他尚不愿与魏忠贤为敌，也不勉强。

一日，玉罗刹正与铁飞龙闲话，忽听得镖局有人报道："外面有个恶丐闹事，正副镖头不在，你出去看看。"玉罗刹道："有这样的事，怎样闹法？"镖局伙计道："他要化一万两银子。这恶丐只有一只手臂，可厉害哩。他坐在地上，举起一只手臂，托着一个石钵，要我们把元宝装满，我们十几个人推他都推不动。"

玉罗刹心念一动，急忙赶出去看，那恶丐突然跳起来，唱了个喏，道："不是如此，也不能引得你老人家出来。"玉罗刹一看，原来是罗铁臂，笑道："何必如此，进里面说。"镖局的人见他们相识，才知道这叫花子乃是风尘异人，故意乔装恶丐，求见玉罗刹的。

玉罗刹将罗铁臂带入后院，罗铁臂道："我到京城几天了，本来是想探问杨大人的，谁知杨大人已经死了。我想你老人家可能住在这个镖局，所以冒昧来访。"玉罗刹道："你将杨涟的儿子抱到天山了吗？可见到岳鸣珂么？"罗铁臂道："岳鸣珂的师父天都居士已经死了，他现在已削发为僧，改名叫做晦明禅师，不叫岳鸣珂了。他很喜欢杨云骢，说在十年之后，就要把他调教成天下第一的剑客。"玉罗刹笑道："他敢夸下这样的海口？好，十年之后，我也教一个女徒弟去收服他。"铁飞龙见他们提起岳鸣珂，本来满怀怅触，听到玉罗刹孩子气的说话，不禁笑道："他做了和尚，你还要和他斗气？"

罗铁臂又道："我回来之时，路过武当山，在山上住了几晚。"玉罗刹默然不语。罗铁臂道："卓一航现在是掌门弟子，嗯，他也可怜……"玉罗刹眼圈一红，道："提他作甚？"罗铁臂继续说道："嗯，他也可怜呀，还是不先说，你先看看他给你的信……"玉罗刹口里虽说不提，心中却是渴望知道卓一航的情况，急忙把信展开，只见上面写了三首小诗：

（一）

蝶舞莺飞又一年，花开花落每凄然。

此情早付东流水，却趁春潮到眼前！

（二）

浮沉道力未能坚，慧剑难挥只自怜。

赢得月明长下拜，心随明月逐裙边。

（三）

补天无计空垂泪，恨海难填有怨禽。

但愿故人能谅我，不须言语表深心。

这几首诗词句浅白，玉罗刹虽只粗通文墨，也解其中情意，不觉滴下泪来。想起自己以前在明月峡揉碎野花，抛下山谷，以花喻人，伤年华之易逝，感来日之无多的情事，再咀嚼卓一航"花开花落每凄然"的诗句，不觉痴了。

罗铁臂道："卓一航虽做了掌门，但非常消沉，如癫似傻，人也瘦了。听说他几位师叔对他都很失望。我和他谈了几晚，他只说悔不当初。"玉罗刹一阵心酸，说道："不要说了。"

罗铁臂道："他盼望你去看他。"玉罗刹默然不语。罗铁臂道："我告辞了。"玉罗刹仍然不语。铁飞龙道："你去哪儿？"罗铁臂道："豺狼当道，中原扰攘，我也要学晦明禅师，到天山去了。"铁飞龙将罗铁臂送出门外，回来一看，玉罗刹仍然端坐有如石像，心中伤感，想道："这孩子也真可怜！"上前扳玉罗刹肩膊，道："你既然想念他，就去看他吧！"

玉罗刹眼中浮出卓一航畏缩可怜的样子，突然怒道："谁去看他？我才不去。以后别提他了。"铁飞龙知道她的脾气，却不言语。

再过半月，慕容冲的伤已经痊愈，只须再在镖局休养一两个月，武功便可恢复如初。铁飞龙对玉罗刹道："咱们再去闯荡江湖吧。"玉罗刹道："到哪里去？"铁飞龙道："你不必问，我总不会带你到你所不愿意去的地方。"玉罗刹默默无言，收拾行装，跟着铁飞龙向龙达三和慕容冲告辞。慕容冲经过了这一个月，心灵肉体，都如死里重生，对铁飞龙与玉罗刹生了感情，一再珍重道别。

走到广阔的江湖，玉罗刹愁烦渐减，和铁飞龙有说有笑。过了一个多月，他们已从北京南下，经河南而到湖北。玉罗刹知他是想引自己到武当山，佯作不知，随他前往。

这一日到了湖北襄阳，离城四十里外的漳南乡，乃是以前红花鬼母隐居之所，也即客氏故居。玉罗刹早已在旅途中探听清楚。玉罗刹知道铁飞龙虽然一路逗她说笑，其实他自己也很郁闷。自从他替珊瑚报了仇后，好像已无所萦怀，精神似更显得空虚。到了襄阳，玉罗刹突然想起了客娉婷，忽而又想到铁飞龙以前的爱妾穆九娘，心道：不知客娉婷是否已回到家中？穆九娘和红花鬼母的儿子公孙雷是否仍住在那里？这晚她试探问道："爹，咱们去看看客娉婷怎么样？我实在想念她！"铁飞龙面色一变，道："你若想去便自己去。我不去！"玉罗刹心中暗笑，想道："爹的脾气和我相同。他说不想去，其实却是想去。他老年孤独，除了我之外，只有穆九娘勉强算得是他的亲人。哎，穆九娘我懒得管她，客娉婷这小姑娘却真可爱，既到此地，岂可不访她一访。"

这一晚，他们住在城中客店，到了午夜，铁飞龙忽然听得邻房的玉罗刹惨叫一声，急忙披衣而起。

就在这霎那间，窗门忽然呼的一声打开，刮进一股强风，铁飞龙喝道："鼠子敢施暗算！"反手一捏，将外面打来的暗器捉着，却是一只烂草鞋！

铁飞龙大怒，穿窗飞出，遥见一条黑影，已登上对面民房。身形似颇高大，黑夜中看不清楚。急忙过玉罗刹的房中张望，玉罗刹已经不见。铁飞龙大吃一惊，心道："什么人有这样身手？红花鬼母复生，本领也没如此高强！"施展轻功，跳上民房追那黑影，那黑影忽快忽慢，铁飞龙快时他快，铁飞龙慢时他慢，总是追他不上。

正是：强中更有强中手，一山还有一山高。

欲知这黑影是谁？请听下回分解。

第二十五回

莲出污泥　决心离父母
胸无杂念　一意会情郎

话说铁飞龙追那黑影，只见那人披着一件斗篷，盖过头面，铁飞龙再仔细看，原来不是身材高大而是斗篷宽大，显得很不称身。铁飞龙想来想去，想不出这是何人，骂他他又不答，好像是存心要引铁飞龙到什么地方。

铁飞龙追了一阵，只见前面现出一个荒僻的村庄，隐隐约约有几间房屋。铁飞龙心念一动，叫道："你开什么玩笑？"前面的人噗嗤笑出声来，把斗篷脱下，笑道："红花鬼母以前便住在这个村子里，你不进去看看吗？"却是玉罗刹。

原来玉罗刹惦记着客娉婷，很想到红花鬼母的故居探望，看客娉婷是否回到那儿。但因铁飞龙不愿见穆九娘，不肯同去，玉罗刹顽皮性起，便和干爹开了一个玩笑。她在客寓里随手偷了一个胖子的斗篷，盖过头面，假装被人刺伤，将铁飞龙引了出来。

铁飞龙面色一沉，玉罗刹道："爹，你别生气。红花鬼母也算是你的朋友，你就是见见故人的儿子也没什么关系。"铁飞龙默然不答，他亲近的人和同一辈的朋友已所余无几，穆九娘和他同住过十多年，老年人欢喜念旧，他也颇想知道穆九娘的近况，但想想还是不见的好。可是玉罗刹却把他引来了。

玉罗刹道："爹，就进去看看吧。娉婷这小丫头给我们送来了应修阳，我们还没向她道谢呢。"铁飞龙正在踌躇，夜风中忽送来呼号之声，似乎还杂有兵器碰击之声。铁飞龙听了一听，心中一凛，道："好，咱们去看!"

这一下也大出玉罗刹意外，想道："难道是有什么人向红花鬼母的后裔寻仇?"疾展轻功，向前面村庄扑去，只见其中一间砖屋，露出灯火，玉罗刹飞身上屋，只听得有人骂道："是红花鬼母的徒弟正好，把她捉走，也出一口鸟气!"玉罗刹朝下一望，院子里一对男女，正在厮杀。那女的不是客娉婷是谁？厢房里还有一个女人嘶哑叫号，断断续续的语音叫道："我的儿子有什么罪？你们杀了我的丈夫，还不放过他吗？把我的儿子留下，留下……"这声音正是穆九娘的！玉罗刹大吃一惊，提剑便闯下去!

只见一个粗豪汉子，使一口锯齿勾镰刀，力大招猛，把客娉婷迫得步步后退，庭院中还有三人旁立观战，嘻嘻冷笑。这三人，一个是和尚，一个是道士，还有一个是年将花甲的老头。玉罗刹一声长笑，叫道："娉婷妹子，你不要慌，我来了!"声到人到，剑光一闪，疾若惊飙，那粗豪汉子忽觉冷气森森，寒风扑面，勾镰刀未及收招护面，手腕关节之处已中了一剑，立刻滚地狂号!

玉罗刹身手之快，无以形容，旁观三人这时才看清来的是个少女，那和尚首先一声大吼，手挥禅杖，当头劈下，玉罗刹侧身一剑，那和尚杖尾一抖，一招"举火燎天"，竟将宝剑荡开，剑尖嗡嗡作响，摆动未休，玉罗刹更不换招，腕劲一发，剑锋蓦地反圈回来，直取敌人肩背。那和尚料不到玉罗刹剑法如此诡谲神奇，杖身一摆，没有挡着，急忙吸腹吞胸，身子后仰，只听得嗤的一声，僧袍已被挑开，玉罗刹剑势已尽，踏进一步，挺剑再刺，那道士也已蓦然出手，长剑一抖，力压玉罗刹的宝剑，玉罗刹突然松劲，剑把一抽，那道士一个踉跄，玉罗刹转身一剑，那道士也真了得，长剑斜伸，居然把玉罗刹的剑黏出外门。玉罗刹心道："咦，哪里来的牛鼻子和秃驴，居然还有两度散手？"宝剑一探，解了敌人内劲，换招再刺，那和尚惊魂方定，挺杖再斗，忽又听得卡喇喇一阵巨响，只见一个庞大的身影，从屋顶疾跳下来，只一掌就把厢房的窗口铁枝打断，纵身进去。那旁观的老头叫道："来的是铁老吗？"略一迟疑，未及阻挡，铁飞龙已纵身入内，立即把一条大汉掷了出来，里面婴儿的哭声与穆九娘惊喜的叫声杂成一片。玉罗刹叫道："爹，快出来收拾这三个恶贼，要不然我就一人独吞，没你的份了！"

铁飞龙呼地跳出，叫道："裳儿停手！"玉罗刹愕然收剑，那和尚、道士纵身退后，与那旁观的老头站在庭院中的槐树下面，玉罗刹这才注意到槐树背阳的那边，吊着一个死人，尸体摇摇晃晃，竟是红花鬼母的独生儿子公孙雷。

铁飞龙怒道："霍老二、拙道人、智禅上人，你们三人都是武林中的老前辈了，为何带了徒弟，联手来欺侮妇孺？"那老头道："铁飞龙，你与红花鬼母不也是为敌的吗？记得当年我们邀你合斗红花鬼母之时，你虽因事不能前往，也未曾推辞。"

铁飞龙抬眼望天，淡淡说道："一死百仇消，你们还记着当年之事吗？而且红花鬼母之事，与她的儿媳徒弟何干？"

拙道人首先惊诧出声，抢着问道："红花鬼母已死了吗？"铁飞龙道："已死了半年多了！"智禅上人失声说道："我们的仇不能报了！"铁飞龙指着公孙雷的尸身道："你们的手段也未免太毒辣了，哼，哼！我老铁就看不过眼。"

拙道人怒道："老铁，你想反友为敌吗？"霍老头也怒道："你看不过眼又怎样？你打伤了我的徒弟，我还未向你算账呢！"铁飞龙一声大吼，挥掌劈去，智禅上人横杖一扫，铁飞龙变掌为拿，喝道："撒手！"铁飞龙内力惊人，远在玉罗刹之上，智禅上人只觉虎口一痛，拼力支持，拙道人剑出如飞，急刺铁飞龙手腕，铁飞龙右掌一扫，左掌一圈，轻拨拙道人的剑把，右手拢指一拂，又喝声："着!"拙道人急退时，手腕已被他的指尖拂着，登时现出五条烙印。

这几招快如闪电，就在拙道人给铁飞龙指力所伤之时，智禅上人被他掌力一送，"吧"一声跌倒地上，虎口流血，禅杖也被拗曲，幸那禅杖是精钢所铸，要不然真会拗断。霍老头知两人不是铁飞龙对手，急忙解下软鞭，拦腰缠来，那霍老头名唤霍元仲，是陕西名武师世家，功夫甚强，软鞭起处，劲风拂面。铁飞龙喝声："好!"回身拗步，掌背微托鞭身，掌锋斜斜地欺身疾劈；霍元仲霍地用个"怪蟒翻身"，连人带鞭急旋回来，急使出连环三鞭、"回风扫柳"的绝技，刷，刷，刷! 风声呼响，卷起一团鞭影，以攻为守，才能封闭门户。智禅上人与拙道人一杖一剑，左右分上，将铁飞龙围在垓心，霍元仲叫道："老铁，我有话说!"铁飞龙喝道："丢下兵器，再和你说话，这点规矩，你们都不懂吗?"丢下兵器，就等如认罪服输，丢下兵器再说话，那就是告罪求饶了。霍元仲怒道："老铁，你欺我太甚!"软鞭一抖，缠身绕腕，智禅上人与拙道人也运杖使剑，合力进攻。

红花鬼母当年为了救护无恶不作的丈夫，曾与西北十三名高手为敌，以惊人的武功，将十三名高手全都杀退。这十三名高手引为奇耻大辱，矢誓报仇。但其后不久，红花鬼母就远离西北，遁迹穷乡，过了几十年，这十三名高手陆续逝世，只剩下霍元仲、拙道人和智禅上人尚在人间，这三人苦练了几十年，自信可以再斗一斗红花鬼母了，恰好在这一年，又听到红花鬼母再出现的消息，于是出来查访。他们并不知道敌人已死，一直寻到襄阳。

本来他们还不知道红花鬼母是隐居在襄阳乡下的。偏偏那红花鬼母的宝贝儿子公孙雷闯出了一场大祸，这才将他们引来。

红花鬼母死后，公孙雷没了管头，渐渐为非作恶。那时他的妻子穆九娘已怀孕七八个月，他在外面拈花惹草，看上了一个镖客的妻子，镖客在外保镖，留下妻子独在家中，公孙雷数度勾引，不能得手，反被那镖客的妻子痛骂一场。公孙雷一时怒起，竟然在一个晚上，偷去将那镖客的妻子强奸，弄得她悬梁自尽。镖客回来，找他算账。公孙雷和他打得不分胜负，抛出红花鬼母的名头，才将他吓退。不料这镖客却是霍元仲的徒弟。霍元仲闻讯之后，立即和智禅上人与拙道人一同赶来。

这时穆九娘诞下一子，未满十日，产后生病，卧在床上，眼睁睁地看敌人将丈夫罪恶数说之后，便行吊死。穆九娘气得晕了过去。霍元仲的两个徒弟（即那个镖客和他的师弟）怒火尚未平熄，一个来抢穆九娘的儿子，一个要把客娉婷擒去侮辱。幸亏铁飞龙和玉罗刹及时赶到，要不然真是不堪设想。

且说客娉婷见到了玉罗刹之后，惊喜交集，拉着玉罗刹的手，泪光晶莹，半晌才叫得出一声："姐姐。"玉罗刹瞥了一眼庭院中的打斗形势，笑道："这三个人久战非我干爹对手，妹子，咱们且先叙叙别后之情，不必忙着助战。"

客娉婷侧耳听厢房内婴儿的哭声，道："咱们先瞧瞧穆九娘吧，她母子受了这场惊恐，不知怎样了？"

玉罗刹随她走入厢房，只见穆九娘形容枯槁，手足战颤，将儿子紧抱贴在胸前，客娉婷问道："嫂嫂，侄儿没受损害么？我替你抱，你歇歇吧。"

穆九娘气若游丝，喘吁吁地说道："我不成啦。让我多抱他一会吧。幸好他没遭着什么伤害。"玉罗刹对穆九娘本来是十分厌恶，见此情景，心中一酸，怒气上冲，说道："我替你把那几个人全都杀掉！"穆九娘急挣扎叫道："不要，不要！"玉罗刹奇道："你不想替你的丈夫报仇吗？"穆九娘道："这都是他造的孽，他，他……"声音颤抖，说不下去。客婷婷也道："冤家宜解不宜结，我的师哥罪有应得，但他们的手段也毒辣了些，只要他们不涉及无辜，就让他们去吧。"玉罗刹睁大了眼，客婷婷在她耳边低声说道："是我师哥先强奸了别人的妻子，才惹了这班人上门的！"穆九娘料知她们说的是什么，以手掩面，侧转了身。

玉罗刹又是一怒，她最恨男人欺负女人，何况是强奸迫死之事。这时庭院中打斗得十分激烈，忽听得那霍老头子大叫一声，似乎是给铁飞龙掌力扫中。

玉罗刹冲出房去，叫道："爹爹住手！"铁飞龙劈了霍元仲一掌，迫得他鞭法散乱，主力削弱，敌势可破，闻言一怔，玉罗刹又叫道："不能全怪他们，爹爹住手！"

铁飞龙愕然收掌，道："他们迫死人命，凌辱妇孺，心狠手辣，罪恶滔天，怎么可以轻饶？"

霍元仲以手抚伤，冷笑道："红花鬼母已死，她的仇我们不必说了。"伸手一指公孙雷的尸身道："她的宝贝儿子，迫奸我徒弟的妻子，至令她悬梁自尽，如今我们将他吊死，一报还一报，有什么不对的地方？"

铁飞龙愕然问道："裳儿，他们的话可是真的？"玉罗刹道："是真的！"霍元仲冷笑道："你们不问情由，横里插手，打伤了我，尚没什么。还重伤了我的徒儿，这该怎说？"

玉罗刹迈前一步，朗声说道："我有话说！"杏眼一睁，冷森森的目光在三人面上扫过。霍元仲虽是成名的前辈人物，也觉心内一寒，忙道："请赐教！"

玉罗刹道："一人做事一人当，公孙雷造了罪孽，你们将他吊死也便罢了。这关他的妻子与师妹何事？己所不欲，勿施于人。哼，哼，你们当女人是好欺负的吗？"

霍元仲说不出话来。玉罗刹语调稍缓，又道："你做得不当，受了一掌，也是应当，你的这个徒儿居然想侮辱我的娉婷妹子，本属罪无可恕，姑念他是因爱妻惨死，气怒攻心，报复逾分，我可饶他一死。"那镖客给玉罗刹刺中穴道，痛楚异常，玉罗刹的剑尖刺穴，又是独门绝技，他人无法可解，所以至今尚在地下辗转呻吟。玉罗刹话声一顿，突然飞身纵起，一脚向他腰胁踢去！霍元仲大怒喝道："你做什么？"拦阻不及，软鞭刷的一扫。玉罗刹早已跳开，笑道："狗咬吕洞宾，不识好人心。你的徒儿何曾受了重伤？你看，他现在不是已经好了？"

那镖客给她一踢之后，血脉流通，痛楚若失，霍地站了起来。玉罗刹又道："还有你那个徒弟，欺侮妇孺，更是不该。我要让他留下一点记号。"手指一弹，独门暗器定形针倏地出手，那人刚才给铁飞龙一摔，折断了两根肋骨，正倚在树上喘息，突见两点银光，闪电飞到，只觉耳际一凉，一阵刺痛，两边耳珠都给穿了一个小洞。

玉罗刹哈哈一笑，道："爹，我都替你发落了，你还有什么要说的么？"铁飞龙道："霍老二，红花鬼母已死，你的徒弟之仇亦已报了，你还留在这里做什么？我这个干女儿的脾气比我更硬。你再啰唆，只有自讨苦吃！"

霍元仲等见过玉罗刹的本领，心想：只铁飞龙一人已是难斗，何况又添上这女魔头。心虽不服，也只好拱拱手道："老铁，咱们今日一场误会，说开便算，后会有期。"带领两个徒弟气呼呼地转身便走，智禅上人与拙道人也跟着走了。

铁飞龙叹了口气。厢房里穆九娘的声音断断续续，似乎是在低声呼唤谁人，玉罗刹悄悄说道："爹，我看她是不成了，咱们瞧瞧她吧。"铁飞龙默默无言随玉罗刹走进厢房。

穆九娘面如金纸，见铁飞龙走进，道："老爷，我求你一事。"铁飞龙道："你说。"穆九娘道："我想把这儿子送给你做孙儿，求你收留。将来他结婚生子，第一个便姓铁，继承铁家的香烟，第二个才姓公孙，让他留下我婆婆的一脉，若还有第三个男孩的话，那才姓金。"穆九娘本是铁飞龙以前的妾侍，如今却把儿子送给他做孙儿，此事说来可笑。可是铁飞龙此际哪里还会计较到辈分称谓的问题。

这霎那间，前尘往事，一一从铁飞龙脑海中掠过。他想起了自己自从发妻死后，为了珊瑚无人照管，也为了要找一个人来慰自己的寂寥，于是讨了这个在江湖上卖解的女子——穆九娘。当时自己完全没考虑到年龄的相差，性情的是否投合，就把她讨回来了，而且又不给她以妻子的名义，大大损害了她的尊严。"她本来是不愿意的啊，十多年来她和我一起，从来未得过快活，怪不得她心生外向，她离开我本是应该，可惜她一错再错，为了急于求偶，却结下了这段孽缘。虽说是红花鬼母的宝贝儿子累了她，但追源祸始，害她的人还不是我吗？"铁飞龙深觉内疚，觉得这是自己平生的一大过错。

穆九娘带着失望的眼光，瞅着铁飞龙，低低说道："老爷，你还恨我吗？"铁飞龙道："不，我只是求你不要恨我。"穆九娘道："我并不恨你。你愿意收留我的儿子吗？"铁飞龙道："我把他当作亲孙儿看待。"穆九娘满意地笑了一笑，阖上双眼。

玉罗刹道："她已去了。"铁飞龙凄然无语，几乎滴出泪来。客娉婷忽道："爹，我也有话说。"玉罗刹道："你也跟我一样称呼？你慢点说，让我猜猜你想说的话。唔，你也一定是想认个干爹了。"客娉婷说道："我的侄儿是铁老前辈的孙儿，那你说我不该叫他做爹吗？"铁飞龙哈哈一笑说道："我死了一个女儿，却多了两个，还有孙儿，想不到我的晚景倒真不错。"客娉婷知他已允，大喜磕头。铁飞龙拉她起来，说道："将你的师哥师嫂埋掉吧。"

三人就在那槐树下掘了一个墓穴，将公孙雷和穆九娘的尸身放下掩埋。玉罗刹正在以铲拨土，侧耳一听，忽然说道："咦，有人来啦？"客娉婷一点也听不出什么，道："真的？"玉罗刹笑道："我做强盗多年，别的没学到，这伏地听声的本领，却是百不失一。"铁飞龙道："有多少人？"玉罗刹听了一阵，道："四个人都骑着马。"客娉婷道："一定是我的娘派人来追我回去了。"玉罗刹道："妹子，你不要慌，让我们来替你发付。"客娉婷道："你可不要把他们全都杀掉啊。"玉罗刹笑道："我知道。你也当我真的是杀人不眨眼的女魔王吗？如果来人之中没有通番卖国的奸贼，我总可饶他们一死。"

再过一阵，蹄声得得已到门前。铁飞龙与玉罗刹退入厢房，只听得外面的人拍门叫道："请宫主开门。"客娉婷在宫中被底下人尊为"宫主"，"宫""公"同音，所享受的尊荣和公主也差不多。

客娉婷打开大门，只见来的果是四人，都是自己母亲所养的卫士。为首的叫做黄彪，是乳娘府的总管。娉婷道："你们来做什么？"黄彪道："奉圣夫人请宫主回去。"客娉婷冷冷一笑，摇首说道："我是绝不回去的了！"

黄彪躬腰说道："奉圣夫人思念宫主，茶饭无心，宫主若不回去，只恐她会思念成疾。"客娉婷心中一酸，道："你们远道而来，歇一歇吧。给我说说宫中的近事。"客娉婷是想探问母亲的情况，黄彪却以为她尚恋慕宫廷的繁华，见她口风似软，坐了下来，笑道："宫主是明白人，天下无不是的父母，还是回去的好。"客娉婷听了"天下无不是的父母"这句，不觉打了一个寒噤，黄彪又道："魏公公的权力越发大了，又有好多省的督抚，求他收做干儿，送了重礼，他还不大愿意收呢。现在宫里宫外，都叫他做九千岁。魏公公也很想念宫主，叫我们务必将宫主寻回。"黄彪不提魏忠贤自可，提起了魏忠贤，客娉婷顿觉一阵恶心，心道："谁说天下无不是的父母？要我回去，看着魏忠贤和我的母亲厮混，那真不如死了还好。"

黄彪见客娉婷涨红了脸，眼光奇异，若怨若怒，停了说话，正想设辞婉劝，客娉婷忽然拂袖而起，大声说道："烦你们回去替我禀告母亲，叫她自己保重，我是决不回去的了！"

黄彪愕然起立，道："宫主，宫主，这，这，这叫我们怎样向奉圣夫人和魏公公交代？"其他三名卫士也都站了起来，四角分立，将客娉婷拦在当中。

厢房内忽然一声冷笑，玉罗刹和铁飞龙一同走出。玉罗刹冷笑说道："你们想绑架吗？喂，强盗的祖宗就在这里，你们招子（眼睛）放亮一点，要绑票也得要我点头！"

玉罗刹和铁飞龙曾大闹宫闱内苑，卫士们谁人不晓，这一下突如其来，四名卫士全都慌了。铁飞龙沉声说道："裳儿，不要唬吓他们。各位远道而来，再坐一坐，再坐一坐。娉婷是我的干女儿，你们只请她回宫，就不请我吗？哈哈，我的干女儿回去做宫主那是不错，可是你们叫我这个孤寡老头又倚靠谁啊，要请就该连我也一同请去。"玉罗刹也笑道："是呀，娉婷也是我的干妹子，我和她亲如姐妹，舍不得分离，你们要请，我也要同去。御花园很好玩，以前你们不请我也去过。若得你们邀请，就是娉婷不去，我也要去了。"

黄彪更是吃惊，他做梦也想不到客娉婷会认这两个老少魔头做干爹义姐。面色忽青忽白，过了半晌，才挣扎说出几句话来："两位要去，待我回去禀过魏公公再邀请吧。"玉罗刹冷笑道："谁理你们的魏公公！"黄彪道："我们是打前站的，随后还有人来迎接。那些人和两位曾交过手，见了只恐未便。还是我们回去先疏通解释的好。"黄彪心惊胆战，深怕铁飞龙和玉罗刹当场动手，所以用说话点出自己后面还有援兵。玉罗刹又是冷冷一笑，黄彪忽觉腰际一麻，悬在腰间的兵器龙形铁棒被玉罗刹一伸手就取了去，只听得玉罗刹冷笑道："你们想拿魏忠贤来吓我吗？哼！哼！我偏不怕!"

黄彪吓得面无人色，铁飞龙道："裳儿，将那打狗棒给我。"玉罗刹笑道："这铁棒不是用来打狗的，这是大卫士的兵器，用来打人的。"铁飞龙将铁棒接过，随手一拗，折为两段，道："我平生最恨豪门恶犬，这铁棒既然不能用来打狗，要它何用？"丢在地上。客娉婷道："你们回去吧，我是决不回宫的了！"玉罗刹道："你们不走，难道还要我们父女送你们一程吗？"

黄彪这时哪里还敢多话，急忙率众抱头鼠窜而出。玉罗刹与铁飞龙相对大笑。客娉婷道："我怕他们再来骚扰，这里是不能再住的了。"铁飞龙道："好，那么咱们马上就走。"进入卧房，将婴儿抱起，那婴儿甚似穆九娘，抱在铁飞龙手上，居然不哭。

三人连夜离开红花鬼母的故居，第二日到了襄樊，歇了一宵，折向西北，走了两天，只见前面山峦连绵，峭峰对立，铁飞龙指点说道："那就是武当山了，裳儿，爹没有带你走错路吧。"

玉罗刹虽然早知铁飞龙是想引她到武当山，这时一见，心中也不禁怦然动荡。过了一阵，昂首说道："爹，我不想瞒你，我确是想见那人一面。"铁飞龙道："听罗铁臂所说，他对你思念甚殷，我也望你早了多年心愿。我虽然不愿见武当山那几个老道士，但你若要我同去的话，我就拼着和他们再打一架。"玉罗刹道："我此去并不是想找他们打架，我只是想去见卓一航，问他到底是愿做武当派的掌门，还是愿和我一同出走，他若愿和我一同出走，那就谁也拦阻不了。客魏派来的人，请不到娉婷妹子回宫，一定不肯放手。我们虽然不怕那些酒囊饭袋，但沿途若给他们骚扰，到底不便。何况你又带着婴儿。你们还是不要耽搁，先回山西去吧。西北义军势力极大，到了那边，可以安居。"铁飞龙道："既然如此，我们就先走了。你可要小心一点。那几个老道士以玄门正派自居，只怕不轻易放他下山。"玉罗刹道："我知道。说理打架我都不怕他们。"铁飞龙心道："只怕卓一航又再变卦。但成与不成，也该让她上山得个分晓。要不然闷在心里，更不好受。"玉罗刹又道："我明日一早，便上武当山去，按武林规矩，见他们的掌门。"笑了一笑，续道："然后让卓一航将掌门交代，我们马上就回山西。"

玉罗刹这个月来，日里夜里，心中都念着卓一航写给她的诗句，心想卓一航这次一定不会负她。所以说得十分肯定，好像卓一航和她同走，已经是必然之事。

铁飞龙笑了一笑，道："但愿如此。"这晚他们在武当山下的一个小镇歇宿，到了四更时分，玉罗刹便爬起身来，向铁飞龙和客婶婷道声暂别，单身背剑，独上山去。铁飞龙看她的背影消失在沉沉夜色之中，不觉叹了口气，喃喃说道："但愿她此去能了多年心愿，不要像我那苦命的珊瑚。"

正是：辛酸儿女泪，怅触老人情。

欲知玉罗刹此去如何？请听下回分解。

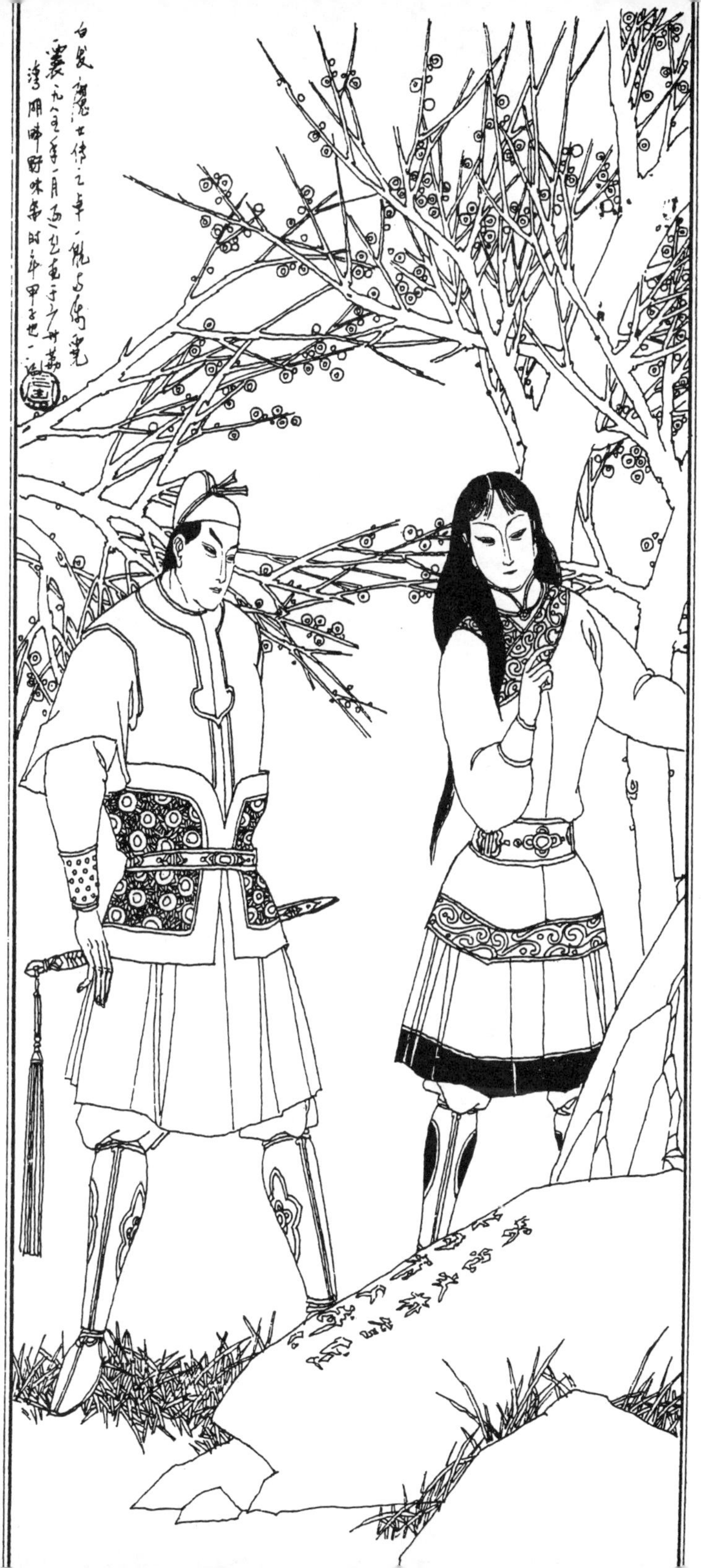

两人都有万语千言，却不知从何说起。玉罗刹偶一低头，忽见石台上有数行小字，想是卓一航用剑刻出来的。玉罗刹默念下去，原来是一首双调《忆江南》的小令。

第二十六回

剑闯名山　红颜觅知己
霞辉幽谷　白发换青丝

　　这一日正是武当派前任掌门紫阳道长的五周年祭，武当派自紫阳道长死后，渐呈衰落之象，黄叶道人本寄希望于卓一航，谁知千方百计，接得卓一航回山做掌门之后，一年多来，卓一航都是消极颓唐，如癫似傻，加之几个师叔样样包办，久而久之，他对本派应兴应革之事，也便漠不关心，一切事情，都让师叔出头，卓一航挂着掌门人的名义，实际却是黄叶道人担当。武当的四个长老和四大弟子（四个长老的首徒）见此景象，都忧心忡忡。这日微明时分，黄叶道人便出了道观，到紫阳道长的坟前巡视，忽见白石道人坐在坟头，微微叹息。

　　黄叶道："师弟，你也来了？"白石道："大师兄五周年祭，我睡不着，所以来了。想大师兄在日，我派盛极一时，江湖之上，谁不敬畏。想不到今日如此，连玉罗刹这样一个妖女，也敢欺负到我们武当派头上，大师兄若地下有知，定当痛哭。"

　　黄叶道人也叹了口气，说道："玉罗刹与我们作对倒是小事。我们武当派继起无人，那才真是令人心忧哪！"这两老缅怀旧日光荣，不觉唏嘘太息。

　　白石道人以袖拂拭墓碑，半晌说道："大师兄最看重一航，想不到他如此颓唐，完全不像个掌门人的样子。"白石道人没有想到，他样样都要插手干涉，卓一航又怎能做得了个"像样的掌门"？

黄叶问道："一航以往和你颇为亲近，他有和你谈过心事么？"白石摇摇首道："自明月峡归来之后，他总避开和我谈心。"

黄叶道："你看他是不是还恋着那个妖女？"白石道："我看毛病就出在这儿。哼，哼，那妖女太不自量，她想嫁我们正派的掌门，今生她可休想！"

黄叶道："话虽如此，但一航若对她念念不忘，无心做我派掌门，此事也终非了局。"

白石道："今日是大师兄忌辰，不如由你召集门人将一航的掌门废了。然后给他挑一门合适的亲事，让他精神恢复正常之后，才给他继任掌门。"

黄叶道："他的掌门是紫阳道兄遗嘱指定的，废了恐不大好。"白石道："我派急图振衰起弊，让他尸位素餐，岂非更不好。"

黄叶道人沉思半晌，忽道："一航表面虽是颓唐，但我看他武功却似颇有进境。你看得出来么？"

白石摇头道："我没有注意。"他自女儿嫁了李申时后，对一航颇有芥蒂，不似以前处处关心，对一航的武功更从无考察。

黄叶道："我看他的眼神脚步，内功甚有根基，和前大大不同。也不知他何以进境如此之速，所以废立掌门之事，还是从长计议吧。第二代门人中也挑不出像他那样的人才。"

两人正在商量，黄叶道人偶然向山下一望，忽然叫出声来！

白石道人随着师兄所指的方向望去，只见一团白影，疾飞而来，白石叫道："来者何人？"霎那之间，白影已到半山，来得太疾，看不清面貌，白石道人心念一动，拔剑飞前，但听得一声笑道："白石道人，我又不是找你，不敢有劳你来迎驾。"

白石道人又惊又怒，叫道："玉罗刹，你居然敢带剑上山！"长剑一抖，一招"长蛇入洞"，疾刺过去。玉罗刹叫道："今日我不想与你动手，你让不让路？"白石道人咬牙切齿，刷，刷，又是两剑，武当派的连环夺命剑法，一招紧接一招，十分凌厉，玉罗刹怒道："你真个不知进退么？"飞身跃起，疾避三招，手中剑一个盘旋，但见剑花错落，当头罩下。猛可里，斜刺一剑飞来，只听得叮当两声，玉罗刹的剑直荡出去，看清楚了，原来是黄叶道人。

黄叶道人功力在众师弟之上，但适才双剑相交，讨不了丝毫便宜，心中也是一震。玉罗刹喝道："黄叶道人，你是武当长老中的长老，也与白石道人一样见识么？"黄叶道："你先把剑抛下，我武当山上不准外人带剑前来。"玉罗刹怒道："胡说，凭你们就敢摆这个架子？"剑尖倏地上挑，黄叶道人横剑一封，不料玉罗刹剑招怪绝，似上反下，剑锋一颤，中刺胸口，下划膝盖，黄叶道人大吃一惊，急忙足尖一旋，身形一转之间，剑光荡向四方，加上白石道人从旁侧击，这才把玉罗刹的招数，堪堪化解。

黄叶心道："这妖女剑法果然了得，怪不得她如此猖狂。"暗运内力，沉剑一引，剑招甚缓，但玉罗刹剑尖触处，却反受潜力推开。玉罗刹喝声："好，武当派中你算是第一高手了，比你的师弟强得多！"突然劲力一松，黄叶一剑搠空，但见玉罗刹身如一页薄纸，轻飘飘地随着剑风直晃出去，黄叶内力虽雄，却奈她不得。黄叶喝道："你来做什么？"

玉罗刹跳开一步，笑道："哈，你不要我抛剑了么？我今日来见你们武当派掌门，你们懂不懂武林规矩？"按说有武林高手来拜见本派掌门，那就不论来的是友是敌，本派中人都该引来人先见了掌门再说。

可是黄叶、白石是卓一航的师叔，一向又把玉罗刹当成本门公敌，兼之以玄门正派的剑学大宗师自命，哪肯和她讲什么"武林规矩"。白石首先喝道："你这妖女，想见我派掌门？哼，哼，你为何不揽镜自照？"黄叶也道："我武当派的门人，素来不交邪魔外道，你快滚下山去，饶你一死。"玉罗刹怒道："哼，我还未曾与你们武当派算账，你们居然胡说乱骂！"宝剑一挥，飘忽不定，似刺白石，又似奔向黄叶，白石叫道："师兄，今日决不能放这女魔头走了！"黄叶撮唇一啸，召唤同门，长剑划了一个圆弧，要把玉罗刹的宝剑圈住。

玉罗刹挡了几招，黄叶道人又是撮唇长啸，玉罗刹心道："我虽不怕这两个牛鼻子老道，但给他们缠着，却是不妙。等会儿一航来了，岂不是叫他落不了台阶？"黄叶道人剑剑取势，仗着内力沉劲，从上方劈压下来。玉罗刹身形一飘，猛然间欺身直进，剑起处"玉女投梭""银针暗度""彩线斜飘"，三招似柔实刚的剑法接连发出，招招迫向白石道人。白石道人迫得侧身闪避。玉罗刹一声长啸，身形起处，疾如闪电，向缺口直冲出去，霎忽便转过了一个山坳。

黄叶道："这女魔头身法好快，咱们不必追她。看她去处，是想奔向我们山上道观，咱们召集门人弟子，布成地网天罗，她本领再高，也逃不了。"白石道："师兄说得是。今日若叫她逃了，咱们武当派就再也不能领袖武林了。"奔向山上，一路呼唤。

武当山峰峦重叠，一峰高似一峰，在紫阳道长的墓地虽然可以遥见山上道观，距离其实颇远。玉罗刹登了两座山峰，听得观中钟磬齐鸣，山上已有人奔下。这时只要再上一个山峰，便是大殿所在。玉罗刹心道："苦也！如此一来，怎能和卓一航单独晤谈？"

山坳处人影一闪，玉罗刹一看，却是一男一女，俗家打扮。看清楚时，原来是白石道人的女儿女婿——何萼华和李申时。这两人被白石道人带上武当山重学武当剑法，小两口子天天早上都在山腰风景之地习武练剑。

玉罗刹一见，疾跳上前，何萼华刚转过身，肩头被她拍了一下，奇道："咦，是你，我听得黄叶师伯啸声示警，观中又是钟磬长鸣，只当是什么强敌来了！"

玉罗刹道："你们小两口子好快活！喂，卓一航在哪儿，我要找他！"

何萼华以前几乎给她父亲迫着嫁卓一航，好在后来知道卓一航情有所钟，又得姑姑说项，这才不致铸成怨偶。所以在何萼华心中，对玉罗刹虽无特殊好感，却也无恶感。闻言心中一动，想道："在情场之上，我是过来人了。不能和自己意中人结婚，那是毕生遗憾。我的父亲好没来由，强要禁止掌门师兄和她来往。"心中起了同情之念，道："一航这十多天来，每天绝早都到'石莲台'练剑。"玉罗刹急道："石莲台在哪儿？"何萼华道："左面有一个形似莲花的山峰，有一条瀑布从山峰上倒泻下来，你见了那条瀑布，就向左斜方走，在瀑布旁边，有一块大石，那就是石莲台了。"

玉罗刹道声："多谢！"依着何萼华所指的方向便跑，这时晨光微曦，晓日方露，林中宿鸟被人声惊起，纷纷飞出。玉罗刹心道："我一定要在给观中众道士发现之前见着卓一航。"背后传来了白石道人叫唤女儿的声音，接着到处是人声呼唤。玉罗刹仗着绝顶轻功，急急攀登上那形如莲花的山峰，果然见着一条瀑布。

瀑布飞珠溅玉，和崖石冲击，发出轰鸣之声。玉罗刹无心观赏，顺着瀑布，向左斜方直走，瀑布声中，恍惚听到吟哦之声，玉罗刹心道："这一定是那个酸丁了。"脚步一紧，片刻到了上面。

再说卓一航自被白石道人逼迫回山之后，心中郁郁，镇日无欢，幸紫阳道长留有剑谱给他，长日无聊，唯有穷研剑谱以解岑寂。在剑谱中他发现有几招怪招，武当剑法都是一套套的，独有这几招怪招，首尾并不连贯，无法应用。卓一航去问师叔，才知这几招是达摩剑法中的招数。达摩剑法共一百零八式，原是武当派的镇山剑法，可是在元代中叶，"达摩一百零八式"的真本忽然不见，于是代代传下遗言，要后世弟子寻觅此书。同时这一百零八式的真本虽然失踪，但因故老相传，还大略记得几个招式。紫阳道长将它录入剑谱之中，以前也曾对卓一航说过，只是卓一航不知这几招便是达摩剑式罢了。

问明了师叔之后，卓一航心想：师叔们都说这几招怪招零碎散漫，并不连贯，只能留给后世弟子做样本，以备将来寻觅真本之时，可以作为印证，对于实用，却是毫无帮助。但这套剑法既然是武学中不传之秘，一招一式，都必定有它的道理，即不能连贯应用，也当有它的威力，我岂能囿于前人之见，置之不理。因此卓一航不理它能否实用，一味苦心研讨，每早都到石莲台练剑。那达摩剑法以动助静，以气运力，对内功修练大有帮助，卓一航虽然不明其中妙谛，但不知不觉之中已大有进益。

这一日早晨，卓一航练剑之后，非但不倦，且觉气血舒畅，精神饱满。他昨晚因思念玉罗刹，半夜失眠，本以为今日定无精神，谁知练剑之后，精神反而转好。心中大喜，知道这必是达摩剑法的妙用，于是专心一志，冥思默索其中妙理，连师叔的啸声，山顶道观的钟磬声，也听而不闻了。

正在出神，忽地有人伸手在他额头一戳，卓一航倏然跳起，惊喜莫名，做梦也想不到在他面前的竟是朝思夜想的玉罗刹！呆呆的一句话也说不出来。

玉罗刹道声："你好——"声音哽咽，说不下去。两人都有万语千言，却不知从何说起。那石莲台硕大无朋，一块大石，明亮如镜，可容百数十人，玉罗刹偶一低头，忽见石台上有数行小字，想是卓一航用剑刻出来的。玉罗刹默念下去，原来是一首双调《忆江南》的小令，词道：

"秋夜静,独自对残灯,啼笑非非谁识我,坐行梦梦尽缘君,何所慰消沉。 风卷雨,雨复卷侬心,心似欲随风雨去,茫茫大海任浮沉,无爱亦无憎。"

玉罗刹滴下泪来,幽幽问道:"这是你昨晚写的吗?"

卓一航道:"昨夜山中听雨,睡不着觉,胡乱写了这么几句,叫你见笑。"玉罗刹叹道:"这是何苦,但教你下得决心,又何至消沉如此!"卓一航道:"练姐姐,是我错了!"玉罗刹轻掠云鬓,眼睛一亮,一丝笑意,现于眉梢,低声说道:"过去的不要提了——"卓一航抢着说道:"我已打定主意,今后愿随姐姐浪迹天涯。"玉罗刹道:"真的?"道观钟声,又随风传到,卓一航侧耳一听,空谷传声,外面还似乎有人在叫唤他的名字。玉罗刹道:"我已见过你的两位师叔了。"卓一航道:"哪两位?"玉罗刹道:"黄叶道人和白石道人。"

卓一航眉头一皱,问道:"你和他们说些什么?"玉罗刹道:"我说要见你,他们不许。但咱们到底是见着了!"在款款深谈之中,两人的手不知不觉紧握起来。卓一航但觉玉罗刹手心火热,叫道:"姐姐,这一年来你也苦透了。我,我……"玉罗刹续道:"你的两个师叔把我当作敌人……"卓一航苦笑道:"他们如此,我也没法。"道观钟声又起,谷外人声更近。卓一航瞿然惊起,颤声说道:"一定是我的师叔召集同门,要来对付你了!"

玉罗刹眼睛溜圆铮亮,定神地看着卓一航,一字一句地问道:"那么你待如何?是助你的师叔拿我,还是——"从指尖的颤抖中,玉罗刹感到卓一航内心正在交战,不觉一阵战栗,说不下去。只听得卓一航道:"我决不与你为敌。"玉罗刹道:"仅如此吗?"卓一航道:"我决意不做这劳什子的掌门了。"玉罗刹仍道:"仅如此吗?"卓一航道:"今日是我的师父五周年忌日。等会师叔到来,我便禀告他们,待祭过师父之后,我便和你一同走下此山。此后地老天荒，咱们再也不分离了!"

玉罗刹松了口气，脸晕红潮，半晌说道："既然如此，那我就什么也不怕了。"卓一航道："不过——"玉罗刹道："不过什么?"卓一航道："不过我几个师叔的脾气你也知道。等会你不要和他们动硬的。你看在我的面上，委屈一些。"玉罗刹道："你要我向他们求情?"卓一航道："嗯。求情的话不必你说，待我来说。若然他们骂你，你不要马上顶回去。"

玉罗刹道："好，只要你是真心实意，我便受些委屈，又有何妨?"说话之间，武当派的门人已有一群进了山谷，循着瀑布攀登而上，陡然见着卓一航和玉罗刹并立石台，无不骇异。

卓一航已下了决心，面色不变，和玉罗刹的手握得更紧，玉罗刹挺胸昂首，望也不望那群道士。这时，她只觉喜悦充塞心胸，任它外界喧嚣，她只觉这天地之间，只有卓一航和她而已!

白石、红云二人走在前头，沉着面色，怒极气极，到了石莲台下，高声叫道："一航，一航——"

卓一航应道："师叔。"白石大声说道："你身为掌门，观中鸣钟报警，你听不见吗?"卓一航道："来了什么敌人呀?"白石怒道："你羞也不羞? 你这是明知故问。这妖女，就是本门公敌，你却和她厮混。"卓一航道："她并不是我们的敌人。"白石道："胡说，她屡次与我们武当派作对，怎么不是敌人? 你是掌门，当着一众同门，你好意思么? 快把她拿下。"卓一航道："师叔，我有话说!"白石道："你还说什么? 你要为这妖女背叛本门吗? 何去何从，你马上抉择，没有什么可说的了!"

黄叶道人缓缓而出，道："师弟，且让他说。一航，你想清楚些，你说吧，你意欲如何?"卓一航道："弟子德薄能鲜，身任掌门，愧无建树。求师叔们另选贤能，弟子要告退了。"白石怒道："你做不做掌门是另一回事，这妖女是本门公敌，你和她厮混，大

玉罗刹脸上泛起一丝笑意，低声说道："过去的不要提了——"卓一航抢着说道："我已打定主意，今后愿随姐姐浪迹天涯。"玉罗刹道："真的？"

是不该。"卓一航低声说道:"人各有志,我愿以今后余生,勤修剑法。若他日有寸进,也算得是报答恩师。"白石怒道:"你要和她一同练剑?"卓一航道:"嗯,我总得有人指点呀!"白石怒不可遏,骂道:"武当剑法是天下武学正宗,你还要学什么邪魔外道?"黄叶道人也很不高兴,喝道:"一航,你听不听师叔的话?快放手!"卓一航给他一喝,手指松开,但仍道:"弟子学剑之心,已不可改。"黄叶、白石、红云、青蓑四个长老都跃上平台。白石道人冷笑道:"学剑,剑,剑!武当山先就不许外人携剑上来!"黄叶道:"一航,你真的去意已决了吗?"卓一航轻轻点了点头。黄叶忽道:"你站过一边,在未昭告你师父以前,你还是武当派的掌门弟子。"卓一航走过一边。黄叶面向玉罗刹沉声说道:"天下多少男人,你为何偏要缠他?"

玉罗刹怒火已起,若在平时,定要一剑把黄叶搠个透明窟窿,此际强抑怒火,冷笑道:"天下多少正经事情,你不去管,为何你偏要理这闲事?"黄叶道人把手一招,虞新城等四大弟子和其他各掌经护法的较有地位的弟子都跳了上来。

黄叶又问道:"玉罗刹,你这次是有心前来捣乱,要将卓一航带走么?"玉罗刹道:"又不是我迫他走的。"黄叶道:"你要走也未尝不可,先把剑放下来!"玉罗刹瞥了卓一航一眼,卓一航以为师叔要玉罗刹弃剑之后,就可让他们同走,低说声道:"这是山上的规矩。"玉罗刹哈哈一笑,将剑抛落石台,道:"我就依你们的臭规矩,现在可以让我和他同走了吧?"

虞新城俯腰拾起宝剑,平举头上,朗声说道:"外派妖邪,已服威解剑,请长老发落!"虞新城在第二代弟子中辈分最高,现任护法弟子,对武当派的传统一力护持,竟然把玉罗刹当成被打败的敌人,要举行献剑仪式。

玉罗刹几乎气炸心肺,只听得黄叶道人大声说道:"你既献剑，以往不咎，你快滚下山去，卓一航是我派掌门，岂是你这妖女所能匹配，你趁早死了这条心吧！"玉罗刹双眼一翻，冷笑道："我偏不走！"白石、红云二人都曾被玉罗刹折辱，双双跃出，喝道："你走不走？真未曾见过你这么下贱的女人，居然跑到我们武当山来要丈夫。"玉罗刹蓦地一声冷笑，身形一晃，啪的一下，白石道人挨了一记耳光，急忙伸手拔剑，只听得虞新城大叫一声，原来就在他踏正方步，目不斜视，要将剑献给黄叶道人之际，蓦然给玉罗刹将剑抢去，顺手也打了他一记耳光。

白石红云怒叫道："反了，反了！"双剑齐出，疾刺玉罗刹命门要穴，玉罗刹一招"倒卷星河"，宝剑挟风，呼的一声，从两人头顶掠过。耳边听得黄叶道人叫道："你们看住掌门师兄，他今日有病，神智不清，受邪魔外道所惑，不可让他乱走。"卓一航在积威之下，虽是愤恨填胸，却不敢发作。

玉罗刹记挂着卓一航，偷眼一瞥，见他面色铁青，坐在石上不动。白石、红云，双剑齐展，剑剑指向要害。玉罗刹颇为失望，心想："一航呀，你既然说得如此坚决，为何此际却不出一言？"高手比剑，哪容分心，白石道人一个"盘膝拗步"，长剑刷的一指，一缕青光，点到咽喉，玉罗刹几乎中剑，心中大怒，侧身一闪，宝剑迅如电掣，扬空一划，回削白石手腕，红云道人一剑击出，与白石联剑，奋力挡开，说时迟，那时快，玉罗刹在瞬息之间，连进三招，饶是白石、红云双剑联防，也被迫得手忙脚乱，玉罗刹一剑快似一剑，剑风荡起，衣袂飘扬，白石红云拼力抵挡，但觉冷气森森，剑花耀眼！

玉罗刹杀得性起，高声骂道："白石贼道，你带领官军践踏我明月峡的山寨，我多少姐妹在那次阵亡，你知道吗？我本想饶你，你却还要逞强，今日不给你留点记号，我也枉为玉罗刹了！"剑招一变，顿时银光遍体，紫电飞空，招招进攻，招招狠辣！

黄叶道人看得触目惊心，想道："这女魔头出手凶辣，看她说得到做得到，莫叫她真的将白石师弟伤了，在众人面前，可不好看。"叫青襄道人上前助战。他自己则仍要端着身份，不愿当着一众门人弟子，合武当四大长老全力，去围攻一个女人。

　　青襄道人剑法甚精，剑诀一领，走斜边急上，玉罗刹大笑道："好呀！又一个武当长老来了！你们自命为天下第一的剑法，原来是以多为胜的吗？"白石、红云、青襄都不出声，三柄剑急刺急削，互相呼应，将玉罗刹围在垓心，此去彼来，连番冲击，玉罗刹剑招虽然快捷，到底还要有换招的功夫，力敌三人，渐感吃力。

　　白石道人压力一松，这才纵声回骂："武当的剑法如何？哼，哼，看是你伤得了我，还是我伤得了你，看剑！看剑！"刷刷两剑，欺身直刺。不料玉罗刹又是一声长笑，斥道："井底之蛙，岂知海河之大。叫你们开开眼界！"剑法又变，一柄剑有如神龙戏水，飞鹰盘空，指东打西，指南打北，身形疾转，匝地银光，顿时四面八方，都是玉罗刹的影子。

　　原来玉罗刹自与红花鬼母经了两场大战之后，吸取了教训，剑法更精，她知道以一敌三，纵不落败，也难取胜，心想："以他们三人之力，大约和一个红花鬼母相当。我的轻功远出他们之上，大可用斗红花鬼母的方法来杀败他们。"因此避实击虚，仗着绝妙的身法，在三剑交击缝中，钻来钻去，一出手便是辣招，叫三人眼花缭乱，各人都要应付偷袭，渐渐不能配合，虽然是三剑联攻，实际却是各自作战。

　　又斗了五七十招，三人剑法渐乱。卓一航叫道："冤家宜解不宜结，又不是什么大不了的冤仇，罢战了吧。"此言一出，武当四老和玉罗刹都不满意。四老心想：卓一航竟然帮外人说项，胳膊外弯！玉罗刹心想：到我占上风时你才叫我休战，难道我要白白受他们凌辱？在此紧要关头，你不痛切陈言，表明心迹，却来如此劝架。两边都怒，斗得更烈。黄叶道人走到卓一航面前，沉声说道："今日之事，关系武当荣辱。事已至此，你若然还恋着私项，替她说项，那就不单是本派叛徒，而且也必为天下武林所不齿！你又不是普通门人，你应知你是掌门弟子！为本派荣辱而战，是掌门人的天职，纵粉身碎骨，也当不辞，你知道吗？"卓一航伤透了心，哭出声道："她一个孤单女子，岂能战胜我派？师叔，你不要迫我和她作对！"黄叶道人面色白里泛青，双瞳喷火，斥道："我让你多想一会，你是读书明理之人，我不愿见你沦为被人唾骂的叛徒！"双眼圆睁，扫了卓一航一眼，又再注视斗场。只见玉罗刹剑法神妙异常，已把三人杀得首尾不能兼顾！更难堪的是玉罗刹边打边笑，好像全不把武当派放在眼内！

黄叶道人愤然说道："好狠的女魔头，你交的好朋友！居然要把我武当派践在脚底，掌门不出，我虽年迈，粉身碎骨，也不能让她在此逞凶。"气呼呼地拔出宝剑，纵入场心，卓一航痛哭失声，围在他身边的师兄弟无一人相劝。

黄叶道人身为四老之长，功力非比寻常，只见他剑光霍霍展开，隐隐带有风雷之声，一抽一压，玉罗刹的剑势顿然受阻，白石等三人松了口气，又急攻过来。玉罗刹狂笑道："哈，哈，武当四老全都来了！我今日尽会武当高手，真是幸何如之！"黄叶道人听在心里，又羞又怒，喝道："妖女休得猖狂，看剑！"一招"风雷交击"，运足内力，直压下去。

玉罗刹反臂一剑，只觉一股潜力直压过来，玉罗刹身形快极，随着剑风，身如柳絮，直飘出去，剑起处，一招"猛鸡啄栗"急袭白石道人，剑到中途，猛又变为"神驹展足"，忽刺红云脚跟，红云长剑下截，玉罗刹剑把一颤，那柄剑陡然上指，却又变为"金鹏敛翼"，一剑刺到青蓑道人腰胁的"章门穴"。在这电光流火之间，玉罗刹已遍袭三名高手，黄叶道人大大吃惊，急把剑光伸展，护着三名师弟，用一个"黏字诀"，紧紧盯着玉罗刹。这"黏字诀"非是内家功夫已到炉火纯青之境，不能运用自如。拳经所谓："舍己从人""随曲就伸""不丢不顶""动急则急应""动缓则缓随"，如磁吸铁，紧黏不弃，便是这种"粘黏劲"的功夫。黄叶道人用出毕生虔修的绝技，玉罗刹虽然疾逾飘风，被他紧随不舍，威力难展，而且白石等三人也都是当世高手，玉罗刹顿时被迫得处下风！

又斗了一百来招，玉罗刹额头见汗，连番冲刺，杀不出去。把心一横，生死置之度外，展开了拼命的招数，避强击弱，专向白石、青蓑、红云等三人下手，一出手便是凶极伤残的剑法，黄叶大惊，本来有几次可以伤得了她，但为了卫护师弟，不能不移剑相拒。黄叶道："我守御她的剑势，你们疾攻。"长剑随着玉罗刹剑光运转，白石等三人运剑如风，狠狠攻刺。五剑交锋，有如一片光网，玉罗刹剑势所到，有如碰着铁壁铜墙，而白石等三人的连环剑法又首尾相衔，无懈可击。玉罗刹只好沉神应战，眼观四面，耳听八方。仗着绝顶轻功，腾挪闪展，片刻之间，又斗了数十来招！

这一场大战，真是世间罕见，武当派的弟子看得眼花缭乱，一个个屏了呼吸，目注斗场。卓一航也早已收了眼泪，被场中的剧斗所吸引了。这时，本来是武当四老占了上风，可是在众弟子看来，但见剑气纵横，光芒耀眼，剑花朵朵，有如黑夜繁星，千点万点，遍空飞洒，五条人影纵横穿插，辨不出来。卓一航看得惊心动魄，知道此场恶战，非有死伤，绝难罢休。心中矛盾之极，也不知愿哪一方得胜。

虞新城忽道："四位师叔，年纪老迈，力御强敌，若有疏失，我辈弟子何地容身，掌门师兄，你看该怎么办？"卓一航如听而不闻，不作回答。虞新城冷笑道："师叔在场中拼命，我们弟子岂容袖手旁观！"黄叶、红云、白石、青蓑各有首徒，号称第二辈中的四大弟子。虞新城是黄叶的首徒，身为四大弟子之首，招呼其余三人道："我们一同出去，和四位师叔布成武当剑阵，务必不令这妖女生逃。"说完之后，又向卓一航作了一揖，道："掌门师兄，请恕我们不待吩咐，先出去了！"率众冲出，卓一航大为难过。只听得背后有人嘿嘿冷笑，回头一看，却是同门的师兄弟耿绍南。只见他面露鄙屑之容，卓一航的眼光和他一触，他理也不理，迅即把眼光移开。

耿绍南曾受玉罗刹利剑断指之辱，对玉罗刹恨之入骨。只因自知本事低微，非武当四大弟子可比，所以不敢出去。但他心中却在盘算主意，想把卓一航激得动手。

卓一航身受师叔责骂，又被同门鄙视，有如不坚实的堤防，接二连三，受风浪所袭击，精神震荡，脑痛欲裂，真比受刑还苦，神智渐觉迷糊。

再说玉罗刹力敌武当四老，已感吃力非常，四大弟子一加入来，更是难支。这四人虽然本领较低，亦非庸手。而且尤其厉害的是，这四人加入之后，八个方位，都站有人，布成了严密的剑阵，有如铁壁铜墙，连苍蝇也飞不出去。玉罗刹本领再高，轻功再妙，也是难当。这时但见满场兵刃飞舞，把玉罗刹困在垓心，有如一叶孤舟，在风浪中挣扎，蓦然被卷入旋涡，动荡飘摇，势将没顶，形势险绝！

玉罗刹自晨至午，拼斗何止千招，武当八大高手的围攻，比当年在华山绝顶所遇的"七绝阵"还要厉害数倍。玉罗刹气力渐减，身法已不若以前轻灵。武当八个高手见将得手，围攻越紧，如潮水般倏进倏退，八口明晃晃的利剑，在玉罗刹的身前身后身左身右，交叉穿插，看样子非把玉罗刹切成八块，难肯干休。卓一航惊心怵目，不忍再看，把脸移开。耿绍南哈哈大笑，拉卓一航的臂膊道："掌门师兄，你看，你看呀，黄叶师叔这一剑好极了，白石师叔这一剑也不错。呀，可惜，可惜，青蓑师叔这一剑明明已刺到她的咽喉，怎么又给她避开了。唔，新城师兄也不落后，这一剑几乎削掉她的膝盖。啊，好啊，好！中了，中了！"卓一航忽听得玉罗刹一声惨叫，接着又是一声，急睁眼看，只见玉罗刹摇摇欲堕，脚步凌乱，有如一头疯虎，左冲右突，冲不出去，剑光交映之中，但见一团红色晃动，有如在白皑皑的雪地上染上胭脂，想是玉罗刹被剑所伤，血透衣裳了！卓一航不觉大叫一声，几乎晕了过去。

玉罗刹左臂中了黄叶一剑，右腕又给白石剑锋划伤，本已摇摇欲倒，忽闻得卓一航惊呼惨叫之声，心道："原来他尚是关心我的。"陡然间精神陡长，也不知是哪里来的力量，剑诀一领，盘旋飞舞，顿如雨骤风狂，连人带剑，几乎化成了一道白光，直向黄叶道人冲去，黄叶道人仍用"黏字诀"，随曲就伸，剑势一施，想运内家真力，将她疯狂的来势化解于无形，哪知玉罗刹来得太疾，黄叶道人的内力未透剑尖，剑锋已被她一剑削断，黄叶道人横掌一推，玉罗刹随着他的掌风弹了起来，冲势更猛，白光一绕，只听得一阵断金戛玉之声，红云道人的剑也给削断，玉罗刹一声狂笑，刷刷两剑，白石道人反臂刺扎，"星横斗转"一招刚刚使出，玉罗刹剑锋一指，疾如电闪，直刺咽喉。

白石道人心胆俱寒，绝险中急展"铁板桥"功夫，左足撑地，右脚蹬空，腰向后弯，触及地面，玉罗刹呼的一剑在他面门掠过，青蓑道人伏身一跃，长剑一旋，硬接了她的一招。正在此际，忽听得玉罗刹又是惨叫一声，两眼翻白，剑势突缓。青蓑道人弄得莫名其妙，只听得玉罗刹哀叫道："卓一航，是你，你也这样对我吗？"

原来在玉罗刹削断黄叶、红云的剑，几乎杀了白石之时，耿绍南在卓一航耳边大喝道："掌门师兄，你还不快救师叔？用暗青子喂她呀！快，快！"把弹弓塞到卓一航手中，卓一航已陷入半昏迷状态，精神哪容得如此摧残，被他一喝，如受催眠，糊糊涂涂地拉起弹弓，嗖嗖嗖连发三弹，这三弹被满场交荡的剑风震得粉碎，当然打不到玉罗刹身上，可是却打伤了玉罗刹的心！

白石道人才逃险难，又起杀机，乘势一跃而起，剑把一翻，旋风急刺，青蓑道人也趁势一剑，直挂胸膛，斜刺腰胁。就在此际，石台那边又传来了卓一航惊叫之声，玉罗刹依稀听得他叫道："我做了什么，我做了什么呀？"接着是咕咚一声，似乎已是跌倒地上。

白石、青蓑双剑齐到，玉罗刹宝剑横胸，似乎忘了出招，二人大喜，都想刺她的穴道将她生擒，然后再由同门公决发落，两人抱着同一心思，认穴敛劲，势道略缓。双剑堪堪刺到，看看沾衣之际，玉罗刹手腕倏翻，把剑一挥，其疾如电，这一招，拿捏时候，妙到毫巅，在玉罗刹这方是蓄劲突发，有如洪波骤起，溃围而出；在白石、青蓑这方是强弩之末，忽遭反击，劲力反为对方所借。一挥一接，金铁交鸣，白石、青蓑的剑都飞上半空。黄叶道人叫声："不好！"一掠丈余，运掌急攻，黄叶已快，但玉罗刹更快，只听得白石、青蓑同时惨叫，就在这瞬息之间，两人手臂关节，都给玉罗刹剑尖刺了。黄叶一掌扑空，玉罗刹挥剑狂笑，旋风般直卷出去。

武当四个长老，两人的剑被削断，两人受了重伤，第二代的四大弟子，哪敢拦截，玉罗刹剑风所指，挡者辟易，迅即冲出重围，跳下石台。武当派的门人弟子虽然近百，都被她的神威杀气所慑，纷纷闪避，黄叶道人颓然长叹，眼睁睁地看着玉罗刹在大闹武当山之后，狂笑而去。

白石、青蓑二人被玉罗刹的独门刺穴之法，伤了关节穴道，黄叶道人也无法可解，只能替他们推血过宫，减轻痛苦，叫四大弟子将他们抬入云房，让他们静养，要过十二个时辰，穴道方能自解。

黄叶道人吩咐已毕，双眼环扫，只见门下弟子，个个垂头丧气，不禁又是一声长叹，将缺了锋刃的长剑抛下山谷。缓缓走近卓一航身边，卓一航晕在地上，怀中犹自紧抱弹弓。

黄叶道："在紧急关头，你发弹助战，尚是我武当弟子。"伸手在他"伏兔穴"一拍，催动血脉流通，卓一航忽然大叫一声，腾身跳起，曳开弹弓，嗖嗖嗖连发数弹，四面乱射，大叫道："打呀，打呀，谁敢上武当山者，打！谁敢拦阻我者，打！多管闲事者，打！哈，哈，你胆大包天，触犯了我的祖师爷了，打！"黄叶喝道："你疯了吗？"卓一航瞪目跳跃，大叫大嚷，黄叶纵身一掌，将他弹弓劈断，耿绍南跳上来将卓一航一抱，卓一航突然反手一掌，啪的一声，打在耿绍南面上，这一掌劲力奇大，耿绍南大叫一声，张口喷出一堆鲜血、两齿门牙。黄叶急忙伸指一点，点了他的晕眩穴，道："绍南，你的掌门师兄疯了。你有没有给他打伤？"耿绍南捧着红肿的面，道："还好，只是外伤。"黄叶道："你抬他回去，将他锁在后面禅房，好好看守。"闹了半天，天色已近黄昏，紫阳道人的五周年祭，也因此一闹，没法举行了。

再说玉罗刹跳出山谷，伤心、愤怒、爱恨交织，口中焦渴，腹内饥饿，俯身一看，鲜血染红了外衣。玉罗刹恨恨说道："待我休息一宵，再来与你们这些牛鼻子老道大打一架。我要抓着他问：你到底愿不愿跟我走？你说得那么真诚，那么恳切，难道都是假的？哈，哈，你还用弹弓打我，打我！哈，好在我还没有死哩。"愤恨之极。忽而转念一想："若不是他那一声叫喊，我也没力气再打下去。一航呀，你助我死里逃生，你又要置我于死地，你想的是什么？你当我是亲人还是当我是仇敌？"爱之极，恨之极，恨之极也是爱之极！玉罗刹脑子一片昏乱，脚步虚浮，她恶战半天，连中两剑，疲累不堪，迷茫茫地进入一处山谷，掬山泉洗涤了伤口，敷上了金创圣药，幸喜没有伤着要害，止了血后，吃了一点干粮，眼皮一阖，再也禁不着疲倦的侵袭，颓然倒卧。双足浸在山涧之中，她也毫无知觉。

蒙蒙眬眬中，忽见卓一航含笑走来，玉罗刹伸出指头在他额上一戳，卓一航道："不是我要伤你的呀，是他们迫的！"玉罗刹

道："你是大人还是小孩？你自己没主意的吗？"卓一航道："我是
一只绵羊。"玉罗刹道："好，你是绵羊，我就是牧人，我要拿皮鞭
打你！"突然间，手上忽然有了一条皮鞭，玉罗刹迎风挥动鞭声刷
刷。忽然前面的卓一航不见了，玉罗刹脚下匍伏着一只羔羊，身躯
赤红，露出求饶的目光。玉罗刹一鞭打出，急又缩回，伸手去摸那
小羔羊的角，那羔羊忽然大吼一声，不是羔羊，而是一只猛虎了，
那猛虎张牙舞爪，只一扑就把玉罗刹扑翻地上，张开大口，锯齿巉
巉，咬她的咽喉。玉罗刹本有降龙伏虎之能，此时不知怎的，气力
完全消失，那老虎白巉巉的牙齿，已啮着她的喉咙，玉罗刹大叫一
声，挣扎跳起，绵羊、老虎、卓一航全都不见了！

　　玉罗刹张眼一瞧，但觉霞光耀目，原来已睡了一个长夜，刚才
所发的乃是一场恶梦。玉罗刹又觉颈项沁凉，伸手一摸，原来是山
涧水涨，沁到了她的颈项，而她在熟睡转侧之间，后枕枕着一块尖
石，咽喉也碰着石头，所以梦中生了被老虎所啮的幻象。

　　玉罗刹翻身坐起，湿淋淋的头发披散肩头，极不舒服，水中照
影，只见山洞里现出了一个陌生的白发女人，玉罗刹惊叫一声，这
景象比梦中所见的老虎还要可怕万分！

　　玉罗刹道："难道我还在梦中未醒？"把手指送入口中，用力一
咬，皮破血流，疼到心里。这绝不是恶梦了。玉罗刹急忙将长发拢
到手中，仔细一看，哪还有半条乌黑的青丝？已全斑白了！

　　玉罗刹跳起来道："这不是我，这不是我！"水中人影摇晃，水
波荡石发声，似乎是那人影在说："我就是你，我就是你！"

　　要知玉罗刹生就绝世容颜，对自己的美貌最为爱惜，哪知一夜
之间，竟从少女变成了白发盈头、形容枯槁的老妇。这一份难受，
简直无可形容。玉罗刹颓然倒在地上，脑子空空洞洞的什么也不
敢想。但见片片浮云飘过头顶，晓日透过云海，照射下来，丽彩
霞辉，耀眼生缬。野花送香，林鸟争鸣，松风生啸，满山都是生

机蓬勃，独有玉罗刹的这颗心已僵硬了。浮云幻成各种形象，玉罗刹又恍惚似见卓一航在云端里含笑向她凝视。耳边响起了这样的声音："练姐姐，你的容颜应该像开不败的花朵。""痴人说梦，普天之下，哪有青春长驻之人？……下次你再见到我时，只恐我已是白发满头的老婆婆了！""到你生出白发，我就去求灵丹妙药，让你恢复青春。"这是玉罗刹与卓一航在明月峡吐露真情之时的对话。而今却是：昔日戏言之事，今朝都到眼前！云影变幻，"卓一航"又不见了。玉罗刹苦笑道："天下哪有灵丹妙药，今生我是再也不见你了。"

玉罗刹本来准备在精力恢复之后，再去大闹武当，向卓一航问个明白。想不到一夜之间，突生变化。此时此际，玉罗刹的心情难过之极，就算卓一航走近前来，恐怕她也要避开了。

玉罗刹躺了半天，衣裳已干，山风中又送来道观的钟声。玉罗刹一声凄笑，心中突然有了一个决定，迎风说道："自此世界上再也没有玉罗刹了，我要到我该去的地方。"头也不回，下山疾跑。

再说经此一战，武当损伤惨重，白石、青蓑二人过了十二个时辰，穴道虽解，关节筋骨已被挑断，不能使剑，要用柳枝接骨之法，经过半年培养，才能复原。黄叶道人极怕玉罗刹再来，提心吊胆数日，幸喜无事。而卓一航的疯疾也似有好转之兆，不再大叫大嚷了。

可是，卓一航虽然不再疯狂胡闹，却是目光呆滞，有如白痴。黄叶道人十分伤心，严禁门徒，不准在他面前提起玉罗刹的名字，悉心替他治疗，如是者过了三月，卓一航说话有时也如好人，可是却不大肯开口，对师叔对同门都似落落难合。黄叶道人日夜派人守在他的房外，看管甚严。黄叶还怕他会自寻短见，常常夜间在窗隙偷窥，每天都见他闭目练功，并无异状。黄叶道人放下了心，想道："他还肯用心练功，那是绝不会自杀的了。"门人中也有人提过废立之事，黄叶总不答允。武当第二代实在找不出可以继承的人才，而卓一航内功进境之速，又是有目共睹之事。

一日，武当山忽然来了一名不速之客，乃是慕容冲。慕容冲伤好之后，离开北京。心中思念铁飞龙与玉罗刹的恩义，漫游过武当山时，想起卓一航和玉罗刹是至交，他也知道白石道人阻挠婚姻之事。心想：武当派与玉罗刹的结冤，我也有一些责任，想当年我和白石道人联合，破了玉罗刹的明月峡山寨，两家结怨极深。而今我与玉罗刹化敌为友，此事也该我来调解。于是来到武当山上，请见白石道人。

白石道人伤势未愈，尚在云房静养，不便见客。慕容冲又请见掌门弟子卓一航。黄叶道人见了拜帖，想起慕容冲和武当派有过一段渊源，便代白石道人接见。

慕容冲与黄叶道人相见之后，各道仰慕之忱，红云道人也来陪客，问道："慕容总管怎么有如此闲情逸致，驾临荒山？现在天下正是多事之秋，万岁爷放心让总管出京么？"慕容冲笑道："我现在已是无官一身轻，再不在名利场中打筋斗了。"红云一怔，不便细问。黄叶笑道："好极，好极！野鹤闲云，胜于高官多矣！"寒暄两句，慕容冲请见卓一航。黄叶道："他不大舒服。"慕容冲道："什么病？"黄叶道人不惯说谎，讪讪说道："也没有什么病。"慕容冲面色不悦，道："我与卓兄也是熟人，千里远来，但求一见。"黄叶、红云答不出话。慕容冲又道："贵派是武林中的泰山北斗，想是我慕容冲不配见贵派的掌门了。"

慕容冲是武林中有数的成名人物，依武林规矩，成名的英雄来见掌门，若然不见，便是一种侮辱。黄叶急道："慕容先生言重了！我就叫一航出来。"

过了一阵，卓一航在虞新城和耿绍南陪同之下，来到客殿。慕容冲见卓一航步履稳健，面色红润，笑道："卓兄，你好！"卓一航不知慕容冲已与玉罗刹和解，睁眼说道："好得很呀！你来做什么？"

慕容冲道："我一来向你问候，二来向你问玉罗刹的下落。"此言一出，满座皆惊，卓一航大声道："不知道！"慕容冲道："卓兄休得误会。小弟不是寻仇，而是觅她报恩。她实在是个至情至性，有恩有义的奇女子呀！"

卓一航一怔，忽然痛哭失声。慕容冲道："卓兄也是性情中人，你们相爱之深，该成鸳侣。黄叶道兄，恕我不揣冒昧，我要做月老了。哈，哈！"黄叶勃然变色，大声说道："不准提这个淫贱的女魔头，一航，你回去！新城、绍南，扶他回去！"

慕容冲是个傲岸之人，平生所服者唯有铁飞龙与玉罗刹，闻言大怒，喝道："黄叶道人，你侮辱我也还罢了，你还敢污蔑我的恩人！"呼的一拳捣出，黄叶横臂一挡，两人内功都极深湛，可是慕容冲力气较大，双臂一格，"蓬"的一声，黄叶道人给震出一丈开外，慕容冲也摇摇晃晃，退后三步，大声叫道："卓一航，你只会哭，不害羞么？玉罗刹敢作敢为，你难道就不如一个女子！"

卓一航抑郁数月，本来就如一个将要爆发的火山，被慕容冲直言一喝，立刻收泪，大声说道："请师叔原谅，另选掌门，弟子去了！"黄叶、红云齐声喝道："不准去！"黄叶飞身跃起，慕容冲一拳上击，把黄叶迫退下来，红云伸手一抓，抓着了卓一航肩背，突觉滑不留手，卓一航肩头一摆，如游鱼般脱了出去。原来他的内功已有火候，与红云已不相上下，红云又不敢施展杀手，哪抓得他着。红云道人举步要追。慕容冲又是一声大喝，左掌抓他胳膊，右脚踢他下盘，红云道人腾身急闪，慕容冲大笑道："牛鼻子老道，你们不准我做大媒，我可不依！"黄叶扑来，慕容冲拦门一站，伸掌踢腿，狠斗二人。耿绍南与虞新城哪拦得着卓一航，被他左右一推，两人都跌倒地上。黄叶与红云暴躁如雷，可是慕容冲号称"神拳无敌"，在拳脚上的功夫比他们俩都要高明，拦门一站，有如金刚把关，两人冲击十数回合，都冲不出去。慕容冲忖度卓一航已逃到山下，这才哈哈笑道："牛鼻子老道，你的掌门人年纪也不小啦，他去找媳妇儿你们也要管吗。哈，哈，不用操心啦。我也要赶着去吃喜酒，失陪，失陪！"黄叶道人一个肘底穿掌，直插过去，红云道人脚踏中宫，双拳齐出。慕容冲哈哈大笑，一个"卧虎回头"，右拳向后猛发，将黄叶道人格退，再霍地向后一撤身，双脚连环飞起，"分花拂柳"，踢红云双胯。红云武功稍低，只听得砰砰两声，被他踢个正着，登时似一个皮球，抛起一丈多高，"吧"的一声，跌在神座之下，额头碰起老大一个疙瘩，还幸慕容冲脚下留情，不用全力，要不然连他的双腿也要扫断。

慕容冲拱手道："得罪，得罪！失陪，失陪！"夺门奔出。红云气呼呼地爬起来，道："师兄，鸣钟击磬，聚集门人，追这凶徒。"黄叶道人苦笑道："不必多事了。结了一个冤家还不够吗，不要再结了。"其实红云也是在气头上，口不择言。细想一想：白石、青蓑负伤未愈，自己和师兄不是人家对手，众弟子更不用说了，凭什么可拦截慕容冲？

黄叶道："慕容冲我们不必理他，卓一航可要寻回。我近来越想越寒心，武当派若不能找到一个有能为的掌门，振作一番，只恐再过数年，武当派的名号更叫不响了。"可是卓一航一走，有如鱼跃深渊，鹰飞天外，哪里还能找得他着。

再说铁飞龙和客娉婷回到山西龙门故居，日夕盼望玉罗刹能和卓一航同来，一直过了数月，时序已从初秋转入寒冬，玉罗刹仍是连讯息也无一个。客娉婷甚为焦急，道："莫非她给武当山那群道士害了？"铁飞龙笑道："那不至于。我怕的是卓一航变了心。"客娉婷道："来春我们到武当山探个消息吧。"铁飞龙道："玉罗刹与我如同父女，与你亦如姐妹，以她的性子，即算失意情场，也断不会自寻短见。我看她迟早都会回来。"

可是日过一日，玉罗刹仍不回来。客娉婷修习红花鬼母的武功秘笈，颇有进境。一晚，夜过三更，客娉婷午夜梦回，忽见窗口伸进一个头来，白发披肩，面色惨白，眼睛闪烁，有如磷火，客娉婷吓得魂不附体，大叫："有鬼呀！"那人头急忙缩出。

铁飞龙闻声惊起，推窗一望，也是吃了一惊，可是铁飞龙久历江湖，到底胆大，仔细一看，那白发披肩的"女鬼"向他拜了两拜，转身便走。铁飞龙大声叫道："裳儿，回来！娉婷，快出来接你姐姐！"客娉婷披衣冲出，那白发女人已飞出屋外，铁飞龙和客娉婷急忙追出，一个叫道："裳儿回来！"一个叫道："姐姐，回来！"那团白影突回身说道："婷妹，我不是有意吓你。"娉婷道："我不怕，你就是真的变了女鬼，我也不怕！"那白影续道："你要好好照顾爹，有你侍奉他老人家，我不用担心了。"铁飞龙道："你回来吧。"那白影转身又拜了两拜，道："爹，你自己保重。我要了我师父心愿，也要去践岳鸣珂之约了！"转身疾走，初见还见雪地上一团白影滚动，渐渐人雪不分，但见皑皑荒原，星斗明灭，玉罗刹已去得远了。

铁飞龙黯然回屋，客娉婷泪流满面，道："练姐姐怎么弄成这样子？可惜她绝世容颜，未老白头。她也真忍心，为什么不肯和我们同住？"铁飞龙叹道："一定是卓一航变了心了。伤心易老，伍子胥过昭关一夜白头，忧能伤人，有如此者。你姐姐素来爱惜容颜，听她口气，一定是要到荒漠穷边之地，潜心练剑，再不见世俗之人了。"两父女吁嗟叹息，久久不能入睡。

第二日娉婷仍是郁郁不乐，一个人到村外散步，忽闻得远处马铃叮当，过了一阵，一匹马疾驰而来，马上人血流满面，冲到她的眼前，忽然跌落马下，那匹马身上插有几枝羽箭，骑客跌下，马嘶一声，发蹄疾走，客娉婷将那人扶起，是一个浓眉大眼的少年。少年问道："这里是龙门铁家庄吗?"客娉婷道："是呀,你是谁?"那少年道："你快救我一救。"

正是:荒村来异客,平地起波澜。

欲知后事如何? 请听下回分解。

第二十七回

无意留名　少年求庇护
忏情遗恨　公子苦相寻

　　那少年身受重伤，疲倦不堪，跌下马后，爬不起来。客娉婷将他扶起问道："你到底是什么人？"那少年道："你这小妞儿好啰嗦，你愿救我，就快把铁飞龙叫出来；你若不愿救我，就请将我身上的佩刀拔出来给我！"客娉婷不知他是什么来历，本想问个清楚，如今看出他受了重伤，怜悯之心油然而生。

　　村子外马铃之声又隐隐传来，少年叫道："来不及了，把佩刀给我！"客娉婷道："你要它做什么？"那少年道："我宁死也不落在奸人之手！"客娉婷心道："这少年直率可喜，而且宁死不辱，看来不是坏人。"毅然说道："好，我救你！"马蹄声来得更近。客娉婷将那少年一把抱起，放在路旁麦田里的一个枯草堆中。客娉婷一生从未这样接触过男子，那少年身子又重，压得她胸口透不过气。好不容易将他掩藏好了，追兵已进入村口。客娉婷也算精细，急把外衣脱下，塞入草堆，只手在泥土上一抹，把血迹混合。

　　片刻之后，追兵已到，来的是五名骑客，好像是公差的样子，为首的问道："喂，小姑娘，你可见有一个受伤的少年，骑马在这里经过吗？"客娉婷道："见着的！他向前面跑了！"一手指铁家庄的方向。少年那匹马，本来受了好几处箭伤，沿路滴下马血。那几名骑客看了一阵，忽然问道："前面是铁家庄吗？"客娉婷道："不错！那少年进铁家庄了。"

五名骑客一齐下马，交头接耳商议一阵，一人道："铁飞龙脾气古怪，不能问他硬要。"一人道："我们五兄弟难道斗他不过。咱们先礼后兵，叩庄索人。"又一人摇了摇头，表示很不同意。这几人商议之时，客娉婷站在路边，凝神静听，目不转瞬。

一名骑客突然如有所悟，迈前两步，磔磔笑道："喂，你是什么人？"客娉婷道："我是农家女子，一早出来拾柴草的。"那人道："你不是铁家庄里的吗？"客娉婷道："我是附近村子的。"客娉婷自到了铁家庄后，洗净铅华，改成村女打扮，俊俏的脸上又有污泥，谁也想不到她在不久之前，还是一个比公主更华贵的女人。

可是这名骑客江湖阅历甚深，看了一阵，哈哈笑道："咱们跑遍天南地北，几乎给这小妞儿蒙骗过去。来，你们瞧——"伸手一指，说道："你们瞧，她面有泥污，身上这件紧身棉袄，可光鲜得很哩！说话又这样清楚利落，哪是什么农家女儿！"

客娉婷心中一震，只听得那人喝道："快说，你把他藏到哪里去了？他是万恶不赦的强盗，你敢把他收藏，你的小命还想要吗？"客娉婷道："什么强盗，我不知道。"那人大喝一声，上前要捉客娉婷。另一人道："不可造次，问她是铁飞龙的什么人？"那人道："铁飞龙的女儿早已死了，又没收有女徒弟，我料她是盗党！"脚步不停，伸手便抓！

客娉婷回身一闪，那人叫道："吓，好快，好俊的身法，居然是会家子呢！"客娉婷这一出手，五名骑客全都动容，知道她绝不是什么普通的农家姑娘了。

和客娉婷动手的那名骑客武功甚是不弱，使的是北派劈挂掌，手脚起处，全带劲风。可是客娉婷得的是红花鬼母的真传，红花鬼母当年以一拐双掌，纵横江湖，武功非同小可，掌法刚柔并济，劲力内藏，厉害之极，客娉婷虽然火候未到，可是掌法使开，回环滚斫，那名骑客已是应付为难。

观战的一名骑客道："这小妞儿准是盗党无疑，咱们上啊。"这五名骑客都是陕西总督陈奇瑜帐下的武士，奉命追踪那个少年的。可是这五名武士的来历又有不同，其中三名原是陕西的盗首，被陈奇瑜招安过去的。另两名则是东厂的桩头，外调到陕西总督军中，协助缉匪的。

和客娉婷动手的这人，便是受招安的盗首之一，和他同受招安的两个同伴见状不佳，拔了兵器，双双跃出，那两名东厂桩头，瞧了一阵，却凝身不动，彼此对视，面有诧异之容。

客娉婷独战三名武士，却也不惧，双掌交错，指东打西，指南打北，凌厉之中见绵密，斫截之中杂点穴，三名武士，拼力围攻，又斗了五七十招，兀是未分胜负。

可是客娉婷究竟是初出道的雏儿，久战不下，气力不支，掌法转乱，敌人围攻更紧，一刀一鞭双掌，配合呼应，招招进迫。客娉婷汗透衣裳，面上的泥污，也给汗水冲掉了。

激战中客娉婷一个疏神，冷不防给敌人的鞭梢在肩头上扫了一下，痛得"哎唷"一声叫了起来，原先动手的那名敌人哈哈笑道："你这女匪还不降顺，快快招供！"客娉婷叫道："爹，快来啊！有人欺负你的女儿呀！"那三名武士怔了一怔，喝道："铁飞龙是你的什么人？"客娉婷道："是我的爹，怎么样？"三人哈哈大笑，齐道："你还来蒙混我们，你想吓唬我们，真是笑话！"围攻更紧！

草堆里忽然悉悉索索的乱响，那受伤的少年爬了出来，大声叫道："不关她的事，我在这儿，你们将我带去，把她放开。"

这一来，大出众人意外，那三名武士发一声喊，舍了客娉婷，上前捕捉"正点"，客娉婷呆了一呆，忽地里又听得有人叫道："你不是宫主吗？喂，龙老二，且慢动手，这位姑娘是奉圣夫人的千金！"

这两个东厂桩头，外调之前，曾在内庭执役，那时客婷婷在宫中尊荣之极，两人职位低微，还没有资格和她亲近。但虽然如此，他们也曾见过几次。适才初遇之时，他们万料不到客婷婷便是这个村女，后来汗水冲掉了客婷婷面上的泥污，他们才认得出来。赶忙大叫"宫主"！

这一来，那三个和客婷婷对敌的人吃惊不少，收了兵器，吓得呆了。那受伤的少年也极为惊奇，怔了一怔，忽然叫道："什么，你是客氏的女儿，你，你为什么救我？我不领你的情，你们把我拿去！"

客婷婷心痛如绞，想道："原来江湖上的好汉，如此憎恨我的母亲。"那两个东厂桩头施了一礼，恭敬说道："宫主，这人是和朝廷作对的叛徒，是魏宗主所要捕捉的犯人，请你将他交给我们带回！"客婷婷斥道："滚开，这人我留下了，你们要人，叫魏忠贤亲自来要！"

那先前和客婷婷对敌的三人惊魂稍定，不约而同想道："这回糟了，她是客氏的宝贝女儿，今次被我们所伤，回宫一说，我们死罪难饶，反正是死，不如将她杀了灭口。"那用皮鞭扫伤客婷婷的武士双眼一睁，蓦然喝道："胡说，她哪里是什么宫主，天下尽有相貌相同之人，若然她是宫主，岂有远离深宫，独处荒村的道理！"此言一出，那两个东厂桩头也立刻会意，正自犹疑不决，不知是助同伴杀她灭口的好，还是救护她好。那三人已发一声喊，又挥刀抢鞭，上前扑攻。

小道上人影一闪，铁飞龙如飞奔到，须眉倒竖，怒喝道："谁敢欺负我的女儿？"声到人到，声似奔雷，掌如骇电，那三人刚想抵挡，铁飞龙左右开弓，双掌一震，右足疾踢，双掌一脚，把三个敌人全都打倒。那两个东厂桩头急叫道："铁老英雄，不关我们的事！"铁飞龙问道："他们没有动手吗？"客婷婷道："没有。饶他们吧!"铁飞龙喝道:"她是我的女儿,你们要找宫主,到别处去找,以后你们若再给我撞到,我立刻打断你们的狗腿!"铁飞龙不知他们是追捕犯人,还以为他们是找客娉婷来的。

那两个东厂桩头抱头鼠窜,急急奔逃。客娉婷微微笑道:"爹,他们不是找我来的。他们是追捕这位少年客人来的。"铁飞龙随着客娉婷所指,瞥了一眼,道:"我还以为他是被你打伤的呢。咦,你是谁?你不是以前和王照希一道的傻小子吗?"那受伤少年早想出声,插不了口,见他一问,这才傻虎虎地笑道:"是呀,你老人家好记性,我是白敏。我的师妹曾在你的宝庄住过。"铁飞龙记不起他的名字,脱口叫他做"傻小子",见他笑嘻嘻地自认,不禁笑道:"老了,记性不好了,你别见怪。喂,你是怎么受伤的?说给我听!"

白敏道:"照希兄叫我来拜候你老人家。"铁飞龙诧道:"他辅助闯王,军务繁忙,居然还惦记着我这个老头儿吗?"白敏道:"他不是专为你老人家才叫我来的,他是要我顺道过访,咳,说来话长……"铁飞龙见他说话不加掩饰,心中甚喜。客娉婷道:"爹,你看他伤成这个样儿,将他扶回家中,让他好好歇过之后再说吧。"铁飞龙哈哈笑道:"是我老糊涂了,你比我通达人情得多。不过他的伤虽然看来厉害,却不紧要,他受的只是箭伤刀伤,损了一些皮肉骨头,我包他在五天之内,便能治好。"

白敏身体壮健,在铁家庄养了三日便能走动,客娉婷长处宫中,接触的多是虚伪小人,见了他后,很欢喜他真诚老实的性格,和他谈得甚欢。铁飞龙心中暗笑,想道:"真是人结人缘,娉婷这样娇生惯养的姑娘,居然会欢喜个傻小子。"

白敏将他受伤的经过说出。原来李自成躲进秦岭之后,经过几年休养生息,实力大增。而陕西山西两省遗留下的义军,这几年来也颇有发展。李自成计划重回陕西,再西出潼关以争天下。因王照希是以前陕北各路大盗总头领王嘉胤的儿子，因此将联络山西陕西两省义军的重要任务交付给他。王照希派白敏先行，通知两省义军的重要首领到指定地点聚会。陕西的已经联络好了。山西的则定在七日之后到中条山相聚，中条山距离铁飞龙所住的龙门不到三百里，因此王照希便叫白敏把事办好之后，顺道到龙门拜候铁飞龙。不料白敏在各处传递消息，被陈奇瑜帐下的武士注意，一路追踪，未到龙门，已受伤了。

白敏又道："照希兄准备在会期前二三日赶到，他叫我在此等他。他还想专诚来请你老人家出山呢。"铁飞龙掀须笑道："我老了，不中用了，将来我这个女儿或许能助你们一臂之力。"白敏道："她不是客氏的女儿吗？"铁飞龙不答，却问客娉婷道："他们与朝廷作对，与魏忠贤势不两立。你愿帮助他们吗？"客娉婷道："只要爹说能帮，我武艺练成之后，便当随军效力。"白敏睁大眼睛，对客娉婷的观感完全变了。

铁飞龙想起以前曾想把女儿许配给王照希的往事，心中不无感慨，问道："照希和孟小姐成亲了吗？"白敏道："我已经有了两岁大的侄儿啦。孟师妹个子很小，人又文静；生下的娃娃却又白又胖，顽皮得很，哈哈！孟师妹也很想念你老人家。"铁飞龙道："我也想见他们一见。"

可是到了约会前两天，还不见王照希到来，白敏甚为焦急。铁飞龙想了好久，道："咱们去接他吧，白敏你的伤全好了吗？"白敏道："全好了。"于是三人一道登程，同往中条山去。

当铁飞龙等人赶往中条山的时候，中条山边，正有一人踽踽独行，这人便是逃出武当山的卓一航。

"她还愿见我吗？她还会理睬我吗？"这个问题在他心上打了一个大结，这个结非见到玉罗刹不能解开，因此他不管玉罗刹愿不愿见他，不管海角天涯，千山万水，也一定要寻到她。

"到哪里去寻觅她呢?"卓一航首先想起了铁飞龙,他想:玉罗刹是铁飞龙的义女,铁飞龙应该知道她的消息,也许玉罗刹就在他的家中。

于是他一剑单身,迎晓风,踏残月,穿过三峡之险,从湖北到了四川,从四川进入陕西,又从陕西来到山西。几个月的旅程,时序已经从木叶摇落的秋天到雪花飞舞的寒冬了。

这日他到了中条山边,距离铁飞龙所住的龙门不到三百里了,天色阴霾,暮色四合,雪越下越大,卓一航想起再过两日也许便能见着伊人,虽然寒风刺骨,寒气侵肌,他的心头却是火热,为了赶路,错过宿头,不知不觉之间,天已完全黑了。

山路难行,夜寒雪滑,卓一航四顾苍茫,冲着寒风,微吟道:"雪花难冷故人心,海角天涯遥盼更情深!"话虽如此,可是到底因赶了许多天路,疲倦不堪,又冷又饿了。

山边有个野庙,那是山民奉祀的山神庙,想是因寒冬腊月,无人进香,荒凉之极。野鸟蝙蝠,在庙中结巢避冬,见有人声,扑扑飞出。卓一航心道:"我且与鸟兽同群,在这里打一个盹。"

卓一航进了野庙,喝了一点冷水送下干粮,揭开神幔,见神像背后的地方比较干净,便和衣卧倒。本来是想打个瞌睡,却因太过疲倦,一躺下去便熟睡了。

也不知睡了多少时候,梦中正见着玉罗刹走来,一声长啸,蓦然惊醒。笑声犹自在耳,忽然变了,有如枭鸟厉鸣,惊心动魄。卓一航奇道:"难道我做的不是梦?真是练姐姐来了?不,绝不是她!她的笑声绝不是这个样儿,这么可怕!"正想爬起,忽听得脚步之声,已有人进入庙内。

卓一航拉开一角神幔,张眼望去,几乎吓得出声,靠着庙中庭子里积雪所发的寒光,只见两个面无血色三分像人七分像鬼的家伙,正在碟碟怪笑。两人都是一头乱发,又高又瘦,一模一样!

卓一航定了定神，听得其中一人道："老二，咱们且吓一吓他，给他个下马威！"从皮囊中取出两个圆忽忽的东西，卓一航凝神望去，竟然是两个首级！

说话的人把首级供在神桌上，卓一航看不见了，但听得擦火石之声，不久便有香烟刺目，不知他们捣什么鬼？

过了一阵，庙外传来了马嘶之声，那两人霍然站起，怪叫道："王兄真是信人，果然依时来了！有好朋友在这里等你来呢！"

外面的人答道："神老大，神老二，你们来得好早。你们还约了谁呢？不是说好只是我们先谈吗？"卓一航一听，声音非常稔熟，原来竟然是王照希。

卓一航平生有两个最好的朋友，一个是岳鸣珂，另一个便是王照希了。他和王照希虽然道路不同，却是肝胆相照，听了他的声音不觉一喜，听完他的说话，又是一惊。心道："神老大，神老二？哎哟，莫非这两人便是陕北二神，神大元和神一元？久闻这二人武功怪异，行事荒谬，何以王照希却约他们在这里相会？"

庙门开处，王照希缓缓走进，忽然惊叫起来道："这不是夜猫子杜五和射天雕张四爷吗？你，你们怎么下了这个毒手！"

神大元磔磔怪笑，道："他们不听八大王号令，我们是迫不得已杀鸡儆猴！"

王照希道："这一定不是八大王的主意，八大王和我们的小闯王结拜了兄弟，他怎能杀我们的人？"

神一元朗声说道："小闯王？哼，什么小闯王？我们闯道之时，他还在娘肚子里闯呢，他凭什么来号令山陕两省的英雄豪杰？八大王肯和他结拜，我们却不卖这个账！"

八大王是张献忠，小闯王是李自成，张献忠几年前曾率三十六营盗党，二十余万人攻掠山西，败于明总督洪承畴，余众流入河南河北两省，又遭明军阻遏，再自河南流入湖北境，自湖北又转入

· 566 ·

四川。其时李自成亦自陕西入川，在秦岭练兵，两人乃结为兄弟。张献忠在四川的势力较大，于是李自成乃和他协定，将四川让给他做基地，自己则回陕西。至于山西，追溯历史渊源，本来是张献忠的地盘，但张献忠得了四川，已心满意足，心想：鞭长莫及，得了"天府之国"，何必还要贫穷的山西？因此在口头上答应了李自成，让李自成在山西发展。这便是李自成派王照希联络陕西山西两省义军的由来。

不料神家兄弟不服，他们得知了张献忠和李自成的协定，便去见张献忠，力言不该将山西的地盘放弃。张献忠被他们说动，但又不好意思毁约，便放手让他们去搅。神家兄弟知道王照希已约了山西各路义军首领，即将在中条山聚会。他们便在会期的前两天，先约王照希谈判，王照希风闻他们在山西活动之事，也想与他们谈个清楚，便答应了。

不想二神心狠手辣，竟把力主接受闯王号令的两个义军首领杜五和张四杀了，还将他们的首级带来吓王照希。

王照希强抑怒火和他们谈论，越谈越僵。王照希道："本来我们应同心合力，共图大事，谁做首领，都是一样。不过既然约好彼此分头举事，便不该夺利争权。自相残杀，更是不合！你们如此，我只好在后日请众英雄公决了。"神大元怪眼一翻，哈哈笑道："你还想活到后天吗？"

王照希怒道："你想怎样？"神大元道："你这小辈，你父亲在日也不敢指责我们，你既敢无礼，我们只好请你和夜猫子、射天雕一道走了，省得耳根清净！"王照希喝道："你敢！"神大元纵声狂笑，喝道："我为什么不敢！"一跃而前，手臂一挥，探身直取。王照希亦非庸手，轻轻一闪，宝剑出鞘，神大元一掌劈来，王照希反手便削，神大元笑道："娃儿，你还有什么能耐？一并施展了吧！"猛地欺身直进，左掌里卷内劲，横拨剑把，让招递掌，右掌一沉，横肱便撞，下削膝盖，上击小腹。这是"野狐拳"中一招三式的绝技，神大元心想，王嘉胤的武功与自己也不过是伯仲之间，他的儿子还能有多大能耐，这一招他绝逃不了。

岂知王照希青出于蓝更胜于蓝，只见他右剑一落，横截来势，左手一勾，直掳敌腕，同时发出两招，一攻一守，妙到毫巅，恰恰把神大元的绝招破解了！

神大元微吃一惊，不敢轻敌，蒲扇般的大手一拨，左手骈指如戟，一转身便点他脑后"天突穴"，王照希听得脑后风生，身形一矮，长剑滚地进招，化为"黑虎卷尾"的招数，径扫下盘，神大元喝声："好！"身子风车一转，忽拳忽掌，忽而点穴，招招毒辣，将王照希逼得透不过气来。

两人一场激战，只吓得庙中蝙蝠惊飞，吱吱乱叫，积尘卷起，四处飞扬，加上神家兄弟的怪模样，更显得阴风惨惨，骇目惊心。

卓一航看了一会，只见王照希剑法虽是甚精，到底是守多攻少。那神大元出掌怪异，明明看他打不至那个方位，却会倏然攻至，而且虚虚实实，难以捉摸，卓一航也看不出其中道理。

又打了一会，神大元越攻越急，王照希缩小圈子，剑光舞得如一圈银虹，护着身躯。神一元叫道："哥哥不要和他缠了，把他打发了吧！"神大元道："好，你用重手法打他后心。"两兄弟武功的路子相同，平时遇着强敌，总是一齐对敌。今夜他们因王照希是小辈，所以只出一人，谁知以一人之力，虽然亦占上风，却是久战不下。

神一元一上来，王照希登时背腹受敌，险象环生，王照希拼力支撑，前遮后挡，夺路欲逃，神大元大笑道："除非这庙中的山神显灵救你，你想逃出，万万不能。"运掌急攻，将王照希逼得步步后退，渐渐移至神座之前。神一元运掌一劈，掌风所至，神幔飞扬，一缕青光，突然电射而出，神大元猝不及防，脚踝中了一剑，

神大元大声说道："你这小辈，你父亲在世也不敢指责我们，你既敢无礼，我们只好请你和夜猫子、射天雕一道走了，乐得耳根清净！"王照希喝道："你敢！"只见神大元向前一跃，一掌直劈王照希，"刷"的一声，王照希出剑直刺二神兄弟。

只听得有人笑道："山神来了！"

王照希叫道："咦，卓兄，你怎么也在这里？"卓一航道："先把这两个恶贼打发，咱们再谈。"挺剑直取神一元，王照希也翻身再斗，和神大元杀得难解难分。

神一元认得卓一航，并不把他放在眼内，左臂一挥，作势抢他宝剑，右掌倏然穿出，随手一扫，劈他膝盖，卓一航脚跟一旋，神一元掌势迅捷无伦，竟然劈他不中，心中一凛，说时迟，那时快，卓一航剑诀一领，青光疾闪，一招"乘龙引凤"，乘势反击，只听得"刷啦"声响，神一元袖子已被削去一截。还幸他闪得甚快，要不然这一剑便是断腕穿腹之灾。

神一元大怒，手臂一挥，骨节格格作响，手臂竟然暴长两寸，变掌为指，反点卓一航左胁"期门穴"，这是神家兄弟的独门武功，怪异非凡。本来高手对敌，只差毫黍，这一下卓一航本难逃避；幸亏他在适才旁观之时，已知神家兄弟有此怪异武功，早有防备，得势之时，并不追击，神一元一招发出，他已一个虎跳，闪到左边，一剑平挑，消了来势。

这一年来，卓一航武功大进，武当七十二手连环剑法，使得凌厉无前，如臂运掌，随心所之，攻守如意，真如流水行云，轻灵翔动。饶是神一元武功怪异，也被他迫得处在下风。

那边厢，神大元和王照希也杀得难分难解。神大元功力甚高，技艺也在王照希之上，可是他刚才脚踝被卓一航剑尖刺伤，腾挪闪展之际，远不如前。因此只能和王照希打个平手，而且渐渐还被迫处在下风。

拼了百数十招，神家兄弟知道今晚绝难得逞，打了一个招呼，反身欲走。王照希恨他们胡作非为，破坏闯王大计，哪里肯放，抢前两步，堵着庙门，剑势更紧，神大元吃亏在跳跃不便，闯不出去，只好横心狠斗。至于神一元则形势更劣，卓一航的剑使到疾处，但见剑光缭绕，剑影翻飞，神一元被裹在当中，已是脱身不得！

神家兄弟正在吃紧，庙门外忽然群马嘶鸣，接着人声嘈杂，似有一大群人下马奔上山坡。神大元怒道："王照希你这小辈，为何不守信义，约人来暗算老子？"王照希也以为是神家兄弟约来的人，闻言一惊，叫道："不是你约来的人吗？快别动手，定是官军来了！"

庙门轰的一声碎成几片，十几名武士冲了进来，为首的竟是连城虎和金千岩。连城虎本已升为东厂总管，替了慕容冲之缺，只因军情紧急，又被调到前方，做"袭匪军"的总监；至于金千岩原是金独异的侄儿，金独异被岳鸣珂杀后，他因惧怕红花鬼母，不敢回家，索性正式投靠，做了西厂一名统领，到红花鬼母死后，他更肆无忌惮了。这次他也奉调出来协助连城虎，陕督陈奇瑜查得王照希在山陕两省活动，因此央求他们亲自出马搜捕。

连城虎初意只是捉拿王照希一人，忽见神家兄弟和卓一航也在其内，又惊又喜。要知神家兄弟也是陕北著名的剧盗，为捕王照希而发现他们，可算是意外的收获，但卓一航却是武当派的掌门弟子，连城虎虽明知他是王照希好友，却还不愿与人多势众的武当派结仇。

且说王卓与二神刚刚停斗，官军闯入，只听得连城虎大声叫道："这位卓公子是好朋友，不准伤他。擒那三个恶贼。卓公子，你趁早退出是非之场，快快走吧！"卓一航大怒，一招"剑挟风雷"，直刺横削，雄劲凌厉，连城虎猝不及防，手指几乎吃他削断，怒道："你不听好言，终须后悔！"双钩一卷，裹着剑锋。金千岩率众武士纷纷扑上。

神大元叫道："我等如何？"王照希道："同舟共济，义不容辞！"展剑先敌着了金千岩。神家兄弟怪笑一声，骤然出手，把两名东厂桩头用大摔碑手直甩出去，飞身外闯，哪知众武士中也颇有高手，见他们来势凶狠，急急堵截，剑戟如林，刀枪飞舞，顿时将四个人都围在垓心。

连城虎的武功非同小可，双钩翻腾飞卷，犹如怒龙惊蟒，要不是卓一航武功大进，万难抵挡，饶是如此，也只有招架之功，无还手之力。幸连城虎志在王照希而不在卓一航，混战中每每舍了卓一航而攻王照希。但卓一航紧紧靠着王照希，并肩作战，连城虎连下杀手，也伤不了王照希分毫。

王卓二神拼力抵挡，自午夜直至黎明，兀是奋战不休。可是时间一长，神大元伤口发作，跳跃更是不便，渐露疲态。连城虎看了出来，喜道："先把这恶贼干掉！"双钩一伸，舍了王卓，交叉一剪，勾撕神大元的颈项，神大元大吼一声，右臂一挥，只听得"啪"的一响，连城虎被他用独门绝招，在肩头上击了一下，肩胛骨碎了两块，可是神大元也给他双钩钩着，撕下了好大一块皮肉。王照希大惊，刷刷两剑，横里窜出，直刺过去，才恰恰解了神大元之危！

神大元连受剑伤刀伤，更是不支。在四人之中，本来以他的武功最强，而今却反须其他三人照顾，如此一来，官军这方，顿时占了上风，围攻愈紧。

激战之间，曙光已露，忽听得一声长啸，远远传来，啸声低沉，在场的人都听得清清楚楚。王照希与卓一航闻声大喜，一齐叫道："是铁老前辈来了！"王照希还补了一句道："神老大，不要气馁，来的是威震西北的铁飞龙，咱们就可解围了！"王照希却不知道，二神曾与铁飞龙结有梁子，在铁飞龙掌下吃过大亏。

连城虎听得啸声，面色一变，叫道："快把这几名小贼干掉，合力对付那个老贼！"双钩霍霍，连走辣招！

金千岩的"阴风毒砂掌"与二神的"野狐拳"一样，同是邪派武功，以毒攻毒，互不上下，这时也紧紧迫着神一元。官军一阵急攻，看看就要把王卓二神等四人格杀。

啸声更近。二神是孪生兄弟，同一心思，不约而同地想道："大难来时，王照希当然与我们共同拒敌。解围之后，人心难料。若然他与铁老贼联手对付我们，咱俩兄弟可是死无葬身之地！"二神以小人之心度君子之腹，打了一个眼色，正在吃紧之际，忽然双双反手一抓，神大元抓伤了王照希，神一元抓伤了卓一航，高声叫道："助你们一臂之力，还不快快擒人！"

这一下变出意外，连城虎怔了一怔，叫道："好，好！"神大元迈进两步，欺身到金千岩跟前，金千岩以为二神阵前反叛，卖友求荣，已是自己人了，全不防备，哪料神大元陡然大喝一声，手臂暴伸，一把抓着了金千岩项后肥肉，横举起来，当成兵器，旋风急舞，哈哈笑道："咱老子谁也不买账，兄弟快走！"往外硬闯！

这一连串动作，都发生在瞬息之间，众武士投鼠忌器，纷纷走避，到连城虎定了心神，明白真相之时，二神已闯出庙门去了。连城虎大怒，双钩斜飞，分取王卓二人。王卓都受了抓伤，腾挪不便，看看双钩已到，无能躲避。绝急之际，卓一航忽然身子一歪，摇摇欲倒，手中宝剑却突然往上一挑，表面看来似是不成章法，哪料连城虎一钩钩去，却扑个空，卓一航的剑势伸缩不定，在连城虎绝未料到的方位上突然进剑，"嗤"的一声，将连城虎左臂刺得透骨而过！

连城虎惨叫一声，急退几步，奇痛彻骨，左臂顿时垂了下来。他做梦也想不到卓一航的剑法忽然精妙如斯，不觉气馁。原来卓一航这一招在临危之际被迫出来的剑法，正是达摩祖师遗留下来的几个剑式之一，武当派的前辈长老因它断续凌乱，不成章法，从来未曾想过可以临阵实用，卓一航却揣摩熟透，大胆试用，出乎意料，竟奏奇功，威力之大，还在他的想象之上。

卓一航一剑得手，胆气陡增，刷刷几剑，指东打西，指南打北，霎眼之间，又伤了几人。连城虎又惊又怒，双钩一展，左钩护胸，右钩应敌，小心进招，卓一航到底只是识得几个怪招，几招一过，又被迫退。连城虎虽是受伤，武功尚在，更兼王卓两人也是受伤，而且敌众我寡，只仗几招怪招，终难防护。顿时形势又紧起来。

门外啸声又起，卓一航大喜，拼力支撑，预计铁飞龙马上可到，不料啸声忽止，不见踪影。连城虎率众武士急攻，混战中卓一航腰胯中了一刀，痛极大叫，王照希急叫道："铁老英雄，你怎么还不来呀！"连城虎双钩一起，照王照希双腕急剪！

且说铁飞龙老于江湖世故，听白敏说王照希在中条山聚会之前两三天会到自己家来，但到期不至，料知必有意外，于是带了白敏与客姑婷乘了三骑健马，沿途稍作歇息，赶了一日一夜，赶到中条山下。忽见山坡上有十余匹马吃草，伏地一听，山坡上又隐隐有厮杀之声，对白敏道："王照希一定是遇着伏兵了，咱们来得正是时候！"于是连发长啸，向王照希传讯，好让他有勇气支持。

三人下马爬上山坡，见了那荒山野庙，厮杀之声正是从里面传出。白敏傻虎虎地笑道："要打架也该找个好地方，放着外面这一大片山地不打，却在庙子里打，难道是想吓杀山神么？"客姑婷噗嗤一笑，白敏道："客姑娘，我有什么说错了？"

正说话间，忽见庙中有两人冲出，铁飞龙叫道："给我站着！"凝眸一看，却是神家两个怪物，神大元还捎着金独异的侄子金千岩。这一下大出铁飞龙意外，喝问道："王照希在里面么？"神大元道："什么王照希？我不知道！我们两兄弟在山神庙避雪遇伏，和东厂桩头及陈奇瑜手下的武士十多人恶斗，擒了这厮，才逃得出。老铁，我两兄弟现在筋疲力竭，你若想拿我们两兄弟献功，正是时候。"铁飞龙怒道："胡说八道，我老铁岂是如此之人。里面还有什么人？官军为什么不冲出来捕你。"神大元咧嘴笑道："铁老儿，你当我们两兄弟是等闲之辈么？我虽然受了伤，也把他们的人打伤了十几个。他们正在救死扶伤，连金千岩也被我们俘获出来，哪里还敢追捕！"铁飞龙见他脚踝流血，走路一跛一拐，而且确实是捉了金千岩，心想他两兄弟武功不错，说的许是实情。既然里面没有王照希，我何苦再去与那些受伤的官军为难？停下脚步。神大元道："铁老儿，你既不想拿我们献功，那么，对不住，我们可要走啦！"铁飞龙道："你走便走，啰唆什么？"神家兄弟向山下飞跑，铁飞龙忽道："停着！"神大元回头道："怎么？变了主意吗？"铁飞龙道："将金千岩给我留下！"神大元用力一抛，金千岩在半空中惨叫一声，落到铁飞龙手上之时，已是寂然不动，铁飞龙俯身一看，原来他的喉骨已被神大元用掌力捏碎。

铁飞龙道："这厮是杀害贞乾道人的凶手，害我的女儿他也有份，死不足惜，让他喂了饿狼吧！"振臂一抛，将金千岩的尸身抛下山谷。忽然想道："何以神大元将他捏死之后才交给我？"铁飞龙乃是江湖上的大行家，对黑道上的伎俩无一不识，蓦然醒起：莫非这是杀人灭口之计，神大元有什么事不愿让我知道？正在此时，庙中忽传出卓一航惨叫之声，接着是王照希呼唤铁飞龙之声。铁飞龙叫道："不好，中了神大元之计了！他使的是缓兵之计，要在我到场之前，借刀杀人，让官军将王照希干掉！"

铁飞龙识破奸计，勃然大怒，这时已无暇再去追神家兄弟，虎吼一声，跃上山坡，冲入庙中，只见连城虎双钩闪闪，正对王照希施展杀手！

铁飞龙睁目大喝，顺手一捞，将迎上前来的一名武士擒着，向连城虎掷去，连城虎侧身一闪，双钩刺入那武士肉中，王照希趁势一剑，冲刺出去。卓一航精神大振，连环三剑，连伤三敌，也冲杀出来，铁飞龙叫道："卓一航，你也在此么？"连城虎旋风般掠过铁飞龙身边，铁飞龙又是大喝一声，双掌劈出，连城虎双钩一架，他左臂受伤力弱，被铁飞龙神力一格，左手钩震上半空，刺入屋檐，哪敢恋战，急急外闯，铁飞龙拔步便追，正巧客娉婷与白敏双双进入，被连城虎单钩一拦，把白敏的软鞭扯飞，将客娉婷的单剑也锁着，两人都给他拦过一边，恰恰阻着了铁飞龙的路。连城虎冲出庙门，没命飞逃去了。

白敏叫道："呀，王哥哥，你受了伤了！"抢了一名武士的刀，乱斩敌人，那些武士见主帅逃命，发一声喊，纷纷向外奔逃。客娉婷道："不要乱砍乱杀！"白敏甚为听话，果然停手，霎忽之间，那些武士逃得干干净净。

铁飞龙检视两人伤势，道："这是神家兄弟抓伤的！"卓一航道："正是！"铁飞龙怒道："这两人好毒！"王照希道："他们不肯投降官军，还算有一点志气。只是他们行事如此乖谬，若还让他们在张献忠身边，终是大患。"当下将神家兄弟的行事说了。铁飞龙道："待我去见张献忠，务必叫他惩治这两个恶贼。"

王卓二人幸喜受伤不重，只是斗了半夜，疲倦不堪，铁飞龙给他们敷上金创圣药，要他们运气静坐，恢复疲劳。客娉婷和白敏偷偷指着卓一航谈论，客娉婷道："这个白面书生便是卓一航吗？"白敏道："是呀，你不知道吗？他是我的好朋友哩！"客娉婷道："哼，这样的好朋友！"白敏不高兴，大声问道："他有什么不好？"铁飞龙"嘘"了一声，示意叫他们小声。客娉婷低声说道："若然他好，为何令我练姐姐伤心！"白敏愕然不解，问道："哪个练姐姐？"客娉婷道："就是玉罗刹呀！"白敏对玉罗刹虽无恶感，亦无好感，道："那个女魔头也会伤心的吗？"客娉婷撇嘴说道："枉你是绿林中人，玉罗刹不过嫉恶如仇，行事任性而已，她怎么是女魔头。"白敏道："好，算我说错。她不是女魔头，但令她伤心，也不是什么大不了之事呀！"客娉婷气道："你这傻小子，我问你，比如说，你若令我伤心，你还能算是好人吗？"白敏想了一想，道："你救了我，你待我这样好，我若令你伤心，我就是龟儿子！"客娉婷噗嗤一笑，道："好，这不是了。你还不明白吗？"

客娉婷虽然小声，卓一航静坐凝神，却是听得清清楚楚，面上一阵红一阵白，这份难过，可别提啦！他不待疲劳恢复，蓦然跳了起来。

白敏慌道："卓哥哥，我是说我若令客姑娘伤心，我就是龟儿子。我不是说你。你不要生兄弟的气！"卓一航向客娉婷作了一揖，道："姑娘，你责备得对！"声音哽咽，走到铁飞龙眼前，长揖到地，问道："练姐姐呢？怎么不见她来？她不在你老家中吗？"

铁飞龙冷冷说道："她来过啦。"卓一航急问道："现在呢？"铁飞龙说道："她又去啦！"卓一航道："她去哪里？"铁飞龙摇摇头道："我不知道。"卓一航急道："你一定知道。你不知道，就没人知道啦，我今生今世，若不见她一面，死难瞑目！"

铁飞龙抬头望天，彩霞满天，朝阳射目，客娉婷恨恨说道："她在天边。"卓一航道："她在天边，我也要去！"铁飞龙凝思一阵，这才说道："她虽然不在天边，可是也跟在天边差不多。我想她也许是到天山去了。你要找她，可要远走塞外，沙漠风寒之苦，你这贵公子受得了吗？"卓一航道："休说沙漠风寒，就是水深火热，我也要去！"铁飞龙道："天山绵亘三千几里，你也未必找得着她！"客娉婷插口道："她也未必见你！"

卓一航心中大痛，垂下泪来道："她不见我，我也要见她。即算终于不见，住得和她相近一些，我也心安。"铁飞龙道："你既然如此诚心，那就去吧！"客娉婷道："可是她头发已经白了，已经不是从前的练霓裳了，你见了她，也许会失望了！"卓一航道："什么？她白了头发，一定是因我伤心，痛极白头的了。"客娉婷道："你知道便好。"卓一航伤心之极，欲哭无泪，毅然说道："莫说她白了头发，即算鸡皮鹤发，我也绝不变心。海枯石烂，天荒地老，此情不变。皇天后土，可鉴我言！"

客娉婷道："你这些话留待见练姐姐时再说吧。"铁飞龙拈须微笑，道："娉婷，不要取笑他了。好，精诚所至，金石为开。你伤好之后，便可前去。"

卓一航道："我现在伤已好了。"王照希做好内功功课，跳了起来，道："卓兄，你就要走了吗?"卓一航道："是的，就要走了!"王照希道："儿女之情，虽然紧要，家国之事，也当挂心。我劝你若是找不见她，还是回来的好。"卓一航道："家国之事有你们在，我可无须顾虑。我若不能见她，便长住天山了。咱们后会无期，愿你们能成大业。他日消息传来，我当在天山为你们遥祝。"铁飞龙道："在新疆你也可行侠仗义，那边民风淳朴，说不定他日亦有作为。"卓一航道："行侠仗义，乃是我辈当然之事。老前辈吩咐，我当牢记在心。"于是和铁飞龙、王照希珍重道别。王照希目送他背影下山，摇了摇头，半晌无语。之后就和铁飞龙、白敏讨论中条山群雄聚会之事，再也不提卓一航了。

正是：公子忏情徒有恨，英雄报国最关心。

欲知后事如何? 请听下回分解。

白发魔女传

一九八二年二月金梁羽生
先生之春节小起小
泛似信而足至爱情
之辈原有情人形成
者属引致微後生
是感一而看卓一帆
与罗新世之间的悦
搭冲美所引忙景发
的峋重点击公胜
于野味喜
⊙

白发魔女盯他一眼，忽然扭头便跑。卓一航紧追不舍，狂叫道："练姐姐，练姐姐！"

第二十八回

塞外收徒　专心传剑法
天涯访友　一意觅伊人

且说岳鸣珂到了天山之后，削发为僧，改称晦明禅师，晃眼四年有多。他到天山后的第二年，罗铁臂送杨涟的儿子杨云璁上山，说是承玉罗刹的介绍，要晦明禅师收杨云璁为徒。晦明禅师道："她怎么这样多事？总要给我添一点麻烦。"话虽如此，但见杨云璁聪慧异常，气宇非凡，早已满心喜爱。更兼他是忠臣之后，自然一说便合。立即行了拜师之礼。

自此晦明禅师一面虔心练剑，一面传授杨云璁的技业，杨云璁与武学若有宿缘，晦明禅师教他从童子功练起，他上山时刚满七岁，不过三年，他已根基扎实，徒手可猎虎豹。晦明禅师十分喜欢，在天山采五金之精，将师父遗留下来的两口宝剑重新铸炼，他全心放在杨云璁身上，久未下山，对外面之事，十分隔膜。只是有时中宵练剑，对月怀人，想起熊廷弼与铁珊瑚的惨死，还不免对月长嗟。

到了第三年的时候，忽然时不时有漠外的成名人物来访，向他打听一个女子的来历。原来晦明禅师虽是剑法无双，武功绝顶，可是从不仗技骄人，因此在新疆数年，甚得人望。天山南北的英雄，因他来自中原，见多识广，所以遇到疑难之事，每向他请教。

听这些人说，说是半年之前，新疆来了一个女子，白发满头，颜容却嫩，看她头发，像五六十岁的老婆婆，看她面貌，像廿余岁的少女。连她是多大年纪，都猜不出来。这女子神出鬼没，武功之深，不可思议。一到之后，就将横行天山南路的桑家三妖逐出新疆。桑家三妖，各有独门武功，大妖桑乾，练的是七绝诛魂剑，剑尖有毒，见血封喉；二妖桑弧，练的是大力金刚杵，外家功夫，登峰造极；三妖桑仁，练的是阴阳劈风掌，中了掌力，五脏震裂。因为他们所练的功夫阴狠毒辣，所以被称为"三妖"。三妖横行已久，见了那白发女子，行踪怪异，不合上前调戏，被那女子一人一剑，杀得大败而逃，几乎丧命，三兄弟在新疆立不住足，已逃到西藏去了。

驱逐三妖，不过是这女子所干的许多事情之一。三妖为害新疆，被她驱逐，人心称快。这件事没人说她做得不对。可是这白发女子，脾气甚怪，一言不合，便即动手。而且又喜欢找成名的人物比试，每每在数招之内，就将别人击倒。有时是长笑而去，有时是仰天叹气，说是自到新疆以来，无法找到对手，何以遣有涯之生？天山南北的成名人物，对她惧怕之极，因她白发盈头，大家都叫她"白发魔女"，渐渐有人以讹传讹，说她是姓白的了。

有些人怀疑她是从中原来的女盗，跑来向晦明禅师查询她的来历。还有人劝晦明禅师和她比剑。晦明禅师一听，心中有数。想道：这一定是玉罗刹无疑，但不知她如何会白了头发。她远来新疆，一定是遇到失意伤心之事了，料不到她喜欢找人打架的性子仍是未改。

晦明禅师怀疑她是和铁飞龙同来，问那些人道："那白发魔女有同伴吗？"那些人道："一人已难对付，有同伴那还了得！她神出鬼没，独往独来，飘然而来，飘然而去，无人能知她的行踪。"晦明禅师心想：玉罗刹既然是一人躲到新疆，一定不愿外人知她来历。便对那些人道："我也不知她的姓名来历，既然有人说她姓白，那么就当她是姓白的好了。名字不过是个记号，何必查根问底。"那些人又问起中原有什么著名的女强盗，晦明禅师道："我削发之前，随熊经略在关外巡边，对中原的绿林，生疏得很。也许她是个独脚大盗吧。"有人劝他下山找白发魔女比剑，晦明禅师合十笑道："我是个看破红尘的出家之人，佛法不容我动争强好胜之念。"有人道："那么我们这口气不能出了？"晦明禅师又开解道："她出手虽辣，但除了杀伤作恶之人外，可有伤害过正人君子么？"那些人道："这倒未听说过。"晦明禅师笑道："那么她其实也没有和你们结什么冤仇，有些人性之所嗜，无法自抑。比如有棋瘾极大之人，在旁看人下棋，棋盘上虽写有'观棋不语真君子'等字，但他必忍不住插口，甚至反客为主，代人走子。能观棋不语固佳，但观棋出语亦非大罪。我猜想白发魔女或许是因极嗜武学，因此见到武林名宿，便如棋瘾大者遇有好手，便须入局一般。只要她不是存心恃强压弱，彼此观摩，也是佳事。何必生她的气！"那些人有些叹佩晦明禅师的胸襟广阔，有些人也不以为然。但晦明禅师不愿下山，那些人也无办法。

过了半年，渐渐不闻白发魔女找人比武的事了。晦明禅师心道：一定是她找不到对手，觉得一些最负盛名的人物亦不过尔尔，所以懒得比试了。晦明禅师在杨云骢上山之后，便采五金之精用少林秘法重铸师父宝剑，这时已满了三年，炼成了两口宝剑，一长一短，长的名为"游龙"，短的名为"断玉"，长短虽有不同，却都是削铁如泥、吹毛立断的利器。真是人间神品，更胜从前。

这日，晦明禅师静极思动，想冬天将到，应该下山采购一些过冬的用品，便把断玉剑交给杨云骢，叫他看守门户。自己带了游龙剑防身，前往北疆的一个大城博乐去采购用品，同时也顺便打听白发魔女的消息。

一月之后，晦明禅师从博乐回来，这时已是深秋，塞外苦寒，已是滴水成冰的气候。这一日晦明禅师经过喀沁草原，忽见一个似是酋长模样的人，率领许多兵士，赶着一大群牛羊，横过草原。他的背后许多牧民在哀哀痛泣。晦明禅师好生不忍，上前询问究竟，牧民道："我们欠了孟萨思酋长的债，牛羊都给牵走了。"有一个破烂的帐篷，帐篷外有两具死尸，一个孩子在死尸旁边痛哭，晦明禅师又上去问，旁人道："他们的牛羊都给牵走，他的爹娘也自杀了，哎，我们命苦，这孩子更可怜！"

　　晦明禅师一看，这孩子大约有六七岁的样子，虽然骨瘦伶仃，长得却甚机灵，两只眼睛乌黑圆亮。晦明禅师瞧了一眼，问道："你是汉人吗？"那孩子道："我姓楚，别人叫我南蛮子，我爹说，我们是从湖南搬来的。我也不知道湖南是不是汉人的地方。爹以前说，在那里官府比狼虎还凶，所以逃到这里谋生。"旁边一个老汉道："这里的孟萨思酋长，和汉人的官儿也差不多。"看样子，他也像是从关内逃荒来的。

　　那孩子又哭道："爹呀，娘呀，你们去了，叫我靠谁呀。"晦明禅师不禁动了怜念，摸摸他的头发，想道："云聪没孩子和他玩，我不如多收一个徒弟，让他们做个伴儿。这孩子骨格不错，看来也很聪明伶俐。该是个习武的人才。"便道："你别哭，你愿跟我么？我收你做徒弟。"那孩子抹抹眼泪，跪下去磕了三个响头，叫道："师父。"晦明禅师甚为欢喜，正想把他抱起，忽然有人叫道："孟酋长又回来了。"霎时间，牧民们四散奔逃。有两个插着翎毛的兵丁跑过来吆喝道："你这个游方野僧在这里做什么？"晦明禅师道："这个孩子怪可怜的，你们别吓唬他了。"兵士道："哼，我们要做什么便做什么，你敢多嘴！我们的酋长说，这孩子的父母已经死了，他无依无靠没人收留。叫我们回来抱他回去。你看我们的酋长多慈悲。"孩子哭道："酋长好凶，我不跟他。"那酋长远远发话道："那僧人是谁？你们和他说什么？赶快把那孩子抱回来。咱们还要去别的地方讨债。"原来那酋长是想将孩子抢回去给他的儿子做仆人。

晦明禅师抢先将孩子抱起，说道："这孩子是我的徒弟，你们饶了他吧！"那两个兵丁喝道："好大的胆，敢跟我们的酋长抢人。你放不放手？"晦明禅师垂首说道："阿弥陀佛！"那两个兵丁见晦明禅师不理睬他们，勃然大怒，一左一右，伸拳踢腿，晦明禅师将孩子抱在左手臂弯，又念了声"阿弥陀佛！"两个兵丁拳脚打到他的身上，如击败革。只听得"蓬蓬"两声，两名健卒都给弹到一丈开外。还幸是晦明禅师一念慈悲，要不然这两人还要手断脚折。

这一下，大出孟萨思酋长的意外，怔了一怔，大声喝道："把他擒下！"孟萨思身边有个穿着大红僧衣的喇嘛，朝着一个汉人装束的同伴说了几句，忽然叫道："酋长且慢，这僧人颇有来历，待我问他！"越众而出，霎眼之间，已抢在众兵丁的前头，大声叫道："哒，你这僧人是从哪儿来的？快快报上名来！"

晦明禅师道："游方野僧，无名无姓，大师，你高抬贵手！"那红衣喇嘛蓦然怪笑，朗声说道："你当我不知道你吗？你是岳鸣珂，是也不是？"晦明禅师吃了一惊，看那红衣喇嘛一眼，却不认得。便道："大师，你别跟我开玩笑了，天寒地冻，孩子又冷又饿，我急着要回山去了。"

那红衣喇嘛大声喝道："真人面前不说假话，你别以为做了和尚，便可逃过。你快把熊蛮子的兵书交出，要不然佛爷今日便要替你超度了！"晦明禅师一听，吃惊更甚，心道：这凶僧怎知熊经略的兵书曾付托给我？可是你只知其一，不知其二，兵书早已交给玉罗刹了。这凶僧既问兵书，料是奸党，看来我今日可要大开杀戒了！

那红衣喇嘛又喝道："岳鸣珂你说不说？"晦明禅师又念了句：

"阿弥陀佛!"说道:"贫僧只知持戒修禅,厌闻杀伐,哪会有什么兵书?"红衣喇嘛叫道:"好,不到黄河你心不死,不叫你知道佛爷厉害,料你也不肯低头!"在腰间取出两片铜钹,相对一撞,发出破锣也似的响声,蓦然一跃而起,有如一片红云,当头压下,晦明禅师左手护着孩子,右手一伸,啪的一掌打去,红衣喇嘛双钹一合,看看要把晦明禅师手掌夹着,谁知晦明禅师手掌似游鱼般滑了出来,突然变掌为指,点他面上双睛。那红衣喇嘛怪叫一声,身子风车一转,左钹上削,右钹下劈,晦明禅师急急变招,各退三步!

这一来两人都吃惊不少,红衣喇嘛虽知晦明禅师剑法通玄,内功深奥,却料不到他抱着孩子,单掌应敌,也这般厉害!晦明禅师也想不到在绝塞穷荒之地,居然也有武功如此高强之人!

晦明禅师隐居数年,不知外面已起了翻天覆地的变化。原来由校纵情声色,身子亏损,果然被客婊婷料中,短命而死,在位七年,年才二十二岁。朱由校死后,弟弟朱由检继位,改元崇祯。即位之后,便将魏忠贤凌迟处死,客氏被逐出宫,其后亦处死。其他奸党如崔呈秀等斩立决,魏忠贤的干儿子罪状较轻的或被充军,或被黜为民,并起用袁崇焕及东林党人,一时正气伸张,颇有中兴之象。惜乎崇祯皇帝之杀魏忠贤只不过是为个人打算,在扫除奸党之后,并不趁势兴利除弊,反而加重民间田赋,搜刮民财,以致终于亡国,此是后话,按下不表。

且说客魏一死,树倒猢狲便散,由校的"大护法"昌钦大法师是红教喇嘛,仗着一身武功,逃回西藏。魏忠贤的心腹连城虎也逃了出来,到西藏去找昌钦法师。其时新疆"喀达尔"族的酋长孟萨思野心极大,颇思统一新疆,闻知昌钦大法师回来,便以珍宝重礼聘他相助。昌钦法师曾经沧海,本不想往。但连城虎却另有用心,他是满洲内应,心想满洲必得天下,迟早会对新疆用兵,新疆地大人稀,用兵不便,不如借孟萨思之力,先打好基础。因此力劝昌钦

·588·

大法师应聘，他也和昌钦大法师一道，同到新疆。不料这日在无意之中遇到了已削发为僧的岳鸣珂，想起他有熊廷弼的遗书，若能取到，便可径赴关外，立受重用，不必在新疆放长线吊远鹞了。因此便唆使昌钦法师去对付晦明禅师。

昌钦大法师武功非同小可，手使两片铜钹，真有万夫不当之勇。那次玉罗刹为救杨涟而独闯深宫，便曾和他斗过。那次玉罗刹用旋风剑法杀败了他，但也斗了二三十招。昌钦大法师平生只曾败给过玉罗刹，所以甚为自负。不料这次碰到了晦明禅师，竟比当年的玉罗刹更为厉害，晦明禅师抱着小孩，单掌进招，任他双钹翻飞，还自屡屡欺身进逼。

昌钦大法师暗暗心寒，晦明禅师因抱着孩子，也自戒惧。可幸这孩子胆子竟似杨云骢一样，不知害怕，看晦明禅师空手将一个又高又大的番僧，逼得连连后退，而那个番僧使的怪兵器又时不时发出破锣似的声音，觉得十分有趣，连父母双亡之痛也忘记了，看到精彩之处，连叫："好呀，好呀！师父，你可得把这本领教我！"还不时把头探出来看晦明禅师怎样和他厮打。晦明禅师虽然欢喜他胆子奇大，却更怕他受了伤害。再换几招，卖个破绽，回身便走。昌钦大法师见晦明禅师毫无败象，突然退后，怔了一怔，双钹刚欲进招，蓦觉眼前一亮，寒气沁肌，晦明禅师已在这一退一进的霎那，将游龙宝剑拔了出来。反手一撩，只听得"当"的一声巨响，昌钦左手铜钹，已给劈为两半！

昌钦法师大惊，吓得连连后退。晦明禅师见宝剑炼成，威力奇大，十分高兴，想再试两下，身形一起，挽了一个剑花，照昌钦法师背后的"魂门穴"又刺，想迫他回身抵挡。孟萨思一声号令，箭似飞蝗，掩护昌钦法师。晦明禅师舞动宝剑，四面披荡，只听得叮叮当当之声，不绝于耳，那些飞箭，一被剑光绕过，立刻折断！

晦明禅师哈哈一笑，又念了句"阿弥陀佛"，道："恕不奉陪，贫僧走了!"昌钦大法师趁他抵挡箭雨的时候,把大红袈裟脱下,替代左手铜钹,蓦然又一掠而前,喝道:"佛爷还要与你见个高下!"袈裟一抖,似一片红云直压下来,竟想运用内家真力,以柔克刚,夺取宝剑。晦明禅师愠道:"你还要苦缠么?"剑锋一起,"嗤"的一声,将大红袈裟撕下一块,但袈裟不比兵器,兵器被削断了便不能再使,袈裟被撕裂了却仍然可用。昌钦法师趁势一送,袈裟翻动,想把宝剑裹着,右手铜钹呼呼风响,横削过来。晦明禅师内外功夫都已登峰造极,焉能中他诡计,剑锋微微一颤,已抽了出来,迎着铜钹便削,昌钦法师知道厉害,不敢硬接,横跃三步,避过剑锋。哪知晦明禅师的天山剑法精妙绝伦,一被黏上,无法脱身。昌钦左跃右跃,剑光不离身后。晦明禅师正想再削断他右手铜钹,孟萨思手下的十多名武士已围涌上来,晦明禅师心念这些武士不堪一击,想待解决了昌钦法师之后,再削断他们的兵器,不料其中一人出手奇快,手使日月双钩,钩光一闪,竟对他的怀中孩子,猛施杀手!

晦明禅师脚尖一点,箭一般地横窜出去,怀中孩子,哇然大叫,晦明禅师回头一看,不觉冷笑道:"哈,我道是谁!原来是连大总管!你们害了熊经略还不够吗?我今日已削发为僧,魏忠贤也该放心了。岳某区区,怎敢劳你们远到塞外。"晦明禅师不知魏忠贤已被凌迟处死,还道他仍如旧日当权,派连城虎与这个喇嘛追踪自己。

连城虎苦笑几声,双钩斜展,又与昌钦法师左右分袭。连城虎极为歹毒,见他左手抱着孩子,左边乃是弱点所在,双钩闪闪,专向他的弱点进攻,怀中的孩子胆子纵然再大,也吓得慌了,小手扳着晦明禅师肩头,时不时发出惊惧的叫喊。昌钦法师右手铜钹左手僧袍,也反守为攻。晦明禅师大怒,剑诀一领,将自己与师父合创的天山剑法霍霍展开,但见紫电飞空,寒光骤起,进如游龙,退若惊鸿，剑风指处，草原上那高逾半身的野草都飒飒作响。连城虎与昌钦法师哪敢迫近？

可是连城虎与昌钦法师都是顶儿尖儿的角色，晦明禅师抱着孩子，不敢放心厮杀，拼斗了五七十招，竟是打成平手。孟萨思率领手下武士，在百步之外，围成一个圆圈，张强弓，搭利箭，只待晦明禅师一败，便乱箭射他，前后夹攻。

正在相持不下之际，忽然远远听得一声长笑，晦明禅师心中一动，说时迟，那时快，只见一团白影，飞掠草原，片刻之后，叫声四起，孟萨思手下的武士尚未看清，已有多人中剑倒地。有人惊叫道："快走呀，白发魔女来了！"

晦明禅师运剑一封，将昌钦法师与连城虎迫退数步，只听得白发魔女叫道："别来无恙，约会之期未到，我已提前来了！"仍是旧日豪情，只是声音已显得比前苍老了！

昌钦法师一瞥之下，吓得魂消魄散。白发魔女虽然不似旧日绮年玉貌，形容仍然可辨。昌钦法师曾吃过她的大亏，心想：岳鸣珂已这般厉害，这女魔头又来。若给他们二人联手合攻，那是死无葬身之地。一个旋身，急急飞逃。连城虎双钩一撒，也欲逃命，但他轻身功夫，略逊于昌钦法师，白发魔女来得何等快捷，他未逃出十丈之地，白发魔女已如影附形，追到身后，剑光一起，直搠后心。连城虎奋力挡了数招，白发魔女剑光飘忽不定，行前忽后，似左反右，连城虎大约挡了十余招的光景，白发魔女忽叫声："着！"声到剑到，连城虎心胆皆寒，辨不清她剑势走向何方，膝头一痛，咕咚倒地！

白发魔女将连城虎一把抓起，信手点了他的穴道，对晦明禅师道："走！"晦明禅师道："去哪儿？"白发魔女道："你去哪儿我去哪儿，你不敢和我比赛么？"晦明禅师这才知道白发魔女是想较量他的轻功。

晦明禅师心中暗笑：一别数年，异地相逢，她竟然不先叙契阔，一见面就要比赛轻功。白发魔女道："走呀，我背的是大人，你背的是孩子，你还怕输给我吗？"晦明禅师微微一笑，心道：几年前，轻功我不如你，今日若比，胜负尚未可知，你怎么如此托大！要知晦明禅师与白发魔女的武功本来是同出一源，一正一反，乃是晦明的师父天都居士与妻子赌气，各创出来的。天都居士曾道：一正一反，虽然各有特长，但若练至出神入化之境，炉火纯青之时，正必胜反，此乃是不易之理的。所以晦明禅师也想借白发魔女的较考，测量自己的功夫。既被白发魔女一催再迫，便含笑道"好"，身形一起，疾逾飘风，白发魔女紧跟在后，恰如白影两团，在大草原上滚过。

跑了半日，渐渐已到草原之边，再过去就是天山山脉所构成的高原了。晦明禅师因先起脚步，所背的孩子又轻于白发魔女所提的大人，因此竟然占先了十余步。白发魔女倏然停步，道："不必比了，这回咱们是不相上下了。你苦练几年，进步神速，可羡可贺。"晦明禅师暗暗道声惭愧，两人停了下来。那孩子喜得拍手叫道："师父，你是会仙法的么？我在你的背上，好像腾云驾雾一般。"晦明禅师笑道："这是轻功，不是仙法。你长大了就知道了。"那孩子道："师父，这个我也要学。"白发魔女瞧了这孩子一眼，问道："这是你新收的徒弟吗？"晦明禅师点了点头，白发魔女道："这孩子的聪明不在杨云骢之下，心术却似不如。"晦明禅师道："他年纪尚小，好与不好，成不成材，言之尚早呢。"白发魔女将连城虎放了下来，解开他的穴道，笑道："现在该审问他了！"晦明禅师道："先问问他，魏忠贤派了多少人来？"连城虎道："魏宗主已经死了！"晦明禅师与白发魔女不禁愕然，白发魔女急道："怎么死的？"连城虎道："被新皇帝凌迟处死的。"晦明禅师道："还好，我还道他是寿终正寝，那就便宜他了。"白发魔女道："客氏呢?"连城虎道:"也被处死了。"晦明禅师因曾目睹客氏的淫邪和把持朝政,心中暗暗称快。白发魔女却为客婷婷感到有点伤心,道:"其实她是给魏忠贤所利用,将她逐出宫也可以了。"再问详细情形,连城虎怕白发魔女的毒刑,一一说了,只隐瞒了自己是满洲的内应和到新疆的原因。岂知白发魔女早从应修阳的供词中知道连城虎乃是内奸,待他说完之后,微笑道:"你所说的还有不尽不实之处吗?"连城虎吓出一身冷汗,硬着头皮说道:"没有呀!"白发魔女冷笑道:"你是满洲的内应,为何隐瞒不说?"连城虎面无人色,舌头打结,说不出话。白发魔女道:"你作恶多端,饶你不得。"剑光一起,将他劈为两段。

白发魔女哈哈一笑,道:"岳鸣珂,不,我忘掉你做了和尚了。晦明禅师,咱们再比一比剑法如何?"

晦明禅师笑道:"这不公平。"白发魔女道:"怎不公平?"晦明禅师将游龙剑拔出,随手一挥,将一块石头斩为两半。白发魔女好生艳羡,道:"原来你还会炼剑。"晦明禅师道:"其实武功若到了炉火纯青之境,用什么兵器都是一样。我苦心铸炼两把宝剑,不过是想传给徒弟,让他们防身罢了。"白发魔女意似不信,道:"用宝剑总占点便宜。"晦明禅师道:"我辈功力未纯,剑法相差不远,那自然是有宝剑的占便宜了。"顿了一顿,又微笑说道:"你我的剑法功力都差不多,不如你试用我这把宝剑,看能否在百招之内,将我打败。"白发魔女暗暗生气,心道:"我若使此宝剑,何用百招。"便不客气,将游龙剑接过,随便立了个门户,叫道:"进招!"

晦明禅师道:"你先请。"白发魔女一声"有僭",剑锋一颤,横剑便刺。晦明禅师沉剑一引,将她的攻势化解于无形。白发魔女转锋反削,晦明禅师并不招架,反手一剑,抢攻她的空门,这一招是攻敌之所必救,白发魔女迫得移剑相拒,晦明禅师疾进数剑,一沾即走,教她虽有宝剑,也无能为力。白发魔女斗得性起,心道:

"我便和你抢攻，看你怎能躲避得了？"身形一起，剑法疾变，晦明禅师默运玄功，凝身不动，待她剑到，反手一绞，两剑平黏，如磁吸铁，白发魔女的剑指向东，晦明禅师的剑也跟着到东，白发魔女的剑到西，他也跟着到西，未到百招，白发魔女已倏然收剑，气道："还是二十年后再比吧！"将游龙剑交回晦明禅师，接回自己的剑，一言不发，飞身便走。晦明禅师叹了口气，道："怎么还是如此好胜？"他本想问卓一航、王照希等一班旧友的消息以及她的经历，都来不及问了。

晦明禅师将孩子带回天山，给他取名为楚昭南，除了亲自教他练童子功之外，并叫杨云聪教他的基本功夫，如：练眼神练腰步练掌法等等。转瞬过了数月，已是隆冬，天山气候奇寒，两个小孩子每日清晨，必在外面练武暖身。一日晦明禅师正在禅房静坐，忽听得外面两个孩子似在和人说话。晦明禅师走出禅院，只见一个相貌丑陋的老婆婆站在当中，任由两个孩子向她发掌，她东一飘西一荡，引得两个孩子跟着她团团乱转。晦明禅师大吃一惊，心道："隆冬时分，能上天山，武功已是非同小可。"看她的身法更是最上乘的功夫，而且似曾见过。不禁问道："喂，你是何人，怎么欺负孩子？"楚昭南道："师父，你快动手，她说我们的天山掌法只有虚名呢。"那老婆婆一声不发，忽然一掌向晦明禅师拍来，掌势轻飘，劲力却是十足。晦明禅师运掌抵御，斗了片刻，已是心中雪亮，却不先说破，斗了一百来招，赢了一掌，那老婆婆腾身便走。晦明禅师："喂，你远上天山，就是单为找我比掌吗？"追过两个山峰，那老婆婆倏然停步，回过头来，手上拿着一张面具。

这"老婆婆"正是白发魔女，她不知从哪里弄来了一张面具，把自己变成丑陋难看的老妇人。晦明禅师愠道："你何必开这个玩笑。"白发魔女面容沉郁，幽幽说道："这面具配上我的一头白发，不正好吗？"晦明禅师见她丝毫不像说笑的样子，心中一动，料想她必有伤心之事，便默然无语，听她说话。

　　过了一阵，白发魔女叹了口气，开声问道："卓一航曾找过你吗？"晦明禅师诧道："卓一航几时来了新疆？"白发魔女道："如此说来，你们还未曾相见。"晦明禅师道："他若到来，当然是先去找你。"白发魔女惨然一笑道："他是在找我。"晦明禅师道："你们尚未相逢吗？我真不明白，你们本可是神仙眷属，何以不相聚，却闹到穷边塞外？"白发魔女又摇了摇头。晦明禅师正想再问，白发魔女忽道："他若来见你，你可劝他早早回去，不要再找我了。"晦明禅师嚷道："为什么？"白发魔女面色倏变，叹道："我该走了！"晦明禅师道："喂，你且慢走，你们到底在闹什么？"白发魔女道："我该走了！"晦明禅师道："你去哪里？"白发魔女道："天山南北二峰，相距千里，你占了北高峰，我只好占南高峰了。"晦明禅师道："卓一航若来，我就叫他找你。"白发魔女道："你何必多事？我是再也不见他了！"说罢飞奔下山。晦明禅师念追之无益，叹道："情缘易结解开难，伤心世事知多少？"面上突然一阵发热，想起自己以往的情孽，禅心动乱，急急回房静坐。

　　大约又过了半个月的光景，一日黄昏，月牙初现，晦明禅师在天山之巅练剑，使到疾处，剑光月色溶成一片。忽听得山腰处有悉悉索索之声，晦明禅师急走过去，只听得有人赞道："好剑法！"晦明禅师拨开积雪藤蔓，只见卓一航冻得满面通红，手足僵硬，爬在积雪堆中。晦明禅师道："你辛苦了！"卓一航站了起身，搓搓手足，笑道："现在已惯些了，初来时更辛苦呢！只是这几日特别寒冷，呵气成冰，我几乎以为上不到山巅呢！"

　　晦明禅师急将他带回禅院，叫杨云骢倒热茶给他喝，待他歇息之后，细问经过，才知卓一航因初次孤身远行，又不熟西北地理，从山西到新疆几乎走了一年，到了新疆之后，在那绵亘三千余里的天山之中摸索，渴便嚼雪，饿便猎取雪羊烧烤来吃，又经过半年多，才摸到这里。好在虽然历尽苦楚，身体却练得非常结实，武功也比前大进了。

好友相逢，当然是十分高兴。卓一航留在天山数日，将别后事情，一一倾吐。说到玉罗刹在武当山大战之后，伤心而去的事，不觉掉下泪来。岳鸣珂笑道："玉罗刹前几天刚刚来过。啊，我忘记告诉你，这里的人都叫她做白发魔女，没人知道她便是当年威震江湖的玉罗刹了。"

卓一航叹道："是啊，她为我白了头发，我却无法找寻灵丹妙药，替她恢复青春。"晦明禅师想起天山南北牧民的一个传说，笑道："恢复青春的妙药也许没有，但令白发变回青丝，而且可以保住青春的妙药却未尝没有。"卓一航急问道："在哪儿有？"晦明禅师道："据草原上的牧民传说，有一种花叫做优昙仙花，每六十年才开花一次，每次开花，必结两朵，一白一红，大如巨碗。据说可令白发变黑，返老还童。我想这大约是比何首乌更珍贵的药材。返老还童我不相信，能令白发变黑，却不稀奇。"卓一航听说要六十年才开花一次，而且还不知长在什么地方，好生失望，苦笑道："若是此花刚刚开过，再等六十年她岂不是将近百岁。"

晦明禅师又说起白发魔女那日的言语和神情。卓一航道："她若绝情不愿见我，不会说出她的住处。"晦明禅师道："南高峰比这里更冷，而且一路行去都是渺无人迹的大森林。只恐比我这里更不易找寻。"卓一航道："即算冻成化石，命丧荒山，我也是要去的。"

晦明禅师道："那么等初夏解冻之后再去吧。"卓一航道："我心急如焚，如何能等到初夏？"晦明禅师坚留他再住七日，在这七天中和他研习内功，卓一航本有根底，经晦明禅师指点，进益不少。卓一航叹道："我的几个师叔有如井底之蛙，不知沧海之大，自以为武功盖世无双，比起你们，真是差得太远。"晦明禅师道："他们虽然稍为自大，其实武当的内功心法，那却的确是武林所钦佩的。大约是你们达摩祖师的秘笈失传之后，现在已无人能窥堂奥了吧。"卓一航颇为感慨，道："我真想拜你为师，虔修剑法。"晦明禅师笑道："卓兄，你说笑话了，咱们彼此琢磨，那还可以，怎么够得上传授。其实，你现在放着一个良师益友、神仙眷属，何必他求。"卓一航知他所指，又苦笑道："若能得她见我，已是心满意足。谈到姻缘二字，只怕此生无望了。"

七日之期一满，卓一航拜别了晦明禅师，又向南高峰而去。在原始大森林中行了个多月，受尽风霜雨雪之苦，虫蛇野兽之惊，好容易才望到了南高峰。但见雪山插云，冰河倒挂，兀鹰盘旋，雪羊竞走，奇寒彻骨，荒凉骇目。卓一航有如朝拜圣地的信徒，排除一切困难，攀登高峰，行了三日，始到山腰。幸他内功大进，要不然绝难支持。这日正在攀登之际，寒风陡起，把野草山茅刮得呼啦啦响，磨盘似的大雪块，遍山乱滚。卓一航急忙止步，在几棵参天古木所围成的天然屏障里，盘膝静坐，躲避风雪之灾。

过了一顿饭的时候，风雪渐止。卓一航正想起身前行，忽听得不远处，似有人声，清晰可闻。只听得有个苍老的声音说道："你拿得准白发魔女就是玉罗刹吗？"

卓一航吃了一惊，只听得另一人答道："绝不会错。她虽白了头发，颜容憔悴，但还可辨认出来。而且那手剑法，天下也无第二个人会使。"卓一航向外一望，只见离自己十余丈地，从树丛中走出四人，想来也是像自己一样，躲避风雪之灾的。

这四人装束各不相同，一个是披着大红袈裟的喇嘛，一个是黑衣玄裳的道士，一个是脚登麻鞋，颈项挂有几个骷髅的怪异僧人，另一个却是年将花甲的老头。卓一航大为惊异，心道：难道这四个人都是冲着玉罗刹来的？

那老头耳目特别灵敏，卓一航抬头外望，手拨山茅，发出些微声息，他立即惊起，喝道："有人！"四人一列摆开，如临大敌，卓一航知道不能再躲，也便昂然走出，施了一礼，问道："各位都是上南高峰的吗？"

这四人见不是白发魔女，松了口气，问道："你是谁？雪地冰天，你这单身上南高峰作甚？"卓一航正在考虑该不该说实话，那红衣喇嘛已发话道："不必问了，一定是上南高峰找白发魔女的，是也不是？"卓一航道："是又怎样？"红衣喇嘛道："你也是找她晦气的吗？"卓一航一听，知道这四人乃是玉罗刹的仇人，气往上冲，冷笑道："像我这人，再多十个，也不敢找她的晦气。"那老头变了颜色，喝道："你是何人？"卓一航傲然答道："武当派门下弟子卓一航。"那老人哈哈笑道："原来是武当派的掌门，你放着好好的掌门不做，却到这儿来找魔女，哼，哼，我可要教训你了！"在腰际解下一条软鞭，迎风一挥，鞭声刷刷，随手一抖，竟似一条飞蛇，向卓一航当腰缠到！

原来这四人一个是昌钦大法师，一个是霍元仲，一个是拙道人，还有一个却是西藏天龙派的乌头长老。昌钦法师吃了白发魔女的大亏之后，便邀了自己的好友乌头长老出来助阵。至于霍元仲和拙道人本是红花鬼母当年的敌人，自那次想找红花鬼母报仇，被铁飞龙和玉罗刹打败之后，退回西藏隐居。乌头长老和他们相熟，因此将他们也邀出来了。

霍元仲和紫阳道长是同一辈的人，几十年前也曾见过紫阳道长一面。卓一航是武当派当今掌门，武林中人，人人知道。霍元仲当年谈论武功，又曾受过黄叶道人和白石道人的气，而今见卓一航一人到来，而且又是来找白发魔女的，霍元仲心地狭窄，乃端起了前辈的身份，要赶卓一航下山。

卓一航恨他们与玉罗刹为仇，拔出宝剑，也不相让。霍元仲挥鞭猛扫，有如怒蟒翻腾，变化惊人。卓一航展开武当剑法，亦如神龙夭矫，虚实莫测，霍元仲吃了一惊，想不到武当第二代弟子，也厉害如斯。昌钦法师见霍元仲战卓一航不下，颇为失望，心道："霍老二怎么这样不济!"乌头长老性子暴躁，喝道："这小子既是白发魔女的同伙，和他客气作甚?"禅杖一摆，便冲上前。

乌头长老功力深厚，杖风强劲，呼呼数杖，将卓一航迫得连连后退。正在紧急，忽听得有人冷笑道："什么人敢在这里拿刀弄杖?"卓一航这一喜非同小可，叫道："练姐姐，练姐姐!"睁眼一看，不觉呆了，面前竟是一个鸡皮鹤发的老妇人。晦明禅师当日叙述之时，说漏了白发魔女曾戴面具之事。卓一航叫了一声，不敢再叫。心想：纵令练姐姐白了头发，也绝不会老丑如斯!

昌钦法师喝道："你是谁人?"白发魔女一言不发，身子平空飞掠，如怪鸟一般，向乌头长老扑去，长剑一招"倒挂冰河"，凌空下击，乌头长老两肩一摆，身躯半转，禅杖向后一扫，只听得"刷"的一声，肩头已中了一剑。昌钦法师与拙道人急拔兵器合攻，白发魔女冷笑道："霍元仲、拙道人，你们二人还不服气，居然也到这里找死吗?"

此言一出，霍元仲惊叫道："这便是白发魔女!"卓一航看了她的剑法，亦已知她确是玉罗刹无疑，还未及开声，白发魔女已是剑走连环，对四个敌人连下杀手!

卓一航听她道出两人名字，猛想起师父在日，曾提过和这二人有点交情。急忙说道："练姐姐，饶这二人吧!"白发魔女不理不睬，一剑紧似一剑，卓一航好生没趣，只好拼力攻袭昌钦法师。激战中忽听得"哎哟"连声，霍元仲和拙道人各中一剑。白发魔女喝道："还不与我滚下山去，还想多留两处记号吗?"霍元仲与拙道人料不到白发魔女的剑法比前更厉害许多，中剑受伤，魂不附体，急忙跳出圈子，抱头一滚，在积雪的山坡上直滑下去。卓一航心中暗喜，想道："原来她还肯听我的劝告。"

四个敌人走了两个，只剩下乌头长老与昌钦法师，更感不支，又斗了二三十招，玉罗刹猛喝声"着"，一剑横披，迅如掣电，将乌头长老的头颅割掉，鲜血泉涌，雪地染红。昌钦法师咬实牙根，双钹一掷，分取卓一航和白发魔女，双钹出手，立即也滚下山去。

卓一航一剑把铜钹磕飞，白发魔女却冷笑一声，用剑尖轻轻向铜钹一顶，将它取下了来，喝道："你的兵器我不合用，还给你吧！"将铜钹往下一飞，那铜钹四边锋利，迎风发出呜呜怪响，去势如电，昌钦法师刚滚至半山，被铜钹一削，顿时身首两段，尸身滚下冰河！

卓一航不敢向下看，回过头来，只见白发魔女那张面冷森森的木无表情。卓一航不知她戴的面具，不觉一阵寒意直透心头，鼓起勇气叫道："练姐姐，练姐姐！"白发魔女盯他一眼，忽然扭头便跑。卓一航紧追不舍，狂叫道："练姐姐，练姐姐！"按说白发魔女轻功比他高出不知凡几，若然真跑，卓一航望风不及。她却故意放慢脚步，总保持着二三十步的距离。到了一处峰头，忽然站着，回头凝望。

正是：几番离合成迟暮，道是无情却有情。

欲知后事如何？请听下回分解。

卓一航紧追不舍并狂叫道："练姐姐，练姐姐！"玉罗刹却头也不回地直向前去。

第二十九回

空谷传声　伊人仍不见
荒山露迹　奸党有阴谋

　　只见她那双眼珠睁圆溜亮，顾盼之间，光彩照人，就如在一张极粗糙难看的羊皮上，嵌着两颗光芒闪闪的宝石。卓一航心中一酸：除了这流波宛转的双眼，还是玉罗刹当年的风韵之外，在面前这鸡皮鹤发的老妇人身上，哪还能找出她些些影子？卓一航不知她戴的面具，几乎疑心是在恶梦之中：岂有绝世容颜的少女会老丑如斯？

　　卓一航不觉滴下泪来，扑上前去，叫道："练姐姐！"白发魔女轻轻一闪，卓一航扑了个空，几乎滑倒，只听得白发魔女冷然笑说道："谁是你的练姐姐？你认错人啦！"

　　卓一航道："练姐姐，我找了你两年多啦！"白发魔女道："你找她做什么？"卓一航道："我知道错啦，而今我已抛了掌门，但愿和你一处，地久天长，咱们再也不分离了。"白发魔女冷笑道："你要和我在一起？哈哈，我这个老太婆行将就木，还说什么地久天长？"

　　卓一航又扑上前去，哽咽道："都是我累了你了！"白发魔女又是一闪闪开，仍冷笑道："你的练姐姐早已死啦，你尽向我唠叨作甚？"卓一航道："你不认我我也要像影子一样追随你，不管你变得如何，我的心仍然不变！"白发魔女又是一声冷笑，冷森森的"面孔"突然向卓一航迫视，道："真的？你瞧清楚没有？你的练姐姐是这个样儿吗？"卓一航几曾见过这样神情，不觉打了个寒颤，但瞬息之间，又再鼓起勇气，伸手去拉白发魔女，朗声说道："练姐姐，你烧变了灰我也认得你。在我眼中，你还是和当年一模一样啦！"

白发魔女又是一声冷笑，一摔摔脱了卓一航的手，道："你去找你当年的练姐姐吧。去呀，你为什么不去呀？"卓一航忽然如有所悟，道："练姐姐，我说过的话绝不会忘记，我一定要为你找寻灵丹妙药，令你恢复青春。"白发魔女道："那是你的事情，我不管你。你是你，我是我，咱们彼此无涉。休说我不是你的练姐姐，就算是她，也等如死过了一次，还提那些旧事干吗？"

卓一航一听，她口气虽然严峻，但已似稍有转机，便道："我知道这草原上有一种仙花，可令人白发变黑，返老还童，咱们同去找吧！"白发魔女忽又冷笑道："我可没有这样功夫。你对臭皮囊既然如此看重，你自己去找，世间尽有如花美女，与你一同享用。"

卓一航哪知白发魔女心情矛盾非常，她既惋惜自己的容颜，但又不愿所爱之人提起。卓一航再扑前两步，惶急说道："不，不！练姐姐，我不是这个意思……"白发魔女不待他说完，突然转身又走。卓一航叫道："练姐姐，练姐姐，你不能这样走呀！你可怜我历尽万水千山，风霜雨雪，才找得见你呀！"白发魔女倏然凝步，又发出一阵冷笑。

只听得白发魔女道："是呀，你乃贵家公子，一派掌门，竟然肯受这塞外风霜之苦，你那位练姐姐应该感激不尽了！"语存讥诮，意思是说：这又有什么足以称功道劳，值得挂在口边？卓一航不觉一愣，急切间无辞自辩。冷笑声中，白发魔女在山峰上一跃而下，卓一航惊叫一声，但见衣袂飘扬，一团白影，随风而逝。白发魔女已运绝顶轻功走了。

笑声已寂，人影无踪。卓一航面临百丈危崖，颓然叹了口气，先是怨恨，继而自责。他本以为自己一片至诚，当能令玉罗刹感动；而今细想，以前种种，实在是有负于玉罗刹者多，而足以表示诚心者少。爱至深时，一切出于自然，不待言说。远来塞外，风雪相侵，乃是分所应当之事，真是何足道哉？如此一想，卓一航倒觉得自己对于爱的体会，尚未够深了！

这样痴痴地想了一天，卓一航忽然如有所悟，知道再寻玉罗刹，玉罗刹也不会见他了，便离开了天山南高峰，又到北高峰去见晦明禅师。劈头便问道："弱水三千，我如何可一瓢而渡？"晦明禅师合十答道："本来无弱水，何必问浮沉？"卓一航又问道："假如西天路上本来没有雷音寺，唐三藏怎样取经？假如有雷音寺，永行不到又有何法？"晦明禅师道："唐三藏岂是为想成佛而取经？西天路上有没有雷音寺又有何关系？但求一心皈依，哪计路程长短？"卓一航深深一揖，道："敬受教了！"匆匆出门，便不再叙。晦明禅师也不挽留，微微一笑，继而又叹了口气。

这番禅机对答，其实乃是卓一航为玉罗刹之事而请教晦明禅师。他把"爱河"比如"弱水"，"弱水"有物即沉，问晦明禅师如何可以飞渡，晦明禅师劝他不必先问浮沉，弱水本就无有。卓一航又怕自己虽然尽力而为，但若仍不为玉罗刹所谅，或到玉罗刹能谅解时，岁月已虚度了，却又如何？因此一问，乃有"唐三藏取经"的比喻。

卓一航拜别下山，想道：是啊，只要我矢志不渝，此心终有为练姐姐谅解之日。也许她这番做作，就是故意的对我考验折磨。陡然又想起了那传说中的优昙仙花，心道：我拼着再受十年雨雪风霜，也要采到此花，让练姐姐明白我的爱念。

自此，卓一航在大草原上漫游，走遍天山南北，不觉又匆匆过了三个寒暑。但那传说中的仙花，却始终无法寻觅。

一日，卓一航深入天山以北，被一座白雪皑皑的山峰所吸引。这座山峰好像一头骆驼，头东尾西，披着满身白色的绒毛。卓一航走至山下，忽见山坡上有一间石屋，天山脚下，有牧民本不出奇，但在积雪覆盖的山坡，却有人离群独居，却是怪事。好奇心起，遂攀登上去。

这几年来卓一航受了许多磨炼，非但武功大进，而且远比以前能吃苦耐劳，攀登高山，亦如履平地。不一刻便攀上了山腰，石屋前面，正有着几个人在高声说话。

卓一航隐在岩石后面向外望去，只见两个喇嘛，一老一少，正在大声呼喝。对方却是一个哈萨克族打扮的山民，带着一个十二三岁的小孩子，那小孩子好像瘦皮猴一般，但两只眼睛，却生得又圆又大，奕奕有神。

那年老的喇嘛喝道："辛老五，你应该交的雪莲既没有，犀角又不够，这是怎么说的？叫俺如何向王爷交代？"那年长的哈萨克山民哀求道："今年仅找到几朵雪莲，都配了药卖给收药材的商人了，犀角也只有一根，大师父你多担待。"

那年老的喇嘛名叫天德上人，乃是西藏天龙派的长老之一，他受哈萨克族的酋长聘为护法师，那年轻的喇嘛是他的徒弟。哈萨克是草原上一个游牧民族，族人都有向酋长缴交贡物的义务。是牧民就要缴纳牛羊，是山民猎户就要缴纳药材和野味。哈萨克族人十九都是在草原上畜牧牛羊，山民猎户亦有百十来家，散居在天山山脉之中，征收不便。天德上人别有用心，自告奋勇，每年都替酋长去征收山民猎户的贡物，用意却在采集天山名贵的药材，从中中饱。例如酋长只要某家一根犀角的，他却要两根，只要两朵雪莲的，他却要四朵，山民们既无法去见酋长求情，要反抗又敌不过他们，只好任由他们剥削。

那辛五是哈萨克族中有名的猎户，被迫得无法，向他求饶。天德上人翻起一双怪眼，冷笑道："卖给收药材的商人？哼，你好大胆！不缴给王爷，却先卖了！"辛五道："不卖我们吃什么？雪莲又不能充饥。我们的王爷对待族人一向不错，以前若采不到雪莲，两三年不交他也不会派人来讨。大师，你向他说说我们的苦况，王爷一定能够原谅的。"天德上人勃然变色，斥道："王爷好心肠你们就刁顽了，王爷能原谅你们，我不能原谅！你给不给？不给就把你抓去！"那年轻的喇嘛不待师父吩咐，立刻便奔上前去动手。辛五连连后退，不断求饶，看看就要被那喇嘛抓着。

正在紧急之际，那小孩子忽然叫道："你们这些强盗，你敢欺负我的爹爹！"猛然弯下身躯，双足一跃，向前一冲，那年轻的喇嘛毫不在意，被那孩子一头撞正小腹丹田之处，咕咚一声，登时倒地！

天德上人微微一愕，那小孩子撞倒一人，心气更壮，依法炮制，又向天德上人撞来，天德上人轻轻一闪，那小孩子一头撞在一棵树上，树干摇动，小孩子竟然毫不叫痛。卓一航看得大为惊奇，料不到小孩子竟是天生神力！

天德上人哈哈一笑，一把捏着了那瘦小孩的手臂，天德上人是一派长老，武功自是非同小可，那小孩子虽是天生神力，却已动弹不得。辛五叫道："大法师，他小孩子不懂事，你老饶了他吧，我冒险给你找雪莲便是。"

天德上人笑道："辛老五，算你造化，有这么一个好儿子，我非但不难为他，连你的贡物，我也都豁免了。"辛五大喜，正要道谢，天德上人忽道："且慢。你儿子虽然天生有几斤蛮力，不得名师指点，将来也不过是一条蛮牛罢了，有什么用？"

辛五一听，知他用意，却不作声。天德上人手指一松，笑道："你这个小娃儿瞧着！"忽地一掌劈出，呼的一声，将那棵大树劈倒，胜于刀斧。道："怎么样？你撞这棵树，连树叶子也没有摇落几片，我一掌便将它劈断了，我的本事是不是比你大得多？"那瘦孩子瞪着一双大眼睛，道："本事大又怎么样？你年年都来欺负我的爹爹，我才不要这种欺人的本事！"

天德上人面色一变，忽又笑道："好一个不知好坏的野孩子。告诉你，你的运道来啦。我要收你做徒弟，以后我也不要你爹的东西了。"那孩子面色一喜，忽而又道："那么你还要不要其他叔叔的东西？"天德上人奇道："你哪来的许多叔叔？"

那瘦孩子道："我爹告诉我，以前王爷并不要我们缴纳这许多东西，是你来了之后，才多要的。山外面叔叔们的牛羊，山里面叔叔们的药材，你都要。"辛五忙道："小孩子不要乱说话。大法师，我只有这条命根子，求你不要将他带走。"天德上人大怒喝道："哼，你敢诋毁佛爷，不瞧在你儿子的份上，先送你归阴！雪莲我不要了，我要你的儿子。别人求我收徒弟我还不收哩，你还不识抬举！"

瘦孩子叫道："好呀，你骂我的爹，你欺负我们，我不做你的徒弟！"天德上人狞笑道："你不做也不成，我把你带回去，先用皮鞭打掉你的野性，等你服了，然后再教你本事。"瘦孩子用力挣扎，被天德上人扣着脉门，越挣扎越痛，可是这小孩子却真硬朗，毫不求饶。

卓一航看得心头火起，从岩石后一跃而出，高声喝道："岂有这样收徒之理！"天德上人瞧了一眼，见卓一航是个汉族的书生模样，哈哈笑道："我收徒弟，关你什么事？"卓一航道："收徒弟也得两相情愿。"天德上人笑道："佛爷爱怎么样便怎么样，你再多嘴，我就连你的腿也打折。"卓一航冷冷一笑，道："你有这样大本事。老实说这小孩子天生美质，凭你也不配做他的师父！"

天德上人大笑道："我不配做他的师父，你配做不成？听你的口气，敢情你也会几手三脚猫的功夫，来来来，咱们较量较量！"卓一航纹丝不动，闲闲地笑道："你既要较量，为何还不动手，尽吹热气做什么？"天德上人见他不拉架式，不立门户，毫不在乎的样子，不禁大怒，僧袍一拂，就用刚才劈断大树的招式，呼的一掌，横里劈来！

哪知这一动怒，却正着了卓一航的道儿。原来卓一航见他适才劈断大树的功夫，自量虽不至于落败，却也不易取胜。他表面虽闲若无事，暗地里却是玄功内运，以静制动。天德上人先是轻敌过甚，其后又被激怒，躁则气浮，力虽猛而不沉，招虽快而不稳。卓一航候他掌锋堪堪劈到，看看沾衣之际，倏然横掌一卷，手心之力外登，手指之力内卷，天德上人一掌劈去，猛觉一股大力反推出来，身不由主地向旁倾仆，正拟运用"千斤坠"的重身法稳着身形，不料又被卓一航内卷之力向后一拉，登时失了平衡，身子摇摇摆摆，卓一航左掌一翻，啪的一掌击到他的前胸，大喝声："去！"手掌一送，天德上人庞大的身躯登时飞了起来，一个倒栽葱般向后撞去！

卓一航哈哈大笑。哪知天德上人武功确是非同小可，在半空中一个倒翻，头下脚上，手心一触地面，立刻翻了过来，双足一垫劲，居然又似飞箭一般射了上来，抢掌再扑。

卓一航见他武功了得，哪容他再抢攻势，立即斜身上步，左掌向他腕下一撩，右手骈指如戟，一探身，势捷如电，点他腰胁，天德上人双拳击空，腰胁一麻，急急闭气护穴，身形迟滞。卓一航双拳连环进击，招招占先，天德上人连吃了两次亏，胆气已馁，只不过斗了十多招，只见卓一航左脚一撩，右掌蓬的一声，击中他的肩头，这一回卓一航用的是武当掌法中"上下交征"的绝招，拳脚兼施，上下齐到，天德上人哪里经受得着，咕咚一声，跌翻地上，老半天也爬不起来。

那瘦孩子在旁看得拍手大笑，叫卓一航道："再给他一脚，把他踢下山去！"卓一航笑道："他自己不会爬么？"天德上人满面羞惭，爬了起来，不敢作声，和他的徒弟下山便跑，那小孩子乐得更是哈哈大笑。

辛五上前道谢，卓一航道："这算得了什么？老丈何必言谢。你这孩子多大了，叫什么名字？瞧他刚才那手，真是后生可畏！"辛五道："龙子，你还不过来多谢恩人，不是多得这位相公，你已经给这凶僧拉去啦！相公，你别见笑，他今年十三岁，还是什么事也不懂，野得很！"那孩子忽然跪在卓一航面前，说道："恩人，你收俺做徒弟吧，俺辛龙子给你叩头了！"

卓一航本来没有收徒弟之念，但见辛龙子相貌奇特，神力天生，衷心欢喜，便笑道："好，我收你为徒，你学了本事之后，可不许恃势欺人。"辛龙子道："我若恃势欺人，就像刚才那凶僧一般，不得好死。"辛五也很欢喜，但却怕卓一航将他儿子带走。卓一航道："我知道他是你的命根子，我在这里传他武功便是。"

辛五请卓一航进石屋内坐，石屋内设备十分简单，墙壁上挂有两副弓箭，几张兽皮，地上摆着几个大石头，当作台凳，卓一航问道："你们为何住到雪山之上？"辛五道："我们已习惯严寒，在这里谋生比较容易。山上雪羊很多，药材也容易采。"辛龙子道："师父，明天我带你上上面冰峰去玩，那里才好玩呢。上面有个冰湖，冰湖里有两株雪莲，每三年开一次花，可惜今年的雪莲我们已经采了，和药材商人换盐食，要不然我拿给你看，那才叫好看呢，雪白的花，又大又香，一朵花就可换十斤盐。"卓一航道："雪莲是非常难得的药材，拿到外面，一朵花最少可值一两金子，以后可别这样贱卖了。"辛龙子道："金子有什么用？又不能当饭吃。"辛五叹口气道："我们何尝不知道雪莲值钱，但拿到外面，也不容易找到买主肯出公道的价钱，而且这一来一回的旅费，我们又到哪里去

卓一航大喝一声："去!"便使了个武当掌法中的"上下交征"朝天德上人打去，只听"咕咚"一声，天德上人肩头受创而翻跌在地。

借?"卓一航生长富贵之家，对贫民的痛苦了解甚少，听了哑然无声，暗笑自己不懂世务。

辛龙子又笑道："师父，我想起来了，上面还有两朵花，比雪莲更好看，可惜那花还没有开。"卓一航心念一动，急问道："这两朵花是不是一白一红？"辛龙子道："是呀，你怎么知道？"卓一航这一喜非同小可，急又问道："有没有饭碗那么大？"辛龙子失笑道："只有拇指那么大，花瓣还是紧紧包着的呢。"卓一航道："今天你就带我去看，好吗？"辛龙子喜道："师父，原来你也爱玩。"辛五也好生奇怪，问儿子道："你几时见到的？为什么不说给我听？"辛龙子道："前两天我上去掏兀鹰的蛋，在花丛中发现的。那两朵花还没有开，我告诉你做什么？"辛五道："傻孩子，这两朵花恐怕就是草原上传说的……"卓一航插口道："优昙仙花？"辛五奇道："恩公，你也知道优昙仙花吗？"卓一航道："我正是为找它来的！"辛五甚为朴直，道："恩公，你救了我们，又肯教小儿武艺，我们无以为报，就替你守这两朵花吧。听龙子的说话，这两朵花恐怕还要很久才开呢！恩公，你先吃点东西，咱们再上去看。"

卓一航胡乱吃了一点面团送炒野味，便和辛五父子上山，这座山为冰雪覆盖，时序虽已暮春，仍是寒风刺骨。卓一航随着辛龙子跑上山峰，越走越觉奇怪，普通的山，越高越冷，但攀登这座山峰却刚刚相反，山腰甚冷，上到上面，反而渐渐暖和！

辛五笑道："这座山名叫木什塔克，维人称冰为'木什'，称山为'塔克'，木什塔克便是冰山的意思。整座山为冰雪覆盖，十分寒冷，单单只这一座山峰上面温暖如春。"卓一航奇道："什么缘故？"辛五道："据传数千年前，这山峰上有个火山口，常年喷火。后来火山灭了，化为湖泊，但附近地脉还保着热气，所以温暖。"沙漠地带，颇多远古遗留下来的"死火山"，像吐鲁番以前的火山峰，就极为著名。木什塔克山上的火山，还只能算是小的。

卓一航笑道："如此说来，这里倒是最好的隐居之所。"加速脚步，过了一会，攀上山顶，只觉眼前一亮，但见满山是绿茵茵的草地，一股清泉自山峰上流泻下来，汇成一个小小的湖泊，湖上有随山泉冲下来、尚未被地气融化的浮冰，还有零落的花瓣。冰湖之旁，繁花如海，辛龙子指着一处花丛道："师父，你来看呀，那两朵未开的仙花，便在这里了。"

卓一航拨开繁枝密叶，钻进花丛，忽闻奇香扑鼻，精神顿爽。仔细看时，只见两朵蓓蕾，都如拇指般大。红的有如胭脂，白的宛如白玉，都被花瓣紧紧包着。卓一航先是一喜，继而一忧。喜的是终于见着了优昙仙花，忧的是不知它什么时候才开。

卓一航看了一会儿，招手叫辛五过来，辛五一看，问道："恩人，你要这两朵仙花做什么？"卓一航说道："我的一位朋友未老白头，我急着要这两朵花替她恢复青春。"焦急之情，见于辞色。辛五听了，半晌无话。心道："待得这两朵仙花开花时，我的儿子头发恐怕也要白了。"传说中的优昙仙花，六十年才开一次，开时，花如海碗，灿若云霞，此花在"十岁"之前，仅如拇指，十岁之后，才渐长渐大。卓一航只知道传说中有这么一种仙花，却不知道判别"花龄"之法。一再问道："你看，它什么时候才能开？你们草原上古老的传说，还有什么有关这种仙花的么？"

辛五见他如此焦急，不忍直说，但道："谁也没有见过优昙仙花，我也不知道它什么时候才开，也许五年，也许十年，也许二十年，怎说得定呢？"其实是最少还要五十年，辛五故意少说了。

卓一航紧蹙双眉，默然不语。辛五道："恩公，你放心，我们父子替你看守这两朵仙花，我死了还有龙子呢，我们之中总有人能见着仙花开放。"卓一航凄然一笑，道："也好。守得花开，不管人寿如何，也总算还了心愿。"

辛五慢慢走出花丛，想起一事，忽道："就只怕那凶僧还会再来骚扰，那时我们父子想替你看守仙花也看守不成。"

卓一航想了一会，缓缓说道："本来我对你们草原上各族的事情，不愿理会。但那凶僧既然这样可恶，我只好和他再斗一斗了。"辛五道："恩公要再去找他晦气么？天龙派颇有势力，那凶僧尤其得我们酋长信任，恩公可得小心。"辛龙子却拍手嚷道："好呀，师父去再打他一顿，最好把他赶出我们的草原。"

卓一航微微一笑，道："龙子，你要记着：学武之人，应戒好勇斗狠。我是想把他赶出草原，但却不想和他打架了。"停了一停，对辛五道："我在天山南北漫游了几年，对你们草原上各族的情形，也大致知道一些。在各族各部之中，以哈萨克族、喀达尔族、罗布族三族最为强盛，尤其以罗布族的酋长唐努，更是英名远播，得人尊敬。喀达尔族的酋长孟萨思虽然也是极能干的人，但他为人残暴，野心又大，别人只是怕他却不尊敬他。你们的酋长为人本来不错，可惜为那凶僧和一些不肖的部下所蒙蔽，所以近年行事好坏参半。可是这样么？"辛五道："恩公说得不错。"卓一航续道："因此我想去见你们的酋长，将那凶僧欺压百姓的事说出来，请你们的酋长将他赶出去。"辛五沉思半晌，道："这敢情好，不过，我怕疏不间亲，恩公去时，最好先见我们酋长的副手巴龙，这人对老酋长忠心耿耿，对族人也很好，听说他和那凶僧也是对头，先和他商谈，行事便容易得多。"卓一航道："好，我先传授龙子一点本门的入门功夫，然后再去。"

辛龙子在冰山驼峰之上长大，自幼便追逐鸟兽，助父亲打猎，锻成一副矫健的身手，且又生成神力，因此学起武来，十分容易上手。卓一航教了他一些入门功夫，又传了他一套九宫神行掌法，在驼峰上住了三个月，看辛龙子已打好初步根基之后，便叫他自行练习，离开驼峰，直向北疆各族聚居的草原而去。

一日，卓一航正穿过天山支脉的慕士塔格山，过了此山，便是北疆水草肥美的天然大牧场了。这慕士塔格山虽不如天山主峰的高耸入云，但却是群峰环抱，有如重门叠户，险峻非常。因为此山乃是南北疆的通道，山腰之处，有山民开凿的一条羊肠小道，但因行走的人不多，也长满了野草荆棘，卓一航拨草开路，但见前面两峰对立，下临幽谷，山道蜿蜒，就如一条长蛇从两峰之间穿过，看那山路，只能容一人一骑，卓一航心道：这真是一夫当关，万夫莫敌的险地。

正行走间，忽听得前面有马铃之声，在这样崎岖的山道纵马奔驰，若非骑术精绝，万万不能。卓一航好奇心起，登高眺望，只见远处两匹马先后奔来，刚刚到了两峰对锁的山口，蓦然听得一声口哨，弓弦疾响，两匹马惨嘶声声，马上人翻了个筋斗，在马背上直跌下无底深谷！

卓一航大吃一惊，以为是山贼伏劫骑客，马匹中箭，骑客翻堕，救已无及，卓一航心中正自愤怒，忽见那两名骑客在半空打了个筋斗，居然在落地之前，各自接了一枝羽箭，就用这枝羽箭，又拨打开几枝近身的乱箭，脚尖一点削壁，居然又翻上来。这时乱草丛中、岩石堆里，突然钻出了十几条健汉，有的张弓射箭，有的挥刀舞剑，立刻围攻这两名骑客。

这些人都是罗布族人装扮，个个矫健非常，在危岩乱石的削壁边缘，居然行动自如，听那嗖嗖的箭声，劲道更是十足。卓一航放声喝道："青天白日，浩荡乾坤，恶贼休得行凶！"拔剑奔去，忽见那两名骑客，翩如巨鹰般掠空飞起，接着有惨叫之声，有两名罗布族人已被他们打下幽谷！

这两名骑客脱出包围，立刻飞奔，背后的罗布族人衔尾疾追，领头的一人头顶插着三根羽毛，在山路上飞奔，如履平地，只见他拉开铁弓，嗖嗖嗖连珠箭破空射出，那两名骑客各用腰刀挡箭，脚步稍缓，看看就要被罗布族人赶上。

卓一航大叫道："再挡一阵，我来救你们！"施展上乘轻功，从山腰上疾冲而下。忽见那罗布族人已追到两名骑客背后，拔刀疾斩，其他的罗布族人也将追到。两名骑客，蓦然回转头来，大喝声："倒下！"其中一人和那罗布族人抱在一起，翻翻滚滚，像两个大皮球滚下山坡。

另一名骑客趁势奔逃，这时，距离已近，卓一航一眼望去，只觉这名骑客相貌甚熟。那骑客叫道："卓公子救我！"此人非他，竟是以前的锦衣卫都指挥石浩！

这一下大出卓一航意料之外，他曾听铁飞龙说过石浩夜带满洲使者捉拿袁崇焕之事，看来他也和满洲颇有关系，而今想是因为客魏倒了，所以遁逃塞外。卓一航被他一叫，不觉愕然，先前的推想：盗贼伏劫骑客，看来未必可靠。迫切之间，不知如何是好。只听得石浩叫道："你替我暂挡追兵，我去救那兄弟。"说时迟，那时快，那群罗布族人已追了上来，乱箭钻射！卓一航迫得运剑防身，石浩冷不防斜里窜出，右手一扬，暗器疾飞，向山坡上正在和他同伴缠斗的那名罗布族人射去。听那暗器嘶风之声，似是蒺藜之类的暗器，而且是连环发出。卓一航叫道："石浩且慢动手！"把手一抄，连接罗布族人射来的三枝铁箭，向石浩那边一甩，把他后来所发的几枚暗器打落，可是先前那枚暗器，已射到了那位罗布族人首领的身上。

罗布族人纷纷怒叫，石浩趁着他们和卓一航动手及去救他们酋长的时候，急急飞奔而逃。罗布族人追之不及，却纷纷来扑攻卓一航！

卓一航叫道："请你们息怒，我和他不是一路！"罗布族人哪肯相信，边打边喝骂道："你们潜入草原兴风作浪，做满洲人的内应，而今又伤了我们的酋长，非把你们碎尸万段，我们也不算是英雄的罗布族人！"卓一航暗叫一声苦也，想不到被石浩暗器所伤的，竟是在草原上最有声望的罗布族酋长，英雄唐努！

卓一航仗着上乘轻功，东躲西闪，一面偷空窥探，只见石浩的同伴骑在唐努身上，腰刀往下力斫，唐努用力托着他的手腕，拼命挣扎。罗布族的几名武士，刚要奔去解救，尚未到两人跟前，忽听得那人大喝道："你们再上前一步，我就把你们酋长的首级割下！"罗布族的武士虽然愤恨填胸，却被他的声势吓住，投鼠忌器，不敢向前！

卓一航见势危急，陡然振剑一荡，只听得一阵断金戛玉之声，近身几名罗布族武士的刀剑已被削断，惊叫起来，迫得后退。卓一航乘势冲出，直奔唐努。唐努附近的那几名武士上前迎敌，卓一航疾如飞箭，身形飘忽，一弯一绕，从迎敌者的身旁疾穿出去。石浩的同伴以为他是同一路之人，大喜叫道："不用过来了，我没受伤，你替我开路，咱们冲出去。"卓一航不声不响，双指一弹，把暗中扣着的梅花针骤射出去。那人喊声未毕，手腕突然一痛，腰刀落地，唐努振起神威，大喝一声，翻起身来，指顾之间，主客易势，倒骑在那人身上。

与石浩同行的那名骑客，名叫科图，乃是满洲派到喀达尔族的使者，武功委实不弱，虽然骤被击倒，仍是顽强抵抗。唐努中了石浩的暗器毒蒺藜，这时已经发作，用力过猛，忽觉头昏眼花，科图左臂横肱抗着唐努作下击之势，右手五指如钩，力叉唐努咽喉。

卓一航飞针发出，一掠而前，来得正是时候，骈指向科图胁下一戳，科图全身麻软，五指仍然屈曲如钩，却已动弹不得！

卓一航的飞针点穴，都是迅疾异常，罗布族的武士不知科图之被击倒，乃是卓一航的功劳，仍然蜂拥而来，刀枪纷举。唐努在地上挣扎坐起，嘶声叫道："这是恩人！"

罗布族的武士大为惊愕，有人叫道："他同我们厮打，放走满洲奸细，如何反是恩人？"唐努也猜不透卓一航来意，道："你救了我，我绝不会对你难为，但我倒要请教，你救了我，又放了满洲奸细，却是为何？"卓一航好生难过，忽然从百宝囊中取出一个羊脂白玉瓶，将里面的药粉挑了一些出来，放在一片手掌般大的树叶上。罗布族的武士喝道："你干什么？"

卓一航道："你们的王爷中了毒蒺藜了，拿这包药去，一面外敷，一面内服，十二个时辰之后，可以恢复如初。"罗布族的武士对卓一航尚未相信，不敢即接。唐努道："拿来给我！他若要害我，何必如今？"唐努说话坦率之极，一口道破部下的疑虑。卓一航见他相信自己，甚为感激。唐努接过解药，叹口气道："可惜要十二个时辰，不能去追那满洲奸细了！"接着又问卓一航道："你救了我的性命，却又放了我的敌人，究竟是何道理？"卓一航一看日影，朗声说道："我替你将奸细拿回来便是！你们留下一些人来在这里等候，我黄昏时分，便可回来。"此言一出，罗布族武士都露出不相信的神气，他们眼见石浩脚程甚快，过了这么些时候，少说也已走了十多里的山路，如何还能追赶得上？卓一航无暇多说，拔脚便跑，只听得唐努叫道："你拿了奸细，不必回来，交给巴龙吧，巴龙在最外面那重关口。"

卓一航心中一动，想道："原来他们是约好了在山外山内险要之处埋伏，捉拿奸细的。我正要见巴龙，拿石浩这厮当见面礼，正是一举两得。"立刻施展上乘轻功，如飞追赶。

慕士塔格山虽是天山支脉，也绵亘一百余里，那条历代山民所开凿的山路，迂回曲折，更不止百里。卓一航近年武功大进，又行惯山路，心想石浩轻功虽好，但尚不如自己，估量无论如何，在他未出慕士塔格山之前，一定能将他追上。

追了约一个时辰，石浩的背影已隐隐可见，卓一航叫道："石浩，是我来了，你等一等，咱们做个同伴。"石浩毫不理睬，仍向前跑。卓一航心道："看他如此，果是心虚，唐努说他是满洲奸细，不会冤赖他了。哼，你不等我，难道我就追你不上？"脚步一紧，追得更快。

又追过了两处山口，相距益近。石浩忽然长啸两声，蓦然停步，回头笑道："卓一航，你追我干吗？"

卓一航料定石浩已是笼中之鸟，网中之鱼，索性打开天窗说亮话，不再和他客套，冷冷笑道："我为何追你，你自己应该知道。"石浩嬉皮笑脸，双肩一耸，摊掌笑道："我又不是你肚里蛔虫，怎能知道？"卓一航道："你那个同伴是什么人？"石浩笑道："卓公子，你何必多理闲事？"卓一航板脸说道："这次我偏偏要理。你说，你那位同伴是不是满洲派来的使者？"石浩冷笑道："是又怎样？"卓一航怒气上冲，道："你还要我动手吗？跟我回去！"石浩大笑道："卓公子，你放着好好的掌门不做，却到这穷边塞外，乱管闲事。哈哈，可惜你来得迟了，这闲事轮不到你管啦！"

石浩话声未歇，只听得有人叫道："石大哥，这小子是什么人？他要管什么闲事啊？"接着又有一个番僧咕哩咕噜的喝骂声，山坳处同时钻出两个人来，一个是哈萨克武士的装扮，一个却是披着大红僧袍的头陀。

石浩道："这小子来头可不小呢，他是武当派的掌门！"那头陀双眼一翻，盯了卓一航一眼，忽然用生硬的汉语说道："哈哈，武当派的掌门，你是？久闻武当派的武功，在中原号称第一，俺倒要和你较量较量。"

石浩道："卓公子，我看在你适才替我打掩护的份上，不愿杀你，你快滚出新疆，回武当山去吧，这里没有你称强道霸的地方！"卓一航斥道："乱臣贼子，人人得而诛之，少说废话，你们三人一齐来吧！"

石浩得了接应，心中大定，慢条斯理地说道："卓公子，你要打吗？咱们也该先通通名呀！我给你引见引见。这位是天龙上人的首徒雷蒙法师，天龙派在塞外的势力就如你们武当派在中原的势力一样，这里是他们的地头，不是你的地头，你可得放明白点。还有这一位，是哈萨克著名的武士哈川，你到这儿有多久了，还未听过他的名头吗？"

石浩也深知武当派的武功厉害，所以先用说话要激卓一航火起。卓一航这几年来阅历与武功俱增，人比以前沉着许多，哪会中他圈套，一面听他说话，一面凝神待敌。果然雷蒙法师乘着他们说话的时候，突然暗袭，把手一扬，打出红教喇嘛的独门暗器"滚刀环"。那环半径不过五寸，内中却嵌着十二把小刀，近敌之时，十二把小刀可以同时射出，卓一航听得那暗器带着呜呜声响，横飞过来，倏地纵身，施展"一鹤冲天"的轻功，连人带剑，直迎上去，宝剑轻轻一挑，把那口"刀环"挑起四五丈高，环内的十二把小刀在半空中射出，都如流星陨石般堕下山谷中去了。

雷蒙法师勃然大怒，禅杖一摆，便扫过来，卓一航心道："你的师叔尚不是我的对手，你敢猖狂？"岂料雷蒙法师虽是天德上人的师侄，但他乃天龙派宗主的首徒，天龙上人的武功比师弟们高出许多，所以雷蒙法师和师叔们竟不相上下，卓一航一念轻敌，几乎给他的禅杖将宝剑打飞。

雷蒙法师哈哈大笑，道："见面胜似闻名，武当掌门亦不过如此！"笑声未毕，冷不防卓一航一剑刺来，又狠又准，雷蒙法师横杖挡时，卓一航剑诀一领，左一剑"孔雀剔翎"，右一剑"李广射石"，嗤嗤两声，把雷蒙法师僧袍的束带割断，说道："武当派剑法如何？"雷蒙法师大吃一惊，不敢再响。卓一航运剑如风，着着进迫，雷蒙法师气焰受挫，更兼僧袍敞开，阻手碍脚，被卓一航杀得手忙脚乱。

石浩本以为雷蒙纵难取胜，亦不易落败，见状大惊，拔刀助战。卓一航恨极石浩，虚架雷蒙，剑锋一转，直取石浩。石浩以前在魏忠贤手下，仅次于慕容冲、连城虎、李天扬、应修阳四人，而名列第五，武功自是不弱，挡了几招，各无进展。雷蒙运杖反击，以二敌一，堪堪打成平手。

哈萨克那名武士哈川见卓一航剑法凌厉，也跳上前来助战，他手提独脚铜人，一上来便是一招"泰山压顶"，当头砸下。卓一航见他一身蛮力，不敢硬接，一闪闪开，以为有蛮力之人，轻功必定较弱，一闪之后，便立刻剑走斜边，取他下盘，哪知哈川武功，另成一家，他轻功确是平平，但却精于摔跤之技，卓一航欺身直进，蓦然给他伸脚一勾，身子倾斜，剑势失了准头，哈川一声狞笑，独脚铜人对胸便撞，幸喜卓一航临危不乱，变招快极，见他铜人来势极猛，闪避已是不及，趁着身子前倾之势，骤然骈指向他手腕一点，哈川正在发力，忽然手腕一麻，铜人垂了下来，卓一航急忙一旋脚跟，转了出去，刷刷两剑，同时挡开了石浩与雷蒙的兵器。

哈川是哈萨克族中数一数二的武士，摔跤之技，更是称雄塞外，这一勾勾卓一航不倒，反而吃了大亏，真是大出意外。当下不敢轻敌，抖擞精神，以三敌一。

卓一航刺哈川不倒，也觉心惊。他本想施各个击破之技，先刺伤身法最差的哈川，却因要顾忌他的摔跤绝技，反而不敢过于迫近。至于石浩与雷蒙二人，武功比卓一航仅差一筹，绝非三招两式，就可将他们刺伤，因此要各个击破，实是难能。

双方恶斗了一百来招，卓一航渐处下风，雷蒙喝道："念你是一派掌门，将剑献给佛爷，准你逃命。"石浩急道："放虎容易捉虎难，岂可轻饶！"挥刀霍霍，急急进攻。石浩知道武当派的人，对外最是齐心，又知卓一航放他不过，所以反面成仇，狠起心肠，要将卓一航碎尸灭口。

卓一航是名门子弟，正派掌门，自有几分傲气，雷蒙喝他献剑，他已是气炸心肺，被石浩那么一说，更是怒气冲天。大声喝道："今日有你无我，卓某岂是求饶之人？看剑！"剑法一变，将自己妙悟的那几招达摩剑式，使得凌厉无前。

石浩等三人见他剑法突然厉害许多，不觉大惊，各各运用兵器护身，只求自保。卓一航若然趁此时机冲出，他们三人都不敢追赶。但他气在头上，见剑法见效，连连反击。斗了一阵，石浩见他最凶最难抵御的剑法亦不过几招，大笑道："卓一航，你黔驴之技已穷，这里便是你葬身之地了！"把手一挥，与雷蒙哈川布成犄角之势，又再合围反击！

这一番斗得更烈，卓一航在武当七十二手连环剑法之中，杂以达摩剑式，靠那几招达摩剑式，仅能自保。但气力却渐渐不支，再斗了一百来招，已是气喘心跳，汗如雨下。

石浩大喜，攻得更急。趁着卓一航抵御哈川的独脚铜人之际，霍地一刀，疾斫卓一航手腕。

就在卓一航生死呼吸，性命俄顷之际，山峰上忽然传来一声长啸，石浩心颤手震，那一刀本来是看准了才斫的，竟然歪过一边。卓一航大喜叫道："练姐姐！"

雷蒙与哈川忽见石浩面如土色，大为诧异，同声问道："你怕什么？"卓一航又叫了一声："练姐姐！"雷蒙淫笑道："你还有姐姐要来助战么？瞧你的模样，你的姐姐也一定长得不错！"话声刚了，忽然惨叫一声，向后便倒，哈川急展独脚铜人来救，卓一航刷的一剑刺在他左胁魂门要穴，哈川以为石浩还在左边，不加防备，被卓一航刺个正着，登时跌倒。

石浩曾有几次险在玉罗刹手下丧生，这时听见啸声，如猫遇鼠，急急奔逃，但手脚都已软了，越急越跑不快，被卓一航三脚两步，赶到背后，手起一剑，又把他搠翻地下。

卓一航无暇理会石浩，奔上山峰叫道："练姐姐，你出来见我呀！"山上白雪片片飞过，却是渺无人迹。

卓一航又叫道："练姐姐，我在木什塔克山的驼峰之上，替你找到仙花啦，你下来呀！"山风送声，群峰回响，仍然不见人影。

卓一航大为懊丧，颓然跌坐石上。想道："她肯出手救我，为何不肯见我？哦，她来去无踪，这几年来也许常常在我的身边，我都不知道。"欢喜、失望、期待、辛酸等等情绪，霎时间都上心头！卓一航目送白云，独立山头，如痴似醉！

也不知过了多少时候，忽听得山口外又传来人马行走之声，卓一航霍然想起石浩与哈川还在下面山路上，心道："练姐姐不肯见我，我在这里也是无用。来的这彪人马不知是什么人？若是石浩他们同党，将人救去，我岂不是失了对唐努的诺言，负了练姐姐相救的情意？"思念及此，急急奔下。

卓一航刚才那剑用力甚猛，石浩的胫骨已被刺穿，在地下挣扎爬行，还差丈许之地就要爬到哈川身边。看他样子，似乎是想替哈川解开被刺的穴道，然后叫哈川背他出山。

石浩正是如此存心，不料功败垂成，又给卓一航制服。卓一航点了他的穴道，削了一条山藤，将他们二人缚做一处，然后去看那雷蒙法师。只见那雷蒙法师面朝天仰卧道旁，咽喉殷红一片。卓一航举足轻轻一踢，雷蒙动也不动，竟是死了！卓一航俯身察看，只见他咽喉上插有一口银针，仅有少许露出外面，不觉骇然失声！

雷蒙法师咽喉上的那口银针，不问可知，乃是玉罗刹的独门暗器——九星定形针。梅花针之类的细小暗器，只能及近，不能及远。而玉罗刹居然能不现身形，便制敌死命，即算她伏在最近的岩石堆中，距离也在五丈之外，在那么远的距离，能发针歼敌，不但暗器上的功夫出神入化，内家的劲道亦骇人听闻。卓一航叹道：不道练姐姐的功夫已练到如此境界，只是未免太狠辣了。

马蹄声来得更近。过了片刻，只见一小队哈萨克兵士，列成单行，冲进峡口。领头的是一位老将军，手横金背斫山刀，长须飘然，十分威风。卓一航迎上去道："来的可是哈萨克的老英雄巴龙将军么？"

那老将军面有诧异之容，道："你是谁？你这汉人怎么知道我的名字？"放眼一瞧，忽见哈川与石浩被缚做一堆，不禁失声叫道："哈川，你也是满洲的内应吗？"

哈川睁眼喝道："什么满洲内应？我要助酋长统一天山南北，大好计划，却被你们破坏了！"巴龙道："什么计划？"哈川道："那满洲兵远在关外，怎威胁得了我们。咱们若与它联盟抗明，只有好处，没有坏处。可恨你这老废物从中阻挠，至令王爷（大酋长通称王爷）不信我的说话。我只好与天德上人同谋，更得喀达尔族的王爷相助，愿奉我们的王爷为各族盟主。将来满洲兵入关把大明亡了之后，我们在塞外自成一国，有何不好？"

哈川本是哈萨克族中数一数二的武士，可惜有勇无谋，头脑糊涂，以致竟与虎谋皮，尚未醒悟。巴龙叹了口气，道："哈川，你好糊涂。你受了奸人利用，还不知道吗？"一面叹气，一面却又暗喜哈川直肠直肚，将孟萨思、天德上人与满洲勾结的阴谋都抖露出来，草原上的灾祸也可及时消弭了。

巴龙问卓一航道："这两人是你捉着的吗？"卓一航道："是。"巴龙道："你为什么要捉他们？难道你也知道他们是满洲的奸细吗？"卓一航道："我即算不知他们的奸谋，也要拿他。"指着石浩道："老英雄，你可知道他是谁？他就是明廷以前那个祸国殃民的太监魏忠贤的心腹，曾做到锦衣卫都指挥的石浩！"魏忠贤掌权多年，臭名远扬，塞外的人也都知道。巴龙不觉"啊呀"一声，笑道："我们草原上有句俗语：是垃圾就倾作一堆。怪不得他和天德那秃贼勾结了。"

哈川睁大了眼睛，甚觉迷惑，听了这话，忽然发怒起来，嚷道："巴龙，你骂我也是垃圾？"巴龙道："你不是垃圾，但却被垃圾的臭味迷着了！"顿了一顿，忽对卓一航道："这两人是你擒获的，本该由你处置。但我却要向你讨个情，将哈川的缚解开好吗？"

卓一航道："但凭将军处置。"巴龙将哈川的缚解脱，把他拉过一边，慢慢和他谈论道理，卓一航也将所见所闻，天德上人如何压榨百姓、瞒上欺下的事情说了出来。两人说了半天，把哈川说得又惭又愤，汗流浃背，跳起来道："好，你们有理，天德这厮骗我给他做打手，我要回去与他算账。"巴龙道："用不着这样急，咱们总要和他算账。那么我问你，你今天到这儿来，也是奉天德这厮之命么？"哈川道："是他叫我和他的师侄同来接应那个满洲使者的。不料满洲使者未见，却只见了这个什么石浩。"卓一航道："那个满洲使者早已被唐努捉着了。"巴龙大喜道："唐努真成，他早已打听出那满洲使者在喀达尔王爷孟萨思那儿活动，碍于孟萨思的势力，不能捉他。所以趁他离开之时，邀我伏兵追捕。可惜我还是来迟了一步。"

卓一航将石浩交与巴龙，道："天德那厮作恶的事情，你已知道了，请你劝告你们的王爷将他赶出草原去吧。我告辞了。"巴龙道："义士，我还要请你帮忙。"卓一航问他帮什么忙。巴龙道："后天是我们北疆各族在喀沁草原会盟之期，在这次会盟上，将推出我们各族的盟主。只恐孟萨思他们会闹出事情，而且天德那厮武功精强，等闲也不容易对付。只好请你再出点力，我们感谢不尽。"卓一航义不容辞，便答应了。

巴龙老谋深算，带了卓一航与哈川二人，和心腹部下潜回草原，却不去见酋长，先自暗中布置，按下不表。

且说三日之后，各族各部落的酋长，都带了本族中有声望地位的人赶到喀沁草原会盟。哈萨克族的酋长甚为烦恼，他的副手巴龙这几天忽然不知去向，在这样重要的会期之前失踪，真是不可想象之事。

这时已是炎夏时节，草原上白天有如烘炉，晚上气候却甚凉爽，要穿夹衣，因此一切活动都在晚间举行。

晚霞消逝，草原上新月升起。巴龙还未见回。哈萨克族的酋长只好带了天德这一班人去参加会盟。草原上烧起一大堆火，各族酋长和他们所带来的人，都聚集在篷帐所环绕的草原上。

一开首就是一场激辩。喀达尔族的酋长孟萨思要争做盟主，罗布族的酋长唐努却把那名被擒获的满洲使者推了出来，将他和满洲勾结的事抖露出来。"私通满洲"在中国本土是一个不容置辩的大罪名，但满洲和草原各族并无交战状态存在，所以"私通满洲"便只是一个策略上的争辩。孟萨思反而指责唐努不应扣留来报聘他的满洲使者。

一场激辩，大多数的酋长都不赞同联满反明，但对唐努之扣留满洲使者也很有些人不以为然。正在争论得不可开交之际，守卫的武士进来报道："哈萨克的巴龙将军带人来到！"

正是：共施服虎擒龙手，要把乌云一扫清。

欲知后事如何？请听下回分解。

第三十回

天际看寒星　情怀惘惘
草原惊恶斗　暗气森森

巴龙在哈萨克族中的声望地位仅次于酋长，这次迟迟而来，各族酋长都甚诧异，哈萨克族的酋长更不高兴。

激辩暂停，众人注目迎接，只见巴龙带了一个汉人，昂然入场，天德上人见了，勃然变色。此人非他，正是曾打败他的卓一航。

喀达尔族的酋长孟萨思首先抗议道："今日之会，乃我们草原上各族之会，如何可令汉人参加？"巴龙笑道："这个汉人和我们这次会盟大有关系。而且天德上人也不是草原上的人，他参加会盟，为什么你又不反对？"孟萨思哑然无语，道："他和我们有什么关系？那么有话让他先说，说完之后，便当退出。"

在巴龙和孟萨思辩论之时，卓一航环顾全场，和罗布族的酋长唐努相视而笑。孟萨思说完之后，卓一航正待说话，忽见围在外面的人群闪动，有人笑道："唐努王爷，你的公主不愿在外面玩，要来跟你呢！"

草原上的集会，本来就没有很严格的"会场秩序"之类，所以一个酋长的女儿跑入来找父亲，众人也不以为怪。

巴龙坐在卓一航身边，笑道："唐努只有这个独生女儿，宝贝非常，到什么地方去都带着她走。我们都很喜欢她。"

卓一航暗暗好笑，但见人群闪处，一个大约有十一二岁大的小女孩跑了进来。前额覆着刘海，头上梳了两个丫角，穿的是紧身青色箭衣，打扮得像一个小武士，丫角上还结着一条红绸巾，迎风飘扬，十分神气。

那女孩嚷道："爹，外面不好玩，风沙又大，我要进来和你一道烤火。喂，你们等下有没有比武的节目的？"草原上的会盟，若然盟主争持不下，常以比试骑马射箭等项目来定盟主。这女孩子大约是在外面听到那些守卫武士，说起里面正在大争大吵，所以跑进来问。

唐努笑道："你别大嚷大叫，你要在这里，就得乖乖的一声不出，要不然我就把你赶出去。"有的酋长逗她道："我们的小飞红巾，有比武时请你裁判，好吗？"那女孩子看了他爹一眼，不敢大声回答，只把指头搁在嘴上，"嘘"的一声，又点了点头，好像在说："好极，好极！"

卓一航的说话被这小女孩打断，本来不大高兴，但见了她活泼可爱的神态，也禁不住被她逗得笑了。低声问巴龙道："怎么唐努女儿的名字如此古怪，叫做飞红巾？"巴龙笑道："那不是她的真正名字。她的名字叫哈玛雅。但因为她头上总是结着红巾，她又喜欢骑马，你别瞧她年纪小，骑起马可跑得快呢，就像飞的一样，所以大家叫她做飞红巾。"

在激辩之中，飞红巾带来了轻松的气氛，众酋长也趁机会舒散一下。等到笑闹停止，孟萨思又板起脸孔说道："巴龙，你带来的那个汉人叫什么名字？他有何话要说？"

卓一航缓缓步出场心，四方一揖，道："我名叫卓一航，乃是中原武当派的掌门弟子。"此言一出，天德上人哗然叫道："巴龙与汉族的武林宗派勾结，莫非是想篡位么？"巴龙冷冷一笑，哈萨克的酋长虽然素知巴龙忠心耿耿，但这几日巴龙的突然失踪，却也不能不引起他的怀疑，听了天德上人的挑拨，不禁问道："我素闻武当派乃是中原武林的宗主，你既是武当的掌门弟子，为何却到此地？"

卓一航道："我们这些江湖人物东飘西荡乃是常事，王爷你问我为何到此，不如问魏忠贤的遗党，因何也会到此？我到此不过是为了私事，魏忠贤的遗党与满洲使者到此，才真是想篡夺你的权柄，甚至想谋杀你呢！"

天德上人面色大变，斥道："胡说八道，这里有什么魏忠贤遗党？你们汉族的内争与我们何涉？"魏忠贤掌政之时，曾勒索各藩属王公多缴贡物，所以新疆各族也都知此人乃明朝的奸阉，被勒索了一两次后，后来就索性不朝贡了，但对魏忠贤却是深恶痛绝。

卓一航冷冷一笑，续道："要我把人指出来给你认吗？"巴龙长啸一声，他在帐篷外预早布置好的手下立即把两个人推了进来，这两人一是石浩，一是哈川。

卓一航指着石浩道："他曾在你的帐篷中住过几天，你这样快就不认得了吗？"石浩自知是网中之鱼，只求免死，为了想减轻自己的罪，也作证道："上人，没有你和孟萨思王爷的收容，我一个孤身汉人，也不敢到此兴风作浪呀！"

孟萨思心头大震，却强作镇定，斥道："你们这些汉人狡猾多端，焉知你不是买通此人，要他冒充魏忠贤遗党，串同诬捏！"

卓一航哈哈大笑道："天下到处都有奸猾之人，岂是汉族才有，哈萨克的大工公，你若不信任汉人，这里还有一位你忠心的部下。"

哈川应声而出，朗声说道："王爷，我对不住你！天德上人起先本是和我说要扶助你做各族的盟主，因此我才听他的话，和孟萨思王爷及满洲使者联络，准备将来一统天山南北。现在我才知道他们另有阴谋！他们准备利用我来代替巴龙，将你的兵权篡夺之后，然后迫你就范，做他们的傀儡。若你不听，就将你杀掉。待将来满洲入关之后，再由孟萨思王爷并吞各族，开国称帝，做满洲人的属国！"

哈川的话说出，全场轰动。孟萨思喝道："你有何证据？你含血喷人！哈萨克大王公！你的部下诋毁我，我只向你问罪！"哈萨克的王公也慌了，喝道："哈川，你没有证据，可不能乱说！"

哈川不慌不忙说道："证据么？我早已带来了！"天德上人双指一弹，一把叉牛肉的小叉闪电一般向哈川咽喉飞来！

卓一航早就提神防备，跃前两步，把手一抄，将那柄小叉接到掌心，大叫道："天德上人想行凶灭口，这也是证据！"唐努喝道："把他先拿下来！"

纷乱中，忽听得女孩子的尖叫，天德上人突然一手挟起了飞红巾，跳上在草地上搭起的、准备在会后举行祭天典礼的台上，狞笑道："唐努、巴龙，你们买通了哈川与这两个汉人，想陷害我么？哼，我也不是好相与的！你女儿的性命在我掌心，我只要这么一使劲，她就完了！"说时以手作态，捏着飞红巾颈骨。

唐努喝道："无耻凶僧，把她放下！"各族酋长亦无不愤怒，可是飞红巾在他手中，奈他不得！

喀山族的老酋长道："天德，有话好说，你欺负一个女孩子不害臊么？"天德上人笑道："对呀，大家有话好说才是道理。我也不想在你们的草原上了。唐努你送我回西藏去，到了西藏之后，我再把女儿交还给你！"

天德上人自知不容于众，所以要借此脱身。唐努大愤，忽见飞红巾在台上向他眨眼，不禁叫道："哈玛雅，你不要害怕。我答应他便是！"飞红巾在台上叫道："谁说我害怕呀？"

天德上人听得唐努答应，心中一喜，手指放松。其实他也是怕捏得紧了，弄死了这女孩子时自己也脱身不了。哪知手指刚刚放松，冷不防飞红巾小手向他胁下一拍，拍的地方，正是要害，天德上人大叫一声，飞红巾挣脱他的掌握，落在台上。

这一掌乃是极凶残的掌法，幸在飞红巾力小，要不然便是肋断骨折之殃，饶是如此，天德上人也痛得哇哇大叫，飞身一起，又扑过去。飞红巾身法竟极轻灵，忽然一个转身扬手，天德上人突觉眼前一片银光乱闪，急忙挥舞僧袍抵挡，飞红巾连发两把飞针，都被他拂落了。

这几下子快如电光石火，台下的人还看不清飞红巾是怎样挣脱出来的，卓一航这一惊却是非同小可！飞红巾那下手法，正是玉罗刹的独门绝技，玉罗刹当年掌击归有章，抢夺金马鞍，用的就是这一手！而那两把飞针，也正是玉罗刹独门暗器——九星定形针的打法。卓一航做梦也想不到，这个草原上王公的小女儿，竟然得了玉罗刹的真传。

这时唐努、巴龙等纷纷扑去，卓一航长啸一声，身形急起，后发先至，掠过众人头顶，飞到台上。天德上人拂落了飞红巾的银针暗器，五指如钩，刚刚抓下，被卓一航一挡，退后几步，飞红巾一笑跃落台下，跳到了父亲的怀抱之中。

台上天德上人面色灰白，双瞳喷火，拔出长剑，犹自负隅顽抗。卓一航更不打话，剑式一亮，立刻进招。忽听得台下又是一阵大乱。

原来是喀达尔族的酋长孟萨思见阴谋败露，带了手下的人离开会场，大声发话道："盟主我不做了，此后我与你们各不相涉！"众人虽然根他所为，但他到底是一族之长，大家也不便拦阻，让他离去。

这时天德上人已与卓一航交手，天德上人拼了性命，勇猛进攻，他的"天龙剑法"也确实凌厉非常，十八路一百六十二手循环变化，施展开来，剑风虎虎，疾如风雨。卓一航见他拼命，倒也不敢轻敌，施展武当剑法护着全身，气定神沉，从容应付。

哈川走到酋长身边，把一大束文件递过去道："主公，这就是我刚才所说的证据。"原来巴龙老谋深算，潜回草原，待天德上人去开会之时，才带卓一航与哈川冲进他的帐幕，天德上人留下看守的几个徒弟，哪是他们对手，一网成擒。巴龙在帐幕中一搜，搜出天德上人与孟萨思的往来书信，还有与满洲使者联络的文件等等，都包成了一包，交给哈川。现在哈川就将这束文件交给酋长。

哈萨克的酋长愤然道："不必看了！我引狼入室，实在愧对你们！"哈川道："以前我也受他蒙混，看了这些书信文件，才知他们的奸谋如此之大。"唐努携了飞红巾，来到哈萨克酋长跟前，笑道："如今已水落石出，证据确是不必看了，咱们且看他们斗剑。"

哈萨克的酋长恨得牙痒痒的，对哈川道："你还不上去助那汉人？"哈川笑道："这汉人是一派掌门，不喜欢别人帮的。"哈川是练武之人，多少懂得汉族武林的规矩。

哈萨克的酋长见天德上人凶猛之极，剑光霍霍，竟似已把卓一航圈在当中，不禁担忧道："天德这厮武功厉害非凡，这个汉人能是他的对手吗？"

哈川道："在前几天，我也以为天德这厮的武功天下无敌。"哈萨克酋长诧道："怎么，有人比他更强吗？"须知哈萨克的酋长就是因为天德上人曾在他面前显露了极厉害的武功，才聘请他为护法师的。而这几年来，天德上人也确是从无对手，所以哈萨克的酋长对他的武功已到了迷信的程度。

哈川道："这汉人就比他强得多！"哈萨克的酋长将信将疑，于是哈川一面看台上斗剑，一面将那日在慕士塔格山以三敌一，被卓一航打败之事说出，待说完之时，台上的形势已是大变！

卓一航的剑法本就比天德上人厉害，只因不想和他拼命，所以起初只守不攻。这时天德上人一百六十二手的天龙剑法已全部使

天德上人飞身一起，直向飞红巾扑去，飞红巾身法轻巧，转身扬手，"刷刷"二声，便朝天德上人发两把飞针。

完，兀自讨不了半点便宜，锐气顿折，心又焦躁，剑法渐渐散乱。卓一航猛喝一声，剑法骤变，有如惊雷骇电，接连反击，直令台下的人看得目眩神摇。酣斗之中，忽见天德上人猛力一冲，长剑倏地指到卓一航面门！

哈萨克的酋长"啊呀"一声，以为是天德上人临败使出绝招，这汉人难逃毒手了。哈川也吃了一惊，忽听得卓一航喝声："着！"看也未看清楚，只见天德上人庞大的身躯已被踢翻台下，胸口被剑搠了一个窟窿，血如泉涌，显见不能活了。原来天德上人情急拼命，卓一航故意卖个破绽，令他剑招用老，然后猛施杀手，令他无法撤剑防身。这正是武当连环剑法中的夺命招数。

哈萨克酋长大为佩服，连声赞叹道："今日大开眼界，这才是天下无双的剑法。"唐努微微一笑，笑他见闻不广，心道：要是令他见到哈玛雅的师父，他更要五体投地哩。

天德上人已死，孟萨思已逃，各族的会盟，很快就得出结果，罗布族的酋长唐努得到多数拥护，被推为北疆各族、各部落的盟主。典礼完成之后，观礼的各族族人欢呼震天，接着便是一个通宵达旦的狂欢大会。

哈萨克的酋长再三向卓一航道谢，并想挽留他在哈萨克族中传授他帐下武士剑法，卓一航委婉推辞，却独自去找唐努。

唐努正在和女儿看草原上的赛马游戏。卓一航问道："王爷，我想和你说几句话，行吗？"唐努道："我也正想找你道谢呢。你在三天之中，接连救了我们父女的性命，我们不知该怎样谢你才好！"飞红巾也很喜欢卓一航，边笑边道："叔叔，你真是好人，不是你来，我几乎被那凶僧再抓着了。我师父说，男人很少好的，叫我长大了不要理那些臭男子，我看你就很好嘛。"

卓一航不觉苦笑。唐努携了女儿和他离开了喧嚣的人群，在草原上漫步。仲夏夜的草原，天空特别明净，满天星斗，就像一粒粒宝石嵌在蓝绒幕上，闪闪发光。卓一航凝视星辰，恍惚如梦。唐努好生奇怪，问道："卓先生有什么话说？"

卓一航道："请恕我冒昧，我想问教这位小公主武艺的究是何人？"飞红巾眨眨顽皮的眼睛，笑道："师父吩咐过，不准我对任何人说的。"唐努笑道："卓先生不比别人，但说无妨。"飞红巾道："那么爹爹你说。师父知道了也不能怪我。"唐努笑道："你真是你师父的好徒弟。"

唐努续道："卓先生，你先听我说一个故事。我在约十年之前，曾到北京进贡。那个皇帝年纪很轻，对我很是不错。我回来时，他赐了我许多宝物，不想就因为这些宝物，我几乎命丧异乡。"卓一航道："却是为何？朝廷没有派人护送吗？"唐努道："别提啦，那些护送的人竟然串同朝廷的叛军，合伙劫我。好在我命不该死，在最危险的时候，有一个女英雄突如其来，将我救了。"卓一航虽未听玉罗刹说过这个故事，这时亦已料到是她，不禁叫道："是玉罗刹！"

唐努愕然道："什么玉罗刹，她叫做练霓裳，到了我们草原之后，又有人叫她白发魔女。"飞红巾插嘴道："我的师父头发虽然全白，面貌却好看得很。我要是长得像她那样美丽，那就好了。"卓一航心中一动，暗叫奇怪。只听得唐努续道："所以她是我第一个救命恩人。当时我曾对她说：如果你有一日到天山南北，可一定要来看我。我当时也只是说说而已，料不到她前几年真的来了。她还没有忘记我，有一天果然来看我了，她见了哈玛雅，非常欢喜。也许她们真有点缘分，她本来是要住一两天就走的，见了哈玛雅后，却住下来了。"卓一航急道："那么，她现在在你那里么？"唐努道："你别忙呀，待我告诉你。她说她有个朋友住在天山北高峰的，收有一个非常好的徒弟，所以她也要收一个好徒弟替她争气。"卓一航心中暗笑，想道：练姐姐还是这样好胜，她总不肯让岳鸣珂占她上风，连收徒弟也要竞赛。又想道：长江后浪推前浪，这些小辈一个个都是良材美质，令人喜爱。岳鸣珂有杨云骢，练姐姐有飞红巾，我的辛龙子也不会输给他们。

唐努续道："因此她要哈玛雅做她徒弟，这在我自然是求之不得。哈玛雅已跟她学了两年多了，卓先生，你看她还可造就吗？"卓一航道："小公主的功夫俊极了！"心急如焚，又问道："那么她现在还住在你那里吗？"唐努道："她性子很怪，每次来指点了哈玛雅十天半月，便又走了。不过每年总要来三五次。"飞红巾笑道："可惜你来迟了几天，要不然你可以见着她。她的剑法比你还好呢。我见过她一跳就能跳到树上去刺中那低飞的鸟儿！"卓一航哪有心情和飞红巾闲话，急道："嗯，那真不巧，她又走了！你可知道她要去哪儿吗？"唐努道："这可不知道呀。她去哪儿，从来不会说的。不过她这次却交代下一些说话。"卓一航道："什么话呢？"唐努道："她临走之前说，有一个朋友要来看她。但她还不愿见那个朋友。她交托我，若有人很着急地查问她，就对那人说，叫他不要急，过一些时候，她就会去看他了。"卓一航大喜道："真的？"飞红巾撅着嘴儿道："我爹爹从来不说假话！"唐努笑道："卓先生，看来你就是要找她的那位朋友了，是吗？"卓一航点点头道："是的！"抬头仰望天空，万里无云，天空澄碧。卓一航的心情这时也像扫净了阴霾的天空一样，感到了多年来所未有的喜悦。飞红巾忽道："叔叔，你也欢喜看星星吗？"卓一航说道："是的。我欢喜星星的光，她们离我们很远，又好像很近。"说了之后，哑然失笑，心道：这些话孩子哪能明白呢？飞红巾忽然指着天边一粒明亮的星道："我的师父也喜欢看星星。师父说，她是天边那粒北极星，要一点乌云都没有，北极星才会放光。"卓一航恍然如有所悟，再抬头看星，但夜晚已经渐渐消逝，星光也微弱了。

草原会盟之后几天，卓一航告别了唐努，心中充满喜悦，他知道玉罗刹不时会在他的身边，像星星一样偷望着他。说不定今晚或许明朝她就会突然出现在他的面前，不必他多说一句话。

于是他又在大草原上漫游，期待着渴望的"奇迹"，可是，十天过去了，半月过去了，一月过去了，两月过去了，太阳落下，星星升起，黑夜过去，白天到来，时光流转，伊人无踪，大草原无边无际，玉罗刹的影子始终没有出现。卓一航又渐渐失望了。

他想起了辛龙子，想起了驼峰上那两朵仙花。于是他又横过草原，想回到木什塔克的驼峰上去，守候花开，等候人来。

在横过大草原之时，他忽然发现"奇迹"了，可是这并不是他所渴望的"奇迹"，而是在草原上发现一些江湖人物的标记，有时是在岩石上画着奇怪的花纹，有时是在草地上画着箭头，好像是指路标似的。卓一航艺高胆大，也不去理会它。

一日他行过草原之间的沙漠区，烈日当空，闷热之极，忽然刮起大风，沙漠上黄沙四起。卓一航知道在沙漠刮风时候最为危险，一不小心，就会被移动的沙丘活埋生葬。幸喜他在这几年来对于沙漠的风沙，已颇有经验，便找一个背风的地方躲藏，大风扬沙之中，忽见几骑健马如飞而过。

那一场大风只是骤然掠过的沙漠热风，来得快去得也快，约一顿饭的时间，风暴便过去了。卓一航赶快出来，希望早早穿过沙漠地带，好到草原上去找食水。

沙漠那头忽然传来了追逐厮杀之声，卓一航心道："难道就是那些江湖人物，追踪仇人，追到沙漠上来厮杀？"忍不住向声音寻去，只见一个少年女子，跑在前头，背后追着两名大汉，那女子跑得甚快，但还是给人追上，三条人影，就在沙漠上厮杀起来。

卓一航心道：这回该问明白才好动手了，莫不要像上次那样，以为是救被马贼所劫的客商却救错了坏人。

卓一航走上前面，抬头一望，不觉吃了一惊，追踪少女的那两条大汉竟然是神大元和神一元两兄弟。卓一航好生奇怪：难道张献忠已给官军打得土崩瓦解了么？要不然这两个活宝贝怎么会到这沙漠上来？给他们追踪的少女却又是谁呢？

卓一航刚想拔剑，忽听得那少女大声叫道："卓大哥！"卓一航不觉一怔，只听得那少女又道："我是绿华呀！大哥，你快来帮我！"这霎那间卓一航不觉又惊又喜，这少女原来竟是白石师叔的小女儿，记得在嵩山初见之时，她不过是七八岁，如今却长得这么高了！不知白石师叔可有没有来呢？

惊喜忧虑，霎时间都上心头，可是却容不得卓一航细想了。神家兄弟的武功非同小可，何绿华给他们二人夹击，正是险象环生。

卓一航大喝一声，拔剑便上。神大元怪笑道："真是人生无处不相逢，料不到在这儿又碰到你了！"卓一航喝道："你们为何欺负我的小师妹？"神一元哈哈笑道："连你的师叔我们也要欺负，怎么样？"卓一航大怒，展剑便刺，和神家兄弟在沙漠上恶斗起来！

神家兄弟料不到数年不见，卓一航的武功已大为精进，一口剑旋风急舞，有如戏水神龙，盘空怪鸟，而且式式相连，招招紧迫，绵密凌厉，兼而有之。以神家兄弟那样高的武功，竟自奈他不得。

本来神家兄弟若然以二敌一，虽然不能取胜，也可稍占上风，但却还有一个何绿华。何绿华的剑法虽然远比不上卓一航，但也是武当派的真传，她又打得非常聪明，每每趁着卓一航将敌人迫紧之时，就冷不防从旁一剑，扰乱敌人的心神，二神毫无办法。

打了一阵，神一元中了一剑，连连后退，神大元无心恋战，护着弟弟，拔步便逃。卓一航也不追赶，急急问何绿华道："你怎么会和他们打起来的？白石师叔来了没有？"何绿华举袖抹干净脸上的风沙，笑道："爹若不来，我一个人怎敢远到塞外？"

卓一航心头鹿撞，卜卜乱跳。只听得何绿华续道："二师伯还想找你回去做掌门，叫我爹来寻你。姐姐已出嫁了，姐夫前几年还在武当山，现在已归宗峨嵋，姐姐也跟他去了。爹身边只有我一人，寂寞得很。我在武当山住得厌了，缠着他要跟他到塞外来开开眼界，他给我缠得没法，只好答应。"何绿华聪明活泼，一副顽皮神气，和她姐姐的文静，颇是不同。

卓一航作声不得，心中正自盘算见了师叔之后如何措辞。何绿华又道："我们到了沙漠，水囊里的水已所剩无多。那边有个小山，我们隐约看见一个岩洞，我爹说岩洞里也许有水，便去找水。他见我疲倦，叫我在这里等他。不料他去了不久，便刮风了。我躲到小沟里避风，风止之后，便见着了这两个人，也不知他们怎样会知道我爹的名字，两个人跑来追我，要不是碰见你，可糟透啦，这两个人就像武当山庙里的那两个无常一样。"

卓一航举目远眺，只见那头果然有个小小的丘陵，这沙漠是两块大草原之间的沙漠，所以不像其他大沙漠一样全是一望无际的黄沙，卓一航看了一阵，忽道："师叔素来精明，那小山离这里不算很远，为何他听不到你的喊声？"何绿华道："就是呀，我也不明白。"卓一航急急和何绿华赶去，到了那座小山，找遍了也不见白石道人的影子，那小岩洞一眼见底，最多只容得一人，里面堆满大风刮来的沙石。卓一航暗叫奇怪。正在寻觅呼唤，忽然听得何绿华一声骇叫。

正是：始知沙漠风云险，变化离奇不易猜。

欲知后事如何？请听下回分解。

第三十一回

幽恨寄遥天　相思种种
琴声飞大漠　误会重重

　　且说卓一航四处寻觅，都不见白石道人的影子，忽闻何绿华骇叫一声，卓一航忙凑过去看，何绿华拨开小岩洞外面的稀疏野草，把手一指，只见沙石上有几点淡淡的血渍，何绿华花容变色，颤声说道："莫非我的爹爹已遇害了？"

　　卓一航也吃了一惊，再仔细审视，除了这几点血渍之外，别无异状，展颜笑道："华妹，你不必担心，白石师叔若然遇害，岂止这几点血渍？"何绿华道："那么他去了哪里？"卓一航道："沙漠狂风，威力极大，往往一场大风过后，沙丘易形，人畜迷路。也许他出来找你，迷失在大沙漠中了。那几点血渍，可能是被沙石刮破的。"何绿华想想颇有道理，又道："那两个贼人见我时，曾说出我爹的名字，好像他们和我爹爹甚有仇恨，若果他们还有党羽，爹出来找我时，不是要和他们碰上了么？"

　　卓一航道："这两个贼人是我认识的，他们与我井水不犯河水，按说不该有什么仇恨。而且师叔剑法精妙，武功高强，也不怕他们这几个小贼，我倒是担心他迷了路了。"

　　于是两人再在沙漠上寻觅，寻了半天，仍是无影无踪。红日西沉，冷风陡起，卓一航道："师叔这么大的人，一定不会失掉。也

·643·

许他找你不见，穿过那边草原了。现在白日将逝，沙漠上寒冷难当，而且咱们没带篷帐，在沙漠上歇息，也很不方便，咱们也不如穿过那边草原去吧。"

这沙漠是两块大草原之间的小沙漠，两人不需多少时候，便走到了那边的草原。这时暮色相合，星星又已在草原上升起，草原远处，天山高出云霄，皑皑冰峰，在夜色中像水晶一样闪闪发光，冷风低啸，掠过草原，草原上有羚羊奔走，兀鹰盘旋之声，一派塞外情调。卓一航遥望星星，悠然存思，忽喟然叹道："十年不见，你都这么大了，岁月易逝，能不感伤？"

何绿华抬起眼睛，笑道："卓大哥，为什么你好像不会老似的，还像从前一样，只是黑了点儿。我还记得你初上嵩山之时，爹叫你和我姐姐相见，你羞怯怯的像个大姑娘。我和姐姐背后还笑你呢。哎，那时候你还抱过我，逗我玩，你记得吗？"

卓一航苦笑道："怎不记得。"那时候，要不是白石道人横生枝节，他和玉罗刹也不至于闹出那许多风波。

何绿华道："卓大哥，你不想回去了吗？"卓一航道："塞外草原便是我的家了，我还回去做什么？"沉思半晌，问何绿华道："我们武当派现在怎么样了。二师伯精神还好吗？"何绿华叹口气道："二师伯自你走后，终日躲在云房，不轻易走出来。他衰老多了，去年秋天，还生过一场大病，口口声声要我爹把你找回来。山上也冷落许多，不复似当年的热闹情景了。"卓一航听了，不禁一声长叹。

这霎那间，黄叶道人的影子骤然从他心头掠过，那严厉的而又是期望的眼光似乎在注视着他，忽然间，他觉得师叔们虽然可厌，却也可怜。何绿华又问道："大哥，你真的不回去了吗？"卓一航举头望星，幽幽答道："嗯，不回去了！"

何绿华又问道："你找到了她吗？"卓一航心头一震，问道：

·644·

"谁?"何绿华笑道:"大哥与玉罗刹之事,天下无人不知,还待问吗?可惜我没有见过她,师叔们都说她是本门公敌,爹爹更是恨她,只是我姐姐却没有说过她的坏话。"卓一航苦笑了笑,道:"你呢?"何绿华道:"我还未见过她,我怎知道?本门的师叔师兄虽然都骂她是女魔头,但我却觉得她一个女子而能称霸武林,无论如何,也是一个巾帼须眉。"

卓一航又笑了笑。何绿华道:"大哥,你真的要和她老死塞外吗?"卓一航道:"我没有找着她,不,她就像沙漠上的刮风,倏然而来,卷起一片黄沙,倏然之间,又过去了。"何绿华伸了一伸舌头,笑道:"那么,大哥你可得小心了,被埋在刮风卷起的风沙之中,可不是好玩的呀!"

草原上寒风又刮起来了,夜色越浓,寒气愈甚。卓一航见远处有一团火光,道:"那边想是有牧民生火取暖,草原上的牧民最为好客,咱们不如过去与他们同度这个寒夜。"

走近去看,围绕在火堆边的是一大群哈萨克人,带有十多匹骆驼,驮有货物,似乎不是牧民,而是穿越沙漠的客商,他们之中有人懂得汉语,见了卓一航和何绿华过来,惊疑地望了一眼,卓一航说是在刮风之后迷路,立刻便有人让出位置来,请他们坐下。

沙漠上的行商,以骆驼为家,并无固定住址,因此贸易往返,一家大小都要同行,又因沙漠多险,往往是几家人结伴同行,组成了骆驼队,和游牧部落也差不多。

哈萨克人最喜歌舞,年青的小伙子便围起火堆唱起歌来,有一个少女,歌喉甚好,不久合唱变成独唱,一个少年拉起胡琴拍和,卓一航到了草原几年,大致懂得他们的语言,只听得那少女唱道:

"大风卷起了黄沙,

天边的兀鹰盘旋欲下;

哥呀,你就是天边的那只兀鹰,

·645·

你虽然不怕风沙，你也不要下来啊！

大风卷起了黄沙，

天边的兀鹰盘旋欲下；

我不是不怕风沙，

妹呀，我是为了要见你的面，

我要乘风来找你回家！"

琴声清越美妙，歌声豪迈缠绵，卓一航听得如痴似醉，心中想道："可惜我不是兀鹰，她是兀鹰，却又不肯乘风找我。"

那些哈萨克人载歌载舞，闹了一阵，年青的小伙子道："请这两位远方来的客人，也给我们唱一支歌。"说罢便有人把胡琴递给何绿华，先请卓一航唱。

卓一航满怀愁绪，哪有心情歌舞，可是这乃是哈萨克的民族礼节，若然客人不唱，主人会以为客人心里不高兴的。卓一航推辞不得，只好唱道：

"怅望浮生急景，凄凉宝瑟余音。楚客多情偏怨别，碧山远水登临。目送连天衰草，夜阑几处疏砧。　黄叶无风自落，秋云不雨长阴，天若有情天亦老，摇摇幽恨难禁。惆怅旧欢如梦，觉来无处追寻。"

唱到"天若有情天亦老"之句时，眼泪险险落了下来，声音且有点嘶哑了。玉罗刹以前在明月峡时和他所说的话："普天之下，哪有青春长驻之人？我说，老天爷若然像人一样，思多虑多，老天爷也会老呢！咱们见一回吵一回，下次你再见到我时，只恐我已是白发满头的老婆婆了！"这些话不料而今竟成谶语，而这首词（词牌名《何满子》，宋代孙洙所作）正是卓一航因有感于玉罗刹之言而唱出来的，唱出之后，才感到与欢乐的气氛太不相调。

一歌既毕，满座无欢，哈萨克人虽然大半不懂汉语，但也听得出那凄恻的音调。何绿华心道："别人正自欢乐，你却唱这样的

歌!"不待哈萨克人邀请,便道:"我也唱一支吧。"叫卓一航替她拉琴,唱道:

"晚风前,柳梢鸦定,天边月上。静悄悄,帘控金钩,灯灭银釭。春眠拥绣床,麝兰香散芙蓉帐。猛听得脚步声响到纱窗。不见萧郎,多管是耍人儿躲在回廊。启双扉欲骂轻狂,但见些风筛竹影,露堕花香。叹一声痴心妄想,添多少深闺魔障?"

这乃是江南一带流行的民间小曲,歌声缭绕,曲调轻快,顿时间把气氛扭转过来。哈萨克的青年小伙子道:"这位姑娘唱得真好!"把一把名贵的胡琴送给何绿华,以示敬意。卓一航告诉她这是哈萨克族的礼,不能推辞,何绿华含笑收了。那几个年轻小伙子对她甚为好感,围在她的身边谈话。何绿华问道:"你们是从哪儿来的?"有懂得汉语的少年答道:"我们是从伊犁来的,曾穿过撒马拉罕的大沙漠呢!"何绿华心念一动,问道:"你们今日在旅途上可曾碰过这样的道士么?"将他父亲的形貌详细说了。那哈萨克青年道:"哦,碰见过的。你们和他是一路的吗?那道士真怪,满脸怒容坐在马背上,混在一群喇嘛的中间。"何绿华奇道:"什么?喇嘛!"她的父亲和喇嘛可从来没有交情呀!那少年道:"是呀,我们也觉得出奇,一个汉族的道士混在西藏喇嘛的中间,刺眼极了!那些喇嘛也骑着马,个个都像凶得很!"

何绿华吃了一惊,问道:"那道士是被他们缚在马背上的吗?"那小伙子摇了摇头,说道:"我可没瞧清楚。那老道士杂在喇嘛的马群中间,垂头丧气的样子。他们的马群跑得很快,我们让路不及,还给他们刷了几鞭。"卓一航问道:"他们向哪方走?"那小伙子道:"向我们来的方向走。"卓一航道:"那么他们也要横过撒马拉罕的大沙漠了。"沉思半晌,忽从行囊中取出几朵雪莲,道:"你们看这几朵雪莲如何?"这几朵雪莲是卓一航上天山北高峰探望晦明禅师之时所采，每一朵都有几十片花瓣，层层包裹，好像一个雪球。那些哈萨克人惊叹不已，都道："这样大的雪莲，我们见都还未见过，你到底是从哪里采来的？"卓一航笑了一笑，道："我将这几朵雪莲与你们交换一匹骆驼，一张帐幕，你们可愿意么？"那些哈萨克人倒很公道，说道："骆驼易得，雪莲难求，这几朵雪莲比一匹骆驼要值钱得多。"卓一航道："在我来说，却是骆驼难得，雪莲易采。既然你们愿意，咱们就交换了吧。"那些哈萨克人大喜，还附送了他们一些沙漠上的用具和干粮。

第二日一早，卓一航与哈萨克人分手，和何绿华骑上驼背，直向西行。何绿华问道："你为什么要这骆驼？这骆驼比我们行得还慢。"卓一航道："撒马拉罕大沙漠连贯新疆南北，黄沙千里，你又不是习惯沙漠的人，若无这沙漠之舟，如何去得？"何绿华道："我的爹怎么会和那群喇嘛同走，真是令人猜想不透，难道是被他们缚架了么？可是我的爹从未到过塞外，和喇嘛更无交葛，这事也未免太奇怪了。"卓一航却想起自己和西藏天龙派喇嘛结怨之事，心道："莫非是天龙派的喇嘛所为。可是他们又怎知他是我的师叔？而且白石师叔剑法在本门中数一数二，又怎会被他们暗算？"也是猜想不透，只道："既然知道他们已穿入大沙漠中，咱们只有一路追踪去探寻消息。"

大沙漠黄沙千里，渺无人烟，幸好是两人结伴同行，可解寂寞。何绿华仅是十七八岁的小姑娘，又是第一次来到塞外，对沙漠的景象，样样感到新奇，对江湖上的事情，也常常发问，卓一航和她谈谈说说，日子倒不难过，只是每当何绿华问及玉罗刹的事时，卓一航便往往笑而不答，或顾而言他。

不知不觉走了半月，也不时在沙漠上发现驼马的足印，可是跟着那些足印走时，足印又往往因风沙的变幻而被遮掩了。何绿华走了这么多天仍未走出沙漠，不觉心焦，一日将近黄昏，忽然一阵阵风迎面刮来，黄色的沙雾迎风扬起。卓一航道："看样子，今晚又要刮大风了，咱们找背风的地方安下篷帐吧。"晚上狂风果然刮地而来，沙漠上无月无星，黄灰色的沙雾，就像厚厚的一张黄帐，遮天蔽地。

卓一航拣背风的地方搭起帐幕，四边系上大石，骆驼在帐幕外又像一面墙壁，堵着风沙。饶是如此，帐幕仍然被风刮得呼啦啦响。何绿华道："想不到塞外风沙，如此厉害！"卓一航笑道："现在还不是风季呢，若是风季，沙丘都会被风移动，当风之处，人畜也会被风卷上半空，除了庞然大物的骆驼，谁都抵挡不住。这场风还不算大的，看来很快就会过去。"

过了一阵，风势渐弱，两人正想歇息，忽闻得帐外骆驼长嘶一声，卓一航抢出帐外，只见两条黑影在骆驼旁边倏然穿出。卓一航举手叫道："风沙未过，两位何不请进帐中稍聚。"

那两人停下步来，竟是汉人衣着，上前唱了个喏，道："我们的马被风刮倒，奄奄一息，不能用了。得相公招呼，那是再好不过。"便跟着卓一航双双入内。

卓一航明知他们是想偷骆驼，但想起风沙之险，他们没有坐骑，想偷骆驼也情有可原，因此并不揭穿，仍然客气招待。

这两个汉人腰悬朴刀，满脸横肉，何绿华瞥了卓一航一眼，神色甚不喜欢。卓一航微笑道："沙漠夜寒，生起火来，弄点开水吧。"何绿华生了火取出一个铜壶将水囊的水倾入，道："你搭个灶吧，要不然水壶可没处放呵。"卓一航扫了一眼，笑道："这里没有碎石，压帐篷的大石头可不合用，怎么办呢？"那两个汉人道："相公不用客气，我们久在沙漠，捱得风寒。"卓一航道："何必用身子来捱，待我想法。"又扫了一眼，道："我有办法了，且试一试。"将压帐篷的一大块大石搬到帐中，暗运内家真力，双掌猛然一拍，喝声："开！"那块大石裂为四块，笑道："这不就行了！"立刻搭起灶来，那两人目瞪口呆，作声不得。

卓一航提防这两人是坏人，故意露了这手，仍然若无其事地和他们闲话，待开水滚时，外面风沙已止，那两人喝够了水，拜辞道："多谢相公招呼。"卓一航道："夜晚赶路，不方便吧？"那两人道："我们长年奔走，已经惯了。现在不是风季，难得刮一场风，这场风刮过之后，三五日内，想必不会再刮，日间赶路和晚间赶路，都是一样。而且相公携有女眷，我们也不方便再搅扰下去。"何绿华面上一红，卓一航道："既然如此，祝两位路上平安。"送出帐外。那两个汉人忽同声问道："请相公留下大名，日后报答。"卓一航道："些些小事，何足挂齿？"那两个汉人相对望了一眼，再三称谢而去。

卓一航回到帐中，何绿华埋怨道："人心难测，你怎么不问清楚，就邀请他们。"卓一航道："我辈侠义中人，岂能见难不救。"何绿华道："那两人满脸横肉，我一见就讨厌。他们一定不是好人，幸好你露了那手，将他们镇住。我猜他们一定是作贼心虚，后来见你身怀绝技，这才赶快走的。"

卓一航笑道："事已过去，不必胡乱猜测了。"何绿华道："大哥，你的功夫真好，只是双掌一压，就能将那大石裂为四块，连我的爹爹都未必能够，我看除了二师伯外，本门中人，谁也没有这样的功力了，怪不得师叔们一定要请你回山。"卓一航道："达摩祖师的武功精深博大不可思议，我不过是略得皮毛而已。如果能将达摩祖师的秘笈寻回，我派武功那才真是无敌于天下。"卓一航这时已暗暗立下誓愿：武当山今生今世是绝不回去的了，可是为了报答师门之恩，那武当秘笈，却是非找回不可，纵使自己死在塞外，也要命辛龙子找回。

风沙已止，夜亦渐深，两人谈了一会，各自歇息。那两个陌生客人既走，何绿华放下了心，不一会就呼呼熟睡，微弱的火光映着她苹果般的脸庞，稚气之中透着迷人少女的情态，卓一航暗暗叹了口气，不由得想起在黄龙洞初会玉罗刹时的情景，那时玉罗刹装睡装得极似，脸上也是一派天真无邪的样子，记得自己怕她着凉，还轻轻地脱了大衣，盖在她的身上……倏而又想了"美人自古如名将，不许人间见白头"的诗句，想起自己辜负如花美眷，似水流年，由不得潜然太息。

情怀怅触，愁思如潮，卓一航久久不能入睡，看着那一堆火渐渐就要熄灭，正想起身加一把火，忽闻得帐外骆驼又是一声长嘶，卓一航心道："难道那两个家伙又回来了？"欠身欲起，忽地一声裂帛，帐幕突然撕开了一条裂口，劲风疾吹，寒光一闪，一柄明晃晃的飞刀掷了入来，卓一航大喝一声，双指一钳，将飞刀甩下地上，拔出随身宝剑，用个"白蛇出洞"之式，剑尖向外一吐，四围一荡，预防暗算，身子随着剑光穿出帐幕。

帐幕外的敌人却并不再施暗器，天黑沉沉，卓一航只依稀见着三条魁梧的身影，向西疾跑，卓一航大怒喝道："偷骆驼的小贼，我好心招呼你们躲避风沙，你们却恩将仇报，还敢邀集同党，暗施毒手，我若不惩戒你们，天理难容！"剑随身走，旋风般地扑上前去，霎那之间，就追到了三人身后。

卓一航以为这三人中，其中两人一定是先前的汉人。岂知刚刚追上，那三人忽然回过头来，其中一人喝道："老子纵横塞外，要偷也是偷珍奇宝贝，谁要偷你的骆驼！"又一人道："我倒要看看武当派的掌门有什么本领，值得我们香主费这么大的气力，特别邀请？"这三个人都以黑纱蒙面，说话的两人口音有点沙哑，并不是先前的那两个汉人，另一个蒙面人却只是发出嘻嘻的冷笑，并不说话。

卓一航吃了一惊，这三个蒙面人行径与说话的古怪，完全出乎他意料之外！

听这些人口气，颇有来历；但暗中偷袭，却是武林所不齿的行为，按说有来头的人，不应出此。此其一。"香主"乃是中原帮会首领的一种尊称，在塞外边鄙之地，何以有关内"香堂"的组织，此其二。卓一航这几年来虽然阅历大增，对此却是万分不解。他本来又怀疑过这几个蒙面人是西藏天龙派的喇嘛，但听他们汉话说得如此流利，却又不似。

这时双方已如箭在弦，哪容得卓一航细细推敲。说话的那两个蒙面人一个转身，立刻动手。一个手使判官笔，点打崩敲，十分凌厉；一个双掌劈扫，虎虎生风，掌力亦甚雄劲。

卓一航不意在大漠之中，骤遇高手，悚然一震，打醒精神，急展武当七十二手连环剑法迎敌，刷刷两剑，分取二人，快如掣电，使判官笔的左笔一封，右笔斜点卓一航的"笑腰穴"，只听得当的一声，火花飞溅，判官笔被荡出去，卓一航虎口也微微发热，卓一航变招何等快捷，他七十二手连环剑绵绵不绝，在这瞬息之间，已是身移步换，向另一名敌人疾进三招，那名敌人也好生厉害，身躯一矮避过了上盘的一剑，左手一指，右掌往左臂下一穿，指戳掌劈，迫得卓一航的第二剑偏过一旁，接着双足一垫劲，刷的飞身而起，向右侧纵出一丈开外，卓一航攻势十分凌厉的迎门三招，竟给他半攻半守，全避开去。说时迟，那时快，使判官笔的蒙面人又缠了上来，双笔斜飞，势捷力猛，卓一航回身一剑，举腿横扫，武当派的"鸳鸯连环腿"与剑法同样驰名，这一招"上下交征"，剑腿并用，那使判官笔的蒙面人若避刺向上盘的剑，就避不开扫向下盘的腿；若避扫向下盘的腿，就避不开刺向上盘的剑，形势十分危急。

剑腿齐飞，剑先到，腿后到，那蒙面人刚刚架开上盘的剑，卓一航的飞脚左扫右踢，已到前心。但在这瞬息之间，那被卓一航迫开的汉子已是一退复上，飞跃而来，蓦然双掌下拿，竟是"大擒拿手"中的"飞鹰抓兔"招数，若被他拿着腿弯，武功多强，也要当场栽倒。卓一航吓的一点足，也斜窜出六七尺外，心中好不诧异，这人的手法身法，似乎是在哪儿见过似的。

两蒙面人喝声："哪里走?"左右包抄，分进合击，笔起龙蛇，掌风飕飕，并力强攻。卓一航怒道："我还怕你不成?只是瞧你两人身手，亦非凡俗，却做下三流的勾当，可惜可惜!"那使判官笔的人大笑道："试试你的身手，怎能算得下流?"卓一航无暇与他分辩，展剑疾刺。那人虽然说是试招，那双笔却是专向人身三十六道大穴下手，毫不留情;而那名通晓"大擒拿手"的家伙，更是狠攻恶打，俨如对付大敌强仇!

卓一航大怒，使出平生绝技，七十二手连环剑绵绵不绝，有如长江大河，滚滚而上，以攻对攻，打得难分难解。辗转斗了三五十招，兀是不分胜负。

三个蒙面人，有两人与卓一航恶斗，尚有一人却悠然自得，立在旁边观战，时不时发出一两声笑声。卓一航好生诧异，但却不能不防他来偷袭。心中猜不透他们是何等样人。

正酣斗中，何绿华已从帐幕中冲出，如飞赶至。卓一航顾虑强敌，叫道："师妹，不必上前。"何绿华哪里肯听，旋风般疾上，刷的一剑，便刺那使判官笔的"凤眼穴"，那人回笔横架，何绿华十分溜滑，招式一转，身子已转到另一人的右侧，剑尖一指，刺的是腰背"精促穴"，那人反手一掌，掌风荡衣，何绿华"吓"的一声，叫道："好厉害!"又跳开了。

何绿华的剑法乃是白石道人悉心传授，虽然远比不上卓一航，但这两人在卓一航凌厉剑招的威胁下，一时之间却也奈她不得，而且她的身法轻灵，打法溜滑，转来转去，左一剑，右一剑，上一剑，下一剑，所刺的也都是人身穴道所在，那两人虽然不把她当成强敌，却也不得不防。

这样一来，形势大变。那两人战卓一航已是吃力，加上了一个何绿华从中窜扰，立感不支。那在旁观战的蒙面人这时忍不住了，忽地长啸一声，解下束腰的皮带，随手一挥，劈啪作响，那皮带在他手里，就如软鞭一般，刷的一个盘旋，照卓一航肩头便扫，卓一航一个"倒踩七星"，巧步旋身，连人带剑，转到敌人身后，剑尖一指，疾若飘风。那蒙面人直像背后长着眼睛一样，头也不回，皮带反手一卷，卓一航大吃一惊，慌忙缩手，料不到这蒙面人竟然通晓"听风辨器"之术，武功也高出先前二人许多。

使皮带的蒙面人加入之后，形势又变，卓一航、何绿华以二敌三，渐渐只有招架的份儿。那使判官笔的敌人又发言冷嘲道："哈，武当掌门，亦不过如此，香主对他也未免太过看重了！"卓一航大怒，剑锋一转，直如鹰隼穿林，掠波巨鸟，倏然从使皮带的敌人身边穿出，一招"猛鸡夺粟"，剑光闪烁，刺他面上双睛，那人使个"横架金梁"，双笔向上横架，哪知卓一航这招却是虚招，只见一缕青光，剑随身转，"嗤"的一响，已把他衣襟刺穿了一个大洞，这还是他闪展腾挪快疾，要不然这一剑便是洞腹穿胁之灾。

使判官笔的蒙面人吓出一身冷汗，使皮带的蒙面人也"噫"了一声，卓一航剑招之怪，大出他们意料之外，竟不是武当七十二手连环剑的家数，恰如平地生波，奇峰突出，倏然而来，寂然而逝，令人捉摸不定，防不胜防，一连几招，将三个蒙面人迫得连连后退。他们哪里猜想得到，这几招乃是武林绝学，久已失传的达摩剑式。

这三个蒙面人惯经大敌，均非庸手，见卓一航剑招怪异，不约而同地退守联防。达摩剑式虽然厉害，可是卓一航会的只不过几招，用以突袭，那还可以，用以久战，却是不能。数招一过，敌人看破虚实，又围了上来。卓一航只得仍用武当的连环剑法，杂以达摩剑式，抵御强敌。

又拼斗了三五十招，卓何二人更处下风，三个蒙面人攻得更紧，但卓一航剑势绵密，何绿华身法轻灵，一时之间，却也未露败象。那使皮带的蒙面人杀得性起，使出"回风扫柳"的软鞭招数，呼呼风响，猛卷过来。卓一航心中一动，忽然失声叫道："霍老前辈，你何故两次三番与我为敌？"

这个蒙面人正是曾上天山南高峰，被玉罗刹打败的霍元仲，霍元仲的软鞭在武林中乃是一绝，卓一航先前因他一来蒙面，二来改用腰带，所以到现在才认得出来。

霍元仲冷笑一声，道："你的玉罗刹呢？"卓一航怒道："你与玉罗刹有仇，理该前去找她。枉你是前辈英雄，却做这鼠窃狗摸的勾当，横施一刀，暗射一箭，我若说与武林同道知道，看你这老面皮往哪里放？"霍元仲哈哈笑道："谁暗算你了，你回帐幕去看，我替你送请帖来呢！玉罗刹也有人送请帖去了，有胆的你们就依期赴会！"说罢，又打个哈哈，叫道："试招够了，这小子做你们香主的客人，还不至于辱没你们吧？"皮带挥了一个半弧，解开卓一航攻来的一剑，倏然退下。

卓一航怔了一怔，却不料就在他和霍元仲说话之时，无暇兼顾，那两个蒙面人忽地向何绿华猛施杀手，使判官笔的架着何绿华的剑，另一人左手如钩，擒拿皓腕，右掌一挥，印她胸膛，何绿华被那使判官笔的缠着，无法抵御，只觉掌风如刀，飒然沾衣，不觉失声尖叫。

就在这刹那之间，紧接着又是一声尖叫，随着"咕咚"一声，有人翻身倒地。原来是卓一航飞身往救，一招达摩剑式中的"一苇渡江"，将那人右掌洞穿，可是因他急于救人，飞撞过去，肩头替何绿华受了一抓，只觉火辣辣般作痛。

霍元仲叫道："受伤了么？"那使判官笔的闷声不响，背起同伴，回身便跑，霍元仲叫道："卓一航，你若不怕别人报这一剑之仇，咱们风砂铁堡再见!"卓一航连声冷笑，按剑不追。

何绿华问道："大哥，你被他的鬼手抓着了?"卓一航道："没有什么，咱们回去。"何绿华道："你认识他们的吗? 他们既说是试招，为何这样狠毒?"卓一航道："我只认识那使皮带的人是霍元仲。"何绿华道："嗯，霍元仲，他和我爹爹有过一段梁子，我看我的爹爹一定是被他们暗算了。"

卓一航诧异问道："什么梁子，我倒没听白石师叔说过。"何绿华道："我也是到了塞外之后，才听他说起的。据爹爹说，三十年前霍元仲曾和他谈论武功，不服武当剑法是天下第一，爹爹就和他比试，三十招之内，便将他刺了一剑，问他服了没有。那霍元仲也硬，闭口不答，我爹爹又刺他一剑，一直迫他说出服了，这才干休。"卓一航叹道："师叔少年之时，气也太盛了。"其实白石道人老了，脾气也还未改。何绿华道："是呀，这件事我爹爹是做得有点过分了。所以他这次和我远来塞外，就对我说，塞外并无高手，只是要提防个霍元仲，恐防他报三十年前两剑之仇。"卓一航道："凭霍元仲的武功，他现在最多也不过与你爹爹打个平手。你爹爹谅不至于受他暗算，只恐这里面还牵涉有人。"何绿华道："是呀，霍元仲刚才不是说什么风砂铁堡，又说什么请帖吗? 难道他另有同党，趁这空档偷到咱们帐篷中送帖子了? 咱们倒不可不防。"

说话之间，两人已回到帐篷外面，卓一航打燃火石，以剑挑开帐篷，往里一照，但见残火已灭，帐中空无一人。何绿华进去加了一些原来是准备给骆驼吃的枯草，拨起火苗，纳闷道："霍元仲胡说八道，哪里有什么请帖?"卓一航眼利，一眼瞥见刚才给自己甩在地上的飞刀，刀尖上穿着一张纸条，急忙拾起，道："哦，请帖原来在这里。"

飞刀送帖，在江湖上倒是常有之事，用意不在伤人，因之不能算是偷袭。卓一航取下字条，笑道："我还道霍元仲这老头怎会做那下流的勾当，只是他也是有身份的人，我且看他肯替什么人送帖？"何绿华凑过去看，只见字条上写道："久闻武当派称霸中原，只惜万里关山，无缘请教。今贵掌门既远游边鄙，岂可不稍尽地主之谊，七夕之期，堡中候教。风砂堡堡主敬约。"

卓一航皱眉道："一定是霍元仲这厮饶舌，到处说我是武当派的掌门，以致引出这种麻烦。我哪还有心情在武林争雄呵！"何绿华道："为了我的爹爹，你不想争雄，也要争一下了。"卓一航道："那些哈萨克人说你爹爹和一群喇嘛同走，未必就是在风砂堡中。"何绿华道："这也是条线索。"卓一航道："话虽如此，风砂堡到底坐落何方，我们也不知道。"肩头伤处，微微作痛，何绿华见他皱起眉头，急忙取出了金创药，道："大哥，咱们先敷了药再说吧。"卓一航道："嗯，给我。"背转了面，撕开肩上的衣裳，自己敷药。何绿华天真烂漫，平日不拘痕迹。卓一航和她相处，时时提心吊胆，怕玉罗刹突然出现，引起误解，所以总避免和她肌肤相接，见她想替自己敷药，急忙自己动手。

何绿华心中暗笑，想道："亏他还是掌门呢，这样忸怩作态。"帐篷外忽然又有脚步声响，骆驼又嘶鸣起来。

卓一航摔下药膏，拔剑喝道："谁？"帐篷开处，先前那两个汉人又走了回来，道："卓相公，我们向你请罪来了！"何绿华怒道："你们弄什么玄虚，我看你们定是霍元仲的一党。"那两人道："姑娘你猜对了，但你们也猜错了。哎哟，你受了伤了，这是毒砂掌之伤，在这边荒大漠，如何救治？"

卓一航见伤口麻痒，已在怀疑，听他们叫嚷，一笑道："果然是金老怪所传的毒掌。"那两人道："卓相公既知它的来历，还不及早想法救治？"卓一航淡淡一笑道："就是再候十二个时辰，让它发作，我也还能救治。毒砂掌有什么了不起，用得着这么着急？你们且说，你们要向我请什么罪？"

何绿华见说是毒砂掌，却变了颜色，原来武当派传有秘方，擅医毒砂掌，可是却要烧十大锅热水，利用水蒸气的热力将体内的毒迫出来，这样配合解药，才能见效。在这沙漠，滴水如金，骆驼的水囊，仅足供数日之用，如何能烧那十大锅热水？

卓一航却丝毫不以为意，催那两人快说。那两人道："我们是风砂铁堡的堡丁。"卓一航道："嗯，我刚刚收到你们堡主的请帖。"那两人道："这个我们已经知道。"何绿华迫不及待，抢着问道："你们的堡主姓甚名谁？他为什么要约我的大哥比试？"

前面的那人答道："我们的堡主叫成章五，他本来是从关内来的。"卓一航道："没听过这个名字。"那人笑道："他来了几十年了。卓相公的师叔也许知道。他以前在淮南开设香堂，贩运私盐，后来被官军迫得紧，无处立足，带了些兄弟逃到塞外来，也快三十年了，当年的兄弟剩下的也有限了，他才在塞外定居，我们的父亲就是跟他逃来的。撒马拉罕沙漠的边缘，有一片水草富饶之地，牧民怕风沙侵袭，不敢到那里牧羊。他却在那里建起庄堡，主堡用铁建成塔形，不怕风沙，因此就叫做风砂堡，外人也称为风砂铁堡。几十年来，他率领我们这一群汉人在那里垦荒畜牧，日子倒还过得去。"卓一航道："那也很不错嘛，好好的日子他不过，为何又要找我生事？"

那人道："可是他烈士暮年，壮心未已。前几年，中原来了一个白发魔女，塞外各族英雄，不论胡汉，有名的都几乎受过她的折辱。我们因在沙漠之边，同时堡主归隐已久，侥幸她没来过。可是受过她折辱的人，有人知道我们的堡主是个有大本领之人，就曾邀过他出山，要除掉那个魔女，我们的堡主一直也没有答应。"

何绿华叫道："又是白发魔女，我告诉你们，白发魔女是我们武当派的仇人，你们的堡主为何反而找到我们武当派的头上？"那人笑道："我们堡主已经知道，白发魔女又叫做玉罗刹，卓相公就是因她才会到塞外来的！"

卓一航面上一红，道："你们的堡主是因她而连及我吗？"那人道："也不尽是如此。今年春天，霍元仲来到堡中，劝我们堡主重立香堂，称雄塞外。西藏天龙派的人更愿帮我们堡主在塞外称王。听说因为天龙派的人曾被卓相公所杀，又被哈萨克人驱逐，所以天龙派教主愿助喀达尔族的酋长和我们堡主合作，在沙漠草原之上，据地封王。同时天龙派的人也曾吃过白发魔女的亏，因此天龙上人也愿与草原沙漠英雄豪杰，联手抗她。"

卓一航吃了一惊，道："如此说来，岂不是变成了西藏新疆两地的好手都来对付我们了。"那人道："是呀，我们的堡主还怕敌不过白发魔女，所以到处邀集好手，我们就是他派到北疆去请人的。"卓一航道："既然如此，你们又为什么又来告诉于我？"

那人道："我们日子过得不错，我们也不愿堡主大动干戈。听说那白发魔女十分厉害，若然两败俱伤，如何是好？而且卓相公为人如此之好，明知我们想偷骆驼，也愿收容，我们又怎忍相公赴险。"

何绿华忍不住问道："何以你们刚才又不说？"那人道："那时我还不知道就是卓相公，后来碰到副堡主和霍元仲，我们说起有这么一个'异人'，霍元仲立刻猜出是卓相公。霍元仲好像很熟你们……"卓一航插口道："玉罗刹和我都曾与他交过手。"那人道："怪不得。白发魔女又名玉罗刹也是他说的。许多人都不知呢。"

那人续道："后来他们三人就来找你。他们本来是堡主请来探听你们行踪的。"卓一航道："慢着，哪一个是副堡主？"那人道："我们的副堡主是点穴名家……"卓一航道："哦，那不用说了，他是使判官笔的。"何绿华道："还有一个又是谁？"那人道："听说是以前称雄西北的'阴风毒砂掌'金独异的一个门人。金独异的门人很多，他死了之后，有些门人走到塞外。"卓一航道："怪不得我对他的掌法似曾相识。"何绿华又问道："那么白石道人你知道吗？"那人摇摇头道："没听说过。不过前几天，天龙派的喇嘛来了一大批，有人说夹有一个道士在内，也许就是你所说的白石道人也未可料。"何绿华跳了起来，道："你们的堡主没发请帖给我，我也要去了。喂，今日是什么日子？在大漠之中，只见日起日落，时节日子都忘记了。"那人道："今日是七月初四，七夕之期，便是我们堡主重立香堂的日子。"何绿华道："这里离风砂堡还有多远？"那人想了一想，忽笑道："如果你们是贺客，可以刚好在七夕之期赶到。"卓一航笑道："我们就是要去道贺。"

那人急道："卓相公还是不去的好。我还想请卓相公劝那白发魔女也不要去。两虎相斗，必有一伤。伤了卓相公固然不好，伤了我们的堡主也不好。"卓一航道："我知道了。我们自有主意。你们的堡主既然要你们去请人，你们就快去吧。"那两人告辞之后，何绿华忽然拍掌说道："真是意想不到！"

卓一航愕然问道："什么意想不到？"何绿华道："看这两人面生横肉，却也知恩善报。嗯，大哥，这沙漠之地，如何找得十大锅水。"卓一航知她记挂自己所受的毒砂掌伤，笑道："这个容易，你听我说……"忽然蹙了双眉，说不下去。

原来卓一航适才自忖，以自己现在的内功造诣，大可不必利用水汽之力，单凭"元功内运"，也可将体内的毒自己迫发出来。可是再仔细一想：在元功内运之时，自己一动也不能动，这时需要有人给自己推揉穴道，若是男人，那还罢了，偏偏何绿华却是女人；若何绿华功力极深，那么隔衣认穴推揉，那也还可以，偏偏她功力尚浅，必须脱了上衣，让她亲接肌肤。

何绿华不知所以，见他双眉紧蹙，不觉慌了，说道："大哥，你为我受了这伤，我却无法相救，如何是好？大哥，我只靠你去找爹爹，大后天便是七夕，你的伤，这，这怎么办？"卓一航心道：

事急从权，不能顾虑这么多了。何绿华泪盈双睫，上前拉卓一航，卓一航道："毒砂掌算不了什么，只是要你帮忙。"何绿华道："怎样帮忙？"卓一航将方法说了，并教她怎样推揉穴道。何绿华破涕为笑，格格笑道："你这个人真怪，既然如此容易，何不早说？快盘膝坐下。"卓一航解了上衣，调好呼吸，眼观鼻，鼻观心，有如老僧入定。何绿华替他推揉穴道，助他发散，过了一会，只见卓一航满身热气腾腾，睁眼说道："行了，只是热得难受。"何绿华拉开帐篷一角，让冷风吹进，道："歇会儿你再穿上衣服。"

这时卓一航运功已毕，热得直喘气。何绿华心想：不如逗他说话，让他分心，那就没有这样热了。于是问道："你和玉罗刹很要好吗？"卓一航"唔"了一声，似答非答。何绿华故意逗他道："我不信，你们怎样会好得起来？"卓一航微微一笑，心道：男女之情，奇妙无比，你还是个黄毛小丫头，如何懂得？何绿华续道："玉罗刹喜欢打架，是吗？"卓一航点了点头，道："若不是她喜欢找人比试，也不致惹出这么多麻烦了。"何绿华又道："你不欢喜打架，是吗？"卓一航又点了点头。

何绿华格格笑道："可不是吗？你们两人性子根本不同。她是有名的'魔女'，你却像个文雅的书生。怪不得她和你闹翻，本就合不起来嘛！"

卓一航怔了一怔，这话也说得有几分道理。又怕她口没遮拦，被玉罗刹暗中听见。心中一烦，热气更冒。急道："不要再提玉罗刹了，好吗？"何绿华微微一笑，道："那么我拉胡琴唱给你听，我爹爹心烦的时候，也是喜欢听我唱歌的。"

卓一航心想：只要你不胡言乱语，唱什么都好。便点了点头。何绿华拿出哈萨克人送她的那把胡琴，缠问卓一航欢喜听什么。卓一航道："你就唱一支欢快的江南小调吧。"

何绿华理好琴弦，边拉边唱道：

"莫不是雪窗萤火无闲暇，莫不是卖风流宿柳眠花？莫不是订幽期，错记了荼蘼架？莫不是轻舟骏马，远去天涯？莫不是招摇诗酒，醉倒谁家？莫不是笑谈间恼着他？莫不是怕暖嗔寒，病症儿加？万种千条好教我痴心儿放不下！"

这调子本是江南一带的歌伎从《西厢记》的曲调变化出来的，描写张生远去之后，久久不归，莺莺惦念之情，只因文词活泼雅丽，故此流传民间，大家闺秀也欢喜唱。何绿华见他说欢喜欢快的调子，便随口唱了出来。卓一航妙解音律，不觉轻轻叫了声："练姐姐。"

何绿华不禁噗嗤一笑，道："你说不提玉罗刹，你自己又提了。喂，听说玉罗刹美若天仙，可是真的？"

卓一航心道："男女之情，岂是只因容貌相悦而起？"便道："她现在白发满头，容颜非昔，要说美嘛，她可还比不上你，可是……"正想解说为什么纵许玉罗刹又老又丑，自己也还欢喜她的道理。忽听得一声长啸，脆若银铃，帐篷上嗤的一响，玉罗刹割开一个裂口，跳了下来。

卓一航这一惊非同小可，"练姐姐"三字想叫却未叫得出来，只见她银丝覆额，容光仍似少女，柳眉一竖，眼如利剪，横扫了何绿华一眼，却仍是笑吟吟地道："好俊的人儿，好美的琴声，为什么不弹下去？"卓一航急道："这不关她的事，是我，是我……"正想说"是因我受了毒砂掌，她替我治"。哪知这么一说，误会更增，玉罗刹一声冷笑道："是你，你好呀！"嗖的一声，拔出佩剑，朝卓一航分心便刺。

原来卓一航漫游草原的时候，她已到慕士塔格山的驼峰看过辛龙子守护的仙花，虽知这仙花要几十年后才开，可也感念卓一航意念之诚，因此也到草原追踪，不料今晚相见，却刚好见到他赤裸上身，听何绿华拉琴；又听到他和何绿华谈论自己的容貌，这一下爱

玉罗刹横扫了何绿华一眼，却笑吟吟地
道："好俊的人儿，好美的琴声，为什么不弹
下去！"卓一航急道："这不关她的事，是我，
是我……"

意反成怒气，恨极气极，不由得拔剑出鞘。

何绿华惊叫道："玉罗刹，你这是干什么？你杀了他，没人救我的爹，我可要和你拼了。"拔剑闯上。

卓一航迈上一步，挺胸迎接剑尖，苦笑道："练姐姐，能死在你的剑下，在我是求之不得！原来你爱我还是如此之深！"玉罗刹面色一变，急忙缩手，何绿华剑到后心，被她随手一撩，飞出帐外。

这霎那间，玉罗刹心头浪涌，是爱是恨，已亦难明。卓一航向前一扑，拉她衣角。玉罗刹凄然笑道："你是官家子弟，正派掌门，拉我这个草野女子做什么，你随她回武当山去吧！"轻轻一跳，卓一航扑了个空，玉罗刹的影子又不见了。

卓一航颓然跌倒，何绿华莫名其妙，道："咦，玉罗刹怎么这样大的脾气啊！"她天真无邪，竟是连想也想不到玉罗刹会吃她的醋。

正是：琴声飞大漠，听者倍关情。

欲知后事如何？请听下回分解。

第三十二回

漠漠黄沙　埋情伤只影
迢迢银汉　传恨盼双星

　　三日之后，已是七巧之期。风砂堡中，群豪集聚，龙蛇混杂，有天龙上人和他门下弟子，也有天山南北的各路英雄。堡主成章五拣这日重立香堂，意图在塞外再干下一番事业。

　　典礼过后，已近黄昏，堡外风沙呼啸，堡中却和暖如春。成章五、霍元仲与哈萨克名武师隆呼雅图及天龙上人闲坐相谈，隆呼雅图道："成堡主，你到了草原这么多年，我们都已把你当成自己人了。我们并不是仇视汉人，只奈那白发魔女委实欺人，不把我们塞外英豪放在眼内，这口气不能不吐。"

　　天龙上人笑道："谅那白发魔女也不是三头六臂，我们四人随便一个已够她斗了，何况还有许多好汉与她为仇。想那白石道人也曾夸过海口说塞外没有高手，结果还不是被我们擒回来了。谅那白发魔女也厉害不到哪里去。"

　　隆呼雅图笑道："成堡主，武当掌门若来赴约，你将他打倒，可真是大大露面之事。"成章五用意也是想趁重建香堂之日，打倒一个名手，树立威风。他之约卓一航比试，其实正是因为卓一航乃武当派掌门，正是挑战的最理想人选，并非他和卓一航有什么仇。

　　天龙上人道："可不知他敢不敢来。"霍元仲道："他师叔在此，一定会来。卓一航并不难斗，成堡主定可操胜算。武当派气焰骄人，待会成堡主将卓一航击倒之后，咱们再把白石道人拉出来，各赏五十皮鞭，将他们赶出新疆，好叫关内英雄也同声一笑。"

成章五道："霍兄之言，甚合我心。卓一航不比白发魔女，可以饶他一命。"

天龙上人道："卓一航和我们可有点过节，成堡主在赶走他之前，我可还要和他谈论。"

黄昏日落，成章五在堡内摆下筵席，大宴群豪，四边墙壁，都插有粗如人臂的大牛油烛，把场子照得通明。众人纷纷向成章五道贺，谈论卓一航敢不敢来。

酒过三巡，外面把门的堡丁进来，献上一张犀牛皮帖子，上面写着：武当派门下弟子卓一航答拜。犀牛皮极厚，普通的刀子也割不开，那几个大字却不是用笔写的，而是用指头划出来的。成章五见了，哼了一声，立刻叫人开门迎接。

且说卓一航虽因情海翻波，伤心之极；可是为了要救师叔，仍然依期而来，投下帖子之后，便和何绿华大步迈进。

只见场子堆满了人，有一群喇嘛个个怒目相向；还有霍元仲和神家兄弟也杂在人群之中。卓一航傲然不惧，何绿华也神色自如紧紧跟随。

成章五越众而出，道："风砂堡主成章五敬候，卓先生果是信人。这位小姑娘是谁？"卓一航道："她是我白石师叔的女儿。"伸手一拉，各运内力，相持不下。成章五哈哈一笑，道："请先饮三杯！"卓一航放开了手，道："多谢堡主盛情，美酒慢领，请先把我的师叔放出来！"

成章五哈哈笑道："这个容易。难得武当掌门到此，我老儿可想先领教几招。"卓一航道："堡主是前辈英雄，既要赐教，卓某岂敢推辞？不过……"横眼一扫全场，道："咱们还是先讲好的好，我可只和堡主打交道，这么多的英雄好汉，请恕我招呼不周了！"
意思是要照武林规矩，以一敌一，定个赢输。

　　成章五又哈哈笑道："承掌门赏面，瞧得起我，老朽实是惶
愧，这个拜帖……"说到此处，拿起那张犀牛皮，卓一航道："荒
漠旅途无纸笔，只好猎了一头犀牛，剥它的皮，权充拜帖，叫堡
主见笑了。"成章五摆摆手道："不是这个意思。想武当派威震中
原，老朽如何敢收掌门拜帖？"随手一抓，将那张犀牛皮抓得四分
五裂，放在掌心一搓，再放开手时，那张犀牛皮竟像卷成了一个纸
团，给成章五抛出很远。卓一航悚然一惊，心道：这老儿的鹰爪功
也算得是上乘的了，不可轻敌。

　　成章五显了这手，正想下场，人群中忽然闪出一个少女，叫
道："爹爹，待女儿先玩一场。久闻武当剑法，天下无双，我想先
向这位姐姐请教，开开眼界。"这少女正是成章五的女儿，名叫成
掌珠。

　　成章五捋须一笑，道："也好。我们招待掌门，也不该冷落了
这位姑娘。你就向她好好请教吧！"

　　何绿华一肚子气，见成掌珠指名索战，也不推辞。两人下了场
子，一个用刀，一个使剑，寒暄几句，便动起手来。两人都是十七
八岁的小姑娘，一个白衣红裙，一个青色猎装，红白青三色飞扬，两
个小姑娘像粉蝴蝶般扑来扑去，功夫虽非上乘，神态却是好看之极！

　　何绿华剑走轻灵，穿来绕去，成掌珠却是刀沉力重，赛过男
儿。两人斗了五七十招，何绿华不敢硬接兵刃，成掌珠却也砍不到
她。两人各有擅长，倒是难分高下。

　　成章五一面看一面微笑，心喜女儿虽然从未和人正式对过，却
也不错。哪知成掌珠就吃亏在从无对敌的经验，五七十招一过，被
何绿华看出破绽，沉剑一引，待成掌珠一刀磕下，手中剑突然一提
一翻，青光闪处，一招"樵夫问路"，刷地向对方"华盖穴"扎去，

成掌珠慌忙使个"横架金梁"，横刀力磕，哪知何绿华这招却是虚招，青光再闪，娇喝一声："撒刀！"剑锋刷地指到手腕，成掌珠急忙松手退闪，那口刀呛当当丢了下地。杏脸羞红，跑回父亲身旁。

成章五道："武当剑法果然妙绝，小女不知自量，见笑方家。还是咱们下场吧。"卓一航道声："好！"成章五却端起酒杯，连喝三杯，笑道："贵客远来，未尽杯酒，如何使得？干了此杯再下场吧！"蓦然双手齐扬，一杯酒和一柄叉着牛肉的小叉，一齐向卓一航面门飞来！

卓一航双指一伸，将那杯酒一勾一旋，旋到口边，口一张开，又把那柄飞叉咬着，吃了牛肉，吐出飞叉，将酒倒入口中，掷杯笑道："谢堡主！"与成章五相对拱手，双双奔下场心。

这一战与刚才小儿女的相搏，大是不同。只见成章五双臂箕张，向外一展，搂头疾抓，卓一航竟不避招，倏然转身，刷的一剑，便刺敌人软肋。成章五喝声："来得好！"往旁一个滑步，身形一俯，左掌直插咽喉，右手横肱撞胁，卓一航腾身一跳，刷刷两剑斜削下来，成章五身躯一翻，运退步连环掌法，半攻半守，俨如神鹰盘旋，龙蛇疾走，卓一航一连数剑，都落了空！

成章五暗暗吃惊，料不到卓一航不过三十多岁样子，剑法火候都极老到。两人全神贯注，不敢轻敌。成章五双掌翻翻滚滚，忽扫忽拍，忽抓忽戳，掌风激荡，须眉俱张，卓一航一剑回旋，疾如鹰隼，剑气纵横，变化莫测。只见掌风到处，沙石飞扬，剑气冲霄，人影莫辨。斗到了一百来招，不分胜负。

成章五功力较高，但卓一航剑势绵密，却也攻不进去。又斗了一阵，成章五心中焦躁，奋力强攻，激斗之中，飞身突起，五爪如钩，抓卓一航顶心，卓一航一剑上撩，成章五竟然在半空中身子一屈，一掌荡开卓一航的剑势，仍然飞抓下来，卓一航大吃一惊，急展燕青十八翻的功夫，伏地三滚，才避开了成章五一抓，风砂堡众，哈哈大笑，吃过卓一航之亏的副堡主更纵声大笑道："哈，你们看到了没有？好一个乌龟爬地！"

卓一航闷声不响，挺剑再斗，过了一阵，成章五又用前法，飞身纵起，扬爪下擒，卓一航身子突然斜掠，剑尖一掠，成章五依样葫芦，左掌劈下，右爪一拿，哪知掌风到处，扑了个空，卓一航长剑一拖，反手一削，又狠又疾，就像在夜空中闪过一道电光，成章五大叫一声，头下脚上，疾冲出三丈开外，接地之际，才一个筋斗翻了过来，缠着手腕护手的皮套已被割开，幸好人还未伤。风砂堡众相顾失色，何绿华也纵声笑道："哈，你们看到了没有？好一个老狗翻身！"

成章五叫道："一抓一剑，各不输亏，再来，再来！"飞身又扑，剑掌再度交锋。卓一航细心防备，斗了二三十招，却未见他再施前技。

原来成章五那飞身一扑，乃是鹰爪功的精华所聚，厉害非凡。功力最深的可以在半空中转折回翔，屈伸如意，扑下来时，就真如巨鹰扑兔一样，无可回避，可是成章五尚未修到上上的功夫，只能在半空中一个回旋，所以后来卓一航使出达摩怪招，立刻还刺了他一剑。

卓一航虽然只识几招达摩剑式，但用于应付成章五的飞擒突袭，却是功效非常，成章五试过吃亏，不知他的虚实，竟然不敢再用这门绝技。

成章五不用飞擒扑击的绝技，卓一航也不用达摩剑式，这样一来，仍变成了武当派的七十二手连环剑法斗他的鹰爪功擒拿掌法，恢复了先前的状况。成章五虽然功力较高，可是卓一航却胜在年轻力壮，久战不衰，加上成章五使不出绝技，心中已怯，锋芒渐减，大不如前。天龙上人皱起眉头，何绿华看得大为高兴。

再斗了三五十招，卓一航渐抢上风，天龙上人忽然跃下场子，双掌一分，喝声："住手！"卓一航突觉一股猛力推来，急急闪开，冷笑道："成堡主，这是怎么个说法？"

天龙上人道："你们斗了许多时候，仍是不分上下，就算平手了吧。"卓一航一想：彼众我寡，也不好太过扫他面子，便道："多谢堡主手下留情，卓某幸未落败，我的师叔可以放出来了吧？"

成章五面色尴尬，支吾难答。天龙上人道："那是你和成堡主的事，我本来不好干预，可是我和你也有点小小过节，我敢冒昧请成堡主准允，将两件事情拼在一起，你我的账算清之后，天龙派从此不向你寻仇，白石道人也放还给你。"

卓一航心念这场恶斗无可避免，朗声问道："如何算法？你们天龙派人多势众，若要群殴，那么卓某将头奉送给你，填你师弟徒弟的命便罢！"心念天龙上人也是一派宗祖，自己先用说话将他镇住，谅他不敢不要面子。

天龙上人果然笑道："你是武当派掌门，我是天龙派教主，旗鼓相当，何必旁人相助。你若胜得了我，白石道人决少不了一根毫毛。可是你若输了，也得依我们的规矩。"

卓一航道："什么规矩？"天龙上人道："我们西域的浮屠弟子，素来有一个规矩，不论是辩论佛法，或比试武功，输的那方，一是投降胜方，自愿做胜方的弟子；若然不愿做得胜者的弟子，那便要将头割下，以赎罪衍。"

卓一航怒道："你我比试便是，何必多言，我若是输了，人头奉送。"天龙上人哈哈笑道："好，一言为定，列位英雄作个见证。斟两杯酒来！"

天龙派门下弟子捧上两杯满满的酒，卓一航道："不必多阻时候，喝什么酒？"天龙上人道："我们西域规矩，临死诀别，必得尽一杯酒；听说你们关内的规矩，死囚待决，狱卒也得敬他三杯。咱们二人决斗下来，总有一个要死，理应互敬一杯！"

卓一航大怒，端起酒杯，照面劈去，就在同一时刻，天龙上人那一杯酒也照面劈来，卓一航想煞他气焰，心念一动，卖弄了一手上乘功夫，左掌向前一推，运掌力压着酒杯，纵身一跃，将那酒杯取了过来，杯中酒竟然丝毫未滴，卓一航一口喝尽，以为必然有人喝彩，哪料满场鸦雀无声，卓一航纵目一看，不觉大惊失色！

只见天龙上人伸长颈子，向空中吹气，那酒杯被他吹得向上腾起，落不下来，见卓一航望他，这才笑道："贵客既干了杯，我也该奉陪了！"说话之际，空中的酒杯翻跌下来，酒如一条银线，从空射下，天龙上人张口一吸，吸得干干净净，抹抹嘴道："葡萄美酒，好香好香！"满场彩声雷动。

卓一航吃惊非小：天龙上人竟是远非他的师弟可比，内功在己之上。心中暗暗盘算抵敌之法，只听得天龙上人得意洋洋，微微笑道："我们都是一派领袖，动手动脚，有失尊严，不如文比了吧？"

卓一航道："怎么比法？"天龙上人道："我坐在台上，由你连击三掌，我不还手，若能将我击倒，你便赢了。"这个比法，看来是卓一航占尽便宜，其实却是天龙上人的老谋深算。

原来天龙上人用杯酒试出他的内功不如自己，心中想道：卓一航剑法超妙，我虽能胜他，恐怕也要在百招以外；不如用这个比法，三掌之后，立即胜他，何等光彩！

卓一航也想道："若与他硬拼，看来非他敌手，他既如此托大，我就试他一试，不信他是铁铸金刚，打他不倒。"

当下两方愿意，天龙上人跳上高台，盘膝坐下，挺起一个大肚皮，宛如弥勒佛像，哈哈笑道："武当派的大掌门，佛爷在此候教了！"卓一航跳上台上，小臂一挥，划了一个半弧，呼的一掌，就向他的大肚皮击去，不料掌锋所及，有如一团棉絮，而且有一股吸力，竟把自己手掌紧紧裹住，卓一航大吃一惊，急把劲力一松，手掌顺他吸势，轻轻一推，斜斜地在肚皮上滑脱出来。天龙上人见吸不着他的手掌，也微微一惊，却哈哈笑道："这是第一掌了，再来，再来！"台下众人，纷纷拍掌！

卓一航略一思索，近前一步，横掌一扫，这一掌不扫他的肚皮，却劈他的面门，心中想道：任他内功多好，也不会练到面皮上来！哪知一掌劈去，天龙上人突然眉头一抬，"蓬"的一声，硬接了卓一航一掌，卓一航掌锋所及，如触钢板，卓一航给震得倒退三步，几乎跌落台下，天龙上人也被震得屁股移过一边，挪了一个方位。不过有言在前，要将他击倒，才算得胜，他只移了一个方位，仍算他赢。台下众人，又是大声喝彩！

天龙上人大笑道："只有最后一掌了，你若击我不倒，不做我的弟子，便要割下首级了！"卓一航料不到他内功外功均是登峰造极，一时间想不出向何处落手，手掌挥在半空中将落未落。天龙上人甚不耐烦，喝道："你怕死么，为何不打？"

堡后面忽然一阵喧哗，成章五喝道："什么人胡闹？快入去看。"台下众人，仍是目不转瞬，要瞧卓一航这最后一掌。

就在此际，堡内传来一声长啸，里面一大堆人，跌跌撞撞，涌奔逃出，卓一航大喜叫道："练姐姐！"随手一掌，向天龙上人腰胁拍下，天龙上人忽觉胁下一麻，被卓一航轻轻一送，跌落台下。天龙上人莫名其妙，心中怀疑有人暗算，可是却看不出来，自己是一派宗祖，受人暗算而无法防备，说了出来，更是丢脸，只好鼓着一肚子气，忍着哑亏，腾身跳起，举目一望，但见一个白发女子，从堡内直跑出来，手持长剑，随意挥洒，被她剑尖触及的登时倒地狂呼，霎眼已冲到场心，大群堡丁纷纷逃避，不敢近她身边。

成章五大叫道："这是白发魔女！"和十几个有名高手，拔出兵刃，向前堵住，忽见后面还有一人，气呼呼地持剑跑出，大声喝道："天龙妖僧、霍元仲老贼，吃我一剑！"这人正是白石道人，何绿华大喜叫道："爹爹！"卓一航已跳下台，将她拉着，道："不要冲上去，玉罗刹来了，我们决能脱险！"

你道玉罗刹何以会突然而来，原来她在那晚听了何绿华之言后，见说白石道人被擒，第二日便去查探，始知成章五与天龙上人约了一大群人，对付自己，白石道人被擒，不过是个陪衬，不由大为生气，她虽然憎厌白石道人，至此也不能不救。何况她又探知卓一航在七夕之期，便将赴约，不管她心中有恨，总还不忍卓一航孤身送死。因此便乘着卓一航在前面和他们相斗之际，悄悄地溜进堡中去解救白石道人。

玉罗刹轻功卓绝，来去无声，更兼一众高手，都在前面看卓一航与成章五及天龙上人比试，被她神不知鬼不觉溜入堡中，正苦于不知白石道人囚在何处，忽见墙角每隔不远，便有黄泥所画的箭头，玉罗刹甚为奇怪，心道："不知是哪位高手，先我而来？"依着箭头，一路找去，果然找到了白石道人的囚房，玉罗刹击晕看守，将白石道人的镣铐削断，懒得听他道谢，便先跑了出来。正遇着卓一航第三掌将要击下，玉罗刹乘着混乱之际，偷发了一枚她的独门暗器"九星定形针"，飞针极小，天龙上人又正在全神贯注，防卓一航的第三掌，因此丝毫没有发现。

再说白石道人那日在大漠风沙之际，被天龙上人与霍元仲合力所擒，囚在堡中多日，气闷非常，又突然被玉罗刹所救，更是难以为情，冲了出去，便立刻奔向天龙上人，要和他再决生死。玉罗刹却轻轻一笑，铁掌一挥，冷不防将白石道人挥出一丈开外，令白石道人几乎跌倒。白石道人料不到玉罗刹救了他却又令他当场出丑，瞪大了眼，只听得玉罗刹冷笑道："白石道人，你不是他的对手，乖乖地站过一边吧！"白石道人气得一佛出世，二佛涅槃，但一来受她所救，二来大敌当前，却也不敢回嘴，满腔怒气，都要忍着！

天龙上人见玉罗刹威势，也自心寒，但当着众弟子面前，仍得硬着头皮骂道："白发魔女，别人怕你，我不怕你！来，来，来，佛爷和你斗三百回合！"玉罗刹盈盈一笑，丝毫不像要和他对敌的样子，天龙上人怔了一怔，破口骂道："佛爷是百炼金刚，岂是你这魔女所能诱惑！"不料玉罗刹一笑之后，淡淡说道："你真的不怕我么？你真的是百炼金刚么？你试摸摸你腰脊骨自下数上的第七节看！"天龙上人由不得伸手一摸，只觉又痒又痛，大怒喝道："你这魔女，原来是你暗算佛爷！"拔出拂尘，便想拼命，玉罗刹又是轻轻一笑，说道："你中了我的暗器，若然不再动怒，不再用力，回去静养七七四十九天，以你这点道行，还可以自己运气将暗器迫出来。你若还要动气，不必我再出手，三日之内，便是你的死期！"说完之后，蓦然翻脸一喝："念你是一派宗主，修来不易，饶你一死，你还不快滚么？"这一喝刺耳钻心，天龙上人不由自己地打了一个寒噤，心想：性命交关，宁可信其有，不可信其无。回身便退，天龙派的弟子一哄而散，跟着教主逃出风砂铁堡。

成章五气得面色青白，料不到天龙上人如此脓包，只见玉罗刹眼珠滴溜溜一转，又笑道："风砂堡主，你邀集了这么多人，为何还不动手？哈，神大元，神一元，你这两个宝贝也在这里，我和爹爹曾两次饶你，今番可放你不过，霍元仲，你也在这里么？南高峰上的教训，你就这样快忘记了么？"

神大元大叫道："这魔女心狠手辣，而今骑虎难下，大家和她拼吧！"成章五不知厉害，把手一挥，十几二十名高手一拥而上，玉罗刹一声长笑，转眼之间，刷刷刷接连三剑，将三名好手刺翻地上，成章五一抓扑下，玉罗刹道："好，试试你的鹰爪功夫！"左掌往上一勾，成章五虎口流血，剧痛难当，挣脱之后，大怒喝道："众兄弟一齐围上，纵然身死，不能受辱！"堡内群豪虽然个个心惊，堡主令下，却都视死如归，人人争上。

玉罗刹点了点头，心道：看来这堡主还深得人心。副堡主是点穴名家，判官笔乘空偷袭，玉罗刹直像背后长着眼睛，反手一点，又笑道："也试试你的点穴功夫！"副堡主大叫一声，当场跌倒，堡丁急忙将他抬出。

这时堡内群豪已将玉罗刹、白石道人、卓一航、何绿华四人都包围起来。成章五率神大元等七八名一流高手，紧紧缠着玉罗刹，玉罗刹虽然厉害，对方人数太多，一时间却也冲不出去。只仗着绝顶轻灵的身法，在兵刃交击缝中，穿来插去，一有机会，便立刻将武功较弱的刺翻地上，霎时间号叫之声四起，成章五气红了眼，紧紧包围，死战不放。白石道人在人丛中追觅霍元仲，卓一航则因何绿华武功最弱，一柄剑龙飞凤舞，紧紧傍在何绿华身边。

混战之中，玉罗刹数度在卓一航身边穿过，看也不看他一眼，卓一航连声叫道："练姐姐，练姐姐！"玉罗刹振剑力战，毫不理睬。激战中卓一航不敢分心，不能解释，只有心中暗自悲苦。

白石道人在人丛中觅着了霍元仲，一肚子气都发泄在他身上，运剑如风，狠狠追击。岂知霍元仲身手也甚不弱，即算以一对一，他虽略逊于白石道人，也可抵挡百数十招，何况在众寡相敌的情况下，白石道人更不易得手，方斗了五七招，哈萨克的名武师隆呼雅图斜刺冲到，手举芒椎，当头疾劈，隆呼雅图功力不在成章五之下，一连三椎，打得白石道人手忙脚乱，霍元仲乘势刷刷两鞭，连抽白石道人左右腰背，将白石道人衣裳打得碎成小片，腰背泛起两道血痕，霍元仲哈哈笑道："两鞭还两剑，不收你的利息了！"收鞭闯出人丛，一溜烟般如飞溜走。从此隐居，再也不理闲事。

白石道人气炸心肺，狂冲猛刺，伤了两人，却又被隆呼雅图挡着，玉罗刹叫道："你还不快快回来与我们联手，想找死么？"白石道人双瞳喷血，偏不闯回，被隆呼雅图联合几个高手一阵猛攻，险象环生，几遭不测，卓一航、何绿华双剑抢救，卓一航这时的武功已在师叔之上，一连几招达摩剑式，怪异狠疾，伤了几人，抢到白石道人身边，玉罗刹看了也暗暗称赞，但亦怕他有失，急忙杀开条路，又和白石道人等联在一起。

这时天龙派的溜走于前，霍元仲溜走于后，风砂堡这边，实力大减。激战中卓一航又叫了两声："练姐姐！"玉罗刹忽道："一航，好好卫护你的师叔，不要让他再给人伤了。"卓一航忽听得她出声答话，如奉纶音，不暇细想，慌忙答道："是！我听姐姐吩咐，不能再让师叔给人伤了！"白石道人双眼翻白，几乎气死！何绿华连问他两声："爹爹，你的伤碍事么？"他也如听而不闻，闭嘴不答。何绿华见他神色骇人，低低对卓一航道："爹似是疯了。咱们要紧护着他！"卓一航点了点头，一柄剑夭矫如龙，不离白石道人身后。

玉罗刹嘱咐了卓一航之后，一声长啸，脚尖一点，身子突然腾空飞了起来，从成章五等人的头顶上飞越过去，在半空中挽了个剑花，向神大元猛刺，神大元吓得慌了，回身一避，反手一抓。神大元的野狐拳本来也是武林一绝，厉害非凡，可是玉罗刹自到塞外之后，潜心研习师父所留下的剑谱，剑法已到出神入化之境，神大元扑前一抓，被她乘势一剑，直透后心；神一元要待走时，又被她朝着后心一踢，登时呕出黑血，仆地身亡！

玉罗刹哈哈笑道："风砂堡主，神家兄弟比你如何？你尚不知进退，我可要大开杀戒了！"成章五怒道："我岂是畏死之人！"竟然迎着玉罗刹剑尖，挥掌猛击！

玉罗刹肩头一缩，左手轻轻一带，成章五脚步不稳，踉踉跄跄地冲过一边，转眼之间，玉罗刹又刺伤了数人，成章五心中大痛，叫道："你杀伤了我一众弟兄，我与你是除死方休！你不必手下留情，杀过来吧，我死也得与众兄弟同死。"玉罗刹身形快极，霎忽之间，又伤了几人，成章五追之不及，想与她拼死，也不可能。

玉罗刹忽然笑道："风砂堡主，我何曾杀了你的弟兄？"成章五愤怒之极，望着满场翻滚呻吟的弟兄，大声喝道："你这魔女还说

神大元转身回避，反手一抓，却被玉罗刹乘势一剑直透后心，"呼"的一声，神一元后心又被玉罗刹一踢，顿时呕出黑血，仆地身亡。

风凉的话儿!"纵身追她,忽听得一阵木鱼声响,"阿弥陀佛"之声在耳边响了起来,成章五纵目一望,只见一个和尚不知什么时候走了进来,沉声念道:"阿弥陀佛,冤家宜解不宜结,请快停了干戈砍伐之声!"

成章五邀来的天山南北高手,有过半认识这个高僧,不禁同声呼道:"晦明禅师!这魔女杀人如草,请快来相助!"玉罗刹微微一笑,道:"岳鸣珂,原来是你!"

众人见玉罗刹和晦明禅师招呼,更是吃惊。晦明禅师击了一下木鱼,合十说道:"阿弥陀佛,两边都停手了吧!"

晦明禅师到天山已有八年,武功既是深不可测,人又谦冲和易,天山南北英雄无不服他。见他一说,纷纷跳出圈子,只有成章五还不肯干休,披头散发,狠狠追击,要和玉罗刹拼命。晦明禅师合十喊道:"堡主住手,她并没有说错,你手下弟兄,并无一人丧命。伤了的我替你救,请瞧在贫僧面上,住手了吧!"

风砂堡主愕然住手,道:"伤得如此之重,还能个个都救愈吗?"晦明禅师道:"她虽号称魔女,其实心中却还存着一点慈悲。她的剑尖刺的都是关节,虽然不能起立,却非致命之处。我有上好天山雪莲配制成的碧灵丹,开水内服外敷,痛楚立失,不须一个时辰,便可行动如常。"

晦明禅师取出了数十颗碧灵丹,分与未伤之人,叫他们一同救治伤者,片刻之后,果然一个个都能站了起来。

玉罗刹笑道:"鸣珂,这次又是我遭人骂,你充好人了。你别得意,将来我还要与你比剑!"

成章五忽然向玉罗刹兜头一揖,长叹一声道:"今日我方知天外有天,这香堂我决把它散了,从此不再争强!我还要谢你手下留情!"

晦明禅师笑道:"瞧,这不是有人向你道好了?"回头向卓一航笑道："这里事情已了，贫僧也该走了！你们这对欢喜冤家，也该和好了吧？"话刚说完，忽见玉罗刹面色大变，厉声喝道："卓一航，你这武当派的得意弟子，还不随你师叔回山去么？"卓一航骇道："姐姐，你听我说……"碍于白石道人父女在旁，不好解释那晚之事，呐呐说道："姐姐，不管你对我如何，我已是决心终老边荒，追随你了！"玉罗刹冷冷一笑，忽见白石道人双颊火红，突然朝她一揖！

玉罗刹一闪闪开，冷笑道："我乃邪派魔女，怎敢受武当五老之拜！"白石道人哑声叫道："这一拜是谢你相救之恩，但我也不白领你的情。我们本来要一航回山掌门，现在我一肩担起，将他让与你了。一航，从此你与武当派两无干系，终生服侍你的练姐姐吧！"卓一航嗫嚅说道："师叔，这是什么话？"

白石道人携了女儿如飞奔跑，玉罗刹连连冷笑，何绿华却回头道："玉罗刹，你可得好好待我大哥，不要逞强欺负他！"玉罗刹微微一愕，欲待问时，何绿华已随白石道人奔出堡外。

卓一航呆若木鸡，他受紫阳道长栽培抚育，虽然十多年来，因与玉罗刹相恋之事，为同门所不谅，可是一心都还想报答本门，岂料白石师叔却要把他逐出门墙，这怎能不令他心痛。他却没有想到，他的掌门，只有由同门公决，才能免掉。白石道人根本没有权力将他逐出门墙。

玉罗刹又是一声冷笑，卓一航如梦初醒，奔上去道："练姐姐，你可明白了么？那晚之事，实在是个大大的误会！"

玉罗刹心灰已极，想起十多年来的波折，如今头发也白了，纵许再成鸳侣也没有什么意思。玉罗刹的想法本就异乎寻常女子，在她想和卓一航谈论婚嫁之时，便一心排除万难，不顾一切。到如今几度伤心之后，她觉得婚嫁已是没有意思，也就不愿再听卓一航解释，宁愿留一点未了之情，彼此相忆了！

卓一航话未说完，只见玉罗刹已飘然而去，卓一航狂呼追赶，哪里追赶得上？但见天上是耿耿银河，地下是黄沙漠漠，玉罗刹的影子又不见了！

卓一航失声痛哭，良久良久，忽觉有人轻抚自己肩背，轻轻说道："情孽，情孽！"晦明禅师一直就跟在他的身后，让他哭得够了，这才出声慰解。

卓一航默然不语，和晦明禅师在沙漠走了一程，这才说道："练姐姐此去，以后相见更难了！"抬头望天，天上双星闪耀，猛然记起，今夜正是七夕佳期，又不禁怅然叹道："天上鹊桥聚会，人间劳燕分飞，老天爷也未免太作弄我了！"

晦明禅师也抬起了头，看牛郎织女星冉冉掠过天空，忽然问道："你饱读诗词，可记得秦少游咏七夕的《鹊桥仙》一词么？"

卓一航情怀怅触，低声吟道：

"纤云弄巧，飞星传恨，银汉迢迢暗度。金风玉露一相逢，便胜却人间无数。　柔情似水，佳期如梦，忍顾鹊桥归路，两情若是久长时，又岂在朝朝暮暮。"

晦明禅师道："可不是么？若她还对你有情，又何必朝暮相处。人间百年，天上一瞬，你若作如是观，则两情相谅之日，也并非地久天长！"两人踏着星光，穿过沙漠，牛郎织女星升起了又落下了！

经过风砂铁堡一战，白发魔女威名远播，天山南北，无人敢再惹她，但大漠草原，却也再难见她的影子，她已隐居天山南高峰，最初几年还一年一度到唐努处作客十天八天，传飞红巾武艺，以后就难得下山了。

卓一航送晦明禅师回到天山北高峰后，便回到慕士塔格山驼峰之上，辛龙子出来迎接，告诉他道："数月之前，有一个白发满头的女子，攀上驼峰探望。"辛龙子道："我怕她毁坏仙花，上前喝问。她轻轻把我推开，对仙花看了好久，叹息几声，面上忽又现出微笑，终于走了。这女人好奇怪，师父，她可是你的朋友么？"

卓一航怅然太息，过了好久，忽叫辛龙子上前问道："你依实告诉我，你可知道这两朵仙花什么时候才开吗？"辛龙子道："我问过爹爹，听爹爹说也许要五六十年！"

卓一航道："好，将来我死了之后，你也要守着这两朵仙花。"辛龙子满腹疑团，见师父目中蕴泪，神色奇异，不敢发问。

是夜，又是淡月疏星之夜，卓一航独上驼峰，凄然南望，遥遥见南高峰高出云表，在那变幻的云海之中，似乎有一个人也在向他遥望。

卓一航叹了口气，十数年来情事，一一在他心头掠过：黄龙洞的初会，明月峡的夜话，武当山上的纠纷，大沙漠上的离别，历历如在目前，有忏悔，有情伤，有蜜意柔情，有惊心谣诼，最伤心的是往者已矣，来者又未必可追，所能做的，也只有夜夜在此相望罢了。

卓一航想得如醉似痴，看着头顶上空的星星，想起飞红巾所转达的玉罗刹的话，只觉玉罗刹就像头顶上的星星，离自己像是很近又像很远，心湖浪涌，悲从中来，不可断绝，不觉用剑在石壁上刻下了一首律诗，诗道：

> 别后音书两不闻，预知谣诼必纷纭。
> 只缘海内存知己，始信天涯若比邻。
> 历劫了无生死念，经霜方显傲寒心。
> 冬风尽折花千树，尚有幽香放上林。

刻了之后，放声吟诵，余音袅袅，散在山巅水涯，天上的北极星又升起了！

（本书至此告一段落，《白发魔女》后事，请续看拙著《塞外奇侠传》及《七剑下天山》。——羽生）

淡月疏星的夜晚，卓一航独自登上驼峰顶上，凄然地遥望着南高峰，心头一一浮现出多年的陈年往事。

本书涉及的重要历史事实和人物

　　辽饷：明朝末年辽东驻军的饷项；又指为筹措这种军饷而加派的田赋银。这里正是指加派的田赋银。万历四十六年（1618）辽东军饷骤增三百万两，宫内虽有积储，但不肯拨发，于是援御倭例，每亩加派三厘五毫，共增赋银二百多万两。以后不断加增，到崇祯末年，辽饷已增至九百万两。

　　锦衣卫：明朝的官署名，即锦衣亲军都指挥使司。明洪武十五年（1382）设置。原为护卫皇宫的亲军，掌管皇帝出入仪仗。太祖加强专制统治，特令兼管刑狱，赋予巡察缉捕的权力。最高长官为指挥使，常由功臣、外戚充任。锦衣卫所属之镇抚司分南北两部，北镇抚司专理诏狱，直接取旨行事，用刑尤为惨酷。明中叶后锦衣卫与另一特务组织东、西厂并列，活动加强，史称"厂卫"。

　　梃击案：万历四十三年（1615），张差手执木棍，闯进太子（光宗）住的慈庆宫，打伤守门太监。被执后供称得郑贵妃手下太监庞保、刘成引进。时人怀疑郑贵妃欲谋杀太子。神宗与太子不欲追究，以疯癫奸徒之罪，杀张差于市，并毙庞、刘于内廷了案。史称梃击案，与"红丸""移宫"二案并称晚明三大案。

　　魏忠贤（1568—1627）：明宦官，河间肃宁（今属河北）人，万历时入宫。泰昌元年（1620），熹宗即位，任司礼监秉笔太监，后又兼掌东厂，勾结熹宗乳母客氏，专断国政。天启五年（1625）兴大狱，杀东林党人杨涟等。自称九千岁，下有五虎、五彪、十狗等名目，从内阁六部至四方督抚，都有私党。崇祯即位后，黜职，安置凤阳，旋命逮治，在途中畏罪自杀。

东厂：明成祖为镇压人民和官员中的反对派，于永乐十八年（1420）在京师东安门北设立特务官署，用宦官提督，常以司礼监秉笔太监之第二、第三人充任，属官有掌刑千户、理刑百户各一员，由锦衣卫千户、百户充当，称贴刑官；隶役、缉事等官校亦由锦衣卫拨给，从事特务活动，诸事可直接报告皇帝，权力在锦衣卫之上。

西厂：明宪宗时为加强特务统治，于成化十三年（1477）在东厂以外增设西厂，用太监汪直提督。其人员权力超过东厂，活动范围自京师遍及各地，后因遭到反对，被迫撤销。武宗时宦官刘瑾专权，又一度恢复，刘瑾服法后废。

东林党：晚明以江南士大夫为主的政治集团。神宗后期，政治日益腐败，社会矛盾激化。万历二十二年（1594）无锡人顾宪成革职还乡，与高攀龙、钱一本等在东林书院讲学，议论朝政，得到部分士大夫的支持，史称"东林党"。他们反对矿盐、税盐的掠夺，主张开放言路，实行改良，遭到在朝权贵的嫉视。熹宗时宦官魏忠贤专政，党人杨涟、左光斗等因弹劾魏忠贤遭捕，与黄尊素、周顺昌等同遭杀害。魏忠贤使人编《三朝典要》，借梃击、红丸、移宫三案为题，打击东林党，更唆使其党羽造作《东林点将录》等文件，想把党人一网打尽。天启七年（1627）思宗（崇祯帝）即位后，逮治魏忠贤，对大批阉党定为逆案，分别治罪，东林党人所受迫害才告终止。

顾宪成（1550—1612）：明江苏无锡人，字叔时，世称东林先生，亦称泾阳先生，万历进士，官至吏部文选司郎中。万历二十二年（1594）革职还乡，与弟允成和高攀龙等在东林书院讲学，议论朝政，颇得士大夫支持，渐成集团，史称"东林党"。著有《小心斋札记》《泾皋藏稿》《顾端文遗书》。

熊廷弼（1569—1625）：明湖广江夏（今湖北武昌）人，字飞百，万历进士。万历四十七年（1619）任辽东经略。当时后金（清）崛起，他召集流亡，整肃军令，训练部队，加强防务。在职年余，后金军不敢进攻。熹宗即位，魏忠贤专权，他受排挤去职。天启元年（1621）辽阳、沈阳失守，再任经略，而实权落入广宁（今辽宁北镇）巡抚王化贞手中，化贞大言轻敌，不受调度，次年大败溃退，他同退入关，后被魏忠贤冤杀。有《辽中书牍》《熊襄愍公集》。

红丸案：泰昌元年（1620）光宗即位后生重病，司礼监秉笔兼掌御药房太监崔文升下泻药，病益剧。鸿胪寺丞李可灼进红丸，自称仙方。光宗服后即崩。当时有人疑神宗的郑贵妃指使下毒，引起许多争论，结果崔文升发遣南京，李可灼遣戌。魏忠贤专政时翻案，免李可灼戌，擢崔文升总督漕运。

杨涟（兵部给事中）（1572—1625）：明湖广应山（今属湖北）人，字文孺，号大洪，万历进士，官至左副都御史。天启四年（1624）上疏弹劾魏忠贤二十四大罪，次年为魏忠贤诬陷，死于狱中。有《杨大洪集》。

努尔哈赤（1559—1626）：即清太祖，姓爱新觉罗，满族。先世受明册封，为建州左卫（在今辽宁省新宾县境）都指挥使，十六世纪后期，由于女真社会的发展，出现统一的趋势。1583—1588年首先统一建州各部，受明封为都督佥事、龙虎将军等官，更加强了与关内的经济关系。以后又合并松花江流域的海西各部和长白山东北的东海诸部，在统一过程中创建八旗制度和满文。万历四十四年（1616）建立后金，称金国汗，割据辽东，建元天命。天命十年（1625）迁都沈阳，次年进攻宁远（今辽宁兴城），为袁崇焕击败，受伤，不久即去世。他统一女真各部，在满族初期发展中起了重要作用，故清朝建立后追尊为太祖。

左光斗（1575—1625）：明安庆桐城（今属安徽）人，字遗直，万历中与杨涟同举进士。任御史时办理屯田，在北方兴水利，提倡种稻。天启四年（1624）任左佥都御史。杨涟劾魏忠贤，他参与其事，又亲劾魏忠贤三十二斩罪，次年，与杨涟同遭诬陷，死于狱中。

袁崇焕（1584—1630）：明军事家，字元素，广东东莞人，万历进士。天启二年（1622）单骑出关，考察形势，还亲自请守辽。他筑宁远（今辽宁兴城）等城，屡次击退后金（清）军的进攻。六年获宁远大捷，努尔哈赤受伤死，授辽东巡抚。次年获宁锦大捷，皇太极又大败而去，崇祯授以兵部尚书，督师蓟辽。崇祯二年（1629）后金军绕道古北口入长城，进围北京，他星夜驰援，崇祯中反间计，杀之。

阮大铖（约1587—约1646）：明末怀宁（今属安徽）人，号圆海。天启时依附魏忠贤，崇祯时废黜，匿居南京。弘光时，马士英执政，任兵部尚书，与东林、复社为敌。后降清，从攻仙霞岭而死，著有《燕子笺》等传奇。

崔呈秀（？—1627）：明蓟洲人，万历进士。天启初求附东林，被拒，四年（1624）以贪污革职议罪，乃见魏忠贤，求为养子，相与密谋陷害东林党人。从此为阉党魁首，官至兵部尚书兼左都御史。崇祯即位，令革职逮治，乃自缢而死。

孙承忠（1563—1638）：明保定高阳（今属河北）人，字雅绳，万历进士，天启二年（1622）任兵部尚书经略蓟辽，在宦四年，练兵屯田，修城堡数十，后为魏忠贤排挤去职。崇祯二年

（1629），守通州，后移镇山海关，收复永平、遵化等地，四年罢职归里，十一年清兵攻高阳，阖家抗战，城破自杀。

高攀龙（1562—1626）：明无锡（今属江苏）人，字云从，万历进士，熹宗时官左都御史，因反对魏忠贤，革职，乃与顾宪成在无锡东林书院讲学，时称"高顾"，为东林党首领之一，后魏党走狗崔呈秀往捕，投水而死。著有《高子遗书》。

洪承畴（1593—1665）：福建南安人，号亨九，万历进士，崇祯时任兵部尚书总督河南、山西、陕、川、湖军务等职，镇压农民军，后调任蓟辽总督，抗击清兵。崇祯十四年（1641）率八总兵十三万人与清军会战于松山（今辽宁锦州南），大败，被俘降清。顺治元年（1644）从清军入关，次年至南京，总督军务，镇压抗清义军。后受命经略湖广等地，至十六年攻占云南后始回北京，十八年退职。